BASTEI
LÜBBE

Von der Autorin erschien bisher bei Bastei Lübbe Taschenbücher:

15273-5 Simonetta

Über die Autorin

Daniela Wander hat ihr Studium der Kunstgeschichte, Ethnologie und Pädagogik an den Universitäten Hamburg und Köln 1987 mit dem Magister Artium abgeschlossen. Anschließend hat sie zehn Jahre als Kunstexpertin gearbeitet. Die Autorin ist verheiratet und lebt mit ihrem Mann und ihrer Tochter in Düsseldorf. »Die Erbin der Burg« ist ihr zweiter Roman.

DANIELA WANDER

Die Erbin der Burg

HISTORISCHER ROMAN

BASTEI LÜBBE

BASTEI LÜBBE TASCHENBUCH
Band 15477

1. Auflage: April 2006

Vollständige Taschenbuchausgabe

Bastei Lübbe Taschenbücher in der Verlagsgruppe Lübbe

Originalausgabe

Umschlaggestaltung: Guido Klütsch, Köln
Titelbild: AKG-IMAGES/Erich Lessing
Satz: hanseatenSatz-bremen, Bremen
Druck und Verarbeitung: Ebner & Spiegel
Printed in Germany
ISBN-13: 978-3-404-15477-7 (ab 01.01.2007)
ISBN-10: 3-404-15477-0

Sie finden uns im Internet unter
www.luebbe.de

Der Preis dieses Bandes versteht sich einschließlich
der gesetzlichen Mehrwertsteuer.

INHALT

Köln

Sommer 1252

Es ist nicht ganz einfach, mitten im pulsierenden Treiben einer Großstadt zu stehen, wenn man in seinem Leben nie mehr als ein paar Dutzend Menschen auf einmal gesehen hat.

Philipa mit ihren vierzehn Jahren hatte wenigstens ab und an ihren Vater auf dessen Ritten über seine Ländereien begleitet und so nicht nur das Dorf zu Füßen der Burg kennengelernt, aber Roland und Gysela hatten diese nie verlassen und waren noch verwirrter als ihre Schwester. Besonders welterfahren fühlte diese sich allerdings auch nicht. Wenigstens hatten sie Minni bei sich. Der Hund war die letzte Verbindung zu früher und der einzige Schutz, den sie hatten.

»Du, Pippa, warum ist die Kirche ganz kaputt?« fragte Roland und zupfte sie am Ärmel.

Vor ihnen lag der mächtige Dom, geistliche Heimat des Kölner Erzbischofs und von Ausmaßen, welche die den Kindern vertraute Burgkapelle von Aichbergen rückblickend mehr oder weniger als Kaninchenstall wirken ließ. Sämtliche Burgbewohner und dazu noch das ganze Dorf hätten spielend in ihm Platz gefunden und sich immer noch verloren gefühlt. Aber so mächtig sie von vorne und der Seite wirkte, so plötzlich brach sie hinten einfach ab. Roland hatte recht, es sah komisch aus.

Philipa hob unbehaglich ihre Schultern. »Ich weiß nicht. Vielleicht ist sie eingestürzt, und sie bauen sie jetzt neu?«

Ihr kleiner Bruder blickte fachmännisch zum Himmel und prüfte den Stand der Sonne. »Das ist im Osten, das Kaputte.

Die bauen einen neuen Chor. Vielleicht war ihnen der alte zu klein.«

»Bestimmt. So eine große Stadt braucht sicher einen riesigen Altar«, meldete sich Gysela zu Wort.

»Das ist doch Quatsch. Die Leute sollen sich ja nicht draufstellen. Ein Altar ist doch für den Priester, oder nicht? Und die sind überall gleich groß.« Roland machte ein überlegenes Gesicht, und Philipa mußte lachen.

»Da hat er recht, Gisi. Kommt, wir sehen uns das mal an.« Sie wanderten schier endlos an dem langgestreckten Kirchenbau entlang, vorbei an mächtigen Steinquadern und zwei Reihen Rundbogenfenstern, die so hoch lagen, daß sie sich nicht vorstellen konnten, wie sie noch Licht auf den Kirchenboden zu schicken vermochten. Sie versuchten, sich in dem Gewühl nicht aus den Augen zu verlieren, während sie sich ihren Weg durch die Marktbuden und zwischen den Passanten bahnten, entschlossen, sich von dem überwältigenden Lärm und Geschrei nicht einschüchtern zu lassen. Sie hatten aus purer Verzweiflung ihre Heimatburg verlassen und Philipas Mutter Liutgard getrotzt, sich deren Plänen und dem erschreckenden Kandidaten widersetzt, den sie für ihre Tochter als geeigneten Ehemann ausgesucht hatte, hatten als einzigen Ausweg eine heillose und überstürzte Flucht gesehen. Insgesamt also lauter Dinge getan, die im Grunde undenkbar waren. Da wäre es doch dumm, sich von dieser Stadt ins Bockshorn jagen zu lassen. Philipa ballte die Fäuste und bemühte sich ansonsten um Gelassenheit.

Aus dem Gewimmel tauchte eine Gestalt vor ihnen auf, so plötzlich, daß alle drei erschreckt zurückwichen. »Habt Erbarmen, gute Leute, seid mildtätig«, jammerte der Mann und streckte ihnen eine schmutzige Hand entgegen. Über seinen Augen lag eine ehemals wohl weiße Leinenbinde, jetzt dreckverkrustet und schmierig. Philipa schämte sich, aber sie ekelte sich vor ihm.

Als könne er das Zögern der Kinder spüren, rückte der Bettler näher. »Bedenkt, was diejenigen für euch tun können, die auf Erden nicht so vom Schicksal begünstigt sind wie ihr mit euren gesunden Gliedern. Wenn sie Fürsprache halten für euch dermaleinst, so ihr selbst vor eurem Richter stehen werdet, und sie berichten können von eurem weichen Herzen, in dem Nächstenliebe und Demut wohnen.«

Er zupfte an Philipas Ärmel, und sie wich ein Stückchen zurück, abgestoßen von seinem Drängen und dem Geruch, der von ihm ausging. Um ein Haar wäre sie mit einem Pilger in einer schmuddeligen braunen Kutte zusammengestoßen, der das Angebot eines Devotionalienhändlers betrachtete.

Der Bettler rückte nach. »Gebet und ihr werdet bekommen«, fuhr er fort, die blinden Augen gen Himmel gerichtet. Seine Hand, wirkte sie nicht ein wenig ungeduldig, wie er sie jetzt eine Spur höher hob?

Roland nestelte an Philipas Gürtel herum. »Komm, Pippa, der arme Mann.«

»Nein. Wir haben selber nichts. Oder was meinst du, wie wir über die Runden kommen sollen?«

Minni knurrte. Es klang gefährlich. Der Hund war groß, grau und struppig, nur um die Nase und an den Ohrenspitzen hatte er ein wenig weißes Fell. Er war sanft und lieb wie ein Kaninchen, aber glücklicherweise sah er nicht so aus.

Der Mann zog eine Grimasse und wandte sich ab, ohne ein weiteres seiner bisher so üppig strömenden Worte zu verschwenden.

»Der hat dich angesehen, Pippa«, sagte Gysela.

»Das konnte er doch gar nicht«, wandte Roland ein.

»Woher weißt du das? Er hatte eine Binde über den Augen, das ja, aber vielleicht konnte er ja durchsehen. Er hat geschummelt, da bin ich ganz sicher.«

»Meinst du wirklich, Gisi?« Philipa war schockiert. Mit einem vorgetäuschten Gebrechen Gottes Lohn einklagen, das war – lästerlich!

»Klar. Deshalb hat er auch sofort beigedreht. Der hat bestimmt gesehen, daß bei uns nichts zu holen ist.«

»Schlimm genug«, murmelte Philipa erschöpft.

»Wo gehen wir denn jetzt hin?« Gysela verlor als einzige nicht ihre gute Laune.

Tja, wo gingen sie jetzt hin. Natürlich hatten sie keine Ahnung, und natürlich hatten sie es sich nicht so schwierig vorgestellt. Als ihr Vater starb, war schnell deutlich geworden, daß seine Witwe für ihre gerade mannbar gewordene Tochter Philipa eine günstige Verheiratung anstrebte, dagegen ganz gewiß nicht vorhatte, in irgendeiner Form für seine Bastarde zu sorgen. Obwohl nur Halbgeschwister, hielten die Kinder seit jeher wie Pech und Schwefel zusammen, und dementsprechend war ihnen der Plan, gemeinsam und heimlich die Heimat zu verlassen, nur zu einleuchtend und folgerichtig erschienen. Die Wahl war schnell auf das nahe gelegene Köln gefallen, denn in einer so reichen und bedeutenden Stadt würden sie doch wohl für ihren Lebensunterhalt sorgen können. Aber Köln war unübersichtlich. Viel größer, als sie angenommen hatten. Sie hatten schon so viel davon gehört und sich dann doch kein richtiges Bild machen können.

»Wir fragen jetzt jemanden, der arm, aber freundlich aussieht, wo Fremde mit wenig Geld hier übernachten können, und dann sehen wir weiter.«

Genau auf diese Weise fanden sie sich kurze Zeit später in der Schmierstraße wieder vor einem wenig anheimelnd wirkenden Haus namens ›Zum Ochsen‹. Ein schmales Gebäude mit vorkragendem Obergeschoß und einer kräftigen Tür, die einiges an Schrammen und Kratzern aufwies, als würde nicht jedem, der heftig genug Einlaß begehrte, auch auf Anhieb geöffnet.

»Was meint ihr?« fragte Philipa zweifelnd. Der ›Ochse‹ sah auf jeden Fall noch weniger komfortabel aus als die Häuschen, in denen die Hörigen auf der Burg ihres Vaters ihr Dasein fristeten. Philipp von Aichbergen hatte stets darauf geachtet, daß seinen Leute genug Zeit und Material zur Verfügung standen, um ihre Heimstatt in gutem Zustand halten zu können. Hier dagegen schien die Füllung zwischen den Fachwerkständern bereits bröckelig zu sein, und hie und da stach das blanke Stroh hervor.

»Das Bild ist hübsch«, befand Roland, was für ihn den Ausschlag zu geben schien.

»Na, ich weiß nicht.« Gysela war kritischer. Der Ochse, der dem Haus seinen Namen gegeben hatte, besaß große blaue Augen, und aus seinen riesigen Nüstern drang etwas, das wie quellender Hirsebrei aussah und vermutlich Dampf darstellen sollte.

»Das Vieh kann uns nun wirklich egal sein«, Philipa straffte die Schultern. »Das Gasthaus sieht billig aus, und darauf kommt es an. Wir gehen rein und fragen.«

Das war gar nicht nötig, denn mit einem Schwung, der sie an die Hauswand schlagen und diese leicht erzittern ließ, flog die Tür auf, und ein kleines, dralles Weib trat auf die Schwelle. Sie trug ein sehr grünes Kleid mit einer sehr schmutzigen Schürze darüber, und auch die ehemals bestimmt weiße Haube hatte schon bessere Tage gesehen.

»Was steht ihr hier so rum und gafft uns an?«

Philipa betrachtete sie einen Moment sprachlos. Bezog sich das ›uns‹ vielleicht auf die Frau und den Ochsen? Es war bestimmt besser, nicht zu lachen, die Grüne könnte das mißverstehen.

»Nun, wir sehen uns um, weil wir überlegen, ob wir hier ein Nachtquartier finden können«, sagte sie statt dessen höflich.

»Könnt ihr.« Die Frau zog die Nase hoch und musterte sie

ungeniert. »Hab' noch Betten frei, wenn ihr eins wollt. Könnt aber auch im Stroh schlafen, ist billiger.«

Wanzen, Flöhe, Läuse. Nein danke. »Ein Bett für uns drei wäre sehr schön.« Hoffentlich war das nicht zu teuer. »Was soll es denn kosten?«

»Acht Heller pro Tag. Fürs Nachtlager und einen Krug Bier. Essen is' extra.«

Acht Heller. Das ging eigentlich. Trotzdem, lange würden ihre Münzen nicht reichen. Aber fürs erste ... »Wir nehmen es.«

Der Frau schien zu dämmern, daß unter Umständen ein Mißverständnis vorliegen könnte. »Acht Heller für jeden von euch«, präzisierte sie.

»Für jeden? Das ist aber viel.« Philipa dachte an ihr beschämend kleines Häufchen Geldstücke.

Die Frau zuckte die Achseln. »Könnt's ja auch lassen.«

Philipa überlegte. Gysela und Roland sahen ihr dabei aus großen Augen zu und waren froh, eine ältere Schwester zu haben, die für sie sorgte.

»Und das Bett ist auch bestimmt für uns alleine?« Für drei mal acht Heller hatte sie keine Lust, ihr Lager mit einem stinkenden, betrunkenen Landfahrer zu teilen.

»Klar doch. Überlegt's euch. Was Besseres findet ihr für den Preis in Köln nich', das verspreche ich euch.«

»Ich glaube es ja.« Philipa rang sich durch. »Der Hund kann aber mit rein.«

»Von mir aus. Jagt er?«

»Wieso?« Ein undeutlicher Ekel durchzuckte Philipa. »Muß er? Gibt's Ratten im Haus?«

Die Frau verzog ihr Gesicht in eine Grimasse der Empörung. »Was fällt dir ein, Kindchen! Doch nicht im ›Ochsen‹. Woanders ja, da vielleicht. Ganz bestimmt sogar. Aber nich' hier. Nee, ich frag bloß, ob der sich sein Fressen selbst sucht.«

»Ach so. Ja. Ja, das tut er.« Geld, um Fleisch für Minni zu kaufen, hatten sie nicht übrig. Sie hatten nicht mal genug, um sich selbst etwas anderes als Grütze oder Suppe leisten zu können. Mit schlechtem Gewissen kraulte sie Minnis Ohren. »Wenn der Hund hier nicht erwünscht ist, können wir das Bett nicht brauchen.«

»›Nicht erwünscht ist‹, also ehrlich!« Die Frau lachte und ließ ein paar äußerst spärlich verteilte Zähne sehen. »Wie redest du denn so geschwollen. Nicht erwünscht. Ha! Aber klar doch, der ist erwünscht. Soll reinkommen, das Vieh.«

Minni gab ein leise grollendes Geräusch von sich. Mit etwas gutem Willen konnte man es noch als freundlich durchgehen lassen. Aber sie schien ohnehin nicht gut zu hören, die Wirtin vom ›Ochsen‹, denn sie reagierte nicht darauf. Vielmehr winkte sie die Kinder ins Haus. Drinnen blieb sie aber noch einmal stehen und versperrte den Ausblick durch ihren rundlichen grünen Körper. Sie streckte die Hand aus.

»Geld im voraus«, gab sie knapp bekannt. »Entweder sechsundzwanzig Heller jetzt für die nächste Nacht oder auch gleich die Miete für die ganze Woche. Dann kann euch keiner das Bett streitig machen.« Sie blickte die Kinder streng an. »Betten sind begehrt. Gibt's nich' so viele hier. Der Hund is' umsonst.«

»Drei mal acht Heller sind aber bloß vierundzwanzig Heller«, meldete sich Roland zu Wort. Er mußte zwar die Finger zu Hilfe nehmen, aber rechnen konnte er.

Zu ihrer aller Erstaunen brach die kleine Frau in lautes Gelächter aus, heiser, ein bißchen bellend. Minni legte erstaunt den Kopf schief. »Du bist richtig, mein Goldjunge. Da hab' ich mich doch glatt verrechnet. Na ja, wenn ihr so'n kluges Bürschchen bei euch habt, braucht ihr ja keine Angst vor gar nichts zu haben.«

Weit entfernt, ihm übelzunehmen, daß er sie ertappt hatte, zauste sie ihm das dunkelgelockte Haar, und Roland widerstand heroisch dem Impuls, sich glättend darüberzufahren.

»Also, wie isses? Ja oder nein?«

»Ja.« Philipa drehte sich um und kramte ihr verstecktes Geld hervor. Dann drückte sie ihre kostbaren Münzen in eine mäßig saubere Hand.

»Na also. Ich bin die Tryn, und mir und meinem Mann, dem versoffenen Kerl, gehört der Laden hier. Ich zeig' euch euer Bett. Was Feineres hat auch der Erzbischof nich'.«

»Der arme Erzbischof«, flüsterte Gysela wenig später, als sie allein vor der schmuddeligen Bettstatt standen und deprimiert auf das bereits arg strapazierte Stroh starrten, mit dem es gepolstert war. Am Fußende lagen zwei Decken, vermutlich eine für drunter und eine für drüber.

»Aber es ist uns«, wisperte Philipa zurück. »Oder willst du mit fremden Leuten zusammen auf dem Lager in dem großen Raum vorne übernachten?«

Das war eine rhetorische Frage, und Gysela gab sich keine Mühe mit der Antwort. »Ich bin froh, daß wir unseren Minni haben«, bemerkte sie, und der Meinung waren sie alle.

»Wuff«, sagte Minni.

Der Juni war schon zu Hause ungewöhnlich heiß gewesen, in Köln war er stickig. Philipa, Gysela und Roland saßen am Hafen auf einer umgedrehten Kiste, schwitzten unter der erbarmungslosen Sonne, die an einem bleiern weißen Himmel stand, und aßen dabei jeder einen gesalzenen Hering. Direkt auf der Werft vor der Fischpforte wurden nämlich die kleinen und nicht ganz makellosen Fische verkauft, die billigen eben. Salm und Dorsch, Meerhecht, Aal und Karpfen und ihre vielen glitschigen Artgenossen dagegen passierten das Tor und gelangten durch die Lintgasse zu ihrem Bestimmungsort, dem Fischmarkt, wo sie im Schatten des Heiligen Martin den Weg in die Körbe der Kölner Hausfrauen fanden.

Heringe taten es aber auch. Und mit Heringen wurde in Köln viel Geld verdient. Sie kamen den Rhein herauf aus der kalten Nord- und Ostsee, waren bereits gesalzen und in Fässer verpackt und wurden in Köln weiter verschickt. Den Rhein hinauf zum Beispiel in Richtung Mainz. Und weil der Rhein in der Gegend um Köln sein Gesicht und vor allem seinen Tiefgang änderte, mußten die Fässer und mit ihnen alle anderen Waren, die die Stadt passierten, von den dickbauchigen Seekoggen umgeladen werden auf flache Boote mit breitem Bug, der aussah, als sperrten die Schiffe ihr Maul auf.

Köln hatte das Recht, von den durchreisenden Kaufleuten zu verlangen, ihre Waren ein paar Tage hier zum Verkauf anzubieten, bevor sie zu ihren weiteren Bestimmungsorten gesandt wurden. Deshalb würde die Stadt auch satt und reich werden, da war sich Philipa sicher. Man brauchte ja bloß mal mit anzusehen, wie die Schiffsknechte die Waren von den Schiffen wuchteten, zum Verkauf zu ihren verschiedenen Märkten brachten und schließlich dasjenige, was während der Stapeltage nicht verhökert worden war, wieder zurückschleppten, um es auf andere Schiffe zu verladen, zu vertäuen und zu befestigen. Es war ein Betrieb wie in einem Ameisenhaufen. Nur lauter.

»Meinst du, wir können noch so einen Fisch kaufen?« fragte Roland voller Hoffnung. Der arme Kerl hatte einfach immer Hunger.

»Nein, lieber nicht.« Philipa schüttelte den Kopf und wischte sich mit der Hand über den schweißbedeckten Nacken. »Sieh mal, der ist doch auch so salzig, und davon bekommst du Durst. Später holen wir uns ein bißchen was aus der Brothalle. Kurz bevor sie schließen, dann ist es am billigsten.« Durch ihre Heringhände wurde der Nacken auch nicht besser. Oder kühler.

»Hm.« Roland nickte unglücklich.

Ohne ein Wort zauberte Gysela aus den Tiefen ihrer Gewandfalten drei kleine rotbackige Äpfelchen hervor und hielt sie den Geschwistern vor die Nase.

»Woher hast du die?« fragte Philipa mißtrauisch, aber Roland hielt sich mit derlei sophistischen Fragen nicht auf und schnappte sich schnell einen.

»Gefunden«, informierte Gysela ihre Schwester knapp.

»Mit anderen Worten, du hast sie gestohlen.«

»Nein, wirklich nicht«, verteidigte sich Gysela mit treuherzigem Augenaufschlag. »Sie lagen neben einem Stand auf dem Boden, da drüben, auf dem Altenmarkt, oder wie der heißt. Im Dreck. Da mußte ich doch denken, sie seien Abfall, oder?«

»Für Abfall sind die aber sehr schön.« Die Äpfel waren perfekt. Grün, rosig überhaucht, keinerlei Wurm hatte sich bisher an ihnen gütlich getan.

»Weiß ich, was den Städtern gefällt.« Gysela zuckte die Achseln und biß kräftig in das corpus delicti.

Philipa fuhr zusammen. Was weniger an Gysela lag als daran, daß die Schiffsknechte, die die Wippe bedienten, mit deren schwenkbarem Arm die schwergewichtigen Güter von den Schiffen an Land gehievt wurden, ganz offenbar bei der Vertäuung derselben gepatzt hatten, weshalb ihnen mit großem Getöse ein Stapel niederrheinisches Bauholz auf die Kaianlage krachte.

»Idiot! Idiot, verdammter«, brüllte der Schiffsführer. »Haltet sie fest! Idioten, die ihr seid, beeilt euch, der Herrgott möge euch bestrafen!«

»Huh. Das klappt nicht«, bemerkte Roland sachlich, und die drei Kinder beobachteten fasziniert und genüßlich ihre süßen Äpfel kauend, wie langsam und elegant etwa die Hälfte der Bretter in das gleichmütig dahinströmende Wasser des Rheins rutschte, ungeachtet der Bemühungen der Schiffsknechte, sie zu retten. Einer von ihnen klammerte sich mit Armen und Beinen an das Holz und konnte nur noch im allerletzten Augenblick daran gehindert werden, mit hinabgezogen zu werden.

»Idiot«, murmelte der Schiffsführer hilflos, sein Repertoire an Schimpfwörtern war begrenzt. Vielleicht war er aber auch einfach zu entsetzt. Er seufzte und holte weit aus, um dem ihm am nächsten stehenden Schiffsknecht einen gewaltigen Schlag gegen die Schläfe zu verpassen, worauf dieser lautlos zusammensackte und zu Boden ging. Soweit Philipa das beurteilen konnte, hatte der Mann die ganze Zeit an seinem Platz gestanden und war an dem Vorfall gänzlich unbeteiligt gewesen.

Es war spannend, aber es schien ungemütlich zu werden. Philipa rutschte von ihrer Kiste. »Kommt, Kinder. Wir gehen.«

»Wollen wir nicht zusehen, wie sie sich jetzt prügeln?«

Bei den Schiffsknechten handelte es sich um recht rauhe Gesellen, und Philipa hatte nicht den Eindruck, als würden sie bei einer Rauferei viel Rücksicht auf neugierig dreinblickende Kinder nehmen. »Nein. Wir verschwinden von hier und überlegen uns, wie wir weiter vorgehen wollen. Irgendwie müssen wir zu Geld kommen.«

»Wieso? Haben wir denn keins mehr?« Gysela sah besorgt auf.

Nein, so gut wie nicht. »Klar haben wir noch Geld. Aber eben nicht mehr so viel. Außerdem können wir doch nicht ewig hier rumhängen und uns langweilen.«

»Ich langweile mich nicht.« Das war Roland.

»Ich weiß. Aber woanders bestimmt auch nicht. Du langweilst dich doch nie.«

»Stimmt.« Roland vergaß, daß er schon groß war, und begann neben seinen Schwestern herzuhüpfen.

Beim Chor von Groß St. Martin befanden sich die Obststände. Philipa zog es vor, diese Gegend im Moment zu meiden. Wer konnte schon wissen, wie gut die Händler dort beobachteten. Mit Dieben wurde nicht zimperlich verfahren, und sie konnten auf Gyselas rechte Hand einfach nicht verzichten.

Also wandten sie sich in Richtung Marktbrunnen, wo sich ein Menschenauflauf gebildet hatte, der selbst über die in Köln anscheinend übliche Menge von Leuten hinausging. Philipa war ganz sicher, sich an einen derartigen Auftrieb niemals gewöhnen zu können. Roland und Gysela zog es jedoch unwiderstehlich dorthin, wo viele Leute waren, denn dort war auch etwas los. Philipa seufzte, dachte daran, daß ihre Geschwister wenig Vergnügliches erlebten, und ließ sich mitziehen.

Etwa in der Mitte des Marktes hatte man notdürftig einen Pferch errichtet, und in diesem Pferch befand sich ein Schwein. Noch nicht ausgewachsen, aber auch kein Ferkel mehr, rosa, mit braunen Flecken und weißen Borsten. Es rannte zwischen den Brettern hin und her und quiekte aufgeregt, als wisse es, daß etwas Unangenehmes auf es zukommen würde.

Vor dem Pferch stand ein Mann, der mit wedelnden Armen und heiserer Stimme ankündigte, was nun in Kürze zu sehen sein werde. »… meine werten Herrschaften, liebe Kölner und Zugereiste, hier könnt ihr ein Spektakel erleben, welches sowohl aus christlicher Nächstenliebe als auch aus der Absicht gespeist wird, im Sinne des Herrn sein Bestes zu geben.« Mit einer weitausholenden Geste wies er in den Pferch.

War das Schwein das Beste des Herrn? Philipa stieß Gysela in die Rippen, und sie kicherten. Sie verstanden sich auch ohne Worte.

Aber nein, sie lagen falsch. »Hier, dieser barmherzige Mann, demütig im Angesicht seines Wohlergehens, hat sein Gewissen erforscht und gefunden, es sei gottgefällig, denen, die es schwerer haben im Leben, ein Schwein zu spenden, auf daß sie satt werden können.« Der Ausrufer verbeugte sich vor einem mit selbstgefälligem Lächeln sich verneigenden Bauern.

»Aber«, fuhr er dann fort, »warum sollte er und damit auch

wir nicht einen winzigen Gegenwert für diese mildtätige Gabe erlangen? Warum sollte er denjenigen herabwürdigen, der das Schwein bekommt, indem er es ihm einfach überläßt? Anstatt es in einem ehrlichen Kampf zu gewinnen? Gibt es dafür einen Grund?« Drohend blickte er in die Runde. »Nein, dafür gibt es keinen Grund. Deshalb, mein hochverehrtes Publikum«, er breitete beide Arme aus, »deshalb wird es einen Kampf geben. Der geschätzte Gewinner wird ein Schwein mitnehmen und verspeisen können, und wir werden angesichtig eines Gottesurteils, denn der Herr wird dem, der das Schwein erschlägt, gewiß die Hand lenken. Sehen wird er es nämlich nicht. Die Kämpfer haben durch eine weise Entscheidung unseres Herrn ihr Augenlicht verloren. Weshalb er so entschied – wir wissen es nicht, aber wer wollte schon den Herrn in Frage stellen.«

Tja, wer wollte das tun. Philipa schüttelte den Kopf, voller Bewunderung für den Schwung und die Eloquenz des Ausrufers.

»Es mögen sich also fünf Blinde finden, die um dieses Schwein zu kämpfen wagen. Der Lohn wird reich sein und die Anerkennung der Umstehenden gewiß.«

Mit einer theatralischen Verbeugung trat der Ausrufer beiseite und machte den Platz frei für eine Gruppe von blinden Bettlern, unter denen allerdings nicht derjenige war, der sie am ersten Tag in Köln auf dem Domplatz angegangen hatte. Die meisten trugen eine Binde um die Augen, aber einer von ihnen starrte blicklos aus milchigen, beunruhigenden Augäpfeln in die Menschenmenge, die den Pferch umgab.

Philipa spürte, wie sich Roland an ihrem Beutel zu schaffen machte, aber sie achtete nicht auf ihn. Die Blinden wurden von dem Ausrufer mit ledernen Brustharnischen ausgestattet und mit Knüppeln bewaffnet.

Dann sah sie zu ihrem größten Entsetzen, wie mit kleinen tapsigen Schritten ihr Bruder nach vorne zu dem Ausrufer trat und mit stolz erhobener Stimme bat, bei dem Treiben mitmachen zu dürfen. Er war acht Jahre alt und mit Augen wie ein Luchs ausgestattet, die jetzt allerdings verbunden waren mit Philipas höchsteigenem Tuch.

Sie drängte sich zu ihm. »Nein. Das kommt überhaupt nicht in Frage.«

Roland tastete nach ihrer Hand. »Schwester. Warum nicht? Wir haben Hunger, und da ist ein Schwein, das man braten kann. Warum sollte ich nicht versuchen, es für uns zu gewinnen?«

»Ganz einfach, weil du zu klein bist.« Der Ausrufer lachte. »Klein, aber mutig. Respekt, junger Mann.«

»Ich könnte es doch versuchen«, bettelte Roland und suchte den Ärmel des Mannes, um sich an ihm festzuhalten.

Das Schwein hatte sich inzwischen in eine Ecke zurückgezogen und grunzte aufgeregt. Die Menge lachte, auch wegen Roland, der tapfer und unbeirrt vor dem Ausrufer stand und stracks an ihm vorbeiblickte, da er ihn ja nicht zu sehen vermochte. Das Tuch war viel weniger durchsichtig, als er angenommen hatte.

»Nein. Tut mir leid, Kleiner. Dir paßt keiner der Harnische, und du hast eine Höhe, bei der du jeden Knüppel sofort auf die Rübe bekommen würdest. Geht nicht. Unlauterer Wettbewerb, sozusagen. Und jetzt mach dich vom Acker.«

»Komm, mein lieber Bruder«, flötete Philipa und führte ihn sanft und liebevoll aus der Menge quer über den Platz, wo sie nicht mehr gesehen werden konnten, mit Gysela im Schlepptau. Drüben angekommen, neben den Verkaufsständen mit Gewürzen und Spezereien, riß sie ihm die Binde vom Gesicht und zischte wütend: »Bist du eigentlich vollkommen verrückt geworden? Haben wir nicht genug Sorgen, auch ohne daß du dich zu Brei schlagen läßt?«

Roland ließ den Kopf hängen. »Ich dachte, so ein Schwein wäre eine gute Idee. Zum Braten. Ich habe Hunger.«

Augenblicklich hatte Philipa ein schlechtes Gewissen. »Gut, in Ordnung, du hast Hunger. Aber weißt du, ich brauche dich noch. Ich habe versprochen, für euch zu sorgen, und das tue ich auch. Mir fällt schon was ein, hab noch ein bißchen Geduld.«

Roland nickte, und dann spürte er, wie Minnis Schnauze sich in seine Hand schob. »Ist schon gut, es war vielleicht wirklich eine dumme Idee. Können wir zum Brunnen und etwas trinken?«

»In der Nähe des Brunnens sind doch die Blinden, du Blödmann.« Gyselas Geduld hatte sich erschöpft. »Und damit auch die Leute, die ihnen zuschauen. Willst du, daß die erkennen, was es mit dem blinden kleinen Jungen auf sich hat? Oder möchtest du den ganzen Tag mit der Binde vor den Augen herumrennen?«

»Schimpf nicht mit ihm, Gysela«, Philipa legte ihre Arme um die Schultern der Geschwister. »Er hat es doch gut gemeint. Wir können es uns nicht leisten, uns zu verzanken. Jetzt laßt uns erst einmal von hier verschwinden, Gisi hat recht, es muß dich ja keiner erkennen.«

Sie wandten sich in Richtung Dom und hatten kaum den belebten Platz betreten, als sie auch schon wieder stehen blieben. Der Anblick des Gedränges und der Lärm, den die vielen Menschen verursachten, war jedes Mal wieder ein Schock.

Gysela kam an Philipas Seite und zog sie am Ärmel. »Guck mal, was machen die da?« fragte sie fasziniert.

»Wo denn?« Philipa konnte nichts sehen. Direkt vor ihr versperrte eine wilde Prügelszene den Blick, bei der es offenbar um zwei Jungen, einen mageren Straßenköter und ein in den Straßendreck gefallenes Stück Wurst ging.

»Da, Pippa, der Mann. Was macht der denn da?«

Sie blickte suchend hoch. »Wo?«

»Auf der Treppe von dem Dom.«

Richtig, auf der Domtreppe war ein Mann. Dazu eine Frau.

Und der Mann fingerte auf eine Weise, die nur als sehr unanständig zu bezeichnen war, an der Frau herum. Diese lachte hell auf und schob sich näher an den Fummler heran. Er war breit und kräftig, ärmlich, aber einigermaßen ordentlich gekleidet. Ein Bauer, bestimmt war er in die Stadt gekommen, um das Erwirtschaftete zum Markt zu bringen. Jetzt – amüsierte er sich. Auf der Domtreppe.

Philipa dachte kurz daran, was mit ihm passiert wäre, hätte er das an dem Eingang zur Burgkapelle versucht, aber dann wollte sie es sich lieber doch nicht vorstellen. Philipp von Aichbergen war ein sehr gottesfürchtiger Mann gewesen. Und streng. Außerdem war er tot, und es tat weh, an ihn zu denken.

»Bei allen Heiligen!« Gysela verschlug es die Sprache. Aber nur kurz. »Die gehen in die Kirche!«

»Vielleicht sind sie fromm.«

Gysela betrachtete ihre Schwester kritisch von der Seite. Sollte sie tatsächlich nicht mitbekommen haben, was sich allabendlich auf der Burg abspielte, wenn die Tische in der Halle beiseite geräumt worden waren und sich die Burgbewohner im Stroh ihr Schlaflager gesucht hatten? Kaum zu glauben.

»Na ja«, sagte Gysela zögernd.

Der Bauer hatte ungeniert eine seiner schwieligen Pranken auf die Brust der Hübschlerin gelegt und zog sie tatsächlich von den Stufen zum Inneren der Kirche. Philipa war ehrlich entsetzt. Ob die wirklich da drinnen – ihrer Arbeit nachging? Sie warf einen Blick auf ihre kleine Schwester. Diese war zwar schon fast zwölf, aber sie hatte keine Ahnung, inwieweit sie mit den nackten Tatsachen des Lebens vertraut war. Irgendwie war das nichts, worüber man so sprach zwischen Schwestern.

Ehe sie sich noch entschieden hatte, ob und vor allem wie sie das Thema weiter verfolgen sollte, spürte sie eine Hand an ihrem Bein, dann erhielt sie unvermittelt einen derben Stoß in den Rücken und flog ein Stück nach vorne. Allerdings nicht ohne sich in einer instinktiven Bewegung die Hand gekrallt zu haben, die sich in die mageren Falten ihrer Cotte gegraben hatte. An der Hand hing ein wild zappelndes, außerordentlich schmutziges Wesen.

»Was fällt dir eigentlich ein!« herrschte sie es an. »Wühlst hier in meinen Kleidern!«

»Laß mich los!« Das Zappeln wurde stärker.

»Ich denke überhaupt nicht daran.« Philipa von Aichbergen ließ sich doch nicht so mir nichts, dir nichts einfach ausrauben. »Ich werde dich dem Büttel übergeben.«

Sie blickte sich suchend um. Leider hatte sie überhaupt keine Ahnung, wo so ein Ordnungshüter zu finden war. Eigentlich hatte sie auch nicht vor, ihre Drohung wahr zu machen. Nicht angesichts der riesigen ängstlichen Augen, die sie unter einem verfilzten Haarschopf anstarrten. Sie konnte die Flöhe förmlich springen sehen. Philipa unterdrückte den Impuls, das Kind loszulassen. Mehr als ein Kind war es nämlich nicht, das Wesen.

»O nein«, fing es auch sofort an zu weinen, »nicht, bitte nicht. Es war doch meine Probe. Und wenn ich gleich beim ersten Mal …« Das Weinen wurde stärker.

»Diese Probe dürftest du nicht bestanden haben«, bemerkte Philipa streng.

Schluchzen.

»Außerdem solltest du dir die Leute, die du ausnehmen willst, besser aussuchen. Siehst du denn nicht, daß bei uns nichts zu holen ist?«

»Nur Ärger«, half ihr Gysela aus, und Philipa unterdrückte ein Lächeln. Blond und süß, wie ihre Schwester war, wirkte sie nicht sehr bedrohlich. Das schien auch der Knabe vor ihnen zu denken, denn das Schluchzen versiegte abrupt. Sechs war er, vielleicht erst fünf. Jünger als Roland. Armer Bengel, es war bestimmt kein einfaches Leben.

»Kommst du denn nicht anders an ein Auskommen als

durch Stehlen?« Philipa lockerte ihren Griff. »Und putz dir die Nase.«

Der Junge wischte sich folgsam die Nase an seinem Tunikaärmel ab, was einen breiten, unansehnlich grauen Streifen in seinem Gesicht hinterließ, und schüttelte den Kopf. »Nee. Gestern war ich noch beim Armenbrett von St. Johann Baptist, aber die wollen mir nichts mehr geben.« Er warf trotzig den Kopf zurück. »Ich brauch's auch nicht. Gut, ich übe noch, und gerade habe ich gepatzt, aber ich werde das schon schaffen.«

»Meinst du, du betrachtest es als Beruf?« fragte Roland interessiert.

»Untersteh dich, auch nur einen einzigen Gedanken daran zu verschwenden, du könntest das auch versuchen«, griff Philipa empört ein. »Wir sind arm, und wir haben Hunger, aber mir wird etwas einfallen, wofür wir nicht ins Loch gesteckt werden oder sie dir eine Hand abhacken. Das kommt überhaupt nicht in Frage, so weit sind wir noch lange nicht, hast du das gehört?«

Die drei Kinder sahen sie fasziniert an. Und befremdet, jedenfalls soweit es ihre Geschwister betraf. »So, und dich lasse ich jetzt los. Von mir aus hau ab. Aber ich rate dir, zu überlegen, wie du dein Leben auf gottgefälligere Art fristen kannst.«

»Pah.« Ein kurzes, aalähnliches Winden, dann schoß der Kleine davon. Direkt in die Arme seines Lehrmeisters, der die ganze Zeit gelassen am anderen Ende des Domplatzes gestanden und die Szene beobachtet hatte. Er empfing den Jungen mit einer äußerst derben Kopfnuß, die ihn zu Boden schleuderte.

»Du bist schnell«, bemerkte eine Stimme neben Philipa, und die Köpfe der drei Kinder ruckten in einer einzigen Bewegung herum.

»Wie bitte?« fragte Philipa steif.

»Oh, wir sind förmlich.« Der Fremde verbeugte sich galant, wobei er mit seinen Ärmeln fast im Straßenstaub wischte. »Ich meinte, du reagierst rasch. Respekt. Nicht jeder hätte den Kleinen erwischt. Wenn er sich auch reichlich ungeschickt angestellt hat.«

»Er ist noch neu in der Branche.« Philipa wollte nicht ungerecht sein.

Der Fremde lachte laut auf und ließ dabei ein erstaunlich vollständiges Gebiß sehen. »Kommt, setzt euch zu mir. Ich bin in den überraschenden Segen einiger köstlicher Pastetchen gekommen und geneigt, sie mit euch zu teilen. Hunger ist ein schlechter Beistand, und ich habe den Eindruck, ihr könntet euch einer gewissen Ratlosigkeit nicht erwehren.«

Philipa starrte ihn zweifelnd an.

»Pippa, bitte.«

Sie sah in die Augen ihres hungrigen Bruders und unterdrückte ein Seufzen. »Wir kennen den Mann doch gar nicht, Rollo.«

»Mein Name ist Jann Roedthaar.« Er verbeugte sich wieder. »Jetzt kennt ihr mich und könnt mein schlichtes Mahl mit mir teilen.«

Eigentlich sah er nett aus. Ungefährlich irgendwie. Und Pasteten waren auch nicht schlecht. »Na gut.«

Sie schlenderten hinüber zu den Domtreppen und ließen sich am äußersten Rand nieder. Jann Roedthaar verteilte mit ernsthafter Miene seine Pasteten. Sie waren ein bißchen schmuddelig, rochen aber köstlich nach Schweinefleisch und Zwiebeln. Philipa spürte, wie sich in ihrem Leib ein lautes Magengrollen vorbereitete, und hoffte inständig, es würde sich noch einmal beherrschen.

Roedthaar paßte gut. Ein wilder Schopf leuchtend roten Haares bedeckte den Kopf des Fremden, es funkelte in der Sonne. Und wie es oft so ist, hatte sich zu diesem Flammenmeer eine milchweiße Haut gesellt mit Myriaden von Sommersprossen. Es fiel schwer, einem solchen Gesicht Böses zuzutrauen, und Philipas Herzschlag beruhigte sich ein wenig. Herzhaft biß sie in das Gebäck.

»Ihr seid nicht von hier, was?« fragte der Mann und streckte gemütlich die Beine von sich, ganz entspannt im Hier und Jetzt.

Was man von Philipa nicht so ohne weiteres behaupten konnte. »Nein.«

»Und woher kommt ihr?« Jann Roedthaar kaute bedächtig.

»Südlich von hier.« Philipa reichte ihre halb aufgegessene Pastete ihrem Bruder, der seine in Windeseile verschlungen hatte. Ein bißchen Bratensaft glänzte auf seinem Kinn.

Dankbar schlug Roland seine Zähne in das Gebäck. Jedenfalls die, die er hatte. Seine oberen Schneidezähne hatte er nämlich bereits verloren, und er wartete seit längerem vergeblich auf die zweiten. Mit einer weichen Pastete hatte er keine Probleme, in einen Apfel zu beißen war schon schwieriger.

Roedthaar war ebenfalls fertig, lehnte sich zurück und hielt das Gesicht der Sonne entgegen. »Du bist nicht sehr gesprächig, was?«

»Nein. Muß ich? Für eine Pastete?« Was ging es ihn an, wo sie herkamen. Und daß sie es nicht gewohnt waren, für sich selbst zu sorgen und deshalb Schwierigkeiten damit hatten.

»Für drei Pasteten«, berichtigte Flammenmeer.

»Ich kann sie schlecht zurückgeben. Du hättest vorher sagen müssen, daß sie nicht ohne Gegenwert zu haben waren.«

Roland kicherte bei der unappetitlichen Vorstellung, die Pasteten wieder aushändigen zu müssen, aber Gysela war es ein bißchen peinlich, daß ihre Schwester so unfreundlich war.

»Ich habe noch einen Apfel, den kann ich dir anbieten«, sagte sie mit gewinnendem Lächeln.

»Nein, nein, ist schon gut. Ich wollte dich nicht kränken,

weißt du«, er tätschelte Philipas Hand. »Glaub mir, es gibt hier mehr als einen, der nicht weiß, woher er stammt, oder der nicht drüber reden will. Ist völlig in Ordnung. Was treibt ihr hier denn so?«

»Wir sind auf der Durchreise.«

»Aha.« Jann Roedthaar fischte sich ein Stückchen Speck aus den Zähnen. Dann grinste er entwaffnend. »Wohin ihr reist, traue ich mich jetzt nicht mehr zu fragen.«

Philipa lachte auf. »Sieh an, du bist lernfähig. Als Gegenleistung verrate ich dir aber, daß wir noch gar nicht wissen, wohin wir ziehen werden.«

Sie war richtig hübsch, wenn sie den verkniffenen Gesichtsausdruck einmal zugunsten eines Lächelns vergaß. Jann strahlte sie an. »Das kenne ich. Wir sind sozusagen Kollegen, will mir scheinen. Nun, meine Truppe ist erst gestern angekommen, wann wir weiterziehen, ist noch ungewiß. Erst einmal werden wir die Kölner mit unseren Darbietungen erfreuen. Jedenfalls so lange sie es wollen.«

»Du gehörst zu den fahrenden Leuten?« Roland starrte ihn an. Eine Truppe Spielleute war im letzten Jahr auf der Burg gewesen und hatte sie alle mit ihren Kunststücken und Liedern in den Bann gezogen. Da war sogar ein Hund gewesen, der auf den Hinterbeinen laufen und dabei einen Ball auf der Nase balancieren konnte. Vielleicht konnte Minni so etwas ja auch lernen und sich sein Essen selbst verdienen. Roland warf einen kritischen Blick auf den Hund, der zu ihren Füßen eingeschlafen war und alle vier Pfoten in die Luft reckte. Nun, vielleicht konnte er es auch nicht. Schade.

»Jawoll, mein Kleiner. Aber keine Angst. Entgegen anderslautenden Behauptungen fressen wir keine kleinen Kinder.«

»Ich weiß«, meinte Roland eifrig, »wir hatten letztes Jahr auf …«

»Roland!« unterbrach Philipa ihn mahnend.

»Ja? Was denn? Ach so.« Er hatte kurzfristig vergessen,

daß sie verabredet hatten, nicht zu erwähnen, wer sie waren und woher sie kamen. Erst, wenn sie ihre Würde wiedererlangt hatten, war Philipas unerschütterliche Devise.

»Also ... ich hab' letztes Jahr welche gesehen. Die haben Lieder gesungen und so«, endete Roland etwas lahm.

»Hmhm.« Seltsame Kinder. Jann Roedthaar sprang auf. »Ich muß jetzt gehen. Nett, euch kennengelernt zu haben. Habt ihr schon eine Unterkunft? Sonst könnte ich euch einen Rat geben.«

»In der Schmierstraße«, erwiderte Philipa schroff, sie schämte sich. Daß ihr Quartier nicht gerade in der vornehmsten aller Gegenden lag, hatten sie in den letzten Nächten äußerst eindringlich erfahren. Man ließ sie zwar in Ruhe, aber die Geräuschkulisse raubte ihnen den Schlaf auch so.

»Na ja, dann«, Flammenmeer verbeugte sich. »Macht's gut, Kinder. Und paßt auf euch auf. Der Knabe eben war ein Anfänger, aber es gibt genug geübtere Langfinger in so einer großen Stadt.«

Ohne eine Antwort abzuwarten, drehte er sich um und verschwand. Sein roter Schopf war noch eine ganze Weile zu verfolgen, wie er über den Köpfen der anderen Passanten tanzend den Domvorplatz überquerte. Dann bog er in Richtung St. Kolumba ein und war weg.

»Warum warst du so iggelig, der war doch nett«, beschwerte sich Gysela, »mit den Pasteten. Und überhaupt.«

Ja, es tat ihr ja auch leid. Aber woher sollte sie wissen, wem sie trauen konnte und wem nicht. »Vielleicht hat er ja auch nur nett getan.«

»Glaube ich nicht.« Ihre Geschwister waren jedenfalls von reinerem Gottvertrauen erfüllt als sie selbst. Philipa seufzte.

»Nee, meine Lieben.« Die grüne Tryn lehnte, eine Zwiebel kauend, an der geschlossenen Tür und wippte mit ihrem Rock.

»Was soll das heißen: Nee?« Philipa legte einen hochmütigen Zug in ihre Augen.

Die Wirtin war nicht leicht zu beeindrucken. »Nee heißt nee, ganz einfach. Leute, die nich' zahlen, kriegen hier kein Bett.«

»Wir haben aber bezahlt«, erwiderte Philipa empört.

»Das ist lange her.« Tryn begutachtete den Rest ihrer Zwiebel und steckte ihn dann in den Mund. »Jetzt müßt ihr wieder bezahlen. Und zwar im voraus, so wie ich das sehe. Aber ihr habt kein Geld. Leute, die pleite sind, erkenne ich am Geruch.«

Tryns Geruch war scharf und frisch und stammte von jungen Zwiebeln. Er überlagerte die anderen Ausdünstungen, so daß nicht so ohne weiteres zu erkennen war, wie es um ihr eigenes Vermögen bestellt war. Vermutlich nicht allzu schlecht, nahm Philipa an.

»Wir zahlen morgen.« Einen Versuch war es wert. »Bestimmt.«

»Ja, das glaube ich auch. Aber nich' hier.« Tryn sah sie gleichmütig an. »Denn ihr seid nich' mehr da. Komm, Kleine, is' doch auch zu teuer für dich un' die Kinder. Sucht euch was Einfacheres.«

Noch einfacher! Ungern. Aber es blieb ihnen wohl nichts anderes übrig. Philipa drehte sich wortlos um, ergriff je eine Hand ihrer Geschwister und ging davon. Schnurstracks zum nächsten Brunnen.

»Los, wascht euch!«

»Waschen?«

»Ja. Arme Leute erkennt man nicht nur am Geruch, sondern auch daran, daß sie ungepflegt sind. Also wascht euch. Und zwar hier. Oder erwartest du, daß ich uns den Besuch in einem Badehaus spendiere?« Philipa reckte kampfeslustig das Kinn vor.

»Ist ja schon gut.« Folgsam tauchten Roland und Gysela

Hände und Gesicht in das klare, kalte Wasser und fuhren sich glättend über die Haare.

»Wo wollen wir denn hin? Zum St. Andreas-Hospital?« Da war eine Fremdenherberge für Pilger und Arme und überhaupt für alle, die sich etwas Besseres nicht leisten konnten, das wußte Gysela.

»Nein. Ich habe neulich im Alten Graben ein verlassenes Haus gesehen, da gehen wir hin, viel schlimmer kann es ja nicht werden. Als nächstes besorgen wir uns Geld. Oder was zu essen. Wir teilen uns auf. Rollo geht zu St. Peter, Gysela nach St. Aposteln und ich nach St. Johann Baptist.« St. Johann Baptist war am weitesten entfernt. »Jeder von uns versucht, dort beim Armenbrett etwas zu bekommen. Anschließend treffen wir uns an dem Haus am Alten Graben und vergleichen. Vielleicht klappt es ja, und wir haben erst mal ein, zwei Tage Luft. Dann sehen wir weiter.«

»Hier müffelt es so komisch.« Gysela blickte sich schnuppernd um.

»Pst.« Philipa beobachtete Minni, der stocksteif stehengeblieben war, mit erhobener Pfote, und das Bild eines fleißigen Jagdhundes abgab. Aber riechen konnte er ja, und wenn er hier etwas witterte, war es bestimmt lohnenswert, herauszufinden, was es war.

Langsam setzte er die Pfote auf und schlich ein paar Schritte nach vorne. Ohren nach hinten, Lefzen nach oben. Noch ein paar vorsichtige Tritte. Plötzlich schoß er in einen Strohhaufen, es raschelte, es staubte, dann ein Quieken, schließlich Stille. Stolz erhobenen Hauptes kehrte er zurück, im Maul eine tote Ratte.

»Igitt«, sagte Gysela angewidert.

»Du mußt ihn loben, sonst fängt er keine mehr.« Philipa kniete sich entgegen ihrem Widerwillen nieder und klopfte Minnis Rücken. »Guter Hund, braver Hund. Das hast du fein gemacht. Jetzt zieh dich zurück und verspeise sie. Aber nicht vor meinen Augen.«

Minni hechelte zufrieden und gehorchte.

»Meinst du, hier gibt es viele davon?« Rolands Augen leuchteten hoffnungsfroh.

»Sag bloß, das würde dir gefallen.« Gysela schüttelte sich vor Ekel.

»Ja, das würde es. Ich brauche sie als Übungsobjekte.« Roland ließ sich auf einem abgesägten Baumstumpf nieder, holte einen Haufen kleiner Kiesel aus seinem Beutel und legte seine Schleuder auf sein rechtes Knie. »Vielleicht erlege ich uns Kaninchen. Oder Vögel. Irgend etwas.«

Philipa betrachtete ihren Bruder liebevoll. Er war der Mann im Haus und schien sich auf seine Funktion als Versorger zu besinnen. Schade, daß er nicht zehn Jahre älter war.

»Ich hab' was gefunden.« Das war Gysela, die atemlos von einem Erkundungsgang durch ihr neues Zuhause wiederkam. »Dahinten ist eine Leiter, die führt auf den Dachboden. Oben ist es fast sauber, und es gibt auch keine Ratten, glaube ich, bloß Tauben, aber die waren nur in der großen Kammer, weil da das Dach leck ist, aber daneben ist noch eine kleine, und die ist trocken. Wenn wir hier unten sauberes Stroh oder Gras finden, können wir uns da oben ein Nachtlager bauen.«

Sie war praktisch veranlagt, die Gysela.

»Zeig mal.« Philipa betrat hinter ihrer Schwester das baufällige Haus, es war völlig leergeräumt, nur in der Mitte konnte man an einem schwarzen, rußigen Fleck noch erkennen, wo einmal das Herdfeuer gelodert hatte. Gammeliges Stroh lag auf dem Fußboden, es war feucht geworden und hatte gegoren, das war es auch, was so komisch roch. Sie würden es nach draußen räumen müssen, dann war es bestimmt schon viel besser.

»Außerdem habe ich noch etwas ganz Tolles entdeckt«, sagte Gysela stolz, als sie vor ihrer Schwester die erstaunlich intakte Leiter hinaufkletterte. »Einen Ledereimer, den haben sie vergessen mitzunehmen.«

Ein Eimer! Der war Gold wert, wirklich. So konnten sie Wasser vom Brunnen holen, um sich zu waschen und etwas zu trinken zu haben. »Du bist prima, Gisi, ehrlich.« Philipa kniff ihre Schwester in die blanke Wade, und sie quietschte.

Dann waren sie oben. Der große Raum war tatsächlich nicht zu verwenden, er wurde als Taubenschlag benutzt mitsamt den dazugehörenden Hinterlassenschaften, aber die kleine Kammer nebenan war einigermaßen sauber. »Ich hole mir einen Zweig mit Blättern dran und fege hier aus«, erklang Gyselas Stimme resolut, sie hatte sich schon alles genau überlegt.

»Ja. Außerdem ist unter dem fiesen, schimmeligen Stroh unten vielleicht noch etwas trockenes, das können wir dann hochschaffen. Oder wir nehmen Gräser, davon gibt's ja genug auf dem Hof. Das riecht bestimmt auch gut. Jetzt im Sommer brauchen wir keine Decken und können einfach so hier schlafen, und im Winter sind wir sowieso schon weg.«

»Genau. Dann kuscheln wir uns unter Pelzdecken und in reine Wolle.« Sie kicherten, die Vorstellung war einfach zu phantastisch.

Philipa konnte wegen des schrägen Daches nur in der Mitte des kleinen Raumes noch so gerade eben stehen. Sie bückte sich und ging zu der Fensteröffnung, die ohne Möglichkeit, sie zu verschließen, in der Wand gähnte. Die hölzernen Fensterläden, die ehemals wohl hier gewesen waren, gab es längst nicht mehr. »Wir werden eine wunderbare Aussicht auf den Sternenhimmel haben«, verkündete sie. Und hoffentlich nicht naß regnen, aber warum sollte sie Gyselas Finderstolz trüben.

Von unten ertönte ein Schrei.

Sie blickten sich an, atemlose Stille für einen Moment. Dann rutschten sie mehr schnell als elegant die Leiter hinab und landeten mit einem dumpfen Plumps im Hof, direkt neben Roland, dessen Gesicht im reinsten Triumph erstrahlte.

»Ich hab' eine«, verkündete er stolz und zeigte glücklich auf eine fette Ratte, die in einiger Entfernung im Stroh lag. Mit zerdelltem Schädel. Philipa schüttelte sich.

»Was machen wir jetzt damit?«

Das hatte sich Roland auch noch nicht überlegt. »Keine Ahnung«, bekannte er.

»Was Papa wohl davon halten würde, wenn er wüßte, daß wir hier sind?« Rolands Stimme klang ein bißchen dünn.

»Nichts.« Gysela weigerte sich, allzu gefühlvoll zu sein.

»Er sagte immer, ich würde ein Ritter werden und tapfer für Gerechtigkeit auf Erden und Frieden im Himmel kämpfen.« Jetzt schwankte die dünne Stimme ein wenig.

»Ritter, haha«, sagte Gysela erbarmungslos.

»Warum nicht?« Roland verschränkte trotzig die Arme vor der Brust. Sein Vater hatte ihm nie das Gefühl gegeben, er sei kein echter Aichbergen, bloß weil seine Mutter eine Milchmagd war. Philipps Gemahlin hatte das wohl anders gesehen.

»Du bist ein Bastard, schon vergessen? Um die reißt sich normalerweise keiner. Pippa, sag doch auch einmal was.«

»Wenn er Rollo bei einem Burgherrn untergebracht hätte, wäre ja auch ein Ritter aus ihm geworden.«

»Hätte, wäre, wenn. Larifari. Er war nie da, oder? Hat er also nicht gemacht.« Und wenn er da war, hatte er mit seiner legitimen Tochter Philipa weite Ausritte gemacht oder seinen einzigen Sohn mitgenommen. Einzig Gysela hatte kaum etwas von ihm gehabt. Weder ein Junge noch legitim zu sein war wohl zu wenig.

Roland schwieg. Sie hatte ja recht. Philipp von Aichbergen hätte nach Hause kommen und für seine Kinder Vorsorge tragen sollen. Aber als er dann die Heimreise antrat, tat er es, um dort zu sterben.

Philipa schwieg ebenfalls. Dann setzte sie sich mit einem

Ruck auf. »Hört doch auf. Es ist vorbei. Wir ... wir haben alle etwas verloren und alle etwas gewonnen. Es ist nicht leicht, aber das war es auf Aichbergen auch nicht. Wir werden schon irgendwie einen Weg finden. Jetzt schlaft, morgen müssen wir uns anstrengen.«

Sie ließ sich zurück auf ihr Lager fallen und wartete darauf, daß ihre Geschwister protestierten. Erstaunlicherweise blieben sie still. Vielleicht waren sie einfach bloß müde. Oder ängstlich, so wie sie selbst. Aber immerhin hatte sie es sich hier behaglich gemacht, gemeinsam mit den beiden, für die sie die Verantwortung übernommen hatte, und bewacht von einem Hund, der sehr kläglich gewinselt hatte, als er feststellte, daß er nicht die Leiter hinaufkam und unten bleiben mußte.

Philipa zog das Amulett hervor, das sie normalerweise sorgsam verborgen unter ihrem Hemd trug. Im schwachen Mondlicht schimmerten die fein ziselierten Eichblätter, die das vollkommene kleine Oval zierten. Kurz vor ihrer Abreise hatte Barbara es ihr gegeben, Rolands und Gyselas Mutter, der Philipp von Aichbergen sehr viel wärmere Gefühle entgegengebracht hatte als seiner strengen Gemahlin. ›Dein Vater wollte, daß du es bekommst, falls ihm etwas zustoßen sollte.‹ Nun, so war es dann ja auch geschehen, er war tot, und sie waren hier. Es gab ihr ein tröstliches Gefühl, das Amulett in den Händen zu halten, und die Gewißheit, Philipp von Aichbergen hätte dies alles hier nicht einfach so mit sich geschehen lassen. Er hätte sich gewehrt, versucht, das Schicksal zu seinen Gunsten zu wenden.

Sie war seine Tochter, und so würde sie es auch halten.

Zwei Abende später war Philipa davon nicht mehr so überzeugt, als sie von ihrem Streifzug nach Hause kam und Gysela und Roland im Hof einträchtig nebeneinander sitzend vorfand. Sie blickten ihr erwartungsvoll entgegen, Roland mißmutig, Gysela vergnügt.

Philipa blieb stehen und unterdrückte ein Seufzen. Sie war müde. Und sie hatte keine Lust auf Schwierigkeiten oder Berichte darüber. Viel hatte eigentlich nicht geklappt seit dem Verlassen der Burg. Obwohl, sie waren noch am Leben, beisammen und gesund, und unter den gegebenen Umständen war das vielleicht ein gar nicht so schlechtes Ergebnis.

»Wie war es?« fragte sie, ließ sich auf die Wiese mit dem unbeachteten sonnenleuchtenden Mauerpfeffer sinken und rieb sich die schmerzenden Füße. Die Schuhe hatte sie achtlos neben sich geworfen, obgleich sie ein kostbares Gut waren und mehr Pflege und Aufmerksamkeit verdient hätten.

»Die haben mir nichts gegeben«, erklärte Roland beleidigt. »Sie sind ... hartherzig.«

Philipa nickte. »Ich weiß. Ich habe auch nichts bekommen. Zugereiste und arbeitsfähige Fremde kriegen nichts, das haben sie mir zumindest gesagt.«

»Manchmal schon.« Gysela klang wie eine satte Katze. »Erst wollten sie nicht. Aber dann habe ich an was ganz Trauriges gedacht, an Vater im Himmel und Mama allein auf Aichbergen, und da habe ich nasse Augen bekommen, und dann haben sie mir zwei ganze Heller gegeben und einen Laib Brot und ein Stück Käse. Außerdem wollten sie mir noch Bier austeilen, und weil ich keinen Krug dabeihatte, hat mir einer heimlich einen Schlauch geschenkt. Deshalb habe ich auch was zu trinken.« Gysela lächelte stolz in die Runde. »Na, was sagt ihr jetzt?«

»Daß du sehr geschickt und eine tolle Schaustellerin bist.« Philipa lächelte ihre Schwester an. Sie konnte sich genau das Bild der dunkelblauen, vor Tränen überquellenden Augen vorstellen und den mitleidlosen Angriff auf das Herz der almosenausteilenden Brüder und Schwestern.

»Vielleicht versuche ich es auch mal mit Weinen«, meinte Roland hoffnungsfroh. »Bei Jungen wirkt das bestimmt auch gut. So ... elend. Oder? Was meint ihr?«

»Ja, sicher.« Ganz so hatte Philipa es sich allerdings nicht gedacht, als sie ihren Geschwistern versprochen hatte, für sie zu sorgen. Jedenfalls hatte sie nicht geplant, von ihren geheuchelten Tränen leben zu müssen. Sie unterdrückte ein Seufzen. »Ich habe euch auch noch etwas zu erzählen. Aber erst muß ich essen.«

Gysela sprang auf. »Moment.« In Windeseile war sie zurück und breitete ein Tuch vor ihnen im Gras aus, darauf legte sie Brot und Käse und dazu ein Häufchen Stachelbeeren. »Nicht geklaut, keine Sorge, ehrlich nicht. Ich habe einen Strauch auf einem verlassenen Grundstück entdeckt und mir gedacht, es kann keiner was dagegen haben, wenn ich ein paar pflücke.« Gysela hatte eigentlich nie Sorgen, daß irgendwer etwas gegen irgend etwas haben könnte, was sie tat, und meistens hatte sie recht. Sie holte den kostbaren Ziegenlederschlauch aus dem Eimer, in dem sie ihn gekühlt hatte, und legte ihn zu ihrem Imbiß dazu. »Na, was sagt ihr nun?« Sie lächelte stolz in die Runde.

»Ganz phantastisch. Ein richtiges Festmahl.«

»Pippa?« Roland sah seine Schwester prüfend von der Seite an.

»Ja?«

»Wenn du mir versprichst, daß du nicht böse wirst, beichte ich jetzt was.«

Es würden bessere Gelegenheiten kommen, auf Ehre und Anstand zu achten. »Ich verspreche es.«

»Gut.« Roland drehte sich um und kramte in einem Blätterhaufen, vor dem die ganze Zeit schon Minni aufmerksam Wache bezogen hatte. »Als ich zurückkam von St. Peter, mit nichts als Wut und Ärger im Bauch, sah ich einen Mann, der sich zum Essen unter einen Baum gelegt hatte. Er hatte ordentlich gezecht, und deshalb war er eingeschlafen. Da habe ich im Vorbeigehen ein paar von seinen Würsten genommen.«

Philipa fuhr auf.

»Nicht alle, bloß vier, für jeden von uns eine. Du hast es versprochen.«

Das hatte sie. Und Hunger außerdem. Philipa klappte den Mund wieder zu.

»So, dann wollen wir mal, was, Kinder? Pippa?« Gysela lächelte ihr aufmunternd zu.

Philipa nickte zögernd, und auf dieses Startzeichen hin begannen ihre Geschwister ohne weitere Umstände mit dem Festmahl. Sie hatten recht. Zurückbringen konnte man die Würste ja auch nicht. Sie glänzten fett in der Sonne und verströmten einen verführerischen Duft.

»Gib mal eine.« Philipa streckte die Hand aus. Rollo suchte ihr sorgfältig die dickste und schönste aus und reichte sie ihr.

»Danke. Es ist nicht richtig, weißt du. Vielleicht hatte der Mann genauso wenig Geld wie wir. Aber wenn er nicht besser aufpaßt ...« Sie zuckte mit den Achseln. Man mußte sich ein dickeres Fell zulegen in ihrer Lage.

»Genau.« Roland nickte dankbar. »Außerdem war er so blau, der verschläft seinen Hunger sowieso.«

»Eben.« Gysela biß ein kleines Stück Käse ab und nahm genießerisch eine Stachelbeere dazu in den Mund. »Lecker. Pippa, hattest du nicht gesagt, du wolltest uns was erzählen?«

»Ja. Später.« Philipa gab ein sehr undamenhaftes kleines Grunzen von sich. »Wenn ich satt bin. Oh, ist das köstlich. Ich glaube, ich habe noch nie etwas so Gutes gegessen. Minni, ich hab' dich lieb, aber von meiner Wurst kann ich dir nichts abgeben. Hättest deine eben nicht so schnell verschlingen sollen. Geh' und hol dir eine Ratte.«

»Bah«, sagte Gysela, die sich einfach nicht daran gewöhnen konnte, Minni beim Rattenverspeisen zuzusehen.

Sie aßen einträchtig und schweigend alles bis auf den letzten Krümel auf. Dann wischte Philipa sich den Mund ab und nahm einen Schluck von dem dünnen Bier. »So. Jetzt habe ich eine Überraschung für euch. Zwar habe ich bei den Brüdern von St. Johann Baptist nichts bekommen, was ich zu diesem Festmahl hätte beisteuern können. Aber als ich von ihnen fortging«, unglücklich, mutlos und mit knurrendem Magen, doch das gehörte nicht hierher, »da traf ich Jann Roedthaar. Wir haben uns ein bißchen unterhalten, so über dies und das«, sie hatte ihm für beide völlig unerwartet ihr Herz ausgeschüttet, »und da hat er mir einen Vorschlag gemacht.«

Nur wegen der Dramaturgie unterbrach sich Philipa, um langsam und genüßlich die letzte einsame Stachelbeere zu nehmen und in den Mund zu stecken. Die Gesichter ihrer Geschwister glänzten vor gespannter Erwartung.

»Dieser Vorschlag führte dazu, daß ich, die weithin bekannte Philipa von Aichbergen, vor einem Wirtshaus ein Lied sang.«

Goddert, der Steinmetz, der auf der Aichbergen-Burg für sämtliche Ausbesserungsarbeiten an den Gemäuern zuständig gewesen war, hatte ein überraschendes Talent für alles Musikalische gehabt. Erst hatte er sich geschämt, sich als gestandener, rauher Steinmetz wie ein Spielmann aufzuführen, aber schnell hatte er dem allseitigen Drängen nachgegeben, als die übrigen Burgbewohner erst einmal herausgefunden hatten, wie schön er zu singen verstand. So hatte er manch einen unwirtlichen Winterabend in der Halle mit seinem Vortrag bereichert und für Ablenkung gesorgt. Philipa, die eine zwar kleine, dafür aber hübsche klare Stimme hatte und dazu ein gutes Gedächtnis, kannte sie alle.

Jann Roedthaar hatte ihr anfängliches Zögern mit einer lässigen Handbewegung beiseite gewischt. »Du bist dir zu fein, um zu singen?« hatte er gefragt und hinzugefügt: »Aber nicht, um zu betteln?«

Da war sie kurzentschlossen aufgestanden, hatte sich vor ihr wenig geneigtes Publikum gestellt und begonnen, eine Ballade von einem liebesgeplagten Ritter und seiner fernen Geliebten vorzutragen. Gut, viel war nicht dabei herumgekommen, doch es war ausbaufähig, hatte Jann Roedthaar gemeint.

»Du mußt lernen, dich zu trauen. Dann wird deine Stimme auch kräftiger. Sei nicht so schüchtern, sonst hört dich keiner. Schon gar nicht, wenn sie betrunken sind, das schlägt aufs Gehör. Geh am Rhein entlang und sing, das kräftigt die Lungen. Spielen deine Geschwister Instrumente? Die Laute vielleicht?«

»Natürlich nicht. Sie können auch nicht damit anfangen, denn wir haben kein Geld, eine zu kaufen.«

»Das sehe ich ein. Höhere Mächte.« Jann Roedthaar hatte sein flammendes Haupt gewiegt. »Trotzdem. Versuche es. Du wirst nicht reich dabei und manchen Tag auch hungrig bleiben, aber mit der Zeit auch oft genug satt. Im Winter kannst du in Wirtshäusern singen, und da hast du es dann warm.«

Es war ihr ein bißchen unheimlich gewesen, sich ein Leben als Musikant vorzustellen, es war gar so weit entfernt von dem, was für die Tochter Philipp von Aichbergens normal gewesen wäre, doch von der Sehnsucht nach Normalität mußte sie sich in ihrer Lage sowieso verabschieden.

So würde sie jetzt wohl Sängerin. Was hielten die Geschwister davon? Erwartungsgemäß waren sie Feuer und Flamme.

»Ich kündige dich an«, versprach Roland.

»Genau. Dafür sammele ich dann säckeweise die Münzen ein, die du für deinen Vortrag bekommen wirst«, fügte Gysela an. »Wenn es nicht so klappt, fragen wir einfach Jann Roedthaar, was wir besser machen können.«

»Das geht nicht. Am Wochenende verläßt er mit seiner Truppe Köln. Sie ziehen in das Gebiet des Grafen von Berg auf der anderen Rheinseite.«

Zur selben Zeit saß Liutgard von Aichbergen untätig und grübelnd in ihrer Kemenâte und machte sich Sorgen. Es war lästig, daß dieses Mädchen einfach verschwunden war, und wichtig, sie wieder nach Hause zu holen, da sie Teil von Liutgards Plänen war. Sie gedachte nicht, diese zu ändern. Nur

Manfredus hatte sie eingeweiht, auf ihn konnte sie sich stets verlassen. Das hatte er in der Vergangenheit in ausreichendem Maße bewiesen, und irgendwen mußte sie schließlich beauftragen. Sie konnte ja nicht selbst hinter diesem vermaledeiten Mädchen her. Daß Manfredus Mühe hatte, Philipa aufzuspüren, war einfach zu viel. Denn sie hörte und sah nichts von ihm, was nur bedeuten konnte, daß er sie noch nicht gefunden hatte. Obwohl er erst nach Philipps Tod auf die Aichbergen-Burg zurückgekehrt war, war der häßliche Ritter mit seinem zerstörten Gesicht seit ewigen Zeiten ihr einziger Vertrauter und derjenige, dem sie ihr Schicksal in die Hände hatten legen müssen, ob sie wollte oder nicht. Über die langen Jahre hinweg hatte er sich als zuverlässig, einfallsreich und geschickt erwiesen. Es war einfach unmöglich, zu glauben, Philipa sei gewitzter als er und habe es geschafft, spurlos zu verschwinden.

Dabei hatte sie noch die beiden Unaussprechlichen am Hals. Ihre *Geschwister.* Drei Kinder, die keine Ahnung von nichts hatten, konnten doch nicht so einfach ihr Leben in die Hand nehmen und weitermachen, als habe es das geschützte Dasein auf einer Burg nie gegeben? Ihre gräßliche Mutter wußte nichts über ihren Verbleib. Oder sagte nichts davon. Wenn sie wenigstens sicher sein könnte, daß Barbara wirklich keine Ahnung hatte über die Pläne der Kinder. Aber so war sie ihr ständig ein Dorn im Auge, da konnte das Luder versuchen, unsichtbar zu sein, so lange es wollte.

Liutgard klatschte in die Hände, und eilig huschte eine ihrer persönlichen Mägde herbei. »Hol mir Barbara!« befahl sie.

Philipa nahm ihren besten – und einzigen – Surkot aus ihrem Reisebeutel, schüttelte ihn aus und betrachtete ihn kritisch. Ein paar Falten, aber es würde gehen. Er war von einem warmen Honigbraun, der gut zu ihrer Cotte paßte und fast die Farbe ihres Haares hatte.

»Geht das?« fragte sie ihre Schwester, die sie stumm betrachtete und auf einem Stengel Klee kaute.

»Klar. Ist hübsch.« Gysela nahm sich einen neuen Klee, er schmeckte süß. Sie zeigte einen deutlichen Mangel an Begeisterung.

»Aber?«

»Ein Surkot ist zu vornehm. Die Leute erwarten keinen Musikanten in der Kleidung eines Burgfräuleins, verstehst du? Ich finde, du solltest den Surkot weglassen und einfach in der Cotte auftreten. Das Grün steht dir gut, es ist hübsch genug. Außerdem machen wir noch etwas mit deinen Haaren. Einen Blütenkranz vielleicht.«

Philipa seufzte. Bei dem Gedanken daran, vor einer Menge fremder Menschen auftreten zu sollen, zog sich ihr Magen zu einem nervösen Knoten zusammen. »Es ist nur so ... eigentlich traue ich mich nicht. Da dachte ich, es wäre einfacher, wenn ich gut aussehe. Dann hören sie vielleicht nicht so genau hin.« Außerdem gab ihr der Surkot ein leicht überlegenes Gefühl, doch das wollte sie vor ihrer Schwester nicht zugeben.

»Denk einfach daran, was dein neuer Freund Jann Roedthaar gesagt hat«, Gysela grinste und puffte sie in die Seite. »Du hast eine hübsche Stimme, und singen ist allemal besser als betteln.«

»Ja schon, aber ...« Philipa war nicht überzeugt »Vielleicht könntest du ja ...?«

»Du weißt genau, daß ich keinen einzigen Ton treffe und singe wie ein Rabe«, erwiderte Gysela vernünftig. »Und so weit, daß ich als Narr auftrete, bin ich noch nicht.«

Es wurde zwar nicht das, was man ein Desaster nennen könnte, aber es war nahe dran. Dabei hatte es eigentlich ganz gut angefangen. Die Schwüle hatte nachgelassen, ohne sich allerdings in einem Gewitter zu entladen, was gut war, denn so blieb ihr Quartier schön trocken. Es war Freitag und der betörende Duft nach gebratenem Fisch wetteiferte mit dem süßen Hauch der blühenden Linden, der durch die Straßen wehte. Sie hatten sich für eine Wirtschaft in der Nähe der Obermarspforten entschieden, dort war es nicht zu vornehm, doch auch kein billiges Vergnügungsviertel wie in der Gegend, in der sie Unterschlupf gefunden hatten.

Es war Mittag und der Gasthof gut besucht. Die Märkte waren fast seit Tagesanbruch geöffnet, selbst die Zwischenhändler, die sich erst später mit Waren eindecken durften und dem einfachen Kölner Bürger ein paar Stunden den Vortritt lassen mußten, hatten ihre wichtigsten Geschäfte bereits erledigt. Zeit, sich auszuruhen, einen Happen zu essen und einen Krug Bier zu trinken. ›Zur goldenen Henne‹ hieß der Laden, den sie sich ausgesucht hatten, und ein hübsches gelbes Huhn prangte auf dem Hinweisschild, welches die Gäste ködern sollte. Ein verführerischer Duft drang aus dem Inneren des Hauses, nach dicken Gemüsesuppen, wegen des Freitags ohne fette Fleischbrocken darin, nach gebratenen Eiern, Zwiebeln und Knoblauch und nach dem Schinken, der saftig dunkelrot von den Deckenbalken hing, Freitag hin oder her. Gysela und Roland wurde ganz schwach im Magen. Philipa ebenfalls, wenn auch aus anderen Gründen. Sie hätte im Moment nichts essen können, und wenn man sie auf Knien angefleht hätte.

»Willst du nicht anfangen?« fragte Roland, der sich keine rechte Vorstellung von der Gemütslage seiner Schwester zu machen vermochte.

»Noch nicht. Ich will erst noch ein bißchen gucken. Was da für Leute sind und so.«

Tja, die Leute. Einfach waren sie, aber nicht arm. Handwerker, Schreiber, Händler. Vielleicht der eine oder andere Bauer, der gute Geschäfte gemacht hatte. An einem Tisch saß eine Gruppe von schwerbewaffneten Reisigen, die Schwerter standen neben ihnen in einer Ecke und bemühten sich, einen harmlosen Eindruck zu machen. Vermutlich waren sie die Schutztruppe eines Fernhändlers, der hier in Köln Station machte.

»Pippa, die Leute werden auch nicht anders, wenn du sie noch länger anstarrst. Augen zu und durch, würde ich sagen.«

»Du hast gut reden.« Philipa sah ihre Schwester anklagend an. »Du brauchst ja bloß umherzugehen und nett zu lächeln.«

»Genau. Und das viele Geld einsammeln. Los jetzt. Je länger du wartest, um so schlimmer wird es.«

Das stimmte. Also. Philipa holte tief Luft, räusperte sich, holte noch einmal tief Luft und wartete darauf, daß Roland sie ankündigte. Was er auch tat, glaubte sie, aber seine Worte gingen in dem Rauschen in ihren Ohren unter und verhallten ungehört. Sie fühlte einen Schubs in ihrem Rücken und trat einen Schritt nach vorne. Ein letzter Atemzug, und sie begann.

Natürlich sang sie nicht die komplizierten Lieder des höfischen Minnegesangs. Nein, sie hatte sich die einfachen Volksweisen ausgesucht, die jedermann kannte und die allseits beliebt waren, sie sang von zarten Gefühlen, von verschmähter Liebe, dem Frühlingsrufen des Kuckucks und der Sehnsucht der Natur. Sie sang und gab ihr Bestes, und da ihr niemand zuzuhören schien, schob Gysela sie noch ein Stück näher an die Wirtshausbesucher heran, bis sie mitten unter ihnen stand. Langsam konnte sie wieder klarer sehen und hörte auch das Geklapper der hölzernen Löffel in ebensolchen Schüsseln, sie roch den Dampf aus den Suppentöpfen, und sie fühlte sehr genau, wie eine Hand sich auf ihr Hinterteil legte und es tätschelte.

Vor lauter Entsetzen brach sie einfach ab, mitten im Lied.

Die Hand gehörte einem Mann mittleren Alters, er trug das kurze Haar und den einfachen Kittel eines Handwerkers.

Er hatte ein Grübchen am Kinn, leuchtend blaue Augen und nicht das mindeste Schuldbewußtsein. Im Gegenteil, er kniff noch einmal zu, nicht schmerzhaft, nicht grob, sondern eher beiläufig und lächelte sie an. »Nur weiter so, Mädel, bißchen lauter, wenn's geht.«

Natürlich wußte Philipa, daß manche (viele) Männer glaubten, sich bei manchen (nicht so vielen) Frauen diese Unbekümmertheiten herausnehmen zu können. Sie selbst hatte es allerdings nie erlebt. Bei der Tochter des Burgherren tat man so etwas besser nicht, sie war nicht vorbereitet darauf. Und sie fand ihre Stimme nicht wieder.

Roland und Gysela bahnten sich ihren Weg zwischen den Tischen hindurch zu ihr.

»Hallo, Goldschopf«, sagte der Mann mit den Grübchen. »Willst du uns jetzt auch etwas vorsingen?«

»Besser nicht«, antwortete Gysela schnippisch. »Aber statt meine Schwester zu betatschen, könntest du ihr einen Pfennig als Lohn auszahlen.«

»Geld?«

»Was denkst du denn? Schließlich singt sie hier nicht zu ihrem Vergnügen.«

»Zu unserem aber auch nicht«, mischte sich ein Mann mit einer prächtigen, schweißglänzenden Glatze ein, begleitet von dem dröhnenden Gelächter der beiden, die mit ihm am Tisch saßen.

»Ich denke auch, es reicht, Kinder.« Das war der Wirt, der plötzlich neben ihnen stand. »Ihr seid komische Sänger.« Er schüttelte den Kopf. »Die eine ist empfindlich, die andere frech, ich glaube nicht, daß ihr auf diese Weise reich werdet.«

»Das glauben wir auch nicht. Aber sie hat gesungen, und dafür hat sie doch eine Anerkennung verdient, oder?«

Der Glatzkopf zuckte die Achseln und wandte sich seiner Suppe und seinen Kumpanen zu.

»Na, ich will mal nich' so sein«, sagte der mit dem Grübchen und warf einen halben Pfennig auf den Tisch. Er hob die Hand und wollte Philipa in die Wange kneifen, doch sie wich zurück. Und trat dem Wirt auf die Zehen.

»Mädchen, Mädchen. Ich glaube, du solltest dir etwas anderes aussuchen, um zu Geld zu kommen.« Alles in allem konnten sie froh sein, daß er sie nicht zur Tür hinausprügelte. »Kommt mal mit.«

Er führte sie in die Küche, heiß, dampfend und voller langvermißter Wohlgerüche. »Gib den Kindern was zu essen«, wies er die Magd an, und diese brummte gallig, tat aber wie geheißen.

Sie erhielten jeder einen Teller Suppe und ein Stück Brot. Dazu die Lehre, daß es mildtätige Leute gab, wenn man sie am allerwenigsten erwartete, und außerdem, daß Philipa als Wirtshausschöne nicht die richtige Wahl war.

Draußen vor der ›Goldenen Henne‹ standen sie eine Weile unschlüssig herum. Philipa starrte auf ihre Fußspitzen und schämte sich. Die beiden anderen wollten ihr helfen, wußten allerdings nicht genau, wie. Dann nahm Roland das Heft in die Hand.

»Ich gehe noch mal zum Dom. Vielleicht kommt ihr mit?« Hoffentlich nicht, er wußte nicht, ob sie gutheißen würden, was er vorhatte.

Philipa schüttelte den Kopf. »Ich würde gerne …« Nach Hause? Na ja, das war wohl kaum die richtige Bezeichnung, »… zurück.«

»Ich komme mit.« Gysela ergriff ihre Hand und drückte sie ein bißchen.

»Gut. Ich komme dann später nach. Minni?«

Der Hund bellte kurz auf und machte sich frohgemut an der Seite seines Herrchens auf zum Domhof, wo Roland am Fündlingsthor einen Platz zum Betteln suchen wollte. Er war zwar kein Findelkind, aber Halbwaise, und das war fast genauso gut. Eigentlich fand er Betteln unter seiner Würde, doch wenn Philipa sich in einem Gasthof erniedrigte, dann wollte er ebenfalls über seinen Schatten springen und sein Bestes versuchen.

Langsam machten sich die beiden Mädchen auf in Richtung Alten Graben. Sie trotteten durch die glühenden Straßen – das Gute an der Hitze war, daß sie nur im Staub erstickten, nicht im Schlamm. Gysela, deren gute Laune nie lange unterzukriegen war, sah schon wieder recht unternehmungslustig in die Gegend.

»Sieh mal, da steht einer vor unsrem Haus.«

Tatsächlich. In der Nähe des Eingangs zu ›ihrem‹ Haus stand jemand. Eine Frau. Wenigstens das. Die Geschwister hatten sie schon ein paarmal hier auf den Straßen gesehen. Groß war sie, klapperdürr und schon nicht mehr die Jüngste. Philipas Warnsystem schaltete sich ein.

»Das bedeutet bestimmt nichts Gutes. Frag sie doch mal, was sie hier will.« Wie immer war Gysela zwar eigentlich gewitzter, ließ ihrer älteren Schwester dennoch dankbar den Vortritt.

»Suchst du jemanden?« Philipa versuchte, die richtige Mischung aus Arroganz (ich kann mir nicht vorstellen, was wir mit dir zu tun haben könnten), Unfreundlichkeit (am besten läßt du uns in Ruhe) und Höflichkeit (du hast keinen Grund, uns anzugreifen) in ihre Stimme zu legen.

Ihre Mühe verpuffte. Die Frau war gänzlich unbeeindruckt. »Jawoll. Dich suche ich.«

»Mich?«

»Jau.« Die Frau betrachtete sie kritisch. »Hm ja, könnte gehen.«

»Was könnte gehen?« Philipa widerstand dem Impuls, sich wegen der unverhohlenen Musterung glättend über die Haare zu fahren.

»Na, ich hab' mir gedacht, wer hier wohnt«, die Frau wies

mit einer abschätzigen Handbewegung auf das Haus hinter ihr, »der hat's nötig, 'n bißchen was dazuzuverdienen.« Ihr Ärmel rutschte zurück und ließ einen schmutzigen Unterarm mit einer langen Narbe sehen. »So denke ich, wir haben die gleichen Interessen.«

Das konnte sich Philipa allerdings nur sehr schlecht vorstellen. »Wir haben unser Auskommen, danke bestens«, erwiderte sie steif.

»So so.« Die Frau warf ihr einen langen Blick zu. »Ich bin übrigens die Griet«, stellte sie sich vor. »Ich wohn' da drüben.«

Philipa nickte, darauf gab es nicht viel zu sagen.

»Ich wohn' da nich' allein. Paar hübsche Mädels haben bei mir Quartier genommen, nette Bande. Du würdest gut zu ihnen passen, glaub' ich.«

Philipa starrte sie an. Dann fühlte sie, wie sich Gysela eng neben sie schob. Sie schluckte. »Nein. Ich denke nicht, daß ich zu ihnen ›passen‹ würde. Ich passe hierhin, zu meinen Geschwistern.«

»Bring se ruhig mit. Kann jeden Helfer gebrauchen. Ihr habt noch'n Bruder, nich'?«

»Ich habe nein gesagt. Und ich habe gemeint, was ich sage.«

»Na gut.« Griet löste sich von der Mauer, an der sie gelehnt hatte, und schüttelte ihr Kleid zurecht. »Kannst es dir ja noch mal überlegen. Weißt ja, wo ich wohne. Is' nich' so schlecht, wie du vielleicht denkst. Man hat schon die Wahl, von wem man sich ... besuchen läßt.« Sie zuckte mit den Achseln und lächelte ein bißchen. »Sofern Weiber überhaupt 'ne Wahl haben. Du kennst das ja.«

»Das tue ich.«

»Gut. Vielleicht bis bald. Ich hab' jederzeit 'ne offene Tür für dich.«

Im Hof verschlossen Philipa und Gysela sorgfältig das Tor. Es war morsch, und es war schief, und es würde überhaupt niemanden, der es ernsthaft vorhatte, davon abhalten, hereinzukommen, aber es gab ihnen ein gewisses Gefühl von Sicherheit. Auf Roland brauchten sie keine Rücksicht zu nehmen, der wußte, wo das lockere Brett war, durch das er hindurchschlüpfen konnte, wenn er heimkam.

Sie machten es sich auf dem Stückchen Wiese bequem und lehnten sich an die Mauer, der Mauerpfeffer begann es langsam übelzunehmen, daß sie beständig auf ihm saßen.

»Du? Philipa?« Gysela zögerte. »War die Frau vielleicht das, was ich denke, was sie sein könnte?«

»Ich glaube schon.« Philipa schüttelte ungläubig den Kopf. »Erst der Betatscher in dem Wirtshaus. Und jetzt eine Kupplerin. Was denken die eigentlich alle von mir? Ich fasse es einfach nicht.«

»Ich vermute mal, die denken gar nichts.« Gysela gab inzwischen nicht mehr allzu viel auf ihre Mitmenschen.

»Nein. Wohl nicht«, sagte Philipa leise. »Vielleicht wäre es wirklich das Beste, ich würde heiraten. Alt genug bin ich ja dafür.« In diesen Tagen hatte sie ihren fünfzehnten Geburtstag, sie wußte das Datum nicht genau, doch irgendwann im Juli war sie geboren, hatte ihre Mutter ihr gesagt, zur Zeit der Weizenernte.

»Du spinnst wohl. Du willst doch überhaupt nicht heiraten! Wen denn?«

»Vielleicht wäre Ritter Rischen gar nicht so schlecht gewesen«, meinte Philipa unglücklich. »Den hatte sie schließlich für mich ausgesucht.«

»Vergiß nicht: der *fiese* Rischen. Weißt du noch, wie du ihn genannt hast? Den Blasebalg mit dem Hexenkinn, so hast du ihn genannt. Das war doch nicht ohne Grund.« Johann Rischen hatte eine Warze am Kinn, aus der lange, schwarze Haare sprossen. Und obwohl schlank und einigermaßen drahtig, hatte er es irgendwie mit den Atemwegen, so daß er beim Gehen schnaufte. Nicht gerade das Idealbild eines durchtrainierten Ritters. Aber seine Ländereien grenzten im Südwesten an Aichbergen, und das hatte Liutgard wohl gefallen.

Gysela holte Luft. »Pippa, so weit sind wir noch lange nicht. Uns fällt etwas anderes ein. Und wenn wir eine Arbeit als Küchenmagd bekommen und lernen müssen, uns zu wehren. Aber heiraten! Den Rischen! Niemals.« Gysela schüttelte empört den Kopf.

»Gisi, ich bin müde, ich leg mich ein bißchen hin, ja?«

»Ist gut.« Gysela streichelte ihrer Schwester, die sich im weichen Gras ausstreckte, den Arm.

Philipa drehte sich auf die Seite und rollte sich zusammen, zog die Beine an den Leib, so eng sie konnte. Sie schloß die Augen, umklammerte das Amulett und überließ sich ihren wirren Gefühlen.

»Da kommt wer.« Gysela setzte sich kerzengerade auf.

Schritte waren zu hören, dann ein leises Scharren, Poltern. Rumms. Das windschiefe Tor fiel noch verdrehter in die Angeln zurück, und vor ihnen stand Rollo, verschmutzt, mit bösen Schrammen überall und hängenden Schultern. Minni an seiner Seite blutete am Ohr und schmiegte sich an seine Wade.

»Was ist denn passiert?« Trotz der sommerlichen Wärme wurde Philipa ganz kalt bei dem Anblick.

Roland fing an zu weinen, es ging nicht anders, und es war ihm auch egal. »Sie haben … sie haben …«

»Ja, was denn? Komm, setz dich erst mal hierher. Ich säubere eure Wunden. Ist alles nicht so schlimm. Danach erzählst du uns, was geschehen ist.« Die Wunden stellten sich als nicht sehr tief heraus, lädierter war Rolands Seele.

»Ich ging da einfach entlang, so wie immer, und Minni lief ein Stück voraus und dann kam … dann kam …« Er brach wieder ab, von trockenen Schluchzern geschüttelt, es war ein

Bild des Jammers. Philipa zog ihn hilflos in die Arme und wiegte ihn sachte hin und her.

»So, Rollo«, Gysela wurde resolut, »jetzt sag schon, wer kam und was der Jemand tat.«

Roland löste sich aus Philipas Umarmung und zog Minni am Fell zu sich herüber. Das Ohr des Hundes war inzwischen ebenfalls gesäubert, an dem Riß konnte sie nicht viel tun. Minni ließ den Kopf hängen und klemmte sich bereitwillig zwischen Rolands Knie.

»Also, es kam so ein Mann, der sah ganz schrecklich aus, und er hatte einen Knüppel, und mit dem fing er an, auf Minni einzuschlagen und ...« Roland weinte wieder, und seinen beiden Schwestern stand das Entsetzen im Gesicht geschrieben.

»Minni? Unseren Minni? Warum denn?«

Roland wischte sich mit dem Ärmel unter der Nase entlang. »Ich bin hin und habe den Mann vors Schienbein getreten«, jetzt schwang Stolz in seiner Stimme mit, »und da schlug er dann nach mir, aber er hat mich nur ganz wenig getroffen ...«

»Oh, wie schrecklich! Und wie mutig du gewesen bist! Rollo, du bist ein richtiger Held.«

»Ach, ich weiß nicht«, wehrte Roland bescheiden ab, »ich fing jedenfalls an, furchtbar zu schreien, und das hat Minni so erschreckt, daß er nach dem Mann schnappte, und dann brüllte der auch, und da kamen auf einmal ein paar Leute aus den Häusern und fragten, was denn los sei.«

Man konnte es sich gut vorstellen, den weinenden Jungen, einen wütenden brüllenden Mann und dazu einen bellenden, blutenden Hund – es wäre ein Wunder gewesen, wenn das nicht einen mittleren Menschenauflauf hervorgerufen hätte.

»Einer war dabei, der hatte so einen feinen Rock an bis fast auf die Köchel, ich glaube, der war Kaufmann, jedenfalls machte er dem Geschrei ein Ende.«

»Und wie hat er das gemacht?« Philipa erwachte aus ihrer Erstarrung.

»Er hat Minni angeherrscht mit ›sitz!‹ und ›gib Ruhe‹, und Minni tat das auch, und ich hörte vor Schreck auf zu weinen, und den Mann hat er angefahren, was der ganze Lärm solle. Der gehorchte genauso wie wir.« Roland war immer noch erstaunt.

»Na ja, wer's Befehlen gewohnt ist.« Gysela klang sehnsüchtig, ein bißchen mehr Autorität dann und wann wäre an sich schon wünschenswert, fand sie.

»Ja, und daraufhin sagte der Mann, er wäre von der Stadt angestellt als Hundeschläger wegen all der vielen herrenlosen Hunde, die überhand nähmen. Wenn er einen sieht, dann schlägt er ihn tot. Ist das nicht schrecklich?«

»Aber unser Minni ist doch gar nicht herrenlos!«

»Eben. Das hat der Mann in dem feinen Rock auch gesagt. Der Hund würde ja wohl mir gehören, meinte er, und damit sei er nicht herrenlos, und wenn der Kerl nicht in der Lage sei, das zu erkennen, sei es wohl besser, er spreche mit dem Rat und trete von seinem Amt zurück.« Roland überlegte kurz. »Ja, genauso hat er es ausgedrückt.«

»Und dann?«

»Dann hat sich der fiese Hundefänger wütend umgedreht und ist abgezogen, und ich war so froh, aber da habe ich erst richtig gesehen, wie Minni blutete und …« Roland verstummte. Wie sollte er auch ausdrücken, daß ihm mit einem Mal alles zu viel wurde und er fühlte, wie das Grauen über ihm zusammenschlug?

Er brauchte es nicht auszusprechen, seine Schwestern verstanden ihn auch so.

»Das schlägt dem Faß den Boden aus.« Philipa sah streng in die Runde. »Hier können wir nicht bleiben. Es geht einfach nicht. Wir verlassen Köln wieder. Offenbar ist das Sichalleindurchschlagen nicht so leicht, wie wir gedacht haben. Wie *ich* gedacht habe. Es tut mir leid. Ich wollte nicht, daß es euch so schlecht geht.«

»Hör schon auf.« Die kleine Gysela strich der großen Philipa tröstend über das Haar. »Du hast alles richtig gemacht. Du kannst nichts für Hundefänger und fiese Männer, und für alles andere bist du auch nicht verantwortlich. Wir wollten alle weg von Liutgard, denn die konnte uns Bankerte nicht leiden und dich auch nicht, weiß der Himmel, warum. 'tschuldigung.«

Philipa zuckte mit den Schultern. Irgendwann hatte sie sich daran gewöhnt, daß ihre Mutter ihr nicht wohlgesonnen war. Und sie ihr besser aus dem Weg ging.

»Ich für meinen Teil habe es jedenfalls noch keinen Moment bereut, daß wir abgehauen sind«, fuhr Gysela fort. »Ihr etwa?«

»Nein«, schniefte Philipa.

»Nein. Oder Minni, was meinst du?« Roland zog den Hund am Schwanz, und er bellte kurz auf. »Siehst du, Minni gefällt es auch. Trotz des Ohrs.«

»Ja. Er sieht sogar richtig verwegen damit aus. Geradezu gefährlich.« Philipa lächelte schief und plinkerte die Tränen fort.

»Eben.«

Zwischen Köln und Deutz gab es keine Brücke, und wer auf die andere Rheinseite wollte, mußte das Schiff benutzen. Die Anlegestelle befand sich ungefähr in der Höhe der Salzgasse, genau an der Stelle im Hafen, wo sich die niederländischen Schiffe von den oberländischen schieden. Außerdem lagen dort Waschflöße und die Wohnschiffe für die Schiffs- und die Steuerknechte, die in Köln nach einer neuen Heuer suchten.

Die Fähre wurde über Nacht auf der Kölner Seite vertäut, und für den Fall, daß Jann Roedthaar die erste nehmen wollte, waren die Kinder bereits sehr früh am Morgen zur Stelle mit dem wenigen, das sie ihr Eigentum nennen konnten. Dieses hatte sich allerdings um einen Ledereimer und einen Schlauch erweitert. Letzteren hatten sie mit kaltem Brunnenwasser gefüllt, und in dem Eimer transportierten sie ihr Gepäck.

Sie warteten an der Anlegestelle. Roland spielte mit einem Apfelkitsch Fußball, Gysela schaute versonnen beim Entladen der kleineren Boote zu, die früh am Morgen schon die Erzeugnisse der Bauern links und rechts des Rheins in die Stadt brachten, und Philipa, Philipa war nervös.

Was, wenn Flammenmeer sie nicht mitnehmen würde? Zu Kreuze kriechen auf der Aichbergen-Burg wollte sie auf keinen Fall. Als Dirne arbeiten auch nicht. Heiraten – kam darauf an, wen. Doch wo sollte sie wohl hier und ganz auf sich gestellt einen standesgemäßen Ehemann finden. Ohne Familie, die die Verhandlungen für sie führte, war das undenkbar.

»Vielleicht wollen sie uns ja gar nicht mitnehmen«, sagte Roland zum tausendsten Mal. Er hatte den Apfelkitsch über die Kaimauer getreten und besaß jetzt nichts mehr, womit er seine Anspannung bekämpfen konnte.

»Wir fragen sie, und dann wissen wir es«, erwiderte Philipa ebenfalls zum tausendsten Mal.

Sie müßte sich eine Arbeit suchen. Als Stickerin vielleicht. Oder als Spinnerin. Etwas, was weit genug entfernt von den Besuchern eines Wirtshauses angesiedelt war, denn für einen allzu engen Kontakt mit diesen schien sie nicht geeignet. Irgend etwas würde wohl gehen. Aber am liebsten wäre sie bei Jann Roedthaar, Gaukler hin, Mann her. Ein guter Anführer würde sie beschützen, das wußte sie. Diese Aufgabe wurde von einem Gaukler, der sich die Verantwortung für eine Truppe aufgehalst hatte, gleichermaßen übernommen wie von einem Herrn, der seine Ritter ins Feld führte. Das war bei Männern nun einmal so. Und sie bekäme die Zeit, die sie brauchte, um sich klar zu werden, was sie wollte und was nicht. Vor allem, was sie überhaupt wollen konnte. Ihre Flucht von Aichbergen war vielleicht doch etwas überstürzt gewesen.

»Da kommen sie.« Gysela hüpfte aufgeregt auf einem Bein im Kreis herum. Manchmal merkte man ihr doch noch an, daß sie erst zwölf Jahre alt war.

Und wirklich, durch die Salzgassenpforte rumpelte das erstaunlichste Gefährt, welches sie jemals gesehen hatten, gezogen von einem kräftigen Gaul, dessen blonde Mähne tatsächlich in Zöpfe geflochten war, was Gysela einen schrillen Schrei des Entzückens entlockte. Der Wagen war rot gestrichen und mit Darstellungen der vier Elemente verziert, mit züngelndem Feuer, einer plätschernden Quelle, einer Wolke, aus der heraus ein kräftiger Wind blies, und einem braunen Klecks, der offenbar ein Stück Erde bedeuten sollte und auf dem sich ein Weinstock und ein Tier eher undefinierbaren Aussehens drängelten; beidseits des Kutschbocks befanden sich zwei Pfosten, gekrönt von einer Mondsichel und einer strahlenden Sonne.

Auf dem Kutschbock saß Jann Roedthaar, und er sah die Kinder sofort.

»Wie unerwartet, euch wiederzutreffen. Ihr verlaßt Köln?«

»Vielleicht.« Philipa lächelte ein bißchen mühsam. »Es liegt ganz an dir.«

»Aha.« Flammenmeer warf einen Blick auf die Deutzer Fähre, die ruhig an der Kaimauer dümpelte und keinerlei Anstalten machte, die ihn zur Eile gedrängt hätten. Er wickelte die Zügel um einen der Pfosten, es war der mit dem Mond, und sprang vom Kutschbock. Philipa war bisher noch gar nicht aufgefallen, daß er sie um zwei Haupteslängen überragte.

»Du kannst mir sicher erklären, wie ich das verstehen darf?« Er tätschelte seinen Gaul, und dieser begann an seinem Kittel zu knabbern. »Laß das, Herkules.«

»Das Pferd heißt Herkules?« fragte Gysela fasziniert und starrte auf die Zöpfe.

»Ja. Es ist sehr stark, weißt du. Das mit den Zöpfen ist ihm auch ein bißchen peinlich. Aber Gertrude besteht darauf.«

Erst jetzt bemerkten sie, daß sich eine kleine Gruppe um sie geschart hatte. Genaugenommen war es eine außerordentlich seltsame kleine Gruppe, aber das war wohl bei einer Gauklertruppe nicht anders zu erwarten.

Philipa hatte jetzt keine Zeit, sich um Zwerge und bleiche Jünglinge zu kümmern und um eine Dame in einem sehr wogenden, sehr bunten Gewand. Oder um die anderen, die da waren. Denn Jann Roedthaar, der ihre natürliche Anführerschaft akzeptierte, wandte sich ihr zu und sagte: »Also?«

»Wir wollten dich fragen, *euch* fragen, meine ich«, Philipa lächelte unsicher in die Runde, »ob wir mit euch kommen können. In Köln hält uns nichts, und wir dachten …«

»Was sollten wir mit drei Kindern, die nichts können?« unterbrach die Zwergin und sprang aus dem Stand auf den Kutschbock. Roland fiel die Kinnlade herunter.

»Nun, wir …«, fing Philipa an, kam jedoch nicht zu Wort.

»Sie kann ganz nett singen«, bemerkte Jann Roedthaar und betrachtete sie kritisch.

»Tja, also mit dem Singen, das hat nicht allzu gut geklappt. Ich dachte auch nicht, daß wir mit euch auftreten könnten«, fuhr Philipa mit wachsender Verzweiflung fort, »aber wir könnten andere Sachen machen. Gysela zum Beispiel ist gut darin, zu nähen und zu flicken und sich überhaupt um Kleidung zu kümmern, ich könnte ihr dabei helfen. Außerdem kann ich kochen.«

Roland unterbrach sie: »Ich will aber mitmachen! Ich könnte bestimmt etwas lernen. Mit Minni vielleicht.« Er sah sich suchend um. Der Hund saß hechelnd unter dem Wagen im Schatten und blickte freundlich in die Runde.

Jann Roedthaar grinste. »Zur Verteidigung ist er wohl nicht gut einzusetzen.«

Philipa deutete auf ihre Schwester. »Gysela könnte ansonsten Geld einsammeln, sie macht so etwas gut, wirklich.«

Gysela lächelte in ihrer allerniedlichsten Art und wippte

mit den Zöpfen, die sie für den heutigen Anlaß sehr sorgfältig zurechtgemacht hatte und deren Bänder auf eindringliche Weise mit denen von Herkules' Mähne konkurrierten.

»Aber drei mehr durchzufüttern ist nicht immer leicht«, bemerkte die Zwergin, als ob keiner von ihnen etwas gesagt habe, was sie hätte überzeugen können. Sie war sehr häßlich, die Zwergin, sie hatte eine viel zu kurze Nase. Philipa bemühte sich, nicht hinzusehen.

»Aber wir haben doch die leichte Runde vor uns«, hielt Jann Roedthaar dagegen. »Die nächsten Wochen werden nicht schwierig werden.«

»Ach ja? Und später? Wenn sie sich als nutzloser Ballast erweisen, willst du sie dann mitten im Winter aussetzen und verhungern lassen?«

Philipa starrte sie jetzt doch an.

»So magere Würmchen essen doch fast nichts, die kriegen wir auch noch über die kalten Monate«, bemerkte ein hünenhafter Kerl gleichmütig. Vielleicht hieß er ebenfalls Herkules, er sah jedenfalls ganz danach aus.

Aber nein. »Woher willst du das denn wissen, Bruno?« Die Zwergin wirkte jetzt ärgerlich. »Du frißt doch immer allen alles weg.«

»Hab' eben Hunger.« Der Riese war nicht aus der Ruhe zu bringen.

»Gertrude hat heute ihren schlechten Tag«, entschuldigte sich plötzlich ein weiterer Zwerg, der wie aus dem Nichts aufgetaucht war. »Meine Frau ist nicht immer so unfreundlich.«

»Pah!« machte Gertrude.

Ihr Gatte verbeugte sich tief. »Ich bin Rainald. Von mir aus könnt ihr gerne mitfahren. Ein bißchen frisches Blut ist immer gut.«

»Die Fähre macht sich bereit«, meldete sich die Frau in dem auffälligen Gewand. »Ich für mein Teil wäre *sehr* froh, wenn ich mich nicht mehr alleine um euren Krempel und das Essen kümmern müßte.«

Offenbar gab das den Ausschlag. Jann Roedthaar sprang auf den Kutschbock neben Gertrude, allerdings nicht gleichermaßen behende. »Also in Ordnung. Seid ihr überhaupt sicher? So ein Leben auf der Straße ist bestimmt nicht mit dem vergleichbar, was ihr bis jetzt kennengelernt habt.«

»Wir haben schon mehr kennengelernt, als uns lieb ist«, erwiderte Philipa wahrheitsgemäß, und Jann Roedthaar lachte.

»Dieses Schicksal teilen alle, die auf der Straße leben. Gut. Wir machen uns also auf. Haltet euch an den Wagen, damit keiner verlorengeht. Und jetzt kommt.«

Er schnalzte mit der Zunge, und Herkules setzte sich mit einem kräftigen Zug in Bewegung.

Die Gaukler

1252 bis 1253

Es war das erste Mal, daß sie ein Schiff bestiegen, welches nicht einer Nußschale glich, und das erste Mal, daß sie es nicht zu ihrem Vergnügen taten. Ein Schiff als Transportmittel über einen Fluß zu benutzen war etwas ganz anderes, als müßig auf einem kleinen See dahinzugleiten. Sie standen an der Reling, unter sich das tiefgraue Wasser, über sich einen weißlichgrauen Himmel, und lauschten dem Knarren und Quietschen der Ketten und Seile, die sie schnurstracks vorwärts auf die andere Rheinseite zogen.

Philipa spürte das Schwanken unter ihren Füßen, und sie fragte sich, ob die Fähre wohl so sicher war, wie es auf den ersten Blick schien. Der Fluß rauschte rasch und geschäftig dahin, seine gewaltige Strömung dem Meer entgegen hätte das Schiff unbarmherzig mit sich gezogen, wäre es nicht fest in seinem Zugsystem verankert gewesen.

»Keine angenehme Vorstellung, dort hineinzufallen«, bemerkte Jann Roedthaar. Er hatte sich als einziger neben die Geschwister gestellt, die anderen Mitglieder der Truppe schienen sie zu meiden. Vielleicht interessierten sie sich aber auch einfach nicht sehr für sie.

»Wahrhaftig nicht.« Philipa schauderte. »Ob es wohl kalt ist?«

»Ich denke, Kälte wäre wohl nicht das vordringliche Problem.« Jann wandte dem Wasser den Rücken zu und lehnte sich gemütlich gegen die Reling. »Könnt ihr schwimmen?«

»Natürlich.« Roland schaute ihn mit der ganzen Überlegenheit seiner acht Jahre hochnäsig an, und Jann lachte.

»So natürlich ist das auch wieder nicht. Viele haben es nie gelernt. Vielleicht haben sie Angst, von einer Meerjungfrau gezwickt zu werden.« Er krabbelte in Gyselas Nacken, und sie kicherte und wand sich.

»In einem Fluß?« fragte Philipa skeptisch.

»Du bist zu ernst. Außerdem: warum nicht? Auch Meerjungfrauen verreisen, habe ich munkeln hören.«

»Dann müßte sie aber die ganze Zeit gegen die Strömung anschwimmen, und das ist bestimmt mächtig anstrengend.« Roland starrte überlegend in die Fluten.

»Du bist ein schlaues Kerlchen.« Jann Roedthaar grinste anerkennend. »Wir sind gleich drüben. Geh doch mal zu Bruno und hilf ihm mit Herkules und dem Wagen.«

Roland tat, wie ihm geheißen, und machte sich pfeifend auf den Weg. Wie später zu sehen war, bestand seine Hilfe vornehmlich darin, entzückt auf Herkules' Rücken zu sitzen, die Welt von hoch oben zu betrachten und auf seine unkomplizierte Weise Freundschaft sowohl mit dem Pferd als auch mit dessen Herrn zu schließen.

Der Wagen rumpelte und schwankte von der Fähre, mitten hinein in die drängenden und schiebenden Menschen, die zu Fuß oder mit Karren den Rhein in Richtung Köln überqueren wollten, um dort ihren Geschäften nachzugehen. Langsam fuhren sie durch Deutz, vorbei an dem ehemaligen Römerkastell, dessen Befestigungsmauern die mißtrauischen Kölner vor ein paar Jahren geschleift hatten, weswegen nur noch unordentliche Steinhaufen von der einstigen Größe zeugten. Sie ließen die Benediktinerabtei hinter sich, wandten sich direkt nach Norden und folgten dem mäandernden Lauf des Rheins, nur begleitet von Bleßhühnern und Enten und dem singenden Rauschen von Schilf und schlanken Pappeln unter einem Himmel, der sich hoch und blau über ihnen wölbte.

Sie folgten dem sich windenden Band des in der Spätsommersonne schimmernden Rheins, standen spät auf, machten ausgiebige Mittagspausen und errichteten früh ihr Lager, lange bevor die letzten Sonnenstrahlen den Fluß rot erglühen ließen. Es herrschte Ruhe, jeder hing seinen Gedanken nach, tat nur das Nötigste und nutzte die Gelegenheit, sich zu entspannen.

Entspannt hätte sich Philipa auch gerne, aber sie konnte es einfach nicht. Die Fragen ließen sich nicht so leicht aus ihrem Kopf verdrängen. Zum Beispiel die, ob es richtig gewesen war, die Aichbergen-Burg zu verlassen, oder ob sie nicht den Kampf hätte aufnehmen sollen. Vielleicht hätte man einen Rischen doch nach seinen eigenen Wünschen formen können? Andererseits – die kurze Leine, an der sie von ihrer Mutter stets geführt worden war, ließ es sehr viel wahrscheinlicher sein, daß diese sich den Rischen zu ihrem eigenen Nutzen hatte heranziehen wollen. Ein ihr ganz und gar ergebener Schwiegersohn als neuer Lehnsherr auf Aichbergen würde ihre eigene Position kaum schwächen. Aichbergen indes war weit fort und Ritter Johann Rischen desgleichen. Schmerzhaft zog und zerrte die Überlegung an ihrem Gemüt, was nun aus ihr werden sollte, aus ihnen allen. Sie konnte doch nicht ihr Leben als Gauklerin beschließen. Oder doch? Sich ohne Talent und ohne besonderes Selbstvertrauen dennoch vor Publikum darzubieten, war schwer. Aber vielleicht nicht so schwer, wie in der Gosse zu landen.

Philipa vermißte ihren Vater. Den Schutz, den sein Name ihr geboten hatte. Der war vielleicht nicht allumfassend gewesen, denn während seinen langen Abwesenheiten blieb sie schließlich auf ihre Mutter allein angewiesen. Doch ihr hatte es gereicht. Jedenfalls solange er noch lebte, denn er hatte nie einen Zweifel daran aufkommen lassen, daß er für sie und ihre Geschwister sorgen und gar zu bizarre Auswucherungen der Abneigung seiner Frau gegen ihr eigenes Kind nicht dulden würde. Ganz zu schweigen gegen seine Bastarde. Nun, das galt jetzt nicht mehr.

An diesem Punkte fuhren sich Philipas Gedanken jedesmal fest und kamen ohne heroische Anstrengungen nicht mehr frei.

Ganz langsam begann sie, die Fahrt ein bißchen zu genießen. Ein leichter Sommerwind rauschte in den Purpurweiden, den hohen Kronen von Eschen und silbrigen Pappeln, die Früchte der ausladenden Walnußbäume würden bald reif sein. Entlang des Ufers leuchteten die rötlichen Rispen des Rohrgrases, und riesige Mädesüßstengel nickten ihnen zu. Einmal beobachteten sie einen Fischotter, der sich damit vergnügte, eine schlammige Uferböschung wieder und wieder hinunterzurutschen, und ein anderes Mal verirrte sich ein junger Fuchs viel zu nahe an ihr Lager und blieb interessiert stehen, um seinerseits kritisch diese seltsamen Wesen vor ihm zu betrachten. Abends fingen die Männer Flußbarsche und Gründlinge und einmal sogar einen Hecht, während die Bleßhühner kopfnickend neben ihnen herschwammen und Philipa sich fragte, ob dies Zustimmung oder Ablehnung bedeutete.

Alles in allem war es im Grunde eine herrliche Zeit. Sie dauerte drei Tage, dann waren sie in Monheim, ihrem ersten Ziel. Die Ferien waren vorbei.

In Monheim wurden die Aichbergens zum ersten Mal faszinierte Zeugen eines Auftrittes der Gauklertruppe. Es war ganz erstaunlich, wie sehr sich die einzelnen Mitglieder veränderten, sobald sie ihre Aufgabe zu erledigen und Publikum vor sich hatten. Philipa sah von dem sicheren Versteck innerhalb des Wagens zu, der über Nacht ihre Heimat geworden war, fast schon vertraut und vor allem geschützt vor fremden Blicken. Als wären die letzten Wochen zuviel der Aufregungen für sie gewesen, sehnte sie sich nach – einer ganzen Menge Dinge, doch vor allem wünschte sie sich Abgeschiedenheit.

Hinaus aus dem Zentrum des Geschehens, dort, wo sie die Verantwortung für alles und jeden trug.

Roland und Gysela kannten solche Skrupel nicht. Beide trieben sich neugierig herum, gleichermaßen bestrebt, sich unter das Volk zu mischen, um nur ja auch alles mitzubekommen, wie stolz zu demonstrieren, daß sie dem bunten Treiben angehörten.

Lange würde auch Philipa nicht in ihrem Versteck bleiben können, das war ihr schon klar. Sicher würde Roedthaar ihr ein paar Tage zugestehen, um ihre Wunden zu lecken und sich an die neue Situation zu gewöhnen. Noch durfte sie sich abseits halten, und sie gedachte dies auch so lange zu tun, bis es jemandem auffiel. Vorher wollte sie niemanden auf dumme Gedanken bringen, und deshalb verhielt sie sich still.

Im Moment war das einfach, denn ihr bot sich ein erstaunliches Schauspiel. Sie hörte, wie Bruno die Trommel anstimmte und wie Jann Roedthaar zu ihrem dumpf dröhnenden Klang mit getragener Stimme die Leute auf dem Monheimer Marktplatz einfing, die dankbar für ein wenig Abwechslung stehenblieben. Sie sah Gertrude zierlich und elegant über ein dünn gespanntes Seil tanzen und radschlagen und konnte nicht umhin, ihr mehr oder weniger widerwillig Respekt zu zollen. In ihrem Gesicht saß ein strahlendes Lächeln wie festgeklebt, und das war vielleicht das allererstaunlichste Kunststück, wenn man es mit ihrer Alltagsmiene verglich. Rainald dagegen sprang in weiten Bögen durch die Luft und wirbelte, mal auf den Händen, mal auf den Füßen landend, um die Truppe herum. Sie sah beeindruckt zu, wie Hanß mit Bällen und Tellern jonglierte, und zwar nicht mit Hilfe seiner Hände, denn er besaß keine, sondern mit den Füßen. Anschließend schoß er mit einem fest gewickelten Stoffball nach eigens dafür aufgestellten bunt bemalten Kegeln und nahm Wetten an, ob er es schaffen würde, denjenigen zu treffen, der ihm aus den Reihen des Publikums genannt worden war. Mit einer grazilen

Bewegung, einer Drehung seines Knies und einem gleichzeitigen Rucken des Fußknöchels, trat er gegen den Ball und traf jedesmal.

Dann hörte sie verblüfft zu, wie Jann Roedthaar mit dramatischen Gesten die Geschichte von Engelbert erzählte, dem bleichen Jüngling, von dem sie bis jetzt noch kein Wort vernommen und daher dazu geneigt hatte, seine Existenz zu vergessen. Angeblich hatte er vierzehn Tage unter der Erde verbracht, gestorben, betrauert und begraben, bevor ein Ruck durch seinen Körper ging, er sich aufsetzte, den Sarg öffnete und diesem entstieg, wobei er sich ein paar Erdkrumen von den Schultern klopfte.

»Seitdem ist er ein bißchen seltsam«, teilte Jann Roedthaar seinem Publikum mit vertraulich gesenkter Stimme mit. »Er hat wohl schon zu viel gesehen, von dem ihr und ich nur hoffen können, es bleibt uns noch lange erspart.« Die Leute erschauerten wohlig entsetzt und entrichteten bereitwillig den geforderten Obolus. Engelbert lächelte unbestimmt und blickte irgendwie an allen vorbei ins Nichts.

Am spannendsten fand Philipa, was Petronella tat. Sie saß gelassen hinter ihrem mit einem sternenbestickten Tuch bedeckten Verkaufstisch, wie stets unerhört farbig gewandet, und bot an, was die Leute so haben wollten. Vor ihr standen kleine Tonkrüge mit geheimnisvollen Flüssigkeiten und noch kleinere Tiegelchen mit Deckeln, und in einer bemalten Holzkiste, die mit einem weichen Tuch ausgeschlagen war, verwahrte sie eine Anzahl kleiner Steine.

Petronellas Blick für die Menschen und ihre Eigenheiten war scharf. Einer Frau, die mit mißtrauisch nach unten gezogenen Mundwinkeln zögernd vor ihr stehenblieb, empfahl sie unaufgefordert und mit ungerührter Miene den Kauf eines Achats, den sie sogleich zur Ansicht aus dem Kästchen holte. Versonnen betrachtete sie die zarten rosafarbenen und bräunlichen Streifen und fuhr sie mit dem Fingernagel nach. Schließlich blickte sie auf und sah der Frau direkt in ihr verkniffenes Gesicht.

»Die kluge Hildegard aus Rupertsberg bei Bingen hat gesagt, einen Achat des Abends einmal der Länge und der Breite nach durch das Haus getragen, schützt vor Dieben und Tunichtguten.«

Die Frau warf schnell einen Blick über ihre Schulter und tippte dann zögernd auf den hübschen Stein. »Ist das wahr?« Ihre Stimme war überraschend wohlklingend.

»Natürlich. Die fromme Frau hatte immer recht. Und wenn nicht«, Petronella zuckte mit den Schultern und lächelte entwaffnend, »jeder weiß, daß der Achat für angenehme Träume sorgt. Er hat somit auf jeden Fall eine willkommene Wirkung.«

Der doppelte Nutzen gab offenbar den Ausschlag. »Ich nehme ihn.«

Petronella ließ den Stein in einem winzigen Ledersäckchen verschwinden und zog sorgsam die Kordel zu. »Gegen verlieren hilft er nicht, das weißt du. Nur gegen Diebe.«

Anschließend bot sie einem jungen Mädchen mit herausfordernden Augen einen ihrer kleinen Krüge an, die ein unschlagbares Mittel für eine zarte, rosige Gesichtshaut enthielten, eine Mischung aus Rosenwasser, Beifuß und Honig. »Ich habe es früher selbst benutzt, weißt du. Wirkt garantiert. Jetzt lohnt es sich nicht mehr.« In Petronellas Stimme schwang Bedauern mit, und das Mädchen schaute ein bißchen herablassend auf sie hinunter. Sie verlor erst ihre Hochnäsigkeit, als Petronella unter den Tisch griff und ihr auf der offenen Hand etwas hinhielt.

»Was ist das?« fragte sie neugierig, das Interesse gepaart mit einem gesunden Mißtrauen.

»Ein Königskerzenamulett. Kann ich jungen Mädchen mit rosiger Haut wärmstens empfehlen. Es verhindert die Empfängnis. Wenn man sie denn verhindern muß. Oder will. Willst du doch?« Petronella sah sie prüfend an.

Das Mädchen warf ängstlich einen Blick hinter sich und wurde blaß. Aber sie nahm es. Besser war besser.

Am häufigsten verkaufte sich das Stärkungsmittel. Ganz ordinärer Kornbranntwein, in dem über einige Wochen Melisse und Angelikawurzel gezogen hatten, dazu Gewürze wie Muskat, Zimt und Nelken, letztere jedoch nur in geringen Dosen, denn sie waren teuer. »Davon täglich einen kleinen Schöpflöffel voll trinken, und alle Leiden gehören der Vergangenheit an«, versicherte Petronella jedem, der auch nur in ungefähre Nähe ihres Standes kam.

Zwischen all dem wuselten Roland und Gysela herum, wobei ersterer die Bälle einsammelte, mit denen Hanß nach den Kegeln geworfen hatte, und letztere von einem freundlichen alten Mann ein paar Zwetschgen geschenkt bekam. Minni saß dicht neben Philipa und winselte, wenn Bruno die Trommel zu schlagen begann; an den dumpfen Ton, der in seinen empfindlichen Ohren vibrierte, mußte er sich noch gewöhnen.

Als die Darbietungen zu Ende waren, traten sämtliche Künstler in eine Reihe nebeneinander und verbeugten sich tief. Selbst Roland und Gysela, obwohl sie gar nicht viel gemacht hatten. Genau wie Minni, der sich flugs danebenstellte und unverdientermaßen einen Extraapplaus einheimste, und das nur wegen seines freundlich lächelnden Hundegesichts.

Philipa blieb, wo sie war.

Als sie den Rhein längst in östlicher Richtung verlassen hatten und bereits vor den Herren von Garderode und denen von Eller gespielt hatten und vor einer fast neuen riesigen Kirche in einem Ort, der Holden oder Hilden oder so ähnlich hieß und wo man ihr Spiel so wenig angebracht fand, daß sie den Ort, dessen Namen sich Philipa nicht merken konnte, schnell wieder verlassen hatten und weiter gen Norden gezogen waren, an einem dieser Tage also, als sich das heiße Sommerwetter in eine schwüle Spätsommerhitze verwandelt hatte, da fand Jann

Roedthaar es an der Zeit, die Plane zurückzuschlagen und zu sagen: »So, mein Mädchen. Damit auf die Dauer keine Fledermaus aus dir wird, schlage ich vor, du kommst jetzt einmal heraus aus deinem Bau und setzt dich zu mir auf den Kutschbock.«

Philipa blinzelte in das Sonnenlicht und ärgerte sich. Es war angenehm gewesen, sich in einem halbschlafenden Dämmerzustand durch die Lande schaukeln zu lassen. Die Tageshelle neigte dazu, Dinge ans Licht zu zerren, die sie lieber unbeachtet ließ. Aber Jann Roedthaar war ihr Anführer, und Anführern hatte man zu folgen, so oder so. Zu entscheiden und zu befehlen war seine Aufgabe, und ihre war es, zu gehorchen. Also streckte sie ihre verkrampften Glieder und krabbelte mühsam zwischen den ganzen Gepäckstücken, Decken und Kleidertruhen heraus.

Roedthaar saß meistens selbst auf dem Kutschbock, nur manchmal wechselte er sich mit Bruno ab, und fast immer suchte er sich Begleitung, denn neben ihm hatte noch ein weiteres Mitglied der Truppe Platz. Er nutzte die Zeit, das Programm zu überarbeiten, Pläne für die Zukunft zu machen, mit jedem zu sprechen und ihn zu seiner Ansicht zu befragen. Heute war eben Philipa dran. Sie seufzte still. Es wäre ihr sehr viel lieber gewesen, wenn er sie in Ruhe gelassen hätte. Andererseits war es auch ganz schön, hoch oben über dem staubigen Weg zu sitzen, auf die sich rhythmisch bewegenden Hinterbacken von Herkules zu schauen und ab und zu vorsichtig die Gegend in Augenschein zu nehmen. Sie war flach, doch rechterhand wurde das Land hügelig und war von dichtem, dunklem Wald bedeckt.

»Wird es dort drüben nicht zu steil für Herkules?« Irgendwie mußte sie das Gespräch ja anfangen, es war unangenehm, neben Flammenmeer zu sitzen und schweigend Luftlöcher in die Gegend zu starren.

»Bestimmt. Aber so weit östlich fahren wir nicht.« Jann

klatschte sachte mit den Zügeln auf Herkules' breiten Rücken, als dieser es angebracht fand, langsamer zu gehen und sich nach frischen grünen Blättern umzusehen. »Wir bleiben strikt nördlich. Als nächstes spielen wir bei den Klosterfrauen in Gerresheim.«

»Klosterfrauen?« Philipa dachte an die Kirche, vor der sie nicht hatten auftreten dürfen, und zog die Stirn in Falten.

»Keine Angst. Die vornehmen Fräuleins sind für jede Abwechslung dankbar.« Jann grinste. »Wir waren schon öfter da und haben uns nie über mangelndes Interesse beklagen müssen. Ich nehme an, die sind von zu Hause Spielleute gewohnt und langweilen sich ab und an in den engen Klostermauern.«

Das konnte schon sein. Nicht alle der adeligen jungen Damen, die sich von der Welt zurückzogen, taten dies freiwillig. Im großen und ganzen war sie froh, daß ihr dieses Schicksal erspart geblieben war. Philipa zuckte die Schultern und machte ein abweisendes Gesicht.

Jann Roedthaar war der Meinung, daß langes Drumherumreden eigentlich nur Zeit kostete. »Hör mal, ich weiß nicht, warum du jedesmal dieses Rühr-mich-nicht-an-Gesicht machst, sobald einer von etwas anderem als dem Wetter spricht«, Philipa wurde rot, »und ich will auch gar nichts wissen, was du mir nicht freiwillig erzählen magst. Aber ich glaube, ich muß dir mal erklären, wie das Leben in einer Truppe wie der unseren eigentlich funktioniert.«

Philipa klatschte sich mit der flachen Hand ins Gesicht und betrachtete den blutigen Fleck, den die erschlagene Mücke hinterlassen hatte. Das war immer noch ein willkommenerer Anblick als die Miene von Jann Roedthaar, der jetzt vielleicht böse aussah. Unter Umständen sogar so böse, daß er sie hinauswarf. Er konnte bestimmt keinen Ballast gebrauchen. Vermutlich leitete er auf diese umständliche Weise ihre Verabschiedung ein. Doch sie konnte es ihm auch einfacher machen.

»Wir können euch im nächsten etwas größeren Ort gerne verlassen. Bis dahin wäre es allerdings nett, wenn ihr uns weiter mitnehmt. Ich wüßte nicht, wie wir von hier wegkommen sollten.« Sie wollte es gar nicht, aber ihre Stimme klang streng. Ein bißchen beleidigt. Doch das war schließlich besser als panisch.

Jann Roedthaar seufzte. »Daß du überhaupt etwas äußerst, ist mir ganz bestimmt lieber als dieses Geschweige bisher. Trotzdem wäre ich dir dankbar, wenn du erst einmal anhörst, was ich dir sagen möchte, bevor du die Antwort auf eine Frage gibst, die kein Mensch gestellt hat.«

Philipa sah ihn jetzt doch an. Er war noch genauso weiß wie damals, als sie ihn zum ersten Mal gesehen hatte, nur die Sommersprossen schienen etwas brauner geworden zu sein. Seine roten Haare klebten dunkel und feucht im Nacken. Es war wirklich heiß. Philipa wischte sich den Schweiß von der Stirn.

»Wir kommen hier ins Unterbacher Sumpfland. Deshalb die Mücken. Aber bevor wir über den Korresberg zu den Gerresheimerinnen kommen, können wir noch ausruhen und schwimmen gehen.«

Bei einem so netten Geplaudere würde er doch wohl nicht gleich die Keule rausholen und sie mit Schimpf und Schande fortjagen? Philipa räusperte einen Kloß im Hals weg.

»Wo war ich? Ach ja, beim Leben in einer Gauklertruppe.« Jann erschlug beiläufig eine Mücke, ein besonders fettes und aggressives Biest, welches ihn schon seit geraumer Zeit hungrig umkreist hatte. »Solche Gruppen setzen sich zusammen aus Leuten, die den üblichen Pfad des Lebens verlassen haben. Oder verlassen mußten. Oder ihn nie beschritten haben. Sei es, wie es sei, wir haben alle irgendwann herausgefunden, daß man ganz schön gebeutelt wird, wenn man allein auf den Schutz Gottes angewiesen ist. Nichts gegen den Herrn gesagt«, Jann verbeugte sich entschuldigend und schlug rasch ein Kreuz, »aber gegen menschliche Gemeinschaft ist auch nichts einzuwenden. Wenn wir uns nicht haben, haben wir niemanden, verstehst du?«

Philipa nickte und verfolgte abwesend den Flug eines Milans oder Bussards, sie wußte es nicht genau.

»Deshalb wissen wir alle, daß wir aufeinander angewiesen sind. Jeder auf jeden. Jeder kann etwas Besonderes, jeder tut etwas, jeder trägt etwas zu unserem Auskommen bei.«

»Wir können nichts«, warf Philipa spröde ein.

»Das sehe ich nicht so. Vielleicht nicht jonglieren oder seiltanzen oder irgendwelche Taschenspielertricks, noch nicht jedenfalls. Aber darauf kommt es auch nicht an, anfangs nicht. Es kommt auf den guten Willen an.«

»Den guten Willen?« fragte Philipa zögernd. Es war schön und gut, in Rätseln zu sprechen, aber sie wünschte doch langsam, Jann würde zur Sache kommen.

»Roland pflegt Herkules und versucht, im Stehen zu reiten. Gysela schnappt sich ein Körbchen und zirpt charmant die Leute an, damit sie mehr Münzen hineinlegen, als sie eigentlich vorhatten.«

Jann Roedthaar brach ab, Philipa verstand allerdings auch so. »Und ich tue nichts.«

»Genau.« Er seufzte. »Es tut mir leid, Mädchen. Aber nichts tun in einer Gruppe fahrender Leute geht nicht.«

»Ich kann aber nichts.«

»Doch, kannst du.«

Was wußte der schon. »Nein. Was sollte ich schon können? Nichts kann ich, gar nichts. Ich hab' meinen Geschwistern versprochen, für sie zu sorgen, aber das war bloß blödes Geschwätz. Für gar nichts habe ich gesorgt, es war eine Pleite von Anfang an«, brach es aus Philipa heraus.

Jann unterdrückte den Impuls, ihr beruhigend das Knie zu tätscheln. »Würde ich so nicht sehen«, sagte er statt dessen bedächtig. »Ihr seid nicht verhungert, ihr seid nicht krank, ihr seid noch am Leben.«

»Das ist nicht mein Verdienst.« Jetzt klang ihre Stimme ausgesprochen kläglich.

»Doch, ich denke schon. Jedenfalls tun deine Geschwister nichts, ohne sich vorher mit einem kurzen Blick auf dich vergewissert zu haben, ob es in Ordnung ist, was sie vorhaben.«

»Wirklich? Das habe ich nicht gemerkt.«

»Ja, wirklich. Es ist an der Zeit, daß du die Augen aufsperrst und ein bißchen mehr merkst als bisher, meinst du nicht?«

»Hm, ja.« Philipa zupfte ihr Kleid zurecht. Es war viel zu warm und klebte unangenehm an ihren Schenkeln. Dann blickte sie entschlossen hoch und sah Jann Roedthaar ins Gesicht. »Ich kann aber wirklich nichts.«

»Doch, du kannst. Du hast mir selbst in Köln angeboten, für die Truppe zu kochen und zu flicken. Weißt du das denn nicht mehr? Und du kannst singen, vergiß das nicht.«

»Bloß nicht!«

Jann lachte. »Doch, doch, eines Tages kriege ich dich dazu, versprochen.«

Sie wollte es jetzt genau wissen. »Eines Tages, soll das heißen, daß wir bleiben dürfen?«

Jann blickte sie ruhig an. »Natürlich. Es ist nicht so, daß wir euch nicht dabeihaben wollen. Nur wollen wir keine Faulenzer mitschleppen, falls du verstehst, was ich meine.«

»Ich bin nicht faul!«

»Das glaube ich ja. Es wäre nur nett, wenn du uns das auch zeigst.«

Philipa wußte kaum, wie sie es anstellen sollte, sich plötzlich um die Arbeit zu bewerben, ohne anmaßend zu wirken. Also drückte sie sich eine Weile stumm in der Nähe von Petronella herum, die damit beschäftigt war, den eingerissenen Saum eines winzigen Hemdgewandes zu flicken. Es gehörte bestimmt Gertrude, denn ein Kind, dem es ebenfalls gepaßt hätte, war weit und breit nicht zu sehen.

Petronella selbst trug ein sehr hübsches ärmelloses Übergewand aus leuchtendem blauem Stoff über ihrem bescheidenen Hemd. Der Stoff wirkte eigentlich viel zu teuer für sie, allein die Farbe! Außerdem hatte sie ihn entlang der Kanten mit hauchzarten Sternen, Sonnen und Halbmonden bestickt, es war eine sehr sorgfältige Arbeit. Philipa wußte, wovon sie sprach. Das Kleid war bewundernswert kunstvoll bestickt, mit zierlichen, akkuraten Stichen und viel Geschmack.

Über Kleider konnte man ebensogut wie über jedes andere Thema ins Gespräch kommen. Philipa räusperte sich. »Hast du … hast du diese Stickereien selber angefertigt?«

Petronella nickte. Das war immerhin etwas, wenn auch nicht direkt überschäumend.

»Sie sind sehr hübsch.«

»Ja.«

»Meine eigenen Kleider sind … äh, eher schmucklos, leider«, fuhr Philipa mit leichter Verzweiflung fort, das Thema war doch nicht so ergiebig, wie sie gehofft hatte.

»Stimmt.« Petronella warf ihr einen Blick zu und befaßte sich dann wieder mit ihrer Arbeit.

Einen Versuch würde sie noch machen, dann würde sie es gut sein lassen. Philipa griff nach einem Korb, in dem offenbar die auszubessernden Kleidungsstücke ihres Schicksals harrten. »Hast du noch mehr in Ordnung zu bringen? Ich könnte dir helfen. Wenn du willst.«

»Gerne«, erwiderte Petronella bedächtig, und Philipa atmete auf. Sie hätte beim besten Willen nicht gewußt, wie sie sich verhalten sollte, wenn die Gauklerin ihr Angebot abgelehnt hätte.

Das Kleidungsstück, welches sie aus einem Wust mehr oder weniger fadenscheiniger Stoffe herauszog, schien Jann Roedthaar zu gehören. Es handelte sich um einen weiten Umhang aus grobem braunen Wollstoff, an dem die Schnur halb abgerissen war, mit welcher er oben am Hals geschlossen wurde.

So ein Band würde sie wohl befestigen können. Philipa blickte sich suchend um.

»In dem Kästchen da drüben sind Nadel und Faden. Nadel und Faden suchst du doch?«

»Richtig.« Philipa fädelte das Garn ein und begann mit der Arbeit.

Nach einer Weile bemerkte Petronella: »Das sollte wohl nun sitzen. Damit kann er sich jetzt selbst vor den Wagen spannen, um Herkules zu schonen.«

Philipa stach sich in den Daumen und steckte ihn in den Mund, um das Blut abzulutschen. »Meinst du, ich habe übertrieben?«

»Nicht, wenn du gerne für die Ewigkeit arbeitest.«

»Oh.« Philipa betrachtete ihren Daumen und wischte ihn dann kurzerhand an dem Umhang ab. Anschließend legte sie das Ungetüm beiseite und wühlte erneut in dem Korb herum. Sie hatte eigentlich keine besondere Lust, zu nähen.

»Du, Petronella …«

»Hm?«

Es klang ganz freundlich. Wenn sie nicht so gesprächig war, lag das vielleicht daran, daß sie gerade ein kompliziert verschlungenes Muster auf den Halsausschnitt eines Gewandes stickte, welches ohne Zweifel ihr selbst gehörte.

»Ich glaube, ich kann besser kochen als nähen.«

»Och, die Schließe ist doch ganz gut gelungen. Wenn man von den Blutflecken einmal absieht.«

Philipa starrte sie an, konnte aber an Petronellas gleichmütiger Miene nicht ablesen, ob die Bemerkung als Scherz gemeint war. Außerdem hob sie den Blick nicht von ihrer Stickerei, so daß ihre Augen nicht zu erkennen waren.

Philipa schluckte, dann faßte sie sich ein Herz. »Blutflecken passen aber besser in die Küche.« Petronellas Mundwinkel schienen sich um eine Nuance zu heben. Philipa nahm es als Aufforderung, den eingeschlagenen Weg weiter zu verfolgen.

»Wäre es dir nicht eine Erleichterung, wenn du dich ganz auf die Näharbeiten konzentrieren könntest und ich statt dessen für die Mahlzeiten sorgen würde?«

Petronella ließ die Hände sinken, und der Stoff bauschte sich in ihrem Schoß. Nachdenklich betrachtete sie Philipa. »Doch«, sagte sie dann, »das wäre es. Ich hatte schon befürchtet, du würdest gar nicht mehr danach fragen.« Sie grinste breit und freundlich. »Ich koche nicht besonders gerne, weißt du. Und bei Gertrude ist der Zustand der Mahlzeiten viel zu sehr abhängig von dem ihres Gemütes. Deshalb hatten wir beschlossen, einstimmig übrigens, daß sie sich aus der Küche fernzuhalten hat, und da blieb das Ganze an mir hängen. Also bin ich froh, daß du dich darum drängst.«

»Ich habe allerdings nicht besonders viel Übung.« Die Verzagtheit umklammerte Philipas Herz.

»Das gibt sich auf natürlichem Wege.«

»Ja. Aber wenn es euch nicht schmeckt?«

»Dann versuchst du es eben wieder. Sieh mal, mit dem Kochen und Sticken und allen anderen Fertigkeiten ist es so wie mit dem Jonglieren. Man fängt an, es klappt nicht, man übt, und es wird langsam besser. Mach dir keine Sorgen.«

Mach dir keine Sorgen. Philipa konnte sich nicht erinnern, wann das letzte Mal jemand so etwas zu ihr gesagt hatte. Oder wann sie sich zuletzt keine Sorgen gemacht hatte.

»Ich bemühe mich. Mir keine Sorgen zu machen. Mit dem Kochen natürlich auch.«

»Wenn du willst, kannst du gleicht anfangen«, sagte Petronella, und Philipa verließ sie mit einem dankbaren Lächeln in Richtung Wagen.

Eine Feuerstelle gab es dort natürlich nicht, kochen mußte sie also draußen. Wenn es regnete, hatte ihr Jann Roedthaar versichert, würden sie über dem Feuer mit einer Plane auf vier Stangen eine Art Küchenzelt errichten. Philipa hoffte, diese gewagte Konstruktion nicht in allzu naher Zukunft zu benötigen. Ein eigener Lagerraum war ebenfalls nicht vorhanden, nur eine Truhe in einer abgeteilten Ecke, welche die knapp bemessenen Vorräte aufnahm. Dort fand Philipa Mehl, Speck und Salzheringe, dazu Zwiebeln, Gerstenkörner, frische Bohnen und getrocknete Erbsen, ein paar Säckchen mit Kräutern und einen Topf Honig.

Viel war das ja nicht. Trotzdem. Für eine Suppe dürfte es reichen. Sie schnitt den Speck in Würfel, und als er in dem rußgeschwärzten Topf über dem Feuer brutzelte, streute sie erst Zwiebelstückchen und anschließend ein wenig Mehl hinein und rührte heftig um. Dann Wasser, davon gab es reichlich. Schließlich Bohnen, ein paar Fingerspitzen der getrockneten Kräuter und zwei, drei Handvoll Gerstenkörner.

Am Schluß rührte sie Mehl mit Wasser an, fügte eine Spur des ausgelassenen Speckes und ein paar Kümmelkörner dazu und buk kleine Fladen auf einem heißen Stein, den sie in die glühende Asche des Feuers gelegt hatte.

Als sie fertig war, wischte sie sich die Hände an ihrem Kleid ab, um einen Kittel konnte sie sich später kümmern, und schlug mit einem Klöppel auf eine Metallscheibe, um die Truppe zum Essen zusammenzurufen.

Sie kamen alle sofort, mit Bruno an der Spitze. »Riecht gut«, tat er kund. Bruno machte nicht gerne viele Worte.

»Beherrsch dich, wir anderen haben auch Hunger.« Rainald sprang Bruno behende auf die Schultern, aber der wankte und wich nicht.

»Klar. Frauen zuerst, Kinder zuletzt.« Auch Bruno wußte sich vollendet zu benehmen, schließlich war er oft genug bei den Festmählern dabeigewesen, die auf den Burgen dann und wann abgehalten wurden, hatte zur Unterhaltung der Gäste beigetragen und nicht umhin gekonnt, das Treiben um ihn herum genauestens zu studieren.

Sie ließen sich alle rings um das Feuer auf dem Boden nieder und nahmen ihre hölzernen Schalen mit der Suppe und dazu einen Brotfladen in Empfang. Eine Weile hörte man nichts außer den Geräuschen, die entstehen, wenn zehn Leute mehr oder weniger laut eine dicke Suppe schlürfen. Philipa hatte keine Ahnung, ob sie mit ihr zufrieden waren oder nicht, ihr selber schmeckte es eigentlich ganz gut. Später würde sie sich einen Plan machen. Was sie noch kochen konnte und welche Zutaten ihr dafür fehlten.

»Schmeckt prima«, bemerkte Rainald schließlich und wischte den letzten Rest aus seiner Schüssel. Das war nett, aber Rainald war auch grundsätzlich ein freundlicher Mensch.

»Ich hab' gar nicht gewußt, daß du so etwas kannst«, bemerkte Roland mit vollem Mund, und Gysela lächelte anstelle ihrer Schwester herablassend in seine Richtung.

»Ja. Ich denke, niemand hat etwas dagegen, wenn du in Zukunft die Küche übernimmst.« Das war die bestimmte Tonlage von Jann Roedthaar. Er war der Anführer, und er hatte entschieden, also würde es so gemacht werden.

»Ich bin froh, daß ich den Kram los bin.« Petronella klopfte Philipa, die neben ihr saß, auf das Knie. »Es war gut, wirklich.« Philipa strahlte sie an.

»Bloß zuwenig«, sagte Gertrude.

Philipa kochte. Sie kochte Eintöpfe und Suppen und Grützen, und wenn es eigentlich auch immer dasselbe war, so versuchte sie doch, durch die Beigabe von Kräutern den Geschmack zu variieren. Hatte sie Eier, so buk sie Omeletts und füllte sie mit frisch gepflückten Brombeeren. Einmal erhielten sie von einem Bauern einen großen Korb voll Pflaumen geschenkt, und von da ab bekamen sie gebratene Speckscheiben mit Pflaumen, weiße Bohnen mit Pflaumen, zähen alten Hammel mit Pflaumen – und Minze –, und als alle keine Pflaumen mehr sehen konnten, legte sie den Rest in Essig mit Zimt und Nelken ein.

Kamen sie durch einen Wald, zwang sie ihre Geschwister,

gemeinsam mit ihr Pilze zu sammeln, ständig in der bangen Hoffnung, sie verwechselten die eßbaren nicht mit den giftigen. Sie erbat von Petronella einen dünnen Faden und fädelte die Pilze auf, um sie zum Trocknen unter das Wagendach zu hängen.

Als sie Schlehen und Holunderbeeren für einen süßen Likör ansetzte, gebot ihr Jann Roedthaar Einhalt. »Wir können uns keinen zweiten Wagen leisten, um deine Vorräte mitzunehmen«, sagte er, und Philipa mußte einsehen, daß er recht hatte, denn in der Küchenecke wurde es bereits eng.

Eines Freitags in dem kleinen Straßendorf an der Stelle, wo die Düssel in den Rhein mündete, erstand sie ein Stück Stockfisch, wässerte, kochte und garte ihn dann zusammen mit Zwiebeln, Petersilie und einem Hauch des viel zu teuren Safrans. Abgesehen davon, daß das Ganze etwas salzig war, weil ihr für das Wässern nicht genug Zeit geblieben war, schmeckte es ganz gut.

Auf Burg Lohausen bekamen sie zwar kein Geld, dafür aber ein Fäßchen Bier und ein halbes gepökeltes Schwein. »Vermutlich müssen sie die Reste loswerden, bevor sie im November wieder schlachten«, meinte Gertrude geringschätzig, aber Philipa war es egal. Schwein war Schwein. Sie kochte einen dicken Eintopf aus Fleisch, Rüben, Haferkörnern und – Pflaumen. Aus einem kleinen Teil versuchte sie Schweinefleischröllchen herzustellen, es gelang ihr jedoch nicht, den Teig dünn genug auszuziehen, wenn er fast richtig war, riß er, und sie mußte von vorne anfangen. Also wandelte sie das Ganze in eine Pastete um, mit Zwiebeln, Äpfeln und Rosinen, und das Lob der Truppe war lautstark und ehrlich.

Dann kamen sie zu des verstorbenen Friedrichs Pfalz nach Kaiserswerth, dem Ort, an dem sie überwintern wollten.

»Überwintern? Jetzt schon?« fragte Philipa verblüfft und wunderte sich, daß alle lachten.

»Klar, jetzt schon.« Jann Roedthaar zauste ihr Haar. »Es ist

November, da bleibt uns nicht mehr viel Zeit, ein angenehmes Winterquartier zu suchen. Wo sie uns auch nehmen.«

»November! So spät ist es schon im Jahr.« Philipa hatte wahrhaftig nicht gemerkt, wie die Zeit vergangen war. Außerdem war das Wetter immer noch einigermaßen gut, und so war es ihr gar nicht spätherbstlich vorgekommen. »Nehmen die uns denn hier?«

»Ja. Wir sind schon früher da gewesen, beim alten Burggrafen. Und der jüngere Gernand nimmt uns auch, das hat er uns versprochen.« Jann Roedthaar konnte es sich leisten, sorglos zu sein. »Du hast dann eine Weile frei, fürs erste kriegen wir etwas von der burggräflichen Tafel. Wenn der Reiz des Neuen dann nachläßt, sorgen wir besser wieder selbst für uns. Vorerst wollte ich dir noch sagen, daß du deine Sache anständig gemacht hast, so gut gegessen haben wir lange nicht.«

»Vielen Dank.« Petronella grinste, als die anderen lachten. Alle waren fröhlich, sie freuten sich auf die Pause, in der sie nicht ständig unterwegs sein würden. Außerdem wurde es langsam ungemütlich, draußen zu übernachten.

Philipa betrachtete zweifelnd ihre Hände, ihre Fingerspitzen waren ein bißchen orange vom zaudernden Abmessen der teuren Safranfäden. »Dann habe ich ja gar nichts zu tun.«

»Beschwer dich nicht. Es geht früh genug erneut los mit der Arbeit.«

Es war seltsam, wieder auf einer Burg zu leben. Natürlich war die Pfalz viel größer, üppiger ausgestattet und vornehmer, der Unterschied war allerdings nicht so groß wie zum Beispiel dazu, unter freiem Himmel neben dem stetig rauschenden Rhein zu übernachten und Fröschequaken und dem Sirren von Mückenschwärmen zu lauschen.

Als Quartier bekamen sie einen Platz in den Ställen zugewiesen, was Philipa sehr unangenehm berührte. Das war sie nun doch nicht gewohnt.

Gysela auch nicht. »In den Ställen? Bei den Kühen?« fragte sie ungläubig.

»Bei den Pferden«, stellte Petronella gelassen klar. »Und nicht *mit* den Pferden, sondern in einer eigenen Box.«

»Fein.« Philipa huschten sehr präzise Bilder von Pferdeäpfeln und tellergroßen Hufen durch den Kopf.

»Du wirst sehen, daß wir nicht die schlechteste Wahl getroffen haben.« Petronella zuckte mit den Schultern. »Mit den Pferden geht man pfleglich um auf so einer Burg.«

»Und Spielleute sind keine Pferde.«

»Du hast es erfaßt.«

Petronella sollte recht behalten. Mit dem einsetzenden Novemberregen drang auch die Kälte in die Mauern. In der großen Halle war in jeder der beiden Längsseiten ein mächtiger Kamin eingelassen, aber sie vermochten kaum mehr als ihre unmittelbare Umgebung zu erwärmen. Außer in der Küche, wo beständig gebraten und gekocht und daher immer kräftig eingeheizt wurde, verlor man eigentlich nirgendwo das fröstelnde Gefühl, welches einem eine hinauf- und hinunterrieselnde Gänsehaut zu vermitteln vermag. Außer in der Küche war es tatsächlich nur in den Ställen auszuhalten, denn sie waren solide gebaut, in kleine Abschnitte unterteilt, und auf dem Boden war eine dicke Lage Stroh aufgeschüttet. Dazu hielt sich die Wärme, die von den Tierleibern ausging, in den Mauern.

Nachts lag Philipa eng angeschmiegt zwischen Gysela und Petronella, Gertrude hatte sich demonstrativ einen Platz so weit von ihr entfernt wie möglich gesucht, lauschte dem Malmen und Rascheln, das die Pferde in den Boxen nebenan verursachten, und hatte es warm und gemütlich. Tagsüber dagegen fror sie unablässig. Sie hatten ihr Heim im Sommer verlassen und nicht mehr als das Nötigste mitnehmen können. Ein Umhang, der sie vor der erst in ein paar Monaten zu erwartenden Winterkälte hätte schützen können, hatte nicht dazugehört.

Es regnete viel in diesem späten November, die Natur war eifrig bemüht, einen Ausgleich für den langen, warmen Sommer zu schaffen. Die Straßen, die durch das Land führten, waren sicher längst zu kaum passierbaren Schlammwüsten geworden. Alles in allem konnten sie froh sein, daß Jann Roedthaar rechtzeitig für ein Winterquartier gesorgt hatte.

Das Dumme war nur, daß Philipa sich langweilte. Sie hatte nichts zu tun. Gysela und Roland waren zusammen mit Minni überall und nirgends und fühlten sich offenbar sofort heimisch. Die anderen spielten jeden Tag während der Mahlzeiten für den Herrn der Halle und seine Gäste auf, sogar Petronella, die hier nicht ihre Wundermittel vertrieb, sondern sehr anmutig auf der Harfe die Lieder und Geschichten begleitete, die Jann vortrug.

Wenn man sich langweilt, kommt man auf törichte Gedanken. Und die waren es, vor denen sich Philipa am allermeisten fürchtete. In den letzten Wochen hatte sie sich mit großem Elan ihrer neuen Aufgabe gewidmet und es gleichermaßen befriedigend gefunden, etwas Sinnvolles zu tun als auch dafür Lob einzuheimsen. Auf einer fremden Burg herumzustromern und keine Funktion zu besitzen, war nichts Sinnvolles. Sie würde sich eine Beschäftigung suchen müssen. Erstens wollte sie nicht wieder von Jann Roedthaar ermahnt werden, sie trüge nichts zu ihrer Gemeinschaft bei, und zweitens, na ja. Sie wurde doch sehr an früher erinnert, hier zwischen den dicken Mauern, zwischen Pferden, Waffengeklirr und Fahnengeflattere.

Philipa öffnete die Stalltür und steckte die Nase hinaus. Ein Windstoß fegte braune Herbstblätter über den Hof, und einen Schauer feinster Nieseltropfen in ihr Gesicht. Nun gut. Sie wollte mit Jann Roedthaar reden und ihn fragen, ob er eine Idee für sie hätte. Hier im Stall war er nicht und würde vor der Dunkelheit sicher auch nicht mehr auftauchen. Wollte sie ihn sprechen, mußte sie ihn suchen, so einfach war das.

Zögernd betrat sie den Innenhof. Sie wußte nicht genau, wo Jann war, aber vielleicht sollte sie zuerst in der Halle nachsehen. Der Wind zerrte an ihrem Kleid und wickelte es um ihre Beine. Na fein, würde sie sich eben beeilen. Sie raffte ihr Haar mit einer Hand fest zusammen und schritt über den Hof. Bis auf die Blätter, für die im Herbst kein Mensch etwas konnte, war er sehr gut gepflegt, weder Moos noch Unkraut wucherten zwischen den Steinen.

»Was machst du denn hier?« hörte sie hinter sich eine sonore Stimme. »Einen hübschen kleinen Frühlingsspaziergang?«

Philipa wandte sich um. »Soviel Phantasie besitze ich leider nicht.« Sie lächelte. Ein Windstoß blähte ihr Kleid, und sie hatte Mühe, es schicklich unten zu halten.

Der Burgvogt betrachtete sie. »Kommt mir vor, als seiest du etwas zu dünn gekleidet.«

»Ja, Herr. Das kommt mir allerdings auch so vor.« Philipa schauderte. Ein Regentropfen blieb an ihren Wimpern hängen, und sie blinzelte ihn fort.

»Ich nehme an, du würdest das ändern, wärest du in der Lage dazu?« Gernand blickte sie weiterhin mit prüfendem Blick an.

»Das würde ich in der Tat.« Philipa hob die Schultern und sah ihm freimütig in die Augen. »Bei Antritt meiner Reise hatte ich … leider keine Gelegenheit, allzu viel Gepäck mitzunehmen.«

Soso, eine Gauklerin. Wer's glaubte. Gernand von Hagenau machte keiner so leicht etwas vor. Andererseits war er niemand, der die Nase in anderer Leute Angelegenheiten steckte, wenn es nicht unbedingt nötig war. Als Burggraf mußte er es häufig genug, aber das reichte ihm dann auch.

»Ich schlage vor, wir statten Alheten einen Besuch ab.«

Philipa blickte ihn fragend an, doch er hatte sich bereits abgewandt. »Kommst du?« fragte er über die Schulter zurück, er war ein vielbeschäftigter Mann und hatte es eilig. Philipa blieb nichts anderes übrig, als hinter ihm herzurennen.

»Ich will Euch nicht über Gebühr zur Last fallen, Herr, aber wer ist Alheten, die ich aufsuchen soll?«

Gernand blieb nicht stehen. »Zuständig für die Kleiderkammer«, beschied er knapp.

»Ach so. Habt Ihr Arbeit für mich? Ich muß Euch aber warnen, meine Talente beim Nähen sind begrenzt.«

Gauklerin, ha! »Nein, Arbeit habe ich nicht. Aber ein Umhang wird sich finden lassen. Es ist zu kalt für dieses Etwas.« Er warf einen mißbilligenden Blick auf ihre fadenscheinige Cotte.

Philipa brauchte nicht an sich hinunterzublicken. »Es hat schon bessere Tage gesehen, ich weiß.«

Dann hatte sie eine Idee. Ein paar Laufschritte eingelegt, und sie war gleichauf mit ihm. »Ihr habt gesagt, Ihr hättet keine Arbeit für mich. Ich habe selbst auch keine und, tja, suche jedoch welche. Und da hätte ich eine Bitte.«

»Nun?«

»Laßt Ihr mich in der Küche helfen?«

»In der Küche?«

Er war wohl ein Mann schneller Entschlüsse, allerdings nicht vieler Worte. Philipa unterdrückte ein Seufzen.

»Ja, in der Küche. Wenn wir auf Wanderschaft sind, bin ich für das leibliche Wohl der Truppe zuständig, aber die Wahrheit ist, ich bin noch nicht sehr erfahren und könnte bestimmt eine Menge lernen.«

»Soso. Komm hier entlang, dort müßte Alheten zu finden sein.« Gernand schien nicht die Absicht zu haben, auf ihre Bitte einzugehen. Nun, einen Versuch war es wert gewesen. Außerdem würde er bestimmt nicht den lieben langen Tag in der Küche vertrödeln, und wenn sie sich auf eigene Faust dort anböte, würde er es gar nicht merken.

Sie betraten einen kleinen Raum, an dessen Wänden entlang mehrere Truhen aufgestellt waren. Ihre Deckel waren samt und sonders aufgeklappt, und in der Mitte zwischen ihnen befand sich eine rundliche Frau, die sich buchstäblich die Haare raufte. Das heißt, sie versuchte ungeduldig, ein paar Haarsträhnen unter ihre Haube zu schieben. Als Gernand und Philipa eintraten, blickte sie hoch.

»Zustände sind das!« bemerkte sie. Vor Respekt in den Boden versinken angesichts ihres Burggrafen tat sie jedenfalls nicht.

»Tatsächlich?« Gernand blieb unbeeindruckt. Und uninteressiert. »Wende dich an Herrin Elisa, wenn etwas ist. Hier übereigne ich dir eine frierende junge Dame, die eingekleidet werden soll.«

Dame? Philipa zuckte zusammen. Alheten überhörte die Anrede. »Was soll's denn sein?«

»Das klärt ihr am besten selbst.« Gernand hatte es plötzlich eilig und keine Lust, sich weiter Modefragen zu widmen. »Was man eben so braucht, um sich nicht sofort das Fieber zu fangen in der Kälte. Wenn ihr soweit seid, bringst du sie zu Lysbeth.«

»Mach' ich.« Alheten wühlte schon in einer Truhe, als Gernand den Raum verließ. Philipa sah ihm verblüfft hinterher. Den Mund, den sie bereits geöffnet hatte, um ihren Dank auszusprechen, klappte sie unverrichteter Dinge wieder zu, denn er würde sie nicht mehr hören. Seine festen Schritte entfernten sich rasch.

»Was brauchst du denn so?« Alheten betrachtete sie kritisch.

»Einen Umhang, dachte der Burggraf wohl.«

»Gut. Da habe ich genau das Richtige. Ist nicht mehr neu, natürlich, aber ausgebessert und sauber.«

Alheten warf ihr ein zusammengebündeltes Stück Stoff zu, und Philipa fing es noch so gerade eben auf. Es handelte sich um einen weit geschnittenen Mantel aus festem Wollstoff in einem warmen, rötlichbraunen Ton. Die Schnur, mit der er am Kragen geschlossen wurde, war aus geflochtenem Leder. Es war ein sehr guter Mantel. Philipa betrachtete ihn mit begehrlichem Blick und strich mit den Händen über die feine Wolle.

»Ist der nicht zu, na, eben zu vornehm für mich?«

»Hat der Graf etwas davon gesagt, daß du einen Fetzen bekommen solltest?« fragte Alheten streng.

»Nein.« Philipa unterdrückte ein Grinsen.

»Dann wäre das ja geklärt. Mal sehen, was haben wir denn sonst noch. In dem Ding da willst du doch bestimmt nicht länger herumlaufen.«

Mit dem ›Ding‹ meinte sie wohl Philipas grüne Cotte. »Tja. Für den Sommer ist sie noch ganz gut, jetzt ist sie vielleicht etwas dünn. Aber …«

»Was aber?«

»Ich glaube, ich brauche nicht so dringend ein neues Kleid. Ich meine, wo ich doch jetzt den Umhang habe. Meine Schwester, die bräuchte eins. Unbedingt. Ihres ist viel zu kurz.«

»Soll herkommen, die Schwester.«

»Muß ich da nicht erst den Grafen fragen? Oder die Gräfin?«

»Pah. Hat er dich geschickt oder nicht?«

»Schon. Aber nicht meine Schwester.«

»Das kriegen wir schon hin.« Alheten hatte keine Zweifel an ihrer Kompetenz. »Also bring sie rüber. Und jetzt probier das an.«

Sie warf ihr ein Kleid zu, diesmal war Philipa besser gewappnet und fing es geschickter auf. Es war graublau, oben enger, als es für die Kleidung einfacher Leute üblich war, und dafür unten mit mehr gêren weiter gemacht als erlaubt.

»Ich weiß nicht, Alheten.«

»Ich schon. Zieh es mal an.«

Alhetens Wort war Gesetz. Philipa streifte ihre alte grüne Cotte über den Kopf und ließ rasch ihr Amulett unter das Untergewand gleiten. Sie hatte keine Lust auf neugierige Fragen.

»Aha. Wie ich sehe, kannst du auch ein neues Hemd gebrauchen.« Zack, schon flog ein hellgraues Teil auf sie zu.

»Alheten, das ist zu viel. Ich will keinen Ärger.«

»Du kriegst keinen Ärger, Kind. Wenn dir einer dumm kommt, schickst du ihn zu mir.«

»Darauf kannst du dich verlassen.«

Kurze Zeit später stand Philipa in einem neuen hellgrauen Untergewand mit einer graublauen Cotte da und kam sich vor wie verwandelt. »Hübsche Farbe, steht dir«, bemerkte Alheten wohlwollend.

»Wirklich?« Darauf kam es eigentlich nicht an, aber ein gutes Gefühl war es schon. »Danke, Alheten.«

»Ph. Und schick mir die andere.«

Nachdem Alheten die Truhen und die Holzläden vor den kleinen Fenstern geschlossen und die Tür zur Kleiderkammer sorgfältig mit einem riesigen Schlüssel abgesperrt hatte, führte sie Philipa auf verschlungenen Wegen in die Küche. Dazu liefen sie treppauf, treppab entlang enger Gänge dort, wo sie nur für das Gesinde gedacht waren, und etwas breiteren da, wo auch die hohen Herren entlangmußten. Manchmal konnten sie einen Blick durch schmale Maueröffnungen auf den tief unter ihnen rauschenden Rhein werfen, aber oft waren die Gänge auch fensterlos und so schmal, daß man sich eng an die Wand hätte pressen müssen, käme einem jemand entgegen.

Schließlich waren sie im Küchenbau angelangt, der, wie es die Klugheit gebot, in sicherem Abstand vom Palas errichtet worden war. Wenn auch die Mauern der Pfalz sämtlich aus festen Steinquadern gefügt waren, so gab es an Decken und Böden genug Holz, ganz zu schweigen von den Teppichen, mit denen die Wände der Großen Halle und der Kemenâten bedeckt waren, um die allerorten herrschende Angst vor Feuersbrünsten zu rechtfertigen.

Natürlich war die Küche gewaltig, Ragnhild, die Aichbergen-Köchin, wäre vor Neid erblaßt. Doch zu Zeiten, in denen ständig der Kaiser auf seiner Pfalz zu erwarten gewesen war, hatte man eben auch mit seinem riesigen Gefolge rechnen müssen. Er war dann gar nicht so häufig hier gewesen, dafür war sein Reich zu groß und seine Anwesenheit an zu vielen Orten nötig gewesen, aber er hätte eben kommen *können.* Und auch zu stillen Zeiten waren gut und gerne täglich etwa sechzig Leute zu beköstigen. Natürlich nur, wenn der Burggraf keine Gäste hatte, sonst waren es mehr.

Der Küchenmeister Marten war groß und schlank und hatte Apfelbäckchen. Wozu die gerunzelte Stirn schlecht paßte, mit der er in der Mitte des Raumes an einem großen Tisch über einen irdenen Krug gebeugt stand, dem ein strenger Geruch entströmte.

»Keinen Augenblick länger«, sagte er und beachtete Alheten nicht, die sich vor ihm aufbaute.

Neben ihm lehnte in schönem Kontrast eine rundliche Blonde an dem Tisch. »Das hatte ich auch gar nicht vor.« Sie klang etwas beleidigt.

»Hoffentlich nicht. Wenn der Essig zu scharf wird, schmeckt er durch alles durch.«

»Weiß ich«, murrte die Blonde.

»Das freut mich. Dann kannst du jetzt den Kohl einlegen.«

»Wollte ich sowieso.«

»Fein.« Der Lange sah übellaunig auf die Blonde. Kein guter Zeitpunkt, sich in die Unterhaltung einzumischen, fand Philipa. Alheten war so etwas egal.

»Marten. Ich hab hier was für dich.«

Ein wäßrig blauer Blick bequemte sich, sie wortlos in Augenschein zu nehmen.

Alheten gab Philipa einen kleinen Schubs. »Die hier. Graf Gernand hat gesagt, sie soll bei Lysbeth lernen.«

Marten gab ein kleines indigniertes Geräusch von sich. Philipa wußte nicht, ob sich das auf sie selbst bezog oder auf den Umstand, jemand könne annehmen, Lysbeth sei in der Lage, einem anderen etwas beizubringen.

»Wenn's der Graf meint«, sagte er gedehnt.

»Meint er.« Alheten ließ ihn stehen und wandte sich der Blonden zu. »Also. Die Kleine soll dir zur Hand gehen und dir abgucken, was du kannst. Sie darf auch mit den Vorräten üben. Und sie soll nicht bloß Zwiebeln hacken und den Spieß drehen, sondern richtig was tun.«

Philipa erinnerte sich nicht, daß der Graf so ausführliche Anweisungen gegeben hatte.

Marten sah sie unfreundlich an. »Hast du auch einen Namen?«

»Philipa.« Kurz und knapp war bestimmt das beste. Freunde konnte sie sich immer noch machen, wenn Marten verschwunden war. Was er hoffentlich bald wäre.

»Na gut. Ich will aber keine Klagen hören über Faulenzereien oder das Verschwenden von Lebensmitteln. Oder daß du mir die anderen vom Arbeiten abhältst.«

Philipa nickte und seufzte erleichtert, als sich Marten grußlos umdrehte und mit großen Schritten die Küche verließ. »Ist der immer so liebenswürdig?« wandte sie sich an die Blonde.

»Meistens. Die Luft wird irgendwie besser, wenn er weg ist. Gut«, Lysbeth verschloß den Essigkrug und wischte sich die Hände an ihrer Schürze ab, »du bist also Philipa. Bist du als Küchenmagd eingestellt? Wir brauchten eigentlich gar keine neue.«

»Das bin ich auch nicht, nicht wirklich. Ich bin mit der Gauklertruppe da, die seit ein paar Tagen auf der Burg gastiert«, tatsächlich, wenn sie es aussprach, hatte sie fast das Gefühl, sie gehöre wirklich dazu, »aber ich helfe nicht bei den

Aufführungen, sondern bei der Versorgung der Leute. Jetzt habe ich ja gerade nichts zu tun, und da dachte ich, ich könnte in der Burgküche mitarbeiten und auf diese Weise etwas dazulernen.«

»Die Gauklertruppe! Ich hab' die schon gesehen, in der Halle. Nettes Kerlchen, der Rote, was? Ist das deiner?«

»Meiner? Mein was? Du meinst … mein Mann?«

Philipa sah so entsetzt aus, daß Lysbeth in lautes Lachen ausbrach und selbst Alheten die Mundwinkel nach oben verzog.

»So schlimm ist er ja nun auch wieder nicht«, sagte Lysbeth, als sie sich beruhigt hatte. »Das hätten wir also geklärt. Offensichtlich nicht. Na schön, bist du eben einfach Gauklerköchin aus Berufung. Tja, was machen wir jetzt mit dir? Ach, ich laß mir etwas einfallen. Vorerst kannst du mir helfen, den Kohl einzulegen. Wie ist es mit backen?«

»Backen? Oh, nicht allzu gut, fürchte ich. Unterwegs auf den Feuern draußen hat man wenig Gelegenheit dazu.«

»Klar. Na, macht nichts. Ich bringe es dir bei.«

Der Winter zog ein, es wurde still im Land. Schnee fiel aus einem bleigrauen Himmel, deckte die Wiesen zu und ließ die kahlen Zweige in der dann und wann sich bemühenden fahlen Wintersonne glitzern. Die Schritte knirschten und hinterließen häßliche Spuren auf dem Hof. Wer sich nicht nahe mit dem Burggrafen und seiner Familie stand und sich deshalb in den Kemenâten aufhalten durfte, hatte es kalt. Außer, er gehörte zum Küchenpersonal.

Die Gäste blieben aus, denn wer nicht unbedingt etwas zu erledigen hatte, blieb während der Wintermonate zu Hause. Trotzdem mußten nicht nur Eintöpfe und Suppen für die vielen Angehörigen der Burgmannschaft gekocht oder Hühnchen am Spieß gedreht und Brot gebacken werden, sondern der Herr Graf und seine Angehörigen wünschten ordentlich zu speisen. Vor allem, wenn es sonst nicht viel zu tun gab, und vorrangig natürlich an den Feiertagen.

So lernte Philipa, Tiere auszunehmen, zu füllen und zu braten. Sie machte Schmalznudeln und Salbeikuchen, der in dicke Scheiben geschnitten zu geröstetem Rind gereicht wurde. Sie hackte Fleisch, vermengte es mit Rosinen, getrockneten Pflaumen und Ingwer, wickelte es in ein Leinentuch und kochte es. Sie war von oben bis unten mit Mehl bestäubt, wenn sie Mandelplätzchen und Feigentörtchen herstellte, und einmal mußte sie einen Schwan mit Speckscheiben umwickeln und diese mehr oder weniger geschickt daran hindern, ständig von dem rundlichen Vogelkörper hinabzurutschen. Als sie später heimlich das Fleisch probierte, fand sie es trocken und streng im Geschmack, und auch wenn es vornehm war, Schwan zu speisen, hatte sie kein Problem damit, darauf zu verzichten. Mit Eiern, Brot und Honig und einer Prise Pfeffer knetete sie den Teig für die lombardischen Schnitten, die die Gräfin so liebte, und ein anderes Mal half sie sogar bei der Herstellung von Honigbrot mit Ingwer und feinen weißen Pinienkernen, die von irgendwoher aus dem fernen fremden Süden kamen.

Bei vielen Dingen war es sinnlos, sie zu erlernen. Es war vollkommen außerhalb jeder Vorstellungswelt, eine Gauklertruppe könne jemals in der Lage sein, kandierte Limonenschalen oder Pinienkerne zu erwerben. Dennoch bat Lysbeth Philipa darum, und weil die Köchin großzügig war und freigebig von allem gab, was sie besaß, seien es Kenntnisse, seien es Vorräte, wollte Philipa sich erkenntlich zeigen und tat widerspruchslos alles, was sie ihr auftrug.

Um den Dreikönigstag herum legte sich strenger Frost über das Land. Dort, wo der Rhein am tiefsten war, floß das Wasser noch, aber in Ufernähe bildete sich eine Eisschicht, und auch die sich verzweigenden Rheinarme und ihre Zuflüsse froren zu.

Philipa kümmerte es nicht. Sie stand an der am weitesten vom Feuer entfernten Stelle des großen Arbeitstisches und knetete Teig für eine Pastete, die später mit Kapaun, frisch gejagtem Taubenfleisch, Datteln und Rosinen gefüllt werden sollte. Der Teig war zäh, und sie geriet ins Schwitzen, wobei ihr vermutlich als einzigem Menschen auf der Burg momentan zu warm war.

Die Tür öffnete sich, und zusammen mit einem Schwall eisiger Luft kamen Gysela und Roland in die Küche, wie immer mit Minni im Schlepptau. Alle drei wußten, daß sie nie leer ausgingen, wenn sie Philipa besuchten, und auch Lysbeth steckte ihnen immer etwas zu. Es sei denn, Marten war in Sichtweite, aber glücklicherweise hielten ihn seine vielen Aufgaben oft von der Küche fern. Er war stark erkältet, was seine Laune nicht gerade hob.

»Man sieht euch seltsam oft in der letzten Zeit, tsts«, bemerkte Lysbeth grinsend und warf ohne weitere Umschweife einen fetten Knochen vor Minnis Pfoten. Der Hund dankte es ihr nicht umständlich, sondern ließ sich umgehend mit einem behaglichen Grunzen vor dem Feuer nieder und begann den Knochen abzunagen, was ein häßliches schabendes Geräusch verursachte.

»Hier, wollt ihr eine Scheibe von dem Gerstenbrot? Habe ich selbst gebacken.« Philipa nickte zum anderen Ende des Tisches, ihre eigenen Hände waren im Moment zu nichts nutze als zum Kneten von Teig, klebrig und mehlig, wie sie waren. »Es ist etwas klumpig, leider.«

»Oh, das macht nichts.« Roland war in den letzten Monaten in die Höhe geschossen, was sich nicht gerade mäßigend auf seinen Appetit ausgewirkt hatte.

»Ihr könnt euch 'ne Scheibe Käse absäbeln, wenn ihr wollt.« Lysbeth mochte die Kinder, besonders Roland. Sie hätte gerne selbst Kinder gehabt, der Herrgott hatte jedoch anderes für sie geplant. Und der Kaplan hatte gesagt, mit Gott dürfe man nicht hadern, das möge er nicht. »Wir haben auch noch dicke Erbsensuppe mit Huhn da, wenn ihr wollt.«

»Am liebsten alles drei«, antwortete Roland ehrlich.

»Du liebe Zeit, geben sie euch in der Halle nichts zu essen?« fragte Lysbeth erstaunt, aber Roland zuckte nur mit den Achseln. Er konnte schlecht erzählen, daß er heute tatsächlich keine Mahlzeit erhalten hatte, weil er bei einer Prügelei mit dem Sohn eines der Turmwächter erwischt worden und deshalb der Halle verwiesen worden war. Der Junge hatte behauptet, alle Frauen, die mit den Gauklern unterwegs waren, seien Dirnen, da beiße die Maus keinen Faden ab, und das hatte Roland natürlich nicht auf sich sitzen lassen können. Man hatte sie beide aus der Halle hinausgeworfen, und Roland war zusätzlich noch mit Jann Roedthaar aneinandergeraten, der ihn mit äußerst scharfen Worten zurechtwies.

»Wir können es uns nicht leisten, uns das Wohlwollen der Burgleute zu verscherzen, ganz zu schweigen von dem des Grafen«, hatte er wütend gesagt und Roland eine derbe Kopfnuß verpaßt, die ihn in den schmutzigen Schnee schleuderte. So etwas hatte er noch nie getan, und Roland wußte nicht, was schlimmer schmerzte, der Schlag oder die Verstörung, die er verursachte.

»Wohin sollten wir gehen, he? Im Januar? Herkules könnte vermutlich nicht einmal den Wagen durch den Schnee ziehen, und wo sollten wir schlafen? Unter freiem Himmel geht das wohl kaum, und im Wagen bei den Frauen ist es zu eng. Und zu fressen kriegen wir auch nichts, wenn uns wegen dem schlechten Wetter niemand zusieht und bezahlt.«

»Ja. Aber der …«

Jann ließ Roland nicht einmal ausreden. »Ist mir egal, was der widerliche Giftzwerg gesagt oder getan hat. Ich will ja gar nicht behaupten, daß du in der Sache nicht recht haben könntest, um was auch immer es sich gehandelt hat, bestimmt hat er seine Prügel verdient.« Das klang schon etwas versöhnlicher, und Roland schöpfte Hoffung. Allerdings zu früh. »Trotzdem wirst du dich verdammt noch mal zusammenreißen, egal wer was wann zu dir oder sonstwem sagt, denn wir sind auf die Leute hier angewiesen, die Leute aber nicht auf uns. Klar?«

Als Roland verstockt schwieg, weil er sich noch immer in seiner Aichbergischen Ehre gekränkt fühlte, hatte er ihn an beiden Schultern gepackt und geschüttelt. »Ob das klar ist, habe ich gefragt. Wenn nicht, müssen wir uns leider von dir trennen. Deine Schwestern können machen, was sie für richtig halten.«

Roland sah ihn entsetzt an. Ob er das wirklich tun würde? Ihn fortschicken? Da draußen wäre mitten im dicksten Winter sein Überleben keineswegs gesichert, das wußte er. Die Augen seines Anführers hatten hart und unerbittlich in die seinen gestarrt und Roland plötzlich auf unheimliche Weise an die seines Vaters erinnert. Das hatte den Ausschlag gegeben.

»Ist klar.«

»Gut.«

Dann war Jann Roedthaar gegangen, einfach so, ohne ein abschließendes verständnisvolles Wort, und Roland hätte am liebsten geweint. Tat er jedoch nicht, schließlich wurde er schon bald neun. Statt dessen verkroch er sich im Stall bei Herkules, wo ihn geraume Zeit später Gysela aufstöberte.

Roland drehte sich verstockt zur Wand, hauptsächlich deshalb, weil er nicht wußte, was er sagen sollte. Es war doch einfach unmöglich, seiner Schwester von den Anfeindungen des Turmwächtersohnes zu erzählen. Aber Gysela war nicht neugierig, sie fragte ihn gar nicht.

»Los, komm jetzt«, befahl sie knapp.

»Wohin denn?« murrte Roland störrisch.

»Wohin wohl. In die Küche. Du hast bestimmt Hunger, wie ich dich kenne, und bevor du dir nicht den Bauch vollgeschlagen hast, ist mit dir sowieso nichts anzufangen.«

Roland rollte sich herum und krabbelte auf die Füße. »Meinst du?«

»Pff, ich kenn' doch meinen Bruder.«

Jetzt waren sie hier, wo es warm war und köstlich duftete und ihre Schwester mit roten Backen und streng zurückgebundenem Haar, aus dem sich nichtsdestotrotz einige Strähnen gelöst hatten, einen Teig mit den Fäusten bearbeitete.

»Sieht so aus, als würdest du ihn verhauen«, bemerkte Roland.

Philipa grinste, aber Gysela sagte: »Kannst du bei Gelegenheit ja auch mal versuchen.« Vorsichtig stibitzte sie ein Stückchen gekochtes Huhn, doch niemand schien etwas dagegen zu haben.

Philipa hörte zu lächeln auf und blickte hoch. »Was soll das heißen?«

»Och, nichts«, antworteten ihre Geschwister wie aus einem Mund, was an sich schon verdächtig war.

»Sicher?« Philipa hatte keine Lust auf Schwierigkeiten, sie fühlte sich wohl hier bei Lysbeth, jedenfalls solange Marten nicht in der Küche war.

»Ganz sicher«, sagte Gysela mit vollem Mund. »Außerdem will ich euch etwas zeigen. Kannst du nicht mal mitkommen?«

»Jetzt? Unmöglich.« Philipa klatschte nachdrücklich den Teig auf die Tischplatte, und Minni fand Zeit, kurz von seinem Knochen abzulassen, um zu kontrollieren, ob alles in Ordnung war. Das war es, entschied sein kluges Hundehirn, und so widmete er sich weiter konzentriert seiner Mahlzeit.

»Aber wenn du fertig bist«, insistierte Gysela.

»Was gibt es denn so Aufregendes?« Philipa walkte und klopfte, klatschte und boxte, daß es eine Pracht war.

»Das wirst du dann ja sehen.«

»Ist schon gut, Mädchen.« Lysbeth betrachtete kritisch das

Werk ihrer Schülerin. »Der ist in Ordnung jetzt, der Teig. Hilf mir noch eben, die Pastetenform damit auszukleiden, die Füllung ist schon vorbereitet. Dann machst du den Deckel, drückst mit dem Löffelstiel ein Loch rein, und fertig ist das Ganze. Dann kannst du mit den beiden gehen. Aber nur, wenn du mir hinterher erzählst, was es so Interessantes gegeben hat.«

Es war schön, der Küche einmal entronnen zu sein, auch wenn es ihr dort gefiel. Philipa hatte noch nie in ihrem Leben so pausenlos gearbeitet und geackert, und sich jetzt den Wind um die Nase wehen zu lassen gab ihr ein schönes Gefühl von Freiheit.

»Wo führst du uns denn hin? Los, Gisi, sag schon.«

»Du wirst schon sehen. Es ist nicht weit.« Gysela hüpfte gut gelaunt voran.

Seit alters her hatte sich der mächtige Rhein hier in dieser Gegend in schmale Wasseradern aufgelöst, die kleinere oder etwas größere Inseln umschlossen. Auf einer davon war vor Menschengedenken ein Kloster errichtet worden, von dem aus der später heiliggesprochene Suitbertus das grimmige alte Volk von Zweck und Schönheit des christlichen Glaubens überzeugen konnte. Weil er so erfolgreich war, hatte man ihm zu Ehren Jahrhunderte später eine mächtige Kirche erbaut und ihr seinen Namen gegeben. Vor eben dieser hatte sich bereits eine beträchtliche Menschenmenge gesammelt, als Gysela mit ihren Geschwistern im Schlepptau um die Ecke bog.

Die Siedlung zu Füßen von Kaiserpfalz und Stiftskirche hatte schon seit so langer Zeit das Recht, an bestimmten Tagen der Woche Markt abzuhalten, daß selbst die Ältesten sich nicht mehr an die Zeit davor erinnern konnten. Es herrschte häufig reger Betrieb, wie es in solchen Marktsiedlungen üblich war. Die Bauern aus der umliegenden Gegend nahmen halbe Tagesreisen auf sich, um ihre Erzeugnisse anbieten zu können, und von mindestens ebenso weit her wanderten die Menschen, um sich mit dem zu versorgen, was sie nicht selbst herzustellen vermochten. Dazu kamen Händler und ihre Reisigen, Pilger und solche, die auf Wanderschaft oder sonst irgendwie unterwegs waren.

Vertreter all dieser Menschengruppen standen neugierig und mehr oder weniger wohlwollend da und betrachteten Hanß und Gertrude, die ganz offenbar eine Einzelvorstellung gaben.

»Was machen die denn da?« fragte Philipa erstaunt.

»Sie haben etwas Neues einstudiert und führen es zum ersten Mal vor.« Gysela wußte genau Bescheid, sie war bei den Proben meistens anwesend gewesen. Gertrude verfolgte sie längst nicht mit derselben Abneigung wie ihre Schwester, wenn es auch übertrieben gewesen wäre, zu behaupten, sie sei freundlich zu ihr.

»Allein? Ist das mit Jann abgesprochen? Dürfen die das überhaupt?«

Gysela zuckte mit den Schultern. »Keine Ahnung.« Es interessierte sie auch nicht besonders.

»Roland?«

Aber der war schon weg, es hielt ihn nie lange an der Seite seiner Schwestern, vor allem nicht, wenn er satt und zufrieden war. Und das war er, satt sowieso, nach einem Besuch bei Lysbeth in der Küche, und zufrieden auch, denn sein sonniges Gemüt hielt sich nie lange mit unangenehmen Erlebnissen auf, und seine Begegnung mit Jann Roedthaar hatte er bereits mehr oder weniger vergessen. Philipa und Gysela schoben sich an einen günstigen Platz, um das Schauspiel zu verfolgen.

Gertrude knickste, und Hanß verbeugte sich. Vereinzelt war Applaus zu hören, um die Künstler aufzumuntern, doch andere waren nicht so geduldig.

»Los, macht schon, wir haben nicht ewig Zeit!« rief ein dicker Kaufmann, der sich in die erste Reihe gedrängelt hatte.

»Wenn du nicht warten willst, bis du uns wieder mit deinen überhöhten Preisen schröpfen kannst, brauchst du ja nicht hierzubleiben.« Das kam von einer Bauersfrau weiter hinten. »Dann nimmst du uns auch nicht mit deinem ausladenden Rücken den Blick weg.«

Der Händler war nicht ohne Humor. In das aufbrandende Gelächter hinein klopfte er sich auf seinen mächtigen Wanst und antwortete: »Gute Frau, laß uns zusammen fortgehen und ein stilles Eckchen aufsuchen, damit ich dir den Unterschied zwischen vorne und hinten erklären kann.«

Das brachte ihm Gelächter zu seinen Gunsten ein und einen finsteren Blick eines Bauern, der offenbar der Ehemann der Frau war und dem unanständiges Geschwätz auf Kosten der Ehre seiner Familie nicht gefiel. Bevor es allerdings zu einem ernsthaften Streit kommen konnte, riefen ein paar Kinder aufgeregt: »Sie fangen an! Sie fangen an!«, und das Publikum wandte sich dem eigentlichen Ereignis zu.

Gertrude ging kurz in die Knie, federte sich ab und sprang mit einer eleganten Bewegung auf Hanß' Schultern. Sie breitete die Arme aus, nickte huldvoll in Richtung der Zuschauer und bedeutete Hanß, sie sei bereit. Er schritt zu einer an einen Baumstamm gelehnten Leiter und begann sie langsam zu ersteigen. Das war sicherlich schwierig, denn Philipa konnte erkennen, wie die kleinen Schweißperlen auf seiner Stirn zu rollen begannen und dann hinunter in den Schnee tropften. Gertrude saß kerzengerade, bemüht, sich so leicht wie möglich zu machen.

Philipa war unbehaglich zu Mute, und ihr wäre es sehr viel lieber gewesen, wenn Jann Roedthaar allein durch seine Anwesenheit und Zustimmung den beiden Akrobaten Kraft und Zuversicht gegeben hätte. Inzwischen verließ sie sich genauso blindlings auf ihren Anführer, wie es alle in der Truppe taten.

Jetzt waren die beiden oben. Ein kurzes Zögern, dann betrat Hanß das Seil, das zwischen diesem und einem in einiger Entfernung stehenden zweiten Baumstamm gespannt war. Er tarierte sein Gleichgewicht aus. Dann erhob sich Gertrude vorsichtig und stellte sich auf seine Schultern. Sie breitete die Arme aus und lächelte auf ihr Publikum hinab. Vereinzelt war ein »Ah« oder »Oh« zu hören, und überall gab es offene Münder.

»Hoffentlich geht das gut«, nuschelte der Mann neben Philipa, er war erkennbar ein Pessimist. Pessimismus können Gaukler sich jedoch nicht leisten, und Philipa beschloß, fest an Hanß und Gertrude zu glauben. Gertrude war unfreundlich, miesepetrig und im Grunde ein Ekel, aber von der Gaukelei verstand sie etwas, das wußte Philipa.

Hanß ging ein ganz klein wenig in die Knie, um die Balance besser zu halten, breitete nun ebenfalls die Arme aus, was einen genauen Blick auf seine beiden Armstümpfe ermöglichte, und tat vorsichtig den ersten Schritt.

Die Menge stöhnte auf und hielt den Atem an.

Hanß tastete sich weiter vor. Er beugte das linke und streckte das rechte Bein. Er setzte es auf, suchte und fand Halt. Dann führte er vorsichtig das andere entlang des Seils, streckte es und setzte den Fuß auf. Die ganze Zeit hielten er und Gertrude sich sehr gerade und blickten fest geradeaus mit dem leeren Blick derjenigen, die sich auf eine schwierige Aufgabe konzentrieren.

Auf diese Weise schafften sie es ohne nennenswerte Probleme bis etwa in die Mitte des Seiles. Dann hielt es einer der Zuschauer nicht mehr aus. »Großartig!« rief ein hagerer Pilger, atemlos begeistert ungeachtet seiner Mission, die ihn wohl eher in der Suche nach Vergebung seiner Sünden auf den Weg zu Gott führen sollte als ins Zentrum eines Gaukler-Publikums.

»Ja, solange er uns nicht vorführt, wie er das Fliegen lernt«, erwiderte ein anderer, und Lachen brandete auf.

Hanß erwachte aus seiner Trance. Er schwankte. Gertrudes Lächeln wurde verkniffen.

Das Publikum seufzte.

»He! Oben bleiben!« ermunterte ein Mann in einem teuren blauen Umhang die beiden mit gerunzelter Stirn.

Hanß schwankte stärker, Gertrude hörte auf zu lächeln. Ein paar Leute stießen erschrockene Rufe aus, einige lachten, ein kleines Mädchen fing an zu weinen.

Bemüht um sein Gleichgewicht, begann Hanß mit den Armen zu rudern. Erneut wurde Gelächter hörbar, diesmal stärker. Hanß griff hilflos in die Luft und fiel. Er krachte mit einem häßlichen Geräusch auf den Rücken, und Gertrude landete auf ihm. Sie war klein, aber ein einziges Muskelpaket und daher schwer. Hanß stöhnte auf.

Die Leute bildeten einen interessierten Kreis um die beiden.

»Da haben sie doch das Fliegen gelernt«, sagte einer zufrieden. Eine verunglückte Nummer war in seinen Augen fast noch besser als eine, die funktionierte.

Hanß rappelte sich hoch und ergriff hinkend die Flucht. Beängstigenderweise blieb Gertrude liegen. Die Menge ließ vor lauter Verblüffung den Gaukler durch ihre Reihen, zog sich dann aber enger um Gertrude. Diese drehte sich mühsam auf die Seite und verbarg das Gesicht in der Armbeuge.

»Gysela, hol Petronella. Und Jann«, zischte Philipa. Dann atmete sie tief durch.

»So, meine Herrschaften, hier gibt's jetzt nichts mehr zu sehen. Ihr durftet ausnahmsweise einer Probe beiwohnen und werdet wieder zusammengerufen, wenn die Aufführung stattfindet.« Hoffentlich fand eine statt, Hanß' Humpeln und eine Gertrude, die nicht aufstehen wollte, waren ziemlich beunruhigend. »Bis dahin könnt ihr euch damit vergnügen, Wetten darauf abzuschließen, ob sie es dann wohl schaffen werden. Ihr seid gut beraten, nicht dagegenzuhalten, wenn euch eure Münzen lieb sind. Geht jetzt. Aus dem Weg, bitte. Hier gibt's nichts mehr zu sehen.«

Zu Philipas nicht geringem Erstaunen zerstreute sich die Menge langsam. Ob das mit ihrer Autorität zusammenhing oder damit, daß die Schau offenbar tatsächlich vorbei war, vermochte sie nicht zu sagen.

Philipa kniete neben Gertrude und rüttelte sie sanft am Oberarm. »Gertrude. Steh auf, bitte.«

»Laß mich.«

Wenigstens war sie nicht ohnmächtig. »Gertrude, bitte. Erstens mußt du ausprobieren, ob du gehen kannst, und zweitens mußt du aus dem Blickfeld der Leute.«

Einige waren stehengeblieben in der Hoffnung auf ein weiteres Drama.

»Pah.« Dann wandte sich die Zwergin mühsam um und blickte ihr haßerfüllt in die Augen. »Das gefällt dir wohl, was? Die kleine Gertrude geschlagen am Boden.«

»Wenn mir etwas nicht gefällt, so ist es deine Art, mit mir umzuspringen«, erklärte Philipa unumwunden. »Ansonsten habe ich kein Vergnügen daran, dich verletzt zu sehen. Bist du überhaupt verletzt oder nur schlecht gelaunt wie immer?«

Gertrude starrte sie einen Moment verblüfft an. Schließlich rollte sie sich vorsichtig auf den Bauch und rappelte sich von dort auf die Knie. Langsam stand sie auf.

»Kann ich mal durch?« war eine Stimme zu hören, und gleicht darauf stand Petronella neben ihnen, dicht gefolgt von Gysela und Roland, der sich mit weit aufgerissenen Augen an der Hand seiner Schwester festklammerte.

Ein paar Leute wurden höflich, aber bestimmt beiseite geschoben. »Ich darf doch?« Jann Roedthaar, endlich.

»Gut, daß ihr kommt.« Philipa war erleichtert und stand hastig auf. Als sie sah, wie Petronella Gertrudes Hand ergriff, um sie zu ihrem Quartier zu führen, und Jann Roedthaar mit ein paar Scherzen die verbliebenen Leute ablenkte, verschwand sie schnell und unauffällig vom Ort des Geschehens.

Einer der Zuschauer löste sich aus dem Schatten des Torbogens, in den er sich zurückgezogen hatte, und lächelte zufrieden. Endlich. Es war mühsam gewesen, die Spur der Kinder aufzunehmen, doch als er endlich herausgefunden hatte, daß sie bei dem rothaarigen Gaukler Unterschlupf gefunden hatten, wurde es leicht. Geld, Zeit und Kopfzerbrechen waren doch nicht vergebens aufgewendet worden. Wenn sie so dumm waren, bei den Spielleuten zu bleiben, dann war es ein Kinderspiel, sie nicht aus den Augen zu verlieren. Gaukler lebten nun einmal davon, aufzufallen.

Müde fuhr Manfredus sich mit der Hand durchs Gesicht. Das Narbengewebe, welches ihn auf so erschreckende Weise verunzierte und das sich über die rechte Wange bis zum Kinn hinzog, schmerzte. Das tat es immer, wenn es sehr kalt war, so wie jetzt. Oder wenn die Sonne erbarmungslos auf ihn niederschien im Sommer. Und auch sonst meistens.

Gut, daran war nichts zu ändern. Was zu ändern war, würde er dagegen in Angriff nehmen. Sich nämlich ein Quartier suchen und ein Versteck. Vermutlich würden Philipa von Aichbergen und ihre unnützen Geschwister ihn gar nicht erkennen, da er sich nur sehr selten auf der Burg aufgehalten hatte, aber sicher war er da nicht. Schließlich war seine Visage häßlich genug, um aufzufallen.

Der Kerl mit dem Karottenschopf richtete sich auf und blickte sich suchend um. »Wo ist Philipa?« fragte er.

»Weiß ich doch nicht«, brummelte die verletzte Zwergin gallig. »Ist das wichtig?«

Manfredus' schiefer Mundwinkel zuckte. Wenn er vorhatte, einen Verbündeten in der Truppe zu gewinnen, wußte er schon, wo er fündig werden würde. Und außerdem war das Weib beinahe genauso verunstaltet wie er selbst.

Philipa fand Hanß an einem der Karpfenteiche. Die Südseite des Beckens war durch einen schmalen Holzsteg befestigt, auf dem saß er und ließ die Füße ins Wasser baumeln. Philipa raffte ihr Kleid zusammen, ließ sich vorsichtig nieder und warf ihm einen kurzen Seitenblick zu. Er sah sie nicht an, schien indessen auch nicht die Absicht zu haben, sie fortzuschicken.

Das Becken war nicht sehr groß und lag in einer Wiese, umstanden von Bäumen, deren kahle Äste glitzernd und rauhreifüberzogen in den blassen Winterhimmel ragten. Über dem Wasser waren schwach wabernde Nebelschleier zu sehen, manchmal kringelten sich leise Wellen.

»Zieh deine Schuhe aus und steck die Füße rein.«

»Die Füße?« Philipa war schockiert. Nicht auszudenken, was ihr Vater davon gehalten hätte, zeigte seine Tochter sich so schamlos, vor einem Fremden die Füße zu entblößen. Doch beim Küchenpersonal war das vielleicht anders, außerdem war Hanß kein Fremder. Hanß war Hanß.

»Natürlich die Füße. Du kannst gern auch die Hände nehmen. Im Gegensatz zu mir.« Jetzt klang er bitter.

Kein Wunder. Philipa streifte rasch ihre arg mitgenommenen Schuhe ab und stellte sie hinter sich. Sie konnte es sich nicht leisten, sie ins Wasser fallen zu lassen, sie hatte keine anderen. Vorsichtig steckte sie die Füße in den Teich.

»Es ist warm!« sagte sie verblüfft.

»Klar. Karpfen mögen kein Eiswasser. Ich komme manchmal her, um meine Füße aufzuwärmen. Es hält sie geschmeidig.«

»Oh, ist das schön.« Philipa seufzte wohlig. »Ich wollte, ich wäre ein Karpfen.« Dann fiel ihr etwas ein, und sie zog schnell die Beine an. »Sie beißen doch nicht?«

Hanß hob einen Mundwinkel, es handelte sich wohl um einen Ausbruch von Heiterkeit. »Sie knabbern bloß ein bißchen.«

Philipa schob die Beine im Schneidersitz unter ihr Kleid.

»Das war bloß Quatsch. Komm, häng die Füße wieder rein, es tut doch gut. Selbst wenn sie knabbern würden, es sind keine Raubfische.«

»Aha.« Wenn er es sagte. Außerdem war das Wasser wirklich angenehm, weich, ein bißchen schlammig. Kurz entschlossen versenkte Philipa wieder ihre Beine in dem Becken.

Hanß lächelte schwach und schwieg. Philipa bewegte die Zehen im Wasser. Direkt vor ihr tauchte ein neugieriger Karpfen auf und schnappte kurz nach Luft. Philipa desgleichen, verbunden mit einem Quieken, auf welches der Fisch verzichtete.

Dann schwiegen sie wieder und blieben in schöner Eintracht nebeneinander sitzen. Eigentlich war Hanß doch ein Fremder. Philipa fiel auf, daß sie noch nie ein überflüssiges Wort mit ihm gewechselt hatte. Sie wußte im Grunde nur, daß er gelenkig war, fleißig und nicht gerade redselig.

Und vermutlich im Moment nicht besonders erpicht auf Gesellschaft. Aber es war auch nicht richtig, ihn hier allein sitzen und sich quälen zu lassen. Nach einer geraumen Weile, denn sie wollte ihm die Gelegenheit geben, sich an ihre Anwesenheit zu gewöhnen, bemerkte Philipa beiläufig: »Gertrude geht's gut, übrigens.«

Hanß atmete tief ein und vorsichtig aus. »Soso«, sagte er dann. Er war wohl keiner, der seinen Sorgen wortgewaltig Ausdruck verlieh.

»Sie sah schon wieder genauso übellaunig aus wie immer, und das ist bestimmt ein gutes Zeichen.« Philipa plätscherte ein bißchen mit den Zehen im Wasser.

»Du meinst, wie ein Karpfen?«

Philipa sah ihn von der Seite an und lächelte. »So ähnlich. Nicht ganz so liebenswürdig.«

»Sie macht dir das Leben schwer, die Gertrude, was?« Hanß zog das rechte Bein hoch und begann seine Wade zu massieren. Es war eine kräftige, weiße Wade mit starken Muskelsträngen und einem Wust dunkler Haare darauf. Philipa sah in eine andere Richtung.

»Na ja. Sie zündet nicht gerade allmorgendlich ein Freudenfeuer an, weil wir zu euch gestoßen sind. Obwohl sie gegen

Gysela und Roland gar nicht so viel zu haben scheint. Ich bin ihre wahre Freundin.« Philipa starrte deprimiert in die Augen eines Karpfens, der kurz aufgetaucht war, um festzustellen, ob die beiden Störenfriede endlich wieder verschwunden waren. Keiner der Gaukler hatte die Aichbergen-Kinder mit offenen Armen empfangen. Aber keines der Mitglieder der Truppe war so zäh und verhielt sich derartig ablehnend, wie Gertrude es immer noch tat.

»Mach dir nichts draus. Für Gertrude ist jede Veränderung eine Bedrohung. Außerdem hat sie Angst, jemand könnte ihr den Platz streitig machen.«

»Das ist doch Unsinn. Ich beherrsche buchstäblich nichts von dem, was Gertrude kann, und könnte es auch niemals lernen. Wie sollte ich sie dann von ihrem Platz verjagen?« Philipa schüttelte den Kopf. Mit so viel Unvernunft konnte sie nichts anfangen.

»Des Menschen Gefühle entziehen sich bisweilen seinem Verstand.« Manchmal klang Hanß richtig gebildet. Philipa fragte sich, wie er wohl zu den Gauklern gestoßen war, aber sie traute sich nicht zu fragen. Mit den Vertraulichkeiten war es bei den Leuten auf der Straße nicht so weit her. Es reichte, wenn man sich im laufenden Tagesgeschäft aufeinander verlassen konnte, mehr mußte man eigentlich von den anderen nicht wissen.

»Ist wohl so.« Philipa dachte kurz an ihre Mutter, schob die Erinnerung jedoch schnell beiseite. Außerdem hatten sie und Gysela stets geschworen, die rechtmäßige Ehefrau ihres Vaters besitze gar keinen Verstand. Jedenfalls nicht im herkömmlichen Sinne. Es hatte bloß dazu gereicht, sich immer wieder neue Gemeinheiten auszudenken.

»Trotzdem, manchmal …« Sie verstummte.

»Ja, ich weiß. Trotzdem.« Hanß wechselte jetzt beim Massieren das Bein. »Trotzdem ist Gertrude oft genug ein Biest. Aber im Grunde meint sie es gar nicht so.«

Philipa lächelte ungläubig. Dann sammelte sie ihre Courage. »Wenn die Leute, die anderen Leute, meine ich, sich so benehmen, einem zeigen, daß man anders ist, nicht dazugehört und so, was macht man dann eigentlich? Ich meine, außer seine Füße in einen Karpfenteich hängen.«

Hanß schwieg einen Moment und beschäftigte sich mit der Frage, was eine wie Philipa bei Lichte besehen zu einer Gauklertruppe hatte bringen können. Dann antwortete er bedächtig: »Sehr viele Möglichkeiten hat man nicht. Dabei steht noch nicht einmal immer und überall ein Karpfenteich zur Verfügung. Es bleibt einem nur, wegzugehen. Versuchen, nicht darüber nachzudenken. Nach vorne sehen, ein eigenes Ziel haben. Dem Herrgott danken, daß man überhaupt noch am Leben ist.« Er sah Philipa von der Seite an. Sie hatte eine sehr gerade Nase und dichte, honigbraune Haare. Beides war ihm vorher noch nie aufgefallen. »Vor allem nicht darüber nachdenken, wie es früher gewesen ist. Wie es jetzt sein könnte, wenn nicht dies und das geschehen wäre.«

»Hm.« Philipa starrte auf das braune Wasser. Manchmal kam sie sich selbst vor wie ein Karpfen, angefüllt mit der Sehnsucht, kurz den Kopf über das schlammige Wasser zu halten, um nach Luft zu schnappen, nur um feststellen zu müssen, daß dieser kurze Moment schon zu lang war. »Du hast bestimmt recht.«

Hanß zog die Beine auf den Steg und trocknete sie mit seinem kurzen Umhang ab. »Ich gehe jetzt trainieren.«

»Ja, ich auch.« Philipa tat es ihm nach. »Ich trainiere zur Zeit Pasteten.« Sie lächelte ihn schüchtern an.

»Bist 'n nettes Mädchen.«

»Danke.«

»Es könnte verdammt noch mal jetzt endlich mit dem Gelästere aufhören«, sagte Jann Roedthaar gereizt. Sie waren alle gereizt. Die letzte Märzwoche war angebrochen, Zeit, sich auf den Weg zu machen, aber kurz nachdem sie der Frost aus den Klauen gelassen hatte, begann es zu regnen, und das tat es nun seit Wochen nahezu unablässig. Es war kein Gedanke daran, sich mit Sack und Pack aufzumachen und die Burg zu verlassen. Der Wagen würde im Schlamm stecken bleiben, da konnte Herkules ein Herkules sein, soviel er nur wollte.

Selbst Rainald hatte aus nichtigem Anlaß einen wütenden Krach mit Gertrude angefangen, bei dem es um einen fallengelassenen Jonglierball ging. Normalerweise kein Grund, sich aufzuregen, doch die Nerven aller lagen bloß. Gaukler waren nicht dafür gemacht, allzu lange an einem Ort zu bleiben. Außerdem wußten sie nie genau, wann ihnen ein Vogt sagen würde, nun sei es gut und man möge die Burg bitte verlassen, ob das Wetter gerade paßte oder nicht.

Daher stand Jann Roedthaar in jeder freien Minute auf dem Hof, starrte in den bleigrauen Himmel und schmiedete Pläne über die Route, die sie im Frühling und Sommer nehmen würden. Er ging niemals zu oft hintereinander die gleiche. So stark wechselte das Programm selbst noch so ambitionierter Gaukler nicht, und er wollte nicht riskieren, daß man ihrer überdrüssig würde. So wie er dieses Wetters überdrüssig war.

»Ich hatte keine Ahnung, daß du derart grimmig aussehen kannst«, sagte eine freundliche Stimme hinter ihm.

Jann drehte sich um und bemühte sich um einen liebenswürdigeren Gesichtsausdruck. Es war gut, daß Philipa begonnen hatte, ihr selbstgewähltes inneres Exil zu verlassen, da wollte er sie nicht mit seiner schlechten Laune verjagen. Den anderen gegenüber wäre er da wesentlich weniger rücksichtsvoll gewesen, das war ihm schon klar.

»Was hast du denn da?«

Sie trug ein Tablett in der Hand, und unter einem Leinentuch, das sie als Schutz vor Wind und Wetter darüber gebreitet hatte, wölbten sich interessante rundliche Formen.

»Safrankuchen. Willst du einen?«

Jann zögerte. Die Krönung des Tages wäre, wenn er dabei erwischt würde, wie er unerlaubt von der Tafel des Grafen stibitzte.

»Du kannst ruhig zugreifen. Es ist Zucker drin. Aus Syrien.«

»Wo ist das denn?« fragte Jann Roedthaar verblüfft.

»Keine Ahnung. Jedenfalls weit weg. Und entsetzlich teuer, der Zucker, meine ich. Und deshalb solltest du einen Kuchen nehmen, denn so bald wirst du keinen syrischen Zucker mehr zu Gesichte bekommen. Ich meine, es klart auf.«

»Tatsächlich?« Jann nahm sich einen Kuchen und biß hinein. Es war noch ein bißchen warm. »Köstlich. Warum machen die den so teuer, die Syrischen? Und wieso glaubst du, es klart auf?«

»Ich weiß nicht, warum Zucker so teuer ist, aber ich vermute, weil er von so weit her kommt. Und ich glaube, daß es aufklart, weil ich eben den Himmel vom Wehrgang aus betrachtet habe, und im Westen wird er heller. Außerdem nieselt es bloß noch. Du hast es vor lauter Ärger nur nicht bemerkt.«

»Ich glaube, du hast recht. Kann ich noch einen haben?« Jann klang schon bedeutend besser gelaunt.

»Ja, nimm nur. Aber nicht alle, ich habe Gysela und Roland schon seit Tagen den Mund wäßrig gemacht, weil Lysbeth angekündigt hatte, ich würde diese Dinger backen. Wenn du jetzt alle wegfutterst, werden sie das mir übelnehmen, nicht dir.«

»Das ist nicht gerecht«, fand Jann und griff sich ein drittes.

»Genau.« Betont legte Philipa das Tuch wieder über die Platte und räusperte sich. »Ich denke, es ist das beste, wenn ich dich jetzt verlasse.«

Jann grinste. »Zumindest das beste für die Kuchen. Ach, ich glaube, wir fahren bald. Ein paar Tage trockenes Wetter, damit der Schlamm fest wird, und wir machen uns auf den Weg. Mir wird's langsam zu eng hier.«

Mir nicht, dachte Philipa, winkte Jann kurz zu und packte ihr Tablett fester, um sich auf die Suche nach ihren Geschwistern zu machen. Als sie bei ihnen ankam, hatte sich die Platte bereits bedenklich geleert, denn unterwegs traf sie Hanß, Rainald und zum Schluß auch noch Bruno, was schlecht war, denn der hatte stets einen unbändigen Appetit. Sie hatte ihre liebe Mühe, überhaupt noch etwas zu retten.

Gysela und Roland hatten sich in der Waffenkammer ein trockenes Plätzchen gesucht, weswegen Philipa Ewigkeiten benötigte, sie zu finden. »Was um alles in der Welt macht ihr denn *hier*?« fragte sie etwas genervt, als sie endlich vor ihnen stand.

»Wir sind öfter in dieser Kammer, wieso?« fragte Roland erstaunt. »Es ist trocken, und wir stören keinen.«

»Ja, aber ...«

»Rollo hat sich mit Bernward angefreundet. Er führt die Aufsicht über die Waffenkammer und hat uns erlaubt, hier zu sein.« Gysela fand es an der Zeit, das Gespräch abzukürzen. »Was hast du denn da?«

»Durchweichte Safrankuchen. Ich mußte ja erst durch die halbe Pfalz rennen, um euch zu finden. Außerdem haben mir die anderen schon das meiste weggefuttert.«

»Oh, die sehen aber gut aus. Kann ich?«

»Roland, ich habe dir schon tausend Mal gesagt, es heißt: darf ich.«

»Ja, gut. Darf ich?«

Philipa stöhnte. »Ja. Deshalb bin ich hier. Was macht eigentlich Minni da?«

»Oh, Minni lernt, ein Gaukler zu sein«, erwiderte Roland mit vollem Mund. »Komm mal her, mein Minnilein, wir zeigen jetzt Philipa, was du alles kannst. Hepp!«

Minni erhob sich umgehend auf die Hinterbeine und begann in der engen Waffenkammer herumzuwandern, während er hechelnd in die Vorderpfoten klatschte.

»Nein! Minni! Das ist ja unglaublich!« Philipa war restlos entzückt. »Komm her, du schlauer Hund, du bekommst einen Safrankuchen!«

»He, ich habe es ihm beigebracht, der Kuchen gehört mir!«

»Du hattest schon welche.« Philipa schlang die Arme um den zottigen Hals des Hundes und drückte ihn an sich. Minni verschluckte mit einem Haps den Kuchen, ließ freundlich die Zunge aus dem Maul hängen und sah aus, als warte er auf mehr.

»Es war der letzte, du Guter, beschwer dich bei Rollo.«

»Ich gebe meinen auch nicht her«, warf Gysela mit vollem Mund ein.

»Er kann noch was. Soll ich es dir zeigen?« In Rolands Stimme schwang Stolz.

»Ja, natürlich. Was denn?«

»Wo sind sie überhaupt?«

»Hier.« Gysela holte aus ihrer Rocktasche zwei kleine Kugeln, eine gelbe und eine rote, beide etwa in der Größe eines Apfels.

Roland zog Minni sanft am Ohr. »So, jetzt machst du es, wie wir es geübt haben. Den roten in den rechten Korb und den gelben in den linken.«

Minni setzte sich und sah ihn fragend an. »Rot rechts und gelb links«, wiederholte Roland und klopfte ihn auf den Rücken. »Du schaffst das schon.«

Schwanzwedelnd nahm Minni den roten Ball ins Maul und brachte ihn zu dem linken Körbchen. Dann drehte er sich um und wartete selbstsicher auf Beifall.

Der fiel eher schwach aus. »Sonst klappt es meistens«, bemerkte Roland mißbilligend.

»Ach was, das war doch schon toll. Er hat ihn jedenfalls nicht gefressen.« Philipa duldete keine Kritik an dem Hund.

»Du liebe Zeit, wollt ihr in die Schlacht ziehen?« ertönte eine Stimme vom Eingang.

»Alheten! Was machst du denn hier?«

»Dich suchen.« Alheten betrachtete neugierig Minni, der sich jetzt die gelbe Kugel geschnappt hatte und sie zu der roten in den Korb legte. Roland seufzte.

»Warum?« fragte Philipa beunruhigt. »Lysbeth hat gesagt, ich könne gehen.«

»*Ich* such' dich, hab' ich gesagt, nicht Lysbeth.« Alheten verlor das Interesse an Minni. »Komm mit.«

Nur kurze Zeit später standen sie in der Kleiderkammer. »Hab mir gedacht, ihr verschwindet bald von der Burg.« Alheten wühlte in einem Korb. Als sie sich ächzend wieder aufrichtete, hielt sie ein großes Bündel Stoff in der Hand.

»Da. Is' nichts Besonderes, aber hier ist es übrig, und ihr drei habt nicht viel.«

»Ach, Alheten.«

»Was denn, was denn«, Alheten klang barsch, »auf der Burg sind fast nur Männer, und die Kleidertruhen sind voll von Frauenkleidern. Was soll ich denn damit, kannst du mir das mal sagen? Nehmen doch bloß Platz weg.«

»Alheten, kriegst du auch keinen Ärger?«

Alheten stemmte die Hände in die Seiten. »Von wem denn? Der Graf kümmert sich nicht um die Haushaltsführung, das wär' ja wohl auch das letzte, und die Gräfin läßt mir freie Hand.«

»Na ja«, Philipa betrachtete zweifelnd das Bündel, »es scheint mir nur ziemlich viel zu sein.«

»Ach, für jeden von euch bloß ein bißchen. Wenn's nicht in Fetzen gegangen ist, kannst du's mir ja zurückgeben, wenn ihr das nächste Mal kommt.«

»Danke, Alheten. Du bist die Beste.«

»Unsinn. Ich brauch den Platz bloß für die Sachen der Gräfin.«

»Ach so.« Philipa drückte ihr rasch einen Kuß auf die rundliche Wange. »Ich muß zurück in die Küche.«

»Das Wetter wird besser.« Marten kniff die Apfelbäckchen zusammen.

»Ja. Darf ich?« Philipa versuchte, sich mit ihrem leeren Tablett an ihm vorbeizudrücken, aber er rückte nicht zur Seite. Sie mußte sich ganz schmal machen und träumte einen kurzen Moment davon, ihm das Tablett auf den Kopf zu hauen.

»Da macht es ja nichts, daß dem Grafen eure Anwesenheit langsam überdrüssig wird«, fuhr Marten gehässig fort.

Deine mir schon lange, dachte Philipa, doch sie schwieg. Schließlich wußte sie nicht, welche Macht Marten hatte, hinter den Kulissen die Strippen zu ziehen. Wie offen war das Ohr der Gräfin für seine Einflüsterungen? Und wie das des Grafen für die Worte seiner Frau? Besser war es, sie übte sich in Demut und Bescheidenheit und hielt den Mund. Vielleicht wollte die Truppe in ein, zwei Jahren wiederkommen. Sie schlängelte sich an Marten vorbei, betrat die Küche und schloß leise, aber nachdrücklich die Tür hinter sich.

»Warum ist er bloß so ein Widerling!« zischte sie leise in Richtung Lysbeth, vielleicht stand er ja noch vor der Küche und drückte seine Ohren platt, um sie bei unflätigen Reden zu erwischen. Aber wenn sie ihrem Unmut nicht Raum schaffte, würde sie platzen. Bei Lysbeth lief sie sowieso offene Türen ein, die geriet mindestens einmal täglich mit ihm aneinander.

Lysbeth begann mit präzisen, tausendmal ausgeführten Bewegungen einen Kapaun zu zerteilen. »Ich für mein Teil bin nicht scharf drauf, daß ihr weiterzieht, das kannst du mir glauben. Warst 'ne prima Hilfe, Mädchen, ehrlich.«

»Danke, Lysbeth.« Philipa wurde rot, und Lysbeth war gerührt.

»Weiß gar nicht, mit wem ich über Marten herziehen soll,

wenn du weg bist.« Lysbeth knallte den demontierten Kapaun auf die Tischplatte und griff sich den nächsten. »Schätze, ich werd' dich vermissen.«

Kurz, es roch alles durchdringend nach Abschied.

An Abschiede müssen Gaukler sich gewöhnen, und natürlich können sie auch ihr Gutes haben. Nicht, wenn man liebe Menschen verlassen mußte, die einem so etwas wie eine Art Zuhause geboten hatten. Doch nicht überall war es so heimelig, und manchmal war man froh, das Weite suchen zu können.

So mischte sich auch in Philipas Abschiedsschmerz ein Gefühl von Aufregung – Vorfreude? –, als sie eines Tages den blankgeputzten Wagen mit ihren gesammelten Habseligkeiten beluden, um sich für die Abfahrt bereitzumachen. Ihr eigener Besitz war beträchtlich angewachsen, da sich ihre Garderobe erweitert hatte, ansonsten war alles beim Alten geblieben. Philipa steckte im Wagen und sortierte und räumte und zurrte fest, was nötig war.

Anschließend sprang sie vom Bock und lief quer über den pfalzherrlichen Hof hinüber zu Lysbeth, um sie ohne Umschweife in die Arme zu nehmen. »Ich danke dir für alles, liebe Lysbeth.«

»Ach, na ja, das war doch nichts«, schniefte diese gerührt. »Denk mal an uns. Und komm wieder. Und hier.«

Letzteres bezog sich auf ein prall mit frischen Gebäckstükken gefülltes Säckchen, und Philipa küßte sie auf beide Wangen. »Danke. Bis bald, Lysbeth. Grüß Alheten. Aber auf keinen Fall Marten.«

»Bist du verrückt!« antwortete Lysbeth, und das waren die letzten Worte, die sie miteinander sprachen. Denn dann kehrte Philipa zu ihrer Truppe und dem Wagen zurück. Unterwegs stieß sie fast mit einem Leprakranken zusammen, der sich ihr plötzlich in den Weg stellte und sie mit drohendem Blick aus seiner Kapuze anfunkelte.

»Paß doch auf!« Das Letzte, was ihr fehlte, war, einen Aussätzigen zu berühren und sich seine widerwärtige Krankheit zuzuziehen.

»Hast du keine Geduld und keine Milde für die, die nicht so vom Glück begünstig sind wie du?«

Vom Glück begünstigt? Ganz so würde sie es vielleicht nicht ausdrücken. Aber im Grunde hatte er recht. Sie hatte mehr oder weniger alles verloren, was sie je als sicher in ihrem Leben angesehen hatte, ihren Namen, ihre Heimat und jeglichen Besitz. Dafür hatte sie ihre Geschwister, sie waren gesund und kräftig und hatten ihr Leben alles in allem ganz gut unter Kontrolle.

»Doch, habe ich«, sagte sie mitleidig, »es tut mir leid, das ich so unfreundlich gewesen bin. Hier, magst du?« Sie hielt ihm das Säckchen mit Gebäck entgegen. Aber als er die Hand ausstreckte, die unter dem weiten Umhang der Leprösen ganz und gar verborgen war, zuckte sie zurück. »Ich lege es dir hierhin, einverstanden?«

Er lachte, es klang unheimlich und hohl unter der Kapuze, und Philipa schauderte. Rasch tat sie ein paar Mandelhörnchen auf einen glatten Stein, nickte dem Bettler zu und lief zu ihrem Wagen. Herkules stand warm, dampfend und heimelig nach Pferd duftend da und trappelte von einem auf das andere Bein, er wollte los, und die Unruhe um ihn herum machte ihn nervös.

Manfredus kratzte sich unter dem ekligen Umhang den Leib und griff nach den Hörnchen. Sie schmeckten gut. Blieb nur zu hoffen, daß er sich mit diesem Leprazeug kein Unheil eingehandelt hatte. Doch sei's drum, der Schrecken im Gesicht des Mädchens war es wert gewesen. Und das schlechte Gewissen erst. Er grinste. Dann ging er, sich seiner Kleider zu entledigen und sich zurückzuverwandeln in jemanden, der sich zu Pferd auf den Weg machen konnte. Eile hatte er keine, ein Karren wie jener der Gaukler war langsam, er würde nicht die geringste Mühe haben, ihnen zu folgen. Zufrieden schluckte er den letzten Bissen hinunter und freute sich darauf, seine Pläne in die Tat umzusetzen.

Endlich hatte der Frühling begonnen, der Himmel schenkte ihnen gutes Wetter, und es war ein überraschend wohltuendes Gefühl, sich auf dem Kutschbock neben Jann Roedthaar durchrütteln zu lassen, als erst einmal die Pfalz und mit ihr die Menschen, mit denen Philipa Freundschaft geschlossen hatte, außer Blickweite waren.

»Wir haben nur kurze Wege im Frühjahr«, erzählte Jann ihr, »die Leute bleiben in den Wintermonaten zu Hause und kommen nicht so viel herum. Da freuen sie sich, wenn die Spielleute auftauchen und die leichtere Zeit einläuten.« Er schnalzte mit der Zunge und tippte auf Herkules' Rücken, als sich das Pferd interessiert einigen ersten, sich aus der braunen Erdkrume wagenden frischen Gräser zuwenden wollte.

»Habt ihr keine Angst, daß die Leute sich untereinander besuchen und euer Publikum daher nicht immer so verschieden ist, wie es wünschenswert wäre?« Philipa betrachtete nachdenklich die Bäume links und rechts, der eine oder andere Ast schien bereits zaghaft seine Knospen zu treiben.

»Ach nein, vor allem nicht jetzt so kurz nach dem Winter. Und wenn, betrifft es ja nur den Herrn der Burg. Aber für die habe ich jedesmal eine andere Geschichte und andere Lieder parat, die Akrobatik bleibt natürlich die gleiche. Die Familie des Herrn kommt aber oft nicht gleichermaßen herum wie er selbst, ganz zu schweigen von der Burgbesatzung. Nee, das geht schon.«

Neben dem schmalen Pfad, dem sie mehr recht als schlecht folgten, schäumte ein Bächlein entlang, irgendwo saß eine Feldlerche in einem Baum und trillerte ihr melodisches Lied. Minni bellte, und der Vogel verstummte abrupt.

»Läßt du Minni auftreten?« fragte sie, und Jann Roedthaar lachte leise.

»Natürlich. Wenn er gelernt hat, rot und gelb zu unterscheiden. Obwohl es so, wie er es jetzt macht, auch sehr lustig ist.«

Philipa lachte auch. »Allerdings eher Rolands Gesicht als Minni.«

»O ja. Er kann sehr verzweifelt aussehen, dein Bruder.«

»Ich finde, er hält sich gut.« Kritik an ihren Geschwistern, und sei sie noch so leise, konnte Philipa nicht leiden.

Jann nickte. »Das finde ich auch. Ihr haltet euch alle gut, übrigens. Du auch.«

Philipa ordnete ihre Kleiderfalten etwas gefälliger um ihre Knie. »In der Burg war es leichter, glaube ich«, sagte sie zögernd. »Nicht so fremd.«

»Ich weiß. Aber fremd ist dies auch nicht mehr für dich. Du hast nicht den Vergleich, ich dagegen schon. Vor dem Winter hast du blaß wie ein verschrecktes weißes Kaninchen auf dem Kutschbock gesessen.«

»Hoffentlich nicht mit denselben Zähnen.«

»Nein.« Jann grinste. »Deine Zähne sind ganz in Ordnung, sehr hübsch, wirklich. Ich hatte auch mehr den Gesamteindruck im Sinn als die Details.«

»Dann ist es ja gut.« Philipa lächelte frohgemut in die Landschaft. »Dahinten zieht sich der Himmel wieder zu.«

»Siehst du, du gehörst langsam wirklich zum fahrenden Volk. Immer einen Blick auf das Wetter. Der Winter weiß oft nicht so recht, ob er sich schon verjagen lassen soll oder nicht. Sicherer wird es erst, wenn die Weidenkätzchen blühen und der Seidelbast. Dann fängt der Frühling richtig an.«

Sie schwiegen eine Weile. Dann sagte Philipa: »Hast du gesehen, was ich alles von Lysbeth geschenkt bekommen habe? Speck und Schinken und Mehl und Kräuter. Sogar Zwiebeln und was nicht noch alles.« Philipa dachte an die feuchten Augen der Küchenmagd und an die Emsigkeit, mit der sie immer mehr und mehr angeschleppt hatte, als gelte es, die Truppe bis zum Eintritt der nächsten Schneemonate zu versorgen. »Zum Schluß hat sie mir noch ein ganzes Fäßchen Salzheringe in den Arm gedrückt. Und eines mit eingelegtem Kohl. Wenn Marten nicht um die Ecke gekommen wäre, häten wir bestimmt auch noch eine gepökelte Schweinehälfte bekommen. Aber mit der ist es dann nichts mehr geworden.«

»Die mochte dich eben, die Lysbeth.«

»Ja. Die mochte mich.« Alheten auch. Beide Frauen waren mütterlicher zu ihr gewesen als irgendjemand sonst in den letzten Jahren.

»He, kann ich vielleicht jetzt auf den Bock?« ertönte Gertrudes übellaunige Stimme neben ihr. »Ich würde es mir auch gerne mal gemütlich machen, schließlich habe ich kürzere Beine als du.«

»Aber stärkere«, erwiderte Philipa und sprang während der Fahrt ab auf die fette braune Erde.

»Na endlich«, murrte Gertrude, und Jann seufzte still.

Philipa gesellte sich zu ihren Geschwistern und zu Minni, der im einsetzenden Nieselregen einer empört quakenden Erdkröte hinterhersetzte, die auf dem Weg zu ihrem Laichtümpel war und nicht daran dachte, sich von so einem schnaufenden Ungeheuer aufhalten zu lassen. Sie verschwand mit einem hohen Satz im Gebüsch am Wegesrand und ließ einen verdutzten Hund und drei lachende Aichbergens zurück.

Jann lächelte leise in sich hinein.

Selbst das Aufbauen machte Vergnügen. Die Tischplatte auf Böcke zu legen war Brunos Aufgabe, sie mit Tüchern gefällig zu drapieren die von Petronella. Gysela half ihr dabei. Aus der bereitstehenden Truhe holte sie die Waren, die zum Verkauf angeboten werden sollten, und reihte sie in hübscher Ordnung auf. Philipa hatte sich von Bruno einen Ofen bauen lassen, eine sehr einfache Konstruktion, die aus einem Eisenrost über Holzkohlebecken bestand, und buk kleine Nußbrötchen mit Rosinen, die sie zum ersten Mal dem Publikum anbieten wollte. Jann freute sich insgeheim, daß sie eine eigene Idee entwickelt hatte, wie sie zum Auskommen der Truppe beitragen könne, aber das hatte er für sich behalten und nur genickt.

Roland schritt über den Platz und spielte eine lustige kleine Weise auf einer Flöte, die ihm Engelbert geschnitzt hatte. Zum Erstaunen aller konnte er so etwas. Nun, er hatte jedenfalls die Geduld dazu. Neben Roland stolzierte Minni, er war mit einem hübschen bunten Kragen geschmückt, den ihm Petronella genäht hatte. Er sah lustig aus. Sie sahen beide lustig aus, denn Roland trug denselben Kragen, und während er spielte, versuchte Minni auf seinen Hinterpfoten dazu zu tanzen. Er kippte öfter um, als für eine gelungene Nummer gut gewesen wäre, aber es trug ihm wohlwollendes Gelächter ein und schließlich einen Knochen, was seinen Ehrgeiz umgehend erlahmen ließ.

Rainald spannte mit Hilfe von Jann das Seil für Gertrude und sprang dazu behende in eine kahle Baumkrone, was ihm den ersten Applaus eintrug. Hanß beschäftigte sich hinter dem Wagen mit seinen Aufwärm- und Lockerungsübungen, er würde genau wie Gertrude erst mit Beginn seines Auftrittes vor die Augen des Publikums treten.

Gertrude selbst brachte mit Kniebeugen und Sprüngen ihre steifgewordenen Muskeln in Form, viel war da allerdings nicht zu tun. Ihr Körper war es gewohnt, jederzeit zu funktionieren. Einen Überschlag, dann einen doppelten. Sie kam genau vor einem Mann zu stehen, der an einen dicken Baumstamm gelehnt dastand und sie beobachtete.

»Ist was?« fragte sie unfreundlich, außerhalb ihrer Vorführungen fand sie es furchtbar, angestarrt zu werden.

»Was soll sein?« erwiderte er gleichmütig und fuhr fort, auf einem Grashalm zu kauen. »Ich seh' dir bloß zu. Dafür seid ihr doch da, ihr Gaukler, oder ist das falsch?«

»Kommt drauf an. Wo zum Beispiel.« Gertrude wandte sich ab und begann ihre Finger zu kneten.

»Na, hab dich nur nicht so. Kannst du Bewunderer nicht leiden? Fänd ich seltsam, bei deinem Beruf.«

Gertrude warf ihm einen mißtrauischen Blick zu. Der Kerl war häßlich wie die Nacht, und sie entspannte sich etwas. »Hab noch nichts gemacht, was bewundert werden könnte«, erklärte sie, aber es klang eine Spur weniger abweisend.

»Das stimmt.« Er spuckte den Grashalm aus. »Ich warte drauf, daß du zeigst, was du kannst.«

Gertrude zuckte die Schultern und wandte sich ab. Es gab Männer, die machten sich einen Spaß daraus, sich eine Zwergin auszusuchen für ihre abartigen Spiele. Vielleicht war das so einer, und sie legte ganz bestimmt keinen Wert darauf, es herauszufinden. Wo einem wie ihm die Weiber sicher nicht in Scharen hinterherliefen.

»Mann, bist du unfreundlich«, hörte sie hinter sich eine spöttische Stimme, und sie drehte sich wieder um.

»Ich kann ja nicht mit jedem schönen Mannsbild schwatzen«, fies sein konnte sie auch, o ja, »dafür hab ich keine Zeit.«

Weit davon entfernt, gekränkt zu sein, lachte er. Dabei kräuselte sich das knittrige Narbengewebe seiner rechten Wange auf ganz undenkbare Weise, und Gertrude starrte fasziniert in sein Gesicht. »Wir können es uns alle nicht aussuchen, hab ich nicht recht?« sagte er, und dann nickte er ihr zu und nahm sich einen neuen Grashalm. »Wir sehen uns.«

Gertrude beeilte sich, fortzukommen. Erstens hatte sie kein Interesse daran, mit Fremden zu reden, und zweitens stand ihr Auftritt kurz bevor, da war es nicht gut, sich nervös machen zu lassen.

Manfredus grinste und zog sich tiefer in den Schatten des

mächtigen Eichenstammes zurück, der zwischen ihm und Philipas Garküche stand und ihn ihren Blicken entzog.

Schließlich holte Bruno die dicke Trommel hervor und kündigte mit dumpfen Schlägen den Beginn der Vorstellung an. Jann stand im Begriff, sein rot bemaltes Podest zu besteigen, blieb allerdings mitten in der Bewegung stehen und hustete sich erst einmal frei. Er spuckte aus, eine typisch männliche Angewohnheit, die Philipa von jeher ekelhaft gefunden hatte. Dann sprang er auf sein Podium, räusperte sich noch einmal lautstark und umfing mit weit ausgebreiteten Armen die ganze Welt, bevor er sich in eine makabre Geschichte stürzte, in der die obligatorischen Ritter, aber auch abgeschlagene sprechende Köpfe und ein widerspenstiges Schwert eine Rolle spielten.

Philipa arbeitete in einer köstlichen Duftwolke vor sich hin und sah, wenn sie Zeit hatte, Petronella beim Verkauf ihrer Wundermittel zu. Sie liebte es, sich vorzustellen, welche Beweggründe einer haben mochte, der ein Fläschchen Fenchelöl erwerben wollte und dessen verstohlener Blick davon sprach, daß hinter seinem Wunsch etwas steckte, von dem niemand Kenntnis erhalten sollte. Die meisten kauften wie üblich von den Stärkungs- und Schönheitsmittelchen, und Philipa konnte es ihnen nicht verdenken, denn Petronella strahlte Gelassenheit und stille Anmut aus und war damit das beste Beispiel für die Wirksamkeit ihrer Produkte.

»He, Mädchen, ich möchte so gerne eines deiner Brötchen, was muß ich tun, um deine Aufmerksamkeit zu erringen?«

Philipa wachte aus ihren Betrachtungen auf und sah verlegen auf einen stattlichen jungen Mann, der sich lachend vor ihr aufgebaut hatte. Offenbar gehörte er zur Burgmannschaft, denn er trug einen ledernen Koller, und an seiner Hüfte schwang eine ungemütlich aussehende Streitaxt; die kurzen Haare und das fehlende Schwert wiesen ihn als Knecht aus, niemanden also, dem man übertrieben hätte Achtung erweisen müssen. Philipa lächelte ihn an.

»Hübsch bist du, wenn du rot wirst.« Er lächelte zurück, wobei sich überall in seinem noch jungen Gesicht die erstaunlichsten Falten bildeten.

»Was kann ich denn sonst noch für dich tun, außer dich durch meine Gesichtsfarbe zu erfreuen?« Es war leicht, mit so einem Gesicht zu scherzen.

»Oh, da würde mir auf der Stelle eine Menge einfallen.« Die Falten vertieften sich, und blaue Augen blitzten.

»Ich dachte da eher an Nußbrötchen. Ob du eines mit oder eines ohne Rosinen haben möchtest.«

So leicht ließ er sich nicht aus dem Konzept bringen. Er lehnte sich vertraulich vor und stützte die Hände auf den kleinen Tisch, an dem sie arbeitete. »Ich heiße Guntram, und du?«

Guntram. Ein Name aus längst vergangenen Zeiten. Mußte man sich freuen oder erschrecken, wenn man ihn hörte? Philipa war sich nicht so sicher. Guntram von Nidbergen war ein alter Weggefährte ihres Vaters, der diesen zusammen mit seinem Knappen Richard von Blankhenberghe oft besucht hatte. Philipa erinnerte sich gut an die beiden. Guntram war zu allen Aichbergen-Kindern gleichermaßen freundlich gewesen, und Richard hatte sie ebenso unterschiedslos gezankt. Er war ihr gehörig auf die Nerven gefallen.

»Das ist nicht wichtig. Mit oder ohne? Rosinen, meine ich.«

»Mit. Warum so unfreundlich? Du bist ein hübsches Mädchen, ich liege dir zu Füßen und hoffe ohne böse Absichten auf ein nettes Wort.«

»Bedaure. Hier kann man nettes Gebäck bekommen, nette Worte kriegst du woanders. Hier hast du dein Brötchen. Mit Rosinen.«

»Wenigstens das.« Guntram seufzte. »Immerhin haben deine zarten Hände es berührt.« Philipa wurde wieder rot, und er biß zufrieden in sein Brötchen. »Aua! Das ist heiß!«

»Was erwartest du, wenn es gerade vom Rost kommt?« Philipa legte geschäftig und übertrieben ordentlich eine neue Reihe Teigbällchen auf den Ofen. Es war – irgendwie lustig, mit so einem wie Guntram zu schwatzen, aber langsam wünschte sie doch, er würde gehen.

»Nun, offenbar das Falsche. Und jetzt jedenfalls Mitleid.« Er faltete seine Gesichtszüge nun in eine herzzerreißende Miene, doch Philipa wollte sich nicht erweichen lassen. Sie schüttelte den Kopf und steckte ihre Hände in die Schüssel mit dem Teig, aus dem sie neue Kuchenstückchen formte.

»Ihr Mitleid ist dir gewiss, sie darf es nur nicht zeigen«, hörte sie plötzlich Petronellas Stimme und sah überrascht auf.

»Warum nicht? Ist es nicht Christenpflicht, gepeinigten Mitmenschen Anteilnahme entgegenzubringen?« Guntrams Brötchen war zwar inzwischen so weit abgekühlt, daß er ohne weitere Schwierigkeiten herzhaft davon abbeißen konnte, dafür war allerdings auch sein Ehrgeiz erwacht, dieses spröde Gauklerweib vor ihm davon zu überzeugen, sich nach getaner Arbeit mit ihm in einer dunklen Ecke treffen zu wollen. Was hieß überhaupt spröde. Schließlich war sie eine Gauklerin, auch wenn sie irgendwie nicht so aussah. Gauklerinnen nahmen es mit der Moral nicht so genau, das wußte doch jeder.

»Tja, sie kann es dir aus naheliegenden Gründen nicht zeigen, aber sie trägt noch schwer an den Blessuren, die ihr das letzte unbekümmerte Gespräch mit einem freundlichen Kunden eingetragen hat.« Petronella lächelte entschuldigend.

»So freundlich kann der ja dann nicht gewesen sein.« Ein letzter Bissen, und das Brötchen war verschwunden. »Ich bin viel netter, ehrlich. Meine Frauen kommen immer ohne blaue Flecken davon.«

»Es war nicht der Kunde, weißt du.« Petronella senkte vertraulich die Stimme. »Aber ihr Mann. Nun ja, er kann es einfach nicht leiden, wenn sie hübschen Burschen wie dir ihre Aufmerksamkeit schenkt.«

Ihr Mann, soso. Philipa wartete gespannt auf die Fortsetzung. Guntram ebenfalls. »Wieso sollte der etwas gegen ein harmloses, nettes Gespräch haben?«

»Wer weiß es so genau.« Petronella wurde noch leiser. »Er ist manchmal nicht ganz richtig im Kopf. Seit er einen Schlag mit einer Keule bekommen hat. Und wenn er einen Mann sieht, der sich an seine Frau heranmacht, bekommt er das manchmal in den falschen Hals, und dann setzt eine Erinnerung bei ihm ein ... oder der Verstand aus, was weiß ich, jedenfalls ist dann nicht gut mit ihm Kirschen essen.«

Guntram schaute sich um. »Wo ist es denn, das Monstrum? Dein Mann, meine ich.«

»Psst, sieh nicht so aufällig hin«, zischte Petronella. »Dahinten steht er, neben dem Podest.«

»Oh.« Neben dem Podest stand Bruno, groß und breit und stark wie ein Ochse, mit außerordentlich grimmigem Gesicht. Guntram verlor das Interesse an Philipa.

»Nun, sei es, wie es sei. Da kann ich dir nur alles Gute wünschen. Ich für mein Teil muß jetzt fort, mein Dienst beginnt gleich.« Er winkte kurz und verschwand in der Menge.

Philipa strahlte entzückt. »Das war eine wundervolle Idee. Der liebe Bruno. Er sieht wirklich furchtbar aus, wenn er da so steht und den Aufpasser macht.«

Petronella lächelte breit. »Ja, das tut er. Erschreckend.« Bruno tat keiner Fliege etwas zuleide, nur wenn wirklich Not am Mann war, setzte er seine beträchtlichen Körperkräfte zur Verteidigung ein. Niemals tat er es gerne und auch niemals, ohne hinterher tagelang unglücklich zu sein, wenn er irgendwem die Knochen ramponiert hatte. Oder gebrochen, er war wirklich sehr stark.

»Ich mach' das öfter, weißt du. Bruno ist ein prima Schutzschild. Und wenn er gerade nicht sichtbar ist, suche ich mir manchmal auch einen großen, fiesen Kerl aus, der einfach in der Nähe herumsteht. Aber mit Bruno ist es am einfachsten, und den kennt ja dann auf jeden Fall auch keiner. Ich leihe ihn dir gerne, wenn du ihn brauchst.«

»Vielen Dank. Das ist genau die Art von Mann, die ich mir immer gewünscht habe.« Petronella und Philipa kicherten gemeinsam und wandten sich dann wieder ihrer Arbeit zu.

»Hast du nur Brötchen oder auch etwas zu trinken?« Plötzlich stand Jann vor ihnen.

»Nur Brötchen. Einen Ausschank zu betreiben, dem fühlte ich mich noch nicht ganz gewachsen«, erwiderte Philipa wahrheitsgemäß. Außerdem hatte Petronella ihr davon abgeraten, denn betrunken neigten Männer in der Regel noch weniger dazu, die Hände von den Gauklerinnen zu lassen.

»Verstehe.« Jann Roedthaar hustete und wischte sich den Schweiß von der Stirn. Philipa sah ihn aufmerksam an. Es war ziemlich kalt heute morgen, kein Grund, ins Schwitzen zu geraten.

»Hast du Halsschmerzen?«

Jann winkte ab. »Nicht der Rede wert.«

»Ich koche dir einen Salbeiaufguß, wenn wir hier fertig sind.« Salbei half gegen Halsschmerzen, das war eines der wenigen Dinge, die Philipa von Liutgard erfahren hatte. Was hauptsächlich daran lag, daß diese ihr irgendein Salbeigebräu verabreicht hatte, wortlos und mit abweisender Miene, als Philipa einmal krank gewesen war. Der Pflicht zur Krankenpflege gegenüber allen, die in ihrem Haushalt lebten, hatte sich Liutgard nicht entzogen, aber auch nicht mehr getan als unbedingt erforderlich.

»Das ist bestimmt nicht nötig«, wehrte Jann ab und unterdrückte diskret ein Husten.

»Männer!« hörte Philipa leise Petronella im Hintergrund murmeln.

»Dann trinkst du's eben, ohne daß es nötig ist«, versetzte Philipa unnachgiebig.

»Du brauchst dir die Mühe wirklich nicht zu machen. Es geht auch so bestens.« Jann wollte keine Memme sein. Petronella stöhnte, und Philipa mußte lachen.

»Es macht mir keine Mühe. Und ich koche den Aufguß auf jeden Fall. Wenn du ihn dann nicht trinkst, war die Abeit vergebens, und das ist dann Mühe, verstehst du?«

»Ja.« Jann räusperte sich anhaltend, aber bevor er ausspukken konnte, fing er Philipas strengen Blick auf und unterließ es lieber. »Ich geh' dann mal. Muß noch Hanß beim Aufbau helfen.« Er wandte sich ab und schlenderte davon. Kurz bevor er in der Menge verschwand, nieste er kräftig.

»Tja, das war's dann wohl.« Petronella sah ihm kopfschüttelnd hinterher. »Wenn der sich nicht mal ordentlich erkältet hat. Hoffentlich wird es nicht zu schlimm. Krähengesänge sind beim Publikum in der Regel nicht allzu beliebt.«

»Ach, das wird schon wieder.« Philipa war zuversichtlich. Sie hatte Jann noch nie krank erlebt.

»Hoffentlich. Ohne Geschichten und Gesang brauchen wir erst gar nicht aufzutreten.« Petronella wandte sich einer Kundin zu, die vor ihrem Tisch stehen geblieben war und neugierig in dem Kasten mit den kleinen Krügen herumfingerte. Petronella mochte es nicht, wenn die Leute zu eigenmächtig wurden. »Was darf's denn sein? Kann ich dir helfen?«

Der Salbeitee schien nicht viel zu nützen. Als sie weiterfuhren, verschwand Philipa dann und wann im lichten Wald, durch den ihr Weg sie führte. Immer wieder hörten die anderen sie in der feuchten modrigen Blätterschicht des vergangenen Herbstes rascheln, begleitet von leisem Gemurmel und ab und zu einem ärgerlichen Ausruf, wenn sie ausglitt oder stolperte.

»Was macht die eigentlich da?« fragte Gertrude mit kaum verhohlener Mißbilligung. »Glaubt die vielleicht, wir würden auf sie warten, wenn sie sich im Wald verläuft?«

»Sie verläuft sich doch gar nicht«, erwiderte Rainald, »sie bleibt immer in Hörweite.«

»Warum kann sie nicht bei der Gruppe bleiben, so wie wir anderen auch?« Gertrude war wie meistens ungnädig.

»Keine Ahnung.« Im Grunde gefiel es Rainald auch nicht, daß Philipa sich von dem Wagen und dem Schutz, den dieser samt seiner Besatzung bot, entfernte. Allerdings hatte er andere Gründe als seine Frau. Er dachte eher an wilde Tiere, ihm persönlich reichte da schon ein Fuchs, von Wölfen oder Wildschweinen ganz zu schweigen. Oder von Wegelagerern. Rainald schüttelte sich leicht. »Philipa!« Seine Stimme hallte klein und kläglich in den unendlichen Wald hinein.

Nach kurzer Zeit erklang ein ziemlich weit entferntes »Komme gleich!«.

»Laß sie doch.« Das war Hanß, und Gertrude und Rainald blickten ihn verblüfft an, Hanß pflegte sich nicht gerade häufig in ihre Rangeleien einzumischen. »Ich habe den Eindruck, Philipa weiß in der Regel, was sie tut.«

Gertrude schnaubte. »Was sagst du eigentlich dazu, Jann?« verlangte sie zu wissen und sprang auf den Kutschbock. Jann Roedthaar saß alleine dort oben, er war erkältet und schlechter Laune, und ihm stand nicht der Sinn nach Gesellschaft. Jetzt öffnete er den Mund, brachte aber nicht mehr als ein Krächzen zustande, gefolgt von einem imposanten Niesanfall. Er winkte ab, ihm war's egal, heute erst recht.

»Ich hab's!« verkündete Philipa, die unmittelbar neben ihnen aus dem Unterholz auftauchte. In ihrem Haar hatte sich ein Zweiglein verfangen, und ein dunkelrotes Blatt lag auf ihrer Schulter und wippte bei jeder Bewegung auf und nieder.

»Was denn?« fragte Gysela neugierig, die fröhlich neben dem Wagen herhüpfte und bis zu den Knien mit Schlamm bespritzt war. Roland lief mit Minni neben Herkules und kümmerte sich nicht um seine Schwestern.

Sie wedelte mit einem Büschel anmutig rosa und blau gefärbter Blüten. »Hübsch, nicht?«

»Ja. Hübsch. Was willst du denn damit? Einen Blütenkranz flechten?« Petronella interessierte sich jetzt auch für das Ganze.

»Nein.« Die Zeiten, als sie einen Schapel oder einen Blumenkranz im Haar getragen hatte, waren vorbei. Schon länger. »Das ist Lungenkraut. Ich koche eine Salbe, um Janns Husten damit zu lindern. Salbei hilft ja nicht. Außerdem haben wir keinen mehr.«

Jann winkte wieder ab. Wenn er schlecht gelaunt war, wollte er sich auch nicht helfen lassen. Lieber litt er schweigend. Und ein bißchen demonstrativ.

»Keine Widerrede. Normalerweise tun wir alle immer, was du sagst. In diesem Fall gilt das nicht. Ich reibe deinen Brustkorb ein, ob du willst oder nicht. Notfalls bitte ich Bruno, dich festzuhalten.« Philipa lächelte liebenswürdig.

Jann lächelte gequält zurück.

»Tja, Meister, es liegt ganz in deiner Hand.« Bruno tat, als krempele er sich die Ärmel hoch.

»Schon gut. Ich muß die Salbe erst noch herstellen.« Philipa überlegte. Schweineschmalz war da, das Lungenkraut inzwischen ebenfalls. Was fehlte, war ein Ofen. Und natürlich Zeit. »Bruno, beim nächsten Halt brauche ich ein ordentliches Feuer. Richtig heiß. Machst du mir das?«

»Klar.« Bruno hatte sich zu einem getreuen, aber wenig redseligen Gefolgsmann der Aichbergens entwickelt. Von Roland ohnehin zu seinem Fixstern erklärt, schleppte er Gysela ohne zu klagen über weite Strecken auf seinen Schultern, und Philipa lag er zu Füßen, ohne das er je ein Wort darüber verloren hätte. Jedenfalls war er stets zur Stelle, wenn sie seine Dienste benötigte.

Es half alles nichts. Der Duft von zerlassenem Schweineschmalz, gemischt mit dem des Lungenkrautes, lag über ihrem Lager, und Jann Roedthaar ließ mehr oder weniger bereitwillig die Behandlung über sich ergehen. Philipa stand daneben und sah zu, wie Rainald mit flinken, starken Händen das noch warme Schmalz auf Janns Brustkorb verrieb. Es selbst zu tun war ihr unschicklich vorgekommen, und so beschränkte sie sich darauf, Rainald Anweisungen zu geben. Jann hustete, schloß die Augen und schlief ein, sobald sie ihn warm in sämtliche Decken, die zur Verfügung standen, eingepackt hatten.

Philipa betrachtete ihn zweifelnd. »Hoffentlich nutzt es.«

»Ach, der wird schon wieder.« Rainald war von Natur aus optimistisch. »Eine Erkältung haut doch unseren Jann nicht aus den Schuhen.«

»Ja, aber er hat Fieber.«

»Sicher?«

Philipa fühlte Janns Stirn. Jetzt, wo er schlief, war das leicht, weil er nicht den Kopf unwillig zur Seite drehen konnte. »Ja, sicher. Ich finde ihn … sehr heiß.«

»Hm. Na gut. Vielmehr schlecht. Trotzdem, Fieber hat jeder mal. Und unser Jann ist stark.«

Ja, Flammenmeer war stark. Aber wenn das Fieber stieg und stieg, würde ihm das nur eine begrenzte Zeit etwas nützen. Es gab wenig Möglichkeiten, dem verzehrenden Feuer hohen Fiebers etwas entgegenzusetzen. Wenn der Körper brannte, konnte man das eine Zeitlang als Selbstreinigung betrachten, doch wenn ein gewisser Punkt überschritten war, *ver*brannte er, trocknete aus und wurde immer schwächer. Philipa hatte einen Heidenrespekt vor Fieber.

»Wir warten noch. Solange er selbst trinkt, ist es ja gut. Sonst müssen wir Wache halten und versuchen, ihm etwas Wein einzuflößen. Rotwein. Zur Stärkung.«

»Hm.« Wein, rot wie Blut, war günstig für den Fluß der Körpersäfte, das wußte jeder. Rainald nickte, ihm wurde langsam etwas unbehaglich zu Mute. »Wird schon nicht so schlimm werden, Kleine.«

Kleine war gut, er reichte ihr bis knapp über die Taille. Dennoch war es schön, sich trösten zu lassen. Vor allem, da sie so unsicher war. Die vermaledeite Liutgard hätte sie öfter bei der Krankenpflege über die Schulter blicken lassen sollen, dann wüßte sie vielleicht jetzt mehr. Ihre Mutter war ein Biest, in Krankenpflege war sie allerdings unschlagbar gewesen. Kühl, pflichtbewußt, effizient.

Jann warf sich unruhig auf seinem Lager herum und murmelte etwas. Philipa steckte geduldig seine Decke wieder fest, sie konnte sich nicht vorstellen, daß es gut für ihn sein sollte, ungeschützt in der Zugluft zu liegen.

Sie beschlossen, einen Tag Pause zu machen, damit er sich erholen konnte, aber als Jann das merkte, wurde er ärgerlich. »Wir können uns das nicht leisten! Die Saison ist ohnehin kurz, wir sind spät losgekommen wegen des Regens. Wenn wir nicht jede Station nutzen, dann kommen wir nicht rum und sind im Herbst nicht da, wo wir hingehören, wenn wir uns nach einem neuen Winterquartier umsehen müssen. Außerdem bekommen wir keine neuen Vorräte.«

»Wir haben noch reichlich von Lysbeth. Du weißt doch. Sie hat uns so üppig versorgt, das reicht ein paar Wochen.«

»Die sind aber bald rum«, knurrte Jann ungnädig. Er warf die Decke zurück und schickte sich an, aufzustehen.

Kurzentschlossen drückte Philipa ihn auf sein Lager zurück. Da er schwächer war, als er die anderen glauben machen wollte, hatte sie keinerlei Schwierigkeiten damit. Zumal er von einem Hustenanfall geschüttelt wurde.

»Siehst du.« Philipa stopfte die Decke wieder fest.

»Pah.«

»Genau. Pah. Ich schlage vor, wir schließen einen Kompromiß. Heute bleiben wir hier, und du schläfst dich gut aus, morgen geht es dann weiter. Versprochen. Was hältst du davon?«

»Wir können gleich weiterfahren«, erwiderte Jann störrisch.

»Ich hatte von einem Kompromiß gesprochen. Mein Vorschlag wäre nämlich gewesen, wir lagern hier ein paar Tage, bis es dir wirklich besser geht.«

»Sag mal, was glaubst du eigentlich, wer du bist? Unser neuer Anführer oder was?« Ausnahmsweise sprach Gertrude sie persönlich an, normalerweise pflegte sie nur *über* Philipa zu sprechen, jedoch nicht mit ihr. Wobei es ihr durchaus recht war, wenn Philipa hörte, wie sie über sie herzog.

Jann brummte irgend etwas Unverständliches, aber Philipa hatte keine Mühe, sich allein zu wehren. »Nein, natürlich nicht. Warum auch, ich habe keine Ahnung, wie man so eine Truppe anführt. Und selbst wenn, würde ich niemals glauben, ich wüßte es besser als Jann. Er kann die Truppe allerdings zweckmäßiger leiten, wenn er gesund ist, das siehst du doch wohl ein, und wenn er sich ausruht, kommt er schneller wieder zu Kräften. Also. Ich schlage vor, wir geben ihm die Zeit dazu, die er braucht.«

Gertrude starrte sie an. Aber bevor sie noch das Wort ergreifen konnte, beendete Hanß die Diskussion. »Gertrude, halt den Mund. Philipa hat recht, das ist ja wohl unschwer zu erkennen. Deshalb machen wir es so, wie sie gesagt hat. Heute bleiben wir hier, und morgen entscheiden wir alle gemeinsam, ob Jann sich gut genug fühlt, um weiterzureisen. Sonst bleiben wir noch einen Tag länger.«

»Davon war nicht die Rede«, widersprach Jann schwach. »Sie hat gesagt, morgen früh brechen wir auf.«

»Siehst du, Gertrude«, konnte sich Philipa nicht verkneifen

zu erwidern, »im Gegensatz zu Janns ist mein Wort hier nicht Gesetz. Frag nur Hanß.«

Man konnte fast den Eindruck gewinnen, Hanß habe gelächelt, als er sie jetzt kurz ansah, doch bestimmt war das eine optische Täuschung. Hanß lächelte selten.

»In Ordnung«, krächzte Jann. »Jetzt laßt mich endlich in Ruhe, ihr Quälgeister.« Sprach's, drehte sich um und schlief augenblicklich ein.

»Er ist doch nicht ohnmächtig geworden?« fragte Roland ängstlich und zupfte Bruno am Ärmel.

»Nee, Kleiner, keine Bange. Der schläft immer so prompt, sobald er sich hingelegt hat, das ist ganz normal.« Bruno streichelte ein bißchen unbeholfen über Rolands braune Locken. »Komm, willst du ein bißchen reiten üben? Wir haben ja jetzt Zeit dazu.«

»Au ja.« Rolands Augen leuchteten eifrig, Jann Roedthaars Schicksal war bereits vergessen, das würde Philipa schon hinkriegen.

Die beiden trollten sich, auch Rainald und Hanß verließen die kleine Gruppe, die sich noch um Janns Bett versammelt hatte. Gysela legte den Arm um Philipas Taille. »Es wird doch alles gut, nicht, Pippa?«

»Klar doch, Mäuschen«, Petronella kraulte die Kleine im Nacken. »Jann ist quengelig, das ist schon ein gutes Zeichen. Komm, wir lassen ihn alleine, je mehr Ruhe er hat, um so besser schläft er. Hilfst du mir beim Ausbessern der Decke für meinen Verkaufstisch?«

»Ich würd' lieber sticken. Die Sterne sind so hübsch.«

»Klar. Sticken wir Sterne. Dann wollen wir mal.« Sie legte den Arm um Gysela, und die beiden verschwanden ebenfalls. Übrig blieben nur noch Gertrude und Philipa. Erstere schien zu überlegen, was es bedeuten würde, räumte sie zuerst das Feld. Aber Philipa dachte nicht daran, sich hier vertreiben zu lassen. Vor Gertrude hatte sie schon lange keine Angst mehr.

Sie sah ihr in die Augen, streng und ohne zu blinzeln. Und tatsächlich, es war kaum zu glauben, bereits nach erstaunlich kurzer Zeit zuckte Gertrude plötzlich mit den Schultern, drehte sich wortlos um und verließ den Wagen. Philipa lächelte zufrieden und ließ sich neben Janns Lager nieder. Bis zum Mittagessen hatte sie noch Zeit, und so lange es ging, wollte sie bei ihm wachen.

Es war kalt im Wagen. Philipa schauderte und versuchte, die Tücher, mit denen sie sich bedeckt hatte, enger um sich zu ziehen, aber es nützte nicht viel. Ihre Decken hatte sie Jann überlassen und auch ihren Platz in dem breiten Bett, das Gertrude allabendlich für die Frauen der Truppe zu errichten pflegte. Für Philipa war klar gewesen, daß sie diejenige zu sein hatte, die für Jann ihren Platz räumte. Gertrude hatte sich natürlich sowieso nicht angeboten, Gysela als die Kleinste kam nicht in Frage, und auch Petronellas Entgegenkommen lehnte sie rundheraus ab.

»Ich habe die Versorgung der Truppe übernommen, und in dem Fall umfaßt das eben nicht nur Essen und Trinken, sondern auch die Krankenpflege. Es ist wenig genug, was ich tun kann, das weiß ich selbst. Aber deine Aufgabe ist das Verkaufen und Harfespielen. Vermenge nicht unsere Arbeitsfelder. Bitte.«

Sie hatte gelächelt, um ihren Worten die Schärfe zu nehmen, und unter keinen Umständen hätte sie ausgesprochen, was ihre wahren Beweggründe dafür waren, sich von Petronella nicht helfen lassen zu wollen. Petronella war nicht mehr die Jüngste. Man bemerkte es nicht auf den ersten Blick, denn sie hielt sich gerade, und ihr Körper war geschmeidig und schlank. Aber manchmal, nach kalten und feuchten Nächten, schienen ihre Finger Schwierigkeiten zu haben bei den Näh- und Stickarbeiten, und Philipa hatte den Eindruck, ihre Gelenke würden anschwellen. Natürlich kam kein Laut der Klage über Petronellas Lippen, aber schlußendlich hatte sie mit den Achseln gezuckt und sich durchaus zufrieden unter ihre Decken gekuschelt.

Philipa hatte behauptet, keine zu benötigen, und sich mit dem sternenbestickten Tuch begnügt, das normalerweise über dem Verkaufstisch lag, was zu großer Erheiterung und allerlei dummen Scherzen bei Gysela geführt hatte. Leider war die Decke zwar groß, aber dünn und fadenscheiniger, als man ihr ansah, selbst doppelt gelegt hielt sie nicht sehr warm. So war Philipa nur zu bereit gewesen, sich bei der ersten Dämmerung vom melodischen Gesang eines Rotkehlchens aufwecken zu lassen. Sie hatte schon immer gefunden, die Stimme des Rotkehlchens sei für seine geringe Körpergröße erstaunlich tief, und eine Weile lauschte sie entzückt. Dann rappelte sie sich hoch und ordnete ihren Umhang neu, in den sie sich zusätzlich gewickelt und aus dem sie sich während der Nacht freigestrampelt hatte. Leise trat sie an Janns Bett und fühlte nach seiner Stirn.

»Benimm dich nicht, als wärest du eine verdammte Heilige«, knurrte Jann heiser, doch aus seiner Stimme war ein Lächeln herauszuhören.

»Das ist ein Widerspruch. Heilige können nicht verdammt sein, das liegt in ihrem Wesen begründet. Und ich kann keine Heilige sein, das wiederum liegt in meinem Wesen begründet.« Philipa lächelte ebenfalls und ließ ihre Hand noch einen Moment liegen. »Warum schläfst du nicht?«

»Ich habe so viel geschlafen, daß es für die nächste Woche reicht, sollte ich meinen. Heute fahren wir weiter.«

»In Ordnung«, erwiderte Philipa friedfertig. »Es scheint dir ja besser zu gehen, wenn du mich schon ausschimpfen kannst. Hier, trink etwas.«

Jann nahm in dem fahlen Dämmerlicht den Krug in Empfang, dabei berührte er kurz ihre Hand. Seine eigene war kühl und trocken.

»Gratuliere. Du hast das Fieber überstanden, denke ich.«

»Ich glaube auch. Ich könnte aufstehen und dir für eine Weile den warmen Platz überlassen. Ich nehme an, du hast nicht allzu gut geschlafen auf deinem Lager heute nacht.«

»Ach, geht schon. Außerdem bin ich jetzt wach. Wenn ich wieder einschlafe, komme ich den ganzen Tag nicht mehr richtig zu mir. Bleib du nur ruhig liegen, bis wir ankommen, wo auch immer das sein wird. Bruno kann heute fahren, du bleibst so lange hier, wie es geht, und sammelst deine Kräfte.«

»Ich hab' keine Lust mehr, dauernd in dem dämlichen Bett zu liegen«, beschwerte er sich, allerdings leise, um die anderen nicht zu wecken. Gysela bewegte sich schon unruhig hin und her und stieß ihm von Zeit zu Zeit ihre beklagenswert spitzen Knie in die Hüfte. Petronella und Gertrude schliefen den Schlaf der Gerechten und mucksten sich nicht.

»Tja, wer darf schon immer tun, wozu er Lust hat.« Philipa klopfte ihm abschließend auf die Schulter und verließ leise den Wagen.

Nicht ahnend, daß sie an diese Worte noch denken sollte.

Kaum waren sie angekommen, Philipa hatte nicht einmal verstanden, wo, begann der Aufbau; alle waren eifriger als sonst, da Jann fast komplett ausfiel. Mochte er behaupten, was er wollte, er war eindeutig noch zu schwach, um mit Bruno das schwere Podest vom Wagen zu wuchten. Also sprangen Rainald und Roland ein und sogar Engelbert, was allgemein Erstaunen auslöste, offensichtlich vor allem bei ihm selbst, wie aus seinem Gesichtsausdruck zu schließen war.

Jann bekam derweil von der gestrengen Philipa einen monströsen Umhang um den Hals gelegt, den sie zuvor zu einem breiten Streifen zusammengefaltet hatte.

»Ich weiß jetzt, was du vorhast. Du willst mich erwürgen.« Jann zerrte gereizt und mit ungeduldigen Bewegungen an dem Stoff. Es war eng. Und es blieb eng.

Philipa kicherte ein bißchen. »Du kannst ja dein Kinn drauflegen, wenn du müde wirst«, schlug sie vor.

»Du bist inzwischen ein genauso gräßliches Weib wie alle anderen«, knurrte er, aber im Hinausgehen legte er ihr kurz den Arm um die Schultern und zog sie an sich. Es war ein wenig seltsam. Seit ihr Vater nicht mehr lebte, hatte sie niemand umarmt, der ihr bis über die Schultern gereicht hätte. Philipa starrte ihm gedankenverloren hinterher. Dann schüttelte sie sich kurz und machte sich daran, ihre Brötchen vorzubereiten.

Kaum war die erste Fuhre fertig und lag zum Abkühlen bereit in einem hübschen, mit rotem Stoff ausgeschlagenen Weidenkörbchen, erschien Gysela und baute sich vor ihr auf. Philipa betrachtete sie einigermaßen mißbilligend.

»Du siehst gräßlich aus. Kannst du vielleicht mal etwas mit deinen Haaren anstellen?«

»Klar, kann ich«, entgegnete Gysela liebenswürdig, »aber nicht jetzt. Ich soll dich ablösen.«

»Mich ablösen? Warum denn?«

»Keine Ahnung. Jann hat's gesagt.«

Philipa starrte sie mißtrauisch an. »Er muß doch gesagt haben, warum ich hier meine Brötchen alleine lassen soll. Immerhin verkaufen sie sich ganz gut. Und wir brauchen das Geld.«

»Ich weiß. Jann meint, ich könnte das auch, ich hätte dir schließlich oft genug zugesehen. Und ich glaube, ich kann's wirklich. Oder?« Gysela betrachtete nachdenklich die Teigschüssel und den glühenden Ofen.

»Tja, wahrscheinlich. Mach die Teigbällchen nicht zu groß. Und paß auf, das sie dir nicht anbrennen.« Philipa band die Schürze los, die sie normalerweise zum Backen trug, um nicht jedesmal das Mehl ausbürsten zu müssen. »Verkauf die Brötchen nicht, wenn sie noch zu heiß sind. Die Leute verbrennen sich dann den Mund und ärgern sich. Worauf sie bestimmt kein zweites nehmen. Ach ja, und laß dich nicht überreden, sie billiger herzugeben. Sie sind billig genug.«

»Mache ich alles. Bestimmt. Nun geh schon.«

»Ungern.« Philipa seufzte.

Das Podest war hier an diesem Platz vor ihren Blicken hinter einem recht eindrucksvollen Brunnenhäuschen verborgen gewesen, aber der Beginn der Vorstellung hatte sich ihr auch so durch Brunos gedämpften Trommelwirbel angekündigt. Philipa bog um den Brunnen und sah Jann mit seinem monströsen Halswickel auf dem Podium und Bruno in seinem blauen Hemdrock, der ihm kaum bis zum Knie reichte und seine mächtigen Schenkel zeigte. Vor seinem Leib trug er die Trommel, mit Ziegenhaut bespannt und an den Seiten hübsch bemalt.

Jann nickte Philipa kurz zu. Dann fuhr er mit seiner Eröffnungsrede fort. »... selbst der beste Gaukler mit den allerbesten Stärkungsmitteln«, hier verbeugte er sich kurz in Petronellas Richtung, was diese mit einem gemessenen Nicken quittierte, »verliert bisweilen den Schutz Kosmas' und Damians, und schlechte Winde und üble Körpersäfte vermögen seinen Leib zu schwächen.« Er hustete diskret in seinen Schal. »Doch das muß euer Schaden nicht sein.«

»Wieso? Meinst du, es ist besser, von deinen Künsten verschont zu bleiben?« Ein Witzbold aus dem Publikum meldete sich zu Wort und lachte dröhnend über seinen Scherz. Philipa haßte so etwas.

Jann bestimmt ebenfalls. Dennoch lächelte er höflich und fuhr fort: »Normalerweise nicht, das kannst du mir glauben, heute dagegen schon. Ich habe eine Überraschung für euch, die, so fürchte ich, euch schnell dazu bringen wird, zu wünschen, meine Erkältung würde ewig andauern.« Jetzt hatte er die Lacher auf seiner Seite. »Denn euer geneigtes Ohr wird heute vom Gesang einer sehr viel ansehnlicheren Person erfreut werden, als ich es jemals sein könnte.«

Er winkte Philipa zu sich heran, aber sie blieb stoisch – und erschüttert – auf ihrem Platz stehen und konnte kaum verhindern, wie wild den Kopf zu schütteln. Vielleicht brachte sie es fertig, so zu tun, als habe sie es nicht gehört? Oder vielleicht *hatte* sie es ja gar nicht gehört und unterlag einem Irrtum? Nein, bestimmt nicht. Bruno war kurz aus dem Takt gekommen, und das passierte normalerweise nicht, nur bei höchst außergewöhnlichen Vorkommnissen. Wie diesem. Wenn Spielleute einen der Ihren ankündigten und der dann kniff und sich davonmachte.

Philipa stand noch immer wie angewurzelt da. Janns Händewedeln bekam langsam etwas ausgesprochen Dringliches. Hinter ihr tauchte plötzlich Hanß auf. Er legte einen Arm um ihre Taille und schob sie sachte vorwärts.

»Ich kann das nicht, Hanß!«

»Doch, du kannst.« Seine Stimme war leise und beschwörend. Und sein Armstumpf drängend.

»Aber … Köln!«

Philipa fehlten vor Entsetzen die Worte, ihre Bedenken genauer zu benennen, doch Hanß verstand sie natürlich auch so. Hanß pflegte eine Menge zu verstehen, auch wenn er sich normalerweise gerne aus allem heraushielt. »Hier ist nicht Köln. Du stehst nicht in einem Wirtshaus. Außerdem bist du nicht allein. *Und* du bist in deutlich besserer Verfassung als damals.«

Bin ich das wirklich? fragte Philipa sich benommen. Hanß schob sie näher an das Podest. Ja, bin ich wohl.

»Los jetzt.« Hanß wurde ein bißchen energischer. »Wenn es nicht klappt, komme ich auf die Bühne und löse dich mit irgendeiner Effekthascherei ab.«

»Versprochen?«

»Versprochen. Aber es wird nicht nötig sein, du machst deine Sache mit Sicherheit wunderbar. Nur mach sie jetzt.«

Langsam wurden ungeduldige Rufe aus dem Publikum laut. »He, Kleine, was zierst du dich so?« und »Laß dein hübsches Stimmchen ertönen, Goldkehlchen!«, gefolgt von Gelächter.

Das war ganz gut, denn es verstärkte den absurden Eindruck, sich in einem Traum zu befinden. Goldkehlchen! Also wirklich. Mit einem Gefühl vollkommenen Nebels in ihrem Kopf betrat Philipa das Podium. Sie konnte Jann ansehen, daß er sie gerne angeranzt hätte wegen ihrer Zögerlichkeit, aber er unterließ es, vermutlich mit Rücksicht auf ihre ohnehin angeschlagenen Nerven.

Unten stand Gysela neben Petronella, beide nickten ihr erwartungsvoll zu, neben Bruno war Roland aufgetaucht und starrte sie wenig kleidsam mit offenem Mund an. Merkwürdigerweise gab ihr das den entscheidenden Schubs. Nur womit sollte sie anfangen? Hilfesuchend blickte sie auf Jann, der ein Stück zurückgetreten war, er hatte bereits zur Fidel gegriffen und zupfte an den Saiten. Seltsamerweise war auf einmal Engelbert neben ihm, eine Flöte in der Hand.

Gertrude stand da mit einem Gesichtsausdruck, der zwischen Gehässigkeit und Vorfreude schwankte. Bestimmt wollte sie nicht, daß die Truppe Schwierigkeiten bekam, aber falls doch, dann fand sie es sicher gut, wenn Philipa dafür verantwortlich war. Neben ihr stand ein großer Mann, den Kopf in eine monströse Kapuze gewickelt. Er beugte sich zu ihr hinunter und sagte etwas, was sie tatsächlich zum Lachen brachte. Philipa konnte sich nicht erinnern, den Mann schon einmal gesehen zu haben. Oder Gertrude lachen.

Jetzt klemmte Jann seine Fidel unter den Arm und wies mit der anderen Hand auf Philipa. »Betrachtet euch unser zartes Vögelein. Wollt ihr Derbes aus ihrem Munde hören? Nein, das wollt ihr nicht.« Um etwaigen gegenteiligen Anweisungen aus dem Publikum zuvorzukommen, spielte er eine lustige kleine Weise, bevor er fortfuhr: »Beginnen wir also mit einem der hübschen Lieder, die das Volk so liebt. Philipa, sing uns das Lied vom Brunnen!«

Philipa trat vor und sang das Lied vom Brunnen.

»Ich mache das wirklich nur im Notfall«, sagte sie geraume Zeit später, nachdem sie sich ihre ausgedörrte Kehle mit einem Krug dünnem Bier angefeuchtet hatte. »Eine Leidenschaft wird das für mich nicht, Jann, das kannst du mir glauben.«

Jann tätschelte ihr das Knie. »Hast dich wacker geschlagen. Den einen zieht's nun mal zur Bühne und den anderen eben nicht.« Er hustete krachend.

»Fest steht bloß, sie sieht hübscher aus als du«, ließ sich Rainald vernehmen und nahm Philipa den Krug ab, um ihn neu zu füllen.

»Tatsächlich? Findest du?« Jann fuhr sich glättend durch sein wild abstehendes flammendrotes Haar und grinste.

»Natürlich nicht, was glaubst denn du.« Rainald lachte fröhlich. »Wer hätte gedacht, daß unsere Meisterköchin auch noch andere Talente hat.« Er klopfte Philipa auf die Schulter.

Die freute sich. Wegen der Meisterköchin, nicht wegen der anderen Talente. Welche sie hübsch unter Verschluß halten würde. »Danke, Rainald, du übertreibst.«

»Das entspricht nicht meinem Naturell«, entgegnete Rainald würdevoll, und die anderen lachten. Die Stimmung war überhaupt recht gelöst. Sie waren alle froh, wieder unterwegs zu sein, und erleichtert, daß der Beginn so erfolgreich verlaufen war, nachdem er fast in einer Katastrophe geendet hätte.

Fast alle waren froh. »Ich finde, ihr solltet nicht so viel Gewese darum machen«, giftete Gertrude. »Es ist doch wohl das mindeste, daß man einspringt, wenn irgendwer ausfällt.«

»Miesepeter«, knurrte Roland, aber so leise, daß die anderen tun konnten, als hätten sie es nicht gehört. Keiner wollte sich die Freude über die gelungene Sondervorführung nehmen lassen.

Nur Philipa wurde es mit einem Mal zuviel. Sie winkte kurz in die Runde und verschwand. Zum Kochen hatte sie allerdings auch keine rechte Lust. Mußten sie sich heute eben mit verschlagenen Eiern und Schinken zufriedengeben, das ging schnell und war billig, und sie brauchte nichts mehr dafür einzukaufen. Langsam schlenderte sie an einem munter plätschernden Bächlein entlang, das ostwärts aus dem Dorf führte. Es war hübsch hier in Heltorf, über ihr zwitscherte die erste Grasmücke im Jahr, gelber Huflattich leuchtete im satten, grünen Gras. Irgendwo muhte eine Kuh, und in einiger Entfernung vernahm sie die rumpelnden Räder eines Ochsenkarrens. Sonst war alles still und friedlich.

Und sie war allein. Man war selten allein in einer Gauklertruppe, die auf so engem Raum miteinander lebte. Sicher, auch daheim war sie es gewohnt gewesen, sich fast beständig innerhalb einer Schar von Menschen zu befinden, doch dort konnte sie leichter einmal abseitige Wege gehen. Den Garten aufsuchen vielleicht oder sich heimlich bei den Ställen herumdrücken. Hier ging das schlecht. Der Wagen war zu eng, um sich zurückzuziehen, die Gegenden, durch die sie kamen, zu fremd, um sich weit von der Gruppe zu entfernen. Philipa seufzte. Daheim, *daheim,* hatte sie alles und alle gekannt, schließlich hatte sie ihr ganzes Leben dort verbracht, sich kaum einmal länger als eine Tagesreise von der Burg entfernt.

Jetzt war es eben anders und im Grunde auch gar nicht schlecht. Inzwischen hatten sie jeder auf seine Weise in die Gruppe hineingefunden, und ihr selbst machte es Freude, für die anderen zu sorgen. Irgendwie entsprach das sogar der Aufgabe, auf die sie vorbereitet worden war. Nun, nicht gerade einer *Gauklertruppe* den Haushalt zu führen, einer Burgmannschaft jedoch schon. Philipa schnaubte leise und kickte einen Stein mit dem Fuß ins Wasser. Lautlos und schnell versank er wie, wie ein Stein eben. Gemächlich spazierte sie weiter durch Sumpfdotterblumen und vorbei an Weiden, deren Kätzchen silbrig in der Sonne glänzten. Hoch über ihr in der Baumkrone einer Erle klapperte ein Storchenpaar, das sich bei der Brut ablöste, zur Begrüßung laut mit seinen langen Schnäbeln. Die hatten es gut. Sie wußten immer genau, was zu tun war.

Diese Singerei. Jann wollte ihre Auftritte zu einem Bestandteil der Vorführung machen, das wußte sie. Und auch, daß er sie gezwungen hatte, sich selbst zu beweisen, daß sie es konnte. Früher hatte er sein Problem mit der Erkältung auch zu lösen vermocht, damals, als sie noch nicht bei der Truppe waren. Aber sie wollte nicht. Es gefiel ihr nicht, dermaßen die Aufmerksamkeit auf sich zu ziehen, und zwar aller, der Wohlwollenden und der weniger Wohlwollenden.

Aufseufzend ließ sie sich auf einen blankpolierten Findling nieder, der in der Sonne schimmerte. Wie der dort wohl hingekommen war? Weit und breit war kein Felsgestein zu sehen. Irgendwie war er wohl einfach – aufgetaucht. Wie wir, dachte Philipa. Sie seufzte wieder.

»So schwer, das Ganze?« hörte sie eine Stimme hinter sich und drehte sich überrascht um.

»Hanß!«

»Hm. Rück mal ein Stückchen.« Hanß ließ sich neben ihr nieder, ziemlich nahe. Für seine Verhältnisse jedenfalls.

Es war sinnlos, ihn zu fragen, was er hier machte. Er war ihr gefolgt. Philipa blickte ihn an. »Sollte es unser Schicksal sein, immer wieder am Rande irgendwelcher Gewässer Gespräche miteinander zu führen?«

»Scheint so.« Hanß seinerseits sah gelassen auf das murmelnde Bächlein vor ihm, kurze Wellen, kleine Wirbel, wo sich das Wasser über einem Hindernis staute. Ein vorwitziger Windstoß ließ die weißen Blütenblätter des Birnbaumes, unter dem sie saßen, wie Schnee auf sie niederregnen. Philipa fing eines mit der Hand auf, die hübschen roten Staubfäden hinterließen eine hauchzarte Puderschicht auf ihrer Handfläche. Sie wischte sie im Gras neben ihr ab.

»Nun sag schon, Hanß.«

»Ich habe gar nichts zu sagen.« Hanß schüttelte seine Ärmel zurück, sie waren lang und weit und überdeckten in der Regel geschickt seine Armstümpfe, aber jetzt schien es ihm gelegen, sie vorzuzeigen. »Ich sitze hier nur ein bißchen.«

Er beugte sich vor und ließ das kalte, klare Wasser über seine armen mißhandelten Gliedmaßen laufen. Philipa hätte schon gerne gewußt, was zu dieser Verstümmelung geführt hatte. Es war undenkbar, danach zu fragen. Das verbot schon allein seine verschlossene Miene. Es war kein übles Gesicht, mit scharfen Linien zwischen Nase und Mundwinkeln, die Lippen schmal, häufig zusammengepreßt, dunkle Augen, die alles sahen und nichts preisgaben. Philipa merkte plötzlich, daß sie ihn gern hatte.

»Fein«, sagte sie lächelnd, »dann sitzen wir hier *ein bißchen* zusammen.«

»Hm«, machte Hanß wieder.

Eine Weile beobachteten sie einen Mäusebussard, der hoch über ihnen in einem lindgrünen Baumwipfel eifrig an seinem Nest baute, er war ein wenig spät dran in diesem Jahr. Dann sagte Hanß unvermittelt: »Du mußt nicht, weißt du.«

»Wirklich nicht?«

»Nein. Niemand muß müssen. Wenn er nicht will. Wollen muß er auf jeden Fall, sonst wird das mit dem Müssen nichts.« Hanß gestattete sich ein Grinsen. »Was ich tatsächlich ausdrücken möchte, ist folgendes: Es wäre schön, wenn du dich dazu durchringen würdest, bei uns zu singen, aber du mußt es nicht.«

»Ich hab' doch gar keine Stimme«, meinte Philipa kläglich.

»Du bist zu kritisch, sei etwas milder mit dir. Es stimmt zwar, du hast keine *große* Stimme, an der Technik und der Tragweite kannst du noch arbeiten. Wichtiger ist, du triffst den Ton und hast ein Gedächtnis für Melodien. Das können jedoch viele.«

»Eben«, warf Philipa ein.

»Genau. Das Wichtigste ist nämlich etwas anderes.« Hanß streifte seinen Schuh ab, nahm ein Stöckchen zwischen die Zehen und begann im Schlamm der Uferböschung herumzustochern.

»Mach es nicht so spannend, Hanß. Hanß!« Es fehlte nicht viel, und Philipa hätte ihn mit dem Ellenbogen angestoßen.

»Du hast Charme. Und Charisma. Nicht einfach nur ein hübsches Gesicht, obwohl du ja recht ansehnlich bist.« Er musterte sie kritisch von der Seite, als müsse er seinen Eindruck erst überprüfen.

»Besten Dank.« Philipas Wangen färbten sich in einem zarten Rosa.

»Falsche Gelegenheit, verlegen zu werden«, ermahnte Hanß. »Wir sprechen über deine Bühneneignung, und da heißt es sachlich sein. Also. Ein nettes Gesicht allein macht es nicht, obwohl es natürlich hilfreich ist, vor allem bei Frauen. Wichtiger ist die Ausstrahlung. Das, was die Leute gerne zuhören läßt, egal, ob die Stimme besonders schön oder das Lied besonders einfallsreich ist. Das, was man *nicht* lernen kann.«

»Bist du sicher? Woher weißt du das überhaupt?«

»Ich habe vielleicht keine Hände, meine Augen dagegen funktionieren ganz gut.« Außerhalb seiner Bühnenauftritte bemühte sich Hanß, seine Verstümmelung vergessen zu machen, und verhielt sich so unauffällig wie möglich. Daß er sie jetzt betonte, mußte etwas zu bedeuten haben. Philipa hatte keine Ahnung, was.

»Es ist nur so unangenehm, wenn alle auf einen starren«,

sagte sie zögernd mit einem unwillkürlichen Blick auf seine Arme.

»Und jetzt fragst du dich, warum mir das nicht unangenehm ist, wenn sie starren«, bemerkte Hanß klarsichtig.

»Ja.« Philipa wurde schon wieder rot, sie konnte einfach nichts dagegen tun. Andererseits wollte sie es wirklich wissen.

»Ach, weißt du, jeder Mensch hat so seine Deformationen. Bei dem einen sieht man sie, bei dem anderen nicht. Bei mir sieht man sie eben. Jedenfalls ein paar.« Mit einer eleganten Bewegung ließ er die Ärmel wieder nach unten gleiten. »Kommt eben darauf an, was man zeigt.«

»Du meinst, man kann es sich aussuchen?«

»Genau das meine ich.« Er hätte jetzt gerne den Arm um ihre Schultern gelegt, aber üblicherweise umfaßte dann eine Hand eine Schulter und das ging bei ihm ja nicht. Also ließ er es sein. Er ließ es meistens sein.

»Man hat Einfluß darauf, was sie sehen und was nicht?«

Hanß hob leicht die Mundwinkel und nickte.

»Mit anderen Worten: Du zeigst ihnen, was sie sehen wollen, und von dem Eigentlichen zeigst du ihnen nichts.«

»Eigentliches ist gut.«

»Ich dachte«, erläuterte Philipa zögerlich, »das Eigentliche ist das Persönliche. Oder nicht?«

»Wenn du es sagst.« Offenbar fand Hanß, er habe sich weit genug aus dem Fenster gelehnt. Philipa fand das nicht.

»Was heißt das jetzt für mich?«

Hanß zuckte mit den Schultern und sah sie an.

»Ein Teil von mir singt, und den anderen Teil halte ich unter Verschluß?«

»So ungefähr, ja.«

»Ich glaube, das kann ich nicht«, bekannte Philipa nach kurzem Nachdenken. »Der Teil innen würde den Teil außen immer anzweifeln. Glaube ich.«

»Da kann man nichts machen.« Mehr Hilfestellung konnte Hanß nicht geben.

»Meinst du nicht, es reicht, wenn ich die Versorgung der Truppe übernehme?«

»Reicht es dir?«

Philipa betrachtete ihn ratlos. »Im Moment reicht es.«

»Nun, Spielleute sind kein Kloster, weißt du. Man muß sich nicht ein Leben lang verpflichten. Man kann wieder gehen, wenn's einem paßt. Kann man im Kloster übrigens auch.«

»Wollt ihr denn, daß wir euch verlassen?«

»Philipa, du bist ein Schaf«, beschied sie Hanß kurz und bündig. »Davon war doch jetzt überhaupt nicht die Rede. Es ist ganz alleine eure Entscheidung, ob ihr bleibt oder nicht. Das Essen von Gertrude ist im übrigen gräßlich und das von Petronella langweilig. Also von mir aus könnt ihr bleiben.«

»Vielen Dank«, erwiderte Philipa leicht beleidigt. Sie wäre eigentlich gerne über ihre Fähigkeiten, einen Schweinebraten zu schmoren, hinaus gemocht worden.

Hanß grinste. »Es ist, wie es ist. Singe, wenn du dich dazu durchringen kannst. Für uns wäre es gut. Jann würde dann den Erzähler geben und du die Sängerin. Aber wenn du dich *nicht* dazu durchringen kannst, ist es auch in Ordnung. Laß dich von Jann nicht unter Druck setzen. Aber vielleicht wäre es an der Zeit, dir einmal Gedanken darüber zu machen, was du wirklich willst. Von uns. Und dem Leben auf der Straße.«

Menschen pflegen sich in aller Regel zu interessieren für das, was außerhalb der Einförmigkeit ihres Daseins steht. Für Gaukler zum Beispiel. Für mißglückte Seiltanznummern. Für alles, von dem sie hoffen durften, sie blieben selbst davon verschont. Was derartige Begebenheiten anging, wurden die Leute offenbar von Zeit zu Zeit verwöhnt.

An einer der Uferböschungen nämlich, die die vielen Flüßchen und Bäche der Gegend säumten, hatte sich eine beträchtliche Menschenmenge gebildet, und Philipa fand, sie habe zwei Möglichkeiten. Entweder sie ging sofort zurück an ihre Arbeit, oder sie gesellte sich zu der sich stetig vergrößernden Gruppe, um herauszufinden, was dort zu sehen war. Zu ersterem hatte sie wenig Neigung, also entschloß sie sich zu letzterem. Immerhin würde sie den anderen dann etwas erzählen können, was nichts mit ihrem Auftritt zu tun hatte, und über den zu sprechen hatte sie keine Lust. Warum etwas zerreden, was ohnehin eine Einmaligkeit bleiben sollte.

Die Rücken standen dicht an dicht, weder Durchkommen noch Durchblicken war möglich. Gelächter brandete auf, begleitet von einem schrillen Quieken. Philipa bemühte sich erfolglos, zwischen den Schultern der vor ihr Stehenden vorbeizusehen, und beschloß dann, sich an den Rand der Gruppe zu begeben, wo sie einen Platz neben einem sehr streng riechenden Bettler fand, vermummt und verhüllt von Kopf bis Fuß.

»He, Weib, mach dich nich' so breit«, murrte er krächzend, selbst sein Gesicht war bedeckt von schmierigen Lumpen. Ob er dahinter überhaupt noch Luft bekam? Er war erstaunlich groß und breit, dieser Bettler, drängenden Mangel litt er offenbar nicht.

Philipa lächelte höflich, während sie versuchte, sich gleichzeitig dünner zu machen und einen besseren Aussichtspunkt zu ergattern. Der Bettler kam näher, und sie bemühte sich, nicht durch die Nase zu atmen.

»Laß doch die kleine Frau hier mal was sehen«, kam ihr einer der Schaulustigen zu Hilfe, er überragte sämtliche anderen mindestens um Haupteslänge und hatte es leicht, großzügig zu sein. Zuvorkommend rückte er ein Stück beiseite, ungeachtet der Tatsache, daß eine dicke Matrone dabei ins Straucheln kam und erstaunlich variantenreich ihren Unwillen über ihn ausschüttete. Es gab ein Geschiebe und Gedränge, der Bettler verschwand in der Menge, und Philipa hatte mit einem Mal ungehinderten Blick auf das Schwein, welches das Interesse der Zuschauer auf sich gezogen hatte. Und zwar, weil es am Fuß der Böschung stand, die Hinterbeine im Wasser, auf dem im Sonnenlicht glitzernd grüne Entengrütze schwamm, die Vorderbeine bis zum Bauch im Schlamm. Es kam nicht heraus und gab ganz gotterbärmliche Töne von sich, Philipa tat es leid. Und wenn man schon kein Mitleid für Gottes Kreatur in Nöten aufbringen konnte, so sollte man doch daran denken, daß diese Sau einen vortrefflichen Braten abgeben würde.

Der Besitzer des Schweins war offenbar zu ähnlichen Schlüssen gelangt, weshalb er sich zur Freude der Umstehenden und ganz gewiß nicht zu seiner eigenen auf den Weg machte, den Abhang hinunterzurutschen, um dem Tier auf die Sprünge zu helfen. In kürzester Zeit sahen sie sich erstaunlich ähnlich, was sowohl an dem Schlamm als auch daran lag, das der Mann ein rosiges Gesicht und eine einem Schwein durchaus vergleichbare Nase sein eigen nannte.

»Quiek mal, vielleicht versteht es dann besser, was du willst!« Eine schrille Frauenstimme, gefolgt von Gelächter, da sich die Sau nach Kräften zur Wehr setzte. Woher sollte sie auch wissen, ob sie gerettet oder zur Schlachtbank geführt werden würde.

»Fragt sich, wer hier wen schiebt.«

Schwein und Besitzer waren inzwischen in etwas eingetreten, was einem Ringkampf nicht unähnlich war. Der Hüne neben Philipa schob und drängelte, und Philipa hatte keine Lust, sich zerquetschen zu lassen. Gerade als sie den Mund öffnete, um ihn zurechtzuweisen, da verspürte sie einen derben Stoß gegen ihre Schulter, so heftig, daß sie taumelte, strauchelte und ausglitt. Für einen entsetzlichen Moment spürte sie, wie ihre Füße in dem allgegenwärtigen Schlamm rutschten und der steile Abhang näherkam, da sie ihn kopfüber hinabzustürzen drohte.

Ein Ruck, ein neuer Schmerz an ihrem Oberarm und ein

verschwommener Blick auf den Riesen, den sie gerade hatte maßregeln wollen.

»Kindchen, wohin so eilig?« Er lachte dröhnend und ließ dabei präzise vier Zähne sehen, zwei oben und zwei unten, was irritierend an ein Kleinkind erinnerte. Er stellte sie auf die Füße und ließ sie wieder los. »Warmer Wein is' gut, aber zuviel is' nich' gut, klar?« Nicht an ein Kleinkind erinnerten seine mächtigen Oberarme, er mußte Kräfte habe wie ein Ochse.

»Ich bin nicht betrunken«, versicherte Philipa etwas atemlos, der Schreck kam jetzt erst, nach dem Schock und nachdem sie wieder sicheren Boden unter den Füßen hatte.

Alles an ihm war irgendwie stärker und größer als bei anderen. Zum Glück auch sein Reaktionsvermögen. Ansonsten hätte der Stoß Philipa geradewegs in den Schlick und das eklige Wasser am Fuße der Böschung befördert.

Sie schauderte. Geistesabwesend versuchte sie, sich die schmerzende Stelle an der Schulter zu reiben, auf die sie der Schlag getroffen hatte. Was hieß schon Schlag. Ein Stoß war es gewesen. Möglicherweise. Oder auch nicht, warum auch. Vielmehr ein Versehen, eine Unachtsamkeit, Leichtsinn vielleicht. Was sonst? In größeren Menschenmengen passierte so etwas schon mal. Plötzlich hatte sie Heimweh nach ihrem Gauklerwagen. Egal, wie unsicher das Leben auf der Straße sein mochte, immerhin hatte er vier Wände und war bewohnt von Menschen, die ihr wohlgesonnen waren. Jedenfalls die meisten.

Gertrude ließ sich von dem Ast gleiten, von dem aus sie das Geschehen beobachtet hatte, und sprang direkt neben dem Bettler in eine Pfütze. Schmutziges braunes Wasser spritzte hoch und benäßte seinen Kittel, aber das konnte dessen Zustand nicht wirklich noch weiter verschlimmern.

»Du hast gesagt, du wolltest sie piesacken. Es war nicht die Rede davon, sie um die Ecke zu bringen. Sie hätte sich den Hals brechen können, wenn sie da runtergeflogen wäre!« zischte sie empört.

»Ach, was willst du. Fisch oder Fleisch? Man kann keinen schikanieren, wenn man ihn nicht schikaniert, ist doch logisch. Oder?«

»Ja, Mann. Man kann es allerdings auch übertreiben.« Gertrude hatte ein schlechtes Gewissen. Vielleicht war es doch nicht richtig gewesen, dem Fremden freie Hand zu lassen, als er ihr versprach, ihr zur Seite zu stehen. Es hatte sie befriedigt, sich vorzustellen, wie er Philipa quälen würde, denn das würde das Mädchen verjagen, bestimmt würde es das. Die war das harte Leben auf der Straße nicht gewohnt, da war sich Gertrude vollkommen sicher. Allerdings hatte sie nicht daran gedacht, sie zu töten, und der Stoß eben hätte übel enden können.

»Laß es. Laß es einfach. Ich hab' keine Lust mehr. Ich geh' meiner Wege, und du gehst deiner, in Ordnung?« Sie sah ihn unbehaglich von der Seite an.

Manfredus kratzte sich unter seinem schmierigen Kittel an der Brust. Welchem Getier der wohl eine Heimstatt bot? Zeit, sich umzuziehen, in seinem Kettenhemd fühlte er sich bedeutend sicherer. Außerdem war er möglicherweise tatsächlich ein bißchen übers Ziel hinausgeschossen. Andererseits würde Philipa so vielleicht erkennen, daß ihr Leben bei der Gauklertruppe nicht frei von Unwägbarkeiten und Gefahren war. Die Leute hier stellten nicht den geeigneten Umgang für eine Aichbergen dar, so zweifelhaft die auch sein mochte.

Aber von der häßlichen Zwergin würde er sich noch lange nichts sagen lassen. »Mal sehen. Halt dich bloß bedeckt, ist das klar?« Das fehlte noch, daß die ausplauderte, welcher Art ihre Verbindung war. Überhaupt würde er in Zukunft alleine arbeiten, es war idiotisch gewesen, sich an so eine zu binden. Getrieben von Rachegelüsten und jetzt von plötzlich aufwallendem Gemeinschaftsgeist, das konnte er nicht gebrauchen.

»Ja, ja«, murrte Gertrude. »Hau schon ab.«

Mit einem Ruck zog Manfredus die Kapuze von seinem Haupt und lächelte Gertrude böse an. Sie erschauderte. Wer eine solche Fratze hatte, war vielleicht vom Teufel gesandt. Und dem hatte sie sich anvertraut! Dem leibhaftigen Bösen! Vielleicht war es gut, auf dem Rückweg in der Kapelle vorbeizuschauen und Gott zu erklären, daß sie es so nicht gemeint hatte. Die anderen würden auch noch merken, daß sie sich Parasiten in den Pelz gesetzt hatten, die bei Spielleuten nichts zu suchen hatten. Philipa würde sie schon selbst loswerden, da brauchte sie diesen unheimlichen Vertrauten nicht.

Zurück beim Wagen, nahm Philipa still und leise und mit wackeligen Knien ihre Arbeit wieder auf. Die anderen waren alle schon da, und sie hatte keine Lust auf das muntere Geschwätz, welches unweigerlich anheben würde, erzählte sie, was ihr widerfahren war. Je nach Naturell würden die Reaktionen die gesamte Bandbreite von Spöttelei bis hin zu ernsthaften Ermahnungen abdecken, und dazu fehlte ihr die Kraft.

Nur Gertrude war beim Essen nicht da. Es störte niemanden weiter, nicht einmal Rainald, der sich zwar im Laufe der Zeit mit den speziellen Eigenheiten seiner Gattin achselzuckend abgefunden, andererseits aber gegen kleine Pausen ihrer Anwesenheit nichts einzuwenden hatte. Sie erschien erst, als die einfache Mahlzeit beendet war und sich Jann hohläugig in den Wagen zurückgezogen hatte, um seine Gliederschmerzen mit einem Schläfchen zu behandeln.

»Es ist noch ein Rest da, soll ich dir etwas auftun?« fragte Philipa. Ob sie Gertrude mochte oder nicht, schließlich gehörte sie zur Truppe. Auch wenn kalte Schinkeneier vermutlich nicht besonders gut schmeckten.

Gertrude antwortete nicht und ließ sich auf ihren Platz fallen.

»Gertrude?« Es wäre doch schade, die Reste in den Dreck zu kippen. Na ja, vielleicht doch nicht so schade.

»Hast du die Sprache verloren?« erkundigte sich Rainald bei seiner Frau.

Gertrude blickte ihn griesgrämig an. »Wieso? Hat einer was gesagt?«

»Ja. Ich.« Philipa bemühte sich um einen sachlichen Ton. »Ich wollte wissen, ob du den Rest des Essens haben möchtest, oder ob ich ihn wegwerfen soll.«

»Ach?« Gertrude setzte sich bequemer zurecht und blickte in die Runde, wobei sie es allerdings sorgfältig vermied, auch Philipa zu streifen. »Unsere Sängerin hat sich herabgelassen, uns andere mit einer kargen Mahlzeit zu verwöhnen?«

Einen Moment war alles still. Dann ergriff Philipa wortlos ihren Holzlöffel und begann die Schinkeneier, die zu einer häßlichen rosagelben Pampe zusammengeschnurgelt waren, bedächtig aus ihrer Eisenpfanne zu kratzen und in den Straßenstaub fallen zu lassen.

»He! Spinnst du? Ich wollte das noch essen!«

Philipa ließ sich nicht stören, aber Rainald erwiderte: »Hättest du dir eben früher überlegen sollen.« Er überlegte kurz, ob er es auf einen handfesten Streit ankommen lassen sollte, und fügte schließlich hinzu: »Es ist bestimmt noch Brot und Käse da. Oder, Philipa?«

»Ja. Und Schinken.« Philipa nickte und fuhr fort, die Pfanne zu reinigen, innerlich mit dem Gedanken beschäftigt, wie es möglich war, jemanden so heftig abzulehnen, wie sie Gertrude ablehnte. Im Grunde war sie noch schlimmer als Liutgard, der hatte sie wenigstens ausweichen können.

»Vielleicht darf man unserer Troubadourin ja nicht zumuten, sich der Mühe zu unterziehen, noch einmal tätig zu werden.« Gertrude zeigte ein ausgesprochen häßliches Grinsen, was ihre ohnehin nicht eben ansprechenden Züge auch nicht weiter verschönte.

Philipa blickte hoch. Logischerweise hatte sie nun zwei Möglichkeiten. Entweder sie tat so, als habe sie nichts bemerkt, und versorgte Gertrude mit Essen, so wie diese es verlangte. Sie konnte natürlich auch zeigen, daß sie sich von der Zwergin nicht auf der Nase herumtanzen ließ. Schlußendlich konnte sie auch noch hoffen, Gertrude stürze eines Tages vom Seil und brach sich den Hals. Diese Art frommer Wünsche gehörte sich allerdings nicht und sollte schnellstens zurückgedrängt werden. Philipa entschuldigte sich sofort bei der Jungfrau Maria und bat im Stillen um Nachsicht. Dann holte sie tief Luft und sagte so freundlich wie möglich: »Nimm es dir selbst. Meine Arbeit ist für heute getan.«

»Das sehe ich anders. Du hast uns zu beköstigen, das *ist* deine Arbeit. Und ich habe noch nichts bekommen.« Gertrude starrte sie mit funkelnden Augen an.

»Nein. Schließlich warst du nicht da. Wärest du rechtzeitig gekommen, hättest du mit uns essen können. So mußt du dich selbst darum kümmern.«

»Ich habe mir gleich gedacht, daß ihr feinen Schmarotzer irgendwann anfangen würdet, euch vor der Arbeit zu drücken.« Gertrude setzte sich gemütlich zurecht, sie schien sich auf einen längeren Wortwechsel einzustellen.

Philipa schnappte nach Luft. Weniger wegen des Schmarotzers als des fein. Sie hatte niemals geklagt, war sich für nichts zu schade gewesen und hatte zu keiner Zeit von irgend etwas gesprochen, was nichts mit ihrem direkten Leben bei den Spielleuten zu tun gehabt hatte. Wie also kam Gertrude auf fein?

Jetzt schaltete sich Rainald ein. »Es geht nicht darum, daß sie sich um irgend etwas gedrückt hat, sondern darum, daß du hier etwas hättest bekommen können, wenn du dagewesen wärest, was du aber nicht warst, und dann … ach was, das ist doch einfach zu blöd.«

»Typisch, daß du auf der ihrer Seite bist«, bemerkte Gertrude. »Vergiß nicht, du bist bloß ein Zwerg. So was mögen solche wie sie nicht. Außer denen, die sowieso einen dunklen Geschmack haben. Hast du das, Weib, ja?« Sie stieß herrisch mit ihrem Kinn in Richtung Philipas, die sie wortlos anstarrte und nicht wußte, wie sie die Situation beenden sollte. Schließlich konnte sie nicht die Flucht ergreifen, auch wenn das am einfachsten gewesen wäre. Und am angenehmsten. Aber ... niemals. Dann würde sie nie mit Gertrude fertig werden.

Rainald starrte seine Frau an, als fürchte er, jetzt sei sie wirklich übergeschnappt. »Ich habe nie, wirklich *nie* in irgendeiner Form ... also, das ist wirklich das Letzte, natürlich habe ich nicht ...«

Hanß brachte ihn mit einer Armbewegung zum Schweigen. »Das ist überhaupt nicht das Thema. Im übrigen geht niemandes Geschmack irgendwen anders außer ihm selbst etwas an. Hier geht es lediglich darum, ob Philipa für uns ein Wirtshaus betreibt, in dem jeder essen kann, wann es ihm beliebt, oder ob sie zweimal am Tag Mahlzeiten kocht, zu denen wir uns dann einfinden. Geschlossen einfinden.«

Natürlich ging es *nicht* nur darum, das war allen Anwesenden klar.

»Die will doch gar nicht kochen. Die will als Sängerin auftreten und uns die Drecksarbeit machen lassen.«

»Kochen ist keine Drecksarbeit«, bemerkte Petronella sanft.

»Sie will *nicht* als Sängerin auftreten«, meldete sich Gysela in scharfem Ton überraschend zu Wort. »Jann hat sie doch geradezu gezwungen.«

»Ach Gott, die Arme.« Gertrude lächelte spöttisch. »Tu doch nicht so, als hätte ihr der Applaus nicht gefallen.«

»Kannst du nicht auch mal etwas sagen?« wandte sich Rainald an Philipa.

»Ich will wirklich nicht als Sängerin auftreten.«

»Schade«, sagte Engelbert träumerisch. Das war derart unerhört, daß alle schlagartig verstummten.

»Was meinst du damit?« fragte Petronella vorsichtig.

»Hm?« Engelbert schaute sie mit seelenvollem Augenaufschlag an und zog sich in sein gewohntes Schweigen zurück.

»Na gut, sei es, wie es sei«, sagte Hanß ungeduldig. »Wo liegt eigentlich das Problem?«

»Eben«, Petronella lächelte liebenswürdig, »es gibt keins, Gertrude. Philipa will weder singen noch deinen Mann, sie will bloß, daß alle pünktlich zum Essen kommen, und wenn nicht, sich selbst etwas machen.«

Außerdem will ich diese dämlichen Feindseligkeiten nicht, dachte Philipa, doch sie hätte sich eher auf die Zunge gebissen, als es auszusprechen.

Gertrude sah in die Runde. Langsam dämmerte ihr, daß sie ziemlich alleine stand mit ihrer Ablehnung. Zumindest hatte Manfredus sich die Mühe gemacht, ihr Verständnis entgegenzubringen, auch wenn er unansehnlich und schaurig war. Dieses unangenehme Weib! Alle hatte sie auf ihre Seite gezogen, wirklich alle. Aber ewig würde sie nicht bei ihnen bleiben, die nicht, dafür würde sie schon sorgen. Zögernd stand sie auf.

»Ich habe Hunger. Wo ist denn das Brot? Und der Käse.«

Burg Borgewig

Winter 1253/1254

Elisabeth, Gräfin Borgewig, langweilte sich. Mit einem Ohr lauschte sie der Unterhaltung hinter sich, während sie bedeutend aufmerksamer dem bunten Treiben unten auf dem Marktplatz folgte. Sie konnte den ausführlichen Besprechungen des Turniergeschehens der letzten Sommermonate längst nicht so viel abgewinnen wie ihr Schwager Lambert, der sich mit seinem Freund Bligger von Tosshoen bereits den halben Vormittag diesem reizvollen Thema widmete.

Sie hielten sich jetzt seit einer Woche auf Bliggers Burg bei Kettwig auf. Einer reichlich verregneten Woche, so daß aus der Falkenjagd und aus lauschigen Ausflügen in die waldreiche Hügellandschaft ringsumher nicht viel geworden war. Dabei hatte sie sich so sehr auf ein bißchen Abwechslung gefreut, denn der Sommer war wenig ereignisreich gewesen, und nun lag der lange, öde Winter vor ihr. Der einzige Lichtblick war, daß Gottfried, ihr Mann, während der kommenden Monate nicht zu Hause sein würde.

»Ich sage ja immer«, hörte sie Bliggers wohlklingende Stimme im Hintergrund, »ohne einen anständigen Waffenmeister, der dich ausbildet, ist dein ganzes Talent nichts wert.«

Lambert seufzte still. Er selbst hatte keinen Waffenmeister zum Training zur Verfügung, den nahm sein Bruder stets mit auf seinen Reisen. Lambert mußte sich mit seinem Knecht begnügen. Es war in mancherlei Hinsicht beschwerlich, der jüngere Bruder zu sein. »Ohne Talent nützt auch der beste Waffenmeister nichts«, entgegnete er.

Männergeschwätz. Elisabeths Gedanken schweiften wieder ab. Weit unten inmitten der Häuser, die sich zu Füßen der auf einem Hügel liegenden Burg angesiedelt hatten, nahmen sich die Marktstände hübsch und bunt aus. Zwischen ihnen wuselten die Menschen umher, geschäftig und bestimmt gut gelaunt ihrem Alltag nachgehend. Offensichtlich wußten alle, was sie zu tun hatten. Alle außer ihr.

»Natürlich macht Erfahrung eine Menge wett«, hörte sie Lambert hinter sich.

»Aber klar doch.« Bligger lachte sein dröhnendes Gelächter. »Hilger hätte es aus dem Sattel gehebelt im Mai, wenn er nicht schon so viele Stunden beim Buhurdieren zugebracht hätte, darauf verwette ich meinen Arsch. Oh.« Anscheinend war ihm eingefallen, daß Damen anwesend waren. Elisabeth tat, als habe sie nichts gehört.

Ihr Blick wanderte in die Ferne, über das Dorf, über Felder, die sich in den langsam ansteigenden Hügeln verloren. Und über Wald, viel Wald. Er war noch grün, aber da und dort wurde das Dunkel aufgelockert durch gelbe und rote Einsprengsel. Der Herbst hatte mit Macht Einzug gehalten. Eine blasse Sonne stand hoch über ihnen und durchdrang zögerlich den hellen Himmel. Elisabeth kniff die Augen zusammen. Die Sonne war zwar schwach, blendete aber dennoch.

Bligger besann sich auf seine Gastgeberpflichten. »Elisabeth, es scheint, als habe das Wetter ein Einsehen. Laßt uns heute auf die Jagd gehen. Wer weiß, wie es morgen sein wird. Kann ich Euch überreden?«

»Bitte tu ihm den Gefallen«, warf Lambert ein. »Bligger brennt darauf, mit seinem neuen Falken anzugeben.«

»Mit dem brauche ich nicht anzugeben. Der steckt auch so alle eure müden Krähen mühelos in die Tasche.« Bligger grinste selbstgefällig, er war unbändig stolz auf den Vogel. Er stammte aus Sizilien, dem Heimatland des verstorbenen Friedrichs, und Bligger brüstete sich gerne damit, das Tier sei von des Kaisers eigenem Falkner abgerichtet worden. Ob das stimmte, wußte niemand, nicht einmal Bligger selbst.

Elisabeth nahm an, es stimmte nicht. Jetzt aber lächelte sie so liebreizend, wie sie konnte, und erwiderte: »Da wollen wir natürlich nicht konkurrieren, lieber Bligger. Aber selbstverständlich kommen wir trotzdem mit, nicht, Lambert?«

Lambert nickte. Er war nicht neidisch, sein eigener Vogel war gut genug, da ließ sich Gottfried nicht lumpen. Das Haus Borgewig sollte gut vertreten sein in Abwesenheit seines Herrn. Möge sie noch lange andauern.

Aus der Ferne ertönte der dumpfe Klang einer Trommel. Elisabeth wandte sich wieder dem Fenster zu. »Seht nur, Spielleute kommen in die Stadt!« rief sie entzückt.

Lambert schlenderte zu ihr hinüber und stellte sich hinter sie, um an ihrem Kopf vorbei durch das schmale Fenster zu spähen. Ihr Gebende war von einem leuchtenden, reinen Weiß und duftete schwach nach Rosen. Es war ein Jammer, daß Gottfried die Gaben seiner Gattin nicht zu würdigen wußte.

»Hübsches Bild«, bemerkte er und deutete mit einem Nicken auf die Szene unter ihnen. Ein Wagen von erstaunlichen Ausmaßen kam auf den Marktplatz gerumpelt, von einem gleichermaßen eindrucksvollen Pferd gezogen. Ihm voran schritt ein riesiger Kerl mit einer ebensolchen Trommel gemessenen Schrittes durch die Menschenmenge.

»Bei diesen Leuten scheint alles so ... überwältigend groß zu sein«, sagte Elisabeth. Es fehlte nicht viel, und sie hätte in die Hände geklatscht.

»Das würde ich so nicht sagen.« Lambert hatte einen Zwerg und eine Zwergin entdeckt, die tanzend und lustige Sprünge vollführend eine Runde um den Markt drehten.

»Akrobaten!« Jetzt klatschte Elisabeth tatsächlich in die Hände. »Wunderbar! Ich liebe Gaukler. Ich entsinne mich nicht, wie lange wir schon keine mehr auf der Burg hatten, weißt du es, Lambert?«

»Die sind ziemlich gut«, Bligger war jetzt ebenfalls zu ihnen getreten, »ich kenne sie. Vor ein paar Jahren hatte ich sie bei mir über Winter auf der Burg. Besonders der Anführer, Jann irgendwie, der hat was drauf. Guter Geschichtenerzähler und so. Kommt ihr?«

»Wohin denn?« fragte Elisabeth abwesend, sie konnte den Blick kaum abwenden. Gaukler, die durch die Lande zogen, kamen ihr wie der Inbegriff der Freiheit vor. Auch wenn sie theoretisch wußte, daß so ein Leben nicht immer leicht sein konnte. Aber wessen Leben war schon leicht.

»Zur Jagd, Elisabethchen«, Bligger bot ihr elegant den Arm, und es blieb ihr nichts anderes übrig, als ihn zu ergreifen. Tage, sogar Wochen war überhaupt nichts los und wenn, dann geschah alles auf einmal.

Lambert, der sie wie üblich auch ohne viele Worte verstand, flüsterte ihr im Hinausgehen zu: »Gaukler bleiben doch immer ein paar Tage, du wirst sie noch in voller Pracht erleben, das verspreche ich dir.«

Rainald versuchte den doppelten Salto, und er gelang. Hanß lief mit Gertrude auf den Schultern über das straff gespannte Seil, als habe es niemals Unsicherheiten gegeben. Minni stahl unbemerkt eine Wurst von einem der Marktstände, Philipa entwarf aus dem Stegreif ein neues Rezept für Gewürzbrote, und Gysela ohrfeigte einen der Dorfjungen, der ihr unbedingt einen Kuß abluchsen wollte. Engelbert lächelte träumerisch ins Nichts, während Jann sich mit Verve in eine Abenteuergeschichte stürzte, in der die züchtige und tugendhafte Heldin vom blendenden Heldentum ihres Anbeters derartig betört war, daß sie sich aufmachte, ins Kloster zu gehen, um ihren weniger keuschen Sehnsüchten nicht zu erliegen. Das Publikum litt mit und seufzte und war gebannt, kurz, die Erleichterung der Truppe, dem Regen und dem Schlamm der vergangenen Tage entronnen zu sein, manifestierte sich in einer

Glanzleistung, die das Volk zu begeistertem Applaus und immer wieder lautstark geäußerten Zugabewünschen hinriß.

Der Mann, der an Philipas Stand gelehnt aufmerksam Janns Heldengeschichte verfolgte, nahm ihr die Sicht. Aber natürlich kannte sie inzwischen den Ablauf der Auftritte zur Genüge, genau wie die Geschichten, die Jann erzählte. Wenn auch die Gefahren, die der Ritter heute zu bewältigen hatte, besonders grausam und blutrünstig waren und die Seufzer in der Brust der schönen Maid besonders tief empfunden. Ausnehmend gut gefiel Philipa die Stelle, als Jann Rosenblätter regnen ließ, damit der Fuß der Heldin weich aufsetzen konnte auf ihrem äußerst zögerlichen Weg zum Kloster. Vor welchem der Ritter wartete, zerschunden, zerschlagen, demütig, und um die Gunst der Dame bat.

»Ganz wunderbar«, sagte der Mann vor ihr und drehte sich halb zu Philipa um. »Hast du noch welche von den Zimtschleifen da?«

»Sind in Arbeit.« Philipa lächelte entschuldigend. »Dies ist ein hungriger Ort. Vielleicht mögt Ihr Mandelplätzchen? Oder darf ich Euch Safranbrötchen anbieten?«

Er drehte sich jetzt ganz um und sah sie aus grauen Augen aufmerksam an. »Wenn sie so gut sind wie die Zimtschleifen, gerne.«

»Ich bemühe mich«, Philipa reichte ihm lächelnd eines ihrer Brötchen hinüber, es war noch warm. Gerade richtig, um saftig und frisch zu schmecken. Sie selbst fand sie köstlich. Er offenbar auch, denn es war blitzschnell verschwunden.

»Er ist gut, euer Geschichtenerzähler«, meinte er und hielt ihr die Hand hin nach einem weiteren Brötchen.

»Ja, ich weiß. Aber Ihr solltet ihn erst einmal singen hören. Seine blühende Phantasie ist verbunden mit einer sehr wohltönenden Stimme, es ist wirklich ein Genuß.«

Lambert betrachtete sie wieder, für einen Moment vergaß er Jann und den Ritter, der sich anschickte, doch endlich den

Lohn für all seine Mühen zu erhalten. »Hm«, machte er undeutlich. Seltsames Mädchen, irgend etwas stimmte nicht mit ihr. »Der Geschichtenerzähler, er ist euer Anführer?« fragte er dann.

Philipa nickte, während sie mit geschickten Fingern kleine Brezelchen aus dem klebrigen Teig vor ihr formte. »Ja, das ist er wohl.«

»Ich möchte ihn sprechen, hilfst du mir?«

Philipa sah ihn an, eine hübsche, schmale Gestalt mit welligem blonden Haar, das gepflegt und glänzend auf seine Schultern fiel. Auf Schultern, die in einen Surkot aus sehr kostbarem leuchtendtiefblauen Samt gehüllt waren. Die Fibel, mit der sie unter dem Hals geschlossen war, bestand aus fein ziseliertem Gold. *Sehr* prächtig. Offenbar hatte sie es hier mit jemand überaus Vornehmem zu tun.

»Ihr seht nicht aus, als wäret Ihr sehr hilfsbedürftig, Herr.«

Er lachte. »Das täuscht, meine Schöne, das täuscht. Also. Du wirst mich nach der Vorstellung zu deinem Geschichtenerzähler führen. Warte hier auf mich.« Er warf ihr ein paar Münzen hin, reichlich für das, was er verzehrt hatte, und verschwand in der Menge.

Doch als Jann dann endlich lachend abwinkte und auf seinen heiser werdenden Hals deutend unter vielen Verbeugungen das Podest verließ, war der Fremde nicht da. Philipa sah sich um, zuckte dann mit den Achseln, beschied, auf schöne fremde Ritter wie ihn sei kein Verlaß, und schloß ihren Verkaufsstand. Sie hatte ohnehin keinen Teig mehr, und die restlichen Gebäckstücke wollte sie aufheben und unter den Gauklern verteilen, sie hatten es sich redlich verdient.

»Ha! Danke.« Jann verbeugte sich elegant vor Philipa. Beziehungsweise vor dem Korb mit ihren Leckerbissen. »Darf ich?«

»Natürlich.« So aufgekratzt hatte Philipa ihn selten erlebt. Jann griff in den Korb und nahm sich, was er fassen konnte, dann stopfte er sich ein ganzes Brötchen auf einmal in den Mund. Philipa schüttelte den Kopf. »Verschluck dich nicht.«

»Niemals. Jedenfalls nicht, wenn ich etwas Ordentliches zu trinken bekomme.« Er blickte sich suchend um.

»Hier.« Gysela, die schon seit einer Weile neben ihr stand, reichte ihm einen Krug und beobachtete fasziniert, wie er sich dessen Inhalt in einem Zug in den Hals schüttete.

»Das tut gut.« Jann wischte sich den Wein vom Kinn und schob den Hut in den Nacken, sein rotes Haar leuchtete in der untergehenden Herbstsonne. »So, ihr Lieben, ich glaube, wir haben es geschafft. Jedenfalls sind wir für morgen beim Grafen Bligger auf der Burg zu einem Festmahl geladen. Im kleinen Kreis. Wir essen und spielen dafür. Jedenfalls singen wir ein bißchen. Sozusagen als Kostprobe.« Er räusperte sich. »Ich und Petronella. Und du.«

»Nein.« Philipa schüttelte energisch den Kopf.

»O doch.« Jann Roedthaar strahlte sie an. »Wenn wir eine Kostprobe geben, sollen sie doch Geschmack auf mehr bekommen. Schließlich brauchen wir noch ein anständiges Winterquartier. Unsere Gruppe ist groß und hat viele Fresser. Das überlegt sich mancher Burgherr zweimal, ob er uns monatelang durchfüttern soll.«

»Kommt nicht in Frage.« Philipa dachte an den Blonden mit den durchdringenden hellen Augen.

»Pippa!« sagte Gysela leise und drängend. Sie hatte keine Lust mehr auf Fahrten durch den Schlamm. Und keine Lust auf Angst vor dem Morgen.

»Nein! Mache ich nicht.« Philipa ließ sich nicht erweichen. »Vielleicht denken sie dann, die Kostprobe steht für unser Angebot der nächsten Monate. Dann muß ich den ganzen Winter singen. Das will ich aber nicht.«

»Warum nicht?« ließ sich Petronella vernehmen. Irgendwie war plötzlich die halbe Truppe versammelt. »Vielleicht gewöhnst du dich dann daran.«

Sie wollte sich nicht gewöhnen. »Nein, habe ich gesagt. Ich backe für das Publikum und koche für euch alle, aber mehr mache ich nicht. Auf keinen Fall singen.«

»Wäre ein hübsches Bild«, sagte Hanß und fixierte Philipa mit seinen braunen Augen, die normalerweise nicht erkennen ließen, was er dachte. Heute allerdings schon. »Unsere dunkle Petronella an der Harfe und die helle Philipa daneben mit ihrer feinen Stimme. Dazu Jann mit der Laute? Oder Flöte? Oder singst du die zweite Stimme?«

Philipa sah ihn gequält an. Er ließ die Wirkung zu deutlich vor ihrer aller geistigem Auge entstehen, als daß sie noch viel Chance zur Gegenwehr gehabt hätte.

»Wunderbar«, sagte Jann denn auch begeistert und rieb sich die Hände. »Also abgemacht. Wenn du willst, können wir heute abend noch proben.« Er sah Philipa an.

»Das kannst du dir aus dem Kopf schlagen. Ich mache es nicht.«

Am Ende sang sie natürlich doch. Wie sollte sie sich auch durchsetzen, wenn alle außer Minni und Engelbert sie dazu drängten. Selbst Gertrude sprach ihr Mut zu. Auf ihre Weise, nämlich indem sie sagte: »Wenn du nicht mehr weiterkannst, täuschst du einfach einen Hustenanfall vor und trittst ab.« Wenigstens sie erwartete nicht mehr von Philipa, als sie zu geben imstande war.

Jedenfalls befand sich Philipa in der Abenddämmerung des Folgetages inmitten einer festlich geschmückten Halle und sang.

Es war fast wie früher. Nur die Perspektive eben eine andere.

Vor dem Eingang zu der prächtig geschmückten Halle traten sich die Bediensteten auf die Füße, schoben und drängten sich, und die Knappen, welche die Handbecken trugen, hatten Mühe, kein Wasser zu verschütten. Dann öffnete sich die Tür, der Tosshoensche Truchseß erschien und winkte den Zug voran. Erst kamen die silbernen Handbecken zusammen mit den seidenen Handtüchern, dann trugen sie die duftenden dicken Bienenwachskerzen hinein, und dahinter schritten schon die Gaukler. Diese wiederum wurden angeführt von Minni, dem strengstens eingeschärft worden war, er müsse draußen bleiben, doch es hatte nichts genutzt. Es war allerdings egal, denn in der Halle tummelten sich auch noch andere Hunde, und so fiel er nicht weiter auf. Jedenfalls nicht, solange er sich mit niemandem anlegte, aber Philipa hoffte das Beste. Was blieb ihr auch anderes übrig.

Der Saal war größer und bedeutend prunkvoller, als sie es von der Aichbergen-Burg kannte, und die Menschen, die ihn bevölkerten, waren auch besser gekleidet – und zwar sowohl der Gastgeber und seine Gäste als auch die Bediensteten. An den Wänden zeigten Wandteppiche deftige Jagdszenen, sie schimmerten golden im Licht zahlloser Kerzen, die in zwei mächtigen Kronleuchtern steckten. Darunter war eine kleine Festgesellschaft versammelt, nur der Hausherr mit ein paar wenigen Gästen, es waren bestimmt nicht mehr als zwei Dutzend, die links und rechts neben ihm entlang der Tafel Platz genommen hatten. Neben Bligger saß auf der einen Seite eine Dame in einem kostbar bestickten rubinroten Surkot und auf der anderen der schöne Blonde, der Philipas Brötchen so gemocht hatte. Er suchte ihren Blick, aber Philipa weigerte sich, dies zur Kenntnis zu nehmen.

Jann, Petronella und Philipa schritten in die Mitte des Saales und verbeugten sich ehrerbietig in Richtung des Burgherrn. Dieser hob seinen silbernen Becher und prostete Jann zu, die Gespräche an den Tischen erstarben langsam, es wurde still.

»Laß hören, Gaukler! Ich habe wunderschöne Gäste«, Bligger verbeugte sich knapp zu der Dame an seiner Seite, die lächelnd das Haupt senkte, »und kluge Köpfe in meinem Heim zu verwöhnen.« Er beugte sich zu dem Blonden, aber dieser verzog nur kurz die Mundwinkel. »Spiel also auf und sorge dafür, daß sie sich allesamt prächtig unterhalten.« Er reichte seinen Becher ohne hinzuschauen nach hinten und bekam ihn sogleich geflissentlich mit funkelndem roten Wein erneut gefüllt.

Auch Elisabeth, die noch kaum an ihrem Wein genippt hatte, bekam nachgeschenkt. Offenbar waren die Pagen und Knappen angehalten, sie gut zu versorgen. Während jetzt die einheitlich in Rot und Blau, den Farben Bliggers, gekleideten Diener üppig belegte und garnierte Platten mit dem Festschmaus hereintrugen, begannen die drei Musikanten zu spielen. Eine Harfe, eine Flöte, eher zarte Töne, die im geschäftigen Betrieb des Vorschneidens und Zerlegens von Fleisch und Fisch fast untergingen.

Dann hob Bligger erneut seinen Becher, das Mahl begann, und die Spielleute taten das, wofür sie bezahlt wurden: sie spielten. Es war wirklich hübsch. So unterschiedlich sie aussahen, so verschieden waren sie in ihrem Temperament. Dunkel und graziös die eine, goldschimmernd und zurückhaltend die andere, jede auf ihre Art ein Kontrast zu dem springlebendigen flammendroten Mann, der den Takt angab. Elisabeth ließ sich ein kleines Löffelchen Würzpaste zu ihrem gebratenen Fasan geben und winkte dann ab. Erfahrungsgemäß waren die Festmahle bei Bligger noch üppiger als überall sonst, und heute morgen hatte sie bereits die Schnürung ihres Surkots etwas lockern müssen, damit sie sich nicht zu beengt fühlte. Wenn Gottfried nicht daheim war, führten sie auf Burg Borgewig eine eher bescheidene Tafel, doch langsam begann ihr das viele Essen auf die Nerven zu gehen.

Die Spielleute wechselten fröhliche mit getragenen Weisen ab und bewiesen ein gutes Gespür für die Dramaturgie. Bei den Fleischgängen sangen sie von Abenteuern und heldenhaften Rittern, während des in einer Ingwer-Wein-Sauce schwimmenden Lachses und Goldmilch mit Krebsen und Lauch erzählten sie von einem Seeungeheuer und seiner lieblichen Meerjungfrau, und als die Süßspeisen serviert wurden, sangen sie zweistimmig zarte Weisen von hingebungsvoller, sehnsüchtiger Liebe.

Elisabeth ließ sich ein zweites Mal von dem Mandelpudding mit Weinbeeren geben und dachte über die Torheit der Jugend nach, die die Lieder der Troubadoure für bare Münze nahm und erst erwachte, wenn sie feststellte, zu einem Spielball geworden zu sein in einem Spiel, bei dem sie selbst keinen Zug machen durfte. Rund oder mager, im Grunde konnte es ihr egal sein, sie winkte dem Pagen und ließ sich ein Pastetchen mit dickem, süßbitterem Quittenmus auflegen. Es gab weiß Gott keine Veranlassung, sich für Gottfried schlank und schön zu halten. Der würdigte sie ohnehin nur eines Blickes, wenn er sie beschimpfen konnte. Wenn er sie schlug, sah er dagegen nicht so genau hin, es war ihm egal, wohin er traf.

Pflichtschuldig tat sie so, als lausche sie andächtig den Worten Bliggers zu ihrer Rechten und denen eines seiner Lehnsmänner zu ihrer Linken. Sie nickte, lächelte unbestimmt und hing ihren Gedanken nach. Ab und zu warf sie einen Blick auf Lambert, der wie stets gänzlich gelassen wirkte und sich insgeheim bestimmt königlich amüsierte. Zu seinen Füßen hatte sich ein riesiger, struppiger Hund niedergelassen, den er mit allerlei Knochen und fettigen Fleischbrocken fütterte. Das Tier schien nicht die Absicht zu haben, Lambert so bald wieder zu verlassen. Nun lächelte Elisabeth ehrlich. Lambert mochte Hunde, das spürten sie und mochten ihn auch. Er mochte Hunde und Kinder. Und Frauen. Es war an der Zeit, daß er um ein hübsches Mädchen freite. Natürlich war es schwierig für ihn, ohne Land und ohne großes Vermögen. Auch ohne den Antrieb, sich beides im Dienste eines Lehnsherren zu erwerben. Er blieb lieber auf seiner Heimatburg, verwaltete den Besitz seines Bruders und lebte in den Tag hinein. Allerdings nicht ohne dann und wann heftig mit seinem Schicksal zu hadern. Dann wurde er griesgrämig und übellaunig und schwierig im Umgang. Ein Borgewig, wie er leibte und lebte.

Elisabeth ergriff ihren funkelnden Becher und hob ihn in Richtung einer der Damen, die seit einiger Zeit versuchte, ihre Aufmerksamkeit zu erregen, und winkte sie zu sich heran. Ein Weibergespräch wäre einmal eine willkommene Abwechslung zu den Männerthemen, die sich allesamt ums Kämpfen, um Geld und um politische Verwicklungen drehten. Nicht, daß diese Dinge unwichtig gewesen wären oder uninteressant, aber keiner der Männer ging davon aus, daß sie etwas dazu zu sagen haben könnte, und so hörte auch niemand zu, wenn sie ihre Meinung kundtat. Also war sie zu schweigendem Zuhören verdammt. Und das war langweilig.

»Setzt Euch ein wenig zu mir, liebe Margerita«, sagte sie und legte ihre zarte weiße Hand auf den Arm ihres Tischnachbarn. »Heinrich, seid mir nicht böse, aber würdet Ihr Platz machen für Margerita?«, woraufhin dieser nickte und ganz tat, wie es sich gehörte, als würde es ihm nichts ausmachen, von seinem Sitz verbannt zu werden.

Wie um den letzten Wochen hohnzusprechen, schien die Sonne warm vom späten Oktoberhimmel, es war eine einzige Wohltat. Jann hatte sich ein ruhiges Plätzchen an einem Bach gesucht, und dort saß er nun und schnitzte ein Pferdchen für den Sohn des gräflichen Stallmeisters. Er konnte so etwas gut, das Tier warf die Hufe, als liefe es im vollen Galopp. Der Stallmeister war ein netter Kerl, er hatte extra frisches Stroh aufschütten lassen für das Lager der Spielleute und seinen älteren Sohn angewiesen, Herkules mit allem zu versorgen, was Pferde glücklich werden läßt. Nun ja, mit fast allem. Zumindest mit dem, was man fressen konnte.

Auf einem Stein in einiger Entfernung hockte eine große smaragdgrüne Eidechse und sonnte sich. Offenbar hatte sie sich zu der Auffassung durchgerungen, von Jann ginge keine Gefahr aus. Dem war auch so, denn er bewunderte zwar ihre leuchtende Farbe, interessierte sich ansonsten jedoch nicht weiter für sie. So saßen sie einträchtig beieinander, beide mit Wärmetanken beschäftigt und eins mit sich und der Welt.

Jann war zufrieden, es sah gut aus für ihn und die Truppe, Bligger war sehr angetan gewesen. Auch von Philipa, aber das hatte er ihr nicht erzählt. Warum die Pferde scheu machen, er würde sie schon noch überreden, ihre Auftritte regelmäßiger werden zu lassen. Vielleicht zuerst nur bei besonderen Gelegenheiten. Festlichkeiten, Feiertagen und so weiter. Oder sollte er vielleicht einen kleinen Stimmbandkatarrh bekommen? Schließlich war sie schon ein paar Mal eingesprungen, wenn er krank oder sonstwie verhindert gewesen war. Mit der Zeit würde sie sich schon daran gewöhnen und sich immer weniger sträuben, da war er sicher. Philipa war eine pflichtbewußte junge Frau, die kniff nicht, wenn Not am Mann war.

Er widmete sich sehr sorgfältig den geblähten Nüstern des Pferdchens, es sollte so aussehen, als würde es schnauben. Aus den Augenwinkeln nahm er wahr, wie mit einer blitzschnellen Bewegung die Eidechse von ihrem gemütlichen Stein verschwand, er hätte nicht einmal sagen können, in welche Richtung, so hastig ging das vonstatten. Ein paar Atemzüge später hörte er Schritte hinter sich. Eidechsen hatten wohl eine bessere Wahrnehmung als Menschen.

»Ein sehr angenehmes Plätzchen hast du dir da ausgesucht.«

Jann sah hoch und erblickte einen der Tosshoenschen Gäste. Einer von den *wichtigen* Gästen, denn er saß meistens neben Bligger oder zumindest recht nahe bei ihm. Ein Mann von Stand. Und mit Vermögen. Offenbar mit einem ziemlich großen Vermögen, denn er war stets erlesen gekleidet. Die Dame, mit der er hier war, war nicht seine, soviel hatte Jann schon mitbekommen.

»Ja«, bestätigte er schlicht, schließlich wußte er nicht, ob der andere ein Gespräch wünschte. Bei den Edlen konnte man die seltsamsten Dinge erleben, und Jann hatte eigentlich keine Lust, sich eine blutige Nase zu holen. Obwohl das Philipas Bereitschaft steigern würde, aufzutreten. Er grinste in sich hinein.

»Ich möchte dich sprechen«, sagte der Blonde, blickte sich suchend um und ließ sich dann auf dem Stein nieder, auf dem zuvor die Eidechse gesessen hatte. Er sah ihr irgendwie ähnlich, denn sein Surkot war von einem satten dunklen Grün, an Halsausschnitt und Ärmeln mit Goldfäden bestickt, die in der Sonne glänzten.

»Ihr wollt mich sprechen, Herr? Worüber könnte das wohl sein?« Jann blickte nicht auf, er war eifrig mit der Mähne seines Pferdchens beschäftigt.

»Hübsch, das Tierchen«, bemerkte der Mann.

»Danke, Herr.« Jann ließ sich nicht in seiner Arbeit beirren. Offenbar wollte der andere etwas von ihm und nicht umgekehrt.

»Ich habe gehört, daß Bligger euch eingeladen hat, den Winter auf Tosshoen zu verbringen.«

»Ja. Das stimmt.« Ein paar Späne flogen in Richtung des vornehmen Gewandes. Der Grüne wischte sie mit einer lässigen Bewegung beiseite.

»Ich möchte euch abwerben«, bekundete er dann.

Das war gut. Jann schnitzte eifrig weiter. Zwei Interessenten waren sogar sehr gut. »Warum sollte ich mich abwerben lassen?« fragte er unbestimmt in die frische Oktoberluft hinein.

»Nun, zum Beispiel, weil ich mich großzügig zeigen würde.«

»Ach, großzügig ist Graf Bligger auch. Wir waren schon einmal einen Winter hier, wißt Ihr, und hatten keinen Grund zur Klage.«

»Wenn ihr schon einmal einen Winter hier gespielt habt, ist das nur um so mehr ein Grund, eure Künste an einem Hof zu zeigen, der sie noch nicht kennt. Könnte es dich überzeugen, wenn ich dir sage, daß ich in Wahrheit meiner Schwägerin Elisabeth von Borgewig eine Freude machen will? Sie wäre entzückt, wenn du und deine Truppe ihr die Wintermonate erhellen würdet.«

»Hm.« Irgendwo in ihrer Nähe gab ein Fasan sein merkwürdiges Knattern von sich, als Gesang konnte man es wohl schlecht bezeichnen. »Ich möchte Graf Bligger nicht verärgern.«

»Ach, das übernehme ich. Ich erkläre es ihm schon. Er ist Gräfin Elisabeth sehr ergeben und wäre bestimmt nicht abgeneigt, ihr eine Freude zu bereiten.«

»Tja, ich muß das überlegen«, das Pferdchen bekam noch eine Decke geschnitzt, »und ich müßte mich natürlich mit meiner Truppe besprechen.« Es war wohl an der Zeit, zur Sache zu kommen. »Was könntet Ihr uns denn anbieten, daß es sich lohnt, Graf Bligger vor den Kopf zu stoßen?«

»Kost und Logis natürlich.«

»Kost und Logis bekommen wir auf Tosshoen auch.«

»Ich meinte, Logis in Kammern. Nicht im Stall.«

Das war nicht schlecht. »Ach, ich weiß nicht«, sagte er allerdings zweifelnd und krauste die Stirn, »ein Stall tut's auch, wir sind es gewöhnt.«

»Natürlich.« Lambert nickte. Schließlich sah der Rothaarige nicht dumm aus, wieso sollte er es dann sein. Außerdem schadete es nichts, großzügig zu verhandeln, es war schließlich Gottfrieds Geld. »Wie wäre es mit einer Garnitur Winterkleidung für denjenigen von euch, der es nötig hat?«

Jann wiegte bedächtig den Kopf hin und her. »Darüber könnte sich reden lassen. Wir sind zur Zeit etwas knapp ausgestattet, da kämen uns wärmere Sachen gelegen.«

»In Ordnung. Warme Kleidung für jeden von euch.«

»Einverstanden. Und Ihr sprecht mit Graf Bligger, daß er uns nicht gram ist. Vielleicht könntet Ihr ihm verdeutlichen, daß wir sehr gerne im nächsten Winter zu ihm kämen?«

Lambert lachte. »Du hast noch nicht überlegt, ob du nicht lieber Händler werden solltest als Spielmann? Ich bin sicher, du wärest äußerst erfolgreich.«

Jann grinste ihn an. »Vielleicht denke ich einmal darüber nach, Herr.«

»Hier auf Tosshoen wissen wir genau, was wir haben.« Petronella wiegte zweifelnd den Kopf hin und her.

»Wir kennen diesen Lambert oder wie der heißt doch gar nicht. Wer weiß, ob er hält, was er verspricht«, sekundierte Gertrude.

»Ach was, der ist ein Ehrenmann, da bin ich sicher.« Jann winkte ab.

»Aber Graf Bligger führt ein gastfreies Haus, da werden wir viel Publikum haben. Wir wissen doch gar nicht, wie es bei diesen Borgewigs ist.« Petronella ließ sich nicht so leicht überzeugen.

»Das ist ein Gegenargument, liebe Petronella«, warf Hanß ein. »Je mehr Leute uns hier sehen, um so weniger werden uns im nächsten Frühling auf ihrer eigenen Burg haben wollen, da der Reiz des Neuen fehlt.«

Philipa dachte an das zarte Gesicht der Gräfin mit den melancholischen Augen. Sie wirkte, als könnte sie ein wenig Ablenkung durchaus gebrauchen. Dann und wann bildete sich eine steile Falte zwischen ihren Augenbrauen, die aussah, als sei sie schon viel zu oft da gewesen.

»Ich weiß nicht, wieso ihr euch sträubt«, Jann war wirklich überrascht. »Stellt euch doch einmal vor: Winterkleidung für *alle*. Das ist nicht schlecht. Und hungern tun die auch nicht, habt ihr gesehen, wie sie ausstaffiert sind, der Lambert und seine Schwägerin? Die führen keine armselige Burg.«

»Was ist eigentlich mit dem Grafen? Ich meine dem Ehemann?« fragte Roland.

Jann zuckte mit den Schultern. »Keine Ahnung. Nicht da, glaube ich. Jedenfalls war nie von ihm die Rede.«

Vielleicht war das der Grund für Elisabeths gedämpfte Ausstrahlung. Möglicherweise vermißte sie ihn. Philipa tat sie leid.

»Ich fände es nicht schlecht, einmal wieder in einer Kammer zu schlafen«, ließ sich Gysela vernehmen, sie sah nicht ein, warum sie das nicht zugeben sollte.

»Ja, das dachte ich mir, daß euch Frauen das gefallen könnte.« Jann klopfte ihr auf die Schultern, weit davon entfernt, gekränkt zu sein.

»Wo liegt sie denn, die Burg Borgewig?« fragte Philipa.

»Ich glaube, so ungefähr eine halbe Tagesreise nördlich von hier.« Jann machte eine reichlich unbestimmte Bewegung in die angegebene Richtung.

»Da wird's schon flacher«, meldete sich Bruno unerwartet zu Wort. »Wir kämen im Frühjahr gut von dort weg.«

Das stimmte.

»Ich finde, die Gräfin sieht aus, als könnte sie ein bißchen Aufmunterung gebrauchen.« Philipa konnte einfach nicht damit hinterm Berg halten.

»Pah! Wir sind doch nicht für das Wohlbefinden von Leuten zuständig, die sowieso keine Sorgen haben!« schnaubte Gertrude.

Keine Sorgen, wenn die wüßte. Was stellte sich Gertrude eigentlich vor, wie es den Menschen auf so einer Burg erging? Daß ihnen alles in den Schoß fiel? Daß sie keine Probleme mit Abhängigkeiten und Bündnissen hatten, die eingefordert wurden, auch wenn sie es nicht wollten? Philipa schwieg.

»Wieso eigentlich nicht?« fragte Petronella versonnen. »Gaukler sind doch dazu da, die Leute zu erfreuen. Sie auf andere Gedanken zu bringen, abzulenken. Warum nicht von ihren Sorgen abzulenken?«

Gertrude zog ein mißmutiges Gesicht, antwortete aber nicht.

»Die sind bestimmt nett«, meldete sich Roland zu Wort. »Der Lambert hat die ganze Zeit Minni gefüttert. Das hätte er doch nicht getan, wenn er nicht großzügig wäre.«

Minni, der sofort verstanden hatte, daß es irgendwie ums Fressen ging, setzte sich erwartungsvoll auf.

»Also Leute, macht es nicht so kompliziert. Bligger hat akzeptiert, daß wir erst im nächsten oder übernächsten Winter zu ihm kommen. Das ist gut, denn dann haben wir bereits Aussichten für das kommende Jahr. Im Sommer bleiben wir dann mehr hier in der Gegend oder ziehen weiter in den Norden, da waren wir noch nie, wär' doch auch nicht schlecht. Ich möchte Lambert erklären, daß wir zusagen.« In Wahrheit hatte Jann das längst getan und hoffte nun, daß sie jetzt aufhören würden, sich dagegen zu sträuben, er kehrte nicht gerne den Autoritären heraus. Gaukler waren eigenwillige Leute, die bestimmten gerne selbst.

»Ich bin dafür«, sprang ihm Philipa bei.

»Ich auch«, zirpte Gysela.

»Ich auch«, meinte Hanß, und irgendwie schien das den Ausschlag zu geben.

Jedenfalls rumpelten sie eine Woche später in Richtung Norden, dem Winter und einer unbekannten Burg entgegen.

Die Gegend wurde wirklich langsam flacher, da hatte Bruno recht gehabt, und sie kamen gut voran, wenn auch der Wagen schwerfällig war und ihr Tempo sehr gemächlich. Sie waren schon in den allerfrühesten Morgenstunden aufgebrochen, beim ersten Tageslicht, und der sich nur langsam erhellende graue Himmel ließ bereits die Frühnebel des hereinbrechenden Winters erahnen. Lambert und die Gräfin würden ihnen einen halben Tag später folgen, um dann zu ihnen zu stoßen, und gemeinsam mit ihnen die Burg erreichen.

Sie waren länger als eine halbe Tagesreise unterwegs, fast bis zur Abenddämmerung, denn kurz nach den Mittagsstunden veränderte sich die Landschaft erneut. Sie wechselte über zu Steigungen, die dem armen Herkules schwer zu schaffen machten und sie zwangen, allesamt neben dem Wagen herzugehen, damit er etwas Last verlor. Bergab mußten sich Jann, Bruno und Roland hinten an den Wagen hängen, um ihn zu bremsen, während Philipa und Petronella Herkules führten.

»Hoffentlich sind wir bald da«, schnaufte Jann und wischte sich den Schweiß von der Stirn, als sie einen Hügel auf einem besonders krummen und unebenen Pfad heruntergeschliddert waren.

Minni blieb stehen, drehte sich um und stellte die Ohren aufmerksam nach vorne. Dann bellte er kurz auf.

»Was ist los, Hund?« fragte Jann und tätschelte ihm das dichte Fell.

»Ich glaube, da hinten kommen sie. Minni hat sie gehört.« Roland verstand Minnis Äußerungen immer und meistens sogar richtig. So auch jetzt, denn nach einer Weile vernahmen sie in der Ferne Hufgetrappel, und nur kurze Zeit später tauchten Lambert, Elisabeth und ihre Begleiter auf der Hügelkuppe auf.

»Ihr seid gut vorangekommen«, begrüßte Lambert sie, als er neben ihnen anhielt, sein Pferd war schweißbedeckt, offenbar waren sie scharf geritten.

Elisabeth schloß zu ihm auf, die Wangen zart gerötet und mit strahlenden Augen, offenbar hatte sie gegen einen munteren Ritt nichts einzuwenden. »Wir bleiben jetzt bei euch, ich denke, das letzte Stück sollten wir in aller Ruhe zurücklegen. Einverstanden, Lambert?«

Dieser nickte und klopfte seinem nervös tänzelnden Gaul den Hals. »So, ruhig jetzt. Benimm dich. Ich reite voran.«

Burg Borgewig lag gut gesichert vor einer unüberwindlichen Felsenwand auf dem Vorsprung einer Hügelkette, welche fast senkrecht abfiel und von angreifender Reiterei nicht genommen werden konnte. Es gab nur einen Zugang über eine ebenfalls recht steil ansteigende und ziemlich enge Zufahrt, und Bruno geriet ziemlich ins Schwitzen. Ganz zu schweigen von Herkules. Und allen anderen, die befürchteten, er könne das unmöglich schaffen. Aber das Pferd machte seinem Namen alle Ehre, und nach einiger Zeit standen sie schweratmend und erleichtert im Burghof, hinter sich die von zwei Ecktürmen gesicherte Schildmauer, deren Durchfahrt auch sogleich geschlossen wurde.

»Mama!«

Ein Mädchen rannte ihnen über den buckeligen Hof entgegen, gefolgt von einem etwas älteren, welches sich um einen gemesseneren Schritt bemühte, sich jedoch ebenfalls kaum zügeln konnte. Elisabeth sprang von ihrem Pferd, sank auf die Knie und breitete die Arme aus. »Kommt her, meine Süßen!«

Beide Kinder warfen sich in ihre Arme und versuchten gleichzeitig, das Gesicht ihrer Mutter mit Küssen zu bedecken, schoben und drängelten, daß sie Elisabeth fast dabei umwarfen.

»He, ihr Rabauken! Freßt sie doch nicht auf! Einer nach dem anderen.« Lambert schnappte sich eines der Mädchen, es war das größere, und schwang es in die Luft. »Willst du nicht deinen armen alten Onkel begrüßen?«

»Laß mich runter!« quietschte sie entzückt.

Philipa bemerkte, daß Gysela sich wegdrehte und Roland sich angelegentlich am Halfter von Herkules zu schaffen machte. Es war nicht einfach, eine zärtliche Mutter zu verlassen. Ihr war es da schon leichter gefallen, es gab wenig zu vermissen. Sie seufzte ein bißchen.

»Wer sind die denn alle, Onkel Lambert?« fragte die Kleine auf seinem Arm und kraulte ihm dabei vertrauensvoll die blonden Locken. Es schien ihn nicht zu stören. Offensichtlich verlor er viel von seiner Kühle, wenn er mit seinen Nichten zu tun hatte.

»Besuch«, erklärte er und stellte das Kind auf den Boden. »Puh, bist du schwer. Ich glaube, du wirst bald erwachsen, was?« Er wies mit einer ausladenden Geste auf die große Gruppe vor ihm. »Das sind Spielleute, die bleiben bei uns über den Winter, was hältst du davon? Sie erzählen Geschichten und machen Musik. Und backen können sie auch.«

Er blickte Philipa an, und sie drehte sich schnell weg. Sie wollte keine Aufmerksamkeiten von irgendwelchen feinen Herren, wohin das führen konnte, wußte sie nur allzu gut. Und enden wie Barbara würde sie nicht. Auf keinen Fall. Sie liebte ihre Geschwister, sogar sehr, aber sie hatte nicht vor, irgendwessen Bastarde in die Welt zu setzen. Es war genug Aichbergenblut in ihr, um ein Gefühl für Ehre zu haben, soviel war sicher.

»Backen kann Hiltrud auch«, erklärte das Kind. Hiltrud war offenbar die Köchin der Burg.

»Tja, Brigida, sie sind natürlich auch nicht wirklich zum Backen hergekommen, sondern zum Gaukeln, da hast du natürlich recht.«

»Können sie auch so … ich weiß nicht, wie das heißt, springen und sich dabei kugeln? In der Luft, meine ich?«

»Salto heißt das«, Roland hatte seine Scheu wie üblich schnell aufgegeben und klärte sie auf. »Klar können wir das.«

Wir, aha, dachte Philipa.

Auch Rainald hatte die beiden gehört. Er sprang rasch einen Handstandüberschlag und dann einen halben Salto, zu mehr war im Moment kein Platz, da sich die halbe Burgmannschaft auf dem Hof drängelte. »Extra für Euch, Herrin«, sagte er und verbeugte sich tief und immer tiefer, bis seine Stirn den Boden berührte.

Brigida lachte entzückt und klatschte in die Hände. »Wie wunderbar! Kannst du mir das beibringen?«

Rainald grinste. »Bestimmt, wenn Ihr Euch anstrengt. Ich bezweifle aber, daß Eure Mutter damit einverstanden ist.«

»Wir brauchen es ihr ja nicht zu verraten«, flüsterte Brigida verschmitzt. »Obwohl Lügen ja böse ist. Ist es eine Lüge, wenn man etwas nicht sagt? Ich meine, statt etwas Falschem?«

»Ich bin ein einfacher Gaukler, kleine Herrin«, flüsterte Rainald zurück. »Solche schwierigen Fragen kann ich Euch nicht beantworten. Da müßt Ihr Philipa fragen, die ist schlauer als ich.«

Judith blickte sich suchend um. »Welche ist es denn?«

»Da drüben, die mit dem Honigkopf.«

Brigida kicherte. »Honigkopf? Was meinst du denn damit? Ist der so klebrig?«

»Das will ich doch nicht hoffen!« Rainald winkte entsetzt ab und machte vor lauter Schreck einen Salto rückwärts. »Nein, aber wenn die Sonne auf ihr Haar fällt, schimmert es wie dicker Lindenblütenhonig. Ein bißchen golden, ein bißchen rötlichbraun. Jetzt sieht man es natürlich nicht.«

»Klar. Die Sonne scheint ja nicht«, bemerkte Brigida verständig.

»Genau, kleine Herrin. Aber morgen, oder jedenfalls an einem Tag, an dem die Sonne scheint, müßt Ihr einmal darauf achten. Da seht Ihr es bestimmt.«

»Rainald. Ich habe das merkwürdige Gefühl, du tuschelst über mich«, Philipa trat lächelnd näher. »Und Ihr, kleines Fräulein, glaubt am besten kein Wort von dem, was er über mich sagt.«

»Das muß ich mir noch überlegen«, erwiderte Brigida spitzbübisch, und Rainald breitete in einer großartigen Geste die Arme aus.

»Ich versichere dir, Philipa, alles was ich sage, ist die lautere Wahrheit. Sie fließt mir wie Honig über die Zunge.«

Philipa wunderte sich, warum Brigida in solch ein mitreißendes Gelächter ausbrach.

»So, da wären wir.« Der Truchseß von Burg Borgewig stieß eine schmale Tür auf und wies Philipa und Gysela mit einer fast galanten Bewegung in den kleinen Raum, der dahinter lag. Sie befanden sich im obersten Geschoß des Wohnturmes, der schmucklos und sehr wehrhaft an die Felswand gebaut war, flankiert von einer Kapelle, an die sich ein Gebäude anschloß, in dem die Familien der Borgewig verpflichteten Ritter lebten, und auf der anderen Seite von den Wirtschaftsgebäuden und Stallungen.

Gysela trat ohne viele Umstände mitten in den Raum und drehte sich einmal um sich selbst, daß sich ihre alte, abgenutzte Cotte blähte. »Der ist für uns ganz alleine?«

Der Truchseß, Dittrich war sein Name, lächelte sie breit an. »Klar. So hat es doch die Gräfin befohlen, oder irre ich mich da?«

Gysela lächelte auch, und zwar mit dem ganzen Liebreiz und der Unbefangenheit ihrer zwölf Jahre. »Bestimmt nicht. Es ist wunderbar, vielen Dank.« Sie lief zum Fenster. »Oh, Philipa, man kann die ganze Welt sehen!«

Dittrich wandte sich geschäftig ab, er hatte viel zu tun so kurz nach der Ankunft seiner Herren. »Jetzt lasse ich euch alleine. Wenn ihr etwas braucht, könnt ihr jederzeit danach fragen.«

Nachdem die Tür ins Schloß gefallen war, winkte Gysela ihre Schwester zu sich. »Sieh doch nur.« Das Fenster, innen breiter und mit einer eingelassenen Steinbank versehen, verengte sich nach außen um fast die Hälfte und bot trotzdem einen ungehinderten Blick über die weite, hügelige Landschaft vor ihnen. Unendliche Wälder, in sämtlichen Grünschattierungen, Gelb- und Rottönen, der Himmel weit und hell, hoch oben kreiste ein Bussard und stieß seinen katzenähnlichen Ruf aus, sonst war alles still. Der Burghof lag verlassen vor ihnen, offenbar hatte hier jedermann zu tun.

»Schön.« Philipa atmete tief durch. »Du hast recht.«

»Es ist fast ein bißchen wie … zu Hause«, sagte Gysela zögerlich.

»Vergiß es.« Philipa legte den Arm um die Schulter ihrer Schwester. »Versuch einfach, nicht daran zu denken. Wir haben es doch gut jetzt, oder nicht?«

»Klar.« Gysela schmiegte sich an sie und legte beide Arme um ihre Taille. »Wir haben es gut. Jedenfalls besser als bei dem Rischen.«

»Bei dem *fiesen* Rischen«, korrigierte Philipa, und sie lachten beide. In diesem Moment ging die Tür auf, und, gefolgt von Gertrude, tänzelte Petronella herein.

»Nun, Euer Hochwohlgeboren, habt Ihr alles zu Eurer alleredelsten Zufriedenheit angetroffen?« näselte sie und wedelte zierlich mit den Händen.

»Nun, es ist recht«, flötete Gysela zurück. »Wenn Ihr den Kamin befeuern lassen würdet, wäre der Kammer Wohltat noch um einiges gesteigert.«

»Welchen Kamin?« fragte Gertrude mißtrauisch. »Ihr habt hier einen Kamin?«

Gysela und Petronella fingen an zu lachen, nur Philipa blieb ernst. »Nein, wir haben natürlich keinen. Es war bloß ein Scherz, Gertrude. Aber wenn wir frieren, können wir uns ein Kohlebecken bringen lassen. So etwas Ähnliches meinte jedenfalls Dittrich.«

»Dittrich? Welcher Dittrich?« Gertrudes blanke Augen flitzten zwischen Philipa und Gysela hin und her.

»Der Truchseß. Der uns eben zu den Kammern gebracht hat. Er heißt Dittrich.« Gysela bemühte sich, ruhig zu bleiben, sie kam eigentlich ganz gut mit Gertrude aus und wollte sie auch nicht kränken. Doch sie war irgendwie zu fröhlich, um sie wirklich ganz ernst zu nehmen.

»Ach so.« Gertrude schnaubte. Dann blickte sie sich um. »Die Kammern sind jedenfalls ganz gleich«, bemerkte sie zufrieden.

»Wo sind denn die Männer untergebracht?« erkundigte sich Philipa. »Wißt ihr das?«

Petronella nickte. »Bruno weigerte sich, Herkules zu verlassen. Und Roland weigerte sich, Bruno zu verlassen. Jann weigerte sich, den Wagen zu verlassen. Und Engelbert schläft wie üblich draußen, weil er sich in Räumen eingesperrt fühlt. Glaube ich wenigstens, er spricht ja nicht darüber. Hanß sagt, er betritt Burgen nur, um seiner Arbeit nachzugehen, und Rainald wollte nicht abseits stehen. Also ist eigentlich alles wie immer.« Sie zuckte die Schultern, und dann breitete sich ein strahlendes Lächeln in ihren Zügen aus. »Aber ich finde es herrlich!«

»Ich auch«, bestätigte Gysela aus vollstem Herzen, und alle fingen an zu lachen, sogar Gertrude stieß eine Art rostiges Quietschen aus, was zur allgemeinen Heiterkeit nicht unbeträchtlich beitrug.

Es wurde ein leichter Winter für die Gaukler. Sowohl die Gräfin als auch die Burgbesatzung waren leicht zufriedenzustellen, Elisabeths heiteres Gemüt schien auf alle, die in ihrer Nähe lebten, abzufärben. Vielleicht, weil über diesem charmanten Wesen ständig ein leichter melancholischer Schatten zu schweben schien, bemühte sich jeder in ihrer Umgebung, eine freundliche Atmosphäre zu erzeugen.

Es kamen selten Gäste, die Burg lag sehr abgeschieden, und da sich der Graf nicht dort aufhielt, hatten auch seine Lehensmänner keine Veranlassung, sich blicken zu lassen. Einige Ritter, die zum Schutz der Familie und des gesamten Anwesens ständig hier lebten, gehörten inzwischen mehr oder weniger zur Familie und fügten sich nahtlos in den Alltag der

Burg ein. Die Gaukler hatten nicht viel zu tun, Jann erzählte abends Geschichten und sang seine Lieder, Petronella spielte die Harfe dazu, und dann und wann begleiteten sogar Gertrude und Rainald die beiden mit Flöte und Clarino. Bruno schlug die große Trommel, Roland voller Stolz eine kleine mit einem helleren Klang. Hanß jonglierte und trainierte und zeigte neue Zaubertricks, die vor allem bei den Kindern glockenklares Entzücken auslösten. Engelbert existierte.

Gysela, trotz ihres Liebreizes hoffnungslos unbegabt bei allem, was auch nur im Entferntesten mit der Gaukelei zu tun hatte, kümmerte sich um die Garderobe der anderen. Sie bekamen alle wie versprochen neue Kleider, sogar Umhänge und Schuhe, und sie besserte aus und paßte an, und wo sie nicht weiterkam, half ihr Petronella.

Philipa tat – nichts. Sie weigerte sich, aufzutreten, da sie der Ansicht war, es käme noch früh genug der Zeitpunkt, an dem sie sich nicht länger verweigern konnte. Sie wollte nicht die Blicke aller auf sich spüren und vor allem nicht diejenigen Lamberts. Nicht, daß er ihr nachgestellt hätte oder anzüglich gewesen wäre, o nein, er ließ sie schon in Ruhe, aber sie bemerkte, daß er sie beobachtete. Sie hatte Dittrich angeboten, in der Küche auszuhelfen, doch das hatte er weit von sich gewiesen. So wanderte sie auf der Burg und in der Vorburg umher, und oft führte sie ihr Weg in den hübschen kleinen Garten, der für die Gräfin angelegt worden war. Jetzt, im Winter, lag er kahl und streng da, aber sie konnte erkennen, daß er im Frühling sicher ein liebliches Bild abgeben würde. Ein leises Bedauern erfüllte sie, daß sie ihn dann nicht würde sehen können, und sie stellte sich vor, daß die Rosen zartgelb und rosa erblühten und mit ihrem Duft verschwenderisch die Luft erfüllen würden.

Mitte Dezember begann es zu schneien, und kurz vor Weihnachten war das Land von einer dichten weißen Schneeschicht bedeckt, die Türme trugen Zipfelmützen. Philipa stand der Atem weiß und dicht vor dem Mund, als sie zu ihrem täglichen Spaziergang aufbrach, der Gang in den stillen Garten war ihr inzwischen zu einem Bedürfnis geworden. Sie trat durch den schmalen Einlaß in der niedrigen Mauer in der Absicht, zu einer Steinbank zu gehen, die vor der hohen rückwärtigen Mauer stand und über der zwei zierliche Doppelbogenfenster eingelassen waren, durch die man einen wunderbar weiten und freien Blick über das Land hatte.

Sie hatte den Weg noch nicht halb zurückgelegt, als ihr plötzlich ein Schneeball um die Ohren pfiff und ein zweiter auf ihrer Brust landete.

»Oh! Tut mir leid«, rief Brigida, aber Judith jauchzte bloß und sammelte neuen Schnee zwischen ihren kleinen Kinderfäusten.

»Na wartet, das werdet Ihr mir büßen!« Ehe sie sich's versahen, waren die drei mitten in der schönsten Schneeballschlacht, und Philipa konnte sich nicht erinnern, wie lange es wohl schon her war, daß sie dermaßen enthemmt im Schnee herumgetollt hatte wie heute.

»Du benimmst dich aber gar nicht erwachsen«, japste Judith schließlich und hielt fest die Fäuste in die Taille gestemmt, sie hatte Seitenstechen.

»Ich bin Gaukler, habt Ihr das vergessen? Die müssen nicht erwachsen sein«, erwiderte Philipa, nahm sich eine Handvoll Schnee und begann, kräftig Judiths Gesicht einzureiben, worauf diese kreischte und lachte und letztendlich um Gnade winselte.

»Erbarmen! Hab doch Erbarmen!«

»Niemals. Nichterwachsene Gaukler kennen kein Pardon.« Aber dann ließ Philipa doch von ihr ab und setzte sich schnaufend auf die Bank, die kalt und naß war, das war ihr im Moment jedoch egal.

»Schön«, sagte Brigida zufrieden, als sie wieder zu Atem gekommen waren.

»Das glaube ich, trotzdem solltet ihr alle drei jetzt hineingehen und euch etwas Trockenes anziehen«, ertönte hinter ihnen die Stimme der Gräfin.

Philipa sprang hastig von der Bank und senkte verlegen den Kopf. »Es war meine Schuld, Herrin«, sagte sie. »Ich habe die Kinder sozusagen … verführt.«

Elisabeth betrachtete sie nachdenklich. Honigfarbenes Haar, sehr streng in einen Zopf geflochten, kleine Schneekristalle in dunklen Wimpern, die sich zu Tropfen auflösten und ihre Wangen herabrannen, als seien es Tränen.

»Mir scheint, es gibt schlimmere Verführungen«, sagte sie. »Komm mit uns, du mußt dich ebenfalls aufwärmen.«

»Vielen Dank, Herrin, aber es geht schon. Ich habe alles in meiner Kammer, was ich brauche.«

»Aha. Das freut mich. Auch einen Kamin?«

»Nein. Einen Kamin natürlich nicht.«

»Dann kommst du mit uns. Du bist genauso durchnäßt wie die beiden Kleinen, und mir scheint, du hast dich auch genauso aufgeführt.«

»Ihr seht mich zerknirscht«, Philipa lächelte den Mädchen spitzbübisch zu. »Aber ich wurde hinterrücks überfallen und mußte mich zur Wehr setzen.«

Elisabeth von Borgewig betrachtete kopfschüttelnd ihre beiden Töchter, was diese gänzlich unbeeindruckt ließ.

»Och bitte … wie heißt du eigentlich?« Judith zog sie am Ärmel.

»Philipa. Ich heiße Philipa. Und Ihr heißt Judith und Eure große Schwester Brigida, stimmt's?«

»Genau«, bestätigte Judith, »und meine Mama heißt Elisabeth.«

Elisabeth lachte auf, und nach einem Moment des Zögerns stimmte Philipa ein. »Ich weiß, Judith.« Sie beugte sich vertraulich zu dem Kind hinunter. »Eure Mama kennt nämlich hier jeder, weil sie eine gute und schöne Frau ist, wißt Ihr. So eine, wie Ihr bestimmt auch einmal werden möchtet, hab ich recht?«

»Der Nachteil ist, man muß sich das Schneeballwerfen abgewöhnen«, sagte Elisabeth, »aber ich frage mich allmählich, ob das nicht ein Trugschluß war. Vielleicht mache ich das nächste Mal mit, wer weiß. Jetzt kommt, bevor ihr euch endgültig erkältet.«

Elisabeths eigene Kemenâte lag oberhalb des großen Saales, in welchem sich das Leben der Burg abspielte, und wies als einziger Raum des ganzen Palas einen Erker auf, der die strenge Ansicht der Mauer von außen etwas auflockerte. Sie war ein hübscher Raum mit einer sehr femininen Note und warf einige Rätsel auf über den abwesenden Hausherrn. Entweder hielt er sich in den Gemächern seiner Frau nicht auf, oder er hinterließ keine Spuren. Das war merkwürdig, doch Philipa hatte vorerst keine Zeit, darüber nachzusinnen, sie war zu sehr damit beschäftigt, das Zimmer in Augenschein zu nehmen.

In der Nähe eines der Fenster stand ein zierlich geschnitztes Betpult, auf dem aufgeschlagen ein Psalter lag, und sogar aus der Entfernung vermochte Philipa zu erkennen, daß er sehr kostbare Malereien zeigte. Sitztruhen entlang der Wände und auch die Bank in der tiefen Fensterlaibung waren mit gestickten Kissen in leuchtenden Farben warm und gemütlich gemacht worden und luden zum angenehmen Sitzen ein. Elisabeths Bett dagegen lag verborgen hinter Seidendamastvorhängen, aber Philipa bezweifelte nicht, daß auch dort eine verschwenderische Fülle an Decken und Kissen zu finden war. Vor allem beherrschten den Raum die Teppiche. An den Wänden waren hübsch geschmiedete Haken angebracht, an denen fein gewebte Wandteppiche aus dichter Wolle hingen, die in den Wintermonaten die Kälte der Mauern ein wenig abhalten sollten.

Philipa runzelte die Stirn, dann fiel es ihr ein. »Das ist Helena! Und Paris, der sie raubt. Oh, und da ist Menelaos, als er sie findet in seinem Palast und erschlagen will und Aphrodite ihn davon abhält. Herrin, die sind wunderschön.« Sie wandte sich mit glänzenden Augen Elisabeth zu, die sich sehr bemühte, das Mädchen nicht allzu sehr anzustarren. Da sie eine gut erzogene und vollendet höfische Dame war, gelang ihr das auch.

»Ja, sie sind ganz hübsch. Ach was, ich muß gestehen, daß ich sehr stolz darauf bin, sie sind wirklich gut gelungen.«

»Wollt Ihr damit sagen, daß Ihr sie selbst gewebt habt?«

Elisabeth senkte bescheiden den Kopf, aber ihre Augen funkelten. »Mit der geziemenden Demut natürlich.«

»Herrin, Gott muß es gut mit Euch meinen, wenn er Euch ein solches Talent geschenkt hat«, meinte Philipa in aller Aufrichtigkeit, und Elisabeth sah sie jetzt doch an.

Sie winkte eine ihrer Mägde heran. »Laß das Feuer anfachen, und dann besorge uns einen kleinen Imbiß. Ihr habt doch Hunger?«

»O ja«, bestätigten Brigida und Judith unisono, und Elisabeth lachte leise.

»Dachte ich mir doch. Ach, Marga, sage Grietgen Bescheid, daß sie für die Mädchen, ich meine, alle *drei* Mädchen, trockene Kleider heranbringt.«

Die Magd warf einen erstaunten Blick auf Philipa und nickte dann. »Sehr wohl, Herrin. Sofort.«

»Die nassen Umhänge kannst du schon mitnehmen und zum Trocknen aufhängen.«

»Ja.« Die zierliche Magd verschwand fast unter dem Berg der feuchten, dampfenden und nach nasser Wolle riechenden Stoffmassen und schwankte davon. Binnen eines Wimpernschlages öffnete sich die Tür erneut, und einer der Knechte erschien, um sich des Feuers anzunehmen. Der Haushalt der Gräfin funktionierte reibungslos.

Philipa riß sich mühsam von den Wandteppichen los und von der Erinnerung an laue Frühlingsabende, an denen sie mit ihrem Vater spazierengegangen war und der Geschichte der Eroberung Trojas gelauscht hatte. Sie griff nach einer Stoffpuppe, die achtlos auf den Boden gefallen war.

»Die ist aber hübsch. Ist das Eure?« wandte sie sich an Judith.

»Nein, die ist von Brigida. Meine ist krank und liegt im Bett. Sie heißt Eleonore.«

»Eleonore. Ein schöner Name. Aber auch eine Verpflichtung. Eleonore war eine sehr mutige und tapfere Frau, das wißt Ihr?«

»O ja, Mama hat uns alles über Aquitanien erzählt ...«

»Fast alles«, warf Elisabeth leise ein, und Philipa verkniff sich ein Lächeln.

»... aber *meine* Eleonore ist auch sehr tapfer, und wenn sie kämpft, siegt sie immer. Deshalb lag Mathilde ja auch da.« Judith wies mit einer verächtlichen Handbewegung auf die Puppe, die immer noch in Philipas Hand ruhte.

»Die lag da, weil du sie dort hingeworfen hast«, beschwerte sich Brigida und griff nach der Puppe.

»Habe ich gar nicht. Wenn die nicht zu kämpfen versteht, kann ich ja nichts dafür.«

»Ich meinte eigentlich mit Mut und Tapferkeit nicht, daß Eleonore ihre Schlachten selbst geschlagen hat. Jedenfalls nicht die auf dem Felde.« Philipa wollte Frieden stiften.

»Meine Eleonore schon.« Trotzig schob Judith das Kinn vor.

»Das kann natürlich sein. Schließlich ist es ja nicht dieselbe Eleonore, oder?« Philipa legte den Arm um Judiths schmale Schultern. »Wollen wir Eleonore einen hübschen Zopf flechten? Und Euch auch, was meint Ihr?«

»Was für eine gute Idee«, warf Elisabeth ein. »Ihr seht aus, als wäret ihr unter die Räuber gekommen.«

»Unter die Räuber bin nur ich gekommen, Herrin, darauf muß ich bestehen.«

Die Tür öffnete sich, und gefolgt von Grietgen, der Kammerfrau, betrat Marga den Raum, beladen mit einem schweren und üppig bestückten Tablett. Offenbar war es ihr Schicksal, beständig mit Dingen herumzulaufen, die ihre Körperkräfte beinahe überstiegen. Es waren aufwendige Delikatessen, die sie brachte, dafür hatte Philipa inzwischen einen Blick. In einer Honig-Ingwer-Paste gebratene Hühnerbeinchen, winzige Fasanenpasteten, mit einer Teigblüte geschmückt. Mit gemahlenen Mandeln überstäubte Kuchenstückchen. Was Hiltrud da herstellte, war kein Essen, sondern Kunst.

Vielleicht sollte sie sich doch stärker um eine Aufnahme ins Küchenpersonal bemühen. Philipa streifte auf einen Wink der Gräfin ihre Cotte ab und stand nun im Hemd da. Es war ihr altes, inzwischen zu kurzes und fadenscheiniges, doch es war aus feinem weißen Leinen und hatte eine hübsche Zierborte am Hals, so war es nicht allzu peinlich. Dennoch ergriff sie schnell die Cotte, die ihr Grietgen reichte, und streifte sie über. Sie war nicht nur von einer leuchtenden dunkelblauen Farbe, die sehr elegant wirkte, sondern auch aus feinster flandrischer Wolle und fiel in schweren, kleidsamen Falten an ihr hinab.

»Du kannst es behalten«, hörte sie Elisabeth nachdenklich sagen und blickte hoch.

»Das kann ich nicht annehmen. Es ist zu … vornehm.«

»Ich brauche es nicht mehr. Es gehört dir.«

»Aber …«

»Du willst mir widersprechen?«

»Ich … nein. Nein, natürlich nicht.«

»Das ist gut.«

Ungeachtet ihres sanften Äußeren verfügte Elisabeth doch über einige Autorität, wenn sie ihr angebracht schien. Es blieb einer Gauklerin nicht viel anderes übrig, als angesichts ihrer Vorschläge zu verstummen, und seien diese noch so unwillkommen. Philipa bemühte sich jedoch nach Kräften, weder einen zerknirschten noch einen hochmütigen Eindruck zu machen, und wandte sich ab, um den Kindern beim Ankleiden zu helfen. Judith hatte sich hoffnungslos in den Schnüren ihres Unterkleides verheddert.

»Ich nehme an, zu diesem pelzgefütterten Surkot könnte ich dich nicht überreden?« ertönte hinter ihr Elisabeths leise Stimme, und sie konnte das Lächeln darin hören.

Philipa drehte sich um. Es war schwer, dieser Frau etwas abzuschlagen. Schwer, doch es ging. »Das seht Ihr richtig.« Philipa zeigte ebenfalls ein liebenswürdiges Lächeln, erstens wollte sie Elisabeth nicht vor den Kopf stoßen, und zweitens war es nie gut, die Herrin der Burg zu beleidigen. »Ein Surkot steht mir einfach nicht zu.«

»Nicht?«

Philipa warf einen mißtrauischen Blick in Elisabeths Richtung, sagte aber entschieden: »Nein. Es gäbe nur böses Blut. Das versteht Ihr doch? Trotzdem danke ich Euch, ich danke Euch wirklich sehr. Ihr seid überaus großzügig.«

»Im Rahmen meiner Möglichkeiten, weißt du. Das ist nicht viel.« Der melancholische Zug trat wieder in Elisabeths Gesicht, und sie wandte sich dem Tablett mit den bis dahin unbeachteten Köstlichkeiten zu.

Schließlich waren auch die Mädchen in saubere und warme Kleider gehüllt, Marga hatte sich mit einem Knicks und Grietgen mit einem Nicken verabschiedet, und sie ließen sich in der Nähe des hell lodernden Kamins nieder. Elisabeth in einen hübsch geschnitzten Lehnstuhl, dessen Armlehnen in Löwenköpfen endeten, die drei Mädchen auf dicken Kissen, welche wie zufällig auf dem Boden lagen.

»Was machst du denn eigentlich bei den Spielleuten?« fragte Brigida plötzlich. »Ich habe dich noch gar nicht beim Gaukeln gesehen. Gaukelst du nicht?«

Elisabeth blickte auf. Das war eine Frage, die sie ebenfalls brennend interessierte.

Philipa zeigte sich ganz gelassen, ihre Miene blieb unverändert freundlich. »Nein, ich gaukle nicht. Ich koche und backe für die Truppe, wenn wir unterwegs sind, wißt Ihr. Wenn wir irgendwo auftreten, auf einem Markt oder vor einer Burg, dann baut Bruno mir einen Stand auf, von dem aus ich Gebäck verkaufe.« Sie lächelte und nahm sich ein Ingwerplätzchen. »Nichts so Feines, wie das hier. Aber Nußbrötchen und Gewürzkuchen und so dies und das. Und meine Geschwister …«

»Du hast Geschwister?« unterbrach Elisabeth überrascht.

»Ja. Meine kleine Schwester Gysela hilft, unsere Kleidung in Ordnung zu halten, und Roland, mein Bruder, versorgt mit Bruno das Pferd.«

»Ist Bruno der Riese?« fragte Judith ehrfürchtig.

Philipa lachte ein bißchen. »Ja, das ist er. Und wenn Ihr es keinem verratet«, sie beugte sich vertraulich ein wenig vor, »dann sage ich Euch, daß er vollkommen harmlos ist, er sieht nur so gefährlich aus. Na ja«, sie biß in ihr Plätzchen, »wenn Not am Mann ist, *wird* er natürlich gefährlich. Aber nicht besonders gerne.«

»Ich sag's keinem weiter, ehrlich«, versprach Judith mit großen runden Augen.

Philipa zwinkerte ihr zu. »Ich verlasse mich darauf.«

»Sehe ich das richtig, daß du zur Zeit keine richtige Aufgabe hast bei deiner, wie sagtest du doch … Truppe?« Elisabeth hatte sich in ihrem wunderschönen Stuhl zurückgelehnt und betrachtete Philipa versonnen.

»Ja, so kann man es sagen. Ich kann Euch versichern, das ist nicht so einfach, wie es sich anhört.«

»Nun, da kann ich dir leicht helfen.« Elisabeth nahm einen Schluck aus ihrem funkelnden Silberbecher, Sinn für Dramaturgie hatte sie jedenfalls. »Wie wäre es, wenn ich dich für die Dauer deines Aufenthaltes auf Burg Borgewig anstelle?«

»Oh, das wäre gar nicht nötig«, erwiderte Philipa eifrig. »Wenn Ihr mir nur die Erlaubnis erteilen würdet, bei Euch in der Küche helfen zu dürfen. Bei Hiltrud, dieser Meisterin.«

»Ach nein, lieber nicht.« Elisabeth schüttelte den Kopf.

Merkwürdig, wie schnell Hoffnung aufkeimen konnte. Sie merkte es vor allem daran, daß die Enttäuschung ihr nun den Mund schal werden ließ.

»Natürlich nicht.« Philipa senkte den Kopf. »Verzeiht, Herrin, daß ich gefragt habe. Es war ungehörig von mir.«

Brigida war nicht von solch demütiger Bescheidenheit. »Aber Mama!« rief sie empört.

»Du bist gemein zu Philipa«, sekundierte Judith mutig und schob ihre kalte, kleine Kinderhand in Philipas größere, ebenso kalte.

»Tatsächlich? Das hatte ich gar nicht vermutet.« Elisabeth lächelte liebevoll. »Was seid ihr doch für Kindsköpfe, alle drei. Hört euch doch erst einmal an, welchen Vorschlag ich Philipa und euch zu unterbreiten habe. Ich dachte mir, es wäre nett für euch Kinder, wenn Philipa für die Dauer ihres Aufenthaltes eure Gesellschafterin wäre. Sie könnte euch ein wenig unterrichten. Das könntest du doch?«

»Das käme darauf an«, erwiderte Philipa mit schmerzhaft klopfendem Herzen. »Ich bin nicht sehr gut in den Künsten, in welchen kleine Burgfräulein im Allgemeinen geschult werden müssen. Aber ich kann Französisch und ein bißchen Latein, und singen kann ich auch. Darin könnte ich euch unterweisen, das wäre wohl möglich.«

»Wunderbar.« Für Elisabeth schien damit alles geklärt. »Du tätest mir damit einen Gefallen. Ich habe zur Zeit keine passende Kinderfrau. Also abgemacht. Vielleicht könntest du deine kleine Schwester dazubitten? Ein wenig Gesellschaft für die Rangen wäre bestimmt nicht schlecht.«

In einer anderen Kemenâte etliche Tagesreisen entfernt saß Liutgard von Aichbergen und lauschte dem Bericht ihres treuen Leibritters Manfredus.

»Und so bin ich heimgekehrt, Herrin«, schloß er, »für die nächsten Monate bleiben sie auf Borgewig, das steht fest.«

Liutgard merkte selbst, daß ihre Finger nervös mit der Fibel spielten, die ihren Umhang am Hals verschloß, und mit einiger Willensanstrengung zwang sie ihre Hände, sich ruhig in ihrem Schoß zu falten.

»Und dann?« fragte sie, den Blick aufmerksam auf Manfredus' verunstaltetes Gesicht gerichtet.

Er zögerte. »Es kommt darauf an, was Ihr vorhabt. Auf Euer Ziel.«

So ganz sicher kannte sie es selbst nicht. Sie wußte nur, daß sie Philipa nicht aus den Augen verlieren durfte. Es hing zuviel davon ab.

»Am Ende des Winters wirst du dich erneut auf den Weg machen und ihre Schritte verfolgen.«

Manfredus nickte. »Darf ich?« Schwer ließ er sich in den Lehnstuhl zu Liutgards Seite sinken, auf Förmlichkeiten konnte er getrost verzichten, bei allem, was sie gemeinsam erlebt hatten.

Liutgard schwieg. Ob es gut war, daß Philipa jetzt auf Burg Borgewig festhing? Oder schlecht? Einerseits wußte sie so, wo das Mädchen zu finden war. Andererseits waren die Borgewigs zu sehr Ihresgleichen. Gaukler boten keine Gefahr, Grafen schon. Still ruhte ihr Blick auf ihrem Boten. Nach dem schrecklichen Brand damals, dem das Häuschen zum Opfer gefallen war, in welchem alles begann, hatte sie sich gezwungen, ihren Abscheu bei seinem Anblick nicht zu zeigen, das war das mindeste, was sie für ihn tun konnte. Inzwischen hatte sie gelernt, nur noch den Ausdruck seiner Augen wahrzunehmen, und in der Regel las sie dort Verständnis und Ergebenheit. Er wußte mehr von ihr als irgend jemand sonst auf

Gottes Erdboden, doch er hatte ihr nie auch nur den allergeringsten Anlaß gegeben, an seiner Loyalität zu zweifeln. Dafür durfte er auch offener mit ihr reden als irgend jemand sonst.

»Wißt Ihr überhaupt genau, was Ihr mit dem Mädchen vorhabt?«

»Noch nicht. Es wird sich zeigen. Aber solange sie nicht hier ist, kann sie nicht schaden. Und da wir wissen, wo sie sich aufhält, kann ich sie jederzeit holen lassen, wenn es nötig würde. Es kommt im Moment nicht darauf an, meine ich.«

Manfredus trommelte mit den Fingern einen holprigen Rhythmus auf die Lehne. »Es wäre sicherer, würdet Ihr sie gleich verheiraten. Wenn dann noch herauskommen sollte …«

»Schweig!« Nicht in Worte fassen, was ihr zum Verhängnis werden konnte, war von jeher ihre Devise gewesen, und sie war gut gefahren damit. Bis jetzt jedenfalls, und sie würde dafür sorgen, daß es so bliebe.

»Ich meine ja nur. Ist sie erst verehelicht, sind Fakten geschaffen.«

Liutgard nickte müde. Ließen die Anspannungen denn nie nach? Vorerst war es beruhigend, daß das Mädchen nicht mehr hier war. Es war genug Zeit, sich genau zu überlegen, wie sie vorgehen wollte.

»Gut. Braucht Ihr mich noch?« Manfredus stand auf und streckte sein müdes Kreuz.

»Geh nur.«

Barbara drückte sich fest an den kühlen Stein der Nische und hielt den Atem an, als Manfredus an ihr vorbeischritt, aber gottlob bemerkte er sie nicht. Dann huschte sie leise zurück in die Halle, wo sie niemandem auffiel, und überließ sich ihren Gedanken.

Es wurde eine wunderbare Zeit. Brigida und Judith schlossen ohne lange zu fragen mit Gysela Freundschaft, und alle drei unterwarfen sich ohne Murren, jedenfalls ohne allzuviel Murren, Philipas Unterricht. Der Winter lag klar und kalt über dem Land, der Himmel war weit und hell und verschaffte einem Raum zum Atmen. Die Schritte knirschten auf dem gefrorenen Schnee, und die Eiskristalle auf den kahlen Ästen der Bäume glitzerten im fahlen Sonnenlicht. Manchmal gingen sie nach draußen, den langen Zufahrtsweg entlang, und da, wo es nicht zu steil war, durchstreiften sie den Wald und ließen sich von Bruno sowohl beschützen als auch die Spuren im Schnee erklären. Sie lernten, die Fußspuren von Kaninchen, Eichhörnchen und Füchsen zu erkennen, und sogar, Iltis und Hermelin voneinander zu unterscheiden, und das war nicht immer leicht.

Meistens begleitete Roland sie, wenn er nämlich nicht unbedingt mußte, wich er nicht von Brunos Seite. Ohne größere Bedenken freundete er sich mit den beiden Mädchen an, und wenn er versuchte, den Mann herauszukehren, wiesen sie ihn schnell, unmißverständlich und mehr oder weniger freundlich in seine Schranken, besonders Brigida.

Bei all dem legte Philipa Wert darauf, den Unterricht der Kinder nicht zu vernachlässigen. »Kommt, wir gehen zurück. Ich will nicht, daß ihr euch erkältet«, sagte sie zu ihnen, »sonst bekomme ich Schimpfe von der Gräfin. Außerdem habt ihr noch nicht euren Französischtext übersetzt.«

»Ih bah.« Judith schnitt eine Grimasse, sie war die Jüngste, und das Lernen fiel ihr am schwersten.

»Ich helfe dir, wenn du willst«, bot Roland ihr ritterlich an, insgeheim war er Judiths rötlichblond gelockter Niedlichkeit verfallen, aber das hätte er niemals zugegeben.

»Kannst du denn Französisch?«

»Natürlich.« Roland zeigte einen sehr bescheidenen Gesichtsausdruck, was ihm auch gut anstand, da sein Französisch einige Mängel aufwies, wie Philipa wußte.

»Nein! Das stimmt nicht!« Brigida klang ausgesprochen wütend.

»Wohl. Es heißt wohl ›*cortois*‹. Nicht ›*curtois*‹.« Roland dagegen war ganz offensichtlich beleidigt.

»Du hast überhaupt keine Ahnung. Außerdem gibst du dauernd an mit deinem blöden Französisch.«

»Gar nicht. Puh, *curtois,* wie das schon klingt. Richtig dämlich. Und wenn hier einer angibt, dann doch wohl du«, beschwerte sich Roland. »Immer behauptest du, du wüßtest alles besser.«

»Na, das tue ich ja wohl auch«, meinte Brigida schnippisch. »Es heißt ›*curtois*‹.«

Philipa und Elisabeth, die draußen auf dem Gang standen und höchst unfreiwillige Zeugen des Gezänks wurden, sahen sich an, Philipa mit leicht verzweifelter und Elisabeth mit deutlich resignierter Miene.

»Es tut mir leid, Herrin. Als ich Roland erlaubt habe, bei den Französischübungen zu helfen, dachte ich eigentlich nicht daran, daß dies in Form von Streitereien geschehen sollte.«

»Ach, vielleicht ist das gar nicht so schlimm. Schließlich fehlen meinen Kindern die Brüder, an denen sie reifen könnten. Aber Gott hat so entschieden, und Gott dürfen wir nicht in Frage stellen.«

»Natürlich nicht.« Philipa wußte inzwischen, daß die zwei Söhne Elisabeths schon im Kleinkindalter gestorben waren, und sie wußte auch, daß Elisabeth darunter sehr gelitten hatte. Daher suchte sie nun hektisch nach Worten, um dem Thema eine Wendung in ungefährlichere Gefilde zu geben, wurde aber durch einen empörten Schrei unterbrochen.

»Au! Du tust mir weh! Aua!« Das war Roland.

Philipa räusperte sich. »Sie läßt sich nichts gefallen, die Brigida, nicht? Gutes Kind.«

»Meinst du? Daß das gut ist?« Elisabeth sah sie zweifelnd an. »Wird es dann nicht alles noch viel schlimmer?«

Zuweilen hatte Philipa das unangenehme Gefühl, das Leben der Gräfin sei nicht immer so leicht, wie es auf den ersten Blick schien. Oder vielleicht war es auch nur ganz allgemein ihre Erziehung, die sie manchmal so – widerstandslos wirken ließ.

»Ich glaube nicht, daß es dann schlimmer wird. Ich denke, zumindest Brigida hat die Situation ganz gut im Griff, meint Ihr nicht?« flüsterte Philipa, obwohl Flüstern unnötig war, denn die Streithähne waren laut und wütend genug, um ihre Umwelt nicht mehr wahrzunehmen.

»Pah, ich kann machen, was ich will. Schließlich ist das meine Burg hier!« rief Brigida ebenso hochmütig wie falsch. Elisabeth stöhnte leise.

»Angeberin!«

»Wehe, du faßt mich an! Das sage ich sofort meiner Mutter!«

»Aua! Brigida! Du Miststück!«

»Das geht zu weit«, entschied Philipa und öffnete die Tür. Augenblicklich verstummten die beiden Kontrahenten und starrten sie an, sozusagen mit gesträubtem Gefieder. Das stimmte sogar buchstäblich, denn Rolands Haare standen in alle Himmelsrichtungen ab.

»Rollo! Wie siehst du denn aus?«

»Die hat mich an den Haaren gezogen!« berichtete ihr Bruder empört.

»Petze!« fauchte Brigida.

»Das geht wirklich nicht, Roland.« Philipa suchte die Balance, um beiden Kindern gerecht zu werden. »Es gehört sich nicht für einen Ritter, eine Dame bloßzustellen.«

Ritter, soso, dachte Elisabeth, die hinter Philipa den Raum betreten hatte und die Szene interessiert betrachtete.

»Allerdings«, fuhr Philipa streng fort, »gehört es sich auch nicht für eine Dame, einen Ritter oder irgend jemanden sonst an den Haaren zu ziehen. Das ist einer vornehmen Herrin einfach nicht würdig.«

Brigida murmelte etwas Unverständliches und starrte auf den Boden.

»Bitte?« erkundigte sich Philipa. »Ich habe dich nicht verstanden.«

Brigida hob mutig den Kopf und sah ihr in die Augen. »Ich will gar keine Dame sein. Was hat man schon davon.«

»Tja, … leider kannst du es dir nicht aussuchen. Du bist in dieses Leben geboren, und du führst es dort, wo du geboren bist, so gut wie du es kannst.«

»Aha«, warf Roland ein, und das war ziemlich frech, aber Philipa konnte nicht darauf eingehen, ohne offener zu sein, als sie wollte. So warf sie ihm nur einen strengen Blick zu, und Roland senkte beschämt das Haupt.

»Wenn ihr nicht sicher seid über ein französisches Wort oder irgend etwas anderes, dann seht in euren Schriftstücken nach oder fragt mich. Oder die Gräfin. Aber streitet nicht und zieht euch nicht an den Haaren.« Jetzt senkte Brigida beschämt *ihr* Haupt. »Im übrigen heißt es tatsächlich ›cortois‹, was aber nichts daran ändert, ob Haareziehen nun verwerflich ist oder nicht. Das ist es in jedem Fall. Sehe ich das richtig, Gräfin?« wandte sich Philipa leicht erschöpft an Elisabeth.

»Vollkommen«, bestätigte Elisabeth mit ihrer melodischen Stimme, von der kaum vorstellbar war, wie sie einen Tadel aussprechen sollte. »Davon abgesehen schließen höfische Manieren nicht das herablassende Benehmen gegenüber Gästen ein. Entschuldige dich bei Roland.«

Brigida schwieg bockig. Jeder konnte klar erkennen, wie sie mit sich rang.

»Ist nicht nötig«, brummte Roland im – fehlgeleiteten – Bemühen, ritterlich zu sein.

»Roland, ich glaube nicht, daß du die Vorschläge der Gräfin zu kritisieren hast«, sagte Philipa nachdrücklich.

Roland wurde dunkelrot, so hatte er es nicht gemeint. Dann warf er trotzig den Kopf zurück. »Das wollte ich natürlich auch nicht. Es tut mir leid. Bitte vergebt mir, Gräfin.« Irgendwie hatte doch wohl mehr von dem väterlichen Stolz und Selbstbewußtsein auf ihn abgefärbt, als er bisher hatte vermuten lassen. »Ich wollte damit nur sagen, daß ich Brigidas Entschuldigung annehme, auch ohne daß sie diese ausgesprochen hat.«

Elisabeth und Philipa schwiegen einen Moment verblüfft. Brigida blickte auf. Dann räusperte sich Elisabeth kurz. »Gut. Das ist sehr ehrenhaft von dir, Roland. Und freundlich. Dafür wird sich Brigida sicher gerne bei dir bedanken.«

»Ja. Hm. Das ist … sehr nett von dir. Es tut mir ja auch leid.« Brigida gab sich Mühe, einen verbindlichen Ton in ihre Stimme zu legen. »Dürfen wir jetzt gehen, Mama?«

»Ja.« Elisabeth seufzte. »Geht nur. Euer Französisch könnt ihr später dann noch machen.«

»Danke, Mama. Los, komm jetzt«, befahl Brigida mit energisch gerecktem Kinn. Dann ergriff sie ohne weitere Umstände Rolands Hand, was diesem sichtlich peinlich war, und zerrte ihn aus dem Raum.

Philipa und Elisabeth blickten ihnen eine Weile stumm hinterher. Schließlich sagte die Gräfin: »Ich kann mich beim besten Willen nicht erinnern, als Kind genauso gewesen zu sein. So … selbstbewußt. Na ja, es waren andere Zeiten. Vielleicht.« Dann verließ auch sie den Raum.

Es schneite unablässig in diesem Jahr, und bald war das ganze Land von einer dicken weißen Schneeschicht bedeckt. War dies über die Weihnachtstage noch schön, weil bei strahlend blauem Himmel klirrender Frost herrschte, so wurde es nicht lange nach Dreikönig trübselig und grau.

Philipa saß mit den anderen der Gauklertruppe in der Nähe des großzügig befeuerten Kamins der Halle. Sie achtete darauf, ausreichend Zeit mit ihnen zu verbringen, denn sie hatte Angst vor Unfrieden, wenn sie zuviel ihrer Kraft den kleinen Burgfräulein widmete. Schließlich würden sie in ungefähr zwei Monaten die Burg verlassen, und dann mußte sie wieder mit den Gauklern auskommen. Also war es besser, gleich von vorneherein klarzustellen, daß sie wußte, wohin sie gehörte.

Rainald und Gertrude übten gemeinsam einen Trick mit dem wechselseitigen Zuwerfen kleiner Holzkugeln, aufmerksam verfolgt von Minni, der hechelnd die Zunge heraushängen ließ. Hanß tat gar nichts, sondern räkelte sich vor dem Feuer. Das war eher ungewöhnlich. Engelbert tat ebenfalls nichts, aber das war normal und fiel keinem auf.

Jann beschäftigte sich zufrieden damit, eine neue Geschichte auszuspinnen. Er war zwar auch in der Lage, abends in der Halle zu improvisieren, hatte es aber lieber, wenn er sich vorher einen roten Faden zurechtgelegt hatte. Er wechselte Tage, an denen er bekannte Geschichten wie die von Roland, Artus oder Erec und Iwein erzählte, mit solchen ab, an denen er fabulierte, wonach ihm der Sinn stand. Normalerweise wurden die Geschichten im Laufe des Winters um so farbiger, je mehr er sich zu langweilen begann.

»So ein entsetzliches Mistwetter kann ja auch ganz gemütlich sein, wenn man sich den Buckel an einem Feuer wärmen darf«, meine Petronella friedlich und versuchte, im langsam bereits schwindenden Licht neues Garn einzufädeln.

»Man wird aber regelrecht träge«, erwiderte Hanß und wich einer Kugel aus, die fälschlicherweise in seine Richtung zischte. Minni bellte auf und jagte ihr hinterher.

»Braver Hund. Entschuldige, Hanß, war nicht so gemeint.« Rainald nahm die Kugel aus Minnis Schnauze und wischte sie an seinem Ärmel ab.

»Du kannst doch gar nicht faul sein, Hanß«, warf Philipa ein, die es ebenfalls gemütlich fand, mit ihren Freunden am Kamin zu sitzen und warmen Würzwein zu trinken. Fast alle anderen Burgbewohner waren erkältet, aber ihnen ging es bestens.

»Tja. Offenbar schon.« Hanß gähnte wohlig und bedeckte seinen Mund wohlerzogen mit dem rechten Armstumpf.

»Das, was du da tust, fällt unter die Rubrik Ausruhen und ist als Teil deiner Arbeit zu verstehen«, erläuterte Philipa ihm.

»Ach so. Na ja. Jedenfalls siehst du mich gänzlich frei von schlechtem Gewissen.«

Jann zwirbelte völlig versunken in seine Geschichte an seinem roten Haar und ordnete es in bizarr abstehende Zöpfchen.

»Jann, das sieht verboten aus, laß deine Haare in Ruhe«, ermahnte ihn Philipa kopfschüttelnd.

»Wenn du die verwöhnten Bälger der Burgherren erziehst, gibt dir das noch lange kein Recht, das auch bei unserem Anführer zu versuchen«, sagte Gertrude spitz.

Philipa unterdrückte ein Aufseufzen. Sie hatte zwar damit gerechnet, daß jemand sie kritisieren würde, aber bis jetzt hatten die anderen sie in Ruhe gelassen.

»Sie hat aber Recht«, kam ihr Rainald wie gewöhnlich zu Hilfe. »Janns Haare sind ja normal schon schlimm genug. Aber in der Art eines Igels, der in einen heftigen Sturm gekommen ist, wirken sie nicht besser, glaub mir.«

»Ich weiß gar nicht, was ihr wollt«, meinte Jann friedlich, »ich finde mich bildschön.«

»Das ist gut. Wenigstens einer.« Petronella piekste mit ihrer Nadel in seine Richtung und lachte.

Jann wich mit gespielter Furcht zurück.

Aus den Augenwinkeln nahm Philipa wahr, wie sich die schmale Tür, die in einen Turm mit einer engen Wendeltreppe führte, einen Spalt breit öffnete und Gysela hindurchschlüpfte. Mit schnellen Schritten kam sie quer durch die Halle eilig auf ihre große Schwester zu.

»Du, Philipa, kommst du mal«, sagte sie ganz außer Atem. »Die Judith redet plötzlich so merkwürdiges Zeug.«

Als Philipa dann vor Judiths Bett stand, sagte diese allerdings gar nichts, sondern stöhnte nur leise, warf den Kopf unruhig hin und her und atmete flach und hektisch. Ihr Gesicht und ihre Hände waren glühend heiß. Sie sah schlimm aus. Bedrohlich.

»Die Gräfin ist nicht da.« Selbst Gysela, die so schnell nichts umwarf, klang leicht panisch.

»Ich weiß. Und vor Sonntag wollte sie nicht zurückkehren.« Philipa versuchte, das Gefühl absoluter Hilflosigkeit, das sie umspülte, unter Kontrolle zu bekommen.

»Wo ist Brigida?«

»Mit Grietgen in der Kleiderkammer, der Schuhmacher ist da. Sie braucht neue Stiefel, glaube ich.«

»Sie sollte heute nicht bei Judith im Bett schlafen, was meinst du? Sie kann in unser Bett. Ich bleibe sowieso bei Judith.« Das war zumindest ein Plan. Der Anfang eines Planes jedenfalls.

»Was *machen* wir denn jetzt? Sie sieht ... sie sieht nicht gut aus, finde ich.« Gysela zog ein ängstliches Gesicht.

Judith öffnete die Augen. Sie wollte etwas sagen, konnte jedoch nicht, weil sie von einem Hustenanfall überwältigt wurde. Er klang trocken und rasselnd und gräßlich, und als er vorbei war, weinte sie. »Tut weh. Mama?«

Philipa griff ihre Hand. »Die Mama ist auf Besuch, erinnerst du dich? Aber sie kommt ganz bald. So lange bin ich ja da. Ich kümmere mich um dich. Weißt du was? Ich bleibe einfach die ganze Zeit bei dir.«

Judith nickte matt und schloß die Augen.

»Pippa, sieh mal«, flüsterte Gysela. »Da.«

Auf Judiths Hemd hatten sich kleine, blaßrote Tupfen gebildet.

»Ist das Blut?«

»Ich glaube schon.« Philipa umklammerte die Hand ihrer jüngeren Schwester. »Wir müssen nach der Gräfin schicken.

In Krankenpflege kennt sich doch hier keiner außer ihr aus. Und … ach, ich weiß nicht, vielleicht kennt sich doch jemand aus. Geh bitte zu Dittrich und frag.«

»Dittrich ist doch mit der Gräfin und Lambert unterwegs.«

»Gut. Das heißt schlecht.« Philipa überlegte. »Dann geh zu Hiltrud. Oder Grietgen. Irgend jemand wird doch wohl hier sein außer den Burgmannen und Wächtern, der uns sagen könnte, was wir jetzt tun sollen?«

»Bin schon weg«, wisperte Gysela und huschte aus der Tür, dankbar, den Raum verlassen zu dürfen.

Es wurden zwei lange Tage, bis die Gräfin kam, zwei sehr lange Tage. Die Frauen der Burg waren einhellig der Meinung, das Fieber müsse gesenkt werden, und so kühlte Philipa unablässig Judiths Stirn mit Essigwasser, dem sie ein paar Tropfen Rosenblütenessenz beigemischt hatte, was angeblich einen positiven Einfluß auf die Körpersäfte hatte und den unangenehmen Geruch des Essigs ein wenig milderte.

»Trinken muß sie, und zwar viel«, hatte Hiltrud verkündet. Das war sicher richtig, denn Judith schien zunehmend auszutrocknen, ihre Lippen waren blaß und rissig. Andererseits weigerte sie sich, etwas zu sich zu nehmen. Es war zum Verzweifeln. Philipa hatte es mit Hühnerbrühe versucht, damit sie zu Kräften käme, aber Judith dachte nicht daran, sie zu trinken. Es war erstaunlich, welche Widerstandsfähigkeit von einer Sechsjährigen ausging, die bloß den Kopf zur Seite drehte und die von Bläschen entstellten Lippen zusammenpreßte.

»Liebe, liebe Judith, mein Schätzchen, bitte trink doch ein bißchen«, bettelte Philipa, doch Judith kniff die Augen zu und schwieg beharrlich.

»Gut, einverstanden, keine Hühnerbrühe. Wie wäre es mit einem Schluck Bier?« Wein war bestimmt zu säuerlich und biß in den wunden Lippen. »Leckeres, verdünntes Bier? Marga, bitte hole welches.«

Marga, bis auf weiteres für Krankenpflegerdienste zuständig, stob davon.

»Mama?« Mama war das einzige Wort, das Judith von sich gab, und wenn es nicht so schädlich für ihre Gemütsverfassung gewesen wäre, hätte Philipa am liebsten geweint. Vor Erschöpfung, vor Sorge und vor Kummer, der Kleinen nicht das Gefühl von Behütetsein geben zu können, nach dem sie so offensichtlich verlangte.

Das Kind hustete, und blutiger Auswurf verunzierte das Leinentüchlein, das Philipa ihr dabei vor den Mund hielt. Nach besonders schlimmen Anfällen weinte sie stumm vor sich hin, denn der Husten schien ihren Brustkorb zu zerreißen, und alles tat ihr weh. Manchmal stieg das Fieber an, dann wurde der schmale Körper von Schüttelfrost förmlich hin und her geschleudert, und Philipa häufte alles an Decken und Fellen über die Kranke, dessen sie habhaft werden konnte. Dann plötzlich hörte das Frösteln auf, Judith stieß schwitzend die Decken von sich, und Philipa stand tausend Ängste aus, was die kühle Luft wohl mit dem geschwächten Körper anstellen würde. Aber ebensowenig, wie Philipa sie zum Trinken bringen konnte, vermochte sie es, Judiths Körper in eine Decke zu hüllen, wenn das Kind es nicht wollte. Schließlich konnte es für ihre Genesung nicht gut sein, wenn sie in ihrem geschwächten Zustand in einen Ringkampf mit ihrer Kinderfrau eintrat. Pah, Kinderfrau! Philipa fühlte sich keinen Deut älter und erfahrener als Judith selbst.

Als zwei Tage und zwei durchwachte Nächte später Gräfin Elisabeth den Raum betrat, bot sich ihr ein erbarmungswürdiges Bild. Philipa kniete vor dem Bett, hatte die Arme auf der Matratze verschränkt und schlief mit zerknitterter Kleidung und zerzaustem Haar den Schlaf der Erschöpften. Judith schlief auch, allerdings mit rasselndem Atem und unruhig flatternden Lidern, ihre Decken lagen zerwühlt und zerknäult am Bettende.

Elisabeth trat leise heran und berührte Philipa an der Schulter.

Sie fuhr hoch. »Judith?« Sie blinzelte, dann füllten sich plötzlich ihre Augen mit heißen Tränen. »Gräfin! Wie gut, daß Ihr da seid. Ich … ich schaffe es einfach nicht. Sie will nicht trinken, das Fieber geht nicht zurück, und sie fragt immerzu nach Euch.« Es war wirklich schwer, nicht laut loszuweinen, aber sie riß sich zusammen. »Bitte, bitte seid mir nicht böse, ich habe wirklich alles getan, was ich konnte, aber es hat einfach nichts genutzt. Es war nicht … genug.«

Elisabeth drückte sachte ihre Schulter und setzte sich neben ihre Tochter. Philipa schlich geduckt ans Bettende und begann etwas fahrig, die Laken und Decken zu ordnen und glattzustreichen.

»Mama.«

»Ja, Süße. Ich bin da. Weißt du was, wir waschen dich jetzt, und dann fühlst du dich bestimmt besser. Philipa, laß eine größere Schale mit Essigwasser bringen.«

Bevor Philipa noch den Mund auftun konnte, war Marga schon unterwegs. Judith legte die dünnen Ärmchen um den Hals ihrer Mutter und schluchzte leise in den weichen Pelz, mit dem ihr Surkot an den Kanten verbrämt war. »Es wird jetzt besser, mein Goldammerchen. Mama ist ja da. Weißt du, was wir jetzt tun? Jetzt machen wir Philipa eine Freude und trinken ein Schlückchen. Nur ein ganz, ganz winziges. Nicht aus dem Becher. Nein, du nimmst ein Löffelchen und läßt dich von mir füttern, als wärest du ein Baby.«

»Will nicht.«

»Hm. Was machen wir denn da? Gut, einverstanden, wir nehmen einen halben Löffel. Aber der muß sein. Und dann kochen wir dir einen Tee aus Anis, der schmeckt ganz frisch und fein, und davon nimmst du auch ein Löffelchen. Außerdem bestreiche ich deine armen Lippen mit einem Saft aus Eichenrinde. Das schmeckt nun wiederum nicht so gut, aber es heilt die Wunden ganz schnell ab. Danach streichen wir sie mit Honig ein, das ist dann wieder lecker. Du kannst auch so viel naschen, wie du willst. Ein bißchen muß allerdings auf den Lippen bleiben, dann werden sie wieder zart und rosig, wie sich das gehört.«

Judith nickte folgsam. »Bin so müde«, murmelte sie in die Kleider ihrer Mutter.

»Ja, mein Schatz. Das macht nichts. Dann schläfst du ein wenig. Ich bleibe hier und passe auf. Und wenn Philipa sich ausgeruht hat, kommt sie wieder und hilft mir beim Aufpassen. Wenn zwei Aufpasser fleißig sind, kann ja gar nichts Schlimmes mehr passieren. Einverstanden?«

»Hm.« Judith dämmerte schon halb.

Elisabeth blieb neben ihr sitzen, bis sie ganz eingeschlafen war, dann erhob sie sich und forderte Philipa mit einem Kopfnicken auf, sie nach draußen zu begleiten.

»Herrin, ich …«, begann Philipa, doch Elisabeth winkte ab.

»Ich möchte dich um ein paar Dinge bitten. Erstens gehst du jetzt in deine Kammer und schläfst ein paar Stunden, danach ißt und trinkst du etwas. Du siehst nämlich fast genauso schlimm aus wie Judith. Wenn du deine Sinne einigermaßen wieder beisammen hast, kommst du zu uns zurück.«

Philipa nickte stumm.

»Du brauchst dir keine Vorwürfe zu machen. Das müßtest du, wenn du nicht alles in deiner Macht Stehende getan hättest. Ich nehme jedoch an, das hast du. Aber du kannst nicht etwas tun, von dem du nicht weißt, daß du es tun müßtest. Das verstehst du doch? Und auch, daß dich keine Schuld trifft daran, daß es Judith nicht besser geht?«

Philipa nickte wieder, und diesmal liefen zwei dicke Tränen ihre Wangen hinab. Aus Erleichterung wie aus Erschöpfung. Sie kniff den Mund fest zusammen, um nicht in kindliches Schluchzen auszubrechen, doch sie konnte nicht verhindern, daß ihr Kinn auf ziemlich alberne Weise zitterte.

»Warum verstehst du nichts von Krankenpflege?« fragte Elisabeth unerwartet.

»Wenn einer bei uns krank war, wurde er von der Herrin der Burg versorgt, nicht von mir.«

»Aha. Und die Herrin der Burg wollte dir nicht die elementaren Kenntnisse der Behandlung von Krankheiten anvertrauen?« Noch deutlicher konnte Elisabeth ihre Vermutung, Philipa entstamme einem anderen Milieu, als man das bei Gauklern normalerweise erwartete, nicht Ausdruck verleihen.

Philipa ging nicht darauf ein, wollte andererseits aber auch keine Lügen auftischen. Sie war schlicht zu müde dazu. »Nein. Das wollte sie nicht.«

»Aha.« Elisabeth streichelte kurz über Philipas Arm. »Du kannst jetzt gehen. Ruh dich aus. Wenn du mir wieder zur Hand gehen kannst, hilfst du mir bei Judith, und ich bringe dir bei, was du wissen mußt. Schließlich kann es nicht schaden, oder? Egal, was die Herrin *deiner* Burg darüber denkt.«

Philipa nickte und floh.

Als sie in den frühen Abendstunden das Krankenzimmer einigermaßen erfrischt und ausgeruht wieder betrat, lag Elisabeth neben ihrer Tochter im Bett, hielt sie mit beiden Armen umschlungen und versuchte – vergeblich – deren Schüttelfrost zu dämpfen. Ihr selbst war natürlich heiß unter all den Decken, und sie hatte sich sowohl ihres Obergewandes als auch ihres Gebendes entledigt. Es war das erste Mal, daß Philipa einen Blick auf ihr Haar werfen konnte. Es war blond, fein gelockt und im Moment ziemlich durcheinander.

Elisabeth murmelte leise vor sich hin, und als Philipa näher trat, hörte sie, daß die Burgherrin betete. Mit einem Mal, ganz plötzlich, hörte Judith auf zu zittern und entspannte sich, das heißt, sie fiel schlaff zurück in ihre Kissen und schlief augenblicklich ein. Ihre Mutter blickte verzweifelt hoch.

»So geht das jetzt die ganze Zeit. Immer abwechselnd.«

»Ich weiß«, sagte Philipa unglücklich, »seit fast drei Tagen schon.«

Elisabeth richtete sich auf und entstieg dem Decken- und Fellgewühl. »Ich weiß nicht, ob ich es ertragen kann, wenn ich noch ein Kind verliere«, sagte sie plötzlich mit klarer hoher Stimme.

»Aber Herrin! Das wird nicht sein! Bestimmt nicht. Auf gar keinen Fall!« Philipa versuchte, Überzeugung in ihre Worte zu legen und die Panik herauszuhalten.

»Nein. Natürlich nicht.« Die Gräfin zog die Stirn in Falten. »Allerdings müssen wir jetzt massiver vorgehen. Das Fieber dauert schon zu lange und ist zu hoch. Ich weiß nicht, ob Judith das durchhält. Hol mir Marga.«

Marga wartete auf einem Schemelchen vor der Tür und war schnell da, mit angstgeweiteten Augen, aber voller Bereitschaft, das Ihre zu tun.

Elisabeth strich mit einer hektischen Bewegung ihr Kleid glatt. »Laß von zwei, besser drei Knechten einen großen Bottich mit Schnee füllen und ihn heraufbringen. Und zwar in das nördliche Eckzimmer. Dort ist es am kältesten. Sie sollen sich beeilen, damit der Schnee nicht schmilzt.«

Marga antwortete nicht, für angemessenes Benehmen war jetzt keine Zeit, und schoß davon. Es dauerte kaum länger, als man benötigte, drei Ave-Marias und drei Vaterunser zu beten, da war sie schon wieder da. »Sie kommen!« stieß sie erhitzt aus und pustete sich eine Haarsträhne aus den Augen, die sich unter ihrem Kopftuch hervorgestohlen hatte.

»Gut.« Philipa half Elisabeth, die kleine und erbärmlich leichte Judith in eine Decke zu hüllen und über den Gang zum Nordzimmer zu tragen. Dort entfernte Elisabeth die Decke, schob ihre Ärmel zurück und legte ihr Kind in die mit Schnee gefüllte Wanne.

Judith wachte auf und begann sofort zu schreien. Philipa

zuckte zusammen. Es sah aber auch wirklich barbarisch aus, das nackte Kind, dessen Rippen spitz aus dem Brustkorb ragten, ungeachtet seines Zitterns in dem Bottich mit Schnee abzureiben. Judiths Schreien ging in Schluchzen über, ihre Mutter ließ sich nicht beeindrucken, sondern fuhr fort, mit sanfter Stimme auf das Kind einzureden und seine Gliedmaßen mit dem Schnee zu bedecken. Irgendwann wimmerte Judith nur noch, und Elisabeth murmelte: »Siehst du, es ist ja gut. Unangenehm, aber gut.«

Im Hintergrund raschelten die Knechte unruhig und scharrten mit den Füßen über den Boden. Es waren zwar hartgesottene Kerle, aber gewiß nicht ohne Herz. Natürlich hätten sie es nie gewagt, die Herrin zu kritisieren, doch Philipa hatte den Eindruck, sie fanden die Mutter grausam.

»Was ist denn hier los?« Mit einem Mal stand Lambert mitten im Zimmer, Philipa hatte gar nicht gemerkt, daß er hereingekommen war.

»Was glaubst du wohl?« Wenn es nicht Elisabeth gewesen wäre, hätte man meinen können, es klänge patzig. »Ich versuche ihren Körper hinunterzukühlen, damit das Fieber sie nicht verbrennt.«

Lambert nickte stumm und starrte unglücklich in die Wanne.

»Ich möchte, daß ihr geht«, sagte Elisabeth plötzlich und mit leicht vibrierender Stimme, »zumindest alles, was Mann ist. Wir sind keine Schausteller.« Sie hatte wohl vergessen, daß dies für Philipa im Grunde nicht zutraf. »Und wir veranstalten keine Vorführung mit meinem armen Kind.«

Lambert nickte den Knechten zu, und sie verließen leise den Raum. Draußen waren allerdings keine sich entfernenden Schritte zu vernehmen, vermutlich blieben sie in der Nähe, falls sie gebraucht würden.

Der Schnee begann zu schmelzen. Judith war verstummt und hing völlig apathisch in den Armen ihrer Mutter. Diese beschied endlich: »Es ist gut jetzt. Zu lange sollten wir das nicht tun, sonst kühlt sie zu sehr aus. So, mein kleines Lämmchen, jetzt packen wir dich wieder ins Bett, und du schläfst dich aus.« Sie stand auf und schwankte ein bißchen.

»Darf ich, Herrin?« fragte Philipa und nahm ihr das Kind aus den Armen, legte es halb über ihre Schulter, es wog ja fast nichts mehr, deckte es mit einer feinen, weichen Wolldecke zu, die durch den Schnee häßliche feuchte Flecken bekommen hatte, und trug es zurück in seine Kammer. Dort hatte Marga dankenswerterweise und unaufgefordert bereits das Bett gerichtet, die Kissen aufgeschüttelt, die dicken Decken zusammengefaltet beiseite gelegt und nur ein feines Leinentuch und ein wunderbares, im Kerzenschein rötlich schimmerndes Plaid aus Fuchsfellen auf die Matratze gelegt. Judith sank halb schlafend oder halb bewußtlos, wer vermochte das schon so genau zu sagen, hinein.

»So. Jetzt noch ein Kissen unter den Rücken. Hier oben, siehst du, nicht unter den Kopf, mehr unter die Schulterblätter, ja, noch etwas tiefer. Das ist vielleicht nicht besonders bequem, aber es erleichtert ihr die Atmung und hoffentlich auch das Husten.« Elisabeth blickte hoch und sah Philipa an, ein kleines, erschöpftes Lächeln in den Zügen. »Ich werde mich kurz hinlegen, Philipa, bleib du solange hier.«

Philipa nickte, das war ja wohl selbstverständlich.

»Ich werde spätestens zur Prim mit Vater Anselm in die Kapelle gehen und direkt nach dem Morgengebet zu Judith kommen und dich ablösen.«

Philipa nickte wieder.

»Wenn irgend etwas ist, sich ihr Zustand gravierend verändert, dann rufst du mich, ja? Egal, wann. Und warum. Das wirst du doch tun?«

»Natürlich, Herrin. Wie Ihr befehlt.«

Aber nicht, wenn sie es vermeiden konnte. Die Gräfin sah inzwischen recht mitgenommen aus.

Es wurde nicht so schlimm, wie Philipa insgeheim befürchtet hatte. Das Beunruhigendste war eigentlich, daß mitten in der Nacht, es mußte schon nach Mitternacht sein, zwei besorgt und blaß aussehende Mädchen in der Kammer standen, Hand in Hand und sehr unruhig.

»Wie geht es ihr, Pippa?« wisperte Gysela und verzog keine Miene, obwohl Brigida ihre Hand fast schmerzhaft drückte.

Philipa zögerte. Sie wußte nicht genau, wie öffentlich sie ihre Überlegungen ausführen sollte. Dann warf sie ihre Bedenken über Bord. »Ich glaube, ganz gut. Ihre Mutter hat sie zwar einer rechten Roßkur unterzogen, aber ich habe den ... vorsichtigen ... Eindruck, das Fieber geht tatsächlich zurück. Es ist vielleicht noch zu früh, um wirklich Entwarnung zu geben, doch seit dem Schneebad ist zumindest der Schüttelfrost nicht zurückgekehrt. Ich meine auch, sie schläft ruhiger.« Sie stand auf und ging zu den beiden hinüber, die in gebührendem Abstand nahe der Tür stehengeblieben waren.

Sie zog die Kinder in die Arme, alle beide auf einmal. »Ihr seid nette Mädchen, daß ihr euch solche Sorgen macht. Aber ich denke, das Schlimmste ist vorüber. Also könntet ihr euch jetzt ins Bett legen, euch gemütlich aneinanderkuscheln und euch gegenseitig wärmen. Seid ihr eigentlich verrückt, daß ihr barfuß über diesen eisigen Boden hier herüberkommt!?« Philipa entdeckte erst jetzt, daß beide die Zehen krümmten und auf den Fußkanten standen, um nicht zu viel von dem kalten Stein zu berühren.

»Wir hatten keine Zeit«, Gysela zuckte die Achseln. »Komm jetzt, Brigida.«

»Die hat ziemlich spitze Knie, die Gysela«, vertraute Brigida Philipa noch an und grinste.

»Das ist noch nichts gegen die Knie deiner Schwester, wenn sie wieder in eurem Bett liegt«, Philipa lächelte ebenfalls. »Sie ist nämlich so dünn geworden, daß sie dich ordentlich piek-sen wird. Aber zank sie nicht deswegen aus, in Ordnung?«

»Wofür hältst du mich?« fragte Brigida von Borgewig hochmütig, doch dann drückte sie unvermutet einen dicken Kuß auf Philipas Wange. »Danke, daß du da bist.«

Philipa hielt noch eine Weile verblüfft ihre Hand auf ihre Wange, als die beiden schon den Raum verlassen hatten und auf nackten Füßen den Gang hinuntergesaust waren. Dann setzte sie sich auf Judiths Bettkante und war gerührt.

Barbara verließ hocherhobenen Hauptes die Kemenâte ihrer Herrin und – knallte die Tür zu, ein Vorgang, der ganz und gar unerhört war und der in Liutgard den heftigen Wunsch erwachen ließ, das unverschämte Weib unverzüglich von der Burg zu verweisen. Aber Eigentum war Eigentum, außerdem konnte selbst eine Hörige zur Bedrohung werden, wenn sie das richtige Ohr fand, in das sie ihr Gift träufeln konnte.

Es war alles so gut eingefädelt gewesen. Niemand hätte ahnen können, was sich damals, vor bald achtzehn Jahren, in den dunklen Monaten ihres freiwilligen Exils abgespielt hatte. Eine Frau, entkräftet im Stroh nach einer stundenlangen, qualvollen Niederkunft. Ein Reiter, der das nächtliche Land im Galopp durchmaß, sein Weg nur beleuchtet durch den Sternenhimmel und einen vollen Mond. Fast taghelles Licht, welches beträchtlich zum Gelingen des Plans beitrug. Das konnte doch nur heißen, daß Gott ihrem Plan wohlgesonnen war, hatte sie sich gesagt. Aber dann – war es sowieso zu spät gewesen. Wie stets, wenn sie zurückdachte an die Ankunft des Reiters mit seinem Bündel, wollte eine Woge der Verzweiflung über sie hinwegspülen, sie mitnehmen in das Tal, in dem Schuld und Sorge herrschten. Jedoch ließ sie es nicht zu. O nein. Vielleicht war es nicht gottgefällig gewesen, was sie getan hatte, doch es war geschehen, und sie hatte versucht, das Beste daraus zu machen. Aber – ein Mädchen. Es wäre ein leichtes gewesen, das Kind zu beseitigen, trotzdem hatte sie es nicht getan. Und eine zweite Chance hatte es nie gegeben.

Daß dieses verdammte Balg ausgerechnet ein Muttermal tragen mußte, welches jedem, der Augen im Kopf hatte, deutlich zeigte, wo es herkam!

Es war nicht zu ändern. Bis jetzt war es gutgegangen, und das würde es auch weiterhin. Philipp war tot, und sonst gab es niemanden, der ihr gefährlich werden konnte. Barbara hatte es versucht, indem sie Philipp informiert hatte, doch Tote konnten einem nicht schaden. Sie konnte nur hoffen, dieses Weib habe niemandem sonst davon erzählt. Sicher nicht. Wem schon.

Philipa kam mit einem Tablett den schmalen Gang entlang, der zu Judiths Kammer führte. Sie hatte endlich von Elisabeth die Erlaubnis erhalten, Hiltrud in der Küche zu helfen. Erstens, um zu lernen, wie man Tinkturen, Essenzen und Salben herstellte, die heißes Wasser, Feuer und Dämpfe benötigten, um ihre Wirkung zu entfalten. Zweitens, um ihr bei der Zubereitung von Gebäck und Pasteten über die Schulter zu blicken, denn Judith war höchst wählerisch, was das Essen anging. Philipas Gedanken richteten sich allerdings mehr in die Zukunft, denn sie sah das Angebot ihrer fahrenden Küche sich erweitern und lernte begierig.

Auf ihrem Tablett hatte sie eine Auswahl süßer Törtchen, gefüllt mit einer Creme aus getrockneten und wieder in Wein eingeweichten Pflaumen zusammen mit geriebenen Mandeln und Zimt, aber auch einige mit Taubenfleisch gefüllte Teigtaschen. Wenn Judith die nicht mochte, wußte sie auch nicht mehr weiter.

Ein Knall ertönte hinter Judiths verschlossener Tür. Philipa legte erschrocken ein paar Laufschritte ein. Dann lautes Gelächter zweier Stimmen, eine davon gehörte unverkennbar Judith. Der schwachen, blassen, mäkeligen Judith. Philipa blieb stehen und überlegte, was das zu bedeuten habe.

Sie würde es wohl kaum herausfinden, wenn sie den Raum nicht betrat.

Also öffnete sie vorsichtig die Tür mit dem Ellenbogen und stieß sie auf. Judith saß aufrecht in ihren zerwühlten Kissen, und ihre Augen strahlten wie schon lange nicht mehr. Neben ihr auf einem ziemlich ungemütlichen Schemel, wie Philipa aus Erfahrung wußte, hockte mit verknoteten Beinen ihr Onkel Lambert und sah ebenfalls sehr vergnügt aus. Vor den beiden stolzierte Rainald, erhobenen Hauptes und auch ansonsten einem Pfau nicht unähnlich, und balancierte eine seiner Jonglierkugeln auf dem Kopf, wobei ihm gräßliches Grimassieren und Augenrollen sehr zu helfen schienen.

Er erblickte Philipa, schleuderte mit einem kurzen Ruck die Kugel in die Luft und fing sie auf, dann machte er einen Salto auf Philipa zu und blieb genau vor ihr stehen. Das Leinentuch auf ihrem Tablett erzitterte im Luftzug, so nah war er. »Seid gegrüßt, Jungfrau Philipa«, sagte er höflich.

»Finger weg von meinem Tablett«, erwiderte Philipa.

»Das war nicht die richtige Antwort.« Rainalds Finger näherte sich bedenklich ihrer Fracht, und Philipa versuchte, ihm einen Klaps auf die Hand zu geben, ohne gleichzeitig die Platten von dem Tablett rutschen zu lassen.

»Laß ihn doch!« rief Judith mit hustenheiserer Stimme. »Er ist so lustig. Ich habe sowieso keinen Hunger.«

»Geschwächten Kindern kann man keine Gauklervorführungen zumuten«, sagte Philipa streng, aber sie lächelte.

»Doch, mir geht's schon wieder gut, bestimmt.« Judith unterdrückte zum Beweis ein Husten. »Und ich bin auch ganz satt, ehrlich.«

»Wovon denn?« fragte Philipa mit hochgezogenen Augenbrauen.

»Vom Frühstück.«

Wunderbar. Ein halb gegessenes, zerkrümeltes Haferplätzchen und eine Mäuseportion Würzwein.

»Ich verstehe dich nicht, liebe Nichte«, sagte Lambert und sah begehrlich auf das Tablett. Zögernd hob er die schlanke Hand und ließ die Finger über den Köstlichkeiten schweben, seine Ringe blitzten und funkelten im Feuerschein. »Es sieht alles so appetitlich aus. Wenn ich dürfte, wie ich wollte … Darf ich?« Er blickte Philipa aus großen grauen Augen flehentlich an.

Er konnte wirklich nett sein, wenn er wollte. »Niemals«, antwortete Philipa.

»Schade.« Lambert zog enttäuscht seine Hand zurück. »Du hast es gut, Judith, zu dir ist Philipa nicht so hart wie zu mir.«

Leider war Judith über das Alter hinaus, in dem sie sich noch mit derart simplen Tricks einwickeln ließ. »Ich schenk dir was, Onkel Lambert«, sagte sie großzügig, »und Rainald auch. Es sind schließlich meine, stimmt's, Philipa?«

»Ja, es sind schon deine. Aber ich habe sie gemacht, um *dir* einen Gefallen zu tun, nicht Onkel Lambert.« Sie blinzelte entschuldigend zu dem Betroffenen hin. »Ich habe mir wirklich Mühe gegeben, weißt du, damit sie richtig gut werden.« Sie senkte vertraulich die Stimme und beugte sich ein wenig vor. »Und Hiltrud ist streng, das kannst du mir glauben. Bis die mit mir zufrieden war! Puh! Es wäre jetzt schön, wenn du eins davon probieren würdest, damit ich ihr sagen kann, ob sie mit mir zufrieden sein *kann* oder nicht.«

Judith starrte ihre Kinderfrau zweifelnd an. Sie war nicht ganz sicher, ob sie gerade übers Ohr gehauen wurde oder nicht. Nach kurzem Zögern gab sie ihren Entschluß bekannt. »Na gut. Aber nur, wenn Onkel Lambert und Rainald auch was abkriegen.«

»Gutes Kind«, sagte Rainald und sprang herbei. Er ergriff ohne weitere Umschweife eines der Taubenpastetchen und biß dann aus Versehen in die Holzkugel, die er in der anderen Hand hielt.

Natürlich konnte Judith vor lauter Gegackere und Gekichere ihr eigenes Gebäck nicht essen. Philipa unterdrückte ein Seufzen und machte gute Miene zum bösen Spiel. Rainald hielt sich unter Wehklagen die Backe und wimmerte mit hoher Stimme: »Mein Zahn, Euer Gnaden, mein Zahn! Es war mein letzter!«

Lambert grinste und bediente sich vom Tablett, dabei versuchte er, Philipas Blick mit den Augen festzuhalten, doch wie stets wich sie ihm aus.

Endlich hatte Judith von jedem Gebäck ein halbes zu sich genommen, ihr Lob kundgetan mit der Bitte, dies in der Küche auszurichten, und dafür einen Kuß auf die Stirn geerntet. Philipa machte schnell ihr Bett, während das Kind auf dem Schoß seines Onkels saß und sich harmlose Witze von Rainald anhörte, was Philipa erschauern ließ, denn Rainald hatte auch einige höchst gewöhnungsbedürftige im Repertoire. Dann half sie dem Mädchen zurück ins Bett und deckte es gut zu.

»Ich bin nicht müde«, protestierte Judith erschöpft und sah sie aus dunkel umschatteten Augen empört an.

»Natürlich nicht«, Philipa küßte sie noch einmal zärtlich und stopfte ihre Decken fest. »Du mußt ja auch gar nicht schlafen. Nur ein bißchen ausruhen.«

Judith brummelte noch etwas und schlief schon halb, und nach einem letzten Blick verließ Philipa mit Rainald und Lambert das Zimmer. »Das hast du gut gemacht, Rainald«, sagte sie leise und lächelte den Zwerg dankbar an.

»Wunderbar. Danke, Herzchen.« Rainald verbeugte sich knapp und hüpfte davon.

»Und ich?« fragte Lambert. »Habe ich es nicht gut gemacht?«

»Doch. Natürlich, Herr.«

»Du bist immer so ernst mit mir«, erwiderte Lambert betrübt und schlenderte mit Philipa den Gang hinab. Versuchsweise legte er den Arm um ihre Taille.

Philipa blieb stehen und sah ihm gerade in die Augen. »Ja. Das scheint mir das Beste zu sein.«

»Ein bißchen mehr Freundlichkeit habe ich aber doch verdient.« Lambert zog sie ein wenig näher.

»Nein.« Mit festem Griff löste Philipa seinen Arm von ihrem Leib und ließ ihn fallen. »Ihr bekommt genau die Freundlichkeit, die angemessen ist. Mehr nicht.«

»Schade.« Lambert blickte tief in ihre Augen, machte jedoch glücklicherweise keine Anstalten, sie erneut zu berühren. Es krähte kein Hahn danach, wenn ein Herr eine Bedienstete oder Gauklerin verführte, auch gegen deren Willen. Philipa war sich durchaus bewußt, auf welch dünnem Eis sie sich bewegte. Es war bestimmt nicht gut, ihn zu verärgern.

»Schade vielleicht«, sagte sie, »aber nicht zu ändern.«

»Tja, *Herzchen*«, erwiderte Lambert gedehnt, »wer weiß, wer weiß.«

Der Winter neigte sich dem Ende zu, Judith wurde langsam kräftiger und das beliebteste Kind der Gauklertruppe, denn ein jeder schien mit den anderen zu wetteifern, sie zu erfreuen und zu erheitern. Jann begann, davon zu sprechen, Burg Borgewig zu verlassen. Seine Geschichten waren erzählt, die Ausrüstung instand gesetzt, die Muskeln ausgeruht, und langsam entwickelten sie einen unruhigen Geist. Philipa dagegen wurde traurig.

Es war dumm von ihr gewesen, ihr Herz an ein paar Kinder und eine Gräfin zu hängen, dumm und leichtsinnig. Bestimmt würden sie in einer anderen Zeit, einem anderen Winter einmal zurückkehren. Vielleicht waren Brigida und Judith dann schon verheiratet und lebten längst woanders. Es war ja nicht ungewöhnlich, daß kleine Burgfräulein einem Mann gegeben wurden, sobald sie das Kindesalter überschritten hatten.

Sie durfte gar nicht daran denken, jung und unschuldig, wie die beiden noch waren. Philipa sandte einen unfrohen Gedanken in Richtung des Ritters Johann Rischen. Heute konnte sie sich wesentlich besser vorstellen, was ihr an seiner Seite geblüht hätte. Nun ja, vorbei, vergessen. Jedenfalls fast vergessen.

Der Regen ließ nach und allmählich, aber doch viel zu schnell, begann die Erde sich von einer Schlammwüste zurück in festen Boden zu verwandeln. Philipa verbrachte so viel Zeit wie möglich bei den Kindern. Außerdem gab ihr dies Gelegenheit, auf Roland einzuwirken, dessen Manieren bisweilen sehr zu wünschen übrigließen. Gut, wann hätte er auch höfisches Benehmen erlernen sollen? Sein Vater war zu früh gestorben, um sich um seine Ausbildung zu kümmern. So nutzte sie die Zeit und bemühte sich, einen mäßigenden Einfluß auf ihren Bruder zu nehmen. Natürlich fehlte die Ausbildung an den Waffen und in der Reitkunst, sein Herumschaukeln auf dem schwerfälligen Herkules konnte wohl kaum dazugezählt werden. Aber sich bei Tisch einigermaßen zu benehmen, sich in seinen Lebensäußerungen und vor allem in seiner Rede zu mäßigen, höflich gegenüber den Damen und ritterlich gegenüber den Schwachen zu sein, das konnte sie ihm durchaus selbst nahebringen.

»Ritterlich gegenüber den Schwachen!« beschwerte sich Roland. »Wie soll das gehen? Von den Jungen an dieser Burg bin ich der jüngste und bei den Mädchen ... puh! Judith und Brigida sind doch Mädchen, oder nicht? Aber sind sie schwach? Sag es mir, sind sie schwach?« Roland hatte nach wie vor zu kämpfen, vor allem mit Brigida.

Philipa lachte. »Nicht besonders, ehrlich gesagt. Doch darauf kommt es nicht an, auf einen Wettstreit, wer nun tatsächlich und auf welchem Felde schwächer oder stärker ist. Im Fall von Brigida heißt das, daß du die Größe hast, über ihre mangelnde Schwäche hinwegzusehen.« Philipa hoffte, daß diese Angabe niemals an einem wirklich bedeutenden Hof würde überprüft werden können, aber an einen solchen würde sie ihr Weg nicht führen.

Roland sah sie denn auch zweifelnd an. »Sie tritt mich mit Füßen«, verkündete er dann dramatisch. »Das kann sich ein Ritter doch nicht gefallen lassen.«

Philipa rang um Worte, aber Gysela, die das Gespräch mit Interesse verfolgte, war nicht so feinfühlig. »Nee, ein Ritter vielleicht nicht, aber du schon. Du bist kein Ritter, hast du das vergessen?«

Roland starrte sie an. Für einen Moment hatte er es tatsächlich vergessen. Das Leben auf Burg Borgewig erinnerte ihn derart an jenes auf Burg Aichbergen, daß sich die Grenzen für ihn längst verwischt hatten.

Philipa räusperte sich. »Tja, man könnte es auch etwas weniger drastisch ausdrücken«, sie warf einen strafenden Blick in Richtung ihrer Schwester, was diese allerdings völlig ungerührt ließ, »aber in der Sache hat sie natürlich recht. Leider. Roland, gewöhne dich daran. Es ist nun mal, wie es ist. Vielleicht kannst du später als Waffenknecht bei irgendeinem Ritter anfangen und aufsteigen.«

»Waffenknecht?« Roland sah sie bitter an. »Ich habe doch keine Ahnung von Waffen. Oder siehst du hier irgendwo ein Schwert, mit dem ich üben kann?«

»Das wird sich alles finden«, sagte Philipa, die keine Ahnung hatte, wie und wann das geschehen sollte, aber nicht wußte, was sie sonst hätte sagen können.

Petronella steckte den Kopf zur Tür rein. »Kommt ihr? Wir sollen uns versammeln und die Reise durchsprechen, sagt Jann.«

Es wurde also ernst. Philipas Herz zog sich zusammen. »Ist gut, wir sind schon unterwegs.«

Sie saßen wie üblich an ihrer gewohnten Ecke in der Halle nahe beim Kamin, in dem heute nur ein karges Feuer loderte, eher glimmte. Es war wärmer geworden draußen, was nicht hieß, daß man in der Halle nicht fröstelte und einem der

Atem vorm Mund stand, wenn man sich weiter als zwei Armlängen vom Feuer entfernte. Trotzdem war die Halle spürbar leerer als sonst, jeden zog es nach draußen, als würde es den Frühling schneller herbeibringen, wenn man so tat, als wäre er bereits im Anmarsch.

»Alle da? Alle da.« Jann stemmte die Hände auf die Oberschenkel, sprang jedoch plötzlich unternehmungslustig auf. »Kommt, wir verschwinden auch. Hier ist es mir zu ungemütlich.« Er war schon auf dem Weg zum Ausgang, es blieb ihnen nichts anderes übrig, als ihm hinterherzugehen, und sie schoben und drängelten wie eine Schar Novizinnen auf einem Ausflug.

»Der Frühling ist da!« verkündete Jann und wies mit großer Geste nach draußen.

Philipa zog skeptisch die Augenbrauen hoch. Vor ihnen lag der Hof, schlammig, mit Schneeresten in den Ecken, doch der scharfe Nordwind hatte sich tatsächlich verzogen, und die Luft war zwar noch kalt, aber weniger eisig und feucht als in den letzten Wochen. Es würde nun nicht mehr lange dauern, und die Bäume wären mit dem ersten zarten Grün überzogen, die Luft erfüllt vom Gesang der Vögel, die in ihre Heimat zurückkehrten. Es half wohl nichts. Wenn der Frühling auch noch nicht da war, wie Jann behauptete, so würde er gewiß nicht mehr lange auf sich warten lassen.

»Kommt, wir laufen ein paar Schritte, dann wird uns warm«, sagte Jann munter und rieb sich die Hände. Er begann Philipa auf die Nerven zu gehen. »Also, ich schlage vor, wir ändern in diesem Jahr unsere Route ein wenig. Ach, was heißt ein wenig, wir stürzen uns in neue Abenteuer. In ein neues Leben, atmen neue Luft!«

»Darf ich dich daran erinnern, daß du uns hier keine deiner Geschichten erzählst, sondern wir unsere Fahrt planen wollen?« Das war Hanß.

»Ach, laß ihn doch.« Petronella, wie immer nachsichtig.

»Genau.« Jann drückte ihr einen Kuß auf die Stirn. »Laßt mich doch. Wir fahren in den Norden, was haltet ihr davon? Zurück ins Rheinland und immer die gleiche Tour, ich finde es langsam langweilig. Überall sind wir gewesen, jeder hat uns schon gesehen … nein, wir brauchen neue Gefilde, ein anderes Publikum. Na? Was haltet ihr davon?«

»Phhhh«, machte Rainald.

»Ich bin dagegen«, sagte Gertrude, und gleichzeitig hörte man Hanß mit einem »Mir ist's egal«.

»Ich finde, wir sollten es so machen, wie Jann sagt«, meldete sich Bruno zu Wort. »Ich habe gehört, im Norden ist es flacher und es gibt keine Berge, und das ist für Herkules entschieden einfacher. Der kommt auch in die Jahre, der Gaul.«

Rainald war ausnahmsweise einer Meinung mit seiner Frau. »Im Rheinland, da um Köln rum und so, da wissen wir, was wir haben«, meinte er.

»Genau. Richtigen Ärger gab's da nie«, bestätigte Gertrude.

»Ach was, Ärger kriegen wir auch woanders nicht.« Janns gute Laune war unerschütterlich. »Was meinen die anderen? Philipa?«

»Ich halte es für eine gute Idee, weiter in den Norden zu ziehen.« Möglichst weit weg von der Aichbergen-Burg.

»Na klar«, knurrte Gertrude gereizt, wenn auch leise.

Gysela und Roland wurden nicht gefragt. Die drei Geschwister hatten offenbar nur eine Stimme. »Petronella?«

»Ach, ich würd' auch gern mal was anderes sehen.« Petronella blickte freundlich in die Runde und vermied es, Gertrude oder Jann dabei anzusehen. Erstens wollte sie Gertrude nicht kränken und zweitens nicht, daß die anderen merkten, wie gleichgültig es ihr war, wohin sie zogen. Hauptsache, sie war in Janns Nähe.

»Engelbert?«

Engelbert blinzelte unbestimmt, zuckte mit den Achseln

und schwieg. Auch egal, Engelbert würde hingehen, wohin die anderen gingen.

»Na, scheint ja alles klar zu sein.« Jann rieb sich wieder die Hände.

»Wieso? Haben wir gesagt, daß wir einverstanden sind?« fauchte Gertrude, und Rainald grinste unbehaglich, widersprach aber nicht.

»Nee«, Jann lächelte, aber es sah nicht sehr freundlich aus, »jedoch ...«

»Hier seid ihr!« erklang da die atemlose Stimme von Marga. »Ich hab' schon überall nach dir gesehen. Du sollst die Gräfin aufsuchen, Philipa.« Margas spitze Nase war ganz rot, ob vom schnellen Lauf oder von der Kälte war nicht ersichtlich.

»Die Gräfin aufsuchen! Tatitata«, zwitscherte Gertrude geziert und funkelte böse in Philipas Richtung.

»Ich komme.« Ach, wie war das schön, dem sich gerade abzeichnenden Streit zu entgehen. Philipa haßte Streit, doch das interessierte niemanden außer ihr selbst. »Hier fehle ich ja wohl nicht ernsthaft.«

Selbstverständlich hatte Elisabeth es warm und gemütlich in ihrer Kemenâte, das Feuer loderte und knisterte und knackte und verbreitete einen goldenen Schein auf den Wandteppichen, die so vom fahlen, grauen Winterlicht verschont blieben. Sie saß auf ihrem Stuhl mit den Löwenköpfen und stickte konzentriert an einem Altartuch. Als Philipa den Raum betrat, blickte sie hoch.

»Ah, da bist du ja. Hat Marga dich doch noch gefunden.«

»Verzeiht, Herrin. Wir sind ein bißchen an die frische Luft gegangen. Jann Roedthaar möchte uns einreden, der Frühling habe begonnen. Er will aufbrechen.«

»Aha.« Elisabeth stickte an einem Sternenregen, der das Haupt irgendeines Heiligen umkränzte. Sie schwieg. So wichtig waren die Gründe wohl nicht, aus denen sie nach ihr geschickt hatte. Philipa entspannte sich etwas. Obwohl Elisabeth stets freundlich und großzügig zu ihr war, fühlte sie sich in ihrer Gegenwart immer ein bißchen wachsam, ein ganz klein wenig mißtrauisch. Sie wußte schließlich selbst am besten, wie unberechenbar die Herrin einer Burg sein konnte.

Sie wechselte das Thema. »Wo sind denn die Mädchen?«

»Die habe ich in ihre Kammer geschickt. Zusammen mit einem Kohlebecken und dem Auftrag, eine Seite aus dem Psalter zu übersetzen. Ihr Latein ist so schlecht, da klingen selbst meine Ohren, und ich habe mich auch nie besonders darin hervorgetan.« Jetzt blickte Elisabeth hoch und lächelte Philipa spitzbübisch an. »Du wirst mich doch nicht bei ihnen verraten?«

Philipa lachte. »Nein, auf keinen Fall. Aber ein wenig Übung kann den beiden wirklich nicht schaden. Kümmert sich Vater Anselm eigentlich gar nicht um sie?«

»Nein.« Elisabeth zögerte. Dann fuhr sie fort: »Vater Anselm ist Graf Gottfried voll und ganz ergeben. Und Judiths und Brigidas Vater hat keine klaren Anweisungen für ihren Unterricht hinterlassen.«

Vater Anselm, soso. Philipa hatte sich schon gewundert, warum er so selten in Erscheinung trat. Inzwischen lebte sie lange genug auf Burg Borgewig, um zu wissen, daß Graf Gottfried nicht auf ungeteilte Zuneigung stieß. Zwischen den Eheleuten schien ebenfalls nicht alles zum Besten zu stehen, auch wenn niemand mit Philipa darüber sprach. Es waren mehr Ahnungen. Schwingungen. Das Unausgesprochene. Wenn also Vater Anselm loyaler Gefolgsmann Gottfrieds war, so schloß dies offenbar eine ebenso enge Bindung an dessen Gemahlin aus.

»Philipa?«

»Oh. Verzeiht, Gräfin, ich war in Gedanken. Ich … ich habe leider nicht gehört, was Ihr mich gefragt habt.«

Elisabeth stichelte an ihrem Altartuch und schwieg. Philipa biß sich auf die Lippen. Manchmal verlief die Konversation mit der Gräfin nicht so unbeschwert, wie sie es sich wünschte. Was um Himmels willen wollte sie eigentlich von ihr? Philipa überlegte gerade, ob sie es wagen sollte, Elisabeth zu fragen, als diese aufsah und nachdenklich den Blick auf ihr ruhen ließ.

»Könntest du mir helfen bei dem Altartuch? Ich möchte, daß es zu Ostern fertig ist, und ich weiß nicht, ob ich es bis dahin schaffe, wenn ich keine Unterstützung bekomme.«

»Es tut mir leid, Euch enttäuschen zu müssen, aber meine Talente im Sticken gleichen denen in der Krankenpflege.« Philipa atmete vorsichtig aus. »Ich kann ein bißchen nähen oder flicken, doch für solch kunstvolle Arbeiten, wie Ihr sie herstellt, reicht mein Geschick bei weitem nicht aus. Nur für das Grundlegende.«

»Die Herrin deiner Burg hat bei deiner Unterweisung wohl einiges an Wünschenswertem unterlassen.« Es war das erste Mal, daß Elisabeth auf ihr Gespräch zurückkam, welches sie damals geführt hatten, als Judith krank und Philipa so hilflos gewesen war.

Philipa schwieg. Was sollte sie auch schon sagen? Wenn Elisabeth Auskünfte über ihre Herkunft aus ihr herauslocken wollte, so mußte sie sie leider enttäuschen. Sie würde nicht darüber sprechen, und wenn Elisabeth noch so lange bohrte.

Die Gräfin wechselte aber bereits das Thema. »Euer Anführer möchte uns also in Kürze verlassen?«

»Ja, so sieht es wohl aus.«

Elisabeth griff wieder nach ihrem Tuch und arbeitete weiter an einem neuen Stern.

»Was ist mir dir? Möchtest du auch zurück auf die Straße?«

Philipa starrte sie an. Eine schöne Frau, zart, hellhäutig, blauäugig, gekleidet in eine Cotte aus sanftgrünem flandrischen Tuch und einen dunkelgrünen Surkot, der mit Pelz gefüttert war und trotzdem ihre schlanke Silhouette betonte. Eine Frau mit weitreichenden Interessen. Sie räusperte sich. »Nun, ich würde nicht sagen, daß ich unbedingt möchte. Aber wenn der Winter geht, gehen wir auch, so ist das eben.«

»Aha. Unabänderlich?«

Philipa holte tief Luft. »Gräfin, ich wünschte wirklich, Ihr würdet mir sagen, was Ihr mir mitzuteilen habt. Es ist ... nun, ich bin nicht so gut im Rätselraten.«

»Wieder eine höfische Tugend, die nicht die deine ist«, bemerkte Elisabeth und fädelte dunkelrotes Garn in ihre Nadel, um sich dem Gewand des Heiligen zu widmen.

»Ja, ganz richtig. Ihr scheint zu vergessen, daß bei Spielleuten höfische Tugenden nicht üblich sind. Wir sehen zwar dies und das und schauen uns auch das eine oder andere ab, wenn wir auf Burgen und Festen aufspielen, aber das kann man wohl kaum als eine höfische Erziehung bezeichnen.« Langsam wurde Philipa wirklich ratlos. Normalerweise kam sie gut mit der Gräfin aus, und normalerweise waren ihre Gespräche auch nicht so kompliziert.

»Ich denke, eine höfische Erziehung würde dir ganz gut zu Gesicht stehen«, sagte Elisabeth, und das ließ nun an Deutlichkeit wenig zu wünschen übrig.

»Ich fürchte, mit dieser Ansicht steht Ihr ziemlich alleine da«, erwiderte Philipa. Im Grunde war es jetzt egal. Entweder die Gräfin jagte sie wegen respektlosen Verhaltens von der Burg oder nicht, sie gingen ja ohnehin in ein paar Tagen.

»Wie bedauerlich. Setz dich.« Elisabeth wies mit einer graziösen Handbewegung auf den Stuhl neben ihr.

Philipa zögerte kurz, dann ließ sie sich nieder. Es nutzte ja nichts.

»Ich möchte natürlich nicht ungebührlich in deine Lebensplanung eingreifen«, sagte Gräfin Elisabeth von Borgewig, »aber ich habe dir einen Vorschlag zu unterbreiten. Möchtest du einen Schluck? Bedien dich.«

Vor ihnen standen ein Krug mit Wein und zwei silberne Becher. Elisabeth hielt nichts davon, sich im Alltag mit schlichtem Zinn zu begnügen.

»Danke.« Philipa füllte die Becher und nippte an ihrem, die Einladung einer Gräfin, auch einer komplizierten, schlug man nicht so einfach aus.

»Wenn du damit einverstanden sein könntest, dich von deiner Truppe zu lösen, würde ich dich bitten, weiterhin für die Unterweisung meiner Töchter Sorge zu tragen. Als Gegenleistung könntest du an ihrem Unterricht teilnehmen, der sie später dazu befähigen wird, eine Burg zu führen. Das hoffe ich zumindest.«

Fast hätte Philipa sich verschluckt. »Gräfin, Euer Angebot ehrt mich. Aber ich werde nicht in die Lage kommen, eine Burg zu führen, und daher werden mir solche Kenntnisse nicht sehr nützlich sein.«

»Ach was, es kann nie schaden, seine Fähigkeiten auszubauen. Egal, wo du sein wirst, Kranke und Pflegebedürftige gibt es immer. Weben und Sticken steht jeder Frau gut an, und Vorratshaltung ist ebenfalls nützlich, egal, wo man gerade lebt.«

Philipa schwieg.

Elisabeth biß einen Faden ab und bemerkte: »Mir scheint, die anderen Felder höfischer Erziehung sind bereits abgedeckt. Französisch und Latein beherrschst du, in der Literatur bist du bewandert, und dein Benehmen läßt in keiner Weise etwas zu wünschen übrig.«

»Ich spiele kein Instrument«, flüsterte Philipa.

»Nun, dafür hast du eine hübsche Singstimme. Ich habe dich gehört, wie du meinen beiden Kleinen vorgesungen hast. Und damals, bei Bligger. Warum singst du eigentlich nicht öfter?«

Philipa ging nicht darauf ein. »Es wird nicht gehen, trotz allem. Obwohl es reizvoll ist, natürlich. *Natürlich* ist es das. Ich ... bin ja nicht alleine. Meine Geschwister, ich bin für sie verantwortlich. Das versteht Ihr doch? Ich kann sie nicht im Stich lassen.«

»Habe ich das nicht erwähnt? Mein Angebot schließt deine Geschwister selbstverständlich ein. Judith und Brigida würden es mir nie verzeihen, wenn ich sie fortschicken würde. Ich dachte, Roland könne dem Stallmeister zur Hand gehen und Gysela bei den Mädchen bleiben.«

»Gysela ist auch viel geschickter im Handarbeiten als ich«, sagte Philipa mit erstickter Stimme.

»Na, siehst du. Dafür sprichst du besser Französisch. So gleicht sich alles aus, nicht? Also, abgemacht. Ihr bleibt hier und verschafft mir meinen Seelenfrieden. Judith und Brigida liegen mir nämlich ständig damit in den Ohren, wie unerträglich öde und langweilig es sein wird, wenn ihr drei die Burg verlaßt.«

»Ich muß meine Geschwister erst fragen«, erwiderte Philipa zögernd. Und Jann Rede und Antwort stehen. Den anderen. Sie unterdrückte ein Stöhnen.

»Dann tu das.« Elisabeth hatte ersichtlich keinen Zweifel, daß sich die ganze Angelegenheit zu ihrer aller Zufriedenheit lösen ließe, vor allem zu ihrer eigenen.

Der Abschied fiel ihnen nicht leicht. Philipa hatte sich gar nicht klargemacht, wie eng sie sich den Gauklern anverbunden hatten, sie alle. Roland, der sich mit kalkweißem Gesicht, aber tapfer von Bruno verabschiedete, jedoch kaum die Arme von Herkules' Hals lösen konnte und seine Miene in dessen dichter Mähne verbarg. Gysela, die Petronella umschlang, als wäre sie unfähig, sich von ihr zu lösen, wodurch Philipa jetzt erst klar wurde, daß die Gauklerin eine Art Mutterstelle bei ihrer Schwester vertreten hatte. Und sie selbst, die sich einem plötzlichem Impuls folgend und weil ein Händeschütteln ja nicht möglich war, in einer Umarmung von Hanß wiederfand.

»Ihr werdet mir fehlen«, flüsterte sie mit erstickter Stimme und fühlte, wie Hanß ihr mit seinem Stumpf über den Rücken strich.

»Es ist besser so«, sagte er vernünftig. »Es paßt einfach besser zu dir. Du wärst nie eine gute Gauklerin geworden, Philipa, seien wir ehrlich. Du bist zu zurückhaltend dafür.«

»Zurückhaltend! Das bist du auch.«

»Ich erzähle nicht gerne aus meinem Leben, das ist schon richtig. Aber ich habe keine Probleme damit, mich vor anderen zu produzieren. Es lenkt ab, weißt du.«

Philipa nickte. Sie verstand. »Danke für alles«, sagte sie leise.

»Gleichfalls.«

Sie löste sich von ihm und blickte ihn erstaunt an. Doch ehe sie fragen konnte, legte Jann seine kräftige Hand auf ihre Schulter und zog sie zu sich herum.

»Jetzt bin ich dran«, verkündete er. »Hast dich gut gemacht bei uns, Mädel. Bleib so.«

»Na ja, nur mit dem Singen hat's gehapert.« Philipas Stimme war ein bißchen wackelig.

»Nicht mit dem Singen«, korrigierte Jann, »nur mit der Traute. Kommt vielleicht noch. So, jetzt gib mir einen Kuß, darauf muß ich bestehen.«

Gesagt, getan. »Du kratzt«, beschwerte sich Philipa.

»Ach? Ich verspreche dir, wenn wir uns wiedersehen, werde ich mich extra für den Begrüßungskuß frisch rasieren. Ehrenwort.«

»Sehen wir uns denn wieder?« fragte Philipa und wäre erneut fast von Rührung und von Furcht übermannt worden.

»Klar. Wir kommen doch überall herum. Wenn wir in der Gegend sind, fragen wir auf Burg Borgewig nach, was inzwischen aus dir geworden ist. Irgendwie und auf irgendeine Weise finden wir euch schon. So, jetzt müssen wir los.«

»Ja, genau, das dauert ja ewig«, murrte Gertrude hinter

ihm. Aber dann blickte sie Philipa kurz an und sagte: »Paß ein bißchen besser auf. Man weiß nie, wer einem was will und wer nicht. Also. Wiedersehen. Und nichts für ungut.«

Philipa sah sie sprachlos an. Eigentlich war sie der Meinung, wenn Gertrude nicht in ihrer Nähe war, sei das Schlimmste eigentlich vorbei. Aber ehe ihr noch eine passende Erwiderung eingefallen war, hatte sich Gertrude längst umgedreht und sprang auf den Kutschbock.

Bruno gab sich Mühe, die Aichbergens nicht zu zerquetschen, was ihm auch halbwegs gelang, Petronella verdrückte ein paar Tränchen, Engelbert lächelte wie stets unbestimmt vor sich hin, Rainald verbeugte sich tief und schenkte ihnen die beiden Holzkugeln, mit denen Minni so erfolglos trainiert hatte, zusammen mit den aufmunternden Worten, sie sollten es vielleicht noch einmal mit ihm probieren. Hanß blickte sich nicht mehr um, denn er wollte nicht, daß die anderen merkten, wie schwer ihm der Abschied fiel. Eigentlich blieb nur Jann ganz gelassen, er hatte sich schon lange mit den Wechselfällen des Lebens ausgesöhnt.

Dann waren sie fort, und Philipa, Gysela und Roland standen alleine auf dem Burghof und sahen ihnen nach. Minni rannte aufgeregt hin und her, weil er nicht verstand, warum sie nicht mitfuhren, aber mit der Zeit stellte er seine Bemühungen ein und blieb hechelnd und mit betrübtem Gesichtsausdruck neben ihnen sitzen.

Eine Weile war noch das Rumpeln der Räder zu hören, dann war alles still.

Veränderungen

1254 bis 1255

Philipa schleppte sich mit einem schweren Korb am Arm die Treppen hoch. Stundenlang hatte sie sich damit beschäftigt, Aussehen und Geruch der verschiedensten Kräuter voneinander zu unterscheiden und schließlich aus den Resten des letzten Jahres Tinkturen, Öle oder Tränke herzustellen, denn der Jahreszyklus würde ihnen frische Kräuter bescheren, die es neu zu sammeln und zu trocknen galt. Niemand wußte so genau, wie lange sie ihre Wirksamkeit behielten, deshalb legte Gräfin Elisabeth Wert darauf, jedes Jahr eine neue Apotheke anzulegen. Was übrig blieb, machten sie auf andere Weise haltbar, die Krüge und Tiegel verschlossen sie fest mit Wachs und im übrigen hofften alle, sie fänden keine Anwendung.

Jetzt trug Philipa gerade das Ergebnis der Mühen eines langen Tages von der Küche hinauf zu Elisabeth, um ihre Arbeit begutachten zu lassen. Auf dem schmalen Gang, der von der Wendeltreppe zu den Räumen der Gräfin führte, kam ihr Lambert entgegen. Ganz offenbar hatte er seiner Schwägerin einen Besuch abgestattet. Das tat er oft. Sie las ihm vor, denn wie viele seiner Standesgenossen war Lambert des Lesens und Schreibens unkundig, die beiden unterhielten sich und pflegten insgesamt einen vertrauten und freundschaftlichen Umgang miteinander. Allerdings waren sie selten allein, wie Philipa inzwischen hatte feststellen können, in der Regel umgab sich Elisabeth mit den Frauen der Ritter, die zur Bewachung der Burg auf Borgewig lebten, auch wenn sich seit Philipas Ankunft erstaunlich wenige Familien hier aufhielten. Vielleicht lag es daran, daß der Graf unterwegs war, er nahm seine engsten Vertrauten natürlich mit.

»Ah, unsere Gauklerin!« begrüßte Lambert sie. Philipa wünschte, er würde das lassen, doch wie so oft kam es auf ihre Wünsche nicht an. Sie lächelte knapp und blieb stehen, um ihn vorbeizulassen, denn sich ganz nah an ihm entlangzudrücken kam gar nicht in Frage, da konnte er lange warten.

Genau das schien er vorzuhaben. Er lehnte sich gemütlich an die Wand, streckte die wohlgeformten Beine über Kreuz von sich und versperrte ihr so auf das Wirkungsvollste den Weg, sofern sie nicht die Absicht hatte, auf unschickliche Art über ihn hinüberzuklettern.

»Schön, daß ihr noch bei uns bleibt, findest du nicht?« eröffnete er das Gespräch und lächelte sie liebenswürdig an.

Philipa betrachtete ihn unruhig. Ob das schön war oder nicht, hing nicht unwesentlich von ihm ab. Daß er sie in Frieden ließ. Vor allem jetzt, da sie den Schutz der Truppe nicht mehr genoß und nicht das Bewußtsein hatte, jederzeit die Burg verlassen zu können. Erst in diesem Moment wurde ihr wirklich klar, wie sicher sie sich gefühlt hatte mit Jann und Bruno im Rücken und daß sie nun wieder auf sich gestellt waren.

»Da bildet sich eine kleine, unvorteilhafte Falte, wenn du nicht weiterweißt«, bemerkte Lambert und strich mit dem Finger über ihre Stirn. Seine Hände waren kühl, obwohl jetzt, Ende April, sich selbst die Luft innerhalb der Burg ein wenig zu erwärmen begann.

Philipa wich einen Schritt zurück. »Es mag Euch unglaubhaft erscheinen, aber mir ist es egal, ob ich unvorteilhaft wirke.« Im Gegenteil, sie hätte es eigentlich durchaus nützlich gefunden, wenn es gestimmt hätte.

Offenbar war Lambert aber der gegenteiligen Meinung. »Ah. Das mag ich nicht glauben. Eine so hübsche junge Frau wie du. Natürlich ist mir nichts gleichgültig, was du tust.« Er lächelte freundlich. Ungefähr so wie ein Fuchs vor einem Kaninchenbau.

»Ich muß zur Gräfin. Sie erwartet mich.«

»Ach ja. Gräfinnen darf man nicht warten lassen. Du hast hübsches Haar. Du solltest es offen tragen.« Lambert schüttelte in mildem Tadel den Kopf. Philipa wich erneut ein wenig zurück, denn Lambert hatte bereits die Hand ausgestreckt, um den strengen Knoten zu lösen, in den sie ihr Haar wohlweislich frisiert hatte.

»So ist es aber besser, Graf Lambert. *Unter anderem* stört es mich nicht bei der Arbeit. Ich bin zum Arbeiten eingestellt, habt Ihr das vergessen?« Das Gute an Lambert war, daß sie mit ihren Worten nicht übermäßig behutsam umgehen mußte, er pochte nie allzu sehr auf die Rangunterschiede.

Jetzt verschränkte er gemütlich die Arme vor der Brust. »Das habe ich keinesfalls vergessen, nur ganz anders verstanden. So, wie ich das sehe, bekommst du hier eine Ausbildung, die einer Grafentochter wohl zu Gesicht stünde. Wenn auch Elisabeth ein gütiges und wohltätiges Herz hat, wie wir alle wissen, so geht das doch über ihre üblichen Bemühungen um das Burgpersonal weit hinaus. Ich frage mich, warum sie das wohl tut.«

Das fragte sie sich auch. Philipa legte ein nicht allzu süffisantes Lächeln in ihre Züge und erwiderte: »Statt mich, solltet Ihr besser die Gräfin selbst dazu befragen. Wer vom Burgpersonal kann schon genau sagen, was in den gräflichen Köpfen vorgeht.«

Selbst Lamberts Absichten waren nicht so klar, wie es den Anschein hatte, vermutete Philipa. Sie hätte nicht zu sagen vermocht, ob er sie nur ein wenig reizen wollte, spaßeshalber sozusagen, oder ob er ihr tatsächlich nachstellte. Wenn letzteres zutraf, würde sie alle Mühe haben, ihn auf Abstand zu halten. Zeigte sie sich zu nachgiebig, würde er erwarten, leichtes Spiel mit ihr zu haben, war sie zu bärbeißig, verärgerte sie ihn, und er würde sich vielleicht über ihre Abwehr hinwegsetzen und sich nehmen, was ihm in seinen Augen sicherlich zustand.

»Du hast ja recht. Wer nicht dazugehört, kann da wohl nur raten.« Er sah ihr tief in die Augen, und heroisch hielt Philipa stand. Im Grunde hatte er hübsche Augen, hell und grau und in der Regel ein bißchen spöttisch blinzelnd, aber ohne Arg. Sie lächelte ihn an, es war gar nicht so schwierig.

Und wurde sofort belohnt, denn Lambert lächelte auch, freundlich diesmal und ohne das Aufreizende in den Mundwinkeln, vor dem sie sich hüten mußte. »Na ja, jeder von uns braucht seine Geheimnisse, nicht wahr?« Er richtete sich auf und machte damit den Weg frei. »Meine besten Empfehlungen an meine liebreizende Schwägerin«, sagte er mit einer kleinen Verbeugung.

Als Philipa an ihm vorbeiging, flüsterte er ihr ins Ohr: »Wir sehen uns, meine spröde Schöne.«

Gräfin Elisabeth saß zusammen mit ihren Töchtern in dem Raum, den sie ab dem Frühling zum Handarbeiten bevorzugte, da er in einer Ecke des Palas lag und zwischen zwei fast gegenüberliegenden Fenstern ein leichter Luftzug fächelte.

»Ich bin fertig, Gräfin«, sagte Philipa, »die restlichen Kräuter sind alle verarbeitet. Dies hier ist die letzte Ausbeute.«

»Wunderbar. Setz dich. Bevor wir im nächsten Monat durch die Gegend streifen, um die neuen Pflanzen zu ernten, nehmen wir nun deine Ausbildung in Sachen Handarbeiten in Angriff. Du kannst spinnen?«

Offensichtlich hielt die Gräfin nicht viel von geruhsamen Pausen.

»Ja, so einigermaßen. Wolle und Flachs.«

»Das ist gut. Wie steht es mit Sticken?«

Aha, jetzt kamen sie zu den Unzulänglichkeiten. »Nicht besonders. Wir hatten keine Gewänder, die in irgendeiner Weise zu verzieren waren. Ich verspürte auch keinen besonderen Ehrgeiz, muß ich zugeben. Gysela hat dann bei Petronella gelernt. Bei der Gauklertruppe.«

»Ja, Gysela ist ganz geschickt. Aber du sicher auch, dir fehlt bloß die Übung. Nimm dir aus der Truhe dort drüben ein Stück Stoff. Leinen am besten. Darauf kann man die Fadenbindung am deutlichsten erkennen, und es ist daher am leichtesten zu bearbeiten. Ja, das ist gut. Leg es hier auf den Tisch.«

Elisabeth griff ein Stückchen fein gespitzte Kohle. »Damit zeichnen wir vor, was wir sticken wollen. Zumindest solange du es nicht freihändig kannst.«

Philipa nickte erschüttert. Vorzeichnen, freihändig sticken. Sie hätte liebend gerne eine höchst komplizierte Pastete gebacken, aber das hier …

Elisabeth war nicht zu bremsen. »Ich schlage vor, du beginnst mit einem einfachen Vögelchen auf einem Blütenzweig.«

Ganz einfach, aha.

»Guck nicht so entsetzt. Es ist gar nicht schwer. Erst einmal stickst du die Konturen der Zeichnung mit einem dunklen Faden nach, so daß diese erhalten bleiben. Kohle verwischt leicht. Anschließend machst du die Bordüre, zum Üben. Hier legst du den Faden in eine kleine Schlinge, und dann stichst du entlang der Linie in die Schlinge ein und ziehst zu. Nicht so fest. Genau. Einfach immer weiter entlang der Kontur. Wunderbar.«

Elisabeth blieb eine Weile neben Philipa stehen und sah ihr über die Schulter. Philipa bemühte sich, nicht nervös zu werden.

»Du mußt darauf achten, die Stiche immer gleichmäßig lang zu machen und den Faden immer gleich stark anzuziehen. Je kürzer die Stiche, um so feiner der Eindruck. Und ein feiner Eindruck ist unser Ziel, nicht wahr?«

Philipa nickte und versuchte, daran zu denken, daß die Zunge in ihrem Mundwinkel nichts zu suchen hatte, egal, wie sehr sie sich konzentrieren mußte.

»Sehr schön. Aber jetzt werden deine Stiche wieder größer, siehst du? Denk daran, daß sie zierlich sein sollen, *zierlich*, und daß das, was zu grob ist, wieder aufgetrennt werden muß.« Elisabeth lächelte liebenswürdig. Dann fragte sie unvermittelt: »Und das Weben? Wie steht es damit?«

Philipa schüttelte den Kopf. »Leider nicht, Gräfin. An einem Webstuhl haben wir beide noch nie gesessen.«

»Gut. Dann fangt ihr beide morgen gemeinsam damit an.«

Philipa stach sich in den Finger. »Verzeiht, Gräfin, aber ich dachte, ich soll sticken?«

»Natürlich, das sollst du ja auch.« Elisabeth strahlte sie an. »Immer wenn du Zeit findest, Stickzeug ist ja klein, du kannst es jederzeit mit dir führen und hervorholen. Das Weben beschränken wir auf ein paar festgelegte Zeiten am Tag. Morgen fangen wir an. Erst Brigida und Judith, denen könnt ihr über die Schulter sehen, sie machen sich schon ganz gut. Dann Gysela und du. Wenn ihr ein wenig sicherer seid, kannst du deine Französisch- und Lateinstunden mit meinen Töchtern während des gemeinsamen Handarbeitens abhalten.«

Philipa nickte und wendete sich wieder ihrer Bordüre zu. Offenbar war Elisabeth wie so viele andere, die nicht direkt von ihrer Hände Arbeit leben mußten, der Ansicht, im Müßiggang liege aller Laster Anfang. Philipa schickte einen wehmütigen Gedanken ihrer fahrbaren Küche hinterher und bemühte sich um kleine Stiche.

Als das Jahr voranschritt, gewöhnte sich Philipa daran, in Elisabeths Garten zu sitzen, wo sie unter Rosendüften und Bienengesumm arbeiten und ihren Gedanken nachhängen konnte. Im Sommer war sie schließlich geschickt genug, um ein eigenhändig genähtes Gewand an den Kanten mit einer gestickten Bordüre zu versehen. Sie hatte sich für ein Blätterrankenwerk mit eingestreuten Blütenköpfen entschieden. Das war schwierig, aber hübsch, und falls sie jemals fertig würde, wäre es sicher sehr kleidsam. Sofern sie es nicht vorzeitig vor lauter Ungeduld zerrisse.

»Welch liebliches Bild.«

Lambert setzte sich neben sie auf die Steinbank, sie war so in Gedanken versunken gewesen, daß sie ihn gar nicht hatte kommen hören. Geschweige denn wußte, wie lange er schon da war und sie beobachtet hatte. Sie war allein, Gysela saß am Webstuhl, und Brigida und Judith waren wegen ungebührlichen Verhaltens auf ihr Zimmer verbannt.

»Das täuscht, Herr. Sticken ist nicht lieblich, sondern harte Arbeit.« Philipa ließ den Stoff sinken und seufzte.

Das hätte sie besser nicht getan. Lambert rückte ein bißchen näher und legte den Arm um ihre Schultern. »Vielleicht kann ich dich trösten? Oder dir die Fron ein wenig versüßen?« Er griff nach dem Band, mit dem sie ihr Haar in einen strengen Zopf geflochten hatte, und löste es. Der laue Sommerwind half ihm dabei, indem er ihr Haar aufwehte, bevor es sich wieder beruhigte und ihren Rücken hinabrieselte.

»Graf Lambert.« Philipa konnte nicht verhindern, daß sie einigermaßen erbittert klang, aber Lambert blieb sowieso gänzlich unbeeindruckt.

»Wunderbar«, sagte er zufrieden. »Ich wollte schon immer dein Haar offen sehen. Es ist wirklich schön. Habe ich dir das schon gesagt?«

»Mehrmals.« Philipa versuchte, gleichzeitig ihr Haar mit einer Hand zusammenzufassen, Lambert das Band zu entwinden und die Stickerei nicht von ihrem Schoß rutschen zu lassen. Als erstes gab sie die Bemühungen um das Band auf, weil sie nicht mit Lambert in einen spielerischen Ringkampf eintreten wollte, bei dem er sich unzweifelhaft zuviel herausnehmen würde. Sie riß ein Stück ihres Stickgarns ab, um ihren Zopf neu zu binden, was natürlich mit sich brachte, daß sie ihr Haar für einen Moment loslassen mußte.

Es wehte sehr lieblich um ihr Gesicht, fand Lambert, wobei sich der hübsche Eindruck noch durch ihre geröteten Wangen verstärkte, die allerdings, wie er wußte, auf mühsam verhohlenen Ärger zurückzuführen waren. Irgendwie machte es ihm Spaß, sie ein wenig zu reizen, also ergriff er eine honigbraune Strähne und wickelte sie sich um den Finger.

»Ich habe schon immer bedauert, daß verheiratete Frauen ihr Haar unter einem Tuch verstecken müssen«, bemerkte er. »Bei dir wird es eines Tages besonders zu beklagen sein. Es ist wunderschön. Diese Farbe! Riecht es auch nach Honig, oder sieht es bloß so aus?«

Er zog die Strähne an sein Gesicht, und notwendigerweise folgte Philipas Kopf.

»Graf Lambert, bitte. Laßt mich los.«

Er wickelte die Strähne noch etwas kürzer und zog Philipa damit weiter, bis ihr Gesicht nur noch zwei Handbreit von seinem entfernt war.

Philipa versuchte vorsichtig, ihre Haarsträhne zu befreien, aber Lambert ließ nicht los. Plötzlich beugte er sich vor und drückte sacht seine Lippen auf Philipas Mund, sie riß überrascht die Augen auf und wurde ganz starr vor Schreck. Aufspringen und weglaufen ging nicht, er hatte ihr Haar immer noch fest im Griff, und zwar nicht so zart, wie es die Berührung seines Kusses vielleicht hätte vermuten lassen.

»Honig. Ich wußte es. Die ganze Person besteht aus süßer Verlockung.« Lambert ließ endlich ihr Haar los und lehnte sich zufrieden zurück. »Oh. Deine Arbeit ist hingefallen. Sicher ist das meine Schuld. Unverzeihlich. Warte, ich helfe dir.« Er reichte ihr das Band und bückte sich, um ihre Stickerei aufzuheben.

Philipa flocht hektisch einen dicken Zopf und schwor sich,

nie wieder ohne eine mit tausend Nadeln festgesteckte Knotenfrisur ihre Kammer zu verlassen.

»Diese Bordüre ist hübsch«, stellte Lambert fest und betrachtete sie kritisch. »Mir scheint, es geht dir doch ganz leicht vor der Hand. Diese zierlichen Stiche! Wirklich sehr gelungen. Ich spiele mit dem Gedanken, mir einen Umhang anfertigen zu lassen. Wärest du in der Lage ... und bereit ..., mir diesen ebenfalls an den Kanten zu verzieren?«

»Mit Rosenknospen?« Philipa warf ihm einen Blick zu, aber er grinste nur gut gelaunt.

»Vielleicht nicht direkt. Irgend etwas Martialischeres wäre nicht schlecht, etwas so richtig männlich Gefährliches.«

»Veilchen?«

»Jetzt wirst du unverschämt. Ich bin durchaus in der Lage, meinen Mann zu stehen, weißt du.«

Da schien sie einen wunden Punkt berührt zu haben, und mit einem Mal tat er ihr leid. Es war bestimmt nicht einfach, als Stellvertreter die Burg eines erfolgreichen Bruders zu verwalten und seine eigenen Fähigkeiten als Ritter nie unter Beweis stellen zu können.

»Das glaube ich Euch, Graf Lambert, ich wollte Euch nicht kränken, bestimmt nicht.«

Lambert saß still neben ihr und betrachtete sie versonnen. Die hellen grauen Augen ohne Boshaftigkeit, das blonde Haar lag wellig und gepflegt auf in blaue Seide gehüllten Schultern. Mit seinem Haar traute sich der Wind nicht, sich ungebührlich zu verhalten, und Philipa überlegte gerade, warum das so war, als der Graf sie aus ihren Gedanken riß.

»Ich frage mich, ob wir hier auf Borgewig nicht ein Turnier veranstalten sollten. Es wäre keine schlechte Gelegenheit, dir zu zeigen, daß in all dieser schmucken Pracht durchaus ein respektabler Kerl steckt.«

»Das wird nicht nötig sein. Ob Ihr's glaubt oder nicht, ich bin mir dessen durchaus bewußt.«

»Mal mehr und mal weniger angenehm, stimmt's?« fragte Lambert hellsichtig, und Philipa warf ihm ein kurzes Lächeln zu. Lambert drehte sich ein wenig und gab seine elegante Pose auf, statt dessen lümmelte er sich bequem neben ihr auf der Bank, ziemlich nahe neben ihr, und wandte sich ihr zu. »Ich meine es ernst.«

»Graf Lambert«, Philipa versuchte ihre Stimme nicht allzu begütigend klingen zu lassen, so, als spräche sie mit einem unvernünftigen Kind, denn darüber würde er sich bestimmt ärgern. »Ich fürchte, Ihr verrennt Euch da in etwas. Ihr solltet Eure Bemühungen im Minnedienst nicht an die Erzieherin Eurer Nichten verschwenden. Da will etwas durchaus nicht zusammenpassen, seht Ihr das denn nicht ein?«

»Nein«, erwiderte Lambert schlicht und in schönster Deutlichkeit, »gar nicht. Außerdem ist ein Turnier ja auch ansonsten eine gute Sache. Man trifft sich, sieht sich, feiert zusammen, ißt, trinkt und tanzt.«

»Ja. Und schlägt sich die Köpfe ein.« Hoffentlich vergaß er das schnell wieder. Philipa erinnerte sich, daß viele von den Freunden und Bekannten ihres Vaters äußerst gerne Turniere besucht hatten. Allen voran ihr Onkel Guntram von Nidbergen, der liebte es, zu buhurdieren und zu tjostieren, und war auch sehr oft erfolgreich dabei gewesen. Es war nicht ausgeschlossen, daß er die Reise in den Norden auf sich nehmen würde, um an Lamberts vermaledeitem Turnier teilzunehmen. Vielleicht war er aber auch inzwischen zu alt? Philipa wußte es nicht.

»Sag bloß, du machst dir Sorgen um mich?« fragte Lambert entzückt.

»Ich mache mir Sorgen um alle Männer, die sich sinnlos abstechen lassen«, erwiderte Philipa streng.

»Ach so.« Lambert klang enttäuscht. »Ich hatte schon gehofft, dich mit meinem beständigen Werben doch endlich betört zu haben. Oder wenigstens ein winziges kleines bißchen Gefühl hervorgelockt zu haben, welches *nicht* Ärger ist.«

»Jaja«, sagte Philipa und winkte ab, wobei sie ihre Stickerei gefährdete, da sie den Faden durch die Bewegung zu fest anzog.

»Nicht? Schade.« Er kam ein bißchen näher, unterließ es jedoch glücklicherweise, sie erneut zu küssen, obwohl es ihn sehr gereizt hätte. Aber in Lambert war der Ehrgeiz erwacht, er wollte, daß sie freiwillig zu ihm kam oder gar nicht.

Er zog sich ein Stück von ihr zurück und setzte sich wieder manierlich hin. »Ich habe dir übrigens einen Vorschlag zu machen.«

Philipa warf ihm einen sehr skeptischen Blick zu, und er schüttelte abwehrend den Kopf. »Nein, nicht, was du denkst. Du denkst es doch? Hoffentlich. Ich meine, ich habe Zeit, weißt du. Wie lange allerdings … Na, ich wollte jedenfalls über ein anderes Thema mit dir sprechen. Ein … ganz harmloses.«

»Um was geht's denn?« fragte Philipa mißtrauisch.

»Um deinen Bruder.« Lambert betrachtete seine gepflegten Fingernägel und schien nach irgendeinem Makel zu suchen, fand aber keinen. »Ich dachte, ich könnte mich ein wenig um seine Ausbildung kümmern.«

Direkt neben Philipa ließ sich ein wunderschöner Trauermantel nieder und klappte mit seinen samtigen Flügeln; der gelbe Rand und die kleinen hellblauen Flecken, die ihn säumten wie eine Perlenkette, leuchteten in der langsam sinkenden Sonne.

»Ausbildung wozu?« fragte Philipa, ihre Gedanken flatterten unruhig. Sie wußte einfach nicht, ob sie Lambert trauen konnte.

»Philipa. Wozu schon. Doch nicht zum Sattler. Ich möchte ihn in den simpelsten Grundlagen der Pagendienste unterweisen, ein bißchen Waffenhandwerk lehren.«

Der Schmetterling hob sich und flog mit eleganten Bewegungen davon. »Und was soll ich dafür tun?« Philipa traten mit einem Mal Tränen in die Augen.

»Du sollst gar nichts tun«, sagte Lambert überrascht und sah sie an. »Ach so, du meinst … aber nicht doch, was hältst du eigentlich von mir?«

»Das weiß ich manchmal nicht so genau.« Philipa bemühte sich, die Tränen hinunterzuschlucken, das fehlte noch gerade, daß Lambert sich aufgefordert sähe, sie zu trösten.

»Was immer du von mir hältst, ich sehe, es ist noch verbesserungswürdig. Jedenfalls erwarte ich keine Bezahlung, wenn ich dir ein Angebot mache, was deinen Bruder betrifft.«

»Nicht?« Jetzt blickte sie ihn an, offen und ehrlich, das erste Mal, seit er hier saß. Lambert war bemüht, sich von den haselnußbraunen Augen nicht zu sehr betören zu lassen. Soweit er erkennen konnte, hatten sie hübsche olivfarbene Einsprengsel.

Er räusperte sich. »Natürlich nicht. Überlege es dir. Du und deine Schwester bekommt hier eine Ausbildung wozu auch immer, … wir reden ja nicht darüber, nicht wahr? … und da wäre es nur gerecht und konsequent, wenn es eurem Bruder genauso erginge.«

»Ich werde mit ihm reden«, versprach Philipa leise und senkte den Blick wieder auf ihr Stickzeug, was Lambert sehr bedauerte.

Als Guntram von Nidbergen nach einem gemächlichen Ritt zusammen mit seinem Knappen Richard von Blankhenberghe den Aichbergischen Burghof betrat, fand er es seltsam, nicht durch den gewohnten Anblick von Philipps Kindern begrüßt zu werden.

»Siehst du sie irgendwo?« fragte er.

»Wen?« Richard brachte für die Kinder Aichbergens bei weitem nicht das gleiche Interesse auf, im Gegenteil, er hatte sie vollständig vergessen.

»Richard. Die Kinder natürlich. Philipa vor allem.« Guntram sah ihn kopfschüttelnd von der Seite an.

»Ach so. Nein, sehe ich nicht. Vielleicht haben sie zu tun.«

Ja. Oder Liutgard hielt sie unter Verschluß, was gar nicht so unwahrscheinlich war. Oder sie waren nicht heimgekehrt.

Die Witwe Aichbergen selbst erläuterte wenig später mit einem spärlichen Lächeln: »Meine Tochter hat eine Pilgerfahrt angetreten, wie wir bereits vermutet hatten.«

»Allein?«

»Nein. Sie hat … die Bankerte mitgenommen.« Ihre Stimme blieb kühl, in ihren Augen lag Abscheu.

Gut, hatte sich also nichts geändert. Warum auch. Aber von der Hoffnung allein lebt der Mensch. Guntram unterdrückte ein gereiztes Knurren. »Du willst doch nicht etwa sagen, daß ein junges Mädchen und zwei Kinder allein die Strapazen einer Reise auf sich genommen haben? Und wohin? Nach Köln?«

Köln lag in der Nähe und war seit jeher ein beliebtes Ziel für Pilgerreisende gewesen.

»Nach Santiago de Compostela«, erwiderte Liutgard ohne erkennbares Zögern.

»Nach Santiago de Compostela?« Guntram starrte sie ungläubig an.

»Warum nicht? Was ist daran so erstaunlich? Das ist ein sehr ehrenwertes Ziel.«

»Warum nicht gleich Jerusalem?« Guntram war sichtlich fassungslos, Richard beobachtete ihn fasziniert. »Santiago ist einfach … sehr weit.«

Liutgard klatschte in die Hände, um für die Bewirtung ihrer Gäste zu sorgen. Ein wenig guter Wein würde Guntram hoffentlich das leidige Thema wechseln lassen. Was regte er sich überhaupt auf? Niemand hatte ihn gebeten, sich um die Kinder seines Freundes zu kümmern, auch nicht Philipp selbst.

Dankbar nahm Guntram den angebotenen Becher und trank einen tiefen Schluck. »Ich bin nur überrascht. Sie werden monatelang unterwegs sein, vielleicht Jahre.«

»Es hat sie nichts hier gehalten.« Das wenigstens war die Wahrheit.

»Ich hatte gar nicht den Eindruck, daß Philipa über die Maßen eifrig ihren geistlichen Übungen anhing«, bemerkte Richard und fing sich einen eisigen Blick ein.

»Dann hat sich das wohl geändert, nicht?«

Guntram betrachtete seinen Knappen nachdenklich. Er hatte recht. Philipa war wie jedermann ihrem Gott ergeben und tat, was man eben tat, um dies zu beweisen. Aber eine Reise nach Santiago! In ihren jungen Jahren?

»Du bist sicher?« fragte er einer Augenblickseingebung folgend und nahm mit Interesse ein Aufflackern in Liutgards Augen wahr. Ärger? Furcht? Oder schlichte Einbildung.

»So sicher, wie ich sein kann«, erwiderte Liutgard von Aichbergen, die Mühe hatte, die Panik in ihrem Gemüt im Zaum zu halten. Wem sollte sie noch vertrauen, wenn Guntram sich nach Philipps Tod nicht mehr als der treue Freund zeigte, mit dem sie gerechnet hatte? Was *zum Teufel* hatte er eigentlich mit den Blagen? Und wer außer Manfredus stand überhaupt auf ihrer Seite?

Guntram erhob sich. »Wenn du erlaubst, Liutgard, ziehe ich mich zurück.«

Sie senkte huldvoll den Kopf. »Ich erwarte dich dann in der Halle.«

Guntram nickte, verbeugte sich elegant, wenn auch widerwillig, und verließ sie. Draußen blieb er stehen und starrte nachdenklich in das Stroh zu seinen Füßen. »Da stimmt was nicht, Richard. Ich weiß nur noch nicht, was.«

»Warum soll sie nicht auf Pilgerfahrt sein? Ich meine, sie hat den Tod des Vaters zu verkraften, und ihre Mutter scheint ihr nicht sehr wohlgesonnen zu sein.«

»Richtig. Aber warum eigentlich? Das frage ich mich schon lange. Schließlich hat sie nur dieses eine Kind. Da es keinen männlichen Erben gibt, sollte sie darauf achten, daß Philipa einem angemessenen Kandidaten verbunden wird, damit Aichbergen zumindest im weiteren Sinn in der Familie bleiben kann. Ich versteh's nicht.« Guntram schüttelte den Kopf. »Aber ich werde es herausfinden. Das bin ich Philipp schuldig.«

Es war heiß, sehr heiß. Nicht das allerkleinste Lüftchen fächelte ihnen eine Kühlung zu, die Luft draußen stand wie eine Mauer. Philipa trug ihre leichteste Cotte, auch Elisabeth und ihre Töchter hatten sich ihrer Übergewänder entledigt, und ihnen war trotzdem zu warm. Philipa, inzwischen fast an die ewige Stickerei gewöhnt, hatte heute Mühe, nicht die Lust zu verlieren. Es war nicht sehr angenehm, bei diesen Temperaturen Wollstoff zwischen den schwitzenden Fingern zu haben. Aber Elisabeth wirkte kühl und beherrscht wie immer, und Philipa ließ es sich eine Ehre sein, ihr darin nachzueifern.

Es klopfte, und einer der Turmwächter trat herein, Henrich war sein Name, soviel Philipa wußte. Er verbeugte sich ehrerbietig vor der Gräfin, und auf einen Wink von ihr sagte er: »Da kommt ein Reiter. Er ist noch um einiges entfernt, aber er nimmt direkten Kurs auf die Burg und wird sicher bald hier auftauchen.«

Elisabeth nickte. »Ich werde ihn in der Halle empfangen. Bitte ruf Dittrich dazu und Graf Lambert. Und stell eine zweite Wache ans Tor, wenn du unseren Gast zu mir begleitest.«

Henrich nickte und verschwand. Elisabeth warf noch einen letzten kritischen Blick auf ihre Arbeit, diesmal saß sie an einem schmalen Wandbehang, der seinen Platz hinter der geschnitzten Holzbank zwischen den beiden Fenstern ihrer Kemenâte finden sollte, und stand auf. Sie schnippte nach Grietgen, die ihr sofort ihren Surkot reichte; er war aus rosenfarbener Seide und ließ ihre zarten, blassen Wangen leuchten. Dann schritt sie zur Tür.

»Ich will mit!«

»Nein, Judith. Ich möchte erst sehen, um wen es sich bei dem Fremden handelt. Ihr bleibt schön hier und macht Philipa keine Schande. Habt ihr mich verstanden?«

Brigida nickte folgsam, doch Judith quengelte weiter: »Mir ist so heiß! Ich will auch raus.«

»Hör auf zu zappeln, dann schwitzt du auch nicht so. Im übrigen habe ich nein gesagt, das hast du doch sicher gehört?«

Judith nickte, machte ein trotziges Gesicht und traute sich nicht, weiter zu widersprechen. Die Gräfin, die ihren Kindern ganz offensichtlich über alle Maßen hinaus zugetan war, konnte durchaus so etwas wie Strenge walten lassen, wenn sie ihr angebracht schien.

Kaum war sie draußen, fing Judith wieder an, unruhig auf ihrem Stuhl hin und her zu rutschen. »Was hältst du davon, Judith«, schlug Philipa vor, »wenn du jetzt in deine Kammer gehst und dich mit einem Lappen und kaltem Wasser abreibst. Das erfrischt dich bestimmt. Und wenn wir dann wissen, wer der Gast ist und ob ihr vor ihm erscheinen müßt, dann fühlst du dich schon wohl genug, um ein ganz wunderbar erzogenes Fräulein abzugeben.«

Judith sah sie zweifelnd an, ob Waschen die Lösung aller Probleme war, wußte sie nun wirklich nicht. Plötzlich fiel ihr etwas ein. »Vielleicht ist es ja Vater.«

Brigida sah erschreckt hoch. »Hoffentlich nicht«, erwiderte sie durch die zusammengebissenen Zähne, und Philipa und Gysela warfen sich einen Blick zu. Normalerweise pflegten die Mädchen über ihren Vater zu sprechen wie über etwas nicht Existierendes: nämlich gar nicht.

»Wieso denn?« fragte Gysela harmlos. »Wäre es denn nicht hübsch, wenn ihr euren Papa nach so langen Monaten wiedersehen würdet? Seit wir hier sind, und das ist fast schon ein ganzes Jahr, ist er jedenfalls nicht da gewesen.«

»Zum Glück.« Brigida hob die Augen nicht von ihrer Stickerei. »Wir legen auch gar keinen gesteigerten Wert darauf.«

»Vielleicht ist er ja auch im Kampf gefallen, und der Reiter will uns das sagen«, sagte Judith, und es klang durchaus hoffnungsvoll.

»Ihr solltet nicht so von eurem Vater reden. Sicher, Väter sind vielleicht nicht immer ganz leicht zu verstehen, und manche sind bestimmt auch sehr streng, aber immerhin hat er ein Recht auf Respekt. Ich habe meinen Vater auch schon lange nicht mehr gesehen, jahrelang. Und ich finde das nicht besonders schön. Er ist nämlich tot.«

Gysela sah Philipa überrascht an. Sie hatte schon lange nicht mehr an den Vater gedacht und vermißte ihn auch nicht. Ihr war nicht klar gewesen, daß es Philipa anders ging. Obwohl die schon immer eine engere Bindung an Philipp von Aichbergen gehabt hatte, schon als kleines Kind. Eigentlich hatte sie selbst ihn kaum gekannt

»Das tut mir leid«, sagte Brigida, aber es klang nicht sehr aufrichtig.

Es klopfte wieder, diesmal trat einer der Stallknechte ein, er war ziemlich schmutzig und hatte hier eigentlich nichts verloren, aber er war auch sehr aufgeregt und sprach atemlos in abgehackten Sätzen. »Philipa? Du bist doch Philipa? Dein Bruder schickt mich. Er hat sich verletzt. Du sollst nach ihm sehen. Er will nicht die Gräfin.«

Ohne weiter zu überlegen, stürzte Philipa los. Direkt gefolgt von Gysela, die ihr fast in die Hacken trat, rannte sie hinter dem Stallknecht her die engen Treppen hinab und schürfte sich die Fingerknöchel an den rauhen Steinwänden auf. Sie fanden Roland auf einem Stück verdorrtem Gras sitzend, mit dem Rücken an die Stallwand gelehnt und heftig aus einer böse aussehenden Wunde am Oberarm blutend.

Philipa kniete sich neben ihn in den Dreck und bedankte sich innerlich bei Elisabeth, von der sie inzwischen immerhin so viel gelernt hatte, daß sie wußte, was zu tun war. »Hol Rotwein und ein Tuch. Aber ein sauberes, hörst du! Nicht irgend so einen Lappen, mit dem ihr normalerweise die Pferde abreibt.«

Der Stalljunge nickte und flitzte davon.

Das Blut floß gleichmäßig, und das sei gut, hatte die Gräfin gesagt. Wenn es stoßweise aus einer Wunde schoß, war höchste Alarmstufe geboten. Hier konnte sie sich Zeit lassen. Trotzdem wollte sie keinen Eichenrindenabsud herstellen, um die Wunde auszuwaschen, das dauerte ihr doch zu lange.

»Ich will keinen Wein trinken«, sagte Roland, »ich hätte lieber einen Schluck Bier.«

»Kriegst du. Der Wein ist nicht zum Trinken, sondern ich werde die Wunde damit auswaschen.«

»Was für 'ne Verschwendung«, ließ sich einer der älteren Stallknechte vernehmen, die im Hintergrund interessiert das Schauspiel betrachteten. Philipa warf ihm einen bösen Blick zu, und er grinste sie unverschämt an. Dann schickte sie Gysela los, entweder Brennessel- oder Huflattichblätter zu pflücken.

»Was willst du denn mit Brennesseln?« fragte Roland mißtrauisch.

»Eine Kompresse anfertigen. Keine Angst, du Held, ich zerquetsche sie vorher, und dann brennen sie nicht mehr.«

Der Stalljunge brachte den Rotwein, und Philipa begann die Wunde damit auszuwaschen, was die farbliche Gestaltung von Rolands Arm nicht gerade verschönerte.

»Da kommt Gysela«, sagte Roland matt und blickte ihr mißtrauisch entgegen.

»Ich hab' Huflattich genommen«, bekannte Gysela und ließ die saftig grünen Blätter in Philipas Schoß fallen.

Die blickte sich suchend um. »Gysela, hol doch mal eine kleine Schale und so etwas wie einen Mörser.« Die Versorgung eines Verletzten außerhalb des Krankenzimmers war gar nicht leicht.

»Ist gut.« Gysela sauste wieder davon.

»Was ist denn hier los?« Das war Lambert, und Roland wurde rot, was in heftigem Kontrast zu seinen weißen Lippen stand. Er versuchte, sich hochzurappeln, aber Philipa bedeutete ihm durch sanften Druck auf die Schultern, er solle sitzenbleiben.

Lambert kniete sich neben ihn in den Staub, manchmal tat er erstaunliche Sachen, die ihm Philipa so ohne weiteres gar nicht zugetraut hätte. »Was ist denn geschehen?« fragte er.

»Oh. Herr, ich …«, druckste Roland herum, zog ein jämmerliches Gesicht und faßte Mut. »Also, Til und ich, wir haben trainiert.« Til war der Sohn eines der Ritter, die zum Schutz der Burg dort lebten, und ein enger Freund Rolands, was die beiden allerdings nicht daran hinderte, ständig in irgendwelche Raufereien verwickelt zu sein. »Aber irgendwie bin ich dann wohl im Weg herumgestanden und … aua!« Philipa hatte ein wenig energisch den Huflattichbrei auf seiner Wunde verteilt.

»Nun?« Staub oder nicht Staub, Lambert betrachtete den Jungen mit hochgezogenen Augenbrauen und machte wirklich keine Miene, vor der man gerne eine Beichte ablegte.

»Äh, wir, also ich, Herr …« Roland holte tief Luft und beschloß, ein Mann zu sein. »Ich habe die Armbrust genommen. Die kleine«, fügte er eilig hinzu, offenbar in der Hoffnung, das würde sein Vergehen mildern.

Philipa schloß daraus, daß das Trainieren mit der Armbrust verboten gewesen war.

»Ich weiß nicht, ob mein Gedächtnis mich trügt, aber du darfst mir gern auf die Sprünge helfen«, sagte Lambert. »Hatte ich nicht so etwas in der Art gesagt wie: Ihr sollt nicht alleine mit den Waffen üben? Ohne daß ein Waffenmeister oder zumindest ein erfahrener Ritter anwesend ist?«

Roland nickte beschämt. »Doch, Herr. Das habt Ihr gesagt.«

Til trat mutig heran. »Aber wir haben nur ganz stumpfe Pfeile genommen, Herr, ehrlich.«

»Genau. Ist dein Arm derselben Meinung, Roland?« fragte Lambert liebenswürdig, wartete allerdings nicht auf eine Antwort. »Ich hatte davon gesprochen, daß ihr die Waffen nicht alleine benützen sollt, das schließt jedwede Art von Pfeilen ein, stumpfe und scharfe, grüne und blaue und karierte. Könnt ihr das verstehen? Geht das?«

»Ja, Graf Lambert«, sagten die beiden wie aus einem Munde.

Philipa war inzwischen fertig mit ihrem Verband, unter dem die Huflattichblätter hoffentlich bald ihre Wirkung entfalteten. Sie stand auf und streckte ihre schmerzenden Knie.

Lambert erhob sich ebenfalls, anscheinend ohne Mühe. »Du trittst erst wieder zum Training an, wenn die Wunde einigermaßen verheilt ist, sonst platzt sie immer wieder auf. Bis dahin kannst du Siegbert bei den Pferden helfen. Aber schone den Arm, ist das klar?« Roland nickte. »Und du, Til, wirst ihm dabei helfen. Ihr könnt euch in der Zeit ja darüber unterhalten, ob es sinnvoll ist, Lehrmeistern zu gehorchen oder nicht.« Lambert wandte sich zum Gehen. »Philipa? Darf ich dich und deine Schwester zurück zur Burg begleiten?«

Das hieß offenbar, sie solle ihren Bruder seinem Schicksal überlassen und nicht bei ihm bleiben, um ihn zu bemuttern. Philipa seufzte still, nickte höflich und verabschiedete sich mit einem bedauernden Schulterzucken von Roland, der immer noch auf dem Boden saß und ziemlich blaß aussah.

Auf dem Weg über den stickigen Burghof, der in den brennenden Sonnenstrahlen des fast schon ausgehenden Tages vor ihnen lag, bemerkte Lambert: »Mach dir keine Sorgen. Es ist weniger schlimm, als es aussieht.«

Gysela warf ihm einen neugierigen Blick von der Seite zu, denn sie hätte nicht gedacht, daß einen wie ihn übertriebene Ängste wegen eines minder bedeutenden Angehörigen der Burgmannschaft umtrieben. Oder daß er es für nötig hielte, dessen Angehörige zu trösten. Es hatte allerdings den Anschein, als gälte dieser Trost vor allem Philipa, denn sie selbst würdigte er keines Blickes.

»Jedenfalls war er schlau genug, sich nicht den Arm abschneiden zu lassen.« Philipa seufzte tief. Dann fiel ihr mit einem Mal etwas ein. »Woher wußtet Ihr eigentlich davon?«

»Von der Verletzung? Wußte ich gar nicht. Ich war auf der Suche nach dir.«

»Aha.«

Das klang nicht besonders erfreut, woraus Gysela schloß, daß das Interesse des Grafen an ihrer Schwester nicht unbedingt auf Gegenliebe stieß.

»Immer denkst du nur das Schlechteste von mir«, klagte Lambert denn auch vorwurfsvoll. »Ich wollte mit dir über unseren Gast reden. Du weißt doch, daß wir Besuch bekommen haben?«

Philipa blieb abrupt stehen. »Um wen handelt es sich denn?« Sie war plötzlich sehr beunruhigt. Lambert hatte weiß Gott keinen Grund, mit ihr über die Besucher von Borgewig zu plaudern, wenn nicht irgendein besonderer Anlaß dazu bestand. Soweit es sie ihre Lebenserfahrung gelehrt hatte, konnte dieser Anlaß kein erfreulicher sein.

»Ach, bloß einer der etwas weniger unangenehmen Ritter meines Bruders. Hugo ist sein Name. Er ist gekommen, um Gottfried anzukündigen, der auf dem Weg in den Süden ein paar Tage hier Station machen wird. Um nach dem Rechten zu sehen.« Lambert klang gelassen, doch sein zielstrebiger Gang verriet etwas von einer Anspannung, die Philipa sich nicht erklären konnte. Jetzt räusperte er sich. »Deshalb bin ich übrigens nicht hier.«

»Weshalb denn dann?«

Lambert warf ihr einen strafenden Blick zu wegen ihrer Ungeduld, ging aber nicht darauf ein. »Gräfin Elisabeth hat Nachricht erhalten, daß bei ihrer Freundin Walburga in Kürze mit den Wehen zu rechnen sei. Das soll wohl heißen, sie bekommt ein Kind.«

»Vermutlich«, warf Philipa ein, ihr ging die ungewohnte Umständlichkeit Lamberts auf die Nerven.

»Ja, vermutlich. Philipa, ich möchte fast meinen, du befleißigst dich eines ungebührlichen Benehmens deinem Grafen gegenüber.«

Mein Graf, hah! dachte Philipa, hielt aber klugerweise den Mund. Lambert schien heute nicht so zu Scherzen aufgelegt zu sein wie sonst.

»Elisabeth möchte, daß du ihrer Freundin hilfst, sie hat in der Vergangenheit bereits einige … tja, nicht ganz unproblematische Geburten hinter sich, und Elisabeth ist offensichtlich der Meinung, deine Anwesenheit täte Walburga gut.«

Das war sehr freundlich von der Gräfin. Philipa hatte gar nicht gewußt, daß diese so große Stücke auf sie hielt.

»Du sollst ihr in den ersten Wochen mit dem Neugeborenen zur Hand gehen. Das heißt, du wirst die Burg für einige Zeit verlassen. Und deine Schwester wird dich begleiten.«

Wie so oft konnte Gysela nicht an sich halten. »Warum?« fragte sie neugierig.

Lambert sah sie an, als sei er erstaunt, sie ebenfalls an seiner Seite vorzufinden, ging jedoch nicht auf ihre Frage ein.

Philipa dagegen nickte. Es war allerdings seltsam, daß die Gräfin nicht selber mit ihr darüber sprach. »Ich würde gerne noch mit der Gräfin reden. Mit Entbindungen kenne ich mich nicht aus.«

Lambert blickte stur geradeaus. »Das wird leider nicht möglich sein. Gräfin Elisabeth ist unpäßlich.«

Unpäßlich? »Was hat sie denn? Ich meine, könnte ich ihr nicht helfen?«

»Nein.«

»Oh. Wann ... wann sollen wir denn abreisen?«

»Morgen früh, jetzt ist es zu spät, ihr kämet nicht vor der Dunkelheit dort an. Wir werden euch Rupert mitgeben und zwei Reisige. Ihr könnt doch reiten?«

»Schlecht«, erwiderte Gysela, da Philipa schwieg.

»Nun, dann habt ihr morgen Gelegenheit, es zu üben. So, kümmert euch nun, worum ihr euch vor der Reise so zu kümmern habt, und haltet euch im Morgengrauen bereit.« Er warf ihnen einen Blick zu. »Ich werde der Gräfin eure Grüße ausrichten.«

»Ja. Danke. Also ... auf Wiedersehen.«

Lambert blickte ihnen einen Moment hinterher, froh und erleichtert, daß sie aus dem Weg und in Sicherheit waren. Vorerst jedenfalls.

Der Stall war an der Westseite des Aichbergischen Vorhofes untergebracht und das wahre Zuhause von Barbara, der Milchmagd. Er war warm und duftete streng nach den Leibern der Rindviecher, ein Geruch, der normalerweise einen besänftigenden Einfluß auf Barbaras Gemüt nahm. Heute jedoch nicht. Denn in einer Ecke hatte sich Manfredus aufgebaut und wirkte noch einschüchternder als sonst, da sein Gesicht zur Hälfte im tiefen Schatten lag. Es war die gesunde Hälfte, so daß er nur noch aus Narben zu bestehen schien, aus denen bedrohlich seine Augen blitzten. Barbara lief ein Schauer den Rücken hinab. Der Teufel in Menschengestalt. Sie hätte sich gerne bekreuzigt, wagte es allerdings nicht. Bestimmt war es besser, Liutgards Leibritter nicht zu reizen.

»Die Gräfin hat mir geflüstert, dein Benehmen lasse an Ehrerbietung mangeln.« Manfredus' Stimme war heiser und leise, was sie beileibe nicht weniger beunruhigend klingen ließ.

Barbara sah ihn ängstlich an. Es war unklug gewesen, der Witwe zu drohen. Ihr zu sagen, daß sie Bescheid wußte, schon lange. Es war nicht nur unklug gewesen, sondern wirklich dumm. Jetzt hatte Liutgard Manfredus geschickt, um herauszufinden, ob sie wirklich eine Gefahr darstellte oder nur so dahergeredet hatte.

»Ich weiß, wo deine Bälger sind«, flüsterte Manfredus. »Den beiden Süßen geht es gut. Hoffentlich noch lange. Aber wer weiß ...«

Roland und Gysela war also nichts geschehen. Nur was war mit Philipa? Was konnte es bedeuten, daß Manfredus sie nicht erwähnt hatte? Das war mit Absicht geschehen, natürlich. Er wollte sie – herausfordern.

Er zog sich noch tiefer in den Schatten zurück. Eine der Kühe muhte, es hallte unnatürlich laut in der ansonsten lähmenden Stille.

So lange sie nichts sagte, konnte Manfredus nichts beweisen. Barbara schwieg. Sie fühlte, wie ein eiskalter Schweißtropfen ihren Hals hinablief.

Manfredus verschränkte die Finger ineinander und ließ einen nach dem anderen knacken. Es klang unnatürlich. »Hat es dir die Sprache verschlagen?« Je leiser er wurde, um so mehr fürchtete sich Barbara. »Überlege es dir gut. Ich möchte nicht ungemütlich werden, aber das hängt von deiner Bereitschaft zur Zusammenarbeit ab.«

Zusammenarbeit? Selbst wenn sie gewollt hätte, würde sie nicht antworten können. Sie hatte solche Angst, daß ihr Kopf ganz leergefegt war. Sie versuchte sich zu erinnern, woraus sie bisher ihre Kraft gezogen hatte. Daraus, daß Liutgard nicht sicher war, was sie wußte und ob sie es jemandem verraten hatte. Sie hatte immer gedacht, sie habe sie in der Hand. Philipp hatte es gewußt.

Sie kann es sich nicht leisten, davon auszugehen, daß er es niemandem gesagt hat, dachte sie verschwommen. Oder ich.

Das Stroh raschelte, als Manfredus näherkam. »Da wollen wir doch mal sehen, ob wir das Problem nicht anders lösen können.« Er grinste. Dann hob er die Hand.

Als Philipa und Gysela nach drei Wochen endlich wieder auf Borgewig ankamen, war es bereits September, und die Hitze hatte zu guter Letzt doch noch nachgelassen, wie es sich für den Spätsommer gehörte. Philipa war müde und staubig, ihr taten alle Knochen im Leib weh vom ungewohnten Reiten, und ihre Oberschenkel waren aufgescheuert; die Bilder, die sie von der langwierigen und blutigen, aber letztendlich geglückten Geburt im Kopf hatte, wollten sich auch nicht so leicht vertreiben lassen. Trotz allem empfand sie, daß eine Stille über dem nahezu verlassenen Burghof lag, die irgendwie unheilschwanger war. Die Wachen hatten sie lediglich mit einem desinteressierten Nicken begrüßt, der Hof lag leer und immer noch heiß vor ihnen.

Rupert und Gysela schienen ebenso zu empfinden. Sie saßen alle noch einen Moment unschlüssig auf ihren Pferden, als würde sich das, was sich hier während ihrer Abwesenheit ereignet hatte, erst ihrer Seelen bemächtigen können, wenn ihre Füße den Borgewigschen Boden berührten. Nur die zwei schwer bewaffneten Männer, die sie zu ihrem Schutz begleitet hatten, waren von der Atmosphäre gänzlich unbeeindruckt.

Niemand kam, sie zu begrüßen.

»Na gut, dann wollen wir mal. Alles in Ordnung, Mädchen?« fragte Rupert schließlich und sprang in den Staub, er war fast zu ungeduldig, um ihnen zu helfen, besann sich dann aber doch noch auf die klaren Anweisungen, die er seinerzeit von Graf Lambert erhalten hatte. Seine Schutzbefohlenen nämlich auf eine Weise ehrerbietig zu behandeln, wie er selbst es eigentlich für überflüssig hielt. Wer waren sie denn schon.

»Ich geh dann mal«, sagte er statt einer Verabschiedung und strebte bereits in Richtung Wachstube. Irgend jemand mußte doch Bescheid wissen, warum es hier so bleiern ruhig war.

»Kümmerst du dich um alles, Gysela?« fragte Philipa, und ihre Schwester nickte, sie war ebenfalls müde, ausgelaugt und beunruhigt.

Philipa lief durch die Halle, in der sich fast niemand aufhielt, die schmale Treppe hoch zu den Privaträumen der Gräfin. Vor der Tür blieb sie kurz stehen und klopfte halbherzig den Staub aus ihrem Kleid. Dann pochte sie an das glänzend polierte Eichenholz.

Nach einem kurzen Moment ertönte ein »Ja, bitte!«, Philipa holte tief Luft und trat ein. Drinnen sah es auf den ersten Blick ganz normal und gemütlich aus. Lambert und Elisabeth saßen recht nah nebeneinander auf den zwei geschnitzten Stühlen mit den Löwenköpfen, zwischen sich ein Tischchen, beladen mit Karaffen voll Wein, Bechern, einem Teller mit Obst und eingelegten Walnüssen. Schweigend blickten sie ihr entgegen.

Die Herrin von Borgewig war erlesen wie immer gekleidet in einen zartblauen Surkot aus allerleichtestem Sendel, an Ausschnitt und Ärmelkanten mit goldenem Faden kostbar bestickt. Philipa starrte sie an, hielt sich fest an dem ruhigen Blick der Gräfin, die ihr, ohne eine Unsicherheit zu zeigen, fast hochmütig entgegensah.

Ihr schönes, blasses Gesicht wurde von einem sehr häßlichen blauen Auge verunziert.

»Er ist weg«, sagte Elisabeth mit einem Mal schlicht, und der Bann brach.

Philipa lief mit ein paar schnellen Schritten zu ihr und sank auf die Knie. »Warum habt Ihr mich nicht bei Euch bleiben lassen, Gräfin, vielleicht hätte ich Euch helfen können. Irgendwie.«

»Das hättest du bestimmt«, schaltete sich Lambert ein und schlug lässig die langen Beine übereinander. »Du hättest ganz sicher das Interesse meines Bruders für eine Weile von seiner Gemahlin abgelenkt, ansehnlich genug bist du ja.« Philipa blickte ihn an, er trug eine breite Schramme auf der Stirn, die ihn fast ebenso entstellte wie Elisabeth. »Mein Bruder hat nur an hübschen Frauen Gefallen«, fügte er erläuternd hinzu. Es klang so sachlich, daß es regelrecht bizarr wirkte angesichts des erbarmungswürdigen Gesichts seiner Schwägerin.

»Im übrigen hast du mir ja geholfen«, Elisabeth lächelte ein bißchen schief wegen eines aufgeplatzten Mundwinkels, was ihr einen seltsam verwegenen Ausdruck verlieh. »Immerhin wußte ich dich und deine Schwester in Sicherheit. Das allein war schon eine Beruhigung, weißt du.«

Philipa nickte. Dann sagte sie, weil sie einfach nicht wußte, ob Worte des Trostes aus ihrem Munde der Gräfin angemessen erschienen wären: »Ich soll Euch Grüße von Walburga ausrichten. Es ist … sie hat ein Mädchen geboren, es heißt Elisabeth.« Sie schluckte angestrengt.

»Die Ärmste«, sagte Elisabeth von Borgewig.

Philipa fand Gysela in ihrer Kammer, sie hatte sich in die Fensterlaibung gesetzt und sah untätig mit wehem Blick in die Landschaft zu ihren Füßen. Wald, Hügel, Horizont, soweit sie schauen konnte. Blauer Himmel, ein Schwarm lärmender Stare hoch in der Luft.

Philipa stellte sich neben sie und legte den Arm um ihre Schultern, schutzsuchend ebenso wie in der Absicht, Schutz zu geben. »Wie geht es den Mädchen?«

Gysela schluckte. »So einigermaßen, äußerlich jedenfalls. Sie wirken aber ziemlich verstört. Sie reden nicht. Nicht viel jedenfalls.«

Philipa legte auch noch den anderen Arm um ihre Schwester und hielt sie ganz fest. »Er hat die Gräfin geschlagen. Es ist ganz deutlich zu sehen. Und Lambert hat eine Wunde im Gesicht, aber er sagt mir nicht, woher sie stammt.«

»Ich bin froh, daß wir nicht hier waren, als er gekommen ist.«

»Ja. Deswegen haben sie uns auch fortgeschickt, weißt du.«

Gysela nickte und schmiegte sich in ihren Arm. Die Luft roch würzig, sie spürten, daß der Sommer zu Ende war und der Herbst nahte. Es war jetzt fast ein halbes Jahr her, daß sie die Gaukler zuletzt gesehen hatten. Plötzlich fehlten sie Philipa mit einer Intensität, die der, mit der sie damals ihren toten Vater vermißt hatte, in nichts nachstand.

Gysela fühlte offenbar ähnlich. »Wie es Petronella und den anderen wohl jetzt geht?« sagte sie leise.

Philipa nickte. »Sie müssen sich bald ein Winterquartier suchen, nur noch ein paar Wochen.«

»Ob sie wohl hierher kommen?« fragte Gysela voller Hoffnung, aber Philipa schüttelte den Kopf.

»Zwei Winter hintereinander am selben Ort, das kann ich mir nicht vorstellen. Vielleicht versuchen sie es nächstes Jahr.«

»Wenn Graf Gottfried uns bis dahin nicht alle totgeschlagen hat«, entgegnete Gysela und fing an zu weinen.

Guntram starrte zweifelnd auf die Gestalt vor ihnen im Stroh. »Du kannst mir sagen, was du willst, aber man fällt doch nicht so einfach um und ist tot. Nicht in ihrem Alter.«

Eher nicht. Richard hockte sich in den Staub und nahm die Tote näher in Augenschein, das Dämmerlicht trübte jedoch die Sicht. Ihr Kittel war hochgerutscht und entblößte ihre Beine. Allerdings nicht so, daß man hätte annehmen können, ihr sei Gewalt angetan worden. »Seht mal, hier. Was ist das?«

Guntram warf einen Blick auf Barbaras Wade, die bleich und obszön verdreht im Dämmerlicht leuchtete. »Ein Muttermal.«

Es hatte die Form eines Eichblattes, Philipp hatte ihm davon erzählt. Warum auch immer, er hatte die kleine, stille Frau geliebt und dieses Mal, das in seiner Form an das Zeichen seines Stammsitzes erinnerte, als ein Omen genommen. Vielleicht, weil sie das genaue Gegenteil war von Liutgard, die sein Haus führte. Es tat Guntram weh, sie so zu sehen.

»Zieh das Kleid runter.«

Richard tat, wie geheißen, dafür mußte er den bleiernen Körper des Leichnams drehen, und Barbaras Kopf fiel auf die Seite. Tote waren schwerfällig. Und bedrückend. Aber nicht jeder Tote ging, wenn er von seinem Schöpfer gerufen wurde. Manche wurden gezwungen.

»Guntram. Seht mal. Hier ist etwas Merkwürdiges.«

»Noch ein Muttermal?« Guntrams Stimme klang müde. Erst Philipp. Dann sein Liebchen. Und die Kinder waren auch weg, nur der Herrgott allein wußte, ob sie noch lebten.

»Nein. Am Hals. Unter der Kehle. Sie ist keines natürlichen Todes gestorben, das kann gar nicht sein.«

Guntram bückte sich schwerfällig. Ein dunkler Streifen. Schmal, tief. Blutig. Sein Herz zog sich schmerzhaft zusammen. Das Mal einer Schlinge.

»Wer um alles in der Welt hatte Grund, eine Milchmagd umzubringen?« fragte er rauh.

Jemand, der Anlaß hatte, sich von ihr bedroht zu fühlen. Richard sah seinen Herrn unbehaglich an.

»Du willst mir etwas sagen?« Guntram war zwar deprimiert, doch nicht blind für seine Umgebung.

»Ich bin nicht sicher …«

»Gut, dann sei unsicher. Aber sag mir, worüber.«

Fast war es eine Erleichterung, Guntram in seiner autoritären lehnsherrlichen Art sprechen zu hören. »Ich habe heute Mittag den Getreuen von Witwe Liutgard hier aus dem Stall kommen sehen und mich noch gefragt, was der bei den Rindviechern wohl zu suchen hat. Er hatte es einigermaßen eilig.«

»Manfredus? Das Narbengesicht?« Guntram wollte das nicht glauben.

Richard nickte. »Er ist schließlich nicht so leicht zu verwechseln.«

Ja. »Er muß hier verschwinden. Ich dulde es nicht, daß er noch länger auf dieser Burg bleibt.« Eigentlich hatte er hier nichts zu dulden und anzuweisen, aber Liutgard hatte ihn um Hilfe bei der Verwaltung gebeten, und die würde sie jetzt bekommen, ob sie wollte oder nicht.

»Ihr habt nicht vor, ihn anzuklagen?«

Guntram schüttelte den Kopf. Das Aufsehen. Das mangelnde Interesse einer Frau wie Barbara gegenüber, ob sie nun die Geliebte des Burgherrn gewesen war oder nicht. Vor allem, da jener sie nicht mehr schützen konnte. Im Gegenteil.

»Nein. Dieser Manfredus ist mir schon seit längerem ein Dorn im Auge. Für sein Aussehen kann er nichts, aber daß er beständig überall herumschleicht und wie ein Schatten hinter Liutgard lungert, kann so richtig nicht sein. Mit der Visage ist er als Kriegsknecht bedeutend besser irgendwo unter Männern aufgehoben. Der wird Aichbergen verlassen, da kannst du sicher sein.«

»Es war sehr rücksichtsvoll von Euch, daß Ihr uns zu Walburga geschickt habt in der Zeit, als Euer Bruder hier war.«

Philipa saß wie so oft mit einer Stickerei in dem kleinen Rosengarten, doch heute konnte sie sich nicht auf ihre Arbeit konzentrieren, die trotz ihrer Monotonie Sorgfalt und Aufmerksamkeit erforderte. Lambert hockte neben ihr, auch das geschah häufig. Er suchte ihre Nähe, wahrte allerdings meistens den gebührenden Abstand, und so hatte sie sich daran gewöhnt. Im Grunde gefiel es ihr sogar, denn eigentlich mochte sie ihn.

»Rücksichtsvoll? Vielleicht. Aber auch eigennützig. Mir reicht es, mir Sorgen um Elisabeth machen zu müssen. Du weißt, wieviel Wert ich auf meine Bequemlichkeit und meinen Seelenfrieden lege.«

Einen besonders ausgeprägt entspannten Seelenfrieden hatte Philipa eigentlich noch nicht bei ihm feststellen können, doch zu dem Thema schwieg sie wohl besser. »Was ist denn mit Brigida und Judith?« fragte sie zögernd. Die Kinder sprachen nicht über ihren Vater, sondern verstummten, wenn das Gespräch auf ihn kam.

»An kleinen Mädchen vergreift er sich zum Glück nicht«, meinte Lambert gelassen. »Nun gut, er schlägt sie, wenn sie in seiner Nähe sind und etwas tun, was seinen Unwillen erregt, und dies geschieht erstaunlich häufig. Aber er sucht sie nicht, und wenn sie ihm aus dem Weg gehen, leben sie einigermaßen in Frieden vor ihm.«

»Warum tut er das eigentlich?«

»Keine Ahnung. Warum sind manche Männer so und manche nicht? Offenbar bekommt einem wie Gottfried nicht, daß er einerseits die Macht in Händen hält und andererseits ... wieso erzähle ich dir das eigentlich alles?«

»Weil ich gefragt habe?« Philipa lächelte ihn an.

»Ist das jetzt eine ungebührliche Antwort, oder ist es das nicht?« Lambert betrachtete sie nachdenklich. »Nun, ich denke, Gräfin Elisabeth, die aus einem vornehmeren und älteren Geschlecht stammt als wir Borgewigs, gibt ihm einfach nicht das Gefühl, sich ihm tatsächlich zu unterwerfen. Er kann machen, was er will, sie verliert nie ihren Stolz. Zumindest nicht, wenn er zusieht. Normalerweise traktiert er seine Gemahlin allerdings taktvollerweise so, daß man ihre Blessuren nicht bemerkt. Er scheint mehr und mehr die Hemmungen zu verlieren.«

Er klang bitter, eine Regung, die Philipa von ihm nicht kannte. Sie blickte ihn an. »Warum heiratet Ihr eigentlich nicht?« fragte sie, einem plötzlichen Impuls folgend.

»Ach, dafür gibt es viele Gründe«, Lambert wedelte mit einer gewohnt lässigen Bewegung zwei Fliegen fort. »Einer davon ist, daß mein Bruder nicht die Absicht hat, unseren Familienbesitz zu schmälern, bloß damit ich einen eigenen Hausstand gründen kann. Nun, das ist sein gutes Recht.« Lambert zuckte mit den Schultern, kein Mensch hätte erraten können, ob ihm das etwas ausmachte oder nicht. »Also bleibt mir nur, eine reiche Erbin zu finden, dann bräuchte ich Gottfrieds Unterstützung nicht. Dummerweise sind die bloß so schrecklich rar. Und der Bewerber gibt es viele.«

Er strich sich mit der Hand über den feingezeichneten Mund. Woran er wohl dachte? An die anderen Gründe vielleicht, die er ihr nicht genannt hatte? Möglicherweise wollte er zum Schutz Elisabeths und seiner Nichten hierbleiben. Philipa konnte es sich langsam sogar vorstellen, Lambert war anders, als seine Reden es vermuten ließen, hatte sie den Eindruck. Manchmal zumindest.

Jetzt schien ihm die Ernsthaftigkeit zuviel zu werden, und er grinste sie mutwillig an. »Das ist übrigens der Grund, warum ich dir die Ehe nicht antragen kann. Wir wären schlicht zu arm. Und Armsein liegt mir nicht besonders.«

Philipa mußte lachen. »Ja, das kann ich mir vorstellen. Kratzige Wolle statt raschelnder Seide fändet Ihr sicher höchst unangenehm auf Eurer zarten Grafenhaut.«

»Oh, du glaubst, ich bin verweichlicht!« Lambert blickte sie empört an, aber seine Augen funkelten belustigt. »Vielleicht bin ich das sogar. Ach nein, doch nicht. Übrigens, da ich dir nicht anbieten kann, meine Ehefrau zu sein, meine Mätresse willst du wohl nicht werden, oder?«

»Nein, ganz sicher nicht«, entgegnete Philipa in entschiedenem Tonfall.

»Das war aber energisch. Muß ich jetzt ernsthaft beleidigt sein?« Er sah sie mehr verblüfft als gekränkt aufmerksam an.

»Das ist nicht nötig. Wißt Ihr«, Philipa zögerte kurz, fand dann allerdings, er habe ein Stück der Wahrheit verdient, »es liegt nicht an Euch, ich werde ganz einfach niemandes Mätresse. Meine … Beobachtungen haben mir gezeigt, daß aus so etwas viel Unheil erwachsen kann.«

»Aha. Hm. Ich kann's dir im Grunde nicht verdenken. Obwohl ich es natürlich bedaure.«

Er schlang die Arme um sie und zog sie ganz nah an sich heran, so nah, daß Philipa sein schnell klopfendes Herz spüren konnte. Zum ersten Mal entzog sie sich ihm nicht sofort, sondern schmiegte sich für einen kurzen Moment der Stille in seine Arme. Es war ganz angenehm, so, als böte er tatsächlich Schutz. Aber das war trügerisch, natürlich war es trügerisch. Eine Mätresse genoß keinen Schutz, egal, ob sie Milchmagd war oder sonst irgend etwas. Außerdem wollte sie diese Art Schutz nicht. Bis jetzt hatte sie ganz gut für sich alleine sorgen können. Mit einer sanften Bewegung löste sie sich aus seinen Armen und sah ihn an.

»Bedauern dürft Ihr. Aber nicht übelnehmen.«

Lambert seufzte. »Einverstanden«, sagte er.

Er war jedoch nicht immer so zahm, und es gab Momente, in denen wurde der Balanceakt, ihn einerseits abzuweisen und ihn andererseits nicht ernsthaft zu verärgern, Philipa fast zu viel. Manchmal konnte er recht fordernd sein, und sie stand immer wieder vor der Überlegung, ob sie ihn zur Warnung mit seinem Bruder vergleichen sollte oder ob das zu gefährlich wäre. Vielleicht würde er dann ernsthaft wütend. Oder er würde sich endgültig von ihr abwenden, und das wollte sie auch nicht. So albern es klang, aber außer Gysela und Roland war er der einzige Freund, den sie hier hatte, der einzige, dem sie etwas bedeutete, und das wollte sie sich nicht verscherzen.

»Graf Lambert, ich wünschte wirklich, Ihr würdet nicht so viel Aufhebens um mein Haar machen«, sagte sie eines Tages der Verzweiflung nahe, denn wie so oft konnte er es nicht lassen, in der goldbraunen Flut herumzuwühlen und ihre Frisur aufzulösen, egal, wie streng sie die nun schon um ihren Kopf festzurrte. »Es sind doch nur *Haare*.«

»Das glaube ich nicht«, murmelte Lambert und hob ihren Zopf, den er endlich aus seinem festen Knoten gewunden hatte, an seine Nase. »Ich halte es vielmehr für den frevelhaften Versuch, die gesamte Umwelt zu betören. Jedenfalls den männlichen Teil.«

Philipa entzog ihm den Zopf, obwohl sie sich selbst damit weh tat. »Ich werde die Gräfin um Erlaubnis bitten, mir ein Kopftuch umzubinden. Schließlich kann ich nicht extra heiraten, bloß um mein Haar Euren Blicken zu entziehen.«

»Ich kann nicht nur Haarnadeln entfernen, ich kann sogar Kopftücher aufknoten«, entgegnete Lambert, doch es klang nicht so liebenswürdig wie sonst. Er neckte sie nicht. Nein, er war verärgert. Offenbar war heute einer seiner weniger guten Tage, das kannte sie schon und wußte, daß es dann besser war, ihm aus dem Weg zu gehen.

»Davon bin ich überzeugt, Graf Lambert«, sagte sie daher so sachlich wie möglich, »aber das werden wir jetzt nicht unter Beweis stellen können. Ich muß Euch leider verlassen, denn ich werde in der Kammer der Mädchen erwartet, sie haben jetzt Unterricht.«

»Worin denn? Im Gaukeln?«

Philipa starrte ihn schweigend an und versuchte, genau den Grad an Mißfallen in ihren Blick zu legen, den er noch gerade nicht als unverschämt empfinden konnte. »Von mir aus auch das. Obwohl die Gräfin von mir erwartet, das Französisch der beiden zu verbessern.«

»Ah.« Lambert versperrte ihr den Weg, sie hatten eine kleine Runde oben auf dem Wehrgang gedreht, um die letzten warmen Tage des Jahres auszukosten. »Ich habe dir noch nicht erlaubt, dich zu entfernen.«

Offensichtlich war dies einer der besonders schlechten Tage. »Nein. Verzeiht, Herr, ich wollte mich nicht ungebührlich verhalten.« Vollendete Höflichkeit war in diesem Spiel immer noch die beste Waffe. Philipa hielt züchtig den Blick gesenkt. »Ich bitte um Erlaubnis, mich zurückziehen zu dürfen.«

»Tut mir leid, das kann ich noch nicht gestatten«, erwiderte Lambert wütend. Er haßte es, wenn Philipa sich wie eine Dienstbotin benahm, auch wenn sie eine war.

Philipa blieb demütig und bescheiden stehen, die Arme hingen ruhig an den Seiten hinab, und sie achtete darauf, weder die Hände zu verkrampfen noch eine Miene zu verziehen.

»Du machst mich wahnsinnig, wenn du dich wie eine dumme Gans aufführst«, herrschte Lambert sie an, und jetzt blickte Philipa auf und sah ihm hochmütig in die Augen.

»Dann bringt mich doch nicht dazu.«

»Soll ich etwa die Verantwortung dafür übernehmen, wenn du dich nicht zu benehmen weißt?« Lambert merkte selbst, wie unlogisch er klang, was sich auf seinen Ärger nicht gerade besänftigend auswirkte.

»Nein. Aber Ihr könntet mich einfach gehen und meiner Arbeit nachkommen lassen.«

»Wenn es mir paßt. Und im Moment paßt es mir noch nicht.«

Er drängte sie gegen die zinnenbewehrte Mauer, und Philipa spürte, wie sich hart und unnachgiebig der Stein in ihren Rücken bohrte. Hinter ihr und vor allem unter ihr war sehr viel Luft. Nicht auszudenken, wenn er sie über die Brüstung stieße. Wie gewalttätig er zu sein imstande war, konnte sie nur vermuten, und einen Moment lang verspürte sie wirklich Angst. Allerdings dachte er wohl nicht so sehr daran, sie hinabzustoßen, als an etwas völlig anderes. An was, konnte sie feststellen, als er sich an sie preßte und begann, sie heftig zu küssen, auf eine Weise, die sich deutlich unterschied von den eher vorsichtigen, werbenden Versuchen, die er bisher unternommen hatte.

Philipas Denken setzte aus, für geschicktes Taktieren fehlte die Zeit. Mit jäh aufwallender Wut sammelte sie alle Kraft, die sie besaß, und stieß ihn mit beiden Händen zurück. »Ich *will* das nicht«, fauchte sie.

»Ah, da seid ihr ja, ich habe euch überall gesucht«, erklang die liebenswürdige Stimme Elisabeths hinter ihnen.

Die beiden hatten weder bemerkt, wie sie herangekommen war, noch eine Ahnung, wie lange sie schon dastand. Elisabeth betrachtete sie interessiert. Sie sahen aus wie zwei Hähne, die mitten in einem Kampf unterbrochen worden waren, und beide wirkten außerordentlich wütend, selbst Philipa, die Elisabeth noch nie anders als freundlich und beherrscht erlebt hatte.

»Gut, daß Ihr kommt, Gräfin«, sagte Philipa und strich sich hektisch ihre Kleider glatt. »Ich habe den Eindruck, Euer Schwager hat Mühe, den Sinn meiner Worte zu verstehen.«

»Jaja«, die Gräfin nickte und betrachtete Lambert nachdenklich, wie er mit sturmumwölkter Miene sichtlich um Fassung rang. »Es gibt da ein Ohr, auf dem neigt Lambert zur Taubheit.«

»Elisabeth, ich bitte dich!« Lambert richtete umgehend den Bannstrahl seines Ärgers auf seine schöne Schwägerin.

»Ja, ich dich auch. Und Philipa offensichtlich ebenfalls. Ich will doch nicht hoffen, daß du deinem Bruder ähnlicher bist, als wir alle angenommen haben?«

»Keine Sorge, *so weit* ist es noch nicht mit mir gekommen.« Lambert verbeugte sich knapp in ihre Richtung, sogar in Philipas. »Ich bitte um Vergebung. Du gestattest, daß ich mich zurückziehe, Schwägerin?«

Elisabeth nickte huldvoll, und Lambert ging davon, ohne Philipa noch eines Blickes zu würdigen. Beide Frauen ahnten nicht, welche Anstrengung es ihn kostete, nicht mit wütenden, würdelosen Schritten davonzustürmen, sondern wenigstens einen Anflug seines gewohnt lässigen Ganges zu zeigen.

»Mach dir keine Sorgen, er ist nicht wie Gottfried. Aber er

hat es auch nicht immer leicht, und da verliert er ab und an seine Haltung.« Elisabeth blickte mitleidig auf Philipa. »Wir haben Nachricht erhalten, daß mein Gemahl Anfang des neuen Jahres, irgendwann um Dreikönig, nach Burg Borgewig zurückkehren und deren Leitung selbst übernehmen wird.« Damit Schlendrian und Verschwendung ein Ende haben und wieder ein ordentliches Regiment geführt würde, hatte er hinzugefügt, um seinen Bruder zu beleidigen, doch das erzählte sie Philipa nicht. Es ging sie nichts an, fand Elisabeth. »Da er dann dauerhaft hierbleiben wird, werde ich dich nicht fortschicken können. Wir müssen uns also, so gut es geht, arrangieren. Aber du und deine Schwester, ihr scheint mir recht anpassungsfähig zu sein, und so sollte sich schon eine Lösung finden lassen. Jetzt geh bitte zu den Mädchen, sie erwarten dich bereits.«

Ab Mitte Dezember schneite es sanft und regelmäßig, und die Welt um sie herum wurde weiß und still, die Luft war kalt und roch nach Frost, Holz und Rauch, dann und wann war sie erfüllt vom unmelodischen Schrei der Krähen, die hinab ins Tal flogen, auf der mühsamen Suche nach Nahrung in diesen unwirtlichen Tagen.

Zu Weihnachten bekam Philipa von der Gräfin einen zwar schlichten, aber mit einfachem Pelz gefütterten honiggelben Surkot, der einen Ton heller war als ihr Haar; außerdem eine elfenbeinfarbene Cotte und ein einfaches Schapel aus Silber. Nach anfänglichem Protest sah sie ein, daß jeder Widerstand zwecklos war, und nahm das üppige Geschenk dankend an.

»Wenn es auch zuviel ist, Gräfin«, sagte sie streng und Elisabeth lachte.

»Zier dich nicht. Du mußt ihn ja nicht tragen, wenn er dir … zu warm ist. Aber ich hatte gedacht, jetzt im Winter wäre es passend.«

»Elisabeth, du vergißt, daß Philipa nicht müde wird, zu betonen, daß sie kein Edelfräulein ist und daß ihr von daher gewisse Dinge einfach nicht zuzumuten sind«, mischte sich Lambert ein.

»Ganz recht, Herr. Ich bin erfreut, daß Ihr tatsächlich meinen Worten so aufmerksam lauscht. Ab und zu jedenfalls.«

Elisabeth sah sie kopfschüttelnd an, aber bevor sie etwas sagen konnte, entgegnete Lambert liebenswürdig: »Liebste Philipa, da du befähigt bist, es den Gesprächen mit deinen Herren an einem angemessen bescheidenen Tonfall mangeln zu lassen, sollte es auch kein Problem für dich sein, dich in einen Surkot und ein Schapel zu gewanden.«

Philipa wurde rot und wußte nicht, was sie antworten sollte, doch da mischte sich Elisabeth ein, die insgeheim fand, auch Graf Lamberts Verhalten ließe einiges zu wünschen übrig. Schließlich war er kein dummer Junge mehr, der sich einen Spaß daraus machte, junge Mädchen zu ärgern.

»Probiere es doch wenigstens einmal an«, schlug sie vor, »hier bleibt es ja sozusagen unter uns.«

Philipa versank in einen Knicks und zog sich zurück, um sich umzuziehen. Was blieb ihr schon anderes übrig.

Die Traulichkeiten fanden ein jähes Ende, als eine Woche nach Dreikönig Graf Gottfried und seine Vertrauten ihren Weg nach Borgewig nahmen. Sie trafen eines Nachmittags kurz vor Einbruch der Dunkelheit ein, es dämmerte bereits, und der erste, der sie nach den Torwachen und Turmwächtern sah, war Roland. Er kam gerade vom Übungsplatz, wo er zusammen mit Til den Schwertkampf trainiert hatte, und er war erhitzt, und seine Knochen taten ihm weh, denn wenn sie auch mit kurzen, hölzernen Schwertern übten, die kaum ernsthafte Verletzungen zuzufügen vermochten, so waren sie vor Blessuren und Schlägen dennoch nicht gefeit. Er war auf dem Weg zu Philipa, die ihm heimlich seine blauen Flecke mit einer Salbe aus Arnika und Schmalz einzureiben pflegte, wenn er auch wußte, daß dies wenig mannhaft war. Aber es tat gut, sich von ihr umsorgen zu lassen, manchmal vergaß er beinahe, daß sie nicht seine Mutter war.

Er lief quer über den Hof, seine Schritte knirschten in dem makellosen Weiß des Neuschnees, und plötzlich war die Luft erfüllt von Hufgetrappel, Stimmen und rauhem Lachen, und er umringt von einer Männerschar, die allen Anschein machte, sich hier zu Hause zu fühlen. Inmitten der Menge entdeckte Roland Graf Gottfried, und er stieß einen hilflosen Seufzer aus. Roland war weder dumm noch taub, und die Gerüchte um den Grafen, die alle wenig liebenswürdigen Inhalts waren, hatten auch seine Ohren erreicht, wenn auch seine Schwestern nicht mit ihm darüber sprachen.

»Wer bist du denn?« fragte Gottfried, Schneeflocken glitzerten in seinem bereits leicht ergrauten Haar und auf den Bartstoppeln seines Kinns, offenbar war auf seiner Reise wenig Zeit für Körperpflege geblieben. Übellaunig starrte er den Jungen kurz vom Rücken seines ebenso breiten wie beeindruckend hohen Pferdes aus an. »Na, auch egal. Hauptsache, du weißt, was zu tun ist. Halt den Gaul.« Er warf ihm die Zügel zu, und Roland fing sie glücklicherweise geschickt auf.

»Abreiben, versorgen, füttern.« Gottfried sprang in den Schnee, und Roland ertappte sich bei dem frommen Wunsch, er möge ausrutschen und stürzen. Natürlich stand er aber sicher und gelassen auf seinen in schweren Stiefeln steckenden Füßen und tat Roland nicht den Gefallen.

»Du da kannst ihm helfen«, sagte er zu einem erschreckend häßlichen Narbengesicht, das neben ihm aufgetaucht war. Roland versuchte, nicht hineinzustarren und nicht zu zeigen, daß ihm der Schreck in alle Glieder fuhr. So auszusehen! Das konnte doch nicht gottesfürchtig sein?

Manfredus ärgerte sich. Seit Guntram von Nidbergen Liutgard dazu gebracht hatte, ihn aus ihrer unmittelbaren Nähe zu entfernen, und dafür gesorgt hatte, daß er sich dem Gefolge Gottfried von Borgewigs anschließen konnte, wurde er behandelt wie der unterste Kriegsknecht. Gut, viel mehr war er nicht, aber doch gewohnt, für Liutgard von Aichbergen etwas Besonderes zu sein. Jedenfalls war er jetzt hier, wo er sowieso sein sollte. Dieses Balg hier vor ihm war älter und sah kräftiger aus, als er erwartet hatte.

»Sieh an, meine werte Frau Gemahlin eilt herbei, ihren lang vermißten Gatten liebevoll zu begrüßen.«

Der Graf stellte sich breitbeinig auf, seine Ritter bildeten einen Kreis um ihn, als wagten sie sich einerseits nicht zu nahe an ihn heran und als wollten sie ihn andererseits schützend in ihre Mitte nehmen. Er sah zu Elisabeth hinüber, die im Eingang zum Palas erschienen war. Sie stand ruhig da, flankiert von zwei blakenden Fackeln, die in den Halterungen neben der Tür steckten und einen trügerisch goldenen Widerschein im Schnee fanden. In überaus höfischer Manier raffte sie ihren Tasselmantel zusammen, so daß er in schweren, kleidsamen Falten zu Boden fiel. Sie war immer so – perfekt. Manchmal haßte er sie geradezu. Ihre Hand spielte sachte mit der Perlenschnur, die den Mantel am Hals zusammenhielt, aber dies war die einzige Regung, aus der man hätte schließen können, sie sei nervöser, als ihre ruhige Miene dies vermuten ließ.

»Das würde ich mir nie nehmen lassen, Gottfried«, erwiderte sie und senkte ehrerbietig ein ganz klein wenig das Kinn. »Ich heiße Euch in Eurem Heim von Herzen willkommen. Wir alle hier tun es, dankbar, Euch gesund und munter zu sehen.«

Gottfried lachte auf. »Gesund bin ich, meine Liebe, und munter erst! Wie munter, werdet Ihr bald schon feststellen können. Ich nehme an, es ist alles für ein Festmahl vorbereitet? Wir sind einen langen Weg ohne Unterbrechung geritten und haben uns eine Stärkung verdient.«

»Natürlich, Gottfried. Selbstverständlich ist für alles gesorgt, Euer Besuch kommt ja nicht überraschend. Vielleicht möchtet ihr zunächst eure Quartiere aufsuchen?«

Gottfried achtete nicht länger auf sie, glücklicherweise, sonst hätte er möglicherweise die leichte Betonung auf dem Wort »Quartiere« bemerkt und den nicht ganz falschen Schluß gezogen, seine Frau wünsche von Herzen, er möge bei seinen Kumpanen schlafen und nicht bei ihr.

»Da ist ja auch mein so über alles und inniglich geliebter Bruder«, sagte Gottfried, und seine Augen glitzerten. »Du bist ein wenig blaß, oder täusche ich mich da? Ich bin gerührt, daß du in der Sorge um das Wohlergehen *meiner* Burg nicht zu rasten und nicht zu ruhen scheinst. Aber nun kannst du es dir ja behaglich machen. Ich werde dir die Last von den Schultern nehmen.«

Ich hasse dich, dachte Lambert und sagte artig und mit nur mühsam verhohlenem Zähneknirschen: »Wie schön, dich wohlbehalten in diesen Mauern begrüßen zu dürfen. Ich bin sicher, die gesamte Burgmannschaft ist glücklich, dich nach deinen gefahrvollen Reisen endlich wieder daheim zu sehen.« Und ich bin ebenfalls sicher, mindestens die Hälfte zöge es vor, wenn du unterwegs vom Pferd gefallen wärest und dir den Hals gebrochen hättest.

»Gut gesprochen, lieber Bruder«, Gottfried grinste liebenswürdig, was den Gesamteindruck seiner Erscheinung eindeutig verbesserte. »Aber jetzt will ich mich ein wenig erfrischen und dann, daß wir alle uns in der Halle versammeln und gemeinsam speisen. Die Rückkehr des Burggrafen gehört doch gefeiert. Meinst du nicht, *lieber* Lambert?«

»Ganz sicher, *lieber* Gottfried«, bestätigte Lambert und war froh, daß er schon so lange darin geübt war, seine Gedanken hinter einer ausdruckslosen Miene zu verbergen.

»Lambert würde am liebsten Gift und Galle spucken«, wisperte Gysela. Sie stand mit Philipa hoch oben über der Szene, im Schatten eines schmalen Durchblicks verborgen. Elisabeth hatte ihnen nicht erlaubt, der Begrüßungszeremonie beizuwohnen.

Philipa nickte bloß. Sie kannte Lambert inzwischen gut genug, um zu wissen, daß sein durchgedrückter Rücken und straff nach hinten gezogene Schultern nicht gerade auf eine entspannte Gemütslage hindeuteten.

»Und die Gräfin erst«, fuhr Gysela fort, »kaum ist das blaue Auge verheilt, kann sie sich auf das nächste freuen.«

»Vielleicht hat er sich ja gebessert. Er begrüßt sie im Grunde ganz freundlich.«

»Pippa, hast du wirklich keine Ahnung, oder tust du bloß so? Ich meine, soll er denn ohne ein paar einleitende Worte auf sie zustürzen und sie vermöbeln? Solche wie er geben doch vor, sie hätten einen Anlaß, und den muß er erst finden, bevor er auf sie losgeht.«

»Woher weißt du denn so was alles?« Philipa sah ihre Schwester erstaunt an.

»Ich hab' doch Augen im Kopf. Graf hin, Graf her, es gibt überall solche.«

Papa war nicht so, dachte Philipa, aber sie sprach es nicht aus. Sie wußte gar nicht, inwieweit sich Gysela überhaupt an den Vater erinnerte. Oder ob sie sich erinnern wollte. Philipp von Aichbergen war jetzt seit fast drei Jahren tot, und sie redeten fast nie über ihn. Es hätte an zuviel gerührt.

Natürlich konnten sich Philipa und Gysela nicht lange vor dem Grafen verbergen, wenn sie sich auch auf Weisung Elisabeths im Hintergrund hielten. Meistens saßen sie in ihrer eigenen Kammer oder bei Judith und Brigida, die still und in sich gekehrt waren und wesentlich fleißiger als sonst. In die Kammer der Mädchen kam Gottfried nie, es interessierte ihn nicht, zu sehen, wie seine Töchter die Zeit verbrachten. Allerdings bestand er darauf, daß beide an der allabendlichen Tafel in der Halle teilnahmen, was sie auch sehr folgsam taten. Sie haßten es, hätten jedoch niemals gewagt, dagegen zu protestieren.

Gottfried und seine Ritter waren ungefähr zehn Tage im Haus, als Philipa ihm das erste Mal leibhaftig begegnete. Sie bog um die Ecke des schmalen Ganges, an dem die Kleiderkammer lag, und trug einen schweren Stoffballen in den Armen, aus dem sie für Brigida einen neuen Umhang schneidern wollte. Das Kind wuchs, daß man dabei zusehen konnte, und die Kleider wurden ihm merklich zu kurz. Sehr zum Leidwesen Judiths, die sie dann erbte und sich darüber empörte, daß sie nie, nie, nie etwas eigenes Neues bekam. Was natürlich so nicht stimmte.

Sie kam also den Gang entlang, eilig, denn hier oben war es sehr kalt und der Stoff schwer, und prallte nach einer Biegung unversehens auf Gottfried. Eigentlich hatte er hier im obersten Stockwerk, in dem nur Dienstbotenkammern und Lagerräume zu finden waren, nichts zu suchen.

»Wen haben wir denn da?« fragte der Burgherr überrascht und versperrte ihr den Weg.

Philipa blieb stehen, senkte das Haupt und versuchte, trotz ihrer Last einigermaßen anmutig das Knie zu beugen.

»Wie ist dein Name?«

»Philipa, Graf. Ich kümmere mich um die Erziehung Eurer Töchter.«

»Erziehung, da schau her. Ich habe dich noch nie gesehen.«

»Nein, Herr. Ich bin auch noch nicht allzu lange hier, und Ihr seid viel auf Reisen.«

»Wie macht sie sich denn so, die Erziehung meiner Töchter?« Gottfried schien nicht die Absicht zu haben, das Gespräch so bald abzubrechen. Philipas Arme begannen zu schmerzen. Sie blickte auf den blauen Samt hinab, der selbst hier oben in dem trüben Licht einer einzelnen Fackel sanft schimmerte.

»Hervorragend, Graf, Ihr habt sehr kluge und lernwillige

Kinder.« Vermutlich war es ihm sowieso egal, er sah nicht so aus wie jemand, dem viel an seiner weiblichen Nachkommenschaft lag. Söhne hatte er allerdings nicht, und wenn Philipa dies auch für die Gräfin leid tat, so gönnte sie es Gottfried von Herzen. Mochte er sich doch grämen, soviel er wollte.

»Was bringst du ihnen denn bei, meinen lernwilligen und, wie sagtest du noch, klugen Töchtern?« Gottfried betrachtete sie und wußte ganz offensichtlich nicht, was von ihr zu halten war.

»Latein und Französisch«, erwiderte Philipa knapp, »und noch so dies und das. Kenntnisse in Literatur, Liedern und so weiter.«

»Was du nicht sagst.« Gottfrieds Augen glitzerten gefährlich. »Warum finde ich einen solchen Born des Wissens und der Weisheit nicht an meiner Tafel? Bist du eine Hungerkünstlerin? Oder ist dir unsere Gesellschaft nicht genehm, daß du sie meidest?«

»Weder noch, Herr. Ich hielt es einfach nicht für passend, ohne Einladung an der Tafel teilzunehmen.« Das war natürlich Unsinn, das wußte der Graf genausogut wie Philipa. Jeder auf der Burg aß abends in der Halle, egal, welchen Rang er bekleidete, selbst der niedrigste Stallknecht tat es, er saß dann eben nur unten an der Tafel, weit entfernt von der gräflichen Familie.

»Soso, da hat meine liebe Gattin also vergessen, dir eine Einladung auszusprechen.« Gottfrieds Blick ging Philipa durch und durch, und sie merkte, wie ihr eine Gänsehaut den Rücken hinablief. Außerdem fühlte sie, daß ihr bald der Samt aus den Händen rutschen und in den Staub fallen würde, wenn sie hier noch lange herumstand.

»Ich bitte um Eure Erlaubnis, mich zurückziehen zu dürfen«, sagte sie formvollendet. »Ich habe noch sehr viel zu tun.«

Gottfried wedelte mit der Hand, was eine eigentümlich höfische Geste war angesichts der unverhohlenen Kraft, die seine breite Statur ausstrahlte. »Selbstverständlich, du darfst gehen. Aber ich erwarte dich heute abend an meiner Tafel.«

»Sehr wohl, Herr.« Philipa knickste leicht verunglückt, drängelte sich an ihm vorbei, der kaum Anstalten zeigte, ihr Platz zu machen, und floh den Gang hinab, die schmale Stiege hinunter und hinein in die warme Stube der Mädchen, erfüllt vom Licht und Geknister eines wohligen Feuers und den heimeligen Geräuschen, die ein Webstuhl und ein Spinnrad und schnatternde Mädchenstimmen machten, fernab von der Gegenwart irgendeines Mannsbildes.

Philipa und die Gräfin wanderten im Schutz des treuen Ruperts und zweier Reisiger in den Wäldern zu Füßen der Burg, auf der Suche nach den jungen Pflanzen des Lungenkrauts.

Elisabeth blieb stehen und atmete tief die würzige Luft ein. »Was bin ich froh, daß der Winter zu Ende geht«, sagte sie. »Im Frühling erscheint einem alles leichter, findest du nicht?«

Philipa warf einen Blick auf den häßlichen, narbengesichtigen Reisigen, den Rupert zu ihrem Schutz mitgenommen hatte, und versuchte, nicht zu überlegen, warum er ihr solche Furcht und einen derartigen Widerwillen einflößte. Die Fratze war es nicht allein. Da ging etwas Böses von ihm aus. Dennoch nickte sie, die Gräfin verlangte eine Antwort. »Ja, sicher.«

Allerdings wußte sie nicht, wie einen laue Luft und trällernde Lerchen vor Gottfried, dem Narbengesicht und den anderen seiner Leute schützen sollten, eher schien der Frühling auch ihnen ins Blut zu schießen, sie wurden unruhig und immer unerträglicher. Sie wagte sich inzwischen kaum noch aus dem Bereich der Frauen hinaus. Besonders Kuno, ein an sich gar nicht so unansehnliches Mannsbild, stellte ihr nach, und sie fand ihn lästig. Der einzige Lichtblick an dieser Unruhe war, daß es vielleicht auch Gottfried bald zuviel wurde und er mit seinen Mannen wieder fortziehen würde, zu neuen Abenteuern. Solchen wie ihm und seinen Rittern wurde es im Frieden offenbar zu langweilig.

»Seht mal, sind das dort nicht Leberblümchen?« fragte sie Elisabeth. »Wofür waren die noch gut?«

»Wie der Name schon sagt, für Erkrankungen der Leber«, erwiderte Elisabeth. »Wo stehen sie denn?«

»Dort drüben.« Philipa ging ein Stück entlang eines gurgelnden, brausenden Bächleins, durch das Schmelzwasser aus den Bergen von einem gemütlichen Rinnsal angeschwollen zu einem stürzenden Bach mit weißschäumenden Strudeln, und kniete sich neben einen kleinen Teppich der winzigen blauvioletten Blüten.

»Wie hübsch sie sind«, sagte sie versonnen und fuhr mit der flachen Hand durch die Blütenköpfe, sie waren feucht von der Gischt, die der kleine Bach aufsprühte, und ein wenig des gelben Blütenstaubes blieb an ihren Fingern hängen.

»Ja, wirklich«, stimmte Elisabeth zu, die herangetreten war, »aber es ist noch zu früh, sie zu pflücken. Gegen Ende der Blühzeit in ein paar Wochen erscheinen erst die Blätter, und in denen sitzt die Heilkraft. Wir werden wiederkommen. Außerdem hat sich dann der Pflanzenteppich vergrößert. Es sind ja noch recht wenige.«

»Aber wie geschaffen für einen Blütenkranz in deinem Haar, Philipa«, bemerkte Rupert ungewohnt galant. »Die Farbe paßt genau zu deinem Umhang.« Offenbar hatte er das Gefühl, für die Grobheiten der anderen Ritter einen Ausgleich schaffen zu müssen, und Philipa belohnte ihn mit einem dankbaren Lächeln.

»Was für eine hübsche Idee. Allerdings müßte mich der Teufel reiten, wenn ich mir die Mühe machte, mich für die Ritter unseres Herrn extra mädchenhaft auszustaffieren.«

»Richtig. War wohl doch kein so guter Gedanke.« Rupert zuckte die Schultern. Er war seiner Frau Maria treu und fest ergeben und hatte ständig ein aufmerksames Auge auf die Ritter Gottfrieds, denn die scherte es nicht viel, ob eine Frau in rechtmäßigem Ehestand lebte oder nicht, wenn sie ihr nachstellten. Maria war eine hübsche Person und als solche bestimmt reizvoll für diese Haudegen, allerdings verfügte sie auch über ein sehr selbstbewußtes Mundwerk und war in der Lage, sich ganz gut selbst zu verteidigen. Dennoch hielt sich Rupert nicht gerne lange von der Burg entfernt auf. Wie das weitergehen sollte, wußte niemand, schließlich war er zum Schutz der Gräfin da, und wenn sie es sich einfallen ließ, zu verreisen, hatte er sie zu begleiten und mußte seine Maria notgedrungen den Zuständen auf der Burg überlassen. Er seufzte klammheimlich.

»Wollen wir nicht zurückgehen, Gräfin?« fragte er hoffnungsvoll. »Ihr habt doch gefunden, was Ihr suchtet?«

»Ja, sicher.« Elisabeth seufzte wesentlich offenherziger. Sie zog es nicht gerade heftig zurück zur Burg mitsamt ihren Problemen, Heimlichkeiten und Ausweichmanövern, aber sie wußte natürlich, was Rupert bewegte, und sie ließ im Grunde auch ihre Töchter nicht gerne lange allein. Gysela war zwar bei ihnen, doch sie stellte wohl kaum einen wirksamen Schutz dar.

»Kehren wir also um.«

Einige Tage später kniete Philipa in dem Garten der Burg, den Elisabeth für die Heilpflanzen angelegt hatte, welche im Wald nicht zu finden waren, und bearbeitete den saftigen Frühlingsboden. Jetzt, wo es langsam wärmer wurde und die Sonne an Kraft gewann, schien das Unkraut die Herrschaft über den Garten übernehmen zu wollen. Die Gräfin war damit nicht einverstanden und hatte daher Philipa beauftragt, dem unwillkommenen Grün den Garaus zu machen.

Es war erstaunlich, welch lange Wurzeln einige dieser Pflanzen hatten. Philipa zog und schnitt und riß und streifte sich immer wieder die lehmigen Hände an der Schürze ab, alles in allem fand sie diese Tätigkeit außerordentlich befriedigend. Außerdem war sie fern des Treibens innerhalb des engeren Burgbereichs. Gottfrieds Ritter hielten eines ihrer Gelage ab, nur gutes Wetter und Frühlingsluft reichte ihnen zum Amüsement augenscheinlich nicht, Gottfried selbst war mit seinem Truchseß Dittrich zu Besuch auf einer der Nachbarburgen. Er stritt sich beständig mit dem dortigen Herrn um ein Dorf, welches im Grenzgebiet der beiden Grundherrschaften lag und dessen Zugehörigkeit nicht eindeutig geregelt war. Lambert hatte die Sache schleifen lassen, die Abgaben, die das Dorf zu leisten hatte, waren denkbar gering, denn es lag an einer schlecht zu bewirtschaftenden Stelle. Auf ein paar Sack Getreide und ein paar Ferkel mehr im Jahr kam es nun wirklich nicht an. Gottfried sah das anders.

Philipa betrachtete stirnrunzelnd ihre Schürze, Gartenarbeit war schmutzig. Sie rutschte auf den Knien ein Stück weiter, um sich dem nächsten Beet zu widmen. Über ihr schaukelte ein früher Schmetterling und winkte ihr mit seinen zartgelben Flügeln zu. Philipa lächelte. Dann beugte sie sich nach vorne und rupfte an einem hellgrünen gezackten Blatt, sie hatte keine Ahnung, worum es sich dabei handelte. Sie hoffte bloß, sie riß nicht eine von Elisabeths wichtigsten Pflanzen aus dem lockeren Erdreich.

»Nettes Bild. Kannst gleich so hocken bleiben, ich find' das angenehm«, ertönte hinter ihr eine schwankende Stimme.

Philipa fuhr zusammen und sprang rasch auf die Füße. Ihre Beine schmerzten, so lange hatte sie gekniet, und sie hatte Mühe, nicht gleich wieder einzuknicken. Vor ihr stand Kuno. Groß und breitschultrig, mit einer Flut blonder Locken, die ihm auf die Schultern wallten und die stets sehr gepflegt waren, vermutlich war er eitler, als es gut für einen Ritter war. Zum Ausgleich verlief eine Narbe quer über seine Wange, sie ließ ihn verwegen wirken, ohne ihn wirklich zu entstellen.

Er war betrunken. Mehr als sonst, wie an seinem unsteten Blick und dem leicht unsicheren Stand zu erkennen war.

»Was wollt Ihr hier? Das ist der Garten der Gräfin, und er wurde nicht für die Ritter angelegt.« Philipas Erfahrung nach war es am besten, angesichts eines Betrunkenen keine Schwäche erkennen zu lassen.

Auf Kuno machte das keinen Eindruck. »Sie kann mich ja fortjagen«, schlug er vor. »Das gefällt bestimmt ihrem Gemahl, wenn sie sich mit seinen Rittern anlegt.«

Er kam einen Schritt näher, so betrunken, daß er taumelte, war er jedenfalls nicht. Philipa wußte nicht, ob dies nicht besser gewesen wäre. Vielleicht hätte sie ihn dann umstoßen können? Im Moment hatte sie keine Chance.

»'ch hab gesagt, du sollst da bleiben. Hab ich's nich' gesagt? Knie dich da hin.«

»Was?«

Philipa konnte nicht anders, sie wich zurück. Kuno folgte ihr, sie stolperte weiter, bis das Ende des viel zu kleinen Gartens erreicht war und Philipa in ein Beet trat, in welchem im Sommer Ringelblumen und Pimpinelle blühen sollten. Ihr Rücken stieß an die Mauer, die das Gärtchen in Richtung des Steilhanges abschloß.

Kuno lachte freundlich. »Auch gut.« Seine Stimme schwankte melodisch. »Manche mögens's ja nicht wie die Hunde. Ich find's eigentlich ganz gut. Obwohl der Herrgott dagegen sein soll. Verhindert die Kinderlein, du weißt schon. Wir wollen doch keins haben, oder?« Er stieg ebenfalls auf das Beet. Unter seinen großen Füßen würde so leicht nichts mehr blühen. Mit einem Ruck öffnete er das Band, welches ihre Schürze hielt, und ließ diese achtlos auf die Erde fallen.

Philipa preßte den Rücken an die Mauer, atemlos, sprachlos. Kuno nestelte an den Schnüren, die ihre Cotte eng an den Leib formten, und griff nach ihren Brüsten, er schob seine Hand in ihren Ausschnitt. Es tat weh.

Philipa wand sich hin und her, im ebenso hilflosen wie vergeblichen Versuch, ihm zu entkommen. Groß und breit und stark trotz seiner Trunkenheit beugte er sich über sie. »Laß doch, Kindchen. Nützt ja nix«, sagte er seltsamerweise beinahe tröstend, dabei umhüllte Philipa ein Schwall seines weingeschwängerten Atems.

Plötzlich fiel ihr Petronella ein. Petronella, die lebenskluge, die ihr manch einen guten Rat gegeben hatte. Petronella, hilf mir, dachte Philipa verschwommen und sammelte ihren Mut und ihre Kraft.

Dann versuchte sie, Kuno mit einer ruckartigen Bewegung das Knie zwischen die Beine zu rammen. »Dahin, wo es ihm am gemeinsten weh tut«, hatte Petronella gesagt. »Wenn dir einer zu nahe tritt, tritt ihm in die Eier, bis er Sternchen sieht, dann läßt er dich in Ruhe.«

Es ging aber nicht. Kuno preßte Philipa mit seinem vollen Gewicht an die Mauer, und ihr fehlte die Bewegungsfreiheit, um ihr Bein hochzuziehen. Außerdem hatte sie genug damit zu tun, seine Hände abzuwehren, die sich an ihren Kleidern zu schaffen machten. Während er keuchend mit seinem Unterleib gegen sie stieß. Sie selber hatte vor lauter Entsetzen Mühe, überhaupt weiterzuatmen.

Schließlich schaffte er es, ihre beiden Handgelenke mit der linken Hand zusammenzuquetschen und mit der rechten ihr Kleid hochzuschieben. Er berührte ihren Oberschenkel und strich mit seiner rauhen, schwieligen Hand über ihre zarte Haut. Philipa fing an zu weinen.

Kuno wurde jetzt ungeduldig. Er ließ ihre Handgelenke los und begann an seinen eigenen Kleidern herumzunesteln. Er hatte Schwierigkeiten damit, und da er beide Hände zu Hilfe nehmen mußte, rutschte Philipas Kleid wieder herunter

»Ach, verdammt. Kannst du mir nicht helfen? Ich mag's, wenn die Damen auch ein bißchen aktiv werden.« Kuno schien sich beim besten Willen nicht vorstellen zu können, daß sein Tun nicht auf Zustimmung stoßen könnte, und hielt ihre zappelnde Gegenwehr wohl für einen freudigen Beitrag zu der Zusammenkunft.

Philipa machte sich seine momentane Unaufmerksamkeit zunutze, stieß ihn vor die Brust und wollte fliehen.

»He! Hiergeblieben. Ich bin noch nich' fertig. Und du auch nich', mein Täubchen, was? Komm her, du willst es doch schön ham, oder nich'?«

Er drückte sie erneut gegen die Mauer und lehnte sich jetzt mit der Hüfte gegen sie, damit sie nicht weglaufen konnte. Was sie gar nicht mehr tat. Philipa hatte aufgegeben, sie weinte nur noch, mit heißen, brennenden Tränen und offenem Mund. Kuno störte das nicht.

Was ihn hingegen störte, war der Knoten seiner Bruoch, den er nicht aufbekam. »Mist«, murmelte er, doch dann schob er entschlossen den Stoff zur Seite und zog seine kurze Tunika hoch, mit entblößtem Unterleib rieb er sich an Philipa, gieriger, keuchend, mit einem Ruck zerriß er den Ausschnitt ihres hübschen Kleides. Ganz neu war es, gerade erst hatte sie es von Elisabeth bekommen.

Kuno beugte sich schwankend über sie, berührte ihre jungfräuliche Brust mit seinen Lippen, erst sanft, dann grob, er biß sie, während er an ihrem Rock zerrte und gleichzeitig nicht aufhören konnte, sein steifes Glied an ihrem Körper zu reiben.

Da sah Philipa aus den Augenwinkeln etwas Helles in der Sonne aufblitzen.

Kuno hielt mitten in der Bewegung inne und gab ein abschließendes Schnaufen von sich.

»Verschwinde. Es sei denn, du willst geil und besoffen deinem Herrgott vor sein Angesicht treten.« Lamberts Stimme klang genauso scharf, wie das Schwert aussah, welches er in der Hand hielt und dessen Spitze sich in Kunos Nacken bohrte. Ein dünnes Blutrinnsal lief seinen Hals hinab. Das Schwert sank und legte sich mit der flachen Seite an Kunos Taille, um ihm die Möglichkeit zu geben, von Philipa zurückzutreten, was er auch hastig stolpernd tat. Von seiner ursprünglichen Wildheit war nicht mehr viel übrig, im Gegenteil, klein, schlaff und unbedeutend hing sein männlicher Stolz zwischen seinen Beinen. Verschämt versuchte Kuno, seine Kleider zu ordnen.

»Von Aufräumungsarbeiten habe ich nichts gesagt. Die kannst du woanders erledigen. Ich habe gesagt, du sollst verschwinden.«

Kuno wollte etwas erwidern, aber nach einem Blick in Lamberts Gesicht ließ er es lieber sein. Dann trollte er sich, wobei Lambert inständig hoffte, sein peinliches Auftreten fände so viele Beobachter wie möglich. Er trat zu Philipa.

Sie stand immer noch an die Mauer gelehnt in dem Beet, mit zerrissenem Kleid, um das sie sich nicht im allergeringsten kümmerte, und weinte stumm vor sich hin. Ein Bild des Jammers. Das Sonnenlicht glitzerte hell auf einem Amulett zwischen ihren Brüsten. Soweit er es erkennen konnte, zeigte es das Blatt einer Eiche, aber das Gebot der Ritterlichkeit forderte von ihm, nicht allzu auffällig darauf zu starren. Er streifte rasch seinen Surkot ab, ein eher schlichtes Gewand aus feiner blauer Wolle mit hauchzartem Fehbesatz, und legte ihn fürsorglich um ihre Schultern. Philipa reagierte nicht. Sie stand da und weinte. Offensichtlich fand da mehr sein Ventil als der ausgestandene Schrecken. Trotzdem verspürte Lambert das äußerst dringende Bedürfnis, Kuno einen Kopf kürzer zu machen. Allerdings würde Gottfried nur sehr wenig Verständnis dafür aufbringen, wenn er wegen einer Lappalie wie einer fast vergewaltigten Dienstbotin eines seiner zuverlässigsten Ritter verlustig ginge.

Lambert knirschte still mit den Zähnen und zog Philipa vorsichtig in die Arme. Schließlich war nicht auszuschließen, daß sie im Moment für jedwede Art männlicher Berührung nicht sehr empfänglich sein würde, egal, wie harmlos sie auch sei. Aber nach einem kurzen Moment erstarrten Erschreckens gab sie plötzlich nach, preßte ihr Gesicht an seine Brust und weinte seinen Rock naß. Allerdings jammerte sie jetzt nicht mehr stumm in sich hinein, sondern schluchzte heftig. Lambert nahm es als gutes Zeichen, sozusagen als Rückkehr zur Normalität. Schließlich bekam sie einen Schluckauf.

»Wollen wir nicht hineingehen? Damit du dich umziehen kannst und ein bißchen beruhigen?« fragte er hoffnungsvoll, denn er wußte nicht genau, was er mit ihr anstellen sollte. Seine Möglichkeiten des Trostes erschienen ihm äußerst unzulänglich, und am liebsten hätte er sie in der Obhut Elisabeths gewußt.

Philipa schüttelte den Kopf und drückte ihre Nase an seiner Brust platt. Vorsichtshalber packte sie mit beiden Händen in die üppigen Stoffalten seines Rockes, damit er sie nicht fortschieben konnte. Wenn er sie jetzt losließe, würde sie einfach so in den Staub zu ihren Füßen sinken.

»Gut. Ganz wie du willst«, erwiderte Lambert ergeben und begann mit leichten Bewegungen über ihr Haar und ihren Rücken zu streicheln, langsam und beruhigend, ein bißchen wie bei einem nervösen Pferd, fand er, aber es schien zu helfen. Jedenfalls hörte das Zittern ihrer Schultern auf, und das Klappern der Zähne ließ ebenfalls nach, soweit er das beurteilen konnte.

Langsam kehrte Philipas Gefühl für die Wirklichkeit zurück. Über ihr hörte sie das Miauen eines Mäusebussards, der auf der Suche nach einer Mittagsmahlzeit über den Feldern unterwegs war, und sie spürte den kühlen Frühlingswind in ihrem Haar. Und Lamberts Hand auf ihrem Rücken. Seinen Geruch. Er roch gut nach irgend etwas Blumigem und nach Holzfeuer und nach Mann. Plötzlich fiel ihr etwas ein, etwas ganz Dringliches, etwas, von dem sie gar nicht gewußt hatte, wie wichtig es war.

»Lambert?« fragte sie, ohne die Nase aus seinem Rock zu nehmen, die Stelle war bereits ziemlich feucht, fühlte sich allerdings immer noch sehr sicher an. »Tust du mir einen Gefallen? Versprichst du es mir?« Ihre Stimme war noch dick und kehlig und schwankte, aber sie würde jetzt nicht mehr weinen. Glaubte sie jedenfalls.

»Natürlich. Alles was du willst.«

Sie löste sich von ihm, widerwillig, denn das Dämmerlicht, der weiche Samt und dieser Duft hatten die Wirklichkeit erträglicher erscheinen lassen, als sie war. Sicherheitshalber ließ sie ihre Hände dort, wo sie sich befanden. Doch sie wollte ihn ansehen, denn sie mußte wissen, ob er es ernst meinte. Die grauen Augen blickten sie an, ruhig, ernst, fragend. Gut.

»Wenn etwas ... mit mir sein sollte, ich weiß auch nicht genau, was, aber, nun ja ... wenn ich nicht mehr wäre, würdest du dich dann um Roland kümmern? Daß er hier bleiben kann. Ein Auskommen findet. Ihr wißt schon.«

»Du kannst dich darauf verlassen. Ich übernehme ihn ganz offiziell in meinen Dienst, zunächst als Page. Später als Knappe. Ich verspreche es.«

»Danke.« Philipa versuchte ein Lächeln. »Vielen Dank, Graf Lambert.«

»Nichts zu danken, ich tue es gerne, weißt du. Er ist ein vielversprechender Kerl. Jedenfalls muß sich Til ganz schön anstrengen, seit er hier ist und mit ihm trainiert. Sein Vater wird beglückt sein, wenn Roland hier bleibt und seinem Sohn dann und wann einen lehrreichen Dämpfer aufsetzt.«

»Wenn das so ist, tue ich Euch ja geradezu einen Gefallen. Besser gesagt Rupert.«

»Du magst nicht zufällig beim Du bleiben, Philipa? Du hattest gerade so schön damit angefangen.«

»Das war bloß ein Versehen, Graf. Es gehört sich nicht, das wißt Ihr doch.« Philipa lächelte ihn an, es ging jetzt besser, und sie versuchte etwas unbeholfen, weil sie der zu große Surkot mit unendlich weiten Armlöchern behinderte, ihre Frisur zu richten.

»Graf Lambert?«

»Ja? Noch einen Gefallen vielleicht, den zu erfüllen ich gerne bereit wäre? Diesmal allerdings nur gegen eine Erwiderung.«

»Weder noch. Ich wollte nur sagen, daß es eigentlich doch schade ist, daß Ihr nicht reich seid und ich keine Erbin bin.«

Lambert verlor seinen üblichen distanzierten Gesichtsausdruck. »Ja. Das ist es.«

Nach kurzem Zögern und einem verlegenen Schweigen wandten sie sich wie auf ein verabredetes Zeichen hin zum Gehen. Philipa raffte Lamberts Obergewand, damit es nicht im Dreck schleifte und sie nicht darüber stolperte. Mitten auf dem Burghof blieb sie plötzlich stehen, es mußte dringend noch etwas gesagt werden, und drinnen konnte sie das nicht.

»Danke, Lambert. Vielen Dank für alles.«

»So«, sagte Philipa freundlich und gab dem kleinen Gernot einen Klaps auf den gesunden Arm. »Ich glaube, wir werden nur noch einmal den Verband wechseln müssen und dann hast du es überstanden.«

Gernot, der Sohn des Böttchers, sah sie mißtrauisch an unter einem wirren Haarschopf, der durchaus einmal eine Wäsche vertragen hätte. »Noch zweimal wechseln«, verlangte er.

»Wie?« Philipa lachte. »Meistens sind meine Patienten ganz dankbar, wenn ich sie für gesund erkläre. Schließlich kann ich dich ja nicht kränker machen, als du bist.«

Seine Mutter, eine dralle Blonde, bestimmt kaum älter als Philipa, lächelte verlegen. »Sein Vater hat ihm versprochen, er versohlt ihm den Hintern, sobald er wieder gesund ist. Weil er sich das mit dem Arm doch selber zuzuschreiben hat.«

»Ich wollte bloß helfen.« Der Junge blickte finster vor sich hin.

»Weiß ich ja. Und der Vater auch. Deshalb wird es schon nicht zu schlimm ausfallen.« Die Mutter seufzte und grinste wieder entschuldigend zu Philipa hinüber.

»Soll ich mal mit ihm sprechen? Ich meine, ich könnte ihm sagen, daß du viel schneller wieder in der Werkstatt helfen kannst, wenn die Wunde an deinem Arm nicht wieder aufplatzt.« Philipa versuchte ein verschwörerisches Lächeln, aber für Gernot war die Sache zu ernst.

Er überlegte. Dann sagte er: »Nee, besser nich'. Sonst denkt er, ich bin ein Feigling. Bin ich aber gar nich'.«

»Bestimmt nicht. Wer bei einer solchen Wunde keinen Mucks vor sich gibt, wenn sie ausgewaschen und verarztet wird, der kann kein Feigling sein.« Das stimmte sogar. Der Junge war beim Spalten eines dicken Stammes mit der Axt abgerutscht und statt im Holz in seinem Arm gelandet. Glücklicherweise hatte er weder Sehnen noch Knochen beschädigt, doch die Fleischwunde war tief und häßlich gewesen, und Philipa hatte tagelang gezittert, sie würde sich entzünden und er bekäme Wundbrand, was vermutlich den Verlust des Armes zur Folge gehabt hätte. Wenn nicht Schlimmeres.

»Na gut.« Sie stand auf. »Übermorgen komme ich wieder, dann sehen wir weiter. Bringst du mich hinaus, Marie?«

Gernots Mutter nickte. »Ja, sicher.«

Philipa folgte ihr durch den dunklen, rauchgeschwängerten Raum nach draußen und holte dort nicht allzu deutlich tief Atem. In diesen engen Katen, in denen viele Menschen und meistens auch das Vieh auf gedrängtem Raum um eine offene Feuerstelle herum lebten, hatte sie stets Mühe, keine Beklemmungen zu bekommen.

Sofort stand Rupert neben ihr. Er war jetzt fast ständig zu Philipas Begleitschutz abgestellt, da Elisabeth die nicht ganz falsche Vermutung hegte, er könne sich bei Gottfrieds Rittern mehr Respekt verschaffen als einer der Reisigen. Während Philipas Krankenbesuchen war er im Dorf unterwegs gewesen und hatte in aller Ruhe mit dem Schmied einen Becher Bier geleert. Jetzt wurde er allerdings nervös.

»Können wir gehen, Philipa?«

»Ja, sicher, ich bin fertig.« Philipa sah ihn überrascht an. Er neigte ganz gewiß nicht zum Trödeln, aber er drängte normalerweise auch nicht. Sie wandte sich wieder an die Böttchersfrau. »Ich gehe dann jetzt. Übermorgen komme ich wieder und sehe nach ihm. Vielleicht kann er dann ja schon wieder mithelfen, aber leichtere Arbeiten wie Aufräumen und so.«

»Warte.« Marie verschwand und kehrte nach kurzer Zeit mit einem kleinen Bottich zurück, zierlich, aus schmalen, glänzend polierten Dauben, die durch zwei dünne Reifen aus Weidenruten gehalten wurden, als Henkel war ein Stück geflochtener Hanf daran befestigt. »Hier. Ist für dich. Dachte, du könntest so etwas gebrauchen. Bist ja ständig mit viel Krimskrams unterwegs, auch Nasses, dacht' ich.«

»Ja, natürlich. Der ist aber schön. Vielen Dank, ich freue mich, wirklich.« Sie freute sich nicht nur, sie war auch überrascht. Es war das erste Mal, daß sie im Dorf etwas geschenkt bekam für ihre Dienste.

Sie ließ sich von dem ungeduldigen Rupert auf ihre Stute helfen, ein kleines, zähes und braves Tier. Und struppig, weshalb wohl für die gräflichen Damen nicht elegant genug. Philipa hatte sie fest in ihr Herz geschlossen. Rupert saß neben ihr auf, sein Pferd war bedeutend größer und beeindruckender. Auch lebhafter, weshalb er einen Moment Mühe hatte, es ruhig zu halten, als in der Nähe mit lautem Scheppern etwas umfiel.

»Rupert, was hast du es denn mit einem Mal so eilig?« erkundigte sich Philipa. Mit Rupert konnte man reden.

»Hab 'nen Reiter gesehen. War in hohem Tempo zur Burg unterwegs. Ich möcht' wissen, wer das ist und was er dort will.«

»Ein einzelner Reiter kann doch so wild nicht sein«, rief

Philipa hinter ihm her, denn er hatte sich bereits abgewandt und war schon ein Stückchen entfernt. Rasch wendete sie ihr Pferd und bemühte sich, hinterherzukommen, was natürlich aussichtslos war, sofern Rupert nicht auf sie und ihre kleine Stute Rücksicht nahm. Irgend etwas war merkwürdig, der Sattel war so schwammig. Einbildung vermutlich. Aber auf dem Hinweg hatte sich das Ganze auch schon seltsam angefühlt. Sie würde Siegbert, den Stallmeister, bitten, sich die Sache einmal anzusehen.

Sie stieß Bona die Fersen in die Flanken und galoppierte los, hinein in einen engen Waldpfad, bei dem sie Mühe hatte, sich von den tief herabhängenden Zweigen nicht ins Gesicht schlagen zu lassen. Vor ihnen lag eine enge Kurve, und Philipa wußte, daß dahinter ein umgestürzter Baumstamm quer über dem Pfad lag, sie würde springen müssen, was sie nicht gerne tat. Bona auch nicht. Aber die Stute war kräftig und willig und würde tun, was sie tun mußte.

Noch während das Pferd anstieg, fühlte Philipa, wie der Sattel endgültig ins Rutschen geriet, und dann hörte sie, wie sie mit einem lauten Krachen ins Unterholz einbrach. Für einen Moment war es so lautlos und still, daß sie schon dachte, sie sei bereits im Paradies bei den Engeln angelangt. Aber einer dieser Engel fluchte, daß er bestimmt des Himmels verwiesen worden wäre, und als ihre Ohren die Arbeit wieder aufgenommen hatten, kehrten auch die anderen Empfindungen zurück. Abgesehen davon war es völlig ausgeschlossen, daß einem im Paradies derart die Hüfte weh tun konnte.

»Hilf mir hoch, Rupert«, sagte sie kläglich.

»Himmelherrgott, verdammt noch eins, was machst du denn, Mädchen?«

Auf gar keinen Fall sagten Engel solche Sachen, und sie sahen auch nicht aus wie Rupert. Philipa setzte sich auf.

»Ich hab ja schon manche Reiter vom Roß fallen sehen, aber meistens bleibt wenigstens der Sattel drauf.« Rupert schüttelte den Kopf. Er stieß mit dem Fuß nach dem fraglichen Teil. »Der Gurt ist gerissen.«

»Ja, und das Holz gespalten. Muß ich jetzt zu Fuß gehen?« Philipa rieb sich wenig damenhaft das Hinterteil. Sicher würde sie einen beeindruckenden blauen Fleck dort bekommen. Und tagelang nicht gerne sitzen.

»Das Holz ist durch den Sturz gespalten. Aber der Gurt ist vorher gerissen und hat den Sturz verursacht. Schlamperei. Ich werde mir Siegbert mal vorknöpfen.«

»Ach, laß es doch. Der ist doch zuverlässig, der Siegbert. Es war eben ... ein Unfall.«

»Zuverlässig? Sieht mir nicht so aus.« Rupert zog ein grimmiges Gesicht.

Philipa lächelte schwach. »Jetzt hilf mir auf Bona. Ohne Steigbügel komme ich nicht hoch.« Die Stute war zurückgekehrt und kaute an einigen frischen grünen Blättchen am Wegesrand. Sie zumindest schien sich ohne Sattel recht wohl zu fühlen. Philipa stellte sich vor, daß es ihr selbst anders ergehen würde. Sie sollte recht behalten.

Zurück auf dem Burghof entdeckten sie, daß dort tatsächlich ein fremdes Pferd stand, von seinem Reiter war jedoch weit und breit nichts zu sehen. Bis auf das wie üblich hin und her wuselnde Gesinde und einen Zimmermann, der einen tragenden Pfosten am Küchenbau reparierte, war niemand zu sehen. Nur Kuno, der ihr wie stets einen haßerfüllten Blick zuwarf und grinste, als er sah, wie sich Rupert ihren Sattel unter den Arm klemmte.

Philipa wandte sich unbehaglich ab und entdeckte Gysela, die wie aus dem Nichts auftauchte und sie zu sich winkte.

»Was ist denn?«

»Später.« Gysela sauste davon, Philipa hinterher, sie hinkte ein bißchen. Durch ein paar schmale, sehr schmale und selten benutzte Gänge zu einer ebensolchen Wendeltreppe, dann hinauf in den zweiten Stock und in ihre Kammer. Als sie ankamen, war Philipa völlig außer Atem.

»Kannst du mir mal verraten, warum wir hier Nachlaufen spielen?« japste sie.

»Richard ist da.«

»Welcher Richard?«

»Welcher Richard! Wie viele kennen wir denn? Der von Onkel Guntram.« Gysela machte ein empörtes Gesicht. »Ich glaube, er kommt von einer Reise zurück und macht hier Station.«

Philipa starrte sie entsetzt an und vergaß augenblicklich ihren schmerzenden Körper. »Was sollen wir denn jetzt tun? Vielleicht bleibt er nur kurz, und wir können uns so lange verstecken.«

Gysela schüttelte bedauernd den Kopf. »Nein, glaube ich nicht. Er sah ziemlich erledigt aus, und Gottfried hat ihn mit allen Ehren begrüßt und ihn eingeladen, ein paar Tage hier zu verbringen.«

»Verdammter Mist.« Philipa starrte mutlos aus dem Fenster. »Warum können wir eigentlich nicht mal ein klitzekleines bißchen in Frieden gelassen werden?«

Gysela stellte sich neben sie und blickte ebenfalls hinaus. Dabei gewann ihr übliches Naturell wieder die Oberhand. »Sag mal, Pippa, warum ist es eigentlich so schlimm, wenn er uns hier sieht?«

»Na, weil er's natürlich Guntram erzählt. Und der bestimmt brühwarm meiner Mutter. Ich will sie nicht sehen. Erstens wird sie nicht gerne verschaukelt, und zweitens kann sie uns vielleicht immer noch verschachern. Dich auch. Du bist inzwischen alt genug. Außerdem finde ich es gut so, wie es jetzt ist. Wir sind weg von Aichbergen, und ich für meinen Teil halte das für endgültig.«

»Auweia«, erwiderte Gysela forsch, sie wollte nicht zugeben, wie grauslich ihr der Gedanke war, Liutgard ausgeliefert zu sein. Die würde bestimmt nicht danach trachten, ihnen erträgliche Lebensumstände zu bescheren.

Sie schlang die Arme um Philipa. »Wir werden krank, irgend etwas Ansteckendes, und bleiben auf unserem Zimmer.«

Philipa seufzte. »Versuchen können wir es ja mal.«

Natürlich wurde nichts daraus, denn Dittrich selbst kam vorbei, ansehnlich wie stets, um sie zur Tafel zu bitten.

»Wir fühlen uns so miserabel«, sagte Gysela matt und bemühte sich um ein blasses Gesicht. Da sie einen hellen Teint hatte, sollte ihr das nicht allzu schwer fallen, dachte sie, doch sie täuschte sich. Zart und blaß und mit rosigen Wangen, sah sie aus wie das blühende Leben.

»Oh, das tut mir leid«, erwiderte Dittrich denn auch ungerührt, »aber ich bin bloß der Bote. Der Graf wünscht heute eine volle Halle.«

Da war nichts zu machen. Ohne eine ernsthafte Erkrankung, am besten mit viel Blut und hohem Fieber, war es unmöglich, bei dem Festmahl, welches zweifelsohne für den Gast ausgerichtet würde, zu fehlen.

»Wieso wird der eigentlich so wichtig genommen?« fragte Gysela brummelig, als sie wieder allein waren. »Der ist doch bloß ein frecher Junge, der zu viel über andere lacht und einen immer an den Zöpfen zieht.«

»Er ist eben auch älter geworden. Bestimmt hat er längst seine Schwertleite hinter sich und ist ein Ritter und ein Mann.«

»Pah!«

»Außerdem wird er wichtig genommen wegen Guntram, seinem Herrn. Vielleicht will Gottfried irgendwas von ihm. Oder er ist ihm verpflichtet.«

»Ich glaube, mir wird schlecht«, erwiderte Gysela grantig, und Philipa kicherte nervös.

»Das können wir uns jetzt nicht mehr leisten. Außerdem hätten wir Glück, wenn Richard uns nur an den Zöpfen reißt.

Vielleicht erkennt er uns ja nicht. Ich glaube nicht, daß wir noch so aussehen wie vor drei Jahren.«

»Vergiß es, Pippa, du bist Papa wie aus dem Gesicht geschnitten. Und wenn wir nicht zu unbedeutend sind, als daß seine Hochwohlgeboren den Blick auf uns richtet, erkennt er dich bestimmt. Es sei denn, er ist blind.«

Es war das erste Mal seit langem, daß Gysela ihren Vater erwähnte, aber Philipa ging nicht darauf ein. »So hochwohlgeboren ist der auch nicht. Von wegen, er ist ein ich-weiß-nicht-wievielter Sohn und hat keine Aussicht auf nichts.« Es bereitete ihr eine gewisse Befriedigung, Richard zu beleidigen. Außerdem konnte er es ja nicht hören.

»Schon möglich. Aber eingebildet war der trotzdem.«

Philipa nickte. Dann machten sie sich gemeinsam über ihre Truhe her, um sich ordentlich, aber dezent herauszuputzen. Als sie fertig waren und Philipa in Rauchblau und Gysela in Moosgrün dastanden, musterten sie sich mutlos.

»So unauffällig wie ein bunter Hund«, bemerkte Gysela, »für die obere Tafel zu ärmlich, für die untere zu aufwendig. Was machen wir denn jetzt?«

»Keine Ahnung. Stillhalten und den Kopf senken, schlage ich vor.« Mehr konnten sie wohl nicht tun.

Die Halle war festlich herausgeputzt und bereits gefüllt, als sie ankamen. Hinter den prächtigen Fensterarkaden war schon die Dämmerung zu erkennen, aber hier drinnen herrschte überall goldenes Licht. Gottfried hatte nicht sparen lassen mit Fackeln, die in den Wandhalterungen steckten, und Kerzen in dem riesigen radförmigen Kronleuchter, der an drei starken Ketten befestigt über der Tafel schwebte.

Für die gräfliche Familie und den Gast waren gepolsterte Stühle herangeschafft worden, die Philipa noch nie gesehen hatte, sie selbst saß wie alle anderen auf den üblichen Bänken, auf denen sie auch sonst ihre Mahlzeiten einnahmen. An dem langen Tisch war die eine Längsseite für die Bedienung freigeblieben, und die Holzplatten waren mit weißschimmernden Leinentüchern bedeckt. Kräftige Feuer loderten in den beiden Kaminen, Gottfried hatte sich nicht lumpen lassen und die abendliche Kühle aussperren wollen. Die Servierplatten glänzten, die Becher waren aus ziseliertem Silber. Jedenfalls an der hohen Tafel, weiter unten waren sie dann aus Zinn, und das Gesinde am Ende der Tafel trank aus den gewohnten Holzbechern.

»Ich würde schon gerne wissen, warum Gottfried so vor Richard angeben muß«, flüsterte Gysela, und Philipa nickte unmerklich, sorgsam darauf bedacht, den Kopf über ihrer Brotscheibe gesenkt zu halten.

Ein rotgewandeter Arm schlängelte sich heran und legte ihr ein wenig Fasanenbraten auf das Brot. Dieses Essen würde nie ein Ende nehmen, da war Philipa inzwischen ganz sicher. Sie für ihr Teil war jedenfalls satt. Genaugenommen hatte sie von Anfang an kaum einen Bissen zu sich nehmen können. Es war eine einzige Qual.

»Ich hab' Minni reingeschmuggelt«, flüsterte eine Stimme vor ihr, und sie blickte auf. Roland. Er trug einen Krug in der Hand und schenkte den Gästen funkelnden, tiefroten Wein nach. »Wenn du nicht mehr kannst, Minni jedenfalls liebt Fasan.«

»Dem Himmel sei Dank. Und dir natürlich. Nein, keinen Wein mehr, danke.« Das letzte, was sie jetzt gebrauchen konnte, war es, beschwipst zu sein. Roland senkte ehrerbietig den Kopf wie vor einer völlig Fremden und zog weiter.

Minni schmatzte und leckte sich die Lefzen, nachdem er mit einem Haps fast Philipas gesamte Fasanenportion verschlungen hatte. Er nahm noch ein wenig Wildschweinbraten, Rinderragout und einen Hühnerschlegel, die Ingwermandelmilch aß Philipa doch lieber selbst.

Richard wußte sich im Gegensatz zu Minni, der schlang

und schmatzte und sich anschließend ausgiebig zu kratzen begann, vollendet zu benehmen, wie Philipa mit einigem Widerwillen feststellte. Jedenfalls, wenn sie es wagte, kurz hochzuschauen und ihm einen Blick zuzuwerfen. Er saß auf dem Ehrenplatz eingerahmt vom Grafenpaar, und sein dunkles Haar schimmerte im Schein der Kerzen. Elisabeth bediente ihn zum Zeichen besonderer Ehrerbietung persönlich und ließ ihn aus ihrem Becher trinken. An Gottfrieds anderer Seite saß Lambert mit unbewegter Miene, und sie vermochte nicht zu erkennen, ob er die Zurschaustellung eines solchen Luxus für sinnvoll erachtete oder nicht. Wohl eher nicht. Prasserei gehörte nicht zu seinen Lastern.

Es fehlten eigentlich nur Jann und seine Leute, sie hätten den festlichen Rahmen musikalisch untermalen können. Plötzlich vermißte Philipa die Truppe so sehr, daß es fast weh tat. Warum um alles in der Welt waren sie nicht mitgefahren? Alles wäre besser, als hier Angst vor Gottfried, Kuno und den anderen haben zu müssen. Und jetzt auch noch Richard. Sie schob den Teller mit der Mandelmilch weg und begann mit ihrem Löffel gedankenverloren die übriggebliebenen Weinbeeren hin und her zu schieben.

Endlich wurden Handwaschbecken aus Zinn und Tücher aus feinstem weißen Leinen gebracht, damit sich die Esser die Finger reinigen konnten. Danach löste sich die Tafel auf, und Philipa und Gysela hatten es geschafft. Für Philipas Geschmack keinen Augenblick zu früh.

»Komm, laß uns verschwinden«, wisperte Gysela. »Meine Haare ziepen.« Ganz gegen ihre Gewohnheit hatte sie ihre lieblichen leuchtendblonden Locken in einen festen Zopf gezurrt und diesen auf dem Kopf zu einer kleinen Krone hochgesteckt. Eben weil es lieblich und leuchtendblond war. Auffällig. Leicht wiederzuerkennen. Das Krönchen war unbequem, und die Haarnadeln piekten, außerdem hatte sie den Verdacht, sie kämen ins Rutschen.

»Ich komme ja schon.« Philipa hatte nicht im allergeringsten etwas dagegen, von hier zu verschwinden. Möglichst unauffällig, in einer Gruppe von Küchenmägden versteckt, strebten sie dem Ausgang zu.

Die gräfliche Familie und ihr Gast nahmen unterdessen auf bequemen Stühlen vor dem Kaminfeuer Platz. Ohne im geringsten zu ahnen, was sie damit anrichtete, winkte die Gräfin Philipa zu sich.

»Bitte nimm die Mädchen mit nach oben.«

Philipa hatte Mühe, zu atmen, von Sprechen konnte gar keine Rede sein, also nickte sie bloß, hielt den Kopf gesenkt und sprach stumm ein kurzes Gebet des Inhalts, der Ritter namens Bernward, über den Richard sich mit Graf Gottfried unterhielt, möge interessant genug sein, um ihn noch eine Weile zu fesseln.

»Philipa? Ist dir nicht gut?« Aus der Stimme der Gräfin klang echte Besorgnis.

Richard, durch den drängenden Ton ihrer Stimme abgelenkt, sah zu ihnen hinüber.

»Doch, doch. Ausgezeichnet, Gräfin«, erklärte Philipa ergeben und blickte auf. Gerade lang genug, um zu sehen, wie sich Richards dunkelgraue Augen für einen Moment in jähem Erkennen weiteten.

Aber er schwieg. Warum auch immer.

Dann wandte er sich an Graf Gottfried und fragte: »Wißt Ihr denn genau, daß Bernward den Weg über die Alpen genommen hat? Ich möchte ihn im Auftrag meines Herrn sprechen. Allerdings würde ich ihm nur ungern hinterherreisen. Wenn es mich auch interessieren würde, die Hängebrücke der neuen Paßstraße am St. Gotthard mit eigenen Augen zu sehen.«

Gottfrieds Antwort hörte Philipa nicht mehr. Sie floh, gefolgt von Gysela und den gräflichen Töchtern, in die Kammer der Mädchen.

Kaum hatte sie die Kinder ins Bett gebracht und mit ihnen das Abendgebet gesprochen und anschließend das Fest erörtert mitsamt dem Auftreten des interessanten Fremden (für Judith und Brigida waren alle Fremden interessant, da sich nur selten welche auf ihre Burg verirrten), da stand schon Elisabeth vor der Tür.

»Kommst du bitte mit mir?« Das war zwar durchaus als Frage formuliert, aber nicht als solche gemeint. Es war undenkbar, sie abschlägig zu beantworten.

Philipa seufzte still, sammelte sich und schlich hinter der Gräfin her in das Frauengemach. Dort hieß Elisabeth Philipa mit einem zierlichen Blasebalg das Feuer anfachen und wies ihr dann einen Sitz an, ihr gegenüber und nah genug am Kamin, um gemütlich und bequem zu sein, ganz so, wie es sich für ein Gespräch unter Freunden empfahl. Natürlich verhinderte es nicht, daß Philipa sich äußerst unbehaglich fühlte.

»Du kennst Richard von Blankhenberghe?« erkundigte sich Elisabeth dann ebenso liebenswürdig wie direkt und sah Philipa geradewegs in die Augen.

Diese entschloß sich zur Flucht nach vorn. Vor allem, da ihr auch nicht allzu viele andere Möglichkeiten offen blieben. »Ja, Gräfin, das tue ich.«

»Es würde mich interessieren, woher.« Elisabeth lächelte gewinnend, und plötzlich dachte Philipa, daß es eigentlich egal war, Elisabeth war eine Freundin, nie hatte sie irgend etwas getan, was für sie oder ihre Geschwister unangenehm war. Nur, daß sie Herrin einer Burg war, machte sie noch nicht zu einer Schlange. Möglicherweise war Liutgards Spezies gar nicht so weit verbreitet?

»Er war zusammen mit seinem Herrn, Guntram von Nidbergen, häufiger Gast bei meinem Vater. Damals war er allerdings noch Knappe bei Guntram.«

»Aha.« Elisabeth fand, nun gab es keinen Weg mehr zurück. Sie wollte es wissen, und zwar jetzt. »Gibt es einen besonderen Grund, warum du nicht mehr bei deinem Vater lebst?«

»O ja. Einen ganz einleuchtenden. Er ist tot.«

»Das tut mir leid. Hatte er auch einen Namen?«

Philipa war versucht, schlicht ›nein‹ zu sagen, aber das traute sie sich dann doch nicht. Wer wußte schon, ob die Gräfin nicht auch einmal den Humor verlor. Also blieb ihr wohl nichts anderes übrig, als die Wahrheit zu sagen.

»Philipp von Aichbergen.«

Und dann erzählte sie Elisabeth alles. Jedenfalls soweit es sich erzählen ließ. Von ihrer Mutter, die ihr selbst fast genauso ablehnend gegenüberstand wie ihren Halbgeschwistern, von Johann Rischen, den sich Liutgard als Schwiegersohn auserkoren hatte, weil er leicht in ihrem Sinne zu lenken war und für Philipa nichts übrig hatte. Von ihrer Flucht auf einem Kaufmannswagen, unter einer Plane versteckt und von nichts beschützt als dem Willen, zu überleben, und einem viel zu freundlichen Hund. »Na ja, und dann irgendwann haben wir uns Jann Roedthaar und seiner Truppe angeschlossen und sind mit ihnen umhergezogen. Und den Rest kennt Ihr, denn jetzt sind wir hier«, schloß sie erschöpft, aber irgendwie auch erleichtert.

Elisabeth war sicher, daß sie den Rest nicht kannte, aber fürs erste genügte es ihr. »Ich beneide dich«, sagte sie plötzlich.

Philipa starrte sie verblüfft an. »Wie bitte?«

Elisabeth lächelte. »Ich neide dir deinen Mut. Den hätte ich niemals aufgebracht. Selbst als meine Eltern Gottfried für mich ausgesucht hatten und ich ihn nicht sonderlich sympathisch fand.« Sie sah Philipa in die Augen und seufzte. »Ich hätte dasselbe tun sollen wie du. Davonlaufen. Einfach fort, irgendwohin.«

»Es ist nicht immer leicht, Gräfin«, erwiderte Philipa leise. »Und angekommen sind wir noch lange nicht.«

In dieser Nacht schlief Philipa schlecht. Gysela nicht, die schlummerte wie ein Murmeltier, es war geradezu ärgerlich, wie dieses Kind auch unter den widrigsten Umständen zu einem erholsamen Schlaf fand. Um sie nicht durch ihr beständiges Herumgewälze doch noch aufzuwecken, stand Philipa schließlich auf, wickelte sich in einen Umhang, ließ die Nachthaube auf dem Kopf und setzte sich in die Fensterlaibung.

Burg Borgewig thronte auf einem Berg hoch über der hügeligen Landschaft, sie konnte im fahlen Mondlicht endlos über die sich ausbreitende Landschaft sehen. Wie die Höhe der Hügel allmählich abnahm und weit, weit hinten überging in flaches Land. Die in der Düsternis der Nacht zusammengebackene schwarze Masse der Wälder, düster, bedrohlich und undurchdringlich, ganz anders, als wenn man im lieblichen Sonnenlicht durch sie hindurchstreifte.

Wie es wohl war, nachts allein seinen Weg durch die Wälder zu suchen? Philipa fröstelte und zog den Umhang ein bißchen enger. Eine Fledermaus flog so nahe an ihr vorbei, daß sie zurückzuckte. Wenn sie nur auch so fliegen könnte. Frei, furchtlos durch die Dunkelheit. Ob Fledermäuse Sorgen hatten? Sie beugte sich ein bißchen vor und spähte hinab. Das Fensterchen ihrer Kammer lag gar nicht so weit entfernt vom Wehrgang, sie konnte die Mauer ausmachen und eine Katze, die auf ihr entlangschlich. Keine Angst vorm freien Fall.

Richard hatte sie erkannt, daran zweifelte sie keinen Augenblick. Jetzt konnte sie nur abwarten, was geschah, so wie die Maus dort unten, zu der die Katze unterwegs war, und die vielleicht hoffte, sie würde übersehen. Eine trügerische Hoffnung, wie aus einem kurzen, schrillen Quieken zu schließen war. Sie konnte aber auch die Sache direkt angehen und dem Feind entgegentreten. Eine mutige Maus sein. Und vermutlich trotzdem gefressen werden.

Es war kalt. Lausekalt. Philipa breitete den Umhang über ihr Bett und schlüpfte wieder zu ihrer friedlichen Schwester unter die Decke. Morgen würde sie Richard zur Rede stellen. Vielleicht konnte sie ihn ja überzeugen, die Aichbergen-Geschwister nicht zu fressen. Sie kuschelte sich an Gyselas warmen Rücken und schloß die Augen.

Sie fand Richard auf dem Weg in den Stall, offenbar wollte er sich überzeugen, ob sein Pferd gut versorgt war. Philipa versteckte sich hinter dem Brunnenhäuschen und wartete, bis er wieder hervorkam und ihr in die Arme lief.

Dicke Wolken jagten über einen tiefhängenden grauen Himmel. Hoffentlich fing es nicht an zu regnen, bevor sie Richard gesprochen hatte. Sie hatte eigentlich keine Lust, ihm wie eine nasse Katze entgegenzutreten und einen Charme spielen zu lassen, der triefend und bibbernd bestimmt wenig Wirkung entfalten konnte.

Aus dem Stall erklang Gelächter. Anscheinend war alles zu Richards Zufriedenheit arrangiert, und er beliebte, mit den Stallknechten zu scherzen. Vielleicht war er ja doch bloß ein alberner Junge, der zu viel lachte, wie Gysela meinte. Dann flog die Tür auf, und er trat heraus in den Hof.

Er sah größer aus, als sie ihn in Erinnerung hatte. Ganz bestimmt breiter. Und bei Gott war kein kindlicher Übermut mehr in seinen Zügen zu finden. Also kein Junge mehr. Sie wußte nicht, ob es das einfacher oder schwieriger machen würde. Philipa musterte ihn. Eigentlich sah er zum Fürchten aus. Dunkel umschattete Augen, tiefe Kerben von der Nase zum Mund. War er für so etwas nicht zu jung? Vor drei Jahren noch hatte er jedenfalls eine glatte Jungenhaut gehabt, ohne Spuren und Abzeichen des Lebens. Vielleicht war das Schicksal nicht nur mit ihr und den Geschwistern hart umgegangen.

Philipa trat hinter dem Brunnen hervor. »Richard?«

Er blickte sich suchend um, dann entdeckte er sie und kam langsam näher. »Sieh an. Philipa von Aichbergen, wie sie leibt und lebt. Ich dachte schon, ich hätte eine Erscheinung gehabt.«

»Du hast dich verändert«, sagte sie unbedacht.

Richard lachte freudlos auf. Flüchtig zuckten Erinnerungen in ihm auf. Bilder von zerstückelten Leichen, Strömen von Blut. Schlamm. Und Gestank. Das Gefühl eines Schwertes, das durch warmes, lebendiges Fleisch dringt. Auf Knochen stößt. Mit großer Kraftanstrengung drängte er die Bilder zurück. Er mußte das tun, um nicht verrückt zu werden, das wußte er. Und um an dem Turnier im nächsten Monat auf Burg Nidbergen überhaupt antreten zu können, so, wie es sein Herr wünschte. Er fragte sich, wie die anderen das machten. Schließlich war er nicht der einzige, der schon einmal im wahren Leben gekämpft hatte und dies nicht nur tat, um seine Kräfte bei einem Spiel zu messen.

»Du auch«, sagte er. Irgend etwas mußte er ja sagen, und es stimmte sogar. Soweit er sich erinnerte, und das war ziemlich undeutlich, war Philipa ein schmutziger kleiner Fratz mit einer Flut sehr wirrer brauner Haare gewesen und Kleidern, die stets fadenscheinig und zu kurz geraten waren. Jetzt war von all dem nichts mehr zu erkennen.

Philipa holte tief Luft und sah ihm gerade in die Augen. »Ich möchte dich um deine Hilfe bitten.«

»Ach? So hilfsbedürftig kommst du mir gar nicht vor.« Er griff nach einem Hälmchen und begann es höchst interessiert zu einem verschlungenen Knoten zu flechten. Wesentlich interessierter, als er ihrem Gespräch gegenüber zu sein schien. Er war noch genauso gräßlich wie früher.

Sein abweisender Ausdruck machte es einigermaßen schwierig, fortzufahren, aber es half ja nichts. »Ich bitte dich darum, Guntram und meiner Mutter nicht zu berichten, daß du uns hier gesehen hast.«

Richard löste sich von seiner Wand und fixierte sie mit allen Anzeichen des Widerwillens. »Und warum sollte ich das tun?

Oder lassen? Immerhin bin ich meinem Lehnsherrn nicht nur zur Treue, sondern auch zur Aufrichtigkeit verpflichtet. Das weißt du ja wohl?«

»Ja, schon. Du sollst ihn auch nicht wirklich hintergehen, schließlich hat er ja gar nichts davon, wenn er weiß, daß wir hier sind, oder?«

»Keine Ahnung. Vielleicht interessiert es ihn einfach.« Richard hatte keine Lust, sich mit den Problemen dieser lästigen Aichbergenbrut auseinanderzusetzen, und vor allem nicht, sich ihretwegen mit seinem Lehnsherrn zu überwerfen.

Es begann nun doch zu nieseln, winzige Tropfen fingen sich in Richards Haar und funkelten dort wie Tau in der Morgensonne. Obwohl sie gar nicht schien.

Richard verlor endgültig die Geduld. »Ich werde mir überlegen, ob ich deine Bitte für richtig und erfüllbar halte.«

Philipa dachte kurz daran, daß sie ihn schon als Knappen nicht hatte leiden können, biß die Zähne zusammen und bemühte sich gleichzeitig um ihren hübschesten Gesichtsausdruck. Richard ließ das allerdings kalt. Wenn ihm nach etwas zur Zeit nicht der Sinn stand, dann war das ganz bestimmt ein hübsches Mädchengesicht.

»Bitte, Richard«, schmeichelte sie, »wir bitten dich als Ritter um deinen Schutz. Den kannst du uns doch nicht verweigern?«

»Och, ich kann eine ganze Menge. Das habe ich jedenfalls feststellen dürfen.« Morden, töten, metzeln. Nur mit dem Vergessen haperte es bisweilen. Da waren seine Talente noch ausbaufähig. Er wandte sich zum Gehen. »Mal sehen.«

»Er wird es nicht für sich behalten.«

»Bist du dir sicher? Hat er das gesagt?« Gysela hakte ihre Schwester unter, gemeinsam spazierten sie den Wehrgang entlang. Hier waren sie wenigstens allein. Vor ihnen lag die Landschaft in grauem Dunst. Jedenfalls hingen die Wolken so tief, daß sie kaum bis zum nächsten Hügel blicken konnten.

»Nicht so richtig.« Niedergeschlagen drückte Philipa Gyselas Arm. »Aber er hat gesagt, er müsse erst darüber nachdenken. Und er sei Guntram zur Aufrichtigkeit verpflichtet.«

»Blödmann.« Gysela war nun mal prosaischer Natur.

»Ich würd' gern hierbleiben«, sagte Philipa leise.

»Ich auch. Das heißt, ich wollte hier bleiben. Bis Gottfried gekommen ist und mit ihm diese Tyrannei angefangen hat.«

»Und wenn sie wieder verschwinden?« Philipa blieb stehen und sah ihrer Schwester flehentlich ins Gesicht, als könne diese Gottfrieds Entschlüsse beeinflussen.

»Tun sie aber nicht. Hat er doch gesagt, der Graf.« Gysela dachte nicht daran, sich irgend etwas schönzufärben.

»Ich weiß.« Philipa seufzte und verfolgte mit den Augen den Flug einer Elster. Wieder kam ihr die Freiheit in den Sinn. Ein Vogel müßte man sein. »Aber im Gegensatz zu Elisabeth müssen wir uns nicht tyrannisieren lassen. Wir gehören ihm nicht. Wir sind eingestellt als Erzieherinnen oder was weiß ich, als was. Jedenfalls sind wir keine Hörigen. Wir können jederzeit gehen. Wir sind ... frei.«

Frei wie ein Vogel. Aber Vögel fraßen die Katzen.

»Klar doch, frei«, sagte Gysela. »Und was sollen wir anfangen mit deiner Freiheit? Wohin hat sie uns schon gebracht, deine Freiheit?«

»Du bist ungerecht. Wir haben bis jetzt ein ehrbares Leben geführt und unser Auskommen gehabt aus unserer eigenen Kraft. Ist das vielleicht nichts?«

Gysela blieb stehen und drückte ihr einen Kuß auf die kalte Wange. »Entschuldige. Ich bin wirklich ungerecht. Wir haben es gut gemacht, bisher. Natürlich werden wir es weiterhin gut machen. Bloß wie?«

Es war wirklich lausig kalt, der März zeigte sich von seiner übelsten Seite. Kein guter Tag, um Pläne zu schmieden. »Wir machen das, was wir immer gemacht haben«, sagte sie. »Wir hauen ab.«

»Aha. Wohin denn?« Keine Ablehnung sprach aus Gyselas Stimme, bloß Interesse.

»Keine Ahnung. Aber wir werden es anders machen als das letzte Mal.« Langsam erwärmte sich Philipa für ihre Idee. »Wir verschwinden. Und dann tauchen wir wieder auf und sind Edelfräulein. Erstens sind wir es wirklich, irgendwie, und zweitens können wir uns entsprechend benehmen. Dann fällt niemandem auf, daß es nur die halbe Wahrheit ist. Ich habe keine Lust mehr, als Gesinde oder Gaukler durch die Gegend zu gondeln.«

»Soso. Und da tauchen wir auf wie der Dingsbums aus der Asche?«

»Phoenix. Phoenix taucht aus der Asche auf. Also wirklich, Gysela. Genau das machen wir.«

»Klingt ja furchtbar einfach. Du hast bestimmt auch schon eine Idee, wie wir das anstellen sollen.«

Die Elster segelte heran und ließ sich nur wenige Armlängen entfernt auf der Wehrmauer nieder. Nieseltropfen glitzerten auf ihren schwarzweißen Federn.

»Noch nicht so richtig«, gab Philipa zu. »Aber wir müssen uns irgendwie retten lassen.«

»Und wie?« Gysela runzelte die Stirn, aber ihre Augen blitzten erwartungsvoll.

»Paß auf. Ich weiß sogar schon, wo wir hingehen. Südlich. Wir schlagen uns durch den Wald, an eine Stelle, wo zwei Überlandstraßen zusammentreffen. Da gibt es bestimmt ein Dorf oder eine Herberge, und dort bitten wir bleich und mitgenommen um Hilfe.«

»Als furchtbar edle Edelfräulein.«

»Ja. Genau so habe ich es mir gedacht.«

Gysela fing an zu lachen. »Du spinnst. Wir stolpern über

die Schwelle, halb ohnmächtig vor Kummer und Gram, und fallen dem erstbesten um den Hals, der uns retten soll?«

»Es klingt nicht perfekt«, gab Philipa zu, »aber so ungefähr habe ich es mir vorgestellt.«

»Du bist ja vollkommen übergeschnappt«, sagte Gysela und wurde plötzlich ernst.

»Nein«, erwiderte Philipa heftig, »bin ich nicht. Ich habe bloß weder Lust, mich von Gottfrieds Gefolgsleuten vergewaltigen, noch mich von Richard abtransportieren und von meiner Mutter am Ende doch noch an den Mann bringen zu lassen. Wir haben schließlich keine Ahnung, was die mit uns vorhaben, und auch gar keinen Einfluß darauf. All das will ich nicht. Deshalb müssen wir hier weg.«

»Einfach so? Bei Nacht und Nebel? Oder sollen wir es Elisabeth sagen? Und was ist mit Rollo?«

»Wir sagen es keinem. Elisabeth würde bloß versuchen, uns aufzuhalten. Lambert ebenfalls. Die Gräfin wird es verstehen ... hoffentlich. Sie weiß ja Bescheid. Und auf Lambert kann ich keine Rücksicht nehmen.« Philipa biß sich auf die Lippe. Es tat ihr leid, doch es half nichts. »Roland bleibt hier. Wenn er will, meine ich. Lambert hat versprochen, ihn in seine Dienste zu nehmen, egal was passiert. Er ist zwar manchmal ein bißchen seltsam, der Graf, aber er steht zu seinem Wort, das weiß ich.« Sie schluckte. »Für Rollo wäre es besser, er bliebe. Vielleicht wird er in ein paar Jahren zum Ritter geschlagen und erhält ein Lehen, wenn er sich anständig benimmt.«

»Ein Lehen! Ich sag' ja, du bist übergeschnappt.«

»Warum denn nicht?« verteidigte Philipa ihren Bruder. »Er ist bis jetzt furchtbar mutig gewesen, dabei ist er bloß ein Kind. Warum soll er nicht stark und tapfer werden, wenn er erwachsen ist? Dann kann er sich im Kampf oder wo auch immer bewähren, und was spricht bitte schön dagegen, daß ihm dann irgendwer ein Lehen verleiht?«

»Ich kann mir einfach nicht vorstellen, daß er jemals älter sein wird als acht«, erwiderte Gysela.

»Er ist aber schon zehn. Und wird bald elf.«

Sie sahen sich an. Dann fingen sie an zu lachen. Die Elster, die bis jetzt ausgeharrt und gelauscht hatte, krächzte und flog weg. Offenbar fand sie das Gespräch albern, und das war es ja auch.

Gysela blickte ihr hinterher. »Na gut.« Sie wischte sich die Tränen aus den Augenwinkeln und bemühte sich um Fassung. »Gut, Philipa von ... von Elstern, nein, von Elzten, dann sei es, wie es sei.«

»Von Elzten?« Philipa kniff sich in die Taille, sie hatte Seitenstechen.

»Klar. Du kannst dich ja wohl kaum mit deinem richtigen Namen vorstellen bei deinem wahnwitzigen Vorhaben, oder sehe ich das falsch?«

»Philipa und Gysela von Burg Elzten«, wiederholte Philipa versonnen. »Wo liegt das? Burg Elzten, meine ich?«

»Irgendwo im Osten«, erklärte Gysela, »da, wo sich keiner so genau auskennt. Und wir sind auf dem Weg nach ... wohin sind wir auf dem Weg?«

»Nach Flandern. Oder vielleicht sogar nach England.«

»Ih, zu den wilden Angelsachsen? Die sind mir unheimlich.«

»Du kennst doch gar keinen.«

»Nein, aber weißt du noch, wie dieser dicke Ritter mit dem einen blinden Auge damals bei Papa war und erzählte, wie sie da drüben mit wirrem Haar, schmutzigen Bärten und unverständlichem Gebrummel auf alles einhauen, was sie nicht kennen?«

»Daran erinnerst du dich noch?« Philipa sah Gysela überrascht an. »Du kannst höchstens fünf gewesen sein, als er da war. Er hieß Hermann, glaube ich.«

»Ich habe nächtelang nicht geschlafen, so viel hat er von

Ungeheuern und Seeschlangen, Drachen und Nebel und Zauberern erzählt.« Gysela schüttelte sich.

»Seeschlangen. Oh. Vielleicht dann doch besser Flandern. Da müssen wir nicht übers Meer. Nach Brügge. Das ist eine Hafenstadt, wo dauernd Fremde sind. Da fallen solche wie wir weniger auf. Wir müssen ja auch überhaupt nicht hin, wir brauchen bloß ein Ziel, das wir angeben können, wenn uns einer danach fragt.«

»Hm.«

Sie blickten sich an. Zwei Schwestern, zur ewigen Wanderschaft verdammt.

»Wir sollten reingehen«, sagte Gysela leise, es hatte begonnen zu regnen. Wenn sie nicht völlig durchnäßt werden wollten, mußten sie jetzt umkehren.

Philipa zögerte. Dann sagte sie: »Also abgemacht?«

»Abgemacht. Wir verschwinden. Wieder einmal.«

Nun hieß es Abschied nehmen. Heimlich. Außer von Roland, den sie natürlich eingeweiht hatten und der das Ganze gelassener aufnahm, als sie angenommen hatten. Er wollte hier bleiben. Behauptete sogar, es mache ihm nichts aus, daß sie ihn zurücklassen wollten, jedenfalls nicht so viel. Er hatte ja Til. Und Graf Lambert war ein guter Herr. Nein, er hatte *keine* Angst, alleine zu sein, warum denn auch. Er war ja nicht alleine.

Minni wollten sie allerdings mitnehmen. Ein bißchen Schutz war immer noch besser als gar keiner. Der Hund war zwar nicht gefährlich, aber er konnte durchaus so aussehen. Er war groß und hatte beeindruckende Zähne, wenn er sie auch am liebsten zum Zernagen von zartem Fasanenbraten einsetzte und nicht zur Verteidigung.

Der Abschied von Elisabeth, Judith und Brigida fiel ebenfalls schwer. Allerdings würden sie sich vermutlich nicht wiedersehen. Da war es mit dem Vertrauensbruch vielleicht nicht so schmerzhaft.

Und auch sonst. Sie waren heimisch geworden auf Burg Borgewig, so düster und drohend diese auch vom Tal aus gesehen wirken mochte. Elisabeth hatte ihnen Frieden gegeben und Sicherheit. Andererseits war es damit vorbei gewesen in dem Moment, als der Hausherr zurückkehrte, das durften sie nicht vergessen. Warum konnte man nur nie gewiß sein, das Richtige zu tun?

Philipa stand im Stall und zog Bona sanft an den Ohren, außer der Nase das einzige Weiche an dem Pferd. Ansonsten war sie eher struppig und hatte ein rauhes Fell. »Du außen und ich innen«, murmelte Philipa und legte die Stirn an den Kopf der Stute. Ab und zu schnaubte eines der Tiere, und der Hengst des Grafen donnerte dann und wann mit den Hufen gegen die Tür. Zuerst war Philipa erschreckt zusammengefahren bei dem Krach, aber inzwischen hatte sie sich daran gewöhnt.

»Ah. Die Herrin von Aichbergen«, ertönte plötzlich Lamberts Stimme hinter ihr. Sie hatte ihn gar nicht kommen hören, so versunken war sie gewesen.

»Falsch. Die Herrin von Aichbergen werde ich niemals sein.«

Schweigen. Dann das Geräusch von Schritten. »Tut mir leid. Ich wollte dich nicht kränken. Aber ich bin … beleidigt.«

Philipa drehte sich um. Lambert stand nah hinter ihr. Zu nah. Sie ging einen Schritt zur Seite und streichelte Bona die Nase. »Dazu habt Ihr keinen Grund.«

»Doch.« Lambert blieb, wo er war. »Es kränkt mich, daß du so wenig Vertrauen zu mir hattest. Du hättest mir sagen können, wer du bist.«

»Hätte ich. Und was hätte es geändert? Ich trage einen guten Namen, aber ich bin immer noch keine reiche Erbin, das Recht habe ich durch meine Flucht verwirkt. Ich kann nicht mehr zurück, und ich will es auch nicht.« Sie lächelte, um ihren Worten die Schärfe zu nehmen. »Eine Erbin wollt Ihr doch haben, habt Ihr das vergessen?«

»Jaja, ich weiß.« Lambert starrte sie mißmutig an. »Trotzdem hatte ich gehofft, du würdest aufrichtiger zu mir sein. Na ja, vermutlich ist das alles Unsinn. Nettes Pferd. Nur sieht es bald aus wie ein Esel, wenn du ihm weiter die Ohren langziehst.«

»Das macht nichts. Außer mir liebt Bona hier sowieso niemand. Und ich mag sie auch mit langen Ohren.«

»So ein weites Herz«, murmelte Lambert. »Aber nicht zu allen. Oder doch? Dieser Richard«, fragte er gedehnt, »du kennst ihn gut?«

»Nein, das nun nicht gerade. Gräfin Elisabeth hat Euch erzählt …?«

»Ja. Ich gebe es zu, sie hat. Deine Miene, als du Blankhenberghe gesehen hast, war so bemerkenswert, da konnte ich nicht anders, als mit meiner Schwägerin darüber zu spekulieren. *Ihr* hattest du dich ja anvertraut.«

»Nicht ganz freiwillig.«

»Ja, das kann ich mir vorstellen.« Lambert zeigte sein seltenes Grinsen, das ihn so unkompliziert und sehr einnehmend wirken ließ.

»Was hast du jetzt vor? Ich meine, dein … Wirken hier hat ja ursächlich etwas damit zu tun, unerkannt bleiben zu wollen. Das ist jetzt erledigt, nicht? Dein Blankhenberghe wird vielleicht ins Schwatzen kommen und erzählen, was er alles so erlebt auf seinen Reisen. Dann ist es mit den Heimlichkeiten vorbei.«

»Ihr bringt es auf den Punkt, lieber Graf«, seufzte Philipa und wünschte, er würde von etwas anderem sprechen.

Lambert dachte gar nicht daran. »Überhaupt scheint es mir ungemütlich geworden zu sein. Hier auf Burg Borgewig. Für euch. Und, mit Verlaub«, er beugte sich nahe an ihr Ohr, »aber das bleibt natürlich unter uns, für alle anderen auch.

Aber was sollen wir machen? Wir gehören hier hin. Elisabeth und die Kinder. Und ich.«

Philipa sah ihn mißtrauisch von der Seite an. Sie mochte es nicht, wenn jemand wie Lambert in Rätseln sprach.

Lambert seufzte. »Ja, deine Gaukler ... die sind ungebunden und frei in ihren Entschlüssen. Unsereiner dagegen ... Na ja, es hat alles seine Vor- und Nachteile, nicht?«

Er klopfte der gleichmütig auf ihrem Heu herumkauenden Bona den grauen Hals. »Ich schenke sie dir.«

»Wie? Was schenkt ihr mir?«

»Na, die Stute da, aus der du einen Esel machst. Sie sieht dich so anbetend an. Und du magst sie doch auch. Sie gehört dir.«

Das kann ich nicht annehmen, wollte Philipa sagen, aber sie tat es nicht. Bona war nicht sehr groß und bestimmt nicht übermäßig kräftig, allerdings war sie ausdauernd und zäh. Für eine Weile war sie bestimmt in der Lage, zwei junge Frauen zu tragen. Und zu Pferd kamen sie schneller weg.

Wollte er das? Sie blickte Lambert von der Seite an. Es sähe ihm ähnlich. Vielleicht ahnte er, daß sie wieder auf der Flucht waren. Oder er legte ihr gerade nahe, genau dies zu tun. Auf jeden Fall gab er ihr ein Pferd und damit die Möglichkeit dazu.

»Vielen Dank, Lambert«, sagte sie leise, und er sah sie voller Bedauern an.

»Gern geschehen.«

Es war seltsam schmerzhaft, mit Gysela zwischen der Gräfin und ihren beiden Töchtern zu sitzen und sich buntschillernden Stickereien zu widmen, als sei alles normal, als würde nicht bald etwas geschehen, was ihrer aller Leben auf den Kopf stellen würde. Philipa wußte beim besten Willen nicht, ob ihre Entscheidung, die Burg zu verlassen, vernünftig oder ein zu hohes Risiko war. Genauer gesagt, ob es ein höheres Risiko darstellte, hier zu bleiben oder zu gehen.

»Du machst dem Einhorn ein blaues Horn. Das sieht blöde aus«, meldete sich Judiths helles Kinderstimmchen zu Wort.

Philipa ließ die Nadel sinken und riß sich zusammen. »Es wirkt tatsächlich ziemlich seltsam. Da habe ich mich wohl bei den Fäden vergriffen. Was meinst du, sollte ich lieber einen weißen verwenden?«

»Silber«, entschied Judith, ohne lang zu überlegen. Selig sind die Entschlußfreudigen. »Es ist doch ein Einhorn. Das kann zaubern.«

»Ja, stimmt.« Philipa griff nach dem Scherchen, das Elisabeth für den Fall kniffeliger Auftrennarbeiten bereithielt.

»Ich würd' auch gern zaubern wollen«, sagte Judith sehnsüchtig, und Brigida stöhnte ungeduldig auf.

»Sei froh, daß du's nicht kannst, dann wärst du nämlich eine Hexe und müßtest im Wald leben.«

»Das macht nichts. Dann tät ich nämlich beim Einhorn in seiner Höhle wohnen und hätte es da gemütlich und warm«, verteidigte Judith ihre Idee.

»Ich bin nicht sicher, ob Einhörner tatsächlich in Höhlen leben«, meinte Elisabeth nachdenklich und biß einen Faden ab. »Was denkst du, Philipa?«

Philipa antwortete nicht und schnippelte konzentriert an dem verunglückten lichtblauen Horn herum. Gysela stieß sie mit dem Ellenbogen in die Seite.

»Wie bitte?«

»Wir sprachen über die häuslichen Gewohnheiten der Einhörner«, half ihr Elisabeth zuvorkommend auf die Sprünge. »Kannst du uns etwas darüber sagen?«

»Leider nicht. Wißt ihr«, Philipa beugte sich ein wenig in Richtung der Kinder und senkte die Stimme, »Einhörner sind sehr scheu und lassen sich nicht gerne von den Menschen in ihr Leben schauen. Deshalb verstecken sie sich, und niemand weiß so genau, wie und wo sie leben.«

»Ach ja, die Einhörner«, murmelte die Gräfin und nahm

sich noch eines der Mandelherzchen, die verführerisch duftend vor ihr standen. »So seltene und schöne Wesen. Mit den Menschen gar nicht zu vergleichen.«

Philipa sah sie von der Seite an. »Mögt Ihr noch einen Becher Wein?« fragte sie, das Thema Einhörner und ihre seltsamen Gebräuche erschien ihr erschöpft.

»Stimmt es, daß Papa ein Turnier veranstalten will?« fragte Brigida plötzlich.

»Wer hat das gesagt?« Judith wollte nicht an das Unmögliche glauben, wenn es keinen Beweis in Form einer Bestätigung durch ihre Mutter gab.

»Ich habe gehört, wie Papa mit Onkel Lambert darüber sprach. Wen sie alles einladen wollen und so.«

»Ja, du hast richtig gehört. Dein Vater möchte zwei Wochen nach Ostern ein Turnier auf Burg Borgewig abhalten. Allerdings nichts sehr Großes, dafür ist die Zeit für die Vorbereitungen zu kurz.«

»Ostern?« fragte Philipa entsetzt. »Aber das ist ja schon in zwei Wochen!«

»Ja, genau. Die Boten mit den Einladungen sind längst unterwegs, und einige sind sogar schon mit Zusagen zurück.«

»Ein richtiges Fest!« Judith war begeistert.

»Es wird wohl auf einen Tjost hinauslaufen, um die richtige Anzahl Ritter zum Buhurdieren zusammenzubekommen, fehlt die Zeit. Vielleicht auch das Interesse?« Elisabeth überlegte. »Ich nehme an, Gottfried liegt das Lanzenstechen Mann gegen Mann mehr als diese Massenveranstaltungen beim Buhurt. Egal, für die Zuschauer ist es immer spannend.«

Zwei Wochen bis Ostern und dann noch mal zwei. Philipa hatte Mühe, ihre Gedanken sauber in eine Reihe zu bekommen. Viel Zeit blieb nicht. Vor dem Turnier sollten sie die Burg verlassen haben. In der Aufregung würden die Borgewigs ihren Verlust sicher rasch verschmerzen, vielleicht kaum bemerken? Aber wer wußte schon, wann die Gäste einträfen, den einen oder anderen erkannte sie vielleicht. Philipp von Aichbergen war ein beliebter Mann gewesen mit einem gastfreien Haus. Sie würden bald abreisen müssen, sehr bald.

»Wen hat Papa denn alles eingeladen?« Brigida konnte einfach nicht länger so tun, als würde sie das alles überhaupt nicht interessieren.

»Oh, jedermann in erreichbarer Nähe.« Elisabeth nahm sich noch eines der Mandelherzchen und biß genießerisch in den saftigsüßen Teig. »Am weitesten südlich lebt Guntram von Nidbergen. Richard von Blankhenberghe ist sein Lehensmann, der hat die Einladung für ihn neulich gleich mitgenommen.«

Philipa wurde der Mund trocken. Onkel Guntram? Wenn der wüßte, daß die Aichbergen-Geschwister auf Burg Borgewig lebten, käme er bestimmt. Vielleicht sogar ohne böse Absichten.

Gräfin Elisabeth bot ihr zuvorkommend die Platte mit dem Gebäck an, doch Philipa bemerkte es nicht. »Ich nehme an, du willst uns verlassen?« fragte die Gräfin beiläufig und reichte die Platte weiter an Gysela.

Philipa stach sich in den Finger. Sie blickte auf.

»Warum denn?« fragte Judith aufgeregt. »Magst du keinen Tjost?«

»Nicht sehr. Ich mache mir jedenfalls nicht viel daraus.« Philipa blickte der Gräfin in die Augen und überlegte, was das alles zu bedeuten hatte. Elisabeth warnte sie. Wozu?

»Warum denn nicht? Ich war noch nie bei einem, aber ich stelle mir das aufregend vor. So viele Menschen und Farben und das viele Essen.«

»Ja, viel zu essen gibt es bestimmt«, antwortete Philipa mechanisch.

»Wieso gefällt es dir dann nicht? Magst du nicht, wenn sie kämpfen?«

»Nein, genau«, bestätigte Philipa erleichtert, diese Erklärung war schließlich so gut wie jede andere. »Ich mag es nicht, wenn sinnlos Blut fließt.«

»Ach so.« Judith war nicht ganz überzeugt, sie fand Blutvergießen eher aufregend.

Elisabeth hatte noch mehr Überraschungen parat. »Mein Schwager hat mir erzählt, du kämest so gut mit der kleinen grauen Stute zurecht, daß er sie dir geschenkt hat.«

»Ja, es war überaus großzügig von ihm.«

»In der Tat«, bemerkte Elisabeth freundlich. »Vor allem wenn man bedenkt, daß sie mir gehört.«

»Oh! Das habe ich nicht gewußt! Verzeiht, Gräfin. Natürlich ändert das alles.« Philipa war ehrlich entsetzt. Lambert! Das war sehr häßlich von ihm, sie so hereinzulegen.

»Ach, wieso denn.« Elisabeth lächelte lieblich. »Natürlich gehört sie dir. Sie hat übrigens einen kleinen Freund, ein Maultier. Ich denke, man sollte die beiden nicht trennen, was meinst du? Sie verstehen sich so gut.«

Philipa meinte gar nichts. Sie war einfach überwältigt. Ein Reitpferd und ein Packtier! Und das auch noch völlig legal. Das war weiß Gott mehr, als sie je zu hoffen gewagt hätte.

»Philipa und Gysela, ihr dürft euch jetzt zurückziehen.« Elisabeth drückte sanft Philipas Arm. »Ich hingegen werde mich jetzt einem Gespräch mit meinen Töchtern widmen. Kommt her, meine beiden Kleinen, setzt euch zu mir. Ich will euch etwas erklären.«

Köln

Sommer 1255

Richard von Blankhenberghe legte die letzten Meter bis zu Burg Nidbergen im Schritt zurück. Wenn er sich auch manches Mal dorthin gesehnt hatte, zurück zu den goldenen Tagen seiner Jugend, so wurde ihm jetzt die Vorstellung schwer, in sein altes Leben heimfinden zu sollen. Wie konnte das überhaupt gehen? Jedenfalls kam er sich so alt vor wie die Welt, und der Schwung und die Kraft der vergangenen Tage waren Hunderte von Meilen und unübersehbare Zeiten entfernt.

Am besten, er brachte es direkt hinter sich.

Auf dem Burghof, wie eh und je erfüllt vom Lärm des vielzähligen Haushaltes seines Lehnsherren, warf er die Zügel einem Stallknecht zu, nickte beiläufig zur Begrüßung der Umstehenden und unterband durch seinen Gesichtsausdruck jedwedes freudige Willkommen.

Bei Guntram ging das natürlich nicht. Er saß auf seinem Lieblingsplatz in der Halle, in einer Nische, entlang deren Wänden Bänke aus Sandstein eingelassen waren, seidig schimmernd durch jahrzehntelangen Gebrauch. Richard ging mit festem Schritt quer durch den langgestreckten Raum auf das leuchtende Sonnenlicht zu, welches die Nische erhellte.

Guntram blickte auf. Er blinzelte. Dann erhob er sich von seinem Kissen, offenbar kam er in die Jahre und gestattete sich, es sich bequem zu machen. »Richard! Ich ... hatte die Hoffnung fast schon aufgegeben.«

Er schloß ihn ohne weitere Umschweife in die Arme. Das war noch nie vorgekommen, und Richard war es zu eng. Zur

Zeit hatte er wenig Interesse an der Nähe eines anderen, weder an körperlicher Tuchfühlung noch an sonst irgendeiner. Aber sich aus Guntrams Umarmung zu befreien war unvorstellbar. Also biß er die Zähne zusammen und duldete sie.

Endlich. Endlich ließ sein Herr ihn los. »Komm, setz dich zu mir. Und erzähle. Wie lange bist du fortgewesen?«

»Fast ein Jahr. Eher dreiviertel.« Richard ließ sich auf die Bank sinken, Guntram genau gegenüber. Ein Sonnenstrahl huschte über das Gesicht seines Lehnsherren, sein eigenes lag glücklicherweise im Schatten.

»Ja. Eine lange Zeit. Was hat dich aufgehalten? Ich dachte, du würdest spätestens im Herbst zurück sein. Ich hatte mir bereits Sorgen gemacht. Vermutlich werde ich alt.«

Richard ging nicht darauf ein. Er schaffte es einfach nicht. Wenn Guntram Komplimente über seine kraftstrotzende Ausstrahlung trotz seiner sechzig Jahre hören wollte, mußte er sich an jemand anderen wenden.

»Tja, aufgehalten hat mich der Eifer der Christenheit, oben im Norden ihrem Reich das Volk der Pruzzen einzuverleiben. In ihren Bemühungen gingen sie so weit, ihnen direkt das Tor zur himmlischen Seligkeit zu öffnen. Mit anderen Worten, die meisten sind tot. Ob im Zustand der Gnade oder ihrem heidnischen Glauben verpflichtet, ließ sich im Einzelfall nicht immer feststellen. Möglicherweise fanden sie unsere Argumente auch nicht wirklich überzeugend.«

Im Grunde tat es ganz gut, sich die Bitterkeit über das Erlebte einmal von der Seele zu reden. Kein vernünftiger Ritter hätte dafür Verständnis gehabt. Sie waren zum Kämpfen ausgebildet, und wenn dies zu Ehren Gottes geschah – um so besser.

Guntram betrachtete Richard. Was auch immer dieser erlebt hatte, es hatte ihn verändert. Härter gemacht, hoffentlich. Den Schmelz der Jugend abgetragen, leider. Aber so war das, wenn man ein Mann wurde. Am besten kehrte er so schnell es ging zur Normalität zurück.

»Gut, daß du jetzt heimgekommen bist. Rechtzeitig, um an meinem Turnier teilzunehmen. Ich nehme an, du bist mehr als in Übung und wirst uns alle das Fürchten lehren.«

Sicher. Er konnte das Gelernte anwenden und jeden abstechen, der in seine Nähe kam. Und zwar unter größtmöglicher Auslassung sämtlicher ritterlicher Tugenden wie Ehrenhaftigkeit, Mut und Redlichkeit im Kampf.

»Ich stehe zu Eurer Verfügung.«

Guntram saß da und ließ seine klugen Augen auf ihm ruhen, es war ein wenig unangenehm, so, als krieche dieser kritische Blick über seine Haut. Seine Haare waren ganz grau geworden und seine Bewegungen ein wenig eckig. Vielleicht spürte er tatsächlich die Last der Jahre. Ob er an dem Turnier noch selbst teilnehmen wollte? Er konnte nur hoffen, nicht gegen Guntram antreten zu müssen. Es wäre äußerst unangenehm, für den Tod des eigenen Lehnsherren geradezustehen.

»Wie geht es Eurer Familie?« fragte er höflich, das gebot der Anstand.

»Hildegard ist gestorben im Winter. Ganz plötzlich.« Guntrams Blick schweifte ab.

»Das tut mir leid«, erwiderte Richard betroffen, es war wirklich so. Hildegard war immer freundlich zu ihm gewesen, hatte ihn fast so verwöhnt wie einen Sohn. Sie hatten sich einigermaßen nahe gestanden, Guntram und seine Gemahlin, das wußte er.

»Wie ist es denn passiert?« fragte er leise.

»Ein plötzliches Fieber, das kam und ging und schließlich immer höher wurde, keiner konnte sagen, weshalb. Sie wurde einfach immer schwächer. Eines Tages ... schlief sie ein und wachte nicht wieder auf.«

»Und Wolfram?« Richard kannte Guntrams Sohn nicht sehr gut, er mußte jetzt ungefähr fünfzehn sein und war seit über sieben Jahren bei einem befreundeten Ritter als Page auf dessen Burg. Als er seine Familie verließ, war er noch so klein gewesen, daß sich Richard nicht für ihn interessiert hatte, und seitdem hatte er ihn kaum einmal gesehen.

»Ist inzwischen Knappe. Macht sich wohl ganz gut. Ritter Heribert ist viel unterwegs und legt Wert auf seine Begleitung.«

Das war bei Guntram nicht anders gewesen, als Richard dessen Knappe gewesen war. Sein Nachfolger Herman konnte es da offenbar ruhiger angehen lassen. Er fragte sich, ob der Junge das wohl zu schätzen wußte.

»Ihr erlaubt, daß ich mich zurückziehe? Ich muß mich um die Unterbringung meiner Pferde kümmern. Und ich hätte liebend gerne ein warmes Bad.« Das einzige, wofür er sich tatsächlich interessierte, war, aus dieser Halle fortzukommen und Guntrams prüfendem Blick zu entweichen. Erst einmal ankommen. Sich daran gewöhnen, wieder hier zu sein.

»Sicher. Von deiner Reise kannst du mir später berichten.« Guntram winkte Herman. »Kümmere dich darum. Richard von Blankhenberghe soll bekommen, was er wünscht.«

Das wäre mal etwas anderes, dachte Richard, aber er verbeugte sich mit unbewegter Miene und verließ seinen Herrn.

Nicht heimlich verschwinden zu müssen war eine große Erleichterung, Philipa und Gysela fühlten sich beinahe so wie auf einem Ausflug. Das Wetter war schön, die Tiere willig und erfreut, sich bewegen zu dürfen, und sie selbst strengten sich an, gute Laune zu zeigen.

Ein bißchen versteckt war ihr Aufbruch schon vonstatten gegangen. Nur von Elisabeth und Lambert hatten sie sich verabschiedet, beide waren sehr freundlich gewesen und hatten sie lange umarmt, sogar Gysela. Und von Roland natürlich, der den Abschied mannhaft ertragen hatte. Ganz zum Schluß, im ersten Morgengrauen, sie führten gerade Bona und deren Mauleselfreund am Zügel vom Burghof, der Torwächter hatte entsprechende Anweisungen bekommen und mit einem Achselzucken seine Arbeit getan, da war Roland noch einmal hinter ihnen hergesaust und drückte ihnen ein Beutelchen in die Hand.

»Vom Grafen«, sagte er atemlos, »von meinem natürlich. Es sei nicht viel, sagte er, aber so ganz ohne Geld könnt ihr euch nicht aufmachen.«

»Warum hat er mir das denn nicht schon gestern abend gegeben?« Philipa wog das Säckchen in der Hand und überlegte, ob sie das Geschenk annehmen durfte oder nicht.

»Weil du's von ihm nicht genommen hättest, meinte er. Dabei braucht ihr doch ein bißchen Geld, für eine Mahlzeit oder die Übernachtung in einer Herberge.« Roland drückte ihre Finger zu einer Faust um den Beutel herum. »Nimm es. Ich krieg Ärger, wenn ich's wieder mit zurückbringe.«

»Ärger sollst du auf keinen Fall haben, liebster Bruder.« Es war schwer, ihn zurückzulassen, sehr schwer. Philipa hatte sich um ihn gekümmert, seit er auf der Welt war. Jetzt mußte er ohne sie groß werden.

»Wir sehen uns doch bestimmt wieder?«

»Klar. Wenn ich erwachsen bin und ein Ritter, komme ich und rette euch woraus auch immer.« Roland grinste tapfer. Geheult hatte er heute nacht, als ihn keiner sah, und vor seinen Schwestern wollte er dieses Schauspiel nicht wiederholen. Es tat auch so weh genug. Doch allen Jungen ging es ähnlich wie ihm, sie hatten ihre Familien nun einmal früh zu verlassen, und wozu die anderen imstande waren, das konnte er schon längst.

Philipa schlang ein letztes Mal die Arme um ihn. »Ich hab' dich lieb.«

»Ich dich auch.« Roland drückte ihr einen ziemlich feuchten Kuß auf die Wange und umarmte dann Gysela. »Haut schon ab.«

Philipa ergriff mit klammen Fingern Bonas Zügel, und sie verließen erst den Burghof und dann die Vorburg, ohne sich noch ein einziges Mal umzudrehen. Schließlich saßen sie auf und ritten langsam den steilen, gewundenen Weg hinab ins Tal, den Herkules mit dem schweren Karren damals kaum hinaufgeschafft hatte. Sie waren schweigsam. Der Kloß im Hals saß zu fest und war zu groß, als daß sie einfach über ihn hätten hinwegplaudern können.

Mittags machten sie Rast an einem Bächlein und ließen sich inmitten leuchtendgelber Sumpfdotterblumen am Ufer nieder, nachdem sie Bona und den Maulesel getränkt und ihnen die Vorderbeine zusammengebunden hatten, damit sie nicht weglaufen konnten. Den hechelnden Minni zwischen sich, saßen sie friedlich im Gras und entspannten ihre Glieder. Philipa packte aus einem Lederbeutel ihren Proviant aus: Brot, Käse, ein Stück geräucherten Schinken und einen Schlauch mit Wein. Letzteren legte sie nach kurzem Überlegen beiseite. »Den bewahren wir auf. Wer weiß, vielleicht kommen wir mal in eine Situation, in der wir ihn noch brauchen. Hier.« Sie reichte Gysela einen Hornbecher.

»Hübsch. Woher hast du den?« Gysela schöpfte sich einen Becher voll aus dem Bach und fiel dabei fast hinein, die Böschung war steiler und rutschiger, als sie angenommen hatte.

»Paß doch auf! Klatschnasse Kleidung können wir jetzt wirklich nicht gebrauchen.«

»Puh, sei bloß nicht so zickig.« Gysela rümpfte die Nase. »Hol dir dein Wasser doch selbst, wenn du so schlau bist.«

Philipa schwieg. Eigentlich konnte Gysela ja nichts dafür, daß sie sich vor dem Wald fürchtete und Angst hatte, direkt in ihr Verderben zu rennen. Vielleicht fand sich niemand, der ihnen helfen wollte. Oder die Feen und Zauberer, von denen sie schließlich nicht sicher wissen konnte, daß es sie wirklich nicht gab, fühlten sich in ihrer Ruhe gestört und würden sich wehren gegen die Eindringlinge in ihr Refugium. Philipa lief eine Gänsehaut den Rücken hinunter.

Direkt vor ihr sprang ein Frosch mit einem Platsch ins Wasser und versprühte einen glitzernden Tropfenschauer. Über ihnen sang eine Nachtigall. Das Sonnenlicht brach sich hell und freundlich Bahn durch die zartgrün belaubten Zweige, es duftete nach Erde und jungem Leben. Hier wohnten keine Zauberer. Feen, vielleicht Elfen, doch die waren jetzt bestimmt auch milde gestimmt.

»Den Becher hat mir Elisabeth geschenkt. Sie meinte, wir könnten ihn besser gebrauchen, sie hätte genug davon.« Er war wirklich hübsch, geschnitzt aus blankpoliertem Horn und mit einem fein ziselierten Standring aus Messing. Er sah – kostbar aus.

»Da hat sie ja recht.« Gysela zog ihren Rocksaum hoch und steckte die Zipfel in den Gürtel. Dann hielt sie die Fußspitze in den Bach und schnappte nach Luft. »Jesus, Maria und Josef, ist das kalt!«

»Klar.« Philipa lachte. »Was erwartest du kurz nach der Schneeschmelze? Obwohl ich insgesamt das Gefühl habe, es ist hier wärmer als auf Borgewig.«

»Es liegt höher. Borgewig, meine ich.« Gysela entschied sich gegen ein Fußbad und trocknete ihren Fuß mit dem Kleid ab. »Je weiter wir hinunter zum Rheintal kommen, um so milder wird es.«

Philipa packte ihr kaum berührtes Mahl ein. »Es war doch keine idiotische Idee, was wir uns ausgedacht haben, oder?«

Gysela schlang die Arme um ihre Schwester und drückte ihr einen Kuß aufs Haar. »Doch, das war es. Absurd, gefährlich und verrückt. Aber vermutlich das Vernünftigste, was wir tun können.«

»Na gut.« Philipa drückte verlegen ihren Arm. »Ich fürchte, manchmal habe ich Angst vor meiner eigenen Courage.«

»Zum Glück«, erwiderte Gysela einsichtig, »sonst wärst du ja auch komplett bescheuert. Bei einem solchen Plan muß man einfach das Zittern kriegen.«

Philipa kicherte ein bißchen. »Wir packen das schon«, sagte sie, und es klang weit zuversichtlicher, als sie sich fühlte.

Lambert hatte ihnen ungefähr erklärt, wie sie reiten mußten, eigentlich war es ganz einfach. Auf einem kleinen Pfad in südlicher Richtung, der nach einiger Zeit auf den Weg treffen würde, in dem sich die beiden Straßen aus Broich und aus Werden vereinigt hatten. Wenn sie darauf weiterritten, stießen sie nach ein paar Meilen auf den Hellweg, die Hauptverkehrsachse zwischen Ost und West, irgendwo zwischen Duisburg und Dortmund. Von da aus sei alles ganz einfach, und sie kämen überallhin, wohin sie wollten.

Genau an der Stelle oder an einer anderen Kreuzung des Hellwegs würde eine Herberge stehen, da war sich Philipa sicher. Dorthin würden sie reiten und … improvisieren. Ein genauer Plan ließ sich nicht festlegen, schließlich wußten sie nicht, was sie dort vorfinden würden. Oder wie die Mitspieler reagieren würden.

Philipas Magen fühlte sich an, als habe sie Ameisen zu Mittag gegessen.

»Ich glaube, wir sind jetzt bald da. Sollen wir nicht noch einmal rasten?«

»O ja.« Gysela hielt sofort ihren Maulesel an. »Vielleicht«, sie zögerte, »vielleicht sprechen wir noch mal alles durch?« Sie fing an, in ihren Sachen zu kramen. »Wo habe ich es denn … ich hatte doch … ah, hier ist es.« Triumphierend hielt sie eine kleine Ferkelblase hoch.

Philipa beäugte sie mißtrauisch. »Was ist das?«

»Blut«, erklärte Gysela stolz und sprang aus dem Sattel.

»Blut«, wiederholte Philipa und stieg wesentlich verhaltener ab. »Was soll das? Was bei allen Heiligen willst du mit Blut?«

»Wir beschmieren uns damit. Dann wirkt unsere Geschichte von einem Raubüberfall viel glaubwürdiger. Gut, nicht?«

»Das ist doch gelogen!« Philipa war ehrlich erschüttert.

»Na und? Es wird schon niemand dran sterben. Außer dem Ferkel natürlich, aber das ist ja schon tot. Es verschafft uns eine bessere Position. Und lügen tun wir sowieso.«

»Das mache ich nicht.«

»Pippa! Ja, es ist ein bißchen eklig, es sieht allerdings viel echter aus. Hilfsbedürftiger.«

»Nicht mit mir«, verkündete Philipa. »Was, wenn jemand unsere Wunden verarzten will? Und wir haben gar keine? Dann fliegen wir doch sofort auf. Meinetwegen können wir unsere Kleider schmutzig machen und ein bißchen zerreißen, nicht zu sehr, denn so viele haben wir nicht, eben gerade so wie jemand, der auf der Flucht ist. Aber das mit dem Blut, das lassen wir.«

»Na gut, dann eben nicht.« Leicht beleidigt schleuderte Gysela die Ferkelblase in hohem Bogen in den Wald. Minni bellte auf und wollte hinterher.

»Sitz! Minni, bleib hier. Das ist nichts für dich.« Der Hund blieb stehen und ließ enttäuscht die Zunge aus dem Maul hängen.

Philipa betrachtete die beiden leicht verzweifelt. »Gysela. Hör mir zu. Ich hab da einen Plan.«

Richard bewegte vorsichtig den Arm, es ging schon etwas besser, auch wenn es noch ziemlich schmerzhaft war. Zum Glück war Guntrams Turnier endlich vorüber. Er war so lustlos gewesen, daß er sich fast direkt von einer gegnerischen Lanze aus dem Sattel hatte hebeln lassen und äußerst ungeschickt auf dem rechten Arm gelandet war. Wenigstens war nichts gebrochen. Der Arm war bloß blau und grün und verrenkt und tat höllisch weh. Für ihn war der Tjost damit jedenfalls vorbei gewesen. Zur kopfschüttelnden Enttäuschung von Guntram, seinem Herrn.

Sei's drum. Richard griff nach dem Krug mit Wein, der neben seinem Lager stand, und schenkte sich ungeschickt einen Becher voll ein. Der Krug war fast leer. Würde er sich einen neuen besorgen müssen. Einen anderen Wein, das wäre vielleicht besser für seine Kopfschmerzen. Oder vielmehr dagegen.

Es klopfte. Auch das noch.

Herman. »Ihr sollt zu Guntram kommen«, verkündete er mitleidlos.

»Ich bin krank.«

Herman war versucht, es an Respekt mangeln zu lassen und dem Ritter seines Herrn zu sagen, er sei bloß besoffen und wehleidig, doch nach einem Blick in Richards Gesicht ließ er es lieber bleiben. *So* betrunken war er nun auch wieder nicht, als daß er ihm nicht äußerst schmerzhaft die fehlende Ehrerbietung hätte einbläuen können, Arm hin oder Arm her.

Richard wälzte sich stöhnend von seinem Strohsack und rieb sich mit der gesunden linken Hand übers Gesicht.

»Nehmt es mir nicht übel, Blankhenberghe, aber ein wenig kaltes Wasser würde Euch nicht schaden. Und ein Kamm.«

»Du wirst es noch weit bringen, Herman«, knurrte Richard, dennoch folgte er dem Rat von Guntrams Knappen. Selbst er hatte keine Lust, grundlos etwas auf die Spitze zu treiben, von dem er nicht einmal genau wußte, was es war. »Genüge ich deinen Ansprüchen?« fragte er spöttisch.

Hermann betrachtete ihn kritisch. »Ja, es geht so. Vielleicht solltet Ihr noch den Strohhalm dort entfernen.«

Wütend zupfte Richard den Halm fort. »Können wir jetzt gehen? Oder hast du sonst noch etwas zu bemängeln?«

Herman drehte sich stumm zum Gang und hielt Richard übertrieben höflich die Tür auf. Dann eskortierte er ihn zu Guntram.

»Wie nett. Richard. Ich habe dich ein paar Tage nicht gesehen.«

»Die Verletzung«, erwiderte Richard knapp.

»Ah. Ja. Ein unglückseliger Sturz. Ich habe eine Menge Geld verloren, das ich auf dich gewettet hatte.«

»Das tut mir leid.«

Guntram zögerte kurz. »Herman, laß uns allein«, sagte er dann.

Der Knappe sah neugierig von einem zum anderen und zog sich äußerst ungern zurück. Er wußte aus Erfahrung, daß er Guntram nicht belauschen konnte, wenn dieser in seiner Nische saß und die Stimme nicht erhob. Dabei hätte er zu gerne gewußt, ob Ritter Richard von Blankhenberghe Ärger bekam. Vermutlich nicht. Guntram hielt große Stücke auf ihn, wie Herman wußte. Auch wenn er *nicht* wußte, warum, so, wie der sich aufführte.

»Darf ich?« fragte Richard und griff nach der Karaffe, die neben Guntram auf der Steinbank stand.

»Ich denke, du hattest bereits genug.«

Das war deutlich. Richard ließ die Hand sinken. Er begann, sich unbehaglich zu fühlen.

»Bist du trotzdem in der Lage, mir zu folgen, wenn ich dir etwas erläutere?«

»Ich bemühe mich.«

»Gut. Das ist jedenfalls mehr, als ich nach deinem Auftreten in den letzten drei Wochen zu hoffen gewagt hätte.«

Richard schwieg. Zu leicht wollte er es Guntram auch nicht machen. Obwohl es schon peinlich war, so offen kritisiert zu werden. Wie hatte er sich früher überschlagen, um vor seinem Herrn in gutem Licht dazustehen! Er versuchte, sich zusammenzureißen.

»Es geht um die Aichbergen-Kinder«, sagte Guntram.

»Philipa?« Soweit vermochte er immerhin zu folgen. Ihm kam die lächerliche Bitte des Mädchens wieder in den Sinn, die er völlig vergessen hatte.

»Philipa, Gysela und Roland. Eben die.«

Die Bastarde also auch. Warum auch immer. Richard bemühte sich, keinen allzu gelangweilten Gesichtsausdruck zu zeigen.

»Um es geradeheraus zu sagen, ich mache mir Sorgen um die drei und möchte sie finden. Du sollst mir dabei helfen.«

»Das ist ein sehr seltsames Ansinnen, das Ihr da an mich habt«, stellte Richard fest und starrte Guntram an, zu verblüfft, um weiter übellaunig zu sein.

Sein Lehnsherr wandte sich ab und sah aus dem Fenster. Vor ihm lag sein flaches Land, weit hinten konnte man an klaren Tagen das Band des Rheins glitzern sehen, auf der anderen Seite stiegen in der Ferne die Hügel an.

»Philipp war mein Freund«, sagte er. Darüber hinaus hatte er ihm mehr als einmal das Leben gerettet, denn Guntram war in seiner Jugend ein rechter Heißsporn gewesen. Er war ihm verpflichtet.

Richards Blick ruhte nachdenklich auf dem Rücken seines Herrn. Dann rieb er sich mit einem unangenehm laut schabenden Geräusch über die Stoppeln an seinem Kinn. »Guntram, bitte macht mir nichts vor. Ihr würdet nicht solche Mühe aufwenden, die Kinder eines anderen aufzuspüren, wenn nicht irgendein Grund dafür vorläge.«

»Da gibt es nicht viel zu erzählen. Tatsächlich gibt es ein schönes Wort dafür, welches die Sache sehr genau trifft: Mißtrauen«, sagte Guntram und drehte sich wieder zu ihm um.

Richard sah ihn überrascht an. »Wem mißtraut Ihr denn? Ich meine, Eure Anhaltspunkte müssen ja schon recht konkret sein, meines Wissens neigt Ihr nicht zu übergroßer Vorsicht.«

»Wie wahr. Hildegard hat sich stets beklagt, ich hätte eher einen Mangel daran.« Guntram gestattete sich ein melancholisches Lächeln. »Ich kann es gar nicht einmal genau deuten. Aber ein unklares Gefühl sagt mir, da stimmt irgend etwas nicht.«

Ein Gefühl. Ein Ritter mit Gefühlen. Bitte, wem's beliebte. Richard wären ein wenig kluge Taktik und ein bißchen Verstand bedeutend lieber gewesen.

»Was erwartet Ihr jetzt von mir? Ich soll die drei aufspüren und herausfinden, ob jemand ... ja, was eigentlich? Ihnen nach dem Leben trachtet?«

»Hoffentlich nicht.«

»Warum sollte es auch jemand wollen?« Richard verstand das einfach nicht.

»Tja. Keine Ahnung. Sonst müßte ich dich wohl kaum beauftragen, es herauszufinden. Mir ist nur stets etwas merkwürdig an dem Hause Aichbergen vorgekommen. Gut, daß Liutgard den Bastarden ihres Mannes nicht viel abgewinnen konnte, war vielleicht nicht freundlich, ist ihr jedoch wohl kaum vorzuwerfen. Aber was ist mit dem Tod der Milchmagd, ihrer Mutter? Du hast selbst gesehen, daß sie keines natürlichen Todes gestorben ist. Und Philipa ... Warum war Liutgard immer so gegen ihre Tochter eingestellt? Wieso ist das Mädchen so plötzlich verschwunden? An einer möglichen Verheiratung kann es ja wohl nicht gelegen haben.«

»Ihr wollt wissen, ob, wie und wohin sie verschwunden ist«, sagte Richard langsam.

»Richard. Du bist ein erfahrener Reisender, du bist weit hinter Elbe und Saale und bis hoch an die Küste des Ostmeeres gekommen.«

Leider. Richard schwieg. Das war ein anderer Auftrag Guntrams gewesen. Er wußte gar nicht sicher, was dieser wirklich im Sinn gehabt hatte, als er ihn in den Norden schickte.

»Du bist der beste Mann für diese Aufgabe.« Guntram warf einen Blick auf Richard und seine vermaledeite undurchdringliche Miene, die er sich während seiner Abwesenheit angewöhnt hatte.

Das waren alles sehr merkwürdige Ideen für einen Ritter. Ein Mordkomplott einer Mutter ihrer Tochter gegenüber? Richard schüttelte den Kopf, um seine Gedanken zu sortieren. »Wenn Ihr meint.« Er fühlte sich nicht berufen, seinen Herrn zu kritisieren. Der Gedanke, Nidbergen zu verlassen, hatte durchaus etwas für sich.

»Zuallererst geht es darum, die drei aufzuspüren.« Guntram holte tief Luft. »Dann sehen wir weiter.

»Aufspüren muß ich sie nicht.« Richard fühlte sich unbehaglich. Er hätte seinem Herrn früher davon erzählen müssen. »Ich habe sie gesehen. Bei Gottfried von Borgewig. Auf meiner Rückreise von den Pruzzen vor ein paar Wochen.«

Guntrams Augenbrauen zogen sich unheilverkündend zusammen. »Du sahst keine Veranlassung, mir davon zu berichten?«

»Ich ahnte nicht, daß Euer Interesse an den Aichbergens noch nicht verloschen ist.« Ein schwacher Grund. Das hätte er Guntram selbst entscheiden lassen müssen.

Guntram schwieg. Dann fragte er unvermittelt: »Wann kannst du aufbrechen?«

»Sobald mein Arm ausgeheilt ist«, erwiderte Richard überrumpelt. Sein Herr hatte offenkundig nicht die Absicht, ihn wegen seines Versäumnisses zur Rede zu stellen.

»Es wird dein Schaden nicht sein. Ich habe mich in der letzten Zeit zwar etwas übernommen, aber so knapp bin ich nun auch wieder nicht, als daß ich nicht ein kleines Lehen für dich hätte, wenn du deine Aufgabe zu meiner Zufriedenheit erledigst. Nichts wirklich Bedeutendes leider, ein Stück Land, ein paar Dörfer, eine Motte. Doch die Gegend ist gutes Bauernland, die Motte ausbaufähig. Du wirst schon etwas daraus machen.«

Richard schwieg überwältigt. Für ihn, den dritten Sohn nach seinen Brüdern Hermann und Alderich, war das eine Menge. Es lohnte sich, sich dafür anzustrengen, und Aichbergens zu besorgen, bis sie Guntram zu den Ohren wieder hinauskamen.

»Einverstanden«, sagte er bewegt. »Ihr könnt Euch auf mich verlassen.«

»Ich weiß, Richard. Ich weiß.«

Guntram sah ihm zufrieden hinterher. Es hatte fast den Anschein, als habe Richard von Blankhenberghe sein Selbstmitleid kurzerhand vergessen, woher auch immer es gespeist worden war. Es ging doch nichts über eine Aufgabe für einen Mann und die Aussicht auf eine reiche Belohnung.

Als er vor ein paar Wochen die Burg verließ, hätte Richard eigentlich nicht erwartet, so bald schon ein weiteres Mal vor der mächtigen und abweisenden Schildmauer Borgewigs zu stehen. Natürlich wurde er als erstes zu Graf Gottfried geführt. Das war normal, selbstverständlich und lästig. Gottfried war wohl kaum der richtige Ansprechpartner, um sich unauffällig nach der Aichbergischen Brut zu erkundigen.

Die Gräfin war nicht zugegen, und Richard wollte nicht nach ihr fragen. Irgendwie wurde er das Gefühl nicht los, es sei besser, die ganze Angelegenheit nicht zu hoch zu hängen und statt dessen im Verborgenen zu wühlen, wie ein Schwein im Wald unter dichtem Laub die Eicheln sucht. Manche Aufträge Guntrams waren ihm weniger lieb als andere. Aber die Aussicht auf ein Lehen ... dafür lohnte es sich natürlich, auch den seltsamsten Anweisungen Folge zu leisten.

Sicher war es das beste, zunächst allein mit den Kindern zu sprechen. Obwohl genaugenommen Philipa kein Kind mehr war. Dennoch saßen sie so in seinen Erinnerungen fest, und so blieben sie wohl auch. Kinder. Lästig eben.

Richard ergriff den Becher, der ihm gereicht wurde, und trank seinem Gastgeber zu.

»Wie schön, Euch so schnell wieder bei uns begrüßen zu dürfen«, sagte Gottfried und betrachtete ihn mit funkelnden Augen. Zweifellos fragte er sich, was dieser Besuch zu bedeuten hatte.

»Ich bin auf der Durchreise, Graf, und erinnerte mich dankbar an Eure vortreffliche Gastfreundschaft und hoffte, diese noch einmal für eine Nacht ausnutzen zu dürfen.«

»Ihr seid sehr häufig auf der Durchreise.« Neben Gottfried in dessen prächtiger Halle saß sein Bruder und beobachtete den Besucher mit verschlossener Miene, wenn auch durchaus aufmerksam. Er sah zu gut aus, als daß Richard ihn wirklich hätte ernst nehmen können, andererseits nannte er unbestreitbar einen Scharfsinn sein eigen, über den der wesentlich grobschlächtigere Gottfried vermutlich nicht verfügte.

»Mein Herr hat vielfältige Interessen.« Richard lächelte unverbindlich und hielt seinen Becher einem Pagen hin, der artig abwartend vor Lambert stand.

Roland.

Gut. Den konnte er sich schnappen und fragen, falls die Mädchen sich nicht blicken ließen. Denn von irgendwelchen weiblichen Wesen war weit und breit nichts zu sehen, er fragte sich allmählich, ob sie angesichts der männlichen Übermacht die Flucht ergriffen hatten. Weder die Gräfin kam, den Gast zu begrüßen, noch ihre beiden Töchter. Oder deren Erzieherin.

Die Gespräche zogen sich endlos hin, und Richard hatte alle Mühe, sich nicht zu langweilen. Er interessierte sich nicht für Graf Gottfried, außerdem war dieser nicht sympathisch. Der Mann war laut, dominant und aggressiv, ein würdiger Vertreter der eher unangenehmen Sorte seines Standes.

Richard verlor endgültig die Lust. »Wenn es Euch recht ist, würde ich gerne mit Eurem Stallmeister über mein Pferd sprechen. Es scheint Probleme mit der rechten Vorderhand zu haben.«

Gottfried nickte huldvoll und strich sich durch seinen dunklen Bart. Er war durchsetzt mit silbernen Strähnen, in denen der Kerzenschein funkelte. Eine imposante Erscheinung.

»Ich darf Euren Pagen bitten, mich zu begleiten?« wandte

sich Richard an Lambert. »Er kann mir bei der Suche nach Eurem Stallmeister behilflich sein.«

Lambert zögerte kurz, dann nickte er und ignorierte, daß nämlicher Page unruhig von einem Bein auf das andere trat, so sehr er es auch zu unterdrücken wünschte.

Kaum auf dem Burghof angelangt, blieb Richard stehen. »So. Roland, ich möchte deine Schwester sprechen.«

»Die ist hier aber keineswegs der Stallmeister«, erwiderte Roland bockig, was ihm eine Kopfnuß eintrug.

»Was du nicht sagst. Zu meinem Pferd kommen wir später. Wo finde ich Philipa?«

Roland schwieg.

Richard sah ihn übellaunig an. Früher, vor den Pruzzen, war er eigentlich ganz gut mit Kindern ausgekommen. Die Pagen Guntrams pflegten ihn anzuhimmeln, er wiederum gab gerne weiter, was er wußte, und ließ sich dafür von den Kleinen bedienen. Aber er lachte und scherzte auch mit ihnen und bildete sich ein, ihnen die erste, heimwehreiche Zeit bei ihrem neuen Herrn zu erleichtern. Das galt jetzt nicht mehr. Er hatte nicht nur die Geduld verloren, sondern auch das Interesse. Die Erfahrung hatte ihm gezeigt, daß ohnehin jeder für sich selbst sorgen mußte, man konnte nicht früh genug damit anfangen.

»Antworte gefälligst. Ist sie auf der Burg, ist sie unterwegs oder in der Vorburg? Wann kann ich sie sehen?«

»Sie ist nicht hier, daher kann ich nicht sagen, wo sie ist.« Roland fand das logisch.

Richard nicht. »Gut. Noch mal langsam und von vorn. Wenn sie nicht hier ist, wo ist sie dann?« So beschränkt war ihm der Junge damals eigentlich gar nicht vorgekommen.

»Weg.« Roland begann die Sache Spaß zu machen. Er würde dem Blankhenberghe nicht sagen, was die Schwestern getan und was sie vorhatten, von ihm war noch nie viel Gutes ausgegangen, und wer wußte schon, was der Kerl im Schilde führte. Aber es würde bestimmt unterhaltsam werden, zu sehen, ob er langsam die Nerven verlor. Und wie.

Noch war es nicht so weit, aber der Ausdruck von Richards Augen war nicht gerade freundlicher geworden. »Schön. Sie ist also weg. Wohin? Und wann kommt sie zurück?«

Roland lächelte. »Ich weiß nicht, wohin, und zurück kommt sie gar nicht«, erwiderte er mit einiger Befriedigung.

Richard sah ihn ungläubig an. »Ich nehme an, du kannst das näher erklären?« erkundigte er sich, aber Roland schüttelte den Kopf.

»Nein. Philipa und Gysela haben Burg Borgewig verlassen … endgültig, nicht auf einen Ausflug … und sie haben mir nicht gesagt, wo sie hinwollen.«

»Du bist sicher? Daß sie nicht mehr hier sind?« Es war ja möglich, daß der kleine Dummkopf die Unwahrheit sagte, um ihn loszuwerden.

»Na, ich werd' doch wohl wissen, ob meine Schwestern noch hier leben oder nicht«, erwiderte Roland ebenso vernünftig wie liebenswürdig, und wenn Richard nicht so in Gedanken gewesen wäre, hätte er sich darüber geärgert, daß der Junge dieses Gespräch offensichtlich wesentlich lustiger fand als er selbst.

»Du hast also keine Ahnung, wo sie sein könnten?«

»Nein. Sie wußten selbst nicht, wo sie hingehen würden.« Hingehen *mußten,* weil du Ekelpaket sie dazu gezwungen hast. Roland verlor die Lust auf den Austausch von Höflichkeiten. »Also konnten sie es mir nicht mitteilen. Jetzt bringe ich dich zu Siegbert, dem Stallmeister. Ich bin sicher, mein Herr erwartet mich zurück an der Tafel. Wir beide haben uns ja alles gesagt, nicht wahr?«

Richard betrachtete den Jungen nachdenklich. Ja, vermutlich hatten sie das. Und ein Dummkopf war Roland offenbar doch nicht.

Am Ende war eine Herberge genau an der Stelle, die Philipa vorausgesehen hatte. Es war sogar ein recht schmuckes Gebäude mit sauber gepflegtem Fachwerk und einem Dach aus Stroh, ausreichend Pferdeunterständen und einer Kochstelle auf dem Hof, von der aus der Rauch eines munteren Feuers aufstieg und die verlockenden Düfte eines kräftigen Eintopfs zu ihnen hinüberwehten.

»Igitt, Essen«, flüsterte Gysela.

Philipa knuffte sie in die Seite. Allerdings war schier unvorstellbar, auch nur den allerkleinsten Bissen hinunterzubekommen. »Auf geht's«, flüsterte sie dann heiser. Sie drückte kurz Gyselas kalte Hand. »Wir machen das schon.«

»Klar. Wir machen das schon«, wiederholte Gysela, und es klang wie eine Beschwörung. Allerdings eine ziemlich klägliche.

Es bestand kein Zweifel, das Wirtshaus war gut besucht. Auf dem Hof befanden sich fünf, nein, sechs hochbeladene Karren, ungezählte Pferde und mehrere beeindruckend bewaffnete Männer, die das Ganze bewachten.

»Heilige Jungfrau Maria, steh uns bei«, sagte Philipa mit piepsiger Stimme.

Sie hatte sich stundenlang den Kopf zerbrochen, wie sie auf sich aufmerksam machen sollten, doch kaum hatten sie mit wild klopfendem Herzen den Hof betreten, wurden sie auch schon angesprochen. Ein sehr großer, sehr dünner, sehr blonder Mann strahlte sie entzückt an.

»Nein, wen haben wir denn da? Damenbesuch. Wie nett. Darf ich Euch vom Pferd helfen?«

»Sicher«, hauchte Philipa und strauchelte, als ihre Füße den Boden berührten. Das war keineswegs gespielt, ihre Knie versagten ihr schlicht und einfach den Dienst. Der Blonde fing sie auf. Philipa besann sich auf ihre Rolle und maß ihn mit dem eisigsten Blick, den sie zustande bekam. Unerhört, eine Dame zu berühren.

Der Blonde grinste breit, nicht im allergeringsten betroffen. »Wo kommt Ihr denn her, so allein? Und so spät.«

»Oh, ja, es ist … nun, es ist uns etwas Fürchterliches zugestoßen. Wir, ich meine, unsere Reisegruppe … o Gott.« Philipa schlug die Hände vors Gesicht.

»So beruhigt Euch doch, Herrin. Wollen wir nicht reingehen? Die Wachen werden auch auf Eure Tiere ein Auge haben, stimmt's?« Gebrummel der Umstehenden. »Seht Ihr. Wir setzen uns jetzt in die Wirtsstube und schauen mal, was wir für Euch tun können.«

Herrin hatte er gesagt. Sie war überzeugend. Das war gut. Es schaffte Kraft für den zweiten Akt.

Es blieb Richard nichts anderes übrig, als sich zuerst den Kopf zu zerbrechen und sich anschließend auf die Suche zu machen. Wohin mochten zwei junge Frauen wohl gehen, wenn sie ohne echtes Ziel eine Zukunft suchten? Richard war genauso wenig dumm wie Roland, und er zog schnell die richtigen Schlüsse.

Die Fährte der beiden aufzunehmen würde ihn wohl kaum vor unlösbare Probleme stellen. Es war anzunehmen, daß sie sich nicht mutterseelenallein durch unwegsame und von Gottweißwem bevölkerte Wälder schlugen. Also würden sie eine Straße aufsuchen, und zwar ganz sicher eine belebte Straße, auf der sie sich einer Pilgerschar oder einem Kaufmannszug anschließen konnten. Eine Pilgerschar wäre eine hübsche Wendung, denn es ließe Liutgard von Aichbergens Angaben zum Verbleib ihrer Tochter fast wahr werden.

Eine der bedeutendsten und frequentiertesten Straßen im Reich war der Hellweg, der in ost-westlicher Richtung vom Rheinland mehr oder weniger geradewegs nach Polen führte und eine wichtige Handelsverbindung darstellte. Außerdem verlief er südlich von Borgewig und war nicht weit entfernt. Wenn sie schlau waren, würden Philipa und ihre Schwester also geradewegs zum Hellweg reiten, und dort konnte er sie aufspüren, das dürfte nicht allzu schwer sein. Da hatte er schon heiklere Aufgaben bewältigt.

Es war tatsächlich genauso, wie er es sich zurechtgelegt hatte, fast war es langweilig, zu einfach. Andererseits handelte es sich ja nicht um einen vergnüglichen Zeitvertreib, sondern um einen echten Auftrag Guntrams, wenn Richard auch nicht vermochte, das Engagement seines Lehnsherrn für die Familie Aichbergen in überzeugender Weise zu teilen. Aber das war gleichgültig, es kam hier wie so oft nicht auf seine eigenen Interessen oder Vorlieben an, und er würde seine Aufgabe zu Guntrams Zufriedenheit lösen, soviel war sicher. Immerhin stand einiges auf dem Spiel.

Daher richtete sich Richard von Blankhenberghe ein halbwegs bequemes Nachtlager her, verborgen hinter einem dichten Gebüsch auf einem Hügel, von dessen Anhöhe er einen ungehinderten Blick auf den Wirtshaushof hatte. Auf welchem Philipa und Gysela von Aichbergen gerade im Bergriff standen, mit einem schlaksigen Blondschopf den Gasthof zu betreten.

Dicht hinter dem Blonden traten Philipa und Gysela in die Schankstube, einen einfachen Raum mit langen Tischen, Bänken und Schemeln, ungefähr die Hälfte davon war besetzt. Von der Decke hingen mächtige Schinken und Würste herab, der Kamin war leer, Feuer gab es wohl nur in den Wintertagen. Jetzt war Frühling. Kalt zwar, aber offenbar nicht kalt genug. Das Gemurmel und die Gespräche, jedes Gelächter erstarben, als sie eintraten. Ein Dutzend Augenpaare wandte sich ihnen zu.

Natürlich. Der Plan war nicht nur dumm und tollkühn, er war hirnrissig gewesen. Philipa spürte, wie eine Gänsehaut ihren Rücken hinauf- und hinunterjagte.

Der Blonde blieb vor einem Mann auf einem Schemel stehen. »Ich hab' hier was gefunden«, meldete er. »Ist mir sozusagen zugelaufen. Zwei Damen, von ihrer Reisetruppe getrennt. Sie wurden überfallen und sind offenbar auf der Flucht.«

Jetzt bloß nicht verschämt auf den Boden sehen. Hochmütig und im Bewußtsein der eigenen Bedeutung mußte sie wirken. Philipa erinnerte sich an Elisabeth und hob das Kinn.

Offensichtlich war der Mann auf dem Schemel so etwas wie der Anführer. Langsam stand er auf und kam näher. Prüfende Augen blickten sie an. Es war nicht leicht, das Kinn weiter oben zu halten.

»Wollt Ihr Euch nicht setzen? Ihr seht aus, als könntet Ihr eine Stärkung gebrauchen. Wirt! Einen Krug Wein. Vernünftigen Wein, wenn ich bitten darf. Und einen eigenen Becher für die Damen.«

Der Wirt riß sich widerwillig von dem interessanten Schauspiel los und verschwand in den Tiefen seiner Vorratskammer. Philipas Knie bebten ein ganz kleines bißchen weniger, dennoch ließ sie sich dankbar auf den Schemel niedersinken, Gysela plumpste auf einen eilig danebengezogenen zweiten.

»Möchtet Ihr etwas essen?« Offenbar hielt er es für das beste, erst einmal für Stärkung zu sorgen. Philipa war da anderer Meinung, ihr war übel. Sie schüttelte den Kopf.

»Nein, vielen Dank. Ich bin nicht hungrig.«

»Ach was, das kommt einem nach einem ausgestandenen Schrecken bloß so vor«, mischte sich der lange Blonde wieder ein. »Versucht's mal. Wird Euch bestimmt gut tun.«

»Laß die beiden Damen, Giselbert. Vielleicht solltet Ihr erst zu Atem kommen. Hier seid Ihr jedenfalls vollkommen sicher.« Er nickte ihnen freundlich zu und widmete sich in aller Seelenruhe seiner Mahlzeit.

Philipa riskierte einen genaueren Blick. Er war recht groß, breitschultrig, und sein dunkelblondes, verhältnismäßig kurzes Haar reichte ihm gerade bis zum Kinn. Ein bescheidener, eher derber Umhang, über die Schultern zurückgeworfen. Irgendwie paßte das alles nicht zusammen. Die unauffällige Erscheinung, die selbstverständliche Autorität, die Ruhe, die er ausstrahlte.

Er blickte hoch und lächelte ihr kurz zu. Blaue Augen, klug und beruhigend. Philipa entspannte sich etwas. Er führte erneut den Löffel zum Mund.

»Ihr seid sicher, daß Ihr diese Suppe verschmäht? Sie ist gut, wißt Ihr.«

Verschmäht. Zu der schlichten Kleidung, dem selbstsicheren Auftreten kam jetzt auch noch eine geschmeidige Ausdrucksweise hinzu.

»Ich könnte es ja einmal versuchen. Ein winziges Löffelchen vielleicht.«

Er nickte erfreut und gab dem Wirt ein Zeichen. Im Handumdrehen stand eine Schale mit dampfendem Eintopf vor ihr und Gysela. Philipa nestelte an ihrem Gürtel und löste ihren Löffel von dem zierlichen Kettchen, an dem er normalerweise hing. Er war ebenfalls ein Geschenk von Elisabeth und aus Horn, mit ziseliertem Messinggriff. Sie reichte ihn Gysela.

Die tauchte den Löffel dankbar in die köstlich duftende Suppe, sie hatte einen robusteren Magen als ihre Schwester.

»Habt Ihr auch einen Namen?« erschreckte Philipa der Mann vor ihr.

Irgendwie ging das zu weit. Jetzt wurde offensichtlich die Rangfolge festgelegt. »Sicher. Und Ihr?« fragte Philipa zurück.

Blaue Augen blitzten jetzt eher überrascht als beruhigend. Dann lachte er. »Natürlich. Albrecht. Albrecht Rappart ist mein Name. Verratet Ihr mir jetzt auch Euren?«

»Philipa und Gysela von Elzten.«

Albrecht sah sie freundlich an. »Jetzt, da wir uns einander vorgestellt haben, sollten wir das Mahl miteinander teilen. Nun eßt schon. Es wird Euch guttun.«

Philipa lächelte zurück. Es ging besser, als sie gedacht hätte.

Zögernd tauchte sie den Löffel in die dampfende Fleischbrühe. Bohnen, Kohl, üppige Stücke zartes Schweinefleisch. Thymian. Verfeinert mit dicker Sahne. Der Koch verstand etwas von seinem Geschäft.

»Es ist wirklich vorzüglich.« Sie nahm noch ein paar Löffel. Trank einen Schluck Wein.

»Wo liegt dieses Elzten? Ich habe noch nie davon gehört.«

Schwups, schon war ihr der Appetit wieder vergangen.

»Im Osten des Reiches. Eine kleine Burg, nichts, von dem man hier im Westen gehört haben müßte.« Das war der erste Auftritt, und eigentlich war es ganz gut gelaufen. Philipa wagte nicht, Gysela anzusehen.

»Aha.« Albrecht wischte seinen letzten Rest Suppe mit einem Stück Brot auf. Dann schob er den Teller zurück und stützte gemütlich die Ellenbogen auf den Tisch.

»Und was genau ist Euch nun zugestoßen?«

Gysela verschluckte sich an ihrem Wein und bekam einen Hustenanfall. Philipa, die sich inzwischen in das Gefühl geschickt hatte, nicht mehr zurückzukönnen, trat ihr unter dem Tisch gegen das Schienbein.

Ihre Schwester verstummte, und Philipa zuckte hilflos die Schultern. »Nun, es ist alles ein wenig … kompliziert.«

»Ich kann Euch bestimmt folgen. Versucht es nur.« Jetzt lächelte er nicht mehr. Er blickte einfach nur fragend und kritisch und ganz bestimmt wie jemand, dem man nur schwer etwas vormachen konnte.

Philipa dachte an Jann Roedthaar. Mit einem Mal sah sie dem Mann fest in die Augen. »Wie gesagt, wir kommen von Burg Elzten, recht weit im Osten von hier. Leider fiel unsere ganze Familie und auch die Burg einem verheerenden Brand zum Opfer, und so stehen wir alleine da und … und mehr oder weniger mittellos.« Eher mehr. Sie wartete einen Moment ab, um Albrecht Gelegenheit zu Beileidskundgebungen zu bieten. Er dachte jedoch gar nicht daran. Leicht entmutigt fuhr sie fort: »Wir haben Verwandte hier im Westen des Reiches. Also machten wir uns auf den Weg. Wir schlossen uns einer Reisegruppe an. Ein paar Pilger, einige Kaufleute. Nun, wir waren gerade zwei Wochen unterwegs, da wurden wir, ein paar Stunden von hier … im Westen oder Osten …«

»Im Westen oder Osten?« unterbrach Giselbert verblüfft.

»Im Westen oder Osten«, bestätigte Albrecht mit undurchdringlicher Miene.

Philipa warf ihm einen unbehaglichen Blick zu. Sie schluckte hart, es war schwer, so viel Phantasie zu haben wie Jann und dann auch noch überzeugend zu wirken. Angesichts dieser blauen Augen. Es wäre vielleicht besser gewesen, sie wären jemand anderem begegnet. »Nun ja, ich weiß es eben nicht genau. Gysela, also meine Schwester, und ich, wir waren ein wenig zurückgeblieben, nicht zu weit, natürlich, wir waren schon in Hör- und Sichtweite, aber auf jeden Fall ein Stück entfernt. Und da, ich meine, ich weiß es nicht *genau,* wir waren ja nicht wirklich dabei, also da hörten wir plötzlich ein großes Geschrei und Krach wie von umgestürzten Karren und Pferde und dann …« Sie stützte die Stirn in die Hand und schwieg.

»Dann seid Ihr geflohen«, vollendete der lange Blonde ihren Satz. Er saß inzwischen ebenfalls an ihrem Tisch.

»Es erschien uns sicherer. Ich meine, helfen hätten wir doch nicht können, oder?« meldete sich Gysela zu Wort.

»Gewiß nicht«, tröstete der Blonde und legte seine schwielige Hand auf Gyselas kleine weiße. Sie zog die Hand weg.

»Giselbert!« mahnte Albrecht mehr automatisch als wirklich ungehalten. Sein Freund war offenbar ein bekannter Schwerenöter. Er zuckte mit den Achseln, lächelte entschuldigend in die Runde und schwieg.

Albrecht füllte Philipas Becher. Sie hatte gar nicht bemerkt, daß sie ihn geleert hatte. »Was habt Ihr jetzt vor?« fragte er.

»Wenn ich das nur wüßte«, sagte sie und lächelte ihn hilflos an. »Zurück können wir nicht mehr. Wir wollen nach Brügge. Es gibt da einen Onkel, einen recht abenteuerlustigen Onkel, er ist der einzige Verwandte, den wir noch haben, und den suchen wir. Er kann uns vielleicht helfen. Obdach geben und so weiter. Ihr wißt schon.«

»Wie wollt Ihr dorthin kommen? Seid Ihr überhaupt sicher, daß Euer Onkel sich in Brügge aufhält? Wenn er so abenteuerlustig ist, meine ich.«

Vielleicht glaubte er ihr ja nicht. Philipa wurde unsicher. Was er allerdings nicht merken durfte. »Ich bin es *nicht*, wie könnte ich?« fragte sie hochnäsig. »Aber wenn wir nicht hinreisen, werden wir es nicht erfahren. Sind wir erst einmal in Brügge, und sollte er nicht dort sein, entscheiden wir, wie wir weiter vorgehen.«

Albrecht Rappart nickte bedächtig. Er betrachtete Philipa. Dann Gysela. Dann wieder sie. Ziemlich unverschämt. Philipa wollte ihn gerade zurechtweisen, als er plötzlich sprach.

»Wir könnten Euch mitnehmen. Wir sind Fernhändler aus Köln und gerade auf dem Weg zurück. Von Köln aus könntet Ihr Euch leicht auf den Weg nach Brügge machen. Oder, wenn Ihr Euch die Mühsal einer Reise ersparen wollt, einen Boten dorthin schicken. Auf alle Fälle habt Ihr in der Stadt mehr Möglichkeiten als hier.«

»Ja. Habt vielen Dank. Wir … wir nehmen Euer Angebot natürlich an.«

»Fein.« Die Angelegenheit war erledigt. Albrecht schob seinen Schemel zurück und stand auf. »Wir brechen im Morgengrauen auf. Vielleicht sollten wir jetzt besser schlafen gehen.«

Philipa starrte ihn entsetzt an. An eine Bezahlung dieser Art hatte sie nicht im entferntesten gedacht.

Albrecht kümmerte sich nicht weiter um sie. »Wirt?«

Der dicke Gastwirt kam eilfertig herangewuselt. Bei Albrecht schien es sich um einen zahlungskräftigen Gast zu handeln.

»Du hast eine Kammer für die beiden Damen?«

Philipa atmete erleichtert aus. Sie hatte gar nicht gemerkt, wie sie die Luft angehalten hatte.

»Nun, eine Kammer nicht«, der Wirt drehte sein Tuch zwischen den fettigen Fingern, »aber sie können ein eigenes Lager haben.« Er warf einen Blick auf Albrecht und fügte eilig hinzu: »In einer Ecke. Ein Stück entfernt von den anderen.«

Albrecht nickte. »Wenn dies das beste ist, was du anbieten kannst, in Ordnung. Einverstanden?« Er wandte sich an die beiden neuen Damen von Elzten. Und weil sein Blick ausdrückte, etwas anderes als Zustimmung sei schlechterdings nicht vorgesehen, willigten sie mit einem huldvollen Nicken ein.

Schon von den ersten Sonnenstrahlen, die dieser Tag für ihn und sämtliche anderen Reisenden bereithielt, wurde Richard wach. Normalerweise schlief er gut, so einfach auf dem Waldboden und in einen Umhang gewickelt, aber in dieser Nacht hatten ihn wirre Träume geplagt, in denen Ströme von Blut eine Rolle spielten und abgeschlagene Hände, die einen bizarren Tanz aufführten. Er riß sich zusammen. Wenn er es nicht tat, würde er von den Bildern den lieben langen Tag verfolgt werden, und das tat ihm nicht gut, soviel hatte er inzwischen begriffen.

Mit einer heftigen Bewegung rieb er sich das stoppelige Kinn und setzte sich auf. Vorsichtig kroch er durch das frische, saftige Frühlingsgras näher an den Rand der Böschung und spähte in den Wirtshaushof. Auch dort begann sich gerade das Leben zu regen, die Reisenden machten sich für die Abfahrt bereit. Gott sei Dank. Einen weiteren Tag im Gebüsch zu verbringen war wenig reizvoll.

Er zählte die Wagen – es waren sechs an der Zahl – und betrachtete die gähnenden Männer, die sich anschickten, kräftige kleine Pferde vor die Karren zu schirren. Von Philipa und

Gysela keine Spur. Aber es mußte schon mit dem Teufel zugehen, wenn sie sich den Leuten nicht anschließen würden, soweit er erkennen konnte, logierte in dem Gasthof sonst niemand.

Richard blickte hoch und blinzelte in die aufgehende Sonne, die jungen Blätterwogen des dichten Gebüschs raschelten im Luftzug. Allerdings wehte kein Wind. Ein Vogel vielleicht? Unsinn, das müßte ein beträchtliches Tier sein und keine Lerche oder eine Goldammer, die die Zweige zum Rauschen brachte.

Richard, nicht unerfahren im Kämpfen, wozu auch Fähigkeiten im Ausspähen gehörten, wenn einem das Leben lieb war, wurde aufmerksam. Systematisch suchte er mit den Augen den Waldrand ab, es fiel ihm nicht schwer, seinerseits dabei völlig lautlos zu bleiben. Das Braun mächtiger Eichenstämme, ein gelbes Meer aus Wiesenschlüsselblumen und überall die verschiedensten Sorten Grün. Dazwischen etwas Graubraunes, das sich vorsichtig bewegte. Ein Schatten.

Ein Mann, der genauso wie er auf der Lauer lag. Ein Waldbewohner? Ein Strauchdieb, der den Reisezug ausspähte, um sich an ihm zu bedienen? Wenn das so war, würde er wenig Freude haben, jedenfalls, sofern er alleine war. Es brauchte schon eine stattliche Horde, um mit den Wagenführern und den sie sichernden, schwer bewaffneten Reisigen fertig zu werden, da hatte ein armseliger Wegelagerer keine Chance.

Na, dann würde er wohl auf einen Einzelreisenden warten. Richard kümmerte es nicht. Seine Aufmerksamkeit konzentrierte sich wieder auf den Hof vor ihm, den gerade im lichten freundlichen Schein des frühen Tages Philipa und Gysela von Aichbergen betraten, in Begleitung eines großen breitschultrigen Kerls, der ganz offenbar der Anführer der Truppe war.

Richard fischte einen Kanten trockenes Brot aus seinem Beutel und machte sich bereit, im Schneckentempo einem

Kaufmannszug zu folgen, was ihn beträchtlich langweilen würde.

Fünf Tage später erreichten sie Köln. Zum zweiten Mal und unter völlig veränderten Bedingungen. In der festen Überzeugung, alles Bedrohliche hinter sich gelassen und jede Bindung zur Vergangenheit gekappt zu haben, fühlten sich Philipa und Gysela so sicher wie in Abrahams Schoß. Nachdem sie gemerkt hatten, daß ihnen niemand zu nahe treten wollte und weder Albrecht noch Giselbert noch sonstwer bohrende Fragen stellte, empfanden sie sich als das akzeptiert, was sie waren: zwei junge Frauen, durch die Wechselfälle des Schicksals auf sich gestellt und auf Hilfe angewiesen. Niemand kannte die Aichbergens oder Borgewigs oder Guntram von Nidbergen, und so waren sie vollkommen sicher vor Nachforschungen und Entdeckungen.

An das beständige Lügen würden sie sich auch gewöhnen.

»Ich bin schon froh, wenn ich endlich mal nach Hause komme.« Giselbert dehnte seine langen Arme »Ob wohl mein Liebchen auf mich gewartet hat, was meint Ihr?« Er zwinkerte frech in Gyselas Richtung, und sie hatte Mühe, nicht zurückzulächeln. Eigentlich hielt nur Philipas strenger Blick sie davon ab.

Also senkte sie züchtig die Augen. »Was werdet ihr tun, wenn wir in Köln angekommen sind?« fragte sie.

»Feiern.« Giselbert wollte zu gerne die Mauer aus eisigem guten Benehmen durchdringen, da war etwas dahinter, ganz bestimmt. Zumindest bei der Kleinen.

»Giselbert!« ermahnte sie ihn in genau demselben Tonfall, wie Albrecht dies zu tun pflegte, und er lachte entzückt auf. Gyselas Augen funkelten mutwillig, langsam hatte sie die Nase voll von gesittetem Betragen. »Ist es so geheimnisvoll, was in Köln auf dich wartet?«

»Ach was, gar nicht.« Giselbert zuckte gutgelaunt mit den

Schultern. »Erst werden wir unsere Fracht abliefern im Hause Rappart, beim Bruder von Albrecht, wißt Ihr. Die beiden sind Kompagnons, der eine reist, der andere verwaltet, wie das eben so geht. Danach werden wir unsere Begrüßungsrunde drehen. Einen Becher trinken vielleicht. Oder auch zwei.«

»Das kann ich mir vorstellen.« Giselbert war äußerst trinkfest, das hatten sie bereits mitbekommen.

»Und Ihr, was habt Ihr vor?« Giselbert ließ die Zügel durchhängen und zockelte gemütlich neben Gysela her.

Dieses Gespräch sollte ihre Schwester vielleicht nicht alleine führen. Philipa schloß auf. »Das entscheiden wir vor Ort«, erklärte sie kurzangebunden.

»Möglicherweise kann ich behilflich sein.« Das war Albrecht. Er hatte so eine Art, unbemerkt heranzukommen. »Wenn Ihr nicht wißt, wo Ihr hinkönnt, und davon gehe ich aus, lade ich Euch herzlich ein, im Haus meiner Familie Gast zu sein, so lange Ihr wollt.« Er drängte Philipas Bona ein Stückchen ab und ließ Gysela neben Giselbert reiten. Er wußte, wer das Sagen bei den Schwestern hatte. Eine Tändelei zwischen Giselbert und der Kleinen fiel nicht ins Gewicht.

»Das können wir nicht annehmen«, erwiderte Philipa in der inständigen Hoffnung, er möge sie drängen, es doch zu tun.

Ausnahmsweise erhörte Albrecht ihre stummen Gebete. »Ich wohne dort nicht allein«, erläuterte er. »Mein Bruder und seine Frau leben dort. Ich bin sozusagen nur zu Besuch.«

»Ihr seid auf Reisen.«

»Genau.«

Es war nett von ihm, sie zu beruhigen. Ein braver Händler und seine ehrbare Ehefrau. Das klang gut und seriös. Er selbst, der Luftikus der Familie, war nicht da, um keusche Jungfrauen zu bedrängen. Oder …

»Und Ihr? Habt Ihr keine Frau, die sehnsüchtig auf Euch wartet?«

»Ach nein. Ich habe keine Zeit für so etwas.« Albrecht verzog keine Miene. Er schien ernst zu meinen, was er sagte. »Ich werde mich um meine Geschäfte kümmern, so dies und das besprechen und organisieren, und dann mache ich mich schon wieder auf den Weg. Im September erwartet man mich in Provins.« Er warf Philipa einen Blick zu. »Das liegt in der Champagne. Frankreich. Für die Fernhändler einer der wichtigsten Treffpunkte jedes Jahr.«

Ein merkwürdiger Vogel. Immer so korrekt. Philipa fiel Lambert ein, sein lässiger Charme. Manchmal vermißte sie ihn regelrecht. Aber der Graf hatte ihr nicht helfen können – oder wollen – außerdem war er nicht hier.

»Ihr habt demnach keine Bestrebungen, seßhaft zu werden?« erkundigte sie sich.

»Nein. Jedenfalls jetzt noch nicht. Das Leben in der Stadt liegt mir nicht. Besser gesagt, es liegt mir nur vorübergehend. Ich bin gerne unterwegs und mag den Norden. Die Reise übers Meer, die kalte Luft, das Geschrei der Möwen.« Was, bitte schön, waren Möwen? Philipa fragte lieber nicht nach. »Meine nördlichste Station ist normalerweise Gotland. Ihr habt davon gehört?«

Nebulös, ja. Philipa nickte zögernd.

»Eine Insel. Neben Schweden. Davon habt Ihr aber gehört.«

»Ja, sicher.« Philipa wußte nicht, ob sie beleidigt sein sollte. Das wußte sie bei Albrecht öfter nicht.

»Morgen werden wir Köln erreicht haben«, wechselte er das Thema, bevor sie sich entschieden hatte. »Ich werde Euch zu meinem Bruder Gottschalck und seiner Frau Entgin bringen. Dort könnt Ihr erst einmal bleiben und in Ruhe entscheiden, wie es weitergehen soll.«

»Ja. Vielen Dank. Ob es Eurem Bruder überhaupt recht sein wird?«

Jetzt lächelte Albrecht endlich einmal mit echter Wärme. »Ja, ganz sicher. Ihr könnt ganz beruhigt sein.«

Allein in Köln anzukommen, noch dazu jung und unerfahren und mit gehöriger Angst vor den Torwachen, dem Krach und der schieren Größe der Stadt, war etwas völlig anderes gewesen als ihr heutiger Einzug. Als Teil einer Fernhändlermannschaft hoch zu Roß, in dem Wissen, wohin sie wollten, und mit sicherer Begleitung. Es war nicht immer ganz einfach, denn die Straßen waren eng, die Karren breit und nahezu die gesamte Bevölkerung auf den Beinen. Ohne viel Gebrüll und dann und wann einen Peitschenhieb funktionierte es offenbar nicht.

Sie rumpelten langsam durch die engen Gassen, und mehr als einmal bekam Philipa Angst, die Karren würden eines der sehr unterschiedlich stabil wirkenden Fachwerkhäuser einfach abrasieren. Doch allmählich wurden die Wege breiter, die Menschen etwas weniger und dafür besser gekleidet, und schließlich bogen sie in eine Straße ganz in der Nähe von St. Kolumba ein, dort, wo die feineren Kaufleute Kölns wohnten, wie Philipa wußte. Das war gut. Bei den Rapparts handelte es sich demnach um eine einigermaßen angesehene Familie.

Sie kamen an einem der wenigen Steinhäuser vorbei, die den wirklich wohlhabenden Bewohnern Kölns gehörten, schwindelnde Höhe, Fenster über Fenster. Aber ohne Holzladen, und Philipa fragte sich, wie die Leute bei dem Zugwind leben konnten. Na, ihr konnte es egal sein. Trotzdem, eine vornehme Gegend war das hier. Philipa hoffte inbrünstig, sie würden nicht mehr lange weiterfahren und ihr Quartier nicht in den ganz ärmlichen Vierteln nehmen müssen, die sie vor fast drei Jahren hinter sich gelassen hatten. Sie käme sich dann vor, als wäre sie im Kreis herumgelaufen.

Langsam rumpelten sie an dem riesigen Haus vorbei. Dann bogen sie um die Ecke und – hielten an. Ein enormes Tor schwang wie von Geisterhand auf, Wagen und Pferde setzten sich erneut in Bewegung und nahmen Besitz von einem weiten Hof. Das Tor schloß sich wieder. Diesmal nicht wie von selbst, sondern durch einen Knecht, aber Philipa und Gysela achteten nicht darauf, sie waren zu beschäftigt.

»Endlich«, sagte Giselbert munter und sprang vom Pferd.

Albrecht sagte natürlich nichts, stieg jedoch ebenfalls ab. Philipa und Gysela blieben sitzen und wußten nicht, was sie tun sollten.

»Darf ich Euch behilflich sein?« fragte Giselbert und reckte die Arme, um Philipa beim Absteigen zu assistieren.

»Nein, vielen Dank.« Philipa legte keinen Wert darauf, in seinen Armen zu landen. Sie stieg allein ab. Gysela desgleichen. Ein bißchen verloren standen sie da und nahmen die Umgebung in Augenschein. Das Steinhaus auf der einen, Fachwerkbauten auf der anderen Seite des Hofes. Ställe, ein Unterstand mit Feuerholz in üppigen Mengen, sogar ein eigener Brunnen. Ein Birnbaumspalier. Bestimmt sehr hübsch während der Blüte. Der Rest war verstellt von den Karren.

»Wenn Ihr mir bitte folgen wollt?« fragte Albrecht höflich und riß Philipa aus ihren Betrachtungen, Giselbert blieb derweil im Hof und überwachte das Ausschirren und Abladen, Albrechts Aufgabe war das offensichtlich nicht. Mit Philipa und Gysela im Schlepptau betrat er das Fachwerkgebäude, nicht den Steinpalast.

Ein Vorraum, eine große Stube, eine breite Holztreppe. Langsame Schritte von oben. Dann erschien eine schmale Frau in einem eleganten Kleid von dunklem Blau und mit einer Kopfbedeckung so weiß wie Schnee.

»Entgin!« Albrecht trat ihr entgegen und schloß sie in die Arme. »Wie geht es dir?«

Die Frau zog eine leicht verlegene Miene. »Gut. Aber die Frage ist doch vielmehr, wie es dir ergangen ist. Wir haben so lange nichts von dir gehört. Ist alles gut verlaufen?«

»Wunderbar«, bestätigte Albrecht. »In diesem Jahr habe ich ein paar besonders kostbare Stücke bekommen. Gottschalck ist nicht da?«

»Nein, er ist beim Rat. Aber lange wird er nicht fortbleiben, vor der Dämmerung sei er daheim, hat er gesagt.«

»Gut. Laß nicht nach ihm schicken, das ist früh genug.« Albrecht schob sie ein Stück weg und studierte ihr Gesicht. »Wunderbar siehst du aus, Entgin.«

Das stimmte nicht. Sie war blaß und hatte dunkle Ringe unter den Augen. Philipa fragte sich, warum er log, das sah ihm eigentlich gar nicht ähnlich. Entgin ging nicht drauf ein, sondern richtete ihren Blick jetzt fragend auf die beiden fremden Frauen. Und den Hund, der neben ihnen saß und sofort die Pfote zur Begrüßung hob, was Entgin ignorierte.

»Ich habe Gäste mitgebracht«, gab Albrecht Auskunft. »Die Damen Philipa und Gysela von Elzten. Ich habe ihnen angeboten, bis auf weiteres bei uns zu wohnen.«

Bei uns. Aha. Hatte er nicht behauptet, nur zu Besuch hier zu sein?

»Sehr gerne«, erwiderte Entgin folgsam. »Seid willkommen. Ihr hattet eine weite Reise?«

»Ja, allerdings«, nickte Philipa. »Wir sind sehr dankbar, bei Euch Obdach zu finden.«

Entgin lächelte sparsam. Dann winkte sie einem Mädchen, das in der Ecke gewartet hatte und durch eine Schürze, eine blütenweiße Schürze, als Dienstmagd ausgewiesen war. »Richte die Kammer im ersten Stock her. Die zum Hof.« Das Mädchen nickte, knickste und entschwand lautlos. Besser hätte Elisabeth von Borgewig ihr Personal auch nicht drillen können.

»Habt vielen Dank«, wiederholte Philipa ein wenig steif. Es war schwer, dieser makellosen Zurückhaltung gegenüber so etwas wie Herzlichkeit zu empfinden.

»Wenn Ihr Euch zurückziehen und ein wenig frisch machen wollt? Druit wird Euch führen.«

Philipa nickte und lächelte hoheitsvoll, und kurz darauf folgen sie der prompt aufgetauchten Druit in die angewiesene Kammer. Welche sich als sehr geräumig und verschwenderisch ausgestattet erwies. Mit einem breiten Bett und fein gewebten Vorhängen darum, einer Waschgelegenheit, einem eigenen Nachtstuhl hinter einem Paravent und sogar einem Tisch mit drei Stühlen. Der Blick ging hinaus auf den Hof, der sich bestimmt als sehr hübsch erweisen würde, wären die Karren einmal abgeladen und der wuselige Betrieb zur Ruhe gekommen.

»Danke, Druit.« Philipa wandte sich freundlich lächelnd um und wurde tatsächlich mit einem ebensolchen Lächeln belohnt. Man war also zur Wärme fähig hier in diesem Haus. Jedenfalls das Personal.

»Ich sage in der Küche Bescheid, daß man Euch eine Schüssel heißes Wasser bringt. Handtücher hängen da über dem Gestell«, Druit wies mit einer kleinen, drallen Hand in Richtung des Nachtstuhls. »Decken sind reichlich da, aber wenn Ihr heute nacht friert, dort drüben in der Truhe sind noch mehr. Die andere Truhe ist leer, dorthinein könnte ich Eure Sachen räumen, wenn Ihr wollt. Ach so, seid Ihr hungrig? Soll ich Euch etwas bringen lassen?«

»Ein Schluck zu trinken wäre nett. Zu essen möchte ich nichts. Du, Gysela?«

Gysela schüttelte stumm den Kopf, erschlagen von dem Luxus um sie herum.

»Gut. Ich werde mich um alles kümmern. Wenn der Herr Gottschalck eintrifft, wird er sicher erst mit dem Herrn Albrecht sprechen wollen. Die Nachtmahlzeit wird also vermutlich etwas später als üblich serviert werden. Sofern Ihr zwischendurch etwas benötigt, sagt mir nur Bescheid.«

»Danke, das werden wir tun«, erwiderte Philipa überwältigt.

Ihre Kleidersäcke wurden gebracht und ausgepackt, alles sorgfältig geschüttelt und zusammengelegt in der überreich geschnitzten Truhe verstaut. Das heiße Wasser kam wie versprochen, dazu eine Karaffe warmer Wein und ein wenig Gebäck. Jemand brachte eine Felldecke, gefüttert mit allerherrlichstem weichen Tuch, falls es doch kalt würde in der Nacht.

Danach schloß sich ein letztes Mal die Tür.

Philipas Gesichtsmuskeln schmerzten vor Anstrengung, ehrwürdig so zu blicken, als sei sie an derlei gewöhnt. Matt ließ sie sich auf einen Stuhl sinken und versuchte sich zu entspannen.

»Du liebe Zeit.« Gysela setzte sich zu ihr und unterdrückte ein nervöses Kichern. »Das hätte ich unserem Albrecht gar nicht zugetraut. Solche Verhältnisse, meine ich.«

Philipa überlegte stumm. Es war nicht einfach, hinter Albrecht Rapparts Fassade zu blicken. Vielleicht hätten sie es ihm doch zutrauen sollen. Wenn sie es sich überhaupt hätten vorstellen können. »Dagegen kommt einem Borgewig geradezu ärmlich vor«, sagte sie.

»Und zu Hause erst.« Gysela trommelte unruhig mit den Fingerspitzen auf der polierten Tischplatte.

»Würdest du damit bitte aufhören?« Das Geräusch zerrte an Philipas Nerven.

Gysela verschränkte die Hände in ihrem Schoß. »Was machen wir, wenn Gottschalck genauso ist wie sein Bruder?«

Philipa blickte sie verblüfft an. »Was meinst du denn damit?«

»Na, so … so … ach, ich weiß nicht. Aber Albrecht scheint immer alles genau zu wissen und zu durchschauen. Er sieht einen manchmal so an … brr.« Sie schüttelte sich.

»Hoffentlich hast du nicht recht.« Philipa verzog das Gesicht. »Jedenfalls hat er sich jederzeit gebührlich benommen. Und er war doch gut zu uns, oder? Er hat uns mitgenommen, in Ruhe gelassen und uns in das Haus seiner Familie gebracht.«

»Und für uns bezahlt.«

Philipa starrte sie an. »Bezahlt?«

»Klar. Oder glaubst du, wir haben umsonst in den Gasthäusern geschlafen und gegessen?«

Sie glaubte gar nichts. Weil sie nämlich nicht darüber nachgedacht hatte. Dann stand Philipa auf. »Komm, wir müssen uns umziehen. Für die Tafel heute abend.«

»Muß das sein? Ich bin müde.«

Philipa war auch müde. Genauer, sie war ausgelaugt und erschöpft und vibrierte innerlich vor Anspannung. »Natürlich muß das sein, Gysela von Elzten. Wir müssen dem Herrn dieses Hauses unsere huldvolle Aufwartung machen. Und vergiß nicht: Sie sind bloß Kaufleute, und wir sind von Adel. Also benimm dich entsprechend.«

»Wie das klingt. Was muß ich denn genau tun?«

Philipa sah sie leicht verzagt an. »Selbstbewußt sein, vermute ich, dir sicher, daß all diese Gastfreundschaft und dieser Luxus dir zustehen. Und daß Gottschalck und seine Gattin froh sein müssen, dich hier beherbergen zu dürfen. Ein bißchen französisch parlieren. Angeben halt.«

»Du liebe Zeit«, sagte Gysela noch einmal.

Natürlich war der Raum, in welchem gespeist wurde, nicht so groß wie die Halle in einer Burg. Dafür war er getäfelt, die Fensteröffnungen waren mit geöltem Pergament bespannt und ließen die kühle Nachtluft draußen, und er wurde von überreichlich Kerzen und Fackeln erhellt. Sie waren nur eine kleine Gesellschaft. Die drei Rapparts, Philipa, Gysela und dazu Giselbert und Druit, die eine besondere Stellung einzunehmen schienen. Die anderen Mitglieder des Hauses aßen wohl woanders.

Auf dem Tisch standen Platten mit Gebratenem und Schüsseln mit Gesottenem, dazu allerfeinstes weißes Brot. Und Wein, ein köstlicher, leichter fruchtiger Tropfen. Nie im Leben kam der aus dem Rheinland.

»Ich bin entzückt, Euch in meinem bescheidenen Heim begrüßen zu dürfen«, sagte Gottschalck Rappart, als sie ihm vorgestellt wurden.

Philipa lächelte mit sämtlicher Liebenswürdigkeit, die sie aufbringen konnte. »Euer Bruder war so freundlich, uns einzuladen. Er ließ uns praktisch keine Wahl.« Besser, gleich klarzustellen, daß sie ihn nicht dazu genötigt hatten.

»Ein aufdringlicher Kerl, mein Bruder.«

Philipa blickte hoch und sah Gottschalck Rappart an. Kluge Augen, genau wie Albrecht. Nur dunkel waren sie. Dunkel wie sein Haar, bereits von silbrigen Strähnen durchzogen, wenn er auch noch nicht so alt sein konnte. Älter als Albrecht, das bestimmt. Jenseits der vierzig vielleicht? Genauso vernunftbegabt, aber mit deutlich mehr Humor sah er sie an. Tja, wie Gysela gesagt hatte, ein Blick, der alles zu sehen und alles zu erkennen schien. Da half eigentlich nur die Flucht nach vorn.

Philipa strahlte ihn an. »Ja. Wir hatten keine Chance.«

»Da kann man nur hoffen, Ihr fühlt Euch einigermaßen wohl hier bei uns.« Gottschalck strahlte zurück. »Meine Frau habt Ihr bereits kennengelernt?«

»O ja.« Philipa blickte zu Entgin hinüber, die mit den anderen bereits am Tisch Platz genommen hatte. Sie sah noch erschöpfter aus als vorhin und war äußerst erlesen gekleidet. Ihre Haube war mit Goldfäden durchwirkt. »Sie war so freundlich, uns eine Kammer zuzuweisen. Obwohl ich sagen muß, der Begriff ›Kammer‹ trifft es eigentlich nur ungenau.«

Gottschalck lachte auf. »Das stimmt. Betrachtet es als Euer Reich. Darf ich Euch jetzt zu mir an die Tafel bitten? Ihr müßt hungrig sein. Außerdem kann sich zumindest Giselbert angesichts gefüllter Fleischtöpfe immer beklagenswert schlecht beherrschen.«

Philipa ergriff den angebotenen Arm und ließ sich zu ihrem Platz führen, er lag zwischen dem Ehepaar Rappart. Eindeutig der Ehrenplatz. Ihr gegenüber saßen Gysela und Albrecht, am Tischende Giselbert und Druit, wobei Druit dafür zuständig war, bei Tisch zu bedienen.

»Ihr dürft kein Wort von dem glauben, was mein Bruder über mich erzählt«, bemerkte Albrecht, als sie sich setzte.

Philipa lächelte. »Das muß ich mir noch überlegen«, erwiderte sie.

Auch Albrecht hatte Zeit gefunden, sich umzuziehen, seine Haare zu waschen und sich zu rasieren. Sehr viel gemein mit dem abgerissenen Händler, mit dem sie die letzte Woche gereist war, hatte er nicht mehr.

»Ihr verkleidet Euch gern?« erkundigte sie sich.

»Ja. In der Tat. Je unauffälliger, desto risikoärmer.« Konnte er eigentlich nie einen Scherz machen? »Unsere Reisigen bieten zwar ausreichend Schutz, aber ich pflastere meine Wege nicht gerne mit Leichen und Verletzten.« Nein, konnte er wohl nicht.

»Ja, Heringe sind begehrt«, sagte Philipa angriffslustig. »Besonders zur Fastenzeit, wie ich annehme.«

»Genau«, bestätigte Albrecht bierernst.

»Jaja. Und Pelze, Gewürze und Bernstein zu jeder Jahreszeit.« Gottschalck nahm sich ein Stück Brot und bot Philipa die Schale an.

Sie schüttelte den Kopf. »Die Fässer und die Säcke sind also nur Tarnung«, sagte sie.

»Richtig.« Etwas in Albrechts Mundwinkel sah fast wie ein mutwilliges Lächeln aus. »Obwohl ich nicht behaupten möchte, man könnte mit Heringen und Weizen keine guten Geschäfte machen.«

»Aber es sind so reizlose Waren, mein guter Albrecht, nicht?« Gottschalck war wohl der Auffassung, sein Bruder betrachte die Fernhändlerei als aufregenden Zeitvertreib.

Vielleicht trifft das ja auch zu, dachte Philipa überrascht.

»Eben. Diesmal habe ich ein Säckchen mit besonders feinem Bernstein bekommen, klar wie Wasser, ohne jeden Einschuß. Honiggelb, fast gold. Wirklich prachtvoll.« Albrecht schien sehr zufrieden mit sich zu sein. Er nickte Druit zu, die sofort aufsprang und von dem Rinderragout auf seine Brotscheibe häufte. »Dazu habe ich Hermelin bekommen. Und Zobel. Natürlich auch einige mindere Stücke. Insgesamt hat sich die Reise jedoch diesmal wirklich gelohnt.«

»Auch, daß du über Winter weggeblieben bist?« Gottschalck betrachtete ihn mit undurchdringlicher Miene.

»Auch das.« Mehr nicht. Nur ›auch das‹. Der jüngere Rappart war offenbar nicht der Meinung, er sei dem älteren Rechenschaft schuldig.

Zeit, das Thema zu wechseln. »Erzählt mir von dem prächtigen Gebäude am anderen Ende Eures Grundstücks«, sagte Philipa. »Ist es wirklich ganz aus Stein? Das ist doch eher selten in der Stadt, oder irre ich da?«

»Ihr irrt nicht, wie könntet Ihr.« Gottschalcks Augen funkelten. »Es *ist* ganz aus Stein. Aber es ist kein Wohngebäude. In der Hauptsache dient es der Arbeit. Unten sind die Kontore und ein kleiner Repräsentationsraum für Besprechungen, und im ersten Stock befindet sich eine Festhalle. Dann und wann halten wir Versammlungen dort ab. Ansonsten bietet es Lagerfläche. Nicht nur für die Pelze und die wirklich kostbaren Waren, die wir vertreiben, sondern in der Tat für Weizen und überhaupt alles, was viel Raum beansprucht.«

»Sehr beeindruckend. Aber wohnen tut Ihr hier.«

»Ja, genau. Wie alle anderen auch.«

»Wie man's nimmt«, wandte Philipa liebenswürdig ein. »Es ist nicht zu übersehen, daß Ihr äußerst komfortabel lebt.«

»Danke.« Natürlich wußte Gottschalck, daß es auf den Burgen oft wesentlich spartanischer zuging, zugiger, kälter und ungemütlicher, und bei den kleinen Burgen war noch nicht einmal mehr Platz vorhanden. Philipa begann sich zu fragen, ob der Adel eigentlich recht hatte, wenn er sich dem Kaufmannsstand so meilenweit überlegen fühlte.

Druit ließ die Platten abtragen. Und die Brotscheiben, die, getränkt mit Sauce und sämtlichen Wohlgerüchen, die die Küche zu bieten hatte, dem Gesinde weitergereicht werden würden. Mit Schwung stellte sie eine Schüssel Mandelpudding auf den Tisch.

»Wem darf ich auftun?«

»Ihr wolltet mich sprechen?« Albrecht stand abwartend da und betrachtete Philipa. Die anderen hatten den Raum verlassen, sie waren allein.

»Ja, genau. Wenn Ihr die Zeit erübrigen könnt.«

»Selbstverständlich.« Wie sicher er immer war! Gräßlich. »Wenn Ihr mir nach nebenan folgen wollt, dort ist es wärmer.«

Es war wirklich wärmer, und der Raum war kleiner, intimer. Gemütlich. Die Wohnstube, Ort heiterer familiärer Zusammenkunft. Albrecht wandte sich zum Kamin und begann mit einem zierlichen Blasebalg das schwelende Feuer anzufachen. Er wirkte recht eindrucksvoll, von hinten. Die breiten Schultern in feines blaues Tuch gehüllt. Philipa konnte sehen, wie weich es war.

Die Flammen loderten auf, und Albrecht drehte sich zu ihr um. Von vorne war er ebenfalls beeindruckend, wurde Philipa mit einem Mal klar. Hatte er sich verändert? Oder nahm sie ihn erst jetzt wirklich wahr?

»Worum geht es denn?« Ein Fernhändler tändelte nicht herum, der kam gleich zur Sache.

»Nun, es ist ein bißchen unangenehm.« Philipa lächelte entschuldigend. »Wir haben noch nicht … über die Bezahlung gesprochen.«

»Die Bezahlung?«

»Ja. Es ist tatsächlich so, daß ich einfach nicht daran gedacht habe. Es tut mir leid. Aber heute wies meine Schwester mich darauf hin, daß Ihr … daß Ihr auf der Reise unsere sämtlichen Auslagen übernommen habt, und das geht natürlich nicht. Was bin ich Euch schuldig?«

Albrecht winkte ab. »Nichts.«

»Aber nein. Seht Ihr, wir haben gegessen und übernachtet, und Ihr habt ständig für uns bezahlt. Das kann ich nicht annehmen.«

»Ich hatte den Eindruck, es mangelte Euch am rechten Appetit. Was Ihr verzehrt habt, fiel also nicht ins Gewicht.«

Er konnte tatsächlich so gut beobachten, wie Gysela behauptet hatte.

»Es wäre mir lieber.«

»Mir aber nicht. Ein Becher Wein?«

Philipa sah ihn unsicher an. Wenn er kein Geld von ihr nehmen wollte, konnte sie es wohl kaum ablehnen, einen Schluck mit ihm zu trinken. »Ja, danke schön.«

Er reichte ihr einen Becher. »Wollt Ihr Euch nicht setzen?«

Himmel, nein. »Gerne.« Hoffentlich wollte er nicht einen lauschigen Abend zu zweit daraus machen. *Sie* wollte jedenfalls bloß ihre Schulden begleichen. »Es wäre mir lieber, Ihr würdet mein Angebot annehmen.«

»Das ist nicht nötig. Betrachtet Euch als eingeladen.«

Humorlos und stur. »Das ist ganz reizend von Euch. Aber unnötig.«

»Ungehörig?«

Humorlos, stur und scharfsinnig. Philipa spürte, wie eine zarte Röte in ihr Gesicht stieg. »Ja«, erwiderte sie ein bißchen kläglich, »ich wäre lieber …«

»… niemandem verpflichtet«, vollendete er den angefangenen Satz.

»Nun …«

»Macht Euch keine Sorgen. Wenn ich eine Einladung ausspreche, könnt Ihr sie getrost als eine solche betrachten. Ohne daß ich damit verbundene Gegenleistungen erwarte.« Albrecht trank einen Schluck, ohne sie dabei anzusehen.

Keine Sorgen machen! Wie stellte er sich das denn vor? »Aber …«

»Ihr seid bockiger, als ich bisher vermutet hatte«, stellte er fest.

Bockig? Bockig! »Ich bin *nicht* bockig«, sagte sie empört. »Ich mache nur nicht gerne Schulden. Ich bin *kein* Kaufmann.«

Zack. Jetzt war sie zu weit gegangen.

Oder nicht? Albrecht blieb gänzlich ungerührt. »Nein. Sonst wüßtet Ihr besser mit Eurem Geld umzugehen.«

Woher wußte er das denn schon wieder? »Unsere Finanzen …«

»… haben mich nicht zu interessieren, ich weiß«, ergänzte er liebenswürdig. War das jetzt ein neuer Tick von ihm, ständig ihre angefangenen Sätze zu vollenden? Hatte er bisher zu wenig gesprochen, tat er es jetzt entschieden zu viel. »Ich gehe doch bestimmt recht in der Annahme, daß Eure Barschaft nicht allzu üppig ist? Wo Euch bei dem Überfall sicher das meiste abhanden gekommen ist?«

»Ja, gewiß. Natürlich. Doch dafür reicht es.«

»Das ist schön. Es ist nicht nötig, es für diese Reise herzugeben. Vielleicht braucht Ihr es zu einem anderen Zeitpunkt dringender.«

»Ihr seid äußerst hartnäckig, Albrecht Rappart.«

»Ich weiß. Das ist einer meiner größten Vorzüge als Kaufmann. Möglicherweise gehe ich Euch damit im Moment auf die Nerven, eines Tages werdet Ihr mir jedoch dankbar sein.«

»Ich will niemandem dankbar sein.« Ein letzter, kläglicher Versuch, weit abgeschlagen und ohne Aussicht auf Erfolg.

»Dann laßt es bleiben. Und haltet Euer Geld zusammen.«

Philipa saß im Kontor des Hausherrn. Ein Raum, der nach Tinte, Staub und Geschäftigkeit roch. Landkarten an den Wänden, Rechnungsbücher auf dem Tisch. Wieselnde, wuselnde

Gehilfen draußen auf dem Gang. Ein riesiger Tisch, bequeme Stühle mit geschnitzten Armlehnen, ein hohes Schreibpult, an dem der Geschäftsinhaber seine wichtigste Korrespondenz persönlich zu erledigen pflegte.

»Ich habe eine Bitte an Euch«, sagte Gottschalck ernst.

»Sofern ich sie Euch erfüllen kann, jederzeit gerne.« Philipa lächelte ihn an. Er war ihr sympathisch.

»Zunächst eine Frage.« Gottschalck blickte sie prüfend an, jetzt ähnelte er seinem Bruder auf eklatante Art und Weise. Er mochte vielleicht verbindlicher sein, doch ganz bestimmt ließ er sich genauso wenig etwas vormachen. »Ihr seid bewandert in der Krankenpflege?«

»Natürlich.« Elisabeth sei gepriesen.

»Das hatte ich vermutet. Meine Frau«, Gottschalck zögerte kurz, »erwartet ein Kind.«

Daher die Blässe. »Meinen herzlichen Glückwunsch.«

»Habt Dank. Nur ist dieser leider möglicherweise nicht angebracht.« Gottschalck blickte von seinen Fingernägeln hoch, die er eingehend studiert hatte, und sah Philipa an, ein Hauch von Verzweiflung lag in seinem Blick. »Wie Ihr bemerkt haben dürftet, leben keine Kinder in meinem Haus. Entgin hat bis jetzt ... keines behalten. Das heißt, das letzte kam wohl zum rechten Zeitpunkt auf die Welt, aber leider ... nun, es wurde bereits tot geboren. Für Entgin war das ein schwerer Schock. Sie hatte so gehofft ...«

»O Gottschalck, das tut mir leid. Wie entsetzlich für Eure Frau. Und für Euch.«

Er lächelte ein bißchen gequält. »Ja, das war es wirklich. Entgin wünscht sich so sehr ein Kind. Aber Gott scheint dies nicht für sie zu planen. Warum auch immer.« Er zögerte, spielte mit einem Federkiel. »Nun ist sie erneut guter Hoffnung, und sie braucht Pflege. Ihr kennt Euch aus? Natürlich wird zum gegebenen Zeitpunkt eine Hebamme kommen, doch in den Monaten davor ...«

»Ja, ich verstehe schon. Es ist nicht viel, was man tun kann, wißt Ihr«, erklärte Philipa behutsam. »Ruhe, ein ausgeglichenes Leben, spezielle Kräuteraufgüsse könnten ihr allerdings helfen.«

»Würdet Ihr meiner Frau zur Seite stehen?«

»Wenn sie es wünscht, Gottschalck. Ich bin nicht sicher, ob ich … die Beruhigung für Eure Gemahlin darstelle, die Ihr Euch ausmalt.«

Gottschalcks Mundwinkel zuckten belustigt. »Ja, ich weiß, meine Gattin wirkt manchmal etwas … spröde. Sie ist schüchtern, wißt Ihr. Es wäre mir, und bestimmt auch ihr, eine große Beruhigung, jemanden Erfahrenen an ihrer Seite zu wissen. Wir erwarten die Geburt in ungefähr einem halben Jahr. Könntet Ihr so lange bei ihr bleiben?«

Ein halbes Jahr. Das wäre ungefähr bis November. Dazu das Wochenbett, die ersten Monate mit dem Säugling, falls es denn einen gäbe … im günstigsten Fall wären sie bis weit in den Winter hinein versorgt. Das war bei Gott mehr, als sie jemals zu träumen gewagt hätte. In einem halben Jahr konnte eine Menge geschehen.

»Ihr zögert. Ich verstehe. Ihr wollt Euren Onkel in Brügge suchen.«

Die Rapparts hatten über sie gesprochen. »So eilig ist das nicht. Ein Bote … Euer Bruder hatte vorgeschlagen, einem Eurer Kaufmannszüge eine Nachricht mitzugeben. Das würde vollständig ausreichen, um herauszufinden, ob sich unser Onkel überhaupt noch in Flandern aufhält. Oder ob uns irgend jemand etwas über seinen Verbleib mitteilen kann.«

»Einen solchen Boten könnte ich in ein, zwei Wochen losschicken zusammen mit einem Warentransport. Wäre Euch das recht?«

»Selbstverständlich. Wenn wir ohnehin bis zum Winter hierbleiben, eilt es ja nicht.«

»Ihr willigt also ein?«

»Von Herzen gerne.« Und das stimmte sogar.

Als sich Entgins allmorgendliche Übelkeit zu einer absoluten Nahrungsverweigerung gesteigert hatte, bekam Philipa das Gefühl, nur trockenes Brot am Morgen reiche nicht aus, um die Reaktionen ihres Magens zum Guten zu beeinflussen. Sie kramte in ihrem Gedächtnis nach allem, was sie seinerzeit bei Elisabeths Freundin Walburga erfahren hatte, und wurde fündig. Obwohl diese sich im letzten Stadium der Schwangerschaft befunden hatte und daher nicht mehr unter Erbrechen litt. Es würde irgendwann vorübergehen, das wußte jeder. Allein Entgin weigerte sich, ihr dies zu glauben, und lag apathisch im Bett, stets in der Nähe ihrer Waschschüssel.

»Ich werde ihr Wermutwasser mit Kümmel zu trinken geben. Morgens. Und später dann Weinraute, um ihren Appetit anzuregen.«

»Wenn's hilft.« Gysela pflegte nicht durch mangelndes Interesse an den Mahlzeiten aufzufallen.

»Keine Ahnung. Aber so kann es doch nicht bleiben. Sie vergeht ja vor unseren Augen. Wie soll denn da ein kräftiges Kind in ihrem Leib heranwachsen? Ich geh' einkaufen. Wermutwasser gibt es nicht in diesem Haus. Außerdem«, Philipa zögerte, sie traute sich nicht, ihre Ängste hinsichtlich der bevorstehenden Geburt auszusprechen, denn dann würden sie vielleicht Wahrheit, »außerdem will ich mich vorbereiten. Für die Geburt. Du weißt schon. Ich brauche Myrrhe, Aloe und Wolverleih. Das hat jedenfalls die Hebamme damals bei Walburga benutzt, als die …«

»Untenrum kaputtging, ich weiß.« Gysela schauderte. Sie war dabei gewesen und fragte sich seitdem, ob Kinder wirklich etwas derart Erstrebenswertes waren.

»Genau.« Philipa zog ebenfalls eine zweifelnde Miene. Doch

die Mischung, mit der die Hebamme die Wunde eingerieben hatte, ließ diese einigermaßen schnell abheilen.

Auf dem Weg zu den Apotheken an der Westseite des Altermarktes war es fast wie früher, beinahe erwartete Philipa, Rolands wilden dunklen Schopf vor sich herhüpfen zu sehen. Ihr Herz schmerzte vor Sehnsucht. Wie es ihm wohl ging? Ob Lambert sein Versprechen hielt und sich um ihn kümmerte? Hoffentlich. Bestimmt.

»Pippa!« zischte Gysela plötzlich neben ihr. »Guck mal, da drüben. Aber sieh nicht hin.«

»Wie soll ich das denn wohl machen? Gucken, ohne hinzusehen. Was ist denn?«

»Den kenn' ich. Den da drüben. In dem Tor mit den bunten Säulen.«

Hübsche blau und rot gedrehte Säulen rechts und links des Einganges eines auch ansonsten äußerst schmuck wirkenden Steinhauses. Und weit und breit kein Mensch zu sehen.

»Du spinnst.«

»Tu ich gar nicht. Als er gemerkt hat, daß ich in seine Richtung sehe, ist er abgehauen.« Gysela klang beleidigt. »Es war der Häßliche. Du weißt schon, der mit den Narben in Gottfrieds Gefolge. Der muß dir doch aufgefallen sein!«

Allerdings. Nicht nur wegen seiner unheimlichen Fratze, sondern vor allem wegen der böse funkelnden Augen, mit denen er sie zu mustern schien. Sie hatte keine Ahnung, womit sie sich seinen Unwillen hatte zuziehen können. Da. Schnell wie ein Wiesel und fast ebenso unauffällig tauchte Narbengesicht aus dem Schatten des buntgedrehten Eingangs auf und schlüpfte in eine schmale Gasse nur eine Armlänge davon entfernt. Keinen Moment zu früh, denn aus dem Eingang trat eine Gruppe wohlgekleideter Herren, von denen er offenbar nicht hatte entdeckt werden wollen.

Die Luft strich plötzlich kühl um Philipas Wangen. Sie fröstelte. »Was hat das denn zu bedeuten, Gisi? Was will der hier?«

»Keine Ahnung. Vielleicht hat es mit uns nicht das mindeste zu tun.«

»Sicher. Warum auch. Er würde uns doch ansprechen, wenn er etwas von uns wollte, oder?«

»Glaub' ich nicht. Der versteckt sich. Das sieht doch jeder.«

»Ja. Weil er sich schämt, so … so …«

»So häßlich zu sein? Wohl kaum.« Gysela schüttelte energisch den blondgelockten Kopf. »Auf Borgewig hat er sich doch auch nicht geschämt. Ich hatte eher den Eindruck, er würde damit protzen. So, als hätte er Spaß daran, die Leute zu erschrecken.«

Schweigend gingen sie weiter. Vorbei an den Apotheken, ohne es zu bemerken. »Ich finde das unheimlich, Gysela«, bekannte Philipa dann.

»Ich auch.« Gysela nahm ihre Hand, und eine Weile liefen sie sich aneinander klammernd in die falsche Richtung.

»Wir müssen umdrehen«, sagte Philipa schließlich. »Bestimmt ist er jetzt weg. Und wir spinnen bloß. Vielleicht war er es auch gar nicht?«

»Das war er. So sicher, wie der Teufel Barthaare hat«, erwiderte Gysela überzeugt.

Das Wirtshaus war einfach, aber gut besucht, denn es war billig, und man konnte einigermaßen anständig dort essen. Jedenfalls waren die Portionen reichlich, und das hauseigen gebraute Bier schäumte und hatte einen angenehm würzigen Geruch.

Aufatmend ließ sich Richard von Blankhenberghe an einem der Tische nieder und rieb sich jovial die Hände. »Ich darf doch?«

»Klar. Gegen ein bißchen nette Gesellschaft ist nichts einzuwenden.« Mats, Knecht im Rappartschen Hause und froh, einen seiner Besorgungsgänge so gut geplant zu haben, daß noch ein Wirtshausbesuch einzuschieben war, machte ein einladendes Gesicht.

Richard bestellte zwei Krüge Bier für sich und seinen Tischgenossen und überlegte, wie er herausbekommen konnte, was er wissen wollte.

»Bist fremd hier?« leitete Mats das Gespräch ein.

Richard nickte. »Auf der Durchreise.« Kurz dachte er an Lambert von Borgewig und grinste schwach. »Kenne keine Menschenseele in Köln. Und du?«

»Ich arbeite hier. Bei einem Kaufmann im Haus. Feine Leute. Reich. Mann, o Mann. Na ja, wenn's dazu nicht reicht, is' es wenigstens gut, zu solch einem Haushalt zu gehören.«

Richard nickte und nahm einen Schluck von dem Bier. Köstlich. Süß und bitter in genau dem richtigen Verhältnis. »Viel zu tun?«

»Klar, immer.« Der Knecht grinste und wippte nachdrücklich mit seinem rotblonden Schopf. »Feine Leute haben immer viele Wünsche.«

»Haben wir doch auch.« Auch Richard bemühte sich um sein freundlichstes Gesicht. »Nur erfüllt sie uns meist keiner.«

Der Knecht lachte. »Mats«, stellte er sich dann vor. »Magst du noch ein Bier?«

»Aber immer. Otto ist mein Name. Wie sind sie denn so, deine Leute? Hast du's einigermaßen angetroffen?«

Mats wiegte den Kopf. »Kommt drauf an. Der Herr, also der eine Herr, ist ein ziemlich strenges Kaliber. Der andere Herr ist viel auf Reisen, Handel und so. Der ist netter. Dazu haben wir jetzt noch zwei Damen im Haushalt, aber die sind noch nicht lange da.«

»Und? Wollen sie lange bleiben?« erkundigte sich Richard, doch allmählich fiel Mats die ungewöhnliche Anteilnahme doch auf.

»Wieso willste das denn wissen?« fragte er mit einem mißtrauischen Seitenblick.

»Na ja. Zwei Leute mehr in der Herrschaft macht doch auch mehr Arbeit, oder nicht? Mir soll's egal sein.« ›Otto‹ zuckte gekränkt mit den Schultern, und Mats lenkte ein.

»Hast ja recht. Die wollen wohl bleiben, die Weiber. Haben sich richtig häuslich eingerichtet. Kümmern sich um die Herrin, die ist schwanger. Mehr Arbeit machen die eigentlich kaum, jedenfalls nicht für mich. Und wenn das Gekotze der Herrin endlich aufhört, dann geht's uns allen besser, das kannste mir glauben.«

»Tu ich. Ich muß jetzt gehen, leider. Hab keine Zeit mehr, Mats. Aber trink noch einen auf mich.«

Der Knecht nickte, erstaunt über den plötzlichen Abgang, und widmete sich dankbar dem frisch gefüllten Krug, den der Wirt ihm auf den Tisch knallte.

Draußen lenkte Richard nach anfänglichem Zögern seine Schritte zu dem Stall, in dem er sein Pferd untergebracht hatte. Die beiden blieben also hier. Gut. Nicht standesgemäß, aber versorgt und abgesichert und nicht weiter in Gefahr. Eine gute Gelegenheit, seine Überwachung hier abzubrechen und zu Guntram zu reisen, um ihm Mitteilung zu machen. Es war absolut überflüssig, daß er hier weiter herumlungerte und sich die Beine in den Bauch stand.

Er wußte ja, wo er sie wiederfinden konnte, wenn es nötig war.

Nur eine Sache beunruhigte ihn. Seit dem Wirtshaus am Hellweg hatte er den sicheren Verdacht, daß die Aichbergens – oder die Rapparts – noch von jemand anderem als ihm beobachtet wurden. Von wem, wußte er nicht, er hatte den Kerl noch nie wirklich gesehen. Es war mehr eine Ahnung. Ein Schatten. Er war immer da und – tat nichts. Außer glotzen. Auf alle Fälle schien er nicht die Absicht zu haben, den Aichbergens etwas anzutun, dazu hätte er inzwischen Gelegenheit gehabt und wollte sie nicht nutzen. Also war er zwar seltsam, aber wahrscheinlich harmlos.

Nun gut. Das sollte Guntram entscheiden. Er für seinen Teil betrachtete seine Aufgabe für den Moment als erledigt.

Richard seufzte einmal tief auf, löste sein Pferd aus und machte sich auf den Heimweg.

Es war Sommer geworden und heiß, als Albrecht von seiner Flandernreise zurückkam. Wie üblich verschwand er im Kontor und besprach mit Gottschalck die Weltlage, wie sich diese für Fernhändler und ihre Belange darstellte. Philipa blieb nichts anderes übrig, als nervös darauf zu warten, daß er sich zu ihr bequemte. Schließlich suchte er sie im Hof auf, wo sie unter den schattenspendenden Zweigen des Walnußbaumes saß und eine Stickerei in den Händen hielt.

Sie sah ihm entgegen. Wie schön, daß Albrecht nicht da gewesen war, als sie der häßlichen Narbenfratze begegnet waren. Er hatte ganz sicher nichts mit ihm zu schaffen.

»Die Fernhändelei scheint Euch gut zu bekommen«, bemerkte sie, »Ihr seht wohl aus.«

Das stimmte, seine Haut war leicht gebräunt wie die eines Menschen, der viel Zeit an der frischen Luft verbrachte und nicht ständig in einem muffigen Kontor hockte, so wie sein Bruder mit seinem milchweißen Teint.

»Danke.« Er blieb vor ihr stehen und maß sie mit einem nachdenklichen Blick. »Es geht Euch gut? Freut mich. Meiner Schwägerin bekommt Eure Anwesenheit jedenfalls. Ich meine, ihr Zustand hat sich gebessert, während ich fort war.«

Gut, er wollte sie also auf die Folter spannen. Was sollte sie von einem wie Albrecht auch anders erwarten? »Das liegt weniger an mir als daran, daß sie sich nicht mehr andauernd übergibt«, sagte Philipa.

Er ließ sich neben ihr nieder, streckte gemütlich die langen Beine von sich und verschränkte die Arme hinter dem Kopf.

Dann schloß er die Augen und genoß ganz offensichtlich das flirrende Sonnenlicht auf seinem Gesicht.

Er konnte einen wahnsinnig machen.

»Eure Reise war erfolgreich?«

»Wie man's nimmt.« Wenigstens öffnete er die Augen. Sehr blaue Augen. Dann setzte er sich manierlich hin. »Was meine eigenen Belange angeht, äußerst erfolgreich, ja, das kann man sagen. Es ist wohl ein gutes Jahr für mich. Was dagegen Eure Interessen betrifft, war ich nicht so gesegnet. Zu meinem Bedauern.«

»Ach? Ihr habt Onkel Guntram nicht angetroffen?« Philipa ließ ihre Stickerei sinken und sah Albrecht gespannt ins Gesicht.

»Nein. Leider nicht.« Huh, dieser Blick. »Ich nicht. Und auch sonst niemand. Wen ich auch fragte, niemand wußte etwas über Euren Onkel zu sagen. Könnte es sein ...«, er zögerte.

»Was denn?« Philipa stichelte eifrig vor sich hin.

»Nun, es könnte doch sein, daß Euer abenteuerlustiger Onkel seine Pläne kurzfristig geändert hat und gar nicht nach Brügge gereist ist?«

»Das wäre natürlich möglich.« Philipa konzentrierte sich, um sich nicht in den Finger zu stechen. »Wir stehen nicht in wirklich engem Kontakt. Vielleicht hat er uns ja auch Nachricht geschickt, und die hat uns nicht mehr erreicht. Wir haben Burg Elzten schon im Frühjahr verlassen.«

»Das wäre denkbar«, stimmte Albrecht entgegenkommend zu. »Was wollt Ihr nun tun? Ihr werdet Eure Suche doch sicher fortsetzen wollen?«

»Selbstverständlich.« Philipa kam eine Idee. »Ist es nicht wahrscheinlich, daß die Kreise, in denen Ihr Euch nach dem Verbleib meines Onkels erkundigt habt, vielleicht gar nicht in so enger Verbindung stehen zu solchen Reisenden wie ihm? Ich meine, er ist kein Händler. Möglicherweise überschnitten sich die Wege Eurer Kontaktleute nicht mit den seinen?«

»Ach, da braucht Ihr Euch keine Sorgen zu machen«, erwiderte Albrecht nüchtern. »Ich habe in sämtlichen Herbergen und Gasthäusern Erkundigungen einziehen lassen, ebenso auf den Adelssitzen der Umgegend. Nichts. Niemand hat je von ihm gehört, geschweige denn ihn gesehen.«

Albrecht Rappart betrieb seine Dinge mit Sorgfalt und war sicher in der Lage, auch von langer Hand zu planen, wenn es erforderlich war. So gesehen entspräche es seinem Charakter, *doch* etwas mit dem plötzlichen Auftauchen des häßlichen Ritters zu tun zu haben. Nur was?!

»Aha.« Philipa unterdrückte ein nervöses Hüsteln. »Und was soll ich jetzt tun?«

Albrecht stand auf. »Zunächst einmal bleibt Ihr hier, wie es verabredet war. Meint Ihr nicht? Dann könnt Ihr in aller Ruhe Eure nächsten Schritte vorbereiten. Überlegen, in welche Gegend Euer Onkel sonst noch hätte reisen können. Vielleicht einen Besuch absolvieren? Euch fällt da niemand ein? Laßt Euch Zeit.«

»Ja. Oh, ja. Ich … ich werde mir etwas überlegen.«

Albrecht wandte sich zum Gehen. Er hatte zu tun, wie immer. Als sie ihm danken wollte, winkte er ab und verschwand.

Er blieb in Köln. Es machte Philipa nervös, doch sie konnte es wohl kaum verhindern. Gottschalck war eine Sache, Albrecht eine andere. Gottschalck interessierte sich nur für sie, insoweit sie seiner Frau zu helfen vermochte, alles andere war ihm egal. Albrecht war sie zwar ebenfalls offensichtlich gleichgültig, aber er war – aufmerksamer, beobachtete seine Umgebung wacher. Und skeptischer. Nicht, daß er unfreundlich gewesen wäre, gar nicht. Allerdings verhinderte er durch seinen aufmerksamen Blick, daß sie sich entspannen konnte.

»Wann war doch gleich diese Messe in Frankreich, zu der Ihr hinfahren wolltet?« fragte sie.

»Nach Provins? Die ist im September. Ein paar Wochen bleibe ich noch hier«, entgegnete er friedfertig.

»Wie schön«, erwiderte Philipa mechanisch.

Es wurde heiß, und gegen Ende Juli senkte sich die gefürchtete Schwüle über die Stadt. Eine Luft, die stickig war und fest, als könne man sie schneiden, lähmte das Leben auf den Straßen. Und es stank, es stank überall ganz entsetzlich. Die Abfälle in den Straßen verfaulten, der Schlamm trocknete zu Staub und legte sich als eine feine, widerwärtige Schicht auf alles, dessen er habhaft werden konnte.

»Wollt Ihr mich nachher begleiten?« fragte Albrecht.

Philipa strich sich überrascht das Haar aus der schweißnassen Stirn. Sie schwitzte schon, wenn sie regungslos auf einem Hocker saß. Begleiten wohin auch immer schloß notwendigerweise Bewegung mit ein, was sie sich schlecht vorstellen konnte.

Offensichtlich hatte er ihre Zustimmung jedoch bereits vorausgesetzt, denn Bona stand gesattelt im Hof und schlürfte Wasser aus einem Eimer. Minni saß erwartungsvoll daneben.

»Da bleibt mir ja kaum etwas anderes übrig«, sagte Philipa matt, und Albrecht schüttelte den Kopf.

»Seid nicht so schlapp. Es wird Euch guttun, einmal an die frische Luft zu kommen.«

»Frische Luft? Schön wär's.«

Sie ritten durch die Gassen und Straßen Kölns in südwestlicher Richtung und ließen die enge Bebauung der Innenstadt hinter sich. Die Häuser wurden zu einzelnen Höfen, die inmitten von Feldern und Obstwiesen lagen, die allgegenwärtigen Schweine blieben zurück, und vereinzelt sahen sie Schafherden weiden. Die Luft blieb heiß, aber durch den verblassenden Gestank wesentlich weniger belästigend. Eine Zeitlang ritten sie an einem gurgelnden Bächlein entlang, dann erst erreichten sie die Stadtmauer.

»Ich hatte vergessen, wie großzügig der Ring um die Stadt gezogen ist«, sagte Philipa, der das Schweigen zwischen ihnen zu lange wurde.

»Ja, eine kluge Entscheidung. Kommt, wir haben Zeit genug, bevor die Tore geschlossen werden, sind wir längst zurück.«

Sie verließen die Stadt und trabten an Feldern und Äckern vorbei, auf denen die Ernte bereits in vollem Gange war. In der Ferne lockte ein Wäldchen, darauf hielten sie zu, neben ihnen der hechelnde Minni. Endlich Schatten, Kühle, der würzige Geruch von vermoderndem Laub.

»Wunderbar. Ein Labsal«, sagte Philipa zu Albrechts Rücken vor ihr. Der Weg war zu schmal, um nebeneinander zu reiten.

Ein Stück weiter, dann bog er ab in einen Pfad, als solcher kaum zu erkennen. Es war sehr still, außer ihren Pferden war nichts zu hören, die Vögel und Tiere des Waldes schwiegen in der größten Hitze und ruhten sich aus. Sie waren vollkommen allein. Überrascht stellte Philipa fest, daß sie sich nicht fürchtete, nicht vor dem Wald und auch nicht vor Albrecht. Es wäre schön, ihm wirklich ohne Zweifel entgegentreten zu können. Mit ihm zu reden, über ihre Ängste und Sorgen zum Beispiel und darüber, manchmal nicht mehr weiter zu wissen. Doch das ging nicht. Wem konnte man sich schon rückhaltlos anvertrauen.

Plötzlich standen sie auf einer kleinen Lichtung, durch die ein munteres Bächlein floß, plätschernd, gurgelnd, die Anmutung von Frische. »Hier rasten wir.« Albrecht sprang aus dem Sattel.

Er hatte ihr noch nie angeboten, ihr beim Absteigen zu helfen, also wartete Philipa nicht darauf, sondern tat es ihm gleich. »Wie schön es hier ist«, sagte sie entzückt.

»Ja. Meine Lieblingsstelle im Sommer. Wenn ich es in der

Stadt nicht mehr aushalte, komme ich hierhin.« Albrecht kniete nieder, schöpfte Wasser aus dem Bach und ließ es sich über den Nacken laufen. »Herrlich. Kann ich sehr empfehlen. Haltet wenigstens die Unterarme hinein. Ihr werdet sehen, wie das Eure Lebensgeister weckt.«

Philipa ließ sich ein Stück von ihm entfernt auf die Knie sinken und tat, wie ihr geheißen. Es war wunderbar, genau, wie er gesagt hatte.

Albrecht, stets gut organisiert, packte einen kleinen Imbiß aus. Käse, Trauben, Brot. »Erzählt mir ein bißchen von Euch.«

»Wie meint Ihr das?«

»Ist das so schwierig? Ich meine es so, wie ich es sage. Erzählt mir von Eurem Zuhause, von Eurer Familie.«

»Da gibt es nicht viel zu berichten. Meine Eltern sind beide tot, mein Bruder ist Page bei einem Ritter, der hoffentlich gut zu ihm ist, und außer ihm gibt es nur noch Gysela und mich.« Minni bellte kurz auf, vielleicht hatte er sie verstanden? Philipa zauste ihm zärtlich das Fell. »Und dich natürlich. Guter Hund.«

Minni machte keine weiteren Umstände und sprang mit allen vieren in den Bach. Es gab einen gewaltigen Platsch und einen Tropfenregen, und dann unternahm er Anstrengungen, das Bächlein leer zu saufen.

»Sei ruhig gierig«, empfahl ihm Philipa, »hier gibt es mehr als genug davon. Und Ihr? Was ist mit Eurer Familie?«

»Ihr kennt meine Familie.«

»Ihr hattet nie Eltern?«

Albrecht lächelte schwach. »Doch, doch. Mein Vater war ein schwerarbeitender Händler, in dessen Händen das Geschäft noch alleine lag. Folglich hat meine Mutter ihn nicht viel zu Gesicht bekommen. So gut wie wir es heute haben, da Gottschalck vor Ort ist und ich die Geschäfte außerhalb tätige, hatte er es nicht.«

»Nein. Ihr wirkt beide zufrieden, so, wie Ihr es Euch angeordnet habt.« Philipa ließ das munter dahinströmende Wasser über ihre Hand laufen. Es tat gut.

»Wie man's nimmt. Gottschalck würde mich gerne stärker an Köln und seine unmittelbare Umgebung binden. Er meint, wir könnten uns Geschäftspartner suchen in den Handelsniederlassungen, zu denen ich normalerweise reise, und die Geschäfte über Boten abwickeln.«

»Meint Gottschalck. Aber Ihr nicht?«

»Ich nicht«, bestätigte Albrecht. Wie so häufig schien er eine kurze Antwort ausreichend zu finden.

»Ihr seid gerne unterwegs.«

»Jawohl.«

Gut, sie hatte vorher gewußt, daß Albrecht zum seichten Geplauder nicht taugte. Worüber konnte sie jetzt sprechen?

»Bei Entgin entwickelt sich alles normal. Das Kind bewegt sich in ihrem Leib, ich habe es genau gesehen.« Seine Schwägerin lag ihm offenbar am Herzen, also versuchte sie es damit.

»Man kann es sehen?« fragte er überrascht, und Philipa lächelte.

»Ja. Es ist ganz wunderbar. Plötzlich beult sich der Bauch aus, und man erkennt genau, wo sich ein Füßchen oder vielleicht auch ein Ellenbogen durchboxt. Es ist sehr rührend.« Es war nicht schicklich, ihm das zu erzählen, aber irgendwie spielte das keine Rolle.

»Ja, das glaube ich«, bemerkte er sinnend. »Ihr … habt Hoffnung, daß es diesmal gut verläuft?«

Philipa blickte ihn von der Seite an. »Ich kann es nicht vorhersagen«, meinte sie ruhig. »Natürlich gibt es gute Anzeichen und auch beängstigende. Wenn das Kind munter wird, so um den sechsten Monat herum, dann ist das ein gutes Zeichen. Deshalb dürft Ihr vorsichtig optimistisch sein. Vorsichtig bloß wegen der Vergangenheit.«

Albrecht seufzte. Die erste gefühlvolle Regung, bei der sie ihn erwischte. »Gottschalck wünscht sich einen Erben für das Geschäft. Ich fürchte, er setzt sie manchmal ein bißchen unter Druck.«

»Das ist sicher für eine Frau mit einer so schwächlichen Konstitution wie Entgin nicht sehr förderlich. Könnt Ihr nicht ... irgendwie mäßigend auf ihn einwirken?«

Albrecht sah ihr in die Augen. »Ich frage mich gerade, ob Ihr das nicht viel besser könntet.«

»Aber Albrecht! Ich bin Gast in Gottschalcks Haus. Da kann ich ihn ja wohl kaum auszanken.«

Albrecht lachte. »Ich hätte Euch zu gerne einmal beim Auszanken gesehen.«

Wenn er wüßte, wie oft sie schon nahe daran gewesen war, genau das bei ihm zu tun! »Lieber nicht.«

»Schade. Vielleicht ist es auch gar nicht nötig. Ihr sagt ja, es sieht nicht schlecht aus.«

Philipa nickte, und sie fielen in ein einvernehmliches Schweigen. Albrecht gähnte. Dann streckte er sich lang im Gras aus und versank nach kurzer Zeit in ein Nickerchen. Eine gute Gelegenheit, ihn zu betrachten, sie ließ sich nicht gerne dabei erwischen. Er erschien ihr jünger, wenn er sich entspannte. Und harmloser, wenn die Augen mit dem sezierenden Blick geschlossen waren.

Sie ging ein paar Schritte beiseite und legte sich ebenfalls nieder, nur für einen Moment. Minni stieg aus dem Wasser und schüttelte sich.

»Du bist ein Ferkel«, flüsterte sie. »Komm her, leg dich zu mir.«

Der Hauch eines Lüftchens fächelte über sie hin. Über ihr summten Bienen, das Wasser gluckerte, Philipa schlief ein.

Als sie erwachte und die Augen aufschlug, sah sie auf Albrecht, der in Armeslänge Entfernung neben ihr lag, den

Kopf in die Hand gestützt, und sie beobachtete. Sie bemühte sich, die Schlaftrunkenheit aus ihrem Hirn zu vertreiben.

»Was ist so spannend an einer schlummernden Frau?« fragte sie mit einem Anflug von Ärger in der Stimme. Es war – indiskret. Ihr gefiel nicht, beim Schlafen beobachtet zu werden.

»Das Friedliche«, antwortete Albrecht. »Ihr seid jünger, als Ihr normalerweise wirkt, nicht?«

»Woher soll ich das wissen? Wie wirke ich denn?«

»Erwachsen.« Albrecht lächelte leicht.

»Aha. Und im Schlaf werde ich kindlich?«

»Nicht kindlich. Weicher.«

Philipa sah ihn an. »Seltsam. Dasselbe habe ich eben über Euch gedacht.«

»Wie alt seid Ihr denn nun?«

»Ihr wollt es immer ganz genau wissen, was? Ich bin achtzehn. Und Ihr?«

»Alt. Vierunddreißig.«

Philipa lächelte. »Ach, das geht doch noch so gerade. Ihr macht einen recht rüstigen Eindruck.«

»Besten Dank, Teuerste. Was tut Euer Hund da?«

Minni machte sich gerade vorsichtig an dem Beutel mit ihrem Imbiß zu schaffen.

»Er versucht, zu stehlen. Ein altes Laster aus früheren Zeiten. Minni. Minni! Laß das.« Der Hund kümmerte sich nicht im allergeringsten um sie. Philipa zog ihn am Schwanz. Minni knurrte beleidigt und drehte sich zu ihr um, setzte sich und sah sie anklagend an.

»Ihr verwöhnt das Tier zu sehr.«

Na und? Philipa schwieg und zupfte Minni zart an den Ohren. Er zuckte ein bißchen damit.

»Aber es scheint ihm zu gefallen.«

Philipa blickte hoch. Doch keine Kritik? »Ich glaube schon. Wem würde es nicht zuträglich sein, ein bißchen verhätschelt zu werden?«

»Vielleicht ist es das, was Entgin so gut bekommt. Ihr verhätschelt sie.«

Philipa lächelte. »Eindeutig. Ich lulle sie ein. Mit Massagen, Streicheleinheiten und Tränken und Tinkturen. Sie merkt gar nicht, daß sie nervös sein muß, und vor lauter Beruhigung bleibt das Kind dort, wo es hingehört.«

»Ihr macht das wirklich gut.« Albrecht stand auf. »Wir müssen zurück, es wird spät. Bevor die Stadttore geschlossen werden, sollten wir wieder in Köln sein.« Er streckte ihr die Hand hin. »Kommt, ich helfe Euch auf.«

Philipa zögerte kurz, dann ergriff sie die Hand. Sie war groß, warm und trocken. Angenehm. Er ließ sie sofort los, kaum, daß sie auf ihren eigenen Beinen stand, und wandte sich zu seinem Pferd.

»Soll ich Euch hinaufhelfen?« fragte er sie über die Schulter.

»Das ist nicht nötig, danke.« Ein Stückchen entfernt lag ein umgestürzter Baumstamm, wenn sie auf den stieg, würde sie mühelos Bonas Rücken erklimmen können, und je weniger Albrecht den Eindruck gewänne, sie wäre einer Tändelei nicht abgeneigt, um so lieber war es ihr.

»Gut. Dann wollen wir mal.«

Albrecht

Winter 1255/1256

Albrecht kehrte nach Köln zurück während des ersten der unfreundlichen Herbststürme, die dieses Jahr mit sich bringen würde. Er betrat Entgins Zimmer in genau dem Moment, als eine besonders heftige Bö den Holzladen aus seiner Sicherung riß und ihn heftig gegen die Hauswand schlagen ließ. Philipa sprang hoch und lief zum Fenster, ein Windstoß wirbelte die Seiten des kostbaren Buches auf, das Gottschalck sich unter größten Verrenkungen von einem Ratsmitglied hatte leihen können, und Entgin richtete sich ächzend auf, um die wertvolle Gabe zu retten.

»Meine Güte, hier herrschen ja Zustände!« sagte Albrecht.

Was für eine herzliche Begrüßung. »Könntet Ihr mir vielleicht helfen?« rief Philipa. »Ich komme nicht dran.«

In der Tat hing sie bis zur Taille aus dem Fenster, es sah besorgniserregend aus. »Warum tragt Ihr keine Schuhe?«

»Weil ich meine Füße auf das Bett Eurer Schwägerin aufgestützt hatte.« Philipa angelte nach dem hin und her schlagenden Laden, während der Wind an ihren Haaren riß.

»So hilf ihr doch, Albrecht. Ich verstehe dich nicht«, kam es schwach aus Entgins Ecke, inzwischen hatte sie das Buch gerettet und es auf ihren Schoß gelegt. Sie hielt es umklammert, als könne es jeden Moment davonfliegen, dabei war es schwer wie Blei.

So ganz genau verstand er es ja auch nicht. Also machte er sich folgsam auf zum Fenster, sagte: »Darf ich?« und schob Philipa kurzerhand beiseite. Mit einem Griff erwischte er den

Laden an seinem Haken und stellte ihn wieder fest. Es war nicht immer gerecht, was man mit schierer Körperlänge alles erreichen konnte.

Philipa lief zum Bett hinüber und angelte nach ihren Schuhen. Es war anstößig, vor Albrecht auf bloßen Füßen herumzulaufen. Dann steckte sie hektisch ihre Haare fest und begann Entgins Decke glattzustreichen und festzustopfen.

»Ihr seid äußerst geschäftig«, stellte Albrecht fest.

»Ja.« Sie wußte auch nicht, warum sie sich oft so über ihn ärgerte. Entgin war da wesentlich entspannter.

»Jetzt begrüße mich doch erst einmal vernünftig. Wann bist du denn angekommen?«

»Vorhin. Zum Glück noch vor dem Sturm. Auf den letzten paar Meilen noch klitschenaß zu werden, hatte ich keine Lust. Wohin geht Ihr?«

Philipa wandte sich um. »Hinaus. Ihr habt bestimmt mit Eurer Schwägerin einiges zu besprechen.«

»Mit Euch nicht?«

Was war denn in ihn gefahren. »Ich wüßte nicht. Oder habt Ihr am Ende Nachrichten von meinem Onkel?«

»Bedaure.«

»Seht Ihr. Und regt mir Entgin nicht auf.«

»Ihr macht das gut. Mit Entgin, meine ich. Ist es denn bald so weit?«

»Danke. Ich hoffe nicht. Und laßt sie in Ruhe. Ich kann schon Gottschalck nur mit Mühe davon abhalten, ihr befehlen zu wollen, daß sie mit der Geburt noch wartet. Wißt Ihr, ein Kind kommt, wenn es muß und der Körper der Mutter das Signal dazu gibt. Das kann sie wenig beeinflussen.«

»Ihr schimpft mit mir. Das habe ich nicht verdient.«

Philipa sah ihn überrascht an. »Nein, eigentlich nicht. Es

tut mir leid. Ich glaube, ich bin selbst einfach nur nervös. Obwohl es jetzt langsam besser wird. Wenn sie richtig gerechnet hat und mit den Terminen nicht durcheinander geraten ist, müßte es in drei Wochen soweit sein. Aber auch wenn es jetzt schon käme, hätte es zumindest eine Chance.«

»Und?« Albrecht zögerte. »Ihr hattet gesagt, Ihr könntet erkennen, wenn es sich bewegt. Seht Ihr es noch?«

»Ja. Ich bin ganz sicher, daß das Kind lebt. Jetzt. Aber auf dem Weg ans Tageslicht kann noch allerhand passieren.« Philipa sah ihn kläglich an. »So eine Geburt ist eine heikle Angelegenheit für Mutter und Kind.«

»Ich weiß.« Albrecht drückte überraschend ihre Schulter. »Ihr werdet das schon machen. Ich habe Euch übrigens etwas mitgebracht.«

»Mir?« Philipa hatte noch nicht oft in ihrem Leben etwas mitgebracht bekommen. Woher auch. Und von wem. »Was denn?«

Ein kurzes Wühlen in den Taschen seines Umhanges. Dann brachte er ein in ein Tuch eingeschlagenes Päckchen zum Vorschein. »Wickelt es aus.«

Sie tat wie geheißen. Heraus kam ein eher unscheinbarer bräunlicher Klumpen. »Sehr hübsch, vielen Dank«, sagte sie ratlos.

Albrecht grinste. Er grinste tatsächlich. »Leckt mal dran.«

»Was soll ich?«

»Daran lecken«, wiederholte er. »Habt doch um Himmels willen wenigstens ein einziges Mal ein bißchen Vertrauen zu mir.«

»Ist ja schon gut.« Philipa fuhr mißtrauisch mit der Zungenspitze an dem Ding entlang. »Das ist süß!«

»Jawohl. Es ist Zucker. Reiner, süßer Zucker, der eine sehr weite Reise hinter sich hat.«

»Man kann damit süßen wie mit Honig?«

»Ja.«

»Ihr verkohlt mich. Wie soll das denn gehen? Das Ding ist doch ganz fest. Ich habe schon Zucker … gesehen, aber der war ganz anders. Krümelig.«

»Hm.« Albrecht betrachtete den Klumpen nachdenklich. »Man müßte ihn zermahlen. So wie Muskatnüsse auf einer Reibe.«

Philipa probierte noch einmal. »Seltsamer Geschmack. Seltsam, aber gut.«

»Zerrieben läßt er sich natürlich besser verteilen«, dozierte Albrecht weiter, sein Interesse an dem Thema war noch nicht erloschen. »Es gab ihn tatsächlich auch als Puder in Säcken, doch ich dachte, gepreßt in solchen Klumpen sei er vielleicht haltbarer. Es kommt aus Ägypten nach Venedig. Von dort auf die Messen in der Champagne. Ich habe bemerkt, daß Ihr ein Leckermaul seid und nicht widerstehen könnt, wenn eine Süßspeise auf dem Tisch steht, und da dachte ich mir, das wäre das richtige Mitbringsel für Euch.«

»Wie peinlich«, bemerkte Philipa. »Baut man das ab? So wie Metalle aus der Erde?«

»Nein, es ist eine Pflanze. Sie wird ausgepreßt, und dann wird ihr Saft so lange über Feuer gesiedet, bis die Flüssigkeit verdampft ist, übrig bleibt dieses Pulver.«

»Das klingt sehr aufwendig.« Philipa zögerte. Das war ein kostbares Geschenk. Zu kostbar? »Vielen Dank. Ich nehme es an, aber unter einer Bedingung.«

»Was denn für eine Bedingung?« Albrecht betrachtete sie vorsichtig.

»Ich werde in die Küche gehen, etwas damit backen und Entgin damit verwöhnen.«

»Ihr könnt *backen*?«

»Ja. Es ist ganz ungefährlich, wißt Ihr. Man rührt einfach ein paar Dinge zusammen, legt sie auf einen Rost und überläßt den Rest der Ofenhitze.«

»Es ist mir gleichgültig, wie es funktioniert«, meinte Albrecht leicht gereizt, »es wundert mich nur, daß das auf Euch nicht zutrifft.«

»Tja. Einem jedem seine eigenen Vorlieben, nicht?«

»Ja. In der Tat. Gut, wenn Ihr wollt. Und Druit davon überzeugen könnt, daß sie Euch Zugang zur Küche verschafft, bitte. Es ist Eures, Ihr könnt damit machen, was Ihr wollt. Außer wegwerfen, das würde ich Euch doch bitten, zu unterlassen.« Schließlich hatte es ein Vermögen gekostet.

»Ganz wie Ihr wünscht«, entgegnete Philipa liebenswürdig.

»Ihr könnt ja tatsächlich backen.«

»Was habt Ihr denn geglaubt? Daß ich Euch anschwindele?«

»Das hätte ja immerhin möglich sein können«, meinte Albrecht etwas undeutlich mit vollem Mund.

Philipa sah stur auf die Platte mit ihren Mandelrosenwassertörtchen und krauste hochmütig die Stirn. »Seid so nett und laßt ein paar übrig für Entgin. Für die habe ich sie nämlich gemacht.«

»Nur noch eins.«

»Und da werft Ihr *mir* vor, ich sei naschsüchtig«, sagte Philipa kopfschüttelnd.

»Ich werfe Euch gar nichts vor. Kommt, wollen wir zusammen zu Entgin gehen und ihr die Kuchen bringen?«

»Ihr hofft bloß, daß Entgin in ihrer geballten Appetitlosigkeit Euch noch einige abgibt.«

»Warum denkt Ihr nur immer schlecht von mir? Ich kann mich nicht erinnern, Euch je etwas getan zu haben.«

Philipa betrachtete ihn überrascht. Er hatte recht. Es mußte sich bei ihr um einen Reflex handeln. »Es tut mir leid, ehrlich.«

Jetzt war es an Albrecht, verblüfft zu gucken. »Ist schon gut. Ich hab's ja nicht ernst gemeint.«

»Ich dachte, Ihr meint immer alles ernst.«

Wo um Himmels willen sollte es auf der Welt noch hinführen, wenn Albrecht anfing, zu tändeln, und man nie wissen konnte, wann er etwas tatsächlich meinte und wann nicht? Bei Lambert war das eigentlich immer ganz einfach zu erkennen gewesen, da hatte es ihr nichts ausgemacht. Bei Albrecht war das anders.

Sie hatte keine Zeit mehr, darüber nachzugrübeln, denn als sie mit dem Tablett in der Hand und Albrecht im Schlepptau Entgins Kammer betrat, empfing sie diese käseweiß und mit schweißnasser Stirn.

»Philipa! Gut, daß Ihr kommt«, ächzte sie.

»Ihr hättet mich rufen lassen sollen.« Philipa stellte das Tablett ab und setzte sich zu Entgin auf die Bettkante. »Wie ist es, schafft Ihr es, noch etwas zu essen? Ich denke, später werdet Ihr wenig Lust darauf haben.«

Entgin schüttelte den Kopf. »Bitte nicht.« Dann richtete sie sich halb auf und stöhnte.

»Auf Wiedersehen, liebster Albrecht. Es wäre schön, wenn Ihr uns jetzt verlassen würdet und nach der Hebamme schicktet«, bemerkte Philipa im Plauderton, aber Albrecht sah sehr wohl, wie sich ihre Augenbrauen vor Sorge zusammenzogen. Dann half sie Entgin auf, und ihre Miene glättete sich zu einem heiteren Lächeln. Das war das letzte, was Albrecht für viele Stunden von Philipa und seiner Schwägerin sah, eine zusammengekrümmte Gestalt in den Armen der anderen.

Lieber Herr Jesus Christus, hilf deiner Tochter Entgin, betete Albrecht stumm, als er die Treppe hinablief, um nach der Hebamme und, nach kurzem Zögern, auch nach Gottschalck zu schicken.

Es wurde ein langer Tag und eine lange Nacht. Nach siebenundzwanzig Stunden, während denen Philipa und die Hebamme mehr als einmal das Gefühl hatten, Entgin habe die Kraft nicht mehr, weiterzukämpfen, da gebar sie um die Mittagsstunde des nächsten Tages herum einen Sohn. Er war ein mickriges Bürschchen, winzig, rot und verknautscht, aber es war alles dran. Nach kurzem Zögern schrie er wie ein Ferkel und ließ das ganze Haus, das seit Ewigkeiten nur noch auf Zehenspitzen zu gehen gewagt hatte, vor Erleichterung aufseufzen.

Gottschalck trank mit einem Zug eine halbe Karaffe Wein leer, bevor er sich zu seiner Frau begab. Philipa fand das rücksichtslos, er stank bestialisch. Doch Entgin war zu stolz und zu erschöpft, um noch viel Geruchssinn zu haben, und so war es ihr offenbar egal. Von Rührung und Stolz überwältigt hielt er seinen Erben in den zarten Kaufmannshänden und vergaß die Welt um sich herum.

»Kommt, Albrecht. Lassen wir die zwei allein.« Philipa stand auf, sie schwankte ein wenig. Gebären war nicht nur für die Mutter anstrengend.

Albrecht warf noch einen letzten Blick auf die erschöpfte, glückliche Entgin und ihren leicht angetrunkenen, ebenso glücklichen Ehemann, und begleitete Philipa dann nach draußen.

»Kommt mit.«

»Wohin denn? Ich wollte mich eigentlich ein wenig hinlegen.« Philipa zitterte vor Müdigkeit. In den letzten Stunden hatte sie nichts davon gemerkt, jetzt allerdings, da die Anspannung nachließ, fühlten sich ihre Knie wie Grießbrei an.

»Sollt Ihr auch, gleich. Jetzt werden wir erst einmal etwas gegen Eure gesunde grüne Gesichtsfarbe unternehmen. Ihr bekommt Grießbrei mit Honig und Rosinen.«

Aha. Von den Knien in den Magen. »Ihr seid nicht höflich, aber sehr fürsorglich«, bemerkte Philipa und gähnte, daß sie ihren Kiefer knacken hörte. Hoffentlich hatte Albrecht es nicht ebenfalls mitbekommen.

»Setzt Euch.« Albrecht schubste sie auf einen Stuhl, der am Arbeitstisch in der Küche stand. »Mund auf.«

»Wollt Ihr mich etwa füttern? Ich mache das lieber selbst.« Philipa nahm ihm aufseufzend den Löffel aus der Hand. »Aber danach darf ich schlafen gehen?«

»Ja. Vorher müßt Ihr Euch noch waschen.«

»Warum? Rieche ich Euch nicht fein genug?« Philipa würgte an ihrem Brei herum und legte den Löffel weg. Sie hatte keinen Hunger.

»Doch, doch. Ihr werdet Euch jedoch besser fühlen, wenn Ihr aufwacht.« Albrecht hielt ihr drohend den mit Brei gefüllten Löffel vor die Nase. »Wenigstens den einen noch. Und wenn Ihr zu müde seid, um Euch zu waschen …«

»Ich lasse mir auf gar keinen Fall von Euch dabei helfen, das könnt Ihr Euch aus dem Kopf schlagen!«

»Pah. Ich dachte eher daran, Eure Schwester zu bitten. Die brennt doch bestimmt darauf, Euch behilflich zu sein.«

Gysela. Die hatte sie ganz vergessen. »Ihr habt recht. Wie immer. Das ist das einzige wirklich Lästige an Euch: daß Ihr dauernd recht habt.« Philipa schob seine Hand weg. »Ich kann nicht mehr. Und gleich wird mir schlecht. Außerdem schlafe ich hier im Sitzen ein. *Und* ich will mich nicht von Euch nach oben tragen lassen. Also seid so gut und laßt mich vorbei.«

»Wir werden Euch demnächst verlassen müssen«, sagte Philipa und betrachtete zärtlich das kleine Bündel Mensch in ihren Armen. Der jüngste Rappart war nunmehr drei Wochen alt und wurde langsam, aber stetig, mehr. Er hieß Johan.

Entgin richtete sich erschrocken in ihren Kissen auf. »So bald schon?« Ihr Sohn gab ein paar glucksende Babylaute von sich. »Ich schaffe das noch nicht alleine.«

»Sicher tut Ihr das. Er macht sich doch prächtig, der Kleine.«

»Ich habe nicht genug Milch.«

»Das stimmt tatsächlich. Aber Ihr seht doch ein, daß ich

Euch da kaum zu helfen vermag? Ich meine, ich kann ihn ja nicht stillen. Ihr werdet eine Amme brauchen, nicht mich.«

»Ich werde eine Amme brauchen *und* Euch«, sagte Entgin, und das war ganz erstaunlich. Sie gab normalerweise ihren Wünschen nicht so bestimmt Ausdruck.

»Entgin. Seht mal.« Philipa legte Johan zurück in seine kleine Wiege. »Ich kann nicht ewig hier bei Euch bleiben. Ich muß irgendwann einmal auch meine Lage klären.«

»Ihr sucht Euren Onkel.«

»Nein. Doch, ja. Natürlich. Aber wenn es das nicht wäre, müßte ich trotzdem mit meiner Schwester fort, um uns ein Leben aufzubauen.«

»Ein standesgemäßes«, erwiderte Entgin spröde.

»Ihr solltet mich besser kennen. Ein *eigenes.* Ich bin Gast in Eurem Haus. Heute braucht Ihr mich, aber morgen? Dann werde ich ein lästiger Gast sein, den man gerne loswerden möchte und nicht weiß, wie.«

Entgin sah sie betroffen an. So hatte sie das noch nie betrachtet. »Bis zum Frühling. Bitte. Dann schaffe ich es.«

Philipa knirschte still mit den Zähnen. Es war so verführerisch, hier zu bleiben, vor allem, da Entgin so dringend darum bat. Es war warm und gemütlich und sicher. Sie wurden satt und hatten ein bequemes Bett. Aber kein Anrecht darauf. Keine Zukunft. Es war zu wenig.

»Gut«, sagte sie, »nach dem Jahreswechsel reden wir weiter. Johan wacht auf. Ich sollte ihn jetzt massieren. Wo habt Ihr das Lavendelöl hingestellt?«

Der Schneefall setzte früh ein in diesem Jahr. Schon zwei Wochen vor Weihnachten legte sich eine gnädige weiße Schicht auf den Unrat der Kölner Straßen. Die Luft war trocken, kalt und rein, die Geruchsbelästigung reduzierte sich auf ein erträgliches Minimum, Weiher und Bäche froren weitgehend zu. Entgin erholte sich, und Johan wurde von einer Amme gestillt, einem drallen Mädchen aus der Eifel, das schwarze Zöpfe und Milch im Überfluß hatte und zu schüchtern war, mit irgend jemandem zu sprechen außer seinem Zögling.

»Ich kann das gar nicht«, sagte Philipa abwehrend, als Albrecht mit ein paar merkwürdigen hölzernen Latten in der Hand vor ihr stand und sie zum Eislaufen abholen wollte.

»Unsinn. Wenn sogar Entgin sich das zutraut kurz nach der Geburt, dann werdet Ihr ja wohl nicht kneifen wollen.«

»Kurz nach der Geburt ist nicht wahr. Johan ist jetzt schon über zwei Monate alt. Fast zweieinhalb.« Und sie waren immer noch hier.

Philipa beäugte mißtrauisch die Dinger in Albrechts Hand. »Was ist das da?«

Albrecht wedelte damit vor ihrer Nase herum. »Kufen. Habe ich aus Holland mitgebracht. Man schnallt sie unter die Schuhe und gleitet damit übers Eis.«

»Das klappt nie im Leben.«

»Pippa, bitte«, bettelte Gysela. Sie langweilte sich. Gegen ein bißchen Abwechslung hätte sie nichts einzuwenden gehabt, obwohl sie mit Johan turtelte und spielte, wann immer seine Amme es zuließ. Die beiden wetteiferten um seine Gunst, und Johan ließ es sich gnädig gefallen.

»Widerstand ist nicht erlaubt. Alle aus dem Haus kommen mit und alle anderen auch. Es ist ein gesellschaftliches Ereignis.«

Auch das noch. »Na gut«, stimmte Philipa widerstrebend zu.

Die Straßen waren erfüllt von Stimmen und ausgelassenem Gelächter, tatsächlich schien das Eislaufen nach Dreikönig ein Hauptvergnügen der Kölner Bevölkerung zu sein. Philipas Kleid schleifte im Hof durch den Schnee, draußen war die weiße Masse festgetrampelt und zusammengebacken, und sie kam leichter voran. Sie ging zwischen Gysela und Entgin. Diese hatte sich bei ihrem Mann eingehakt und lachte und scherzte auf eine selten ausgelassene Weise. Vielleicht hatte Albrecht recht. Wenn sich Entgin aufs Eis traute, sollte sie es auch tun.

Hübsch aussehen tat es schon. Die Dämmerung senkte sich bereits über den Teich, ringsherum steckten lodernde Fackeln im Schnee, es roch nach gerösteten Kastanien und heißem Würzwein. Warm eingepackte Menschen glitten mal mehr, mal weniger gekonnt einzeln oder in Paaren über das Eis.

»Wie schön!« rief Gysela entzückt.

Minni machte: »Wuff!« und lief auf den Teich hinaus. Er zog ein bemerkenswert dummes Gesicht, als ihm schnell schwante, daß er nicht mehr zu bremsen vermochte. Statt dessen schlidderte er, bis sich sein Schwung endlich von selbst verlor, und setzte sich dann vorsichtig hin. Anklagend blickte er zu Philipa hinüber.

»Ich frage mich seit langem, ob das Tier auch sprechen kann«, sagte Gottschalck. »Habt Ihr schon versucht, es ihm beizubringen?«

»Er kann es längst«, versicherte Philipa. »Wir wollen nur vor anderen nicht damit angeben.«

Gottschalck lachte, nahm seine Frau an die Hand und lief in einem weiten, eleganten Bogen auf das Eis hinaus, vorbei an dem erstaunten Minni. Gysela klammerte sich an Druit und ließ sich von ihr mitziehen, dicht gefolgt von Giselbert, der die berechtigte Hoffnung in seinem Herzen trug, Gysela würde in Kürze stürzen und er könne sie auffangen.

Philipa stand wie angewurzelt am Ufer und beobachtete ihren Hund, der sich behutsam auf seine vier Pfoten gestellt hatte und rutschend und immer wieder ausgleitend in Richtung Ufer strebte.

Albrecht betrat das Eis und streckte die Hand nach ihr aus.

Alle anderen waren unterwegs. Sie war die einzige, die sich zierte. Vorsichtig machte sie einen Trippelschritt vom Ufer weg auf das Eis.

»Wenn Ihr Euch anstrengt und Euch einigermaßen gelehrig anstellt, lade ich Euch nachher zu Wein und Pastetchen ein«, sagte Albrecht. »Allerdings müßt Ihr sie Euch erst verdienen.«

Es war wirklich sehr glatt. »Ich habe keinen Hunger«, erwiderte Philipa.

»Ihr seid feige. Los, kommt jetzt. Mir wird kalt, wenn ich hier so herumstehe.«

Philipa machte einen Schritt auf ihn zu. Noch einen. Dann verlor sie die Gewalt über ihre Beine. Merkwürdigerweise vor allen Dingen über ihre Taille, und sie schwankte heftig vor und zurück, setzte sich jedoch glücklicherweise nicht gleich zu Albrechts Füßen in den Schnee.

»Es sieht albern aus«, sagte sie anklagend, als sie sich wieder gefangen hatte.

»Ja. Das tut es.« Albrecht fing an zu lachen. »Das tut es wirklich. Kommt, ich führe Euch.«

Philipa warf ihm einen mißtrauischen Blick zu.

»Seht mich nicht so an. Wenn ein Herr eine Dame beim Eislaufen führt, so ist das eine der wenigen Gelegenheiten, bei denen es schicklich ist, sie zu berühren.«

»Ich glaube Euch nicht«, sagte Philipa und ergriff seine Hand.

»Doch, doch.« Albrecht nahm ihre behandschuhte Rechte und legte den anderen Arm um ihre Taille. »Ich halte Euch fest. So, schön langsam jetzt. Seht Ihr, es geht doch.«

Philipa schnaubte. Schon das war offenbar zuviel, denn ihre Beine begannen erneut ein Eigenleben zu führen, und wenn Albrecht sie nicht gestützt hätte, wäre sie sehr unsanft auf ihrem Hinterteil gelandet. Minni bellte aufgeregt und versuchte, ihr zu Hilfe zu eilen.

»Nein, Minni, laß das! Nein! Ich kann das selbst, nein, Minni …«

Es half nichts. Minni, Albrecht und Philipa stürzten in einem wüsten Knäuel übereinander. Es tat eigentlich gar nicht weh, geschützt von ihren Röcken und einem pelzgefütterten Umhang landete sie einigermaßen sanft.

»Vielen Dank für Eure wertvolle Hilfe«, sagte Philipa artig, und dann fing sie an zu lachen. Albrecht sah aber auch zu komisch aus, er hatte Schnee im Gesicht kleben, und Minni versuchte eifrig, es abzulecken, was ihm offenbar nicht gefiel, da er sich mit heftig rudernden Bewegungen dagegen wehrte. Philipa saß auf dem Eis und lachte, bis sie Seitenstechen bekam.

»Los jetzt. Ihr werdet doch mit einem niedlichen kleinen Hund fertigwerden? Ihr habt mir Eure Hilfe versprochen, und jetzt will ich sie haben«, forderte sie schließlich keuchend und gackernd, und dann rappelte sie sich auf die Knie und von da beklagenswert wenig anmutig in die Höhe.

»Nichts lieber als das«, erwiderte Albrecht, schubste Minni endgültig weg und stand auf, wesentlich geschmeidiger übrigens. »Und der Hund ist weder niedlich noch klein.«

Er nahm Philipa ohne jede Rücksicht auf Konventionen fest in den Arm und zog sie mit sich. »So, rechts und links. Ihr müßt schieben, versteht Ihr, nicht aufsetzen wie beim Gehen. Gleiten eben. Klar? Ja, das ist ganz gut. Na, nicht besonders gut, aber so einigermaßen.«

Mit der Zeit lief es besser. Außer daß sie ein hochrangiges Kölner Ratsmitglied umschubsten und einmal nur knapp an einer Gruppe von Fernhändlerkollegen Albrechts vorbeisteuerten, die auf dem Eis ganz offensichtlich eine wichtige Besprechung abhielten, während ihre Frauen abseits standen und schwatzten, verursachten sie kein größeres Aufsehen.

»Müßtet Ihr nicht dabeistehen? Ich meine bei denen, die wir noch nicht auf dem Gewissen haben?« sagte Philipa atemlos, während Albrecht sie zum dritten Mal die Runde drehen ließ.

»Ich hab' heute frei. Soll ich Euch mal loslassen? Vielleicht schafft Ihr es auch alleine?«

»Nein! Bloß nicht. Ich kann vor allem nicht bremsen!«

»Ach, dafür habt Ihr mich. Ihr könnt gegen mich fahren, und ich stehe wie eine Mauer da und fange Euch auf. Versucht es.«

»Oje, oje«, jammerte Philipa.

»Achtung! Pippa, aus dem Weg!« Ein Schrei. Von Gysela. Ein sehr später Schrei, zu spät, genaugenommen, sie stießen zusammen und schlidderten eine beträchtliche Strecke auf ihren Hinterteilen über das Eis, nicht ohne sich vorher kräftig aneinander gestoßen zu haben.

»Meine Güte, Philipa, hast du einen harten Schädel«, beschwerte sich Gysela und rieb sich die Stirn.

»Ich weiß.« Albrecht half ihr auf. »Es ist eine einzige Plage. Ein harter Schädel, und das in jeder Beziehung.«

»Was?« Gysela blickte verständnislos von einem zum anderen, doch Philipa zog nur ein strenges Gesicht, und Albrecht wandte ihr den Rücken zu, damit beschäftigt, Philipa ebenfalls aufzuhelfen.

»Warum werdet Ihr so schnell?« fragte Giselbert, der gerade angelaufen und mit einer eleganten Kurve zum Stehen kam. »Ich kann Euch nicht retten, wenn Ihr mir davonlauft.«

»Man weiß ja nicht, ob nicht genau das meine Rettung ist«, zog Gysela ihn strahlend auf, sie sah bezaubernd aus. Blonde Locken umwogten ein rotwangiges Gesicht, ihre Augen leuchteten, und das ganze Mädchen war eine einzige Einladung, sein Herz zu verlieren. Philipa öffnete den Mund, um sie zu ermahnen, aber da war sie schon weg. Sie stellte sich irgendwie geschickter an.

Albrecht begann Philipa den Schnee von den Röcken zu klopfen.

»Laßt das. Und meine Stärkung hätte ich jetzt auch gerne. Ihr habt sie mir versprochen, und ich beginne mich zu fragen, ob Ihr Euch wohl drücken wollt.«

»Wartet hier. Das könnt Ihr doch? Alleine stehenbleiben? Dann bringe ich Euch etwas. Bin sofort zurück.«

Albrecht segelte davon. Elegante, abgezirkelte Bewegungen. Er sah aus, als sei er noch nie in seinem Leben auf das Eis gestürzt, außer wenn sie ihn zu Fall brachte. Philipa seufzte. Er sollte sich nicht mit ihr beschweren, allein konnte er es viel besser.

Inzwischen war es ganz dunkel geworden. Lachen und Gesprächsfetzen wehten an ihr Ohr. Entgin lief mit Giselbert eine Pirouette, und Gottschalck und Gysela sahen zu und klatschten. Entgin versank in einen anmutigen Knicks. Albrecht kam angesegelt und hielt aus vollem Lauf vor ihr an, daß die Eiskristalle flogen.

»Könnte es sein, daß Ihr mit Eurer Kunst angebt, mein lieber Albrecht?« fragte Philipa und musterte ihn strafend.

»Das habe ich nicht nötig. Hier, nehmt. Wird Euch guttun.«

Manches Mal ließ er ja doch eine gewisse Leichtigkeit vermissen. Doch im Grunde war das gleichgültig. Er war verläßlich, ernsthaft und bemüht. Mehr konnte sie eigentlich nicht verlangen.

»Danke.« Philipa trank einen großen Schluck von dem heißen Wein und biß von der Pastete ab. Es war eine mit Speck, Äpfeln und Majoran. Köstlich. Sollte sie je wieder eine Garküche führen, würde sie das Rezept in ihr Repertoire aufnehmen. Sie trank noch einen Schluck. Von irgendwoher kam der Klang einer Fidel. Man fand sich zu Paaren zusammen und lief zur Musik.

»Ihr seid schon so lange in Köln. Wollt Ihr denn gar nicht mehr auf Reisen gehen?« fragte sie Albrecht, der mit sichtlichem Vergnügen an seiner Pastete kaute und dabei nicht die eislaufenden Paare beobachtete, sondern sie. Ebenfalls mit Vergnügen, allerdings mit sorgsam verborgenem.

»Doch, doch. Aber im Winter sind die Straßen nicht passierbar, Schnee, Regen, Schlamm. Ihr könnt es Euch vorstellen?«

O ja, und ob sie konnte.

»Die Reisesaison geht von Frühling bis Herbst. Im kommenden März werde ich die Fahrt in den Norden antreten.« Albrecht war fertig mit seinem Gebäck und fegte sich die Krümel vom Umhang. Philipa dachte an Jann und seine Truppe. Ob Hanß inzwischen mit sieben Bällen auf den Füßen jonglieren konnte, wie er es sich vorgenommen hatte?

»Ich beneide Euch«, sagte sie inbrünstig.

»Wirklich?« Albrecht sah sie überrascht an. »Ich hätte nicht gedacht, daß das Reisen ein Zeitvertreib ist, der Euch gefallen würde.«

Philipa trank ihren Becher leer, warm rollte der Wein durch ihren Körper, ihr Kopf wurde ganz leicht davon. »Warum nicht? Andere Orte, fremde Menschen ... Ihr müßt doch eine Menge erleben.«

»Ja.« Albrecht zögerte. Dann sagte er: »Wollen wir noch eine Runde drehen? Oder ist Euch der Wein zu Kopfe gestiegen, und Ihr könnt Euch nicht mehr auf den Beinen halten?«

»Albrecht!« protestierte Philipa, genau in dem Tonfall, der normalerweise von allen für Giselbert vorbehalten war. Der Kaufmann lachte und zog sie aufs Eis.

»Meine Knie sind so weich«, sagte sie erstaunt, »huh!«

Albrecht legte seinen Arm wieder um ihre Taille und zog sie eng an sich, ein bißchen enger, als sie eigentlich hätte zulassen dürfen. Doch es war besser, mit Albrecht Rappart einen unzüchtigen Anblick zu bieten und Gegenstand des Geschwätzes der Leute zu werden, als zu fallen und sich alle Knochen zu brechen. Sie klammerte sich an seinen Arm.

»Es geht besser, merkt Ihr das? Ihr solltet öfter von diesem Wein trinken. Er ist ein bißchen schwer, aber offenbar hilft er beim Eislaufen.«

Gottschalck und Entgin kamen ihnen entgegen und schlossen sich ihnen an. »Philipa, Ihr macht Euch. Darf ich, Bruder?« Gottschalck bot ihr seinen Arm, und Albrecht mußte notgedrungen loslassen. Die Übergabe gestaltete sich einigermaßen gefahrlos, Philipa war mit ihrer Leistung zufrieden.

Und zwar genau so lange, bis sie mit Gysela und Druit zusammenstieß und um ein Haar Gottschalck zu Fall gebracht hätte, er konnte sich gerade noch halten. Und Philipa auch, indem sie nämlich schwer wie ein Sack an Gottschalcks Arm hing und sich auf Gysela aufstützte, die heftig kichernd zu Boden gegangen war.

»Es tut mir leid, Gottschalck, ehrlich.« Philipa bemühte sich um eine aufrechte Haltung und darum, dieses alberne Schwanken zu unterdrücken.

»Sie braucht einen aufmerksameren Begleitschutz.« Albrecht kam herangekurvt und löste ihre Hand vom Umhang seines Bruders. »Darf ich? Ihr seid besser, wenn Ihr angetrunken seid. Ich hole Euch noch einen Becher Wein.«

»Ich bin nicht angetrunken.« Es klang lahm, nicht empört.

»Nicht mehr. Das ist ja das Problem.« Albrecht zog sie mit sich, fort von den anderen, in Richtung des gegenüberliegenden Ufers. »Vorsichtig. Hier hört das Eis auf, und der Schnee fängt an, da ist es stumpfer.«

»Albrecht?«

»Ja?«

»Ihr haltet immer noch meine Hand. Ich möchte Euch darauf aufmerksam machen, daß wir vom Eis hinunter sind.«

»Tatsächlich. Ist mir gar nicht aufgefallen.« Er ließ sie los. »Wartet Ihr hier auf mich? Ich hole den Wein.«

Philipa öffnete den Mund, um zu entgegnen, sie wolle gar nichts mehr zu trinken, doch er war schon fort. Ein Stück vom Ufer entfernt stand eine Gruppe Buchen, mit hohen, glatten Stämmen und kahlen Ästen, die sie in den Himmel reckten, beladen mit Schnee und im Fackelschein glitzernden Eiskristallen. Sie lehnte sich an einen Stamm und betrachtete versonnen die bunte Szene auf dem Eis. Selten hatte sie so viele muntere Menschen auf einmal gesehen. Die Musik spielte noch, eine lieblichere, sanftere Melodie jetzt, der Abend schritt voran, das lebhafte Treiben beruhigte sich.

Plötzlich stand Albrecht wieder vor ihr, sie hatte ihn gar nicht kommen sehen. Er hielt ihr einen Becher entgegen, und notgedrungen ergriff sie ihn. Sie nippte daran. Der Wein tat gut bei der Kälte, er ließ einem die Wärme in die Wangen steigen.

»Danke.«

»Hübsch seht Ihr aus. So rosig. Und vergnügt.«

Wie war das? Albrecht machte Komplimente? Besser nicht darauf eingehen. »Ist ja auch lustig, das Eislaufen. Wenn man gerade nicht hinfällt.«

»Ihr habt Euch doch wacker gehalten. Wollt Ihr noch eine Runde?«

»Nein, lieber nicht. Es wird auch spät, oder? Seht nur, die Eisfläche leert sich langsam. Wo ist eigentlich Minni?«

»Ach, der ist unverwüstlich, er wird sich schon wieder einfinden.«

»Hm.« Philipa trank noch einen winzigen Schluck und sah in den dunklen Himmel hinauf, gesprenkelt mit funkelnden, glitzernden Sternen und überstrahlt von einem vollkommen runden, sehr gelben Mond. »Was meint Ihr, ob Engel über den Mond spazieren gehen? Irgendwo müssen sie doch sein, oder?« fragte sie versonnen.

»Dann geht Ihr also davon aus, daß sich das Paradies auf dem Mond befindet?«

»Keine Ahnung.« Eigentlich wollte sie es gar nicht genau wissen. Es war nur so schön. Mühsam riß sie sich von dem Anblick los. »Sollten wir nicht zu den anderen zurück?«

»Nein. Wollt Ihr mich heiraten?«

Für einen Moment war Philipa sprachlos. Dann sagte sie schwach: »Ihr habt keine Zeit für so was, habt Ihr gesagt.«

»Ja, das habe ich.« Albrecht machte eine wegwerfende Handbewegung. »Im Moment hätte ich aber Zeit. Heiratet mich. Ich möchte, daß Ihr meine Frau werdet.«

»Aber warum denn?«

»Ach, da gibt es mehrere Gründe. Für Euch ist es natürlich schwieriger. Gut, es wäre unter Eurem Stand, dafür wäret Ihr versorgt. Ich bin nicht ganz unvermögend. Das würde es vielleicht aufwiegen für Euch, einen Bürger zu heiraten?«

»Nun, ich … also, ich meine … Ihr würdet ein schlechtes Geschäft machen. Wenn Patrizier und Adelige sich verbinden, dann in der Regel doch, weil beide etwas davon haben, nicht?« Philipa kramte mühsam in ihrem Kopf nach den abhanden gekommenen logischen Gedanken. »Ich bin zwar von Adel, habe jedoch keine Familie, deren Einfluß Euch von Nutzen sein könnte.«

»Einfluß habe ich auch so genug.«

»Ja, stimmt. Also warum dann? Es ist nicht … nützlich für Euch. Ich dachte, Kaufleute tun normalerweise nur Nützliches?«

»Vielleicht ist es an der Zeit, diese Regel einmal außer Kraft zu setzen. So wie ich das sehe, wäre es für Euch jedenfalls keine schlechte Verbindung. Ihr wäret abgesichert.«

»Laufen Brautwerbungen normalerweise so ab?« fragte Philipa schwach. »Frauen sind ja üblicherweise nicht dabei, ich weiß es daher nicht genau.«

»Ja, ich denke, so oder ähnlich laufen sie ab«, bestätigte Albrecht. Er sah sie an. »Natürlich, wenn etwas wirklich Bedeutendes dagegen spräche … zum Beispiel, wenn Ihr bereits verheiratet wäret?«

Philipa schüttelte den Kopf.

»Oder … wenn da jemand anderer wäre? Gibt es jemanden anderen? Ich wäre nicht so gerne eine Notlösung, wißt Ihr.«

Kopfschütteln.

»Oder wenn ich Euch ganz und gar widerwärtig wäre. Bin ich Euch zuwider?«

Zuwider? Sie hatte noch nicht darüber nachgedacht. »Nein.«

»Gut. Aber die Antwort kam etwas … zögerlich.« Er packte sie an den Schultern. »Ich werde Euch jetzt küssen«, sagte er entschlossen, »dann könnt Ihr herausfinden, ob Ihr einen Widerwillen gegen mich empfindet. Denn seht Ihr, das ist ein Bereich, der aus einer Ehe nun einmal nicht wegzudenken ist und wenn, nun ja, wenn dies eine Art … Entsetzen bei Euch auslösen würde, dann sollten wir es besser lassen, findet Ihr nicht?«

Philipa starrte ihn an wie das Kaninchen – vielleicht nicht die Schlange, aber doch einen Fuchs mit zwei Köpfen.

»Küssen?«

»Küssen«, bestätigte Albrecht, und dann glitten seine Hände von ihren Schultern ihren Rücken hinab, er zog sie an sich, zum Glück nicht zu fest, und senkte seine Lippen auf ihre. Ebenfalls nicht fest, sondern zart und weich und sehr viel weniger erschreckend, als sie geglaubt hätte. Allerdings dauerte dieser Kuß ziemlich lange, länger jedenfalls, als Küsse üblicherweise so dauerten, wenn man zum Beispiel seinen Geschwistern einen Gutenachtkuß gab. Er zog sie noch etwas näher an sich, hielt sie in seinen Armen und öffnete auf irgendeine geheimnisvolle Art ihre Lippen und küßte sie nun auf eine Weise, wie sie es ganz bestimmt bisher noch nicht erlebt hatte und die mit Gutenachtküssen nicht das mindeste zu tun hatte.

Dann ließ er sie frei. »Nun?« Er räusperte sich kurz.

»Jedenfalls habt Ihr den Kölnern etwas zum Tratschen gegeben«, sagte Philipa. »Wir sind auf äußerst viel Interesse gestoßen.«

Albrecht machte diese typische ungeduldige Handbewegung, die sein mangelndes Verlangen nach irgend etwas ausdrückte. »Es wäre mir wichtiger, zu erfahren, auf welche Art Interesse es bei Euch gestoßen ist.«

»Bei mir?«

»Philipa. Ich möchte nicht unfreundlich sein, besonders

nicht in einem Augenblick wie diesem, aber natürlich bei Euch. Bei wem denn sonst? Ich habe *Euch* gefragt, ob Ihr meine Frau zu werden wünscht, oder? Ihr solltet mir sagen, ob ich Euch unangenehm bin, wenn ich Euch näher komme. Das wäre meiner Ansicht nach ein ernsthafter Hinderungsgrund. Auch wenn es mir leid täte.«

Philipa nickte. Sie bekam die Betäubung einfach nicht aus dem Kopf.

In Albrechts Miene begann sich eine leichte Verzweiflung abzumalen. »Philipa?«

»Ja. Ich meine nein. Ihr seid mir nicht … widerwärtig«, flüsterte sie erstickt.

»Also?« Albrecht war Fernhändler, die wollten ihre Verträge genau und unmißverständlich haben. »Werdet Ihr mich heiraten?«

»Ja«, flüsterte Philipa.

Jetzt breitete sich zum ersten Mal so etwas wie ein Strahlen über sein Gesicht. »Oh. Gut. Ich hatte wirklich nicht gewußt, wie Ihr es aufnehmen würdet.« Er nahm ihr Gesicht zwischen seine warmen Hände und küßte sie zart. Dann zog er sie in seine Arme und drückte sie an sich.

Philipas Kopf war weiterhin leer und dumpf, doch das Gefühl, welches diese Umarmung bei ihr auslöste, war nicht unangenehm. Ganz und gar nicht unangenehm. Albrecht war ein Mann, der einem Sicherheit zu geben vermochte, und zwar über sein Geld hinaus. Und daß die Liebe fehlte … bei welcher Eheschließung spielte schon Liebe eine Rolle? Immerhin war die Verbindung nicht über ihren Kopf hinweg geschlossen worden, sondern sie hatte selbst entschieden. Na, im Grunde hatte Albrecht für sie entschieden. Versuchsweise schmiegte sie sich ein bißchen enger an die breite Brust.

»Was macht ihr denn da?« hörte sie Gottschalcks Stimme hinter sich und löste sich errötend aus Albrechts Umarmung.

»Heiraten«, erklärte er kurz und bündig.

Manfredus trieb nervös sein Pferd an, welches dessenungeachtet darauf bestand, in dem allgegenwärtigen Schneematsch die Hufe vorsichtig zu setzen. Vermutlich hatte es recht, denn der Untergrund war rutschig und gefährlich, aber es half nicht gerade, die Unruhe, welche sich seiner bemächtigt hatte, zu dämpfen. Daß Philipa ernsthaft in Erwägung zog, diesen Rappart zu ehelichen! War sie sich eigentlich nicht darüber im klaren, daß ihr Name eine Verpflichtung bedeutete? Eine Aichbergen war eine Aichbergen, sie sollte anständig heiraten und ihren Mann das Lehen übernehmen lassen. Liutgard würde schäumen vor Wut, soviel war sicher.

Manfredus schnaubte, und sein Pferd blieb endgültig stehen. Offenbar fragte es sich, ob sein Herr ihm etwas mitteilen wollte. Dieser seufzte ungeduldig. Dann atmete er tief durch und zwang sich zur Ruhe. Pferde waren feinfühlige Wesen, sie verspürten die Gemütslage ihrer Reiter fast deutlicher als diese selbst.

Er schnalzte mit der Zunge und überließ es seinem Tier, ganz nach seinem Geschmack den Weg über die verschneiten Pfade zu finden, heim zur Aichbergen-Burg.

»Was soll das heißen, du willst sie heiraten?«

Sie saßen in dem behaglich eingerichteten Kontor der Rappartbrüder, und der ältere der beiden sah einigermaßen unwillig auf den jüngeren.

»Na ja, das soll heißen, ich will Philipa von Elzten heiraten.«

Gottschalck lehnte sich in seinem Sessel zurück und strich sich das glänzend schwarze Haar nach hinten. Im Schein der Talglichter glitzerten silberne Strähnen darin, er sah seriös und achtbar aus, wie ein Mann von Erfahrung, was er zweifellos auch war. Albrecht betrachtete ihn reglos.

Gottschalck schob das Licht ein wenig von ihm weg, es sollte besser Albrecht blenden als ihn selbst. »Warum?« fragte er unumwunden. »Du könntest eine wesentlich passendere Partie hier in Köln finden. Oder von mir aus in einem unserer Außenposten.«

»Vielleicht.« Albrecht wiegte den Kopf, als überlege er. »Ich habe mich eben anders entschieden. Unser Geschäft läuft gut genug, wir brauchen keinen Schwiegervater als Partner.«

»Ein Geschäft läuft niemals so gut, daß es keine Verbündeten benötigt. Oder finanziellen Rückhalt.«

»Mag sein. Dennoch habe ich keine schlechte Wahl für unser Haus getroffen. Philipa hat zwar keine Mitgift, aber einen Namen. Es steht uns gut zu Gesicht, uns mit dem Adel zu verbinden, das muß ich dir doch nicht erläutern.« Gottschalck war derjenige von ihnen, der höherfliegende Ambitionen hatte. Albrecht selbst reizte viel mehr das Abenteuer des Handels als das Vermögen, welches dabei herauskam. Wenn es denn herauskam.

»Es müßte doch möglich sein, einen Namen *mit* einer Mitgift zu finden.«

Albrecht grinste freundlich. Seiner Erfahrung nach kam er mit seinem Bruder am leichtesten klar, wenn er liebenswürdig blieb. Und trotzdem zäh. »Vielleicht. Was sollte so einen Namen veranlassen, sich mit einer Fernhändlerfamilie zu verbinden? Im Grunde nichts. Der Adel verteilt seine Frauen unter seinesgleichen. Also nehmen wir den Spatz auf dem Dach.«

Vermutlich gefiel es Philipa nicht, als Spatz bezeichnet zu werden, doch sie würde es nicht erfahren. Und wenn's der Sache diente …

»Ich sehe nicht, was wir davon haben.« Gottschalck zog die Brauen zusammen.

»Du mußt ja gar nichts davon haben, Gottschalck. *Ich* werde heiraten, nicht du. Deine eigene Verbindung zu Entgins Familie hat uns genug Einfluß und Sicherheit gebracht für zwei. Ich will Philipa haben, Bruder«, sagte Albrecht ruhig, »und ich werde sie nehmen. Finde dich einfach damit ab.«

Gottschalck funkelte ihn noch einen Moment mit umwölkter Miene an. Dann zog er seine Truppen zurück. Albrecht hatte einen eigenen Kopf. Womit sie normalerweise auch ganz gut fuhren, denn der Kopf war äußerst funktionstüchtig. »Na, dann wollen wir mal den Becher auf unseren Bräutigam erheben.«

»Das ist nicht dein Ernst!« Liutgard starrte Manfredus sprachlos an.

»Doch. Und der Eurer Tochter ebenfalls.« Manfredus scharrte mit der Stiefelspitze im Stroh. Er war nicht gerne der Überbringer unangenehmer Neuigkeiten, seine Herrin konnte sehr unduldsam sein.

»Sie will einen *Kaufmann* heiraten?«

»Sieht so aus. Er ist gar keine so schlechte Wahl«, beeilte sich Manfredus zu versichern. »Die Rapparts haben sehr viel Geld und auch Einfluß. In der Stadt natürlich.«

»In der Stadt.« Du liebe Zeit, was waren schon Städte. Ein Haufen Krämerseelen und Habenichtse. Nie und nimmer war es denkbar, daß eine Aichbergen freiwillig in so etwas hineinheiratete.

Nicht nach allem, was sie auf sich genommen hatte.

Es war – eine Verhöhnung ihres gesamten Lebens. Der Zusammenbruch all ihrer Pläne zu nichts weiter als einem lächerlichen Haufen Staub.

»Diese Heirat darf auf keinen Fall stattfinden.« Sie hatte sich wieder in der Gewalt. Nicht einmal Manfredus ging ihre Gefühlswelt etwas an, obwohl er mehr davon ahnen konnte als irgend jemand sonst.

Manfredus' Augen glitzerten. Von diesen Dingen verstand er etwas. Damit kam er besser zurecht als mit nebulösen Schicksalsklagen. »Das wird unter Umständen … drastische Maßnahmen erfordern.«

Liutgard wandte sich ab und begann geistesabwesend den

Nacken Gabors, ihres Lieblingshundes, zu kraulen. Er dankte es ihr mit einem Grunzen und einem sehr ausgiebigen Gähnen.

»Nein. Wir versuchen es anders. Ich bin nicht dafür, ohne Not Unabänderliches zu tun. Du wirst mit einer Botschaft zu diesem … wie heißt er doch gleich?«

»Albrecht Rappart.«

»Nein, der Bruder. Zu dem wirst du reisen und ein Treffen mit ihm arrangieren. Wenn du ihn richtig geschildert hast, handelt es sich bei ihm um einen Mann von Ehrgeiz. Vielleicht läßt sich ja ein Abkommen schließen, das sowohl ihm als auch mir zu Gefallen ist.«

»Wie sollte das wohl aussehen?«

Liutgard blickte ihren Gefolgsmann strafend an. »Das laß meine Sorge sein. Es gibt meiner Meinung nach nur zwei Dinge, die einen Mann wirklich zu interessieren vermögen. Macht. Und Besitz, der einem zu Macht verhilft. Alles andere sind Dreingaben und ist letztlich nicht von großem Belang.«

Gabor bellte, und Liutgard wandte den Blick zur Tür. Ihr Hund war ein vorzüglicher Schutz, der hörte Besucher weitaus früher, als jedes einzelne Mitglied ihrer Wachmannschaft dazu imstande gewesen wäre.

Richtig. Die Tür flog auf, und Guntram von Nidbergen betrat den Raum. Er hielt sich seit ein paar Tagen zu Besuch auf der Burg auf, und Liutgard war sich nicht sicher, ob sie das begrüßen sollte oder nicht. Einerseits stand er ihr in allen Dingen der Verwaltung zur Seite, die ihre eigenen Fähigkeiten laut seiner Meinung überstiegen (sie teilte diese Ansicht im übrigen nicht), andererseits fand sie seine Fragen nach Philipa und ihren langfristigen Plänen zu dem Lehen Aichbergen lästig. Irgendwie schien er ihrer Aussage, Philipa unternehme eine fromme Pilgerfahrt, nicht so recht Glauben schenken zu wollen.

Im Grunde war das gleichgültig, da er nicht das Gegenteil beweisen konnte.

Guntram warf einen Blick in den Raum und zog ein finsteres Gesicht, als er Manfredus erblickte. Seiner Einschätzung nach ging wenig Vertrauenerweckendes von dem Kerl aus, und er fragte sich, warum die sonst so heikle Liutgard auf seine Gegenwart nicht verzichtete. Es lag nicht an der Entstellung, o nein. Es gab viele Männer, die nicht als die aus einem Feldzug heimkehrten, als die sie hineingegangen waren. Doch er und Liutgard steckten die Köpfe zusammen und taten auf eine Weise heimlich, die einen auf falsche Gedanken bringen konnte.

Wenn es nicht so absurd gewesen wäre, hätte man meinen können, die beiden verbinde etwas miteinander, was über die normale Beziehung zwischen einer Herrin und ihrem Gefolgsmann hinausging. Außerdem durfte er die Geschichte mit der toten Milchmagd nicht vergessen. Sie war Philipps Geliebte gewesen und die Mutter zweier seiner Kinder, aber da Philipp nicht mehr lebte, gab es letztlich keinen Grund, sein Liebchen zu beseitigen. Es sei denn, da war etwas, von dem er nichts wußte.

Sei es, wie es sei, irgend etwas gefiel ihm hier nicht. Auch wenn er es nicht genau benennen konnte. Wenn Barbara in Gefahr gewesen war, so galt dies vielleicht auch für ihre Kinder. Guntram beschloß, Richard erneut nach Köln zu schicken. Es wäre sicher nicht schlecht, ein Auge auf die beiden jungen Frauen zu haben. Liutgard ging das nichts an. Sollte sie ruhig bei ihrer törichten Version einer Pilgerreise bleiben.

»Liebste Liutgard«, er setzte sein schönstes und falschestes Lächeln auf, wobei ihm die Mundwinkel schmerzten, denn er war derlei Verstellung nicht gewohnt, »draußen glitzert auf die hübscheste Weise die Sonne auf dem Schnee. Eine wunderbare Gelegenheit für einen Ausritt. Kann ich dich überreden?«

Philipa war nicht glücklich, sondern nervös, und nach reiflicher Überlegung faßte sie einen Entschluß.

»Ich mache es nicht«, sagte sie zu Gysela, die am Rad saß und gelangweilt Flachs spann. »Ich kann Albrecht nicht heiraten.« Sie stand auf und begann ruhelos durch den Raum zu wandern.

»Ach? Warum denn nicht?« Das Rad verlor seinen Schwung.

»Es ist nicht richtig. Er ist immer anständig zu uns gewesen und ihn jetzt zu betrügen … das will ich nicht. Ich bin nicht sicher, ob ich ihm vertrauen kann, aber ganz so unehrlich möchte ich eine Ehe dann doch nicht eingehen. Ich meine, dann hat man überhaupt keine Chance. Oder?«

»Ach was.« Das Rad blieb stehen. »Er kriegt das, was er will, nämlich dich. Es kommt ihm doch gar nicht auf Elzten oder Aichbergen oder sonstwas an, das spielt doch in unserem Fall keine Rolle. Er will ganz offensichtlich *dich* heiraten und keine Verbindung zweier Familien.«

Gysela hatte immer eine Menge gesunden Menschenverstand. Philipa zögerte. Dann erwiderte sie: »Gerade deswegen hat er es nicht verdient. Verstehst du das nicht? Ich meine, er denkt, er weiß, was er bekommt, doch das stimmt nicht. Es geht ja nicht nur um den Namen.«

Gysela nahm die Arbeit wieder auf. »Man könnte meinen, du liebst ihn.«

Philipa schüttelte den Kopf. »Nein, das tue ich nicht. Ich … mag ihn, irgendwie. Er ist … nett.«

»Nett. Puh«, sagte Gysela.

»Habt Ihr Zeit? Ich möchte Euch sprechen.«

»Oh, immer.« Albrecht klappte sein Rechnungsbuch zu, daß es nur so staubte. »Manchmal hängt mir diese Kontorarbeit wirklich zum Halse heraus, ich weiß ehrlich nicht, was Gottschalck daran findet. Ich bin froh, wenn es im März wieder losgeht. Ihr kommt doch mit?«

»Was? Ich? Ich soll mitkommen auf Eurer Handelsreise?«

»Dachte ich, ja. Ihr wolltet doch etwas von der Welt sehen, hattet Ihr gesagt. Da halte ich es für das Beste, Ihr begleitet mich. Wo wollen wir jetzt hin? Habt Ihr etwas gegen einen Spaziergang einzuwenden?«

»Nein, überhaupt nicht.« Alles war besser, als drinnen in der Stube ihre heiklen Angelegenheiten zu besprechen, wo jederzeit jemand den Raum betreten konnte.

»Wohin möchtet Ihr gehen? Vielleicht ein bißchen nach außerhalb? Etwas Ländlicheres? Oder wollt Ihr zum Dom?«

Er war so gut gelaunt, der Albrecht. Philipa schmerzte das Herz. »Nein. Ländlich wäre gut.«

Eine Weile schlenderten sie schweigend nebeneinander her, ihre Schritte knirschten auf den verschneiten Wegen. In der Nacht hatte es wieder Schnee gegeben, jetzt schien die Sonne und glitzerte auf den weißen Häubchen, die die Dächer zierten.

Dann faßte Philipa Mut. »Albrecht, ich muß Euch etwas sagen.«

Er musterte sie von der Seite. Das klang nicht gut. Sie sah auch nicht so aus, als habe sie ihm etwas Erfreuliches mitzuteilen. Blaß und verzagt war sie. Er straffte unwillkürlich die Schultern. »Worum geht es?«

»Albrecht, Ihr könnt mich nicht heiraten. Es ist besser so. Ihr werdet es einsehen.«

»Das glaube ich kaum.« Ein Fernhändler ließ sich einen einmal geglückten Fang nicht so leicht wieder entreißen.

»Albrecht, bitte.« Philipa holte tief Luft. »Ich werde es Euch erklären.« Sie schluckte. Es war in der Tat schwierig, jemandem so Rechtschaffenen wie Albrecht gegenüber zuzugeben, daß man eine gemeine Lügnerin war. »Ich habe Euch angelogen«, sagte sie leise. »Das habt Ihr nicht verdient.«

Albrecht blieb stehen. Dann blickte er sich um und deutete auf einen Holzstapel in der Nähe. »Ich möchte mich setzen. Kommt Ihr?«

Ihr blieb nichts übrig, als ihm zu folgen. Albrecht wischte den Schnee beiseite, ließ sich nieder und klopfte einigermaßen herrisch auf den Platz neben ihm. Philipa sank nieder.

»Inwiefern gelogen?«

»Ich ... heiße nicht Philipa von Elzten. Elzten, das gibt es gar nicht. Glaube ich.«

Albrecht schwieg und scharrte mit der Fußspitze im Schnee. »Ich weiß«, sagte er dann unerwartet.

»Woher? Und seit wann?«

»Ach, schon ziemlich lange.« Der Fuß trampelte den aufgehäufelten Schnee wieder platt. »Ich habe Erkundigungen einziehen lassen damals, wir Kaufleute unterhalten ein enges Netz von Verbindungen. Ich dachte, es wäre gut für Euch, zu wissen, was mit Eurer Reisegruppe geschehen ist und so weiter. Niemand kannte die Elztens, und es wußte auch niemand von einem großen Brand in der Gegend, aus der Ihr angeblich kamt. Oder von einer Reisegesellschaft, die überfallen wurde.«

Philipas Augen füllten sich mit Tränen, und sie schluckte sie mühsam hinunter. »Warum ... warum habt Ihr ... mich nicht darauf angesprochen?«

»Ich dachte, Ihr hättet wohl Eure Gründe. Wo wir jetzt gerade davon sprechen, wie ist denn Euer Name?« Albrecht saß ganz ruhig und anscheinend unbeteiligt da. Er war bestimmt ein guter Fernhändler.

»Philipa von Aichbergen.«

»Hm. Dann wäre das ja geklärt.« Ein Eichhörnchen sauste knapp vor ihren Füßen vorbei und sprang auf den nächsten kahlen Baum. »Eigentlich ist es mir egal, ob ich Philipa von Elzten oder Philipa von Aichbergen heirate.«

»Das sehe ich ein.« Philipa wischte sich die feuchten Handflächen an ihrem Umhang ab. »Aber Ihr könnt mich trotzdem nicht heiraten.«

»Noch eine Lüge?«

»Noch eine Lüge«, flüsterte Philipa.

Ein Sonnenstrahl ließ Albrechts dunkelblondes Haar golden aufleuchten. »Da Ihr nun beim Beichten seid, könntet Ihr mir diese Lüge nicht ebenfalls erklären?«

»Ja. Mein Vater war Philipp von Aichbergen ... und als er starb, war ich meiner Mutter Liutgard ausgeliefert. Sie ... mag mich nicht besonders. Also, ich will sagen ... ich bin von dort weggelaufen.« Es hatte ja keinen Zweck, beschönigende Worte zu suchen.

Aha. So war das also. Albrecht blickte Philipa von der Seite an. Sehr klares Profil, gerade Nase. Dunkle Wimpern über niedergeschlagenen Augen. Es war nicht der rechte Moment, sie in den Arm zu nehmen, das sah er ein.

»Und Gysela?«

»Oh, Gysela ist ebenfalls ein Kind meines Vaters. Und Roland, ihr Bruder. Sie haben bloß eine andere Mutter. Barbara. Sie ist Milchmagd auf Aichbergen.« Offensichtlich war sie ihren Halbgeschwistern sehr zugetan.

Philipa drückte den Rücken durch und sah ihn an. »Seht Ihr jetzt ein, daß Ihr mich nicht heiraten könnt?«

»Nein«, sagte Albrecht freundlich, »durchaus nicht.«

»Aber ich bin eine Ausgestoßene! Ich bin freiwillig weggegangen und habe jeden Anspruch auf den Namen oder Unterstützung meiner Familie verwirkt.«

Albrecht schwieg.

Philipa holte tief Luft. »Außerdem wißt Ihr noch nicht alles. Ich glaube, irgend jemand verfolgt mich, ich weiß allerdings nicht, wer. Oder warum. So einer Gefahr werdet Ihr Euer Haus wohl kaum aussetzen wollen. So was wie mich könnt Ihr doch nicht heiraten!«

»Was ich kann und wen ich heirate, entscheide ich immer noch selbst.«

»Ihr seid störrisch, Albrecht Rappart. Macht es mir doch nicht so schwer.« Philipa seufzte ungehalten.

»Ich mache es Euch nicht schwer. *Ihr* macht es Euch schwer. Ich habe Euch gesagt, ich möchte, daß Ihr meine Frau werdet, und daran hat sich aus meiner Sicht nichts geändert.«

»Albrecht.« Philipa schlug jetzt einen vernünftigen Ton an, wie früher bei Gysela, wenn diese nicht einsehen wollte, daß sie Schuhe tragen mußte. »Ihr Kaufleute legt doch so viel Wert auf vernünftige Geschäfte. Da könnt Ihr Euch doch nicht eine ausgestoßene Edle ans Bein binden.«

»Hm. Mit ist es gleich, ehrlich gesagt. Euch sollte es das auch sein.«

Das Eichhörnchen huschte den Stamm hinunter und blieb witternd stehen, nach Eichhörnchenart hatte es vergessen, wo es seine Nüsse vergraben hatte.

Dann sagte Philipa: »Ihr ... bekommt keinen Gegenwert. Ich bin zwar von Adel, aber nur ein bißchen. Meine Familie wird ihren Einfluß für mich und Euch nicht geltend machen.«

»Das sagtet Ihr bereits. Ich brauche keine Verbindungen zum Adel, es reicht mir, erfolgreich im Handel zu sein. Erfolgreich und vermögend. Abgesehen davon glaube ich, daß Ihr zuverlässig und, bis auf einen merkwürdigen Hang zur Lüge«, er lächelte sie an, um seinen Worten die Schärfe zu nehmen, »auch vertrauenswürdig seid.«

Philipa wurde rot.

»Außerdem mag ich Euch. Und Entgin liegt mir ständig in den Ohren, ich bräuchte eine Frau. Also nehme ich mir eine. Ihr hättet ein Auskommen mit mir, das habe ich versprochen. Es wäre nicht nötig, daß Ihr eine Familie mit in die Ehe bringt. Ihr solltet mich nehmen. Es sei denn, es gibt sonst noch irgendwelche Geheimnisse.« Albrecht wollte sichergehen.

Philipa schüttelte den Kopf. »Nein.« Nichts Wichtiges.

»Gut.« Albrecht stand auf. »Es wird kalt. Ist soweit alles geklärt und in Ordnung?«

Philipa blickte ihn zweifelnd an. »Das liegt an Euch. Im

wesentlichen. Ich meine, Ihr werdet es mir nicht irgendwann einmal vorwerfen? Daß ich gelogen habe? Daß ich für Euch in Wahrheit wertlos bin?«

»Das seid Ihr nicht. Und nein, das werde ich nicht.« Albrecht betrachtete sie, und seine blauen Augen bekamen einen verwirrend zärtlichen Schimmer. »Das werde ich ganz bestimmt nicht. Warum auch? Es war sicher nicht leicht für Euch, mir diese Dinge zu erzählen. Ihr seid sehr tapfer. Und sehr ehrlich, ausgestoßen hin oder her.«

Philipa blickte kurz über ihre Schulter, ob niemand zusah, doch im Grunde war das jetzt auch egal. Sie legte die Arme um seine Taille und barg ihr Gesicht an seiner Brust. »Danke, Albrecht.«

»Pah. Seht mich an. Ich kann Euch sonst nicht küssen, und genau das beabsichtige ich jetzt zu tun.«

Gottschalck bemühte sich, nicht beeindruckt zu ein, als er auf den Burghof der Aichbergens ritt, aber es gelang ihm nicht ganz. Nur ein Narr sah nicht ein, daß die wahre Macht beim Adel lag, da konnte man in seiner Stadt Einfluß nehmen und in Reichtum baden, soviel man wollte. Wirkliche Herrschaft lag hier, im Blut und in endlosen Generationen von denen, die den Königen und Kaisern dieses Landes zur Seite standen. Und in ihrem Besitz natürlich. Der manifestierte sich weniger in Goldstücken als in Grund und Boden sowie den Leuten, die diesen bearbeiteten.

Nur nicht einschüchtern lassen. Ein Gottschalck Rappart war auch jemand, und sein Wort galt in einer aufstrebenden Stadt wie Köln eine ganze Menge. Auf lange Sicht würden ohnehin die Städte den Rittern den Rang ablaufen, da war er vollkommen sicher. Auch wenn diese Ansicht fast niemand teilte, ließ er sich nicht beirren. Nur ob er das noch erleben würde, war fraglich. Allein, daß die Edle Liutgard ihn zu sich hatte *bitten* lassen, sagte schon eine Menge.

Seine Menschenkenntnis und sein Urteilsvermögen, was die Beweggründe und die Befähigungen anderer anging, funktionierten ausgezeichnet. Wie bei einem Spürhund, der eine Fährte aufnahm, folgte er so seinen Zielen. In der Regel hatte er Erfolg damit, was zu einem alles in allem äußerst zufriedenstellenden Geschäftsleben geführt hatte.

Er folgte dem Truchseß, der ihn empfangen hatte, in die Halle. Groß, weitläufig, getragen von zwei mächtigen Stützpfeilern und an diesem dunklen Wintertag erhellt von Fackeln und einem mächtigen Feuer, das in einem Kamin loderte, in dem man einen Ochsen am Spieß hätte drehen können. Tat man vermutlich auch, wenn er all die Menschen betrachtete, die hier umherwuselten. Sein eigenes Heim kam ihm mit einem Mal sehr eng und unbedeutend vor.

Aber wärmer. Ein Frösteln überzog seinen Leib, als er sich der schmalen Gestalt näherte, die auf einem geschnitzten Sessel in Reichweite der Kaminwärme saß und ihm regungslos entgegenblickte. Gottschalck versenkte sich in den hellbraunen Blick, der nichts preisgeben wollte und an dem seine Witterung abprallte wie an einem Stein.

Ohne ihn aus den Augen zu lassen, wedelte Liutgard von Aichbergen mit ihrer rechten Hand, und ein allgemeines Scharren und Rascheln erhob sich. Gottschalck weigerte sich, sich umzudrehen, um herauszufinden, was geschah. Er stand ebenso ruhig und gelassen da, wie die Frau vor ihm saß. Dann war die Halle plötzlich leer und er alleine mit der Dame, die ihn gerufen hatte, und einem entsetzlich abstoßenden Leibritter, der eine Position halb hinter ihr eingenommen hatte, als beabsichtige er, sie vor ihm zu schützen. Das war vermutlich auch der Fall. Wer so aussah, war längst in den Wäldern verschwunden oder seiner Herrschaft ganz und gar ergeben.

Gottschalck entblößte die Zähne zu einem höflichen Lächeln und wartete darauf, daß seine Gastgeberin das Gespräch eröffnete. Falls sie angenommen hatte, er werfe sich vor ihr in den Staub, so mußte er sie enttäuschen. Gottschalck war ein geschickter Geschäftsmann. So, wie es aussah, wollte sie etwas von ihm und nicht umgekehrt. Er würde schon noch herausfinden, worum es sich handelte.

»Ich mach's doch«, erklärte Philipa, direkt nachdem sie das Zimmer betreten und Gysela immer noch an ihrem Spinnrad gefunden hatte.

»Na bitte.« Gysela streckte den Rücken durch, ließ die Arbeit Arbeit sein und gähnte ausgiebig.

»Ich habe es ihm erzählt, alles, meine ich, und es ist ihm egal.« So klang es eigentlich noch erstaunlicher als sowieso schon.

»Nobel«, erklärte Gysela und sah mißmutig auf ihr Spinnrad. »Muß ich damit immer noch weitermachen? Ich habe bei Gott keine Lust mehr.«

»Ach, dann hör doch auf.« Philipa ging unruhig durch den Raum und blieb schließlich vor dem Kamin stehen, in dem ein kleines Feuer loderte, nichts, was den Raum wirklich erwärmen konnte. »Was mache ich mit Entgin? Und Gottschalck? Muß ich denen auch alles beichten?«

»Das Schöne am Ehestand ist, daß du für alles, was dir unangenehm ist, die Verantwortung ablegen kannst«, erläuterte Gysela. »Eine solche Entscheidung kannst du getrost Albrecht überlassen.«

»Ich weiß nicht, ob ich so gut darin bin, jemand anderem Entscheidungen zu überlassen. Ich bin es nicht gewöhnt.« Philipa krauste zweifelnd die Stirn.

»Ach, versuch es einfach. Im übrigen macht Albrecht sowieso nur, was er für richtig hält.«

Philipa sah sie unbehaglich an. »Das stimmt. Er weiß immer ganz genau, was er will und gut und vernünftig findet, nicht?«

»Das kann von Vorteil sein.« Gysela lächelte sie beruhigend an. Machte dies allerdings zunichte, als sie fortfuhr: »Allerdings auch anstrengend, oder?«

»Gysela, hör auf. Das ist alles sehr schwierig für mich. Ich weiß nicht, ob es richtig ist, was ich tue. Für mich, für dich und auch für Albrecht. Da brauchst du mich nicht noch nervöser zu machen. Weißt du, es ist so … endgültig.«

»Armes Pippalein.« Gysela stand ächzend auf und streckte ihre Knie, dann ging sie zu ihrer Schwester und nahm sie in die Arme. »Es ist richtig, bestimmt. Er ist ein guter Mann, ich glaube nicht, daß er so ist wie … Gottfried.« Gysela war sich ganz sicher. »Er ist manchmal vielleicht ein bißchen … trocken, aber nie im Leben glaube ich, daß er gewalttätig ist. Dafür ist er zu … zu … beherrscht. Ich glaube, du schlägst dir die Stirn blutig, wenn du mal was anderes willst als er, doch prügeln wird er dich nicht.«

»Auweia, Gisi. Ich kenne ihn doch im Grunde gar nicht.«

»Unsinn. Du kennst deinen zukünftigen Mann viel mehr als manch eine deiner Leidensgenossinnen, die Gott weiß wohin geschickt werden, um einen völlig Fremden zu heiraten, den bestenfalls ihr Vater mal bei der Brautwerbung gesehen hat. Und denk mal kurz an Johann Rischen.«

»Lieber nicht.«

»Im Notfall, liebes Schwesterlein«, Gysela grinste breit und ganz und gar unedelfräuleinhaft, »hauen wir einfach wieder ab.«

Die Hochzeit rückte näher.

Gottschalck hatte sich unterdessen Liutgard von Aichbergens Angebot durch den Kopf gehen lassen und sogar in Erwägung gezogen, mit seinem Bruder darüber zu sprechen. Sie hatte ihm Gold geboten, falls er diese Heirat hintertriebe, und es war ihm ein Vergnügen gewesen, in dieses kalte Gesicht hinein lächelnd zu erwidern, er verfüge über ausreichend Mittel, um die ihrigen nicht zu benötigen. Als sie begriff, daß er mit Geld nicht zu ködern war, hatte sie ihm mit nur kaum gerunzelten Brauen Grundherrschaft von ihrem Land angeboten. Dies war so schmackhaft gewesen, daß ihm das Wasser im Munde zusammengelaufen war. In der fetten Erde lag der wahre Reichtum, die Macht der Unabhängigkeit, von den Bauern verschafft, die angehalten waren, aus dieser Erde das Beste herauszuholen. Gottschalck hatte so lange gefeilscht, bis er sich von Liutgard von Aichbergen eine Grundherrschaft hatte versprechen lassen, die genug Wasser aufwies und eine Mühle. Die Rapparts würden so nicht nur Handel treiben, sondern in die Produktion einsteigen können. Wolle nicht nur kaufen und verkaufen, sondern zu Tuch verarbeiten. Zukunftssphärenmusik.

Zur Stille verdammt, denn Albrecht ließ sich nicht im geringsten von seinen Plänen abbringen. Tja, so wichtig war es für Gottschalck auch nicht. Im Grunde hatte es ihn nur gereizt, herauszufinden, wie weit sie gehen würde, die Edle von Aichbergen. Mußte die Eigenproduktion eben warten. Mit Handel kannte er sich ohnehin besser aus. Warum die Aichbergen diese Ehe verhindern wollte, hatte er sowieso nicht begriffen. Was hatte eine Elzten mit den Aichbergens zu tun? Na, ihm konnte es egal sein, verpflichtet hatte er sich zu nichts.

Wenn sein sturer Bruder es so wollte, von ihm aus sollten sie seinen Segen haben.

Ein Priester war schnell gefunden, der die Vermählung auf den Stufen St. Kolumbas zelebrieren sollte. Gottschalck erklärte, er würde anschließend die weltliche Zeremonie des Zusammensprechens vollziehen, da Philipa keinen männlichen Vormund hatte und es schließlich nicht selbst tun konnte. Druit und Johanna gerieten ins Schwitzen bei der Planung und Ausführung der Vorbereitungen. Die Hochzeit und die anschließende Feier sollten in kleinem Rahmen stattfinden, was bedeutete, ein Festessen für die Bewohner des ganzen Hauses ausrichten zu müssen, und das waren über zwanzig Personen. Für das Festbankett, das zwei Wochen später stattfinden und an dem halb Köln teilnehmen würde, bekam Johanna natürlich Unterstützung, so etwas konnte eine einzelne Köchin nicht bewältigen.

Einladungen wurden per Boten an Freunde und Verwandte der Rapparts, an Nachbarn, Kollegen und Partner überbracht. Nur Roland würde fehlen. Burg Borgewig lag zu weit entfernt, ihr Bruder war zu jung für eine einsame Reise durch den Winter und in einer zu unbedeutenden Stellung, als daß sein Dienstherr ihm Begleitschutz gegeben hätte.

Das Haus wurde geschmückt, sämtliches Holz einschließlich der Paneele poliert, bis es glänzte, das Geländer wurde in Ermangelung von etwas Frühlingshafterem mit Tannenzweigen umwunden, die ihren würzigen Duft durch das ganze Haus verströmten. Die Böden wurden gefegt und geschrubbt, daß die Hände der Mägde Blasen bekamen, und anschließend mit frischen Binsen ausgelegt. Zinn, Kupfer und Silber wurden blankgewienert, bis man sich darin spiegeln konnte, und Philipa bekam Albrecht so gut wie nie zu Gesicht, außer täglich in der kurzen Zeit zwischen Abenddämmerung und Nachtmahl. Dann gingen sie, sofern das Wetter es zuließ, spazieren oder saßen am Kamin und versuchten, sich ein bißchen besser kennenzulernen.

Bei all dieser Betriebsamkeit rückte der Tag immer näher.

Philipa saß stirnrunzelnd vor ihrer Truhe und versuchte, zu entscheiden, was sie anziehen sollte, als es klopfte.

Entgin. Mit einem flachen Bündelchen unter dem Arm. »Störe ich?«

»Nein. Kommt ruhig rein. Eigentlich könntet Ihr mir helfen. Ich muß mich entscheiden, ob ich das Blaue oder das Grüne anziehe.«

Entgin kam näher. »Wollen wir sie auf dem Bett ausbreiten?«

Gesagt, getan. Dann standen sie grübelnd vor der Pracht. »Schwierig«, murmelte Entgin.

Das Blaue war aus schimmerndem Samt und fiel mit äußerst elegantem Faltenwurf auf die Füße, dafür war das Grüne am Hals mit einem ziselierten Messingfürspan geschlossen und an den Kanten mit Goldfäden bestickt.

»Das Blaue?« fragte Philipa zweifelnd.

»Das Grüne«, entschied Entgin. »Es ist wärmer in der Farbe und paßt ganz wunderbar zu Eurem honigfarbenen Haar (o Lambert, dachte Philipa), außerdem ist es festlicher.«

»Gut. Ich nehme das Grüne. Vielleicht kann Druit es noch ausbürsten und ein bißchen herrichten?«

»Natürlich.« Entgin sah sich um. »Darf ich mich setzen?«

Philipa wies mit der Hand einladend auf den bequemen Stuhl neben dem Fenster.

»Ich habe Euch noch gar nicht wirklich gesagt, daß ich mich freue, in Euch eine Rappart begrüßen zu dürfen.« Entgin lächelte ein bißchen verlegen. Sie war immer eine Spur unsicher gewesen angesichts der Damen in ihrem Hause, doch jetzt, da Philipa eine der Ihren wurde, entspannte sie sich.

Philipa war gerührt. »Danke, Entgin.«

»Ja, wirklich. Johan bekommt eine gute Tante.« Jetzt wurde das Lächeln ein wenig angestrengt. »Ihr werdet Euch doch um ihn kümmern? Falls … mir etwas geschieht?«

»Was soll Euch denn geschehen, Entgin?«

»Oh, es muß ja gar nicht, aber ich bin erst fünfundzwanzig und ich … also, ich meine, Gottschalck und ich, wir werden vielleicht … ach was, *ich* werde noch andere Schwangerschaften haben und, na ja, man weiß ja nie«, schloß Entgin etwas konfus.

Philipa sah sie nachdenklich an. »Soll ich mit Gottschalck

reden? Daß Ihr besser kein Kind mehr empfangen solltet? Aus medizinischen Gründen?«

Entgin schüttelte den Kopf, und eine zarte Röte breitete sich über ihre schmalen Wangen. »Nein. Das würde Gottschalck nicht wollen. Und … ich auch nicht.« Das Rot vertiefte sich. »Glaubt Ihr denn, das nächste Mal würde es schlimmer?«

»Ich will Euch nichts vormachen, Entgin.« Philipa drückte kurz ihre Hand. »Ihr habt einige Kinder verloren, und mit Johan hattet Ihr eine schwere Geburt. Ich bin keine Hebamme und schon gar keine Hellseherin, also kann ich Euch nichts Genaues über den Verlauf einer weiteren Schwangerschaft sagen, leichter wird es jedoch vermutlich nicht.«

Entgin nickte. Dann blickte sie entschlossen auf und sah Philipa an. »Deshalb bin ich eigentlich gar nicht hier. Ich weiß auch nicht, wie es kommt, aber Ihr habt Euch so lange so rührend um mich gekümmert, daß ich es einfach gewohnt bin, meine Sorgen bei Euch abzuladen.« Sie lächelte entschuldigend.

»Das ist schon in Ordnung. So unter Schwägerinnen.« Philipa lächelte auch. »Weshalb seid Ihr denn gekommen?«

»Ich habe ein Geschenk für Euch.« Entgin stand auf und entfaltete das Bündelchen, das bisher unbeachtet auf ihrem Schoß geruht hatte. Es war ein Untergewand. Ein Hemd. Genauer gesagt, der Hauch eines Hemdes.

Philipa sah von dem Hemd zu Entgin und wieder zurück. »Ich ziehe das nicht an, Entgin«, sagte sie bestimmt.

»O doch, das werdet Ihr. Es ist sehr hübsch.«

»Es ist durchsichtig!«

»Genau.« Entgin machte ein vergnügtes Gesicht. »Es ist Eure Hochzeitsnacht, habt Ihr das vergessen?«

Wie könnte sie. »Nein, habe ich nicht. Aber das da ziehe ich nicht an.«

»Ihr wollt Albrecht doch gefallen?« Entgin strahlte immer

noch wie die Sonne selbst, offensichtlich hatte sie an ihrer eigenen Hochzeitsnacht einiges Vergnügen gefunden. Soviel muntere Lebenslust hätte Philipa ihr gar nicht zugetraut.

»Ich gefalle ihm schon. Deshalb möchte er mich ja heiraten«, protestierte Philipa. »Sonst hat er nicht viel Gewinn an mir.« Überrascht stellte sie fest, daß dies eine sehr zutreffende Beschreibung war, auch wenn sie ihr erst jetzt, zwei Tage, nein, anderthalb, vor der Hochzeit in den Sinn kam.

»Das kann ich nicht beurteilen. Allerdings hat er es dann doch noch mehr verdient, daß Ihr einen erfreulichen Anblick bietet.« So hartnäckig konnte Entgin sein. Philipa spürte, wie ihr Widerstand erlahmte.

»Es ist unanständig«, sagte sie kläglich.

»Es ist verführerisch.«

»Oje, Entgin. Muß das wirklich sein?« Sie hatte nicht die mindeste Lust, sich zu allem Überfluß auch noch mehr als unbedingt nötig zur Schau zu stellen.

Entgin lächelte liebreizend, wenngleich eisenhart. »Selbstverständlich.« Dann faltete sie pingelig das Hemd zusammen. »Wißt Ihr«, sie sah Philipa nicht an, »wir Frauen gehen ja ziemlich ... unbedarft in die Ehe, und ich kann Euch nicht im einzelnen erklären, wie es dann so wird, aber es ist nicht so schlimm, wie Ihr Euch das offenbar vorstellt. Es kann auf keinen Fall schaden, wenn Ihr Euch zu Ehren des Tages und auch zu Ehren Eures Mannes hübsch macht. Das versteht Ihr doch?«

»Natürlich«, stimmte Philipa matt zu.

Es war alles sehr feierlich, lief ein wenig anders ab als üblich, und die Braut war außerordentlich blaß, worin sie sich allerdings nicht allzu sehr von anderen Bräuten unterschied.

Alle gingen gemeinsam vom Rappartschen Haus zur nahegelegenen Kirche, wo der durchaus gütig lächelnde Vater Bartoldus sie bereits erwartete. In einer kurzen Zeremonie, deren Wortlaut nur halb gehört und unverstanden an den Ohren der Braut vorbeirauschte, wurden die Brautleute Albrecht Rappart und Philipa von Elzten einander anverbunden. Anschließend schritt man in einer gelassenen Prozession gemeinsam zur Messe. Als diese endlich hinter ihnen lag und sie aus der Eiseskälte des Kircheninneren hinaus in die fahle Februarsonne traten, begaben sie sich umgehend auf den Weg nach Hause, wobei die normalerweise feierlich zelebrierte Heimführung der jungen Ehefrau im eigentlichen Sinne nicht stattfand, da diese bereits dort wohnte; ihre Aussteuer konnte sie nicht mitführen, da es im Grunde kaum eine gab.

Das Zusammensprechen der Brautleute in der festlich geschmückten und verschwenderisch durch duftende Wachskerzen erhellten Stube vollzog würdevoll und durchaus gerührt der Hausherr, während sich seine Gattin bewegt die Augen tupfte und ganz offenbar in Erinnerungen an ihre eigene Hochzeit schwelgte. Nachdem Gottschalck die üblichen Formeln gesprochen, die Hände der Brautleute ineinandergelegt und allen einen kurzen Moment der Besinnung wegen dieses erhebenden Augenblicks gegönnt hatte, kam er auf den geschäftlichen Teil der Abmachung zu sprechen.

»Nun, liebe Philipa, möchte ich noch kurz auf das Wittum eingehen, welches Ihr zu Eurem Nutzen … und zu Eurer Absicherung, denn Ihr könnt frei darüber verfügen … von Eurem Ehemann erhaltet. Es fällt eher klein aus«, er hob bedauernd kurz die Schultern, doch Geschäft war Geschäft, da war nichts zu machen, »weil Ihr durch eine Laune des Schicksals keine Aussteuer in die Ehe mitzubringen vermögt.«

Philipa nickte betäubt, an ein Wittum hatte sie nicht im allerentferntesten gedacht.

»Daher übergibt Euch Eure neue Familie keinen eigenen Grund- oder Immobilienbesitz, freut sich jedoch, Euch folgendes überreichen zu können.«

Er schnippte mit den Fingern, und äußerst effektvoll im

genau richtigen Augenblick öffnete sich die breite Tür, und herein wurde eine Truhe geschleppt, wunderschön geschnitzt und bemalt, ein wahres Prachtstück.

»Ich ... ich danke Euch.« Philipa räusperte sich und fand, es sei an der Zeit, ihre Stimme wiederzufinden.

»Wollt Ihr sie nicht öffnen?«

Öffnen? Philipa sah von einem zum anderen, jeder war ihr zugewandt. Gottschalck wohlwollend lächelnd, Entgin aufmunternd und erwartungsfroh, Gysela, die ihr etwas zutuschelte, allein Albrecht betrachtete sie ernst.

Philipa schritt zur Truhe und hob den Deckel.

Zuoberst lag ein Mantel, mit silbrigblau schimmerndem Seehundfell aus Irland gefüttert und verbrämt, darunter zwei Festgewänder, eines aus grünblauem Scharlach mit samtenen Besatzstreifen und das andere aus dunkelrotem Samt. Außerdem holte sie aus den Tiefen der Truhe einen kostbaren silberbeschlagenen Gürtel samt einer mit verschlungenen Ornamenten punzierten Almosentasche mit Troddeln, dazu einen reich bestickten sarazenischen Beutel in prachtvollen Farben, den ein tapferer Kreuzritter aus dem fernen Morgenland mitgebracht hatte und der zu allem Überfluß mit klimpernden Münzen gefüllt war. Ganz unten fand sich eine wollene Decke aus feinstem flandrischen Tuch, an die man mittels zierlicher Bänder im Winter eine dazu passende Felldecke knüpfen konnte.

Vollkommen erschlagen wegen dieses »kleinen Wittums« blickte Philipa hoch, unfähig, die passenden Worte zu finden, und sah direkt auf Entgin, die sich vor sie gestellt hatte und ihr noch ein weiteres Paket entgegenhielt, eingeschlagen in feines Leinen.

»Von mir«, verkündete sie strahlend, überhaupt war Entgin irgendwie – gelöst, seit Philipa zur Verwandtschaft gehörte.

»Oh, Entgin. Es ist aber nicht noch ein ...?« Philipa hob stirnrunzelnd die Brauen, und ihre Schwägerin lachte fröhlich.

»Nein, ist es nicht. Bestimmt nicht. Was denkt Ihr von mir?« versicherte sie, und Gottschalck kam neugierig näher.

»Was ist es nicht?« erkundigte er sich.

»Frauensachen«, erwiderten Entgin und Philipa wie aus einem Mund und fingen beide an zu lachen. Danach war das Eis gebrochen, und Philipa nahm ihre Umgebung deutlicher als durch den bisherigen dichten Nebel wahr.

In Entgins Bündel befanden sich mehrere blütenweiße Hauben aus Leinen und ein paar Reithandschuhe aus weichem Ziegenleder. Philipa stand auf und schloß ihre Schwägerin in die Arme. »Vielen Dank, Entgin. Das ist wirklich lieb.«

»Ich hätte gern auch etwas anderes geschenkt, etwas Luxuriöseres«, entschuldigte sie sich, »aber Hauben müssen nun mal sein. Schade eigentlich.« Ihre kleine Hand strich sanft über Philipas Haar, sorgfältig zusammengebunden und hochgesteckt, nur einige lange Locken fielen über ihren Rücken. »Es ist schade, daß es von jetzt an für unsere Blicke verborgen ist.« Ihre Schwägerin hatte einiges mit Lambert von Borgewig gemeinsam.

»Für euch, ja.« Albrecht war herangetreten und betrachtete die weiße Pracht der sittsamen Kopfbedeckungen. »Jedoch nicht für mich.«

Entgin schlang überraschend die Arme um ihn und gab ihm einen Kuß. »Alles Glück und alles Gute für euch beide, Schwager«, sagte sie gerührt, und Albrecht drückte sie kurz.

»Danke, liebe Schwägerin.«

Philipa und Gysela standen abseits und betrachteten die muntere Szene. »Die sind so … vertraut miteinander«, flüsterte Philipa zweifelnd. »Ich kann mir gar nicht vorstellen, daß wir beide ab jetzt dazugehören sollen.«

»Ach, das wird schon. Du mußt dich eben daran gewöhnen. Und ich bin schließlich auch noch da. Ich bin ja wohl vertraut genug, oder?« Gysela legte einen Arm um Philipas Taille.

»Ich vermisse Rollo«, sagte Philipa leise. »Wer hätte schon gedacht, daß ich ohne ihn heiraten würde.«

Gysela drückte sie. »Wenigstens ist Minni da. Als Vertretung sozusagen. Wo ist er eigentlich?«

»Er sitzt dort drüben.«

Das tat er. Er saß hochzufrieden neben der Tür und hatte, wenn der flackernde Lichtschein nicht täuschte, einen verdächtig fettigen Bart.

»Er hat geklaut«, flüsterte Philipa.

»Was willst du von einem Gaukler auch anderes erwarten.«

Druit trat auf und tuschelte Entgin etwas zu. Diese wandte sich an Gottschalck, und er klatschte in die Hände, um die Gesellschaft zu Tisch zu rufen. Sie hatten wirklich keine Mühen gescheut, es sah keinen Deut weniger elegant als bei Elisabeth von Borgewig aus und bedeutend vornehmer als bei Aichbergens zu Hause. Es schimmerte, glitzerte und duftete, und der Tisch bog sich unter den in einem steten Strom aufgetragenen Speisen.

Als ersten Gang gab es mit Rosinen und Mandeln gefülltes Lamm, Rehkeule in Rotweinsud mit reichlich Pfeffer, was den Durst und damit die Stimmung der Anwesenden hob, sowie Kapaun in einer würzigen Ingwersauce. Danach wurde zur Erholung ein leichtes Zwischengericht serviert: Kalbsfußsuppe mit Kräutern und Grießklößchen. Philipa nahm hier ein Scheibchen und dort ein Löffelchen, gebremst von einem mangelnden Appetit und der Furcht, ihr würde übel. Anschließend brachte Druit gemeinsam mit zwei schwitzenden Gehilfinnen Platten mit Fisch in Mandelmilchsud, kleine Krebse in Petersilienbutter und einen Hecht, mit Nelken gespickt und von einem glibberigen Gelee umgeben, vor dem Philipa einen leichten Ekel empfand. Vielleicht war sie auch einfach nur zu satt. Dann gab es noch im Ofen gestockte Goldmilch mit Dorschrogen und zu guter Letzt das Dessert, bei dem sich die Küche ebenfalls jeder erdenklichen Mühe unterzogen hatte, vielleicht auf Albrechts Anweisung, der über Philipas Vorliebe für Süßspeisen gepetzt hatte. Es gab sündig teuren Reis aus Italien mit Zimtäpfeln, dazu Honigbrot mit kandierten Ingwerstückchen und Pinienkernen, und auf einer weiteren Platte waren fritierte Dattelbällchen zu einem gefälligen kleinen Hügel angehäuft. Dazu wurde ein leichter weißer Wein aus dem Elsaß serviert und ganz zum Schluß ein schwerer zypriotischer Südwein angeboten, auf den Philipa dankend verzichtete, da sie fürchtete, anschließend umgehend in einen tiefen Schlaf zu fallen, was sicher nicht angemessen gewesen wäre.

Überhaupt die Hochzeitsnacht. Je näher sie rückte, um so mulmiger wurde es Philipa zumute. Und ihr wurde keine Schonfrist über das gebührliche Maß hinaus gegönnt. Denn kaum war das Mahl beendet, und sie hatten eine angemessene Zeit des Verdauens und plätschernden Geplauders hinter sich, stand Gottschalck auf, rieb sich genüßlich seinen wohlgefüllten Leib und forderte die Gesellschaft zur Beschreitung des Brautgemachs mitsamt des Ehebetts auf.

Ein fröhliches Geraune und Gelächter erhob sich allenthalben, die männlichen Angestellten des Hauses, gelöst durch den genossenen Wein, überzogen den dies ergeben duldenden frischgebackenen Ehemann mit zum Teil recht anzüglichen Witzen, und Philipa flüsterte entsetzt ihrer Schwester zu: »Ich kann das nicht. Mir ist schlecht.«

»Du hast doch kaum was gegessen, ich habe dich genau beobachtet«, wisperte Gysela zurück.

»Darum geht es doch gar nicht, du Unschuldslamm. Ich meine … das andere.«

»Da mußt du aber durch. Du hast gesagt, du hättest keinen Widerwillen gegen ihn.«

»Vielleicht doch?« Philipa sah zweifelnd zu ihrem Gatten hinüber, der groß und aufrecht dastand, gehüllt in eine elegante Cotte aus dunkelblauem Tuch, die durch einen breiten metallbeschlagenen Gürtel in eleganten Falten zusammengerafft wurde und gerade dadurch seine schmalen Hüften betonte. Er schnitt Josef, dem Stallmeister, gerade mit einer autoritären Handbewegung das Wort ab, als sich dieser offenbar anschickte, von anzüglichen zu zotigen Bemerkungen überzugehen.

Philipa schluckte nervös. »Er geht doch eigentlich, was meinst du?«

»Klar geht er. Außerdem ist es sowieso zu spät.« Gysela war wie immer die Realistischere von beiden.

Albrecht sah jetzt zu ihr hinüber und lächelte sie an. Es wirkte – beruhigend. Möglicherweise würde es nicht so schlimm werden. Möglicherweise hatte sogar Entgin recht, wenn sie in der kommenden Nacht ein durchaus freudiges Ereignis heraufziehen sah. Möglicherweise hatte Albrecht zuviel getrunken und schlief einfach ein.

Gottschalck formierte den Zug nach oben. Er selbst, seine Gattin, Gysela. Erstaunlicherweise Giselbert, der sich unerwartet als ein entfernter Cousin der Familie erwies. Und Philipa und Albrecht selbst, der seine Hand ausstreckte und offensichtlich erwartete, seine Frau würde sie ergreifen. Was sie nach kurzem Zögern auch tat. Die Hand war stark und warm und drückte sie tröstend. Philipa atmete noch einmal tief durch. Dann folgte sie der Hand die Treppe hinauf.

Es wurde gescherzt, es wurde gelacht, Entgin zupfte die Bettdecke zurecht und verpaßte einem üppigen weißen Kissen mit Lochstickerei am Rande einen hübschen Knick in der Mitte, Gysela sah so aus, als wolle sie ihre Schwester in der Stunde ihrer Prüfung lieber nicht allein lassen, und Minni schien zu beabsichtigen, das Bett in Beschlag zu nehmen. Schließlich und endlich schaffte es Albrecht doch, auch den uneinsichtigsten Gast hinauszukomplimentieren, und schloß nachdrücklich und aufatmend die Tür.

Dann drehte er sich um und betrachtete seine Frau. Seine sehr junge Frau, die zitternd in der Mitte des Raumes stand und aussah wie ein Häschen, dem unversehens die Fluchtwege abgeschnitten worden waren und das sich unausweichlich direkt gegenüber einem riesengroßen hungrigen Raubtier wiederfand.

»Endlich. Sie waren außerordentlich hartnäckig, nicht?« Albrecht ging an dem schlotternden Bündel vorbei, das seit kurzem seine Gemahlin war, und machte es sich in einem breiten Sessel in der Nähe des Feuers gemütlich.

»Ihr habt schlechte Erfahrungen gemacht?« erkundigte er sich beiläufig.

»Womit?« Philipas Stimme klang belegt.

»Mit Männern.«

»Oh. Ich ... nein. Beinahe. Ich ... bin intakt.«

»Deshalb habe ich nicht gefragt. Wieso beinahe? Was ... beendete das Ereignis?«

»Ein Schwert.« Philipa knetete den Stoff ihres grünen Festgewandes und zerknautschte ihn erbärmlich dabei. »Das Schwert des Schwagers der Burgherrin, deren Kinder ich damals erzogen habe. Jedenfalls habe ich mich bemüht.«

»Aha.« Albrecht sah sie freundlich an, und Philipa riß sich zusammen.

»Was muß ich jetzt tun?«

»Setz dich zu mir.«

»Da ist kein Platz.«

»Doch.« Er klopfte einladend auf seine Schenkel. »Setz dich auf meinen Schoß. Du wirst sehen, daß du keinen Ritter mit einem Schwert benötigst.«

Das klang irgendwie anders, als sie es sich vorgestellt hatte. Doch es hörte sich nicht schlecht an. Zögernd ließ sie sich auf den äußersten möglichen Punkt seiner Knie nieder.

»Das ist noch nicht ganz richtig.« Albrecht umfaßte ohne Umschweife ihre Taille und zog sie näher heran, bis sie sich behaglich an seinen Brustkorb lehnen konnte, wozu er sie mit einigem Nachdruck nötigte.

Er betrachtete eine kleine Ader in ihrer Halsbeuge, wo er ihren Puls rasen sah. Sicher würde er ihr Herz hämmern hören, wenn sie ihn nur nah genug heranließ. Und das würde sie. Es brauchte nur Zeit.

»Ist es so bequem?«

Bequem? Sie hätte es vorgezogen, allein auf diesem Stuhl zu sitzen, aber in Anbetracht der Umstände war es einigermaßen bequem. »Ja.«

»Ich habe mir noch nie klargemacht, was für eine Folter dieser Hochzeitstrubel für die Brautleute sein muß. Für die Gäste ist es ja ganz lustig«, meinte er unbefangen, und plötzlich lächelte Philipa ihn an. Er war nett, der Albrecht, wirklich. Wie er ihr jetzt die Scheu nehmen wollte. Über die ersten heiklen Minuten hinweghelfen.

»Es ist lieb von Euch, daß Ihr so zurückhaltend seid. Trotzdem ist es nicht nötig, wißt Ihr. Was ich sagen will … ich bin stärker, als ich aussehe. Ich schaffe das schon.«

»Oh, ich weiß, daß Ihr stark seid. Eine Zimperliese hätte ich gewiß nicht genommen.« Er betrachtete sie nachdenklich. »Aber Ihr solltet Euch nicht zur Heldin aufspielen, dies hier ist das falsche Feld dafür. Wißt Ihr, nein, natürlich wißt Ihr es nicht, woher auch, also das, was sich in der engsten persönlichen Beziehung zwischen Eheleuten abspielt, kann eine sehr erfreuliche, jedoch auch eine äußerst verstörende Sache sein, wenn nicht beide, nun, sagen wir, damit einverstanden sind. Daher möchte ich Euch keinesfalls überrumpeln. Oder zu eilig sein.«

Ja, das war gut und schön, und sie war auch bestimmt dankbar dafür, aber im Moment wünschte sie eigentlich nur, es läge bereits hinter ihr. Philipa atmete zitternd ein. »Für den Anfang könntet Ihr mich vielleicht küssen? Das habt Ihr bereits getan, ich bin es also gewöhnt.«

Albrecht lachte leise. »Nichts lieber als das.«

Sein Mund suchte ihren und tat, was sie ihm aufgetragen hatte. Es war sehr erregend, fand Albrecht, weich und warm, und sein Herz klopfte zum Zerspringen. Dennoch war es unbequem, weil er auf eine unnatürliche Art den Hals dabei verrenken mußte, deshalb stand er auf und schloß Philipa fest in die Arme.

Nach einer Weile des angespannten Widerstandes fand Philipa es eigentlich ganz schön, sie spürte, wie sich ihre verkrampften Gliedmaßen langsam lockerten, und zögernd und vorsichtig legte sie die Arme um ihn. Dies schien er als ein willkommenes Zeichen zu werten, den nächsten Schritt tun zu sollen, und begann ihre Frisur zu lösen. Eine sehr komplizierte Frisur, es hatte viel Zeit und Mühe gekostet, sie herzurichten.

Es dauerte nicht lange, und ihr Haar fiel ihr schwer und lang den Rücken hinab. Albrecht senkte das Gesicht und schnupperte. »Wunderbar«, murmelte er.

Wenn er jetzt sagt, es riecht nach Honig, laufe ich weg, dachte Philipa, doch zum Glück seufzte er nur zufrieden.

Dann machte er sich an den Verschlüssen ihres Obergewandes zu schaffen. Viele zierliche Schnürungen hielten das Kleid hier eng und dort gerafft, auch die Ärmel lagen sehr eng an und fielen bis auf ihren Handrücken hinab, aber schließlich hatte er es geschafft und streifte mit einer langsamen Bewegung die samtene Cotte von ihren Schultern, der Stoff bauschte sich in üppigen Falten zu ihren Füßen.

Philipa trat einen Schritt zurück, um aus dem Kleid zu steigen, schließlich wollte sie sich nicht lächerlich machen und stolpern und auf eine alberne Art und Weise in die Arme ihres Mannes fallen. Wenn es denn sein mußte, was hier geschah, dann wollte sie auch einen guten Eindruck hinterlassen. Sie hörte, wie Albrecht die Luft einsog, und blickte hoch, das Kleid noch in der Hand.

Er starrte sie an.

Philipa fiel das Hemd wieder ein, und sie verkreuzte instinktiv die Arme vor der Brust. »Es ist durchsichtig«, sagte sie kläglich.

»Es ist … außerordentlich verführerisch«, bestätigte Albrecht, und es klang nicht so, als ob ihm das mißfiel.

»Das sagte Entgin auch. Von der habe ich es. Sie hat es mir für die Hochzeitsnacht geschenkt. Es sei angemessen, meinte sie.«

»Das ist es in der Tat.« Das Hemd machte es ihm allerdings nicht leichter, den heroischen Entschluß zur äußersten Selbstbeherrschung ohne Wenn und Aber in die Tat umzusetzen. Er räusperte sich.

Dann warf er sämtliche guten Vorsätze über Bord. Man konnte es auch übertreiben. Er trat näher und zog Philipa wieder an sich. Langsam glitten seine Hände über ihren schmalen Leib, nichts als diesen Witz von Stoff zwischen sich und ihr.

»Äußerst verführerisch«, sagte er leise, »aber letztlich … überflüssig. Ziehst du es aus?«

»Jetzt?« flüsterte Philipa erstickt.

»Jetzt. Und dann«, Albrecht atmete tief ein, »hilfst du mir, mich zu entkleiden.«

Das frühe Dämmerlicht war längst in das tiefdunkle Schwarz der Nacht übergegangen, sorgsam ausgesperrt durch die geschlossenen Holzladen, nur der goldene Schein zweier flackernder Kerzen und die rotleuchtende Glut des Kaminfeuers erhellten den Raum.

»Ich sollte das Feuer anfachen«, murmelte Albrecht, doch es klang nicht besonders energiegeladen. Er lag auf dem Rücken und hatte die Augen geschlossen, seine Brust hob und senkte sich ruhig. Er hatte Haare auf der Brust, dunkelblonde, lockige Haare. Sie waren sehr weich.

Philipa sammelte ihren Mut. Dann fragte sie leise: »Wollt Ihr nicht nachsehen?«

»Was denn?«

»Das Laken.«

»Aber nein. Solltest du wirklich denken, ich habe so wenig Vertrauen zu dir? Außerdem … kann man es spüren. Du wirst es selbst merken, daß etwas anders ist. Beim nächsten Mal.«

»War es … so, wie Ihr es Euch vorgestellt habt?« flüsterte Philipa.

»Ja, das war es.« Eine erstaunlich sanfte Hand begann langsam ihren Rücken zu streicheln.

»Ich meine nur. Mit ein paar Dingen habe ich Euch schließlich angelogen. Ich möchte nicht, daß Ihr das Gefühl habt, Euch mindere Ware eingehandelt zu haben.« So viel Schmerz, so große Unruhe. Erstaunlich, wo dies auf einmal alles herkam.

Aber Albrecht war Albrecht, und so antwortete er sachlich: »Wenn vor der Vertragsunterschrift der Zustand der Ware genau deklariert wurde und man alles wie angezeigt vorfindet, kann man hinterher nicht reklamieren.«

»Was?«

»Du hast mich vorher über alles ausreichend aufgeklärt. Ich wußte, was du bist und wer du bist. Und ich war mit allem einverstanden. Warum sollte ich es jetzt nicht mehr sein?«

»Ich weiß es ja nicht. Vielleicht … weil Ihr nicht zufriedengestellt wurdet?«

»Das wurde ich aber.« Sie hörte das Lächeln in seiner Stimme. Dann sagte er: »Es gibt in der Tat etwas, was mir nicht so recht gefallen will.« Er drehte sich auf die Seite und stützte den Kopf in die Hand.

Natürlich. Sie hatte es gewußt. »Was denn?«

»Ich denke, du solltest das mit dieser förmlichen Anrede endlich lassen. Wir sind jetzt bereits seit längerem verheiratet, schon seit über einem halben Tag, haben miteinander das Lager geteilt, und du sagst immer noch nicht du«, beklagte sich Albrecht.

Philipa lächelte und streckte schüchtern die Hand aus, um durch den weichen Flaum auf seiner Brust zu streicheln. »Wenn du es willst.«

»Ja, das tue ich.« Er legte seine große Hand auf ihre kleine und drückte sie kurz. Dann griff er nach dem Amulett, das zwischen ihren Brüsten lag. Sie zog es niemals aus und fand, jetzt war nicht die Zeit, damit anzufangen. »Was ist das?«

»Von meinem Vater. Es trägt sein Zeichen.«

Ein Eichblatt, fein ziseliert. Albrecht strich mit dem Daumen darüber, doch Philipa wandte sich ab. Das waren zwei Dinge, die nichts miteinander zu tun hatten. Sie drehte sich auf den Rücken und betrachtete den Baldachinhimmel über ihr. Er war mit Sternen und Halbmonden bestickt, sehr hübsch.

»Gefällt es dir? Ich habe ihn aus der Champagne mitgebracht. Kommt aus Córdoba, von den Mauren.«

»Du hattest da bereits geplant …?« Philipa unterbrach sich.

»Nicht direkt *geplant* eigentlich, obwohl mir das gar nicht ähnlich sieht, ich bin ein überlegt handelnder Mensch, aber irgendeine Augenblickseingebung sagte mir, ich solle diesen Stoff kaufen, als ich ihn sah.«

»Eine Augenblickseingebung.«

»Hm. Zumal mir dann und wann das hübsche Bild einer gewissen Philipa von Elzten in den Sinn kam, auch ohne daß ich es rief. Erst fand ich das ein bißchen irritierend, doch dann hatte ich den Eindruck, es sollte wohl so sein. Da dachte ich, es kann ja nicht schaden, den Stoff mitzubringen.« Albrecht war Händler durch und durch, eine gute Gelegenheit konnte er sich nicht entgehen lassen.

»Du hast an mich gedacht«, wiederholte Philipa staunend. Das hätte sie absolut nicht für möglich gehalten.

»Genau. Eigentlich sogar häufiger, als ich gerade zugegeben habe. Ach, da fällt mir ein, ich habe noch etwas für dich.« Er wühlte sich aus dem Bett und ging hinüber zu einer kleinen

Truhe, die auf einem Tischchen stand. Zurück kam er mit einem noch kleineren Kästchen.

»Was ist es denn?« fragte Philipa neugierig. Sie setzte sich aufrecht hin, kreuzte die Beine und nahm das Kistchen in Empfang, friemelte am Verschluß herum und bekam es endlich auf. Albrecht betrachtete sie versonnen.

Philipa schlug ein fremdartiger Duft entgegen. Fremd, süß, sauer, bitter, alles gleichzeitig. »Was ist das?«

»Kandierte Orangen«, verkündete Albrecht so stolz, als habe er sie selbst gemacht. »Probier mal eine.«

Philipa nahm ein Stückchen in die Hand und schnupperte. Dann biß sie ein winziges Stück ab. Süß, sauer, bitter und absolut köstlich. »Das ist wunderbar!« sagte sie begeistert.

»Ja, nicht?« Albrecht nahm sich auch ein Stück. »Orangen wachsen da unten wie hier Äpfel und Birnen. Das nächste Mal bringe ich dir wieder welche mit, wenn du willst.«

»O ja. Das halte ich für sehr wahrscheinlich.« Philipa steckte sich noch ein Stück in den Mund. Gleichzeitig fest und weich und mit all diesen verschiedenen Geschmackseindrücken – sie war völlig verzückt.

Albrecht nahm sich eindringlich vor, dafür zu sorgen, daß sie eines Tages während des ehelichen Beisammenseins mit ihm ein vergleichbar hingerissenes Gesicht ziehen würde, und er lachte leise. »Ich habe ja gesagt, du bist naschsüchtig.«

»Ich glaube langsam selbst, daß es stimmt.« Philipa lächelte verlegen. »Du mußt mich darauf hinweisen, wenn ich dick werde.«

»Da besteht keine Gefahr, zur Zeit wenigstens nicht.« Er streckte den Arm aus und griff nach dem Kistchen.

»Oh, Albrecht, das ist gemein. Erst gibst du es mir, und dann nimmst du es mir wieder weg«, jammerte Philipa und ließ sich rücklings in die Kissen fallen.

»Genau.« Albrecht drehte sich um und streckte die Hand

nach ihr aus. Langsam begann er, ihre Brüste zu liebkosen. »Du hast dein Süßes gehabt, jetzt will ich meins.«

»Noch mal?«

Albrecht lachte. »Richtig. Noch mal. Du mußt nicht denken, ich hätte so schnell genug von dir.«

Er zog sie über sich, ihr langes Haar fiel wie ein Vorhang herab und hüllte ihn ein. Es war überwältigend, wie befreiend es war, aus verbotenen, sündigen Gedanken Wirklichkeit werden zu lassen. Sie blickte ihn an, im Halbdunkel des Bettes konnte er ihre Augen nur glänzen sehen, aber er wußte ja, daß sie von einem hellen, warmen Braun waren mit grünen Einsprengseln darin.

»Küß mich«, flüsterte er, und Philipa küßte ihn. Er legte die Hände auf ihren Rücken und drückte sie sanft nach unten, bis sie ganz auf ihm lag, langsam strich er ihren Körper entlang und verharrte auf ihren Hüften. Ganz sachte begann er, sie zu sanft kreisenden Bewegungen zu verführen, und als sie ihren Rhythmus einmal gefunden hatte, gingen seine Hände erneut auf Wanderschaft. Er nahm nichts mehr wahr außer seiner Frau auf seinem Leib, spürte, wie sie für einen Moment den Atem anhielt, als er sie berührte, und dann, wie ihr Atem schneller wurde und ihre Bewegungen weniger scheu, und wie sich plötzlich ihr Leib hob und es ihm leicht machte, in sie zu gleiten.

»Philipa!«, flüsterte er erstickt und verlor sich in der Freude daran, daß seine Frau sich ihm hingab.

Am späten Vormittag des folgenden Tages verschwand Albrecht im Kontor, nicht ohne sich ausdauernd und mit tausend Entschuldigungen von Philipa verabschiedet zu haben. »Aber wenn es so bald auf die Reise geht, ist entsetzlich viel zu tun, das verstehst du doch?«

Natürlich tat sie das. Außerdem war es ihr ganz lieb, eine Weile allein sein zu können, um über das Geschehene nachzudenken. Wer sich nicht trennen konnte, war dagegen Albrecht. Schließlich warf sie ihn kurzerhand hinaus.

Sie selbst betrat bedeutend später die Stube, da sie viel zu grübeln, viel zu fühlen und viel Arbeit mit ihrer neuen Ehefrauenhaube hatte, bis diese endlich richtig saß. Unten fand sie nur Gysela, alle anderen waren ausgeflogen.

»Und? Und?« Gysela sah ihr erwartungsvoll entgegen.

»Was und?« Philipa setzte sich sachte auf den bequemsten Stuhl, den sie finden konnte.

»Wie war es? War es schlimm?«

»Nein. Es war nicht schlimm. Ich meine, es ist vielleicht nicht so, daß ich mich umbringen würde, wenn ich es nie wieder hätte, aber schlimm war es nicht.«

»Siehst du«, sagte Gysela zufrieden.

Philipa antwortete nicht. Es war seltsam, wie die körperliche Nähe eine Vertrautheit schuf, die es undenkbar sein ließ, aus dem Nähkästchen zu plaudern. Nicht einmal Gysela ging es etwas an, daß Albrecht einfühlsam und zärtlich sein konnte und sehr viel von seiner trockenen Nüchternheit verlor, wenn er sie in seinen Armen hielt. Er hatte einmal gesagt, er habe sie heiraten wollen, weil er sie möge. So unverstellt und geradezu hilflos offen, wie er war, wenn er in ihrem Leib verging, konnte das wohl nicht alles sein. Mit Staunen stieg die Erkenntnis in ihr auf, daß er sie liebte, auch wenn er es nicht aussprach.

»Hallo, ich hab dich was gefragt«, hörte sie Gysela neben sich.

»Entschuldigung. Was denn?«

»Wie du dich fühlst.« Gysela Augen glitzerten anteilnehmend. Und neugierig.

»Müde«, platzte Philipa heraus.

»Müde? Du bist müde? Du warst fast einen ganzen Tag im Bett und bist müde? Ist es etwa anstrengend?«

Es war lästig, daß ihre kleine Schwester alles so genau wissen wollte. »Ja, ich bin müde. Und anstrengend ist *es* nicht. Ach, ich weiß nicht.«

Erlösende Schritte auf dem Flur, dann rauschte Entgin herein. »Oh! Wen haben wir denn da? Die werte Frau Rappart.«

Philipa lächelte sie an. »Und gleich zwei davon.«

Entgin schloß sie kurzerhand in die Arme, schob sie dann ein Stückchen weg und betrachtete sie prüfend. »Wie fühlst du dich? Wir sagen doch jetzt du?«

»Ja, gern. Warum wollen eigentlich alle von mir wissen, wie ich mich fühle? Gysela löchert mich auch schon die ganze Zeit damit.«

»Gysela geht das gar nichts an«, beschied Entgin mit einem strafenden Blick zur Delinquentin, »die ist zu jung.«

»Dann fragt doch mal Giselbert, ob er derselben Meinung ist«, antwortete das Mädchen schnippisch.

»Falls Giselbert dazu derart genaue Ansichten haben sollte, werde ich Gottschalck vorschlagen, ihn aus der Firma zu werfen«, erwiderte Entgin liebenswürdig. »Zumindest, bis du verheiratet bist. Wir sagen auch du, ist es recht?«

»Ist es.« Gysela war nicht sicher, ob sie schmollen sollte oder nicht. Besser nicht. Dann bekam sie aus Philipa überhaupt nichts mehr heraus, und es interessierte sie doch so brennend.

»Das ist nicht nötig«, sagte Philipa mit einem Anflug ihrer normalen Strenge, wenn sie etwas wirklich ernst meinte. »Gysela, du hältst dich zurück. Das ... das ist nichts für Mädchen. Du wirst heiraten, und dann wirst du alles herausfinden, was du herauszufinden wünschst, doch bis dahin wirst du dich makellos benehmen. Ist das klar?«

»Klar ist das klar. Ich hab's auch gar nicht so eilig.«

»Recht so. Ich glaube, ich gehe nach oben. Ob Druit mir einen Teller Suppe bringen lassen könnte?«

»Natürlich.« Entgin sah aufreizend zufrieden drein. »Alles, was du willst. Ich richte es gleich aus.«

Liutgard maß den Boten aus Köln mit einem Blick, der ihn wünschen ließ, er hätte sich nicht freiwillig für diese Mission gemeldet. Dabei war ihm die Aufgabe leicht erschienen, unbeschwert, fast wie ein freier Tag. Ein Ritt durch die verschneite Winterlandschaft ließ einen leicht behaupten, sich Zeit gelassen zu haben, sei wetterbedingt nötig gewesen und keineswegs der Schlendrian, als der er eigentlich gelten mußte. Die Einkehr in ein Wirtshaus, um sich zu stärken, denn mit leerem Magen fror es sich leicht, und dann ein Willkommenstrunk auf Aichbergen für den Überbringer der frohen Kunde. Eine Hochzeit war in der Regel eine erfreuliche Botschaft.

Besonders fröhlich sah Liutgard von Aichbergen allerdings nicht aus. Das Blut in den Adern des Boten gefror, und einen bangen Augenblick lang wünschte er sich zurück in die eisigen Weiten des Erfttales auf dem Weg in seine Heimatstadt.

»Ja, nun, Herrin«, unruhig trat er von einem Fuß auf den anderen, »das sollte ich Euch ausrichten. Des Herrn Albrecht Rapparts Vermählung hat stattgefunden wie geplant. Sagt der Herr Gottschalck Rappart, soll ich Euch sagen. Äh.«

Sie würde ihn doch nicht als Überbringer irgendwelchen namenlosen Unheils in den zweifellos vorhandenen Kerker einsperren lassen?

»Mehr nicht?« Die Herrin der Burg maß ihn mit einem Blick, der nichts verriet und ihn dennoch schaudern machte. Wie konnte ein Weib derart gucken? Kalt und streng und so, als trage sie das Recht für alles und jeden auf ihren Schultern. Mußten Frauen nicht süß und anschmiegsam sein? Und dem Manne untertan? Im Moment sah es nicht so aus, als teile die hier seine Ansicht.

»Nein, Herrin. Kann ich … darf ich jetzt gehen?«

Erneut dieses unsägliche Scharren mit den Füßen. Die Schneeklumpen an seinen Stiefeln lösten sich langsam auf und wurden zu Wasser, das im Stroh versickerte. Liutgard wedelte mit der Hand und entließ ihn in die einbrechende Dämmerung.

Ohne einen wärmenden Willkommenstrunk und ohne ihm für die Nacht ein Lager in der Halle anzubieten. Fände er niemanden, der sich seiner erbarmte, stünden ihm ein paar unbehagliche Stunden bevor. Jedenfalls sollte ihm dies eine Lehre sein. So bald würde er sich nicht mehr um einen solchen Auftrag reißen, da blieb er doch lieber daheim in seinem staubigen Kontor und tauchte die Feder in rabenschwarze Tinte.

Liutgard schob mit einer heftigen Bewegung ihren Sessel zurück, nickte Manfredus knapp zu und entschwand in Richtung der Treppe, die hinauf zu ihren eigenen Gemächern führte. Dort waren sie vor neugierigen Lauschern geschützt, und die konnte sie jetzt nicht gebrauchen.

Oben blieb sie an einem der Fenster stehen, die ihren Kamin flankierten, stieß den mit Pergament bespannten Laden aus dem Rahmen und warf ihn zu Boden. Sie gestattete es sich selten, sich einer unbeherrschten Regung hinzugeben, doch das, was sie gerade erlebt hatte, war einfach zu viel.

Der fahle Winternachmittag ging in eine frühe Dämmerung über, schwer hing der graue Himmel über dem Land und versprach weiteren Schneefall noch für diese Nacht. Wie winzige Kristalle schnitt die Kälte in ihre Wangen.

»Herrin. Dieses Zimmer wird zu einer Eiswüste. Laßt mich das Fenster wieder schließen.« Manfredus war der einzige, der im Moment wagen durfte, sie zu kritisieren.

Liutgard drehte sich heftig um. »Dieses vermaledeite Balg ist ein Ärgernis von seiner Geburt an!«

Manfredus schwieg und machte sich an das knifflige Geschäft, das Pergament wieder in die Fensterlaibung einzupassen. Es gab nicht viel dazu zu sagen, denn es war genauso, wie Liutgard es empfand.

»Wenn ich gewußt hätte, was ich mir damit einhandele, hätte ich es damals gleich lassen können«, sagte Liutgard erbittert.

»War ja nicht abzusehen, daß es ein Mädchen werden würde«, erwiderte Manfredus gleichmütig, seiner Erfahrung nach fuhr man mit Liutgard am besten, wenn man sachlich blieb.

Sie schnaubte böse. »Ich hätte es besser ein paar Jahre später erneut versucht.«

»War nicht vorauszusehen, Herrin«, wiederholte Manfredus. »Setzt Euch. Hier.« Er reichte ihr einen Krug mit warmem Würzwein. »Hadert nicht. Plant.«

Natürlich. Liutgard nahm, fast ohne es wirklich zu wollen, einen Schluck und ließ sich in ihren gemütlichen Sessel neben dem prasselnden Kaminfeuer sinken. Doch planen war schwer, jetzt, wo ihr kaum noch Spielraum blieb.

»Ich kann nichts tun. Wenn dieses Weib diesen unbedeutenden Krämer geheiratet hat, läßt sich im Nachhinein schlecht etwas dagegen unternehmen.«

Manfredus zögerte. Ihm fiel schon etwas ein, was er tun konnte. Aber erst mußte er wissen, wie ernst es Liutgard war. »Ist es denn wirklich so schlimm, Herrin?«

Diese starrte ihn ein paar Augenblicke lang sprachlos an. »*Selbstverständlich* ist es das, Manfredus, denk doch selbst einmal nach! Philipa übernimmt Aichbergen, wenn sie dem Lehnsherrn durch Heirat einen lehnsfähigen Ehemann dafür bringt. Ist ein Krämer lehnsfähig? Nein, ist er nicht. Warum muß ich dir das erklären? Es liegt doch klar auf der Hand!«

Das tat es. Manfredus nickte und ignorierte, daß Liutgards Stimme lauter geworden war. Er ließ sich nicht von ihr einschüchtern, das hatte er noch nie getan, da konnten ihre Augen Blitze schleudern, wie sie wollten.

»Noch habt Ihr die Macht auf Aichbergen in den Händen.«

»Wie lange? Es gibt keinen männlichen Erben, auf den Aichbergen übergehen kann, das weiß niemand so gut wie wir. Wenn Philipa ausfällt, dann ist es nur eine Frage der Zeit, wann Konrad von Hochstaden das Lehen an einen anderen seiner Günstlinge vergibt.«

Und sie konnte sich dann auf die unbedeutende Krume ihres unbedeutenden Wittums irgendwo am Ende der Welt setzen und sehen, wie sie zu Rande kam.

»Dieser Albrecht steht Euch also wirklich im Weg«, folgerte Manfredus unerbittlich, doch Liutgard machte sich nicht mehr die Mühe, zu antworten.

»Ich hätte da eine Idee.«

Liutgards Interesse erwachte. Aber sie wollte es gar nicht so genau wissen, letztlich war es ihr auch gleichgültig. Hauptsache, Manfredus regelte die Angelegenheit.

»Tu, was du für nötig hältst.«

Schon bald nach der Hochzeit informierte Albrecht Philipa, daß der Wagenzug in zwei, drei Wochen aufbrechen würde, wenn das Wetter hielt. Der Schnee war längst getaut, es hatte nicht viel geregnet, und die Böden trockneten zufriedenstellend schnell aus.

»Ich habe dir etwas mitgebracht.« Er warf ihr ein Bündel Stoff in den Schoß. »Ein Kleid. Es ist nichts Besonderes, aber neu und warm und unauffällig.«

Das war es. Aus einfachem blauen Stoff, die Wolle ein bißchen grob, allerdings nicht so sehr, daß es kratzen würde, und von schlichtem Schnitt.

»Ah, unsere Verkleidung für die Reise.«

»Richtig. Es macht dir nichts aus, oder?«

Philipa schüttelte den Kopf. Wenn's weiter nichts war.

»Wir nehmen in einem schäbigen alten Hafersack, innen gefüttert natürlich, deine anderen Kleider und die Festgewänder mit. Es könnte sein, daß wir unterwegs eingeladen werden. Und an unserem Zielort müssen wir natürlich bei Gelegenheit ebenfalls auftrumpfen.«

Er zog sie in die Arme. »Ich freue mich, wenn es endlich losgeht. Hier hocken alle so entsetzlich nah aufeinander. Damit bist nicht du gemeint.«

»Das dachte ich mir. Ich hatte nämlich den Eindruck, du könntest es nicht nah genug haben.«

»Das stimmt. Obwohl es eine unzüchtige und anzügliche Bemerkung war, die sich einfach nicht schickt.«

Seine Hände glitten über ihren Körper, er konnte nicht aufhören damit.

»Ich hätte übrigens überhaupt nichts dagegen, wenn du auf der Reise unter dem Wollkleid dein sündiges Etwas trägst.« Die Hände wurden etwas bestimmter. Mit dem Mund dicht an ihrem Ohr murmelte er: »Es macht mich verrückt, wenn ich nur daran denke.« Er streifte ihr das Kleid über die Schultern und zog sie zum Bett.

»Albrecht Rappart, du bist unersättlich. Woher nimmst du bloß die Energie?«

»Das ist das Ergebnis eines über lange Monate zölibatär geführten Händlerdaseins«, erwiderte er ein bißchen heiser, sein Mund wanderte von ihrem Hals weiter nach unten, und Philipa genoß die kleinen zärtlichen Berührungen auf ihrer Haut.

Plötzlich stutzte er und hob den Kopf. »Du riechst so fremd. Was ist das?«

Eine zarte Röte breitete sich über ihre Wangen aus und verlief von da über ihr gesamtes Dekolleté, wie er entzückt bemerkte.

»Das sind Ringelblumen. Und Öl. Ich habe mich damit eingerieben. Ich bin … äh, wund.«

Albrecht richtete sich auf und starrte sie an. »Wund. Du lieber Himmel, das tut mir leid. Ich habe überhaupt nicht daran gedacht, daß, nun, daß eine Art Gewöhnung, ich will sagen, ich habe dich überbeansprucht. Ich bin ein Tölpel.«

Philipa lachte. »Du brauchst nicht so zerknirscht auszusehen. So schlimm ist es nun auch wieder nicht.«

»Doch. In mehrfacher Hinsicht.« Er setzte sich ihr gegenüber, lehnte sich an den Bettpfosten und betrachtete sie mit einem weichen Blick aus seinen blauen Augen. Ein Blick, bei dem sie inzwischen gelernt hatte dahinzuschmelzen. »Erstens wollte ich alles richtig machen und dich nicht erschrecken, was mir jedoch nicht gelingt, wenn du Schmerzen hast.« Er wartete einen Moment, um ihr die Gelegenheit zu geben, zu protestieren, was sie auch mit einem lächelnden Abwinken pflichtschuldig tat. Dann fuhr er fort: »Zweitens ist es schlimm, weil es mich an der Ausübung der ehelichen Rechte hindert.«

»Dafür habe ich doch extra das Öl …«

Albrecht unterbrach sie. »Nein. Ich hätte da allerdings eine andere Idee.«

»Ach?«

Die Zeit der Selbstvergessenheit, des staunenden Ergründens des anderen dauerte nicht lange. Tagsüber war Albrecht damit beschäftigt, die letzten Vorbereitungen zu treffen, und Philipa desgleichen, denn sie kümmerte sich um die Habe, die sie und Gysela mit sich führen wollten. Im Hof wurden die Wagen aufgestellt und nach und nach beladen. Die Luft um sie herum begann zu vibrieren, denn die Vorbereitung eines Zuges, der sie für viele Monate von zu Hause fernhalten würde, war für einen jeden, der mitfuhr, eine Zeit der Aufregung und Angespanntheit.

Dann war alles gepackt, verschnürt und durch wasserdichte Planen geschützt. Die Waffen der Reisigen waren geschliffen und geprüft. Proviant war geladen, die Abschiedsrunde gemacht. Giselbert hatte verblüfft, aber willig die Anweisung Gottschalck Rapparts entgegengenommen, einen weiteren Reisigen anzustellen, und als er sich erst einmal an das erschreckende Gesicht des Kandidaten gewöhnt hatte, bekam er den Eindruck, er habe es mit einem Mann zu tun, der wisse, wie man eine Waffe führt und einen Kaufmannszug bewacht.

Gottschalck selbst war zufrieden, der herrischen Witwe Aichbergen wenigstens diesen Gefallen tun zu können. Wenn sie dieses Schreckgespenst loswerden wollte, bitte. Wer so aussah, hatte wenig Freunde und verstand sich bestimmt bestens auf Verteidigung und Angriff. So einer war in einer Wachmannschaft sicher gut aufgehoben.

Er selbst und seine Frau standen am Tor und blickten den Wagen und der Mannschaft nach, als sie vom Hof auf die Straße rumpelten. Vorher hatte Entgin Philipa fest gedrückt und gewispert: »Wer weiß, vielleicht hat Johan ja schon einen kleinen Cousin, wenn ihr wiederkommt.«

»Oder einen kleinen Bruder«, hatte Philipa zurückgeflüstert und ihr einen Kuß auf die aufgeregt gerötete Wange gegeben.

Selbst Gottschalck hatte sie in den Arm genommen. »Alles Gute. Kommt gesund heim.«

Das letzte, was Philipa sah, bevor sie auf ihre Stute stieg, war ein Mann, der ihr aus einem zernarbten Gesicht boshaft zulächelte, bevor er sich an die Spitze des Zuges setzte, und das Gefühl, das sie aus Köln mitnahm, war das eines entsetzten Schreckens. Warum war er hier? Und wieso hatte Albrecht nichts davon gesagt? Weil er nicht wußte, daß sie ein Interesse an der Wachmannschaft haben könnte, natürlich. Oder – kannten die beiden sich? War es doch ein Fehler, Albrecht zu vertrauen, womit sie inzwischen begonnen hatte?

»Wer ist der Mann da, Albrecht? Der mit dem Narbengesicht?« fragte sie ihren Gatten, denn sie hielt es einfach nicht aus, zu schweigen.

»Keine Ahnung.« Albrecht zuckte die Achseln. »Ein Neuer. Giselbert hat ihn für die Wachmannschaft angestellt. Womit der Beweis erbracht wäre, daß Schönheit nicht auf seiner Anforderungsliste steht.« Er grinste. Dann sah er seine Frau etwas aufmerksamer von der Seite an. Sie war sehr blaß.

»Fürchtest du dich vor ihm? Wir können ihn auch wieder entlassen.«

Philipa lächelte etwas gekünstelt. »Nein, nicht. Ich meine, er ist ja wohl schon geschlagen genug mit seinem Aussehen.« Außerdem würde er sie dann vielleicht heimlich beobachten, und da war es ihr lieber, sie wußte, wo er war.

Als sie die Stadtgrenze hinter sich gelassen hatten, rang sich Philipa zu dem Entschluß durch, Albrecht Glauben zu schenken und seine Ahnungslosigkeit als das zu nehmen, was sie offenbar war. Ein wenig Vorsicht würde natürlich nicht schaden, doch wenn sie ihm nicht vertraute, wäre sie am Ende dieser Reise so zermürbt, daß sie am besten gleich dabliebe. Albrecht hatte ihr bisher keinen Anlaß gegeben, an seiner Loyalität zu zweifeln, und wenn sie Glück hatte – ein bißchen Glück wäre nicht schlecht –, dann würde das auch so bleiben.

Die Reise

Frühling 1256

Sie brachen in der ersten Aprilwoche auf und fuhren hinein in einen vor Kraft strotzenden Frühling, in dem die Wintersaat schon hoch über der satten dunkelbraunen Erdkrume leuchtete, die Feldlerchen jubilierten und die ihren Weg begleitenden Bäche durch das aus den Bergen kommende Schmelzwasser zu munter dahinrauschenden Flüßchen geworden waren.

Es war eine beeindruckende Kavalkade, mit der sie durch das Land zogen. Sechs hochbeladene Wagen, breit, behäbig und mit rumpelnden dicken Scheibenrädern, von denen man ständig fürchten mußte, sie würden brechen. Sie wurden von Maultieren gezogen und befehligt von Fuhrknechten, die beinahe ebenso kräftig aussahen und die nie auch nur ein einziges überflüssiges Wort zu Philipa oder Gysela sprachen. Bewacht wurde das Ganze von sechs Reisigen, die schwer bewaffnet und in der Regel ebenfalls schweigsam ihrer Arbeit nachgingen und insgesamt den Eindruck machten, als sei im Notfall mit ihnen nicht gut Kirschen essen. An den Wagen angehängt waren einige Ersatztiere und Maulesel, die das persönliche Gepäck der Reisenden trugen, damit sie nicht ständig die Planen der Warenkarren lösen mußten, um an ihre Habseligkeiten zu gelangen.

Philipa ritt auf Bona, auch wenn Albrecht dagegen gewesen war. »Dieses Pferd ist nicht sehr repräsentativ«, hatte er gemeint und die freundlich schnaubende Bona mit einem höchst zweifelnden Blick gemustert.

»Aber treu, sicher und brav«, erwiderte Philipa und ließ

nicht zu, daß er ihr ein eleganteres Pferd besorgte, an das sie sich erst hätte gewöhnen müssen. Sie war keine sehr erfahrene Reiterin, und mit Bona kam sie gut zurecht, warum also sollte sie sie eintauschen?

»Es geht nicht an, daß deine Schwester das bessere Pferd bekommt«, beharrte Albrecht kopfschüttelnd, »doch so eines wie das da kann ich ihr schlecht kaufen.«

»Dann laß es bleiben. Mir ist es gleich.«

»Doch bockig«, murmelte Albrecht so leise, daß sie es gerade noch hörte, und sie mußte lachen. Dabei war sein eigenes Pferd beileibe nichts, worauf man sich auf den ersten Blick viel hätte einbilden können. Es war kräftig und ein bißchen derb, klug und trittsicher, aber weit davon entfernt, auf die Möglichkeiten der Familie Rappart zu verweisen. Am Ende fand Albrecht dann doch eine Stute, die zu Bona wie zu Gysela paßte, sein Gefühl für Symmetrie hätte sich gestört gefühlt, wenn die unverheiratete Schwester seiner Frau das kostbarere Reittier ihr eigen genannt hätte. Gyselas Pferd war nicht so struppig wie Bona und nicht grau, sondern ein Fuchs, doch es hatte eine ähnliche Größe und fügte sich ganz gut ein.

In den ersten Reisetagen erlebte Philipa interessiert die Rückverwandlung ihres zärtlichen Gatten in den Albrecht Rappart, der er vorher gewesen war. Ruhig und nüchtern, stets Herr der Lage und von allen ohne Wenn und Aber als Anführer akzeptiert. Ihm direkt zur Seite stand Giselbert, der die Truppe befehligte und dabei unterstützt wurde durch Wilhelm, seine rechte Hand, was die Knechte und Fuhrleute anging, und Paul, den Hauptmann der Reisigen. Außerdem war ein junger Schreiber dabei, Otfrid, der erst seit einem halben Jahr bei den Rapparts angestellt war und sich als gescheit und vertrauenswürdig erwiesen hatte. Albrecht nahm ihn mit, um bei seinen Geschäften nicht auf fremde Schreiber angewiesen zu sein, bei denen er nie wußte, ob sie ihre Dienste wirklich fehlerlos verrichteten. Vorerst hatte Otfrid frei, sprühte vor Abenteuerlust und guter Laune und amüsierte sich ganz offensichtlich wie ein Kind.

So merkwürdig es war, hatten Philipa und Albrecht weniger Zeit füreinander als vorher, obwohl sie jetzt Tag für Tag jede Stunde zusammen verbrachten. Manchmal ritten sie nebeneinander und führten leise Gespräche, waren jedoch nie ganz für sich, und so beschränkten sich ihre Unterhaltungen auf das, was auch für fremde Ohren bestimmt war. Noch schlimmer war es nachts, da sie auch dann nie allein waren. Übernachteten sie in einem Gasthaus, taten sie das alle zusammen in einem Raum und oft genug noch gemeinsam mit völlig Fremden. Verbrachten sie die Nacht draußen, scharten sie sich zum Schutz vor Räubern, Tieren und der Kälte in einem engen Kreis zusammen. Im günstigsten Fall teilten sie ihr Lager nur mit Gysela, zu dem dann allerdings auch Giselbert drängte, was Gysela und Philipa jedoch strikt ablehnten.

»Mir ist kalt«, klagte er und sah sie mit einem wehmütigen Augenaufschlag an.

»Dann kuschele dich an Otfrid«, beschied ihn Philipa streng, und er trollte sich gehorsam, nicht ohne seine Schultern deprimiert hängen zu lassen, damit sie ein schlechtes Gewissen bekam. Seine Bemühungen hätte er sich sparen können, Philipa war dafür nicht im geringsten empfänglich.

»In Dortmund nehmen wir die teuerste Unterkunft, die wir finden können, und dann besteche ich den Wirt, daß er uns eine Kammer allein überläßt«, sagte Albrecht leise, er hatte Bona ein bißchen von den anderen abgedrängt, um wenigstens für einen Moment den Hauch von Intimität zu schaffen.

»Du bist Händler, Albrecht. Du wirst doch nicht gedankenlos dein Geld zum Fenster hinauswerfen?« Philipa zügelte Bona, um sie noch weiter zurückfallen zu lassen.

»Nicht gedankenlos, ganz und gar nicht.« Albrecht drängte seinen Jason noch ein Stückchen näher und versuchte, Philipa zu küssen. Bona wieherte empört und wich aus.

Philipa kicherte. »Wir Frauen mögen es nicht, wenn wir so hinterrücks überfallen werden, da hast du es.«

»Jason will doch gar nichts von diesem häßlichen Weib. Ach, wenn man das von mir doch auch sagen könnte!« Er seufzte theatralisch.

»Du willst etwas von deinem häßlichen Weib? Oder am Ende von meinem Pferd? Was denn nun?« erkundigte sie sich und hielt an. »Versuch es noch mal.«

Bona ließ gnädig zu, daß sich Jason an ihre Seite schob, und Minni lief aufgeregt winselnd um die kleine Gruppe herum, er konnte nicht einsehen, warum sie so weit zurückblieben.

»Er hat recht, der Hund«, meinte Albrecht schließlich, »auch wenn ich es ungern sage. Wir dürfen nicht außer Sichtweite geraten. Es ist nicht sicher.«

»Da. Du gibst zu, daß Minni sprechen kann«, sagte Philipa hochzufrieden, denn bislang hatte er sich geweigert, das Tier überhaupt zur Kenntnis zu nehmen.

»O nein. Er hat keinen Ton gesagt, das hätte ich gehört. Nein, er gibt uns Zeichen. Vielleicht liegt noch eine geistliche Karriere vor ihm?«

Philipa kicherte wieder. »Ich glaube nicht. Dafür stiehlt er zu gern.«

»Dann muß er unbedingt ins Kloster.

»Albrecht! Du redest dich um Kopf und Kragen.«

»Es hört mich doch keiner. Oder ist Bona nicht verschwiegen? Auf Jason kann ich mich hundertprozentig verlassen.«

Sie fielen in einen leichten Galopp und schlossen zu ihrer Gruppe auf.

»Ihr seid aber schnell wieder da!« bemerkte Giselbert anzüglich, doch Albrecht warf ihm nur unter hochgezogenen Augenbrauen einen Blick zu und weigerte sich, darauf einzugehen. Wie er überhaupt genauso mundfaul war wie damals, als sie ihn kennengelernt hatte, beredt und mitteilsam wurde er nur, wenn er mit ihr alleine war. Philipa warf ihm eine Kußhand zu und schloß sich Gysela an.

Eine Nacht verbrachten sie in der Herberge, in der sie sich zum ersten Mal begegnet waren.

»Und du kamst von Westen oder Osten«, flüsterte Albrecht Philipa ins Ohr, eng an sie gepreßt lag er neben ihr und hatte den Arm vor ihren Leib gelegt, damit sie nur ja nicht von ihm abrücken konnte.

»Ich wollte es ein bißchen unbestimmt halten, damit man unsere Geschichte nicht so leicht überprüfen konnte«, wisperte Philipa.

»Ja, das dachte ich mir. Aber erst später. Damals war ich etwas verblüfft.«

Philipa lächelte und kuschelte sich ein bißchen enger an ihn.

Die Tür öffnete sich leise, und einer ihrer Bewacher kam herein. Er rüttelte einen der Schlafenden an der Schulter, und dieser stand sofort auf und entfernte sich gemeinsam mit einem zweiten. Der andere gähnte, legte sich an den freigewordenen Platz, ein paar Augenblicke später kam sein Kollege und ließ sich ächzend neben ihm niedersinken.

»Wachablösung«, flüsterte Albrecht.

Wilhelm, der sich ein Stück entfernt mit Giselbert und Otfrid ein Lager teilte, gab einen lauten Schnarcher von sich und drehte sich stöhnend auf die andere Seite.

»Ich wünschte, wir wären allein.« Albrecht küßte ihren Nacken, und Philipa drehte sich leise um.

»Wir sind sozusagen allein. Sie schlafen doch alle. Und bis die nächste Wache dran ist, vergeht einiges an Zeit, soviel ich weiß.«

Sie lagen so nahe nebeneinander, daß sich ihre Nasenspitzen fast berührten. »Schade, daß du dein sündiges Hemd nicht trägst«, murmelte Albrecht.

»Ich habe es mitgenommen. Bei der ersten Gelegenheit, bei der wir allein schlafen, werde ich es tragen«, versprach Philipa.

»Durch dieses feste Leinen kann ich kaum etwas fühlen«, beschwerte sich Albrecht leise.

»Nicht? Ich schon.«

Gysela lag stocksteif neben ihnen und war sich nicht sicher, was sie tun sollte. Einerseits gehörte es sich nicht, Eheleute beim traulichen Gespräch zu belauschen, zumal sie leider ohnehin kaum etwas verstand. Außerdem hatten sie so wenig Gelegenheit, allein zu sein. Obendrein interessierte es sie brennend, was sie taten, wenn sie allein *waren.* Aus Philipa bekam man ja zu diesem Thema kein Wort heraus.

»Warte mal. Vielleicht schlafen wirklich alle?« Albrecht richtete sich auf und sah vorsichtig in die Runde. Gysela kniff schnell die Augen zusammen. Es wäre ihr peinlich gewesen, beim Lauschen erwischt zu werden.

»Ja. Ich glaube, sie schlafen tief und fest.« Mit einem leisen Rascheln streifte sich Albrecht das Hemd über den Kopf und kniete sich vor Philipa.

Gysela schämte sich entsetzlich, konnte jedoch nicht widerstehen. Sie blinzelte durch die fast geschlossenen Augenlider und sah Albrecht als im Schein des fast verlöschten Feuers nur schwach erkennbaren Schimmer, wie er Philipa von ihrem Hemd befreite und seine Hände auf ihre Brüste legte. Philipa stellte die Beine auf und öffnete die Schenkel, und Albrecht beugte sich über sie und murmelte etwas, was Gysela nicht verstehen konnte. Sie waren beide vollkommen still, und auch wenn sie erkennen konnte, wie sie sich bewegten, erst sehr langsam und dann immer schneller, so hörte sie doch keinen einzigen Laut. Nur einmal, als Albrecht sich plötzlich aufbäumte, sog er so scharf die Luft ein, daß es in dem ruhigen Raum wie ein Knall wirkte.

Langsam ließ er sich niedersinken und barg das Gesicht an Philipas Schulter. Sie streichelte schlaftrunken und zärtlich seinen Rücken und flüsterte ein paar Worte in sein Haar.

Gyselas Herz klopfte schmerzhaft. Auf einmal fühlte sie sich sehr einsam.

»Du ißt ja gar nichts.« Philipa betrachtete ihre Schwester, die lustlos in die Holzschüssel mit Erbsenbrei starrte, die sie sich teilten.

»Hm? Ach so. Ich hab keinen Hunger.«

»Schmeckt auch nicht besonders. So langweilig.«

»Nach nichts«, bestätigte Gysela, aber das war es nicht, was ihr den Appetit verschlagen hatte. Sie dachte an Albrecht und ihre Schwester, an Männer im allgemeinen und an Giselbert. Einfach undenkbar, daß der sich vielleicht vorstellte, sie ließe ihn dasselbe mit ihr machen, was ihr Schwager gestern mit ihrer Schwester getan hatte. Philipa hatte recht. Sie sollte Giselbert nicht erlauben, sich zu viele Freiheiten herauszunehmen. Er könnte auf dumme Gedanken kommen. Entschlossen schob sie ihr Schüsselchen weg und blickte auf.

Albrecht. Er ließ sich gerade neben Philipa nieder und begann seine Erbsen in sich hineinzuschaufeln. Es wäre Gysela sehr viel lieber gewesen, er hätte sich nicht zu ihnen gesetzt. Sie wurde rot. Gott sei Dank schien es niemand zu bemerken.

»Du hast einen bemerkenswert anspruchslosen Geschmack«, stellte Philipa neben ihr fest, die ihren Gatten ebenfalls beobachtete.

»Nicht in jedem Fall«, erwiderte Albrecht, ohne aufzuschauen.

Gysela wurde wieder rot. Peinlich. Doch immer noch achtete keiner auf sie.

»Ich glaube, ich werde das Kochen übernehmen«, sagte Philipa einer Augenblickseingebung folgend.

Jetzt blickte Albrecht hoch. »Was möchtest du?«

»Kochen. Ich will Georg nicht zu nahe treten«, Georg war derjenige der Knechte, der die Verpflegung der Mannschaft übernommen hatte, »aber das hier schmeckt absolut gräßlich.«

»So schlimm ist es doch gar nicht. Du kannst kochen?«

»Was glaubst du eigentlich, was ich den lieben langen Tag getan habe, bevor ich dich kennengelernt habe? Auf dem Bett gelegen und mir süße Trauben in den Mund gesteckt? Baldachine angestarrt? Ich dachte, du hättest den Schock überwunden, daß ich backen kann.«

»Backen, ja.«

»Wer backen kann, kann auch kochen.«

»Aha. Jetzt, wo du es sagst, merke ich es übrigens auch. Der Brei ist fade. Aber wir essen immer so, wenn wir auf Reisen sind und nirgendwo einkehren können.«

»Das ist ja kein Grund, dies nicht zu ändern.« Philipa lächelte ihren Mann liebenswürdig an.

»Im Prinzip nicht«, sagte Albrecht bedächtig, »aber ich erlaube es nicht.« In aller Seelenruhe wischte er seine Schüssel mit einem Stück Brot aus.

»Und warum nicht, wenn ich fragen darf?« Philipa versuchte, nicht spitz zu klingen.

»Weil ich es nicht möchte.«

Philipa schwieg. Es war das erste Mal, daß Albrecht sich ihr in den Weg stellte, und sie merkte, daß sie es nicht mochte. Sie hatte sich schnell daran gewöhnt, daß er ihr zu Füßen lag.

»Wärest du so liebenswürdig, mir zu erläutern, warum nicht?« Sie bemühte sich redlich, die Schärfe aus ihrer Stimme herauszuhalten, doch perfekt gelang es nicht.

»Muß ich?« Albrecht sah sie an. Ja, mußte er. »Na gut. Es ist falsch. Du bist meine Frau, Philipa Rappart von Aichbergen, und keine Köchin, die ich in meine Dienste genommen habe und die sich für Fuhrknechte in den Staub kniet.«

Philipa schwieg einen Moment und dachte über das Gesagte nach. Wenn Albrecht nicht wollte, hatte sie im Grunde keine Chance, und auf eine ernsthafte Auseinandersetzung verspürte sie keine rechte Lust. »Wenn du es meinst.« Sie sah ihn nicht an.

»Gut.« Albrecht schickte sich an, aufzustehen.

»Albrecht?«

Er blieb sitzen und blickte nachdenklich zu ihr hinüber. »Ja?«

»Was wäre, wenn ich Georg anleiten würde? Überaus hochherrschaftlich und ohne einen Finger zu rühren? Ich kann den Pamps nicht essen, weißt du. Irgendwann falle ich vom Fleische und werde schwach und jämmerlich, und das möchtest du doch nicht?«

»Nein«, bestätigte Albrecht, und seine Augen glitzerten.

»Darf ich?«

»Einverstanden.« Er stand endgültig auf, lächelte ihnen noch einmal kurz zu und ging hinüber zu Giselbert, der den Abbau der Mittagsrast beaufsichtigte und neben Otfrid stand, der mit Bona schmuste und ihr saftige frische Kräuter ins Maul steckte, die er gepflückt hatte.

»Mann o Mann, das war knapp«, sagte Gysela, »fast hättet ihr euren ersten Ehekrach gehabt.«

Das stimmte. Philipa schwieg und sann erstaunt der Erkenntnis nach, daß es ihr tatsächlich etwas ausgemacht hätte, mit Albrecht keinen Kompromiß schließen zu können. Sie stand auf. »Komm, Gisi, es geht offensichtlich weiter«, sagte sie und streckte ihrer Schwester die Hand hin.

»Ich habe Euer Pferd bereitgemacht«, sagte Otfrid hinter ihr. »War das recht? Eures hole ich auch gleich.« Bevor Gysela noch zustimmen konnte, war er schon auf und davon.

»Netter Kerl«, bemerkte Philipa, »immer so gut gelaunt. Ich glaube, es gefällt ihm, unterwegs zu sein.«

Gysela nickte desinteressiert.

Von da an sprang Philipa ab und zu vom Pferd und verschwand im Wald, wenn es ihr vielversprechend erschien. Bei sämtlichen männlichen Reisenden löste dieses eine Reaktion zwischen Verwunderung und blankem Entsetzen aus, letzteres vor allem bei Albrecht und bei Paul, dem Hauptmann der Wache, der für die Sicherheit der Gruppe verantwortlich war.

»Du hörst auf der Stelle mit dem Unsinn auf«, befahl Albrecht ruhig, und keiner außer Philipa, die ihn inzwischen sehr gut kannte, hätte merken können, wie aufgebracht er war.

»Aber Albrecht! Ich sammele Kräuter, das kann doch so schlimm nicht sein?«

»Natürlich nicht. Aber du wirst nicht wieder allein im Wald verschwinden. Es kommt ganz einfach überhaupt nicht in Frage.«

»Gut.« Philipa überlegte. Sie hatten einmal einen Kompromiß geschlossen, sie würden wieder einen finden. »Giselbert kann ein Fuhrwerk lenken?«

Albrecht nickte knapp und betrachtete sie mißfällig. Daß dieses Weib einfach nie ohne Widerworte seinen Anordnungen Folge leistete. Er wußte beim besten Willen nicht, wie er es aushalten sollte, stieße ihr etwas zu.

»Fein. Dann kann Georg mich in den Wald begleiten, und Giselbert übernimmt seine Fuhre.«

»Nein«, sagte Albrecht stur.

Stur und humorlos, das hatte sie damals schon gedacht. Humorlos hatte sich als Irrtum erwiesen, doch stur war er wie ein Maulesel.

»Albrecht. Wir hatten vereinbart, daß ich unsere Mahlzeiten etwas reformiere. Wie soll ich das tun, wenn ich außer Erbsen nichts zur Verfügung habe?«

»Georg ist nicht bewaffnet.«

Philipa rang um ein aufmunterndes Lächeln. »Dann kannst du vielleicht für die kurze Zeit einen der Reisigen entbehren?« Sie hoffte bloß, es wäre nicht das Narbengesicht. »Es ist ja nicht so, daß ich halbtageweise im Wald verschwinde, es handelt sich doch immer nur um kurze Wege. Wenn wir im nächsten größeren Ort ankommen, in dem vielleicht sogar gerade Markt abgehalten wird, kaufe ich den Rest.«

Sanftbraune Augen senkten sich in kühle blaue. Dabei täuschte der Eindruck in beiden Fällen. Philipas Blick war nicht sanft und Albrechts Herz nicht kühl. Zu seinem eigenen allergrößten Erstaunen gab er nach.

»Na gut. Aber nur, wenn du mir versprichst, dich nicht zu weit vom Weg zu entfernen und bei nächster Gelegenheit alles zu besorgen, was du benötigst.«

Der stählerne braune Blick wurde weich und strahlend, Albrecht zog ein finsteres Gesicht, Giselbert grinste, und Otfrid wandte sich gerührt ab. Gysela hatte nicht zugehört.

Nachdem Georg seine Verlegenheit und Hanno seine Verwunderung über ihren Auftrag überwunden hatten, gestalteten sich ihre kurzen Ausflüge äußerst anregend. Fand jedenfalls Philipa, die froh war, nicht den ganzen Tag tatenlos hinter der Wagenkolonne herzockeln zu müssen. Für manches war es einfach noch zu früh im Jahr. Aber sie fanden jungen wilden Knoblauch, Dost, Bibernelle und den ersten Thymian, und in ein paar Wochen würden sie Brunnenkresse sammeln können. In einem kleinen Weiler verkaufte ihnen eine mißtrauisch blickende Köhlersfrau gegen einen für sie fürstlichen Betrag Zwiebeln, Speck und getrocknete Apfelringe. An diesem Tag bekamen sie eine höchst schmackhafte Suppe, die Albrecht kommentarlos und mit steinerner Miene, alle anderen jedoch hochzufrieden zu sich nahmen.

Philipa machte sich im Geiste ständig Notizen, was sie alles einkaufen würde, kämen sie nur erst in einen größeren Ort. Pfeffer und Muskat mußten nicht sein, sie wollte Albrecht nicht auf Kosten treiben, aber gepökeltes Schweinefleisch,

Speckseiten, ein bißchen Gemüse und Gerstenkörner sollten es schon sein. Es war nicht nötig, daß es sehr abwechslungsreich wurde, bloß schmecken mußte es.

Dann gab Albrecht Giselbert einen Wink, er solle die Kolonne anhalten lassen.

»Was ist denn los?« Philipa zügelte überrascht ihre fleißige Bona, die sich umgehend an den jungen Trieben eines Strauches zu schaffen machte. Es war noch nicht lange nach der Mittagsstunde und viel zu früh, bereits einen Übernachtungsplatz zu suchen.

»Wir halten hier. Es ist nicht mehr weit bis Dortmund, und ich möchte nicht, daß wir völlig abgerissen dort erscheinen.« Albrecht stieg ab und warf einem der Knechte die Zügel seines Jason zu. »Hier in der Nähe ist ein kleiner Teich, an dem können wir uns frisch machen.« Er sah sie nicht an. Offenbar nahm er ihr noch immer übel, daß sie sich mit ihrem absurden Vorhaben durchgesetzt hatte.

Philipa zuckte die Achseln und versuchte, sich nicht zu ärgern. »Komm, Gysela.« Gemeinsam mit dem glücklichen Minni wanderten sie den gewiesenen Weg zwischen hohen Buchen und saftigen grünen Farnen entlang und kamen nach einer kurzen Biegung ihres Pfades auf eine kleine Lichtung, durch die ein Bächlein strömte. An einer Stelle hatte es sich zu einem ovalen Becken erweitert, umstanden von wogendem Schilf und Sumpfdotterblumen kurz vor der Blüte.

»Hier ist es schön.« Philipa ließ sich aufatmend auf einen umgestürzten Baumstamm nieder. Einmal unbeobachtet von ungefähr fünfzehn Männern zu sein war äußerst angenehm.

»Sag mal, Gisi, hast du was?«

»Nein.« Gysela sah sie nicht an. Inzwischen hatte sie sich dermaßen hineingesteigert in die aufreibenden Vorstellungen und Erinnerungsbilder von Philipa und ihrem Mann, daß sie sich kaum noch ungezwungen neben ihnen bewegen konnte.

»Aber ja. Ich kenne dich doch. Wenn du so schweigsam

bist wie jetzt, ist irgend etwas. Ich will wissen, was. Bisher haben wir immer alles geteilt.«

Bisher, ja. Gysela sah sie kläglich an. Darüber *konnte* sie nicht mit ihr reden.

Philipa stand auf, kam zu ihr hinüber und hockte sich neben sie ins Gras. »Gisi. Komm. Ich bin's, Philipa, deine Schwester. Ist irgend etwas passiert, was du mir sagen solltest?«

Gysela grinste schwach. »Ich bin bloß blöd, es ist nichts. Wirklich nicht. Ich mach' mir nur so meine Gedanken ... über Männer«, platzte sie schließlich heraus.

Du liebe Zeit. Hoffentlich gab es da etwas, zu dem sie eine vernünftige Antwort parat hatte. »Was denkst du denn über Männer?«

An *deinen* Mann. Nun, das konnte sie schlecht sagen. »Na, so im allgemeinen. Daß du recht hast, wenn du meinst, ich sollte Giselbert nicht ermuntern. Ich will ihn nicht.«

»Gut so. Du mußt ihn auch nicht nehmen, weißt du.«

Gysela holte tief Luft. »Außerdem denke ich manchmal an Kuno. Und an Graf Gottfried. ... wie gräßlich sie waren.«

»O ja. Sie waren ekelhafte Widerlinge, alle beide.« Philipa jagte ein Schauer den Rücken hinunter. Damals hatte sie ja noch nicht richtig gewußt, was alles so genau hätte passieren können, aber jetzt – ihr wurde im lautersten Sonnenschein eiskalt, wenn sie nur daran dachte.

»Weißt du, Gysela«, sie zögerte, ausführlich wollte sie einfach nicht werden, selbst für ihre Schwester nicht, »sie sind nur ... Beispiele dafür, wie es *nicht* sein soll. Es ist anders, wenn du mit jemandem zusammen bist, bei dem du einwilligst.«

Gysela schossen die Tränen in die Augen. Einwilligen schon. Es war nur der falsche Mann. Doch ehe sie das zugegeben hätte, wäre sie lieber gestorben. »Meinst du?« flüsterte sie.

»Natürlich.« Philipa legte den Arm um die schmalen Schultern ihrer Schwester, nicht im mindesten ahnend, was diese tatsächlich quälte. »Eines Tages findest du jemanden, der dir gefällt, und dann wirst du ihn heiraten und glücklich werden, ganz bestimmt. Du brauchst niemanden zu nehmen, der dir zuwider ist, weil du nämlich keinen hast, der dich zwingen kann.«

»Und Albrecht?« flüsterte Gysela. »Ist der nicht jetzt mein Vormund?« Entsetzliche Vorstellung.

»Ja, schon. Er ist dein einziger Verwandter. Aber das bekomme ich hin. Ich meine, er hat mich genommen, weil er mich gewollt hat, und ich habe ihn zumindest aus freien Stücken akzeptiert, und genau das steht dir auch zu.«

Gysela nickte und sah auf das glitzernde Wasser vor ihr.

Hinter ihnen ertönten Schritte. »Ach, da seid ihr ja. Ich habe euch euer Kleiderbündel mitgebracht, ihr solltet euch umziehen, bevor wir in Dortmund einreiten.« Albrecht ließ den Sack zu Boden gleiten, kniete sich dann ohne weitere Umstände neben ihnen nieder und schöpfte mit der hohlen Hand Wasser aus dem Teich, um es zu trinken. Die Sonne warf helle Kringel auf den blauen Stoff seiner Tunika, die über den Schultern spannte.

»Na, dann wollen wir mal«, sagte Gysela schweren Herzens. »Wo ist hier ein Busch?« Sie schnappte sich den Sack und verschwand, um sich umzuziehen.

»Ich komme gleich nach.« Philipa war in die Betrachtung des Rückens ihres Ehemannes vertieft. Dann faßte sie sich ein Herz.

»Albrecht, hörst du bald auf zu schmollen, oder muß ich mich auf längere einsame Phasen einstellen?«

Ihr Gemahl schnaubte, richtete sich ächzend auf und ließ sich neben sie ins Gras fallen. »Ich würde es mir vielleicht noch einmal überlegen, wenn du mich dir beim Umziehen helfen läßt.«

»Das geht nicht. Weil du dich nämlich nicht beherrschen

kannst. Und weil da drüben ein Haufen wilder Männer wartet, die begeistert wären, ihren Herrn beim Liebesspiel mit seiner Gemahlin zu beobachten. Genau darauf hat die Gemahlin keine Lust.«

»Tja.« Albrecht starrte mit verschlossener Miene auf das im Sonnenlicht funkelnde Wasser, ein hübscher gelber Schmetterling tänzelte vorbei, doch er bemerkte ihn nicht.

Philipa streckte die Hand aus und legte sie in seinen angespannten Nacken. »Albrecht, bitte. Ich weiß ja, daß du böse mit mir bist, aber kannst du nicht einfach damit aufhören? Ich finde es … scheußlich. Hier ist es so hübsch und wie geschaffen für ein bißchen Liebesgesäusel, und statt dessen sitzt du so finster da und würdigst mich keines Blickes.«

Er sah auf. Endlich. Dann erhob er sich umständlich halb, um sich hinter sie zu setzen und sie an sich zu ziehen, bis sie gemütlich mit dem Rücken an ihm lehnte. »Es ärgert mich, daß ich es nicht aushalten kann, wenn du dich in Gefahr begibst.«

»So gefährlich ist Kräutersammeln gar nicht. Ich bin doch auch nicht allein. Georg und Hanno sind bei mir.«

»Das ist es ja gerade. Es ist gar nicht so gefährlich, trotzdem rege ich mich auf. Noch mehr rege ich mich auf, weil du mir nicht gehorchst.«

»Ich gehorche dir doch. Ich bin immerhin nicht mehr alleine in den Wald gegangen. Also gehorche ich.«

»Aber nicht ohne Widerworte.« Albrecht seufzte tief, legte seine Wange an ihr Haar und schloß die Augen. Irgendwo quakte ein Frosch. »Du bist ein anstrengendes Weib.«

»Aber ich würde mich küssen lassen, wenn du es unbedingt drauf anlegtest.«

»Das ist ein Angebot, welches ich mir überlegen könnte. Ich bin Händler, wie du weißt.« Albrecht ließ sich mit Philipa in den Armen ganz langsam nach hinten sinken. »Hör auf zu gackern. Dreh dich lieber um.«

Es war nicht sehr elegant, doch sie schaffte es.

»Du bist schwerer, als du aussiehst. Und du sollst aufhören zu lachen, habe ich das nicht schon gesagt?«

»Hast du.« Sie hörte tatsächlich auf und begann statt dessen, ihn sehr zärtlich zu küssen, und da hörte Albrecht auf, sich über sie zu beschweren.

»Hoffentlich sind wir da, bevor es anfängt zu regnen«, sagte Giselbert und sah mit bedenklicher Miene zum Himmel. Es hatte sich plötzlich und sehr schnell zugezogen mit einer grauen Wolkendecke, die keinen heftigen und erfrischenden Landregen verhieß, sondern ein lang anhaltendes, langweiliges Etwas, das sehr ungemütlich zu werden versprach.

Dortmund, eingebettet in grüne Hügel von geringer Höhe, lag direkt vor ihnen. Sie brauchten nur den Hellweg, auf dem sie sich seit einiger Zeit befanden, weiterzureiten, er würde sie direkt von Westen her in die Stadt führen. Giselbert gab das Zeichen. »Auf geht's.«

»Philipa und Gysela, ihr bleibt bei mir«, bestimmte Albrecht. »Wir reiten voraus. Otfrid und Dietrich, ihr kommt mit.«

»Was ist mit den anderen?« erkundigte sich Philipa.

»Wir sind ohne die Wagen schneller. Da wir ohnehin an verschiedenen Orten nächtigen werden, müssen wir nicht gemeinsam ankommen. Otfrid?«

»Ja?« Otfrids Maulesel tänzelte heran.

»Du hast dein Schreibzeug und alles, was du brauchst, griffbereit?«

»Ja. Natürlich.« Otfrid war Optimist, außerdem verfügte er über eine schnelle Auffassungsgabe sowie den ungebrochenen Glauben, seine Aufgaben bewältigen zu können. In der Regel behielt er recht.

»Gut. Halte dich zu meiner Verfügung und zu der meiner Frau, wenn sie dich um etwas bittet. Dietrich, du nimmst die beiden Packpferde dort hinten. Die anderen können bei der Gruppe bleiben.«

Dietrich nickte und übergab seine Fuhre an einen der Reisigen, Philipa wußte nicht einmal, wie er hieß. Dann brachen sie auf. Eine Weile hörten sie noch, wie sich unter Gerumpel und »Hoho!«-Gerufe der Wagenzug in Bewegung setzte, dann war alles still.

Sie hatten kaum die Stadt erreicht, da setzte der Regen ein. Feine, dünne Fäden, die beharrlich vom Himmel fielen, kaum zu sehen waren und trotzdem nach kurzer Zeit alles feucht durchtränkten. Gyselas blonde Locken hingen schwer und viel dunkler als normalerweise ihren Rücken hinab, Philipas sittsame Haube war schnell naß und schlapp und fühlte sich sehr unangenehm an.

Gemeinsam ritten sie über den Hellweg ein, der von Westen nach Osten quer durch die Stadt führte, Albrecht neben Philipa und hinter ihnen Gysela und Otfrid, das Schlußlicht bildete Dietrich mit den Packtieren. Nach kurzer Zeit erweiterte sich die Straße zu einem rechteckigen Marktplatz. Es war später Nachmittag, fast schon Abend, und es herrschte nur mäßiger Betrieb. Was einzukaufen war, hatte die Dortmunder Hausfrau längst besorgt, und ansonsten blieb sie lieber zu Haus bei so einem Wetter.

Vor einem stattlichen Gebäude aus Stein hielten sie an.

»Können wir uns da unterstellen?« Dem Haus vorgelagert war eine Art Laube hinter weiten Arkadenbögen, dort wären sie vor dem Regen geschützt.

»Nein, es lohnt sich nicht, extra abzusteigen.« Albrecht saß auf Jason, der mit traurig herabhängenden Ohren ergeben dastand und aussah, als sehne er sich dringend in einen Stall. Philipa konnte es ihm nachfühlen. Doch Albrecht gab ganz konzentriert seine stets klaren Anweisungen, während der Regen auf ihn niederrauschte und seinen wollenen Umhang durchtränkte und sicher schwer wie Blei werden ließ.

»Otfrid, du bringst die Damen in den Gasthof ›Zum Bären‹

und mietest uns dort ein. Für mich und meine Frau forderst du eigene Räume, egal, wie du es anstellst. Ich komme später nach, wenn ich uns angemeldet habe. Dietrich, bring die Kleidersäcke in meine Kammer, möglicherweise brauchen wir sie heute noch.«

Dietrich, offenbar kein Freund überflüssiger Worte, nickte, und Otfrid fragte: »Wo ist denn das Gasthaus?«

»Hinter der Marienkirche zweigt eine schmale Gasse ab, dort geht ihr rein und könnt es eigentlich gar nicht verfehlen. Ich glaube, Dietrich müßte es kennen. Dietrich?«

Der Angesprochene nickte und brummte irgend etwas Unverständliches.

»Wenn Giselbert Wagen und Leute untergebracht hat, meldet er sich bei euch. Falls ich bis dahin noch nicht wieder da bin, erstattest du mir Bericht, Otfrid, denn er soll sofort zurück zum Lager.«

»Wird gemacht.«

»Gut.« Albrecht sprang vom Pferd und band es an einem eisernen Ring fest, der an einem der Pfeiler der Gerichtslaube prangte. »Worauf wartet ihr noch?« erkundigte er sich. »Seid ihr noch nicht naß genug?«

Nun, es gab eben diesen Albrecht und jenen Albrecht. »Ja, laßt uns losreiten. Ich möchte ins Trockene«, sagte Philipa und dirigierte ihre tropfnasse Bona an Otfrid vorbei.

Sie fanden die Herberge ohne Probleme, vor allem, weil ein sehr hübsches Bild des namengebenden Bären die Front zierte. Er ähnelte ganz fatal einem Hund, der sich auf die Hinterbeine gestellt hatte und um Fressen bettelte, Minni betrachtete ihn erstaunt und schien nicht zu wissen, was er davon halten sollte. Neben dem Haus befand sich ein schmaler Durchgang, durch den hindurch sie einen Hof erreichten, wo sie die Pferde abstellen konnten und an dessen einer Seite Unterstände für die Tiere zu sehen waren.

»Gleich hast du es geschafft«, tröstete Philipa Bona und zog sie an einem sehr feuchten Ohr.

»Und wir auch, dem Himmel sei Dank«, bemerkte Gysela.

Sie betraten gemeinsam mit Otfrid die Herberge, da sie keine Lust hatten, weiter im Regen zu stehen, während er die Verhandlungen führte, Dietrich blieb bei den Pferden und dem Gepäck.

»Tach«, sagte der Wirt, der ihnen geschäftig entgegeneilte und mit raschem Blick ihre Aufmachung taxierte, um abzuschätzen, ob er zahlungskräftige Kunden vor sich hatte. Philipa sah hochmütig genau an ihm vorbei.

»Wir brauchen Unterkunft für fünf Leute. Habt ihr etwas frei?« eröffnete Otfrid das Gespräch.

»Hab ich.« Seine Musterung war offenbar zufriedenstellend ausgefallen. »Der Frauenschlafsaal ist oben, der von den Männern hier.«

»Mein Herr wünscht für sich und seine Gemahlin eine eigene Kammer.« Otfrid lächelte liebenswürdig, aber zäh.

»Geht nicht.«

»Nicht? Mein Herr ist bereits mehrfach hier abgestiegen und erinnert sich, daß ihr solche Kammern zur Verfügung stellen könnt.«

Philipa dagegen entsann sich nicht, Albrecht etwas Derartiges sagen gehört zu haben. Sie sah gelangweilt an dem Wirt vorbei und hoffte, sie würden sich schnell einig. Ihr war kalt, und sie wollte sich umziehen.

»Wer ist er denn, dein Herr?« Der Wirt schwankte zwischen Unwilligkeit und Geschäftssinn, man konnte es deutlich sehen.

»Albrecht Rappart, und dies ist seine Gemahlin.« Otfrid nickte kurz zu Philipa und beugte sich dann vertraulich nah an das Ohr des Wirtes. »Mein Herr ist seiner Dame sehr gewogen und gibt einiges auf ihr Urteil. Es wäre sicher nicht schlecht, wenn sie ihm berichten würde, sie sei äußerst zuvorkommend behandelt worden.«

»Na gut.« Er hatte sich entschieden. »Wir haben oben unterm Dach noch etwas frei. Wenn der Dame das nicht zu umständlich ist.«

Philipa schien ihn nicht zu bemerken. Otfrid nickte. »Das wird gehen.«

»Wollt Ihr Laken?«

Otfrid blickte zu Philipa hinüber, und sie schüttelte kaum merklich den Kopf. Vielen Dank auch, sie hatte wohlweislich ihre eigenen eingepackt und mitgenommen.

»Das ist nicht nötig. Zeig uns den Weg.«

Otfrid begleitete Philipa und Gysela über enge Stiegen nach oben, und gemeinsam mit dem Wirt betraten sie ein erstaunlich sauberes, wenn auch kleines Zimmerchen im zweiten Stock. Es war weitaus besser, als Philipa sich erhofft hatte. Sie nickte gnädig.

»Der Frauenschlafraum liegt direkt hier drunter. Soll ich es Euch zeigen?« Der Wirt hatte sich mit seinem Schicksal, für Gäste sorgen zu müssen, abgefunden.

Gysela schüttelte heftig den Kopf, und Philipa gestattete sich, zum ersten Mal huldvoll ein paar Worte zu sprechen. »Meine Schwester bleibt fürs erste bei mir. Otfrid, laß dir bitte zeigen, wo sich der Raum befindet, dann kannst du später Gysela behilflich sein.«

»Ja, Herrin«, erwiderte Otfrid demütig, und seine Augen funkelten mutwillig, bevor er sie ehrerbietig senkte.

»Ihr dürft euch zurückziehen«, erlaubte Philipa gnädig. Der Wirt schaffte es tatsächlich, sich zu verbeugen, und verließ das Zimmer.

An der Tür wandte sich Otfrid noch einmal um. »Und jetzt?« fragte er leise.

»Jetzt läßt du Dietrich die Pferde versorgen und unsere Sachen hochbringen und siehst dir eure Unterbringung an. Ach ja, du könntest noch fragen, ob die Küche etwas zu essen bereithält, wenn Albrecht später kommt. Er wird bestimmt Hunger haben. Ich auch, übrigens.«

»Wird gemacht.«

Otfrid verschwand. Sie waren allein. »Puh«, sagte Gysela und ließ sich auf einen Schemel sinken.

Philipa stieß den Holzladen auf, um frische Luft hereinzulassen, der Regen fiel in der völligen Windstille so gerade vom Himmel herab, daß kein Tropfen in den Raum dringen würde. Man hörte sein Rauschen, und irgendwo sang ein Vogel unbeirrt dagegen an. Sie drehte sich um und nahm ihr neues Zuhause in Augenschein.

»Na, geht doch.« Obwohl das Bett für Albrecht bestimmt zu kurz war. Immerhin gab es eine eigene Waschschüssel. Allerdings war sie leer, und an ihrem Grunde befanden sich eine dünne Staubschicht und eine tote Fliege, offensichtlich war sie seit längerem unbenutzt geblieben.

Sie schwiegen und warteten. Nach einer Weile polterte Dietrich mit ihrem Gepäck nach oben, dicht gefolgt von Otfrid, der ebenfalls einen Sack schleppte.

»Otfrid. Das wäre doch nicht nötig gewesen!«

Als Schreiber brauchte er solche schweren Dienste nicht zu verrichten. Otfrid winkte ab, Rangfolgerangeleien interessierten ihn nicht. Er warf den Sack mit Decken auf das Bett. »Soll ich Euch helfen?« fragte er leicht schnaufend, doch Philipa schüttelte den Kopf.

»Zu essen gibt es noch bis kurz nach Einbruch der Dunkelheit, danach könntet Ihr noch etwas Kaltes bekommen. Braten und Käse. Und Met oder Bier. Oder Wein, aber ich hatte den Eindruck, das könne man sich auch verkneifen.«

»Gut. Danke, Otfrid.«

»Die Pferde sind untergebracht und haben auch schon ihr Futter. Ich schlaf dann bei denen. Wenn Ihr noch was braucht, kann Otfrid mich da finden«, meldete sich Dietrich unerwartet zu Wort.

»Danke, Dietrich.« Philipa lächelte ihn an. Wenn Albrecht ihn zu seinem persönlichen Knecht erkoren hatte, mußte etwas an ihm dran sein. Dietrich nickte und verließ sie.

»Ich gehe nach unten und warte auf Giselbert. Er müßte eigentlich auch bald da sein.« Otfrid verschwand ebenfalls.

»In Ordnung.« Philipa stand ächzend auf. »Hilfst du mir? Ich mache jetzt das Bett.«

Gemeinsam richteten sie das Lager her, schüttelten ihre Kleider aus, wechselten ihre nassen Sachen gegen trockene, setzten sich dann hin und wußten nicht, was sie weiter tun sollten. Glücklicherweise dauerte es nicht mehr lange, bis sie Schritte hörten und Albrecht den Raum betrat.

»Wenn man dann mal darauf achtet, ist es wirklich ein scheußliches Wetter«, sagte er statt einer Begrüßung und sah sich um. »Na, das geht doch einigermaßen.«

»Hast du alles erledigt?«

»Ja.« Albrecht zog den Umhang aus und dann kurzerhand auch sein Gewand, das ebenfalls durchnäßt war. Er fühlte auf seiner Brust und entledigte sich seines Hemdes. »Man könnte meinen, ich hätte ein Bad genommen.« Philipa reichte ihm ein trockenes Untergewand, die Kienspäne, die sie inzwischen angezündet hatten, warfen ein flackerndes Licht auf seine golden schimmernde Brust. Sachte fuhr sie mit den Fingern durch den weichen Pelz. Gysela bemühte sich, nicht hinzuschauen.

»Ich habe unten im Weinausschank des Rathauses Bernward Kroytens getroffen, einen Partner von uns. Wir machen dann und wann Geschäfte miteinander. Selbst meine Bruoch sind naß, ich muß mich komplett umziehen. Gysela, dreh dich um.«

Gysela folgte errötend seinen Anweisungen, Albrecht schnappte sich Philipa und zog sie kurz an sich, bevor er sich eine trockene Hose anzog. Seine Lippen waren ganz kalt.

»Er hat uns eingeladen, morgen in seinem Hause das Mahl mit ihm und seiner Frau zu teilen. Sie haben ein Kind, glaube ich, aber das ist noch klein. Wir werden also zu fünft sein, Gysela kommt selbstverständlich mit. Otfrid nicht, das wäre zu geschäftsmäßig, es soll ganz inoffiziell sein.«

Er war endlich fertig angezogen und blickte sich unternehmungslustig um. »Ich habe Hunger. Bekommen wir hier noch etwas Warmes zu essen?«

»Ich glaube, jetzt ist es dafür zu spät. Otfrid hat gesagt, nach Einbruch der Dunkelheit gibt es nur noch kaltes Fleisch.«

»Na, das wollen wir doch mal sehen«, sagte Albrecht.

Sie hatten gegessen (etwas Warmes), Albrecht hatte in ihrer Kammer mit Otfrid in einer Ecke gehockt und ihm Anweisungen und Briefe diktiert, Philipa und Gysela hatten dagesessen und sich gezwungen, an einer Stickerei zu arbeiten, obwohl beide keine Lust dazu verspürten.

Endlich schob Albrecht seinen Schemel zurück und stand auf. »So, genug für heute. Otfrid, ich brauche dich morgen, wir werden einige Ratsherren und Fernhändlerkollegen aufsuchen. Philipa, Giselbert wird sich im Laufe des Vormittags bei dir melden und mit dir einkaufen, was du für die … wie sagtest du doch? … Reformation unserer Speisen benötigst. Zur Vesper werden wir bei den Kroytens erwartet, haltet euch dann bereit. Es schadet übrigens nicht, ein bißchen aufzutrumpfen.«

»Das heißt, wir sollen uns herausputzen«, stellte Philipa fest.

»Richtig. Otfrid, bringst du Gysela zum Frauenschlafraum? Habt ihr euch den überhaupt schon angesehen?«

Gysela schüttelte den Kopf, aber Otfrid nickte munter. »Ich schon. Allerdings bin ich sehr schnell rausgeflogen. Immerhin habe ich mitbekommen, daß es gar nicht so schlecht ist. Es gibt mehrere Lager, darunter auch zwei schmale, auf denen man alleine liegen kann. Bevor ich einen Beutel an den Kopf bekam, habe ich eines davon für Eure Schwägerin reservieren können.«

Albrecht grinste schwach. »Gut gemacht. Du begleitest sie dorthin und holst sie morgen früh auch da ab. Gute Nacht, Gysela.«

Gysela räusperte sich. »Gute Nacht.«

Philipa brachte sie zur Tür und nahm sie fest in die Arme. Es war ein sehr seltsames Gefühl, sie einfach so fortzuschicken. »Wenn du dich grämst oder fürchtest, kommst du einfach zu uns«, flüsterte sie.

»Da würde sich Albrecht aber schön bedanken«, wisperte Gysela zurück.

»Das bekommen wir schon hin. Ich will nicht, daß es dir schlecht geht da unten.«

»Ist schon in Ordnung. Gute Nacht, Pippa.« Gysela drückte ihr noch einen Kuß auf die Wange, dann verschwand sie mit Otfrid den Gang hinunter, und Philipa schloß die Tür.

»Du brauchst kein schlechtes Gewissen zu haben«, hörte sie Albrecht hinter sich. »Ich habe das Gasthaus extra ausgesucht, weil es in dem Ruf steht, nicht nur einen eigenen Frauenschlafsaal zu haben, sondern ihn auch ordentlich zu führen. Offenbar hat die Frau des Wirtes einmal unangenehme Erfahrungen gemacht und gedenkt nicht, diese zu wiederholen.«

»Du schläfst sonst nicht hier?«

»Nur manchmal.« Albrecht betrachtete sie. »Was für ein wunderbarer Luxus, ein Zimmer für uns alleine zu haben. Aber es ist kalt hier, findest du nicht? Ich glaube, wir sollten unter die Decken schlüpfen und uns gegenseitig wärmen.«

»Ach, so kalt finde ich es gar nicht«, erklärte Philipa liebenswürdig.

»Doch, doch. Du hast eine Gänsehaut, ich weiß es genau. Das kann ich nicht zulassen.« Er schlug umständlich die Decken zurück. »Eine köstliche Idee, daß du unsere eigenen Laken und Decken mitgenommen hast. Erst fand ich es etwas umständlich, aber im Moment söhne ich mich gerade sehr damit aus.« Dann schickte er sich an, die Kienspäne zu löschen.

»Ein Glück, daß es aufgehört hat, zu regnen. Es gibt nichts Schlimmeres als nassen Samt«, sagte Philipa, als sie am Ende des nächsten Tages ihren Weg zu Bernward Kroytens nahmen. Sie hatten sich Albrechts Worte zu Herzen genommen und sich mit soviel dezentem Luxus ausstaffiert, wie es gerade noch tolerabel war, sofern man nicht auf ein hochoffizielles Festbankett ging. Doch Philipas Cotte war sehr lang und mit tiefen Röhrenfalten versehen, und der Surkot, den sie darüber trug, war an den Armlöchern und am Saum mit Pelz besetzt. An Albrechts Hut wippte eine Pfauenfeder, die bei Nässe bestimmt ein trübseliges Bild abgegeben hätte.

Philipa war sehr zufrieden. Mit dem belustigten Giselbert an ihrer Seite hatte sie einen angenehmen Vormittag verbracht und eingekauft, soviel er tragen konnte, den Rest würden sie sich vor Abreise anliefern lassen. Dieser Rest bestand aus einer geräucherten Schweinehälfte, Stockfisch und einem dicken Klumpen gelber Butter, da diese zum Anbraten den besseren Geschmack abgab im Vergleich zu einfachem Leinöl. Die frühen Nachmittagsstunden hatten sie und Gysela dann damit zugebracht, sich zurechtzumachen, Gyselas Locken in eine akzeptable und kleidsame Frisur zu bringen und Philipas Haare unter einer Haube zu verstecken, die in kunstvolle winzige Fältchen gelegt und am Rande mit schimmernden Silberfäden bestickt war. Allerdings weigerte Philipa sich, ein Gebende anzulegen.

»Solange ich noch kein wackelndes Doppelkinn habe, schnüre ich meinen Hals nicht fest«, erklärte sie kategorisch und verschwieg ihre Befürchtung, keine Luft mehr zu bekommen, wenn sie erst einmal von den Schultern aufwärts durch feste Leinenbinden zusammengehalten werden würde.

Es war schöner, als sie angenommen hatte, einmal wieder im Luxus zu schwelgen, sie erbaute sich an der Vorstellung eines Gastmahles in einer festlich geschmückten Stube anstelle eines Picknicks in Gesellschaft müffelnder Maultiere, und sie freute sich auf eine Begegnung mit einem Kollegen ihres Mannes und vor allem mit dessen Frau, die ein ähnliches Schicksal hatte wie sie selbst, jedenfalls was den Beruf ihres Gemahls anging.

Ihre Freude und gute Laune erloschen mit einem Schlag, als Albrecht sie dem ihnen beschwingt entgegeneilenden Hausherrn noch in dem hölzernen Vorhaus seines Anwesens mit den Worten vorstellte: »Lieber Bernward, ich möchte Euch mit meiner Gemahlin Philipa Rappart von Aichbergen bekanntmachen, die mich zu meiner Freude auf dieser Reise begleiten wird.«

Philipas Lächeln gefror. Hinter ihr schnappte Gysela nach Luft. Bernward merkte nichts davon, oder er war zu höflich, es sich ansehen zu lassen.

»Seid willkommen in meinem Heim«, sagte er herzlich. »Wir haben Albrecht so lange nicht gesehen und freuen uns ganz besonders, auch Euch begrüßen zu dürfen. Vor allem meine Gemahlin brennt darauf, Euch kennenzulernen.«

Er bot ihr seinen Arm. »Darf ich Euch führen?«

Philipa senkte huldvoll den Kopf und vermied es, ihren Gatten anzublicken. »Gerne«, sagte sie. »Darf ich Euch zuvor noch meine Schwester Gysela vorstellen? Sie begleitet mich auf dieser Reise.«

»Sicher. Eine Frau wie Ihr sollte nicht alleine mit den Rabauken unseres Gewerbes unterwegs sein«, sagte Bernward lächelnd und tätschelte ihren Arm. Wie Gottschalck hatte er weiße, zarte Hände und schien die tatenverlangende Seite seines Händlerdaseins anderen zu überlassen. »Darf ich?« Er bot Gysela den anderen Arm, und sie ergriff ihn lächelnd.

Philipa würdigte Albrecht keines Blickes, sondern begann mechanisch ein liebenswürdiges, nichtssagendes Geplauder mit Bernward, während sie gemeinsam einen gut gepflegten Hof überquerten und das im hinteren Bereich des Grundstückes liegende Wohnhaus betraten. Es war nahezu quadratisch und machte zunächst einen gedrungenen, uneleganten Eindruck, von innen war es jedoch erstaunlich komfortabel. Warm, hell erleuchtet, mit Wandbehängen vor den Mauern und merkwürdigen Fellkissen auf Bänken und Stühlen. Ihnen entgegen eilte mit erfreuter Miene Wilma, Bernwards Frau.

Er lieferte die beiden Damen dankbar ab, stellte sie artig und mit gerade dem rechten Maß an Ehrerbietung, welches man einer mit einem Bürger verheirateten Edelfrau zugestehen konnte, als die beiden Damen von Aichbergen vor, Gemahlin und Schwägerin des vorzüglichen Albrecht Rappart, und wandte sich dann erleichtert einem Gespräch unter Männern zu.

»Wie schön, daß Ihr Euren Gemahl begleitet, Herrin von Aichbergen«, sagte Wilma Kroytens liebenswürdig,

»Rappart reicht«, warf Philipa ein bißchen brüsk ein, und Albrecht sah kurz zu ihr hinüber.

»Wir hatten schon gar nicht mehr damit gerechnet, daß er sich verehelichen, und erst recht nicht, daß seine Gattin ihn auf seinen abenteuerlustigen Reisen begleiten würde«, fuhr Wilma unbeirrt fort und nötigte Philipa und Gysela, auf den beiden bequemsten Stühlen nahe dem Kamin Platz zu nehmen.

Sie versanken in Pelz, vermutlich war es Biber. Es sah zwar merkwürdig aus, war aber eigentlich eine gute Idee, jedenfalls saßen sie weich und warm.

Zum Glück stellte sich Wilma als ausgesprochen redselig heraus, und Philipa fand Zeit, sich zu sammeln. Wenn sie auch zu gekränkt war, um Albrecht auch nur mit dem allerkleinsten Blick zu beachten. Wie kam er eigentlich dazu, sie gänzlich unvorbereitet und ohne Absprache mit ihrem eigenen Namen vorzustellen? Bis sie endlich wieder zu Worten fand, sprang glücklicherweise Gysela für sie ein.

Das Tischgespräch bei gefüllten Wachtelbrüstchen, Zander auf Rübenmus und einer Vielzahl weiterer Köstlichkeiten gestaltete sich sehr abwechslungsreich und erforderte ein Höchstmaß an Konzentration, da Philipa ihre Ohren überall haben zu müssen glaubte. Jedenfalls fand sie so zunächst keine Muße, über Albrecht nachzudenken und darüber, wie sie reagieren sollte. Das hatte vielleicht auch noch Zeit bis später.

»Ich beabsichtige, mich an die Geschäfte meiner heimatlichen Kaufmannskollegen dranzuhängen und mich stärker in London zu engagieren. Was meint Ihr, Rappart, wollt Ihr nicht mittun?« sagte Bernward zu Philipas Linken. »Man müßte allerdings einmal dorthin reisen.« Weite Fahrten fand er offenbar eher beschwerlich.

»Ist es nicht sehr unbequem, mit einer Wagenkolonne über Land zu reisen? Habt Ihr überhaupt in jedem Fall eine Herberge oder ein Kloster vorgefunden?« erkundigte sich Wilma gleichzeitig zu ihrer Rechten.

»Nicht sehr häufig. Meistens schlafen wir unter freiem Himmel. Wenn es nicht gerade in Strömen regnet wie gestern, ist das gar nicht schlecht. Und gestern waren wir bereits hier«, beruhigte Philipa ihre Gastgeberin, während sie mit gespitzten Ohren den Worten ihres verräterischen Gatten lauschte.

»Später vielleicht«, erklärte er gerade und nahm einen Schluck Wein, um den Zander hinunterzuspülen. »Im Moment zieht es mich mehr in den Osten.«

»Nach Polen?« Bernward wollte es gerne genau wissen.

»Könnt Ihr Euch denn überhaupt von den Fuhrknechten anständig separieren?« fragte Wilma parallel.

»Nach Rußland«, sagte Albrecht.

»Nein«, erwiderte Philipa, doch dann lächelte sie Wilma an, diese konnte schließlich nichts dafür, daß sie ihrem Ehemann liebend gerne eine Szene gemacht hätte und sich nur mit Mühe zu beherrschen vermochte, »aber sie verhalten sich sehr diskret und aufmerksam.«

»Fuhrknechte?« fragte Frau Kroytens ungläubig

»Nach Rußland, hm.« Ihr Mann schenkte Philipa nach. »Mutig. Ihr wollt selbst dorthin?«

»Vielleicht. Ich denke, wir werden in Nowgorod überwintern, doch ich lasse es mir noch genauer durch den Kopf gehen.«

Aha, in Rußland überwintern. Schön, daß sie auch darüber informiert wurde. Philipa kam sich vor wie Minni, wenn er seine beiden Ohren völlig unabhängig voneinander in verschiedene Richtungen zu drehen verstand. Überhaupt hatten Hunde es gut. Sie durften zum Beispiel jeden, über den sie sich ärgerten, ins Bein beißen.

»Mein Angebot steht, Rappart. Unsere gemeinsamen Unternehmungen auf dem Landwege nach Flandern haben sich stets als äußerst lukrativ und erfolgreich erwiesen, ich sehe nicht ein, warum wir anderen das Feld auf dem englischen Markt allein überlassen sollten.«

Auch Wilma konnte gleichzeitig reden und zuhören. »In Rußland? Sind die Winter dort nicht schrecklich unwirtlich?« fragte sie erschauernd.

»In Nowgorod nicht mehr als die streng ausfallenden Winter hier«, erwiderte Albrecht, während sein Blick nachdenklich auf seiner ihn strikt ignorierenden Gattin ruhte. »Und man ist besser dafür gerüstet. Ihr habt Euch ebenfalls inspirieren lassen, wie ich sehe.« Er nickte zu den Fellkissen hinüber.

»Ach ja. Es ist längst Zeit, sie abzunehmen und bis zum Herbst in den Truhen zu verstauen, aber ich kann mich einfach nicht davon trennen. Sie sind so himmlisch weich und bequem«, schwärmte Wilma.

Albrecht lächelte ihr zu und überließ sie wieder ihrem Schicksal. »Kann ich noch mal die Platte mit den Kalbshaxen haben? Danke. Was ist los in Dortmund, Kroytens, könnt Ihr mir das sagen? Ich hatte den Eindruck, es grummelt in der Stadt.«

In seiner Ehe grummelte es auch gerade, den Eindruck hatte er ebenfalls, und zwar ganz deutlich. Langsam fing er an, sich zu ärgern. Was war das für eine seltsame Demonstration von Gleichgültigkeit, die seine Frau da an den Tag legte? Bei ihrem ersten gemeinsamen offiziellen Auftritt?

»Ihr müßt mir unbedingt sagen, welche Sorten Fell sich am besten für diesen Verwendungszweck eignen«, sagte Philipa mit einem ebenso gekünstelten wie strahlenden Lächeln gerade zu ihrer Gastgeberin, »ich werde mich von Euch leiten lassen.«

»Nun, das ist ganz einfach«, begann Bernward seinerseits, dies war zur Zeit entschieden sein Lieblingsthema, und er sollte es an diesem Abend auch nur noch kurzfristig verlassen, »wir wollen eine Beteiligung am Rat. Schließlich sind wir Kaufleute es, die der Stadt ihren Reichtum bescheren, oder? Aber an den bedeutenden Entscheidungen, die allesamt Auswirkungen auf das Wirtschaftsleben genau dieser Stadt haben, wollen sie uns nicht teilnehmen lassen. So geht das nicht weiter …«

»Habt Ihr die Kissen selbst angefertigt oder die Felle einem Kürschner übergeben?« fragte Gysela und unterdrückte ein Seufzen.

Man konnte Gott nicht genug preisen, daß auch dieses Essen einmal zu Ende ging, doch zu guter Letzt verließen sie die Tafel und wandten sich der Sitzgruppe am Kamin zu. Auf dem Weg dorthin entführte Bernward seinen Gast in sein Kontor, um ihm eine brandneue Landkarte der Ostgebiete des Reiches zu zeigen, und Wilma entschuldigte sich kurz, da sie ihrem Personal irgend etwas zu erläutern hatte und eine spezielle Ledernadel holen wollte, um sie Gysela zu zeigen.

Philipa stand niedergeschlagen und allein neben einer Nische. Da hörte sie von dort ein Rascheln und blickte auf.

In der Nische hockte ein Kind, ein kleines Mädchen mit

wirren Locken, und sah sie mit großen Augen verzagt an. »Ich darf hier nicht sein, aber ich komme nicht raus, ohne daß meine Mama mich sieht«, flüsterte es.

»Du darfst hier nicht sein?«

»Nein. Ich hab mich verspätet, wie immer, und da habe ich mich hier versteckt, aber dann kam der Besuch, und da konnte ich nicht mehr rechtzeitig weg. Wenn meine Mama mich hier findet, werde ich verhauen.«

»O weh.« Philipa blickte sich um. »Sie sieht gerade nicht her. Wenn du dich hinter meinen Röcken versteckst und ich hinausschlendere, könnten wir es schaffen.«

»Du hilfst mir?«

»Klar. Ich bin auch oft verhauen worden, als ich klein war, und es tat weh. Wenn man es vermeiden kann, sollte man das tun.« Sie streckte die Hand aus und zog die Kleine aus ihrem Versteck. In einiger Entfernung war klar und deutlich Wilmas Rücken zu erkennen.

»Jetzt.« Sie huschten gemeinsam aus der Stube und standen in einem kalten, zugigen Gang. »Wo mußt du genau hin?«

»Da drüben. Bringst du mich noch?«

Sie gingen gemeinsam ein Stück bis zu einem Fenster. »Guck mal, da ist mein Lieblingsbaum. Ich darf leider nicht hochklettern. Wenn man es doch tut, kann man fast die ganze Stadt sehen.«

Philipa hob das Mädchen auf die Arme und blickte zusammen mit ihm aus dem Fenster. »Ein wirklich schöner Baum. Aber sehr hoch. Finde ich mutig, daß du dich da hinauf traust.«

»Ich darf eigentlich nicht. Das dürfen nur Jungens«, teilte ihr das Kind mit.

»Sagst du mir auch, wie du heißt?«

»Bärbel. Und du?«

»Philipa.«

Bärbel legte ihr einen Arm um den Hals und sah träumerisch auf den Baum. »Ich stelle mir manchmal vor, ich wäre ein Vogel und wohnte da ganz oben in der Krone und könnte fliegen, wohin ich wollte.«

»Das ist ein schöner Traum. Ich glaube, den träume ich auch mal«, sagte Philipa leise.

»Barbara Katharina Maria Kroytens. Was machst du denn da?« ertönte Bernwards sonore Stimme hinter ihnen, und Bärbel drehte sich in Philipas Arm um und sah ihn an.

»Ich sehe meinen Baum an.«

»Auf den du *nicht* klettern sollst.« Bernwards strenge Stimme wurde von dem liebevollen Blick in seinen Augen Lügen gestraft. »Denn das tun nur Jungens«, fuhren er und seine Tochter dann im Chor fort und lächelten sich verschwörerisch zu.

»Was machst du überhaupt da auf dem Arm der schönen Herrin Rappart von Aichbergen?«

»Wir haben Freundschaft geschlossen, und Rappart reicht«, erklärte Philipa.

»Ich war aus Versehen in der Nische in der Stube und kam nicht mehr raus, weil Mama dann schon da war«, erklärte Bärbel ihrem Vater, und der zog leicht verzweifelt die Augenbrauen hoch.

»Meine Frau und ihre Tochter haben nicht immer die gleiche Auffassung von angemessenem Betragen«, erläuterte er seinen Gästen.

»Ach, das ist oft so bei Müttern, das hat nicht viel zu bedeuten«, tröstete Philipa besagte Tochter. »Trotzdem, ich muß jetzt wieder rein, sonst kommt deine Mutter mich suchen, und dann bekommen wir alle beide Schimpfe.«

»Dann kannst du mich nicht mehr in meine Kammer bringen?« fragte Bärbel betrübt.

»Ich fürchte nicht, obwohl ich es wirklich gerne täte.« Das stimmte sogar. Philipa stellte sie auf die Füße.

»Na gut. Dann gehe ich jetzt alleine in mein Zimmer und

denke darüber nach, wie ich mich bessern kann«, verkündete das Kind. Es schien sich um eine feststehende Redewendung zu handeln.

Philipa beugte sich zu ihm hinunter und flüsterte ihm ins Ohr: »Das brauchst du gar nicht. Du bist ein ganz wunderbares Mädchen, wie du bist. Denk lieber über deine Ausflüge als Vögelchen nach und wo du überall hinfliegen willst.«

Philipa und der Vater wurden mit einem Kuß belohnt, dann sauste Bärbel den Flur hinab und verschwand hinter einer schmalen Durchgangstür.

»Meine Frau ist leider manchmal etwas streng«, bemerkte Bernward mit einem Anflug von Verlegenheit in der Stimme.

»Meine auch«, sagte Albrecht.

»Tatsächlich?« Bernward sah ihn überrascht an. »Den Eindruck hatte ich ganz und gar nicht.«

Albrecht hob lächelnd kurz die Schultern, und Philipa sah an ihm vorbei. Sie hakte sich bei Bernward Kroytens ein und fragte: »Wollen wir jetzt nicht zurück in die Stube? Oder habt Ihr noch dringend im Kontor zu tun, lieber Bernward?«

»Aber nein. Bevor sie noch nach uns suchen lassen, wollen wir lieber zurückgehen, da habt Ihr recht. Hier auf dem Gang wird es doch empfindlich kühl, nicht?«

Es war eine sehr schweigsame Gesellschaft, die durch die dunklen, stillen Straßen Dortmunds zum ›Bären‹ zurückkehrte, schweigsam und ungemütlich. Oben angekommen, ergriff Albrecht zum ersten Mal, seit sie die Kroytens verlassen hatten, das Wort: »Gysela, bitte laß uns allein.«

Gysela zog die Schultern hoch, schnitt eine Grimasse und huschte davon, nachdem sie ihrer Schwester einen Kuß auf die Wange gehaucht und nach einem Blick in ihr Gesicht auf einen tröstenden Druck ihrer Hand verzichtet hatte.

Albrecht schloß die Tür auf, und Philipa rauschte an ihm vorbei ins Zimmer, wo sie umgehend begann, sich an ihrer

Haube zu schaffen zu machen. Sie haßte dieses Ding. Man kam sich vor wie eingesperrt.

»So, jetzt kannst du mir vielleicht einmal dein seltsames Betragen erklären.«

»Mein seltsames Betragen? *Mein* seltsames Betragen?« Philipa knallte die Haube auf den Tisch und drehte sich um. »Wenn sich hier einer seltsam beträgt, bist das unzweifelhaft du selbst, Albrecht Rappart!«

»Ich? Was habe ich denn gemacht?« Albrecht wurde langsam auch wütend, hatte sich aber noch gut in der Gewalt. Er war lediglich ein bißchen blaß um die Nase.

Philipa schnappte nach Luft. »Wie willst du es denn anders als eine hinterrücks angelegte Verräterei bezeichnen, wenn du einfach hingehst und, ohne es mit mir abzusprechen, mich bei diesen Leuten mit meinem Vaternamen vorstellst?«

»Was hätte ich anders tun sollen? Es ist dein Name.«

»Nein! Es ist *nicht* mehr mein Name. Ich hatte mir einen anderen ausgesucht, einen ebenso guten, Elzten. Außerdem heiße ich inzwischen Rappart, und das hätte vollkommen ausgereicht. Oder wolltest du am Ende doch ein bißchen protzen mit deiner hochedlen Gattin?« fauchte Philipa.

Jetzt reichte es ihm. »Das habe ich nicht nötig«, erwiderte Albrecht kalt.

»Nein? Tatsächlich nicht? Warum mußte es dann unbedingt sein?«

»Weil es dein Name ist. Nicht Elzten, sondern Aichbergen. Oder stimmt das am Ende auch nicht?«

»Hah! Einmal lügen, immer lügen, meinst du wohl!«

»Warum nicht.« Albrecht warf seinen Umhang von sich, ihm wurde langsam warm.

Inzwischen sah Philipa genauso wütend aus, wie sie sich fühlte. »Und du? Ehrenwerter Kaufmann? Hattest du mir nicht versprochen, *versprochen!*, daß du mir *nicht* vorwerfen würdest, dich mit meinem Namen belogen zu haben?«

Es stimmte. Das hatte er getan. Albrecht versuchte, sich zu mäßigen. Sonst gelang ihm das ja auch. Er räusperte sich. »Ich hatte einfach nicht damit gerechnet, daß du bei dieser … Unwahrheit bleiben wolltest.«

Philipa rang nach Luft und ebenfalls um Sachlichkeit. »Du hättest mich fragen können. Ich will einfach nicht, daß irgend jemand weiß, wo ich bin. Liutgard zum Beispiel. Ich will Johan Rischen nicht sehen, ich will Onkel Guntram …«

»Ich dachte, den gibt es nicht«, unterbrach sie Albrecht.

»Nicht Guntram von Elzten. Guntram von Nidbergen.«

»Oh.« Von Guntram von Nidbergen hatte Albrecht schon gehört. Keine schlechten Kreise, in denen sich seine Gemahlin früher bewegt hatte.

Philipa bemühte sich weiter redlich um Fassung. »Ich wollte einfach nicht, daß du mich so vorstellst, weil …«

»Es deinem Rang entspricht?« vollendete Albrecht spitz, er konnte einfach nicht anders.

Mit der Fassung und dem Bemühen darum war es wieder vorbei. »Wann hättest du mich wohl je dünkelhaft erlebt, Albrecht Rappart! Ich habe mich von meiner Mutter verprügeln und schikanieren lassen, ich habe unter Bettlern in Köln gelebt und bei Gauklern eine Garküche betrieben, ich habe die Kinder einer Gräfin erzogen und mir von ihrem Schwager nachstellen lassen, und zu guter Letzt habe ich einen Kaufmann geheiratet. Immer, absolut immer habe ich mich bemüht, das Beste aus meiner Situation zu machen und nicht unterzugehen! Und jetzt kommst du mir mit meinem Rang! Ja, das hättest du mit meinem Vater besprechen können, er hätte dir sicher zugestimmt, doch mein Vater ist tot und bleibt tot, und ich muß jetzt sehen, wie ich allein weiterkomme.«

Sie holte tief Luft. »Es ist mir egal, verstehst du. Dieses ganze blöde Gerede von Rang oder nicht Rang. Mich interessiert nur, daß ich ein Dach über dem Kopf habe und etwas zu essen und keine Angst vor dem Morgen haben muß, verstehst du das denn nicht?«

Ihr schossen die Tränen in die Augen, und sie schluckte sie mühsam hinunter. Sie war noch nicht fertig. »Du hast mir einen Mantel geschenkt zum Zeichen, daß ich unter deinem Schutz stehe, und jetzt verrätst du mich, ohne dich im geringsten darum zu scheren, was gut und wichtig für mich ist.«

Albrecht hatte sich jetzt wieder im Griff. »Du bist richtig hübsch, wenn du wütend bist.«

»Das ist eine ganz blöde Taktik, Albrecht Rappart.«

Sie war immer noch böse wie eine Hornisse und bestimmt ebenso gefährlich. Albrecht betrachtete sie. Den Surkot hatte sie in die Ecke geworfen, die Haube war inzwischen in den Staub gefallen. Jetzt machte sie sich an den Verschlüssen ihres Gewandes zu schaffen.

»Komm, ich helfe dir.«

»Nein.«

»Ich will mit dir schlafen.« Seine Stimme war ein bißchen heiser.

»Aber ich nicht!«

Er packte ihre Hand fest wie ein Schraubstock und zwang sie näher zu sich heran. »O doch. Du willst.«

»Laß mich los, du Scheusal!« fauchte seine Gattin.

Albrecht, hin und her gerissen zwischen Ärger und Verlangen, schwieg und wußte nicht genau, was er tun sollte.

»Laß mich endlich los! Und faß mich nicht wieder an! Ich bin viel, *viel* zu wütend, um dich überhaupt nur in meine Nähe zu lassen!«

Es war ihm egal. Sie war seine Frau, und sie hatte ihm zu Willen zu sein, wenn er das wollte. Im Moment wollte er. Er zog sie mit eisernem Griff zu sich heran, um sie zu küssen, im festen Glauben, das würde sie überzeugen und den Streit beilegen lassen.

Albrecht war nur Kaufmann und nicht zum Ritter ausgebildet, aber kräftig und reaktionsschnell war er schon. Er fing Philipas Arm noch im Schwunge ab, bevor ihre Hand auf seiner Wange landen konnte, und hielt sie eisern am Handgelenk fest.

Philipas Gesicht war kalkweiß.

Albrecht rang mit sich. Seine Frau gab Widerworte, erhob sogar die Hand gegen ihn, zeigte ihm in der Öffentlichkeit die kalte Schulter, und jetzt verweigerte sie sich ihm auch noch. Er hatte allergrößte Lust, sie übers Knie zu legen, und überhaupt keine, sich vor ihr lächerlich zu machen, indem er sich das alles bieten ließ. Aber dann – siegte die Liebe. Er brachte es einfach nicht übers Herz, ihr die Tracht Prügel zu verabreichen, die sie zweifelsohne verdiente.

»Du bist zu wütend? Wir haben endlich einmal für zwei lumpige Nächte ein Bett für uns alleine, und du bist zu wütend, um mit mir zusammen zu sein?« fragte er fassungslos und gab ohne weiteren Widerstand ihren Arm frei.

Philipa massierte ihr Gelenk. Die Abdrücke seiner Finger waren weiß darauf zu erkennen.

Dann drehte sie sich um und begann zu ihrem eigenen allergrößten Ärger hilflos zu weinen.

»Es tut mir leid.« Albrecht Rappart entschuldigte sich nicht oft. In der Regel hatte er es nicht nötig, und er mußte feststellen, daß es gar nicht so einfach war.

»Ist gut.«

Philipa lehnte mit dem Rücken an seiner nackten Brust und sah in die Flammen der beiden Kienspäne, die den Raum nur schwach erhellten und ein flackerndes Licht auf Albrechts Arme warfen, die sie umschlungen hielten. Die Härchen darauf waren genauso golden wie die auf seiner Brust.

Sie hatten sich versöhnt, gegenseitig getröstet und sich dann ohne alle Aggressivität geliebt, so wie Albrecht es gewollt hatte. Jetzt lagen sie da, und alles hätte sehr entspannt sein können. War es jedoch nicht. Philipa wußte genau, wie Albrecht sich anfühlte, wenn er gelöst und ruhig war. Jetzt war er es nicht, dafür ging sein Atem zu flach und angestrengt. Sie zupfte ein bißchen an den schimmernden Härchen auf seinem Arm.

Er atmete einmal tief ein. »Philipa, liebst du mich?«

Keine Ahnung. »Ja«, sagte sie leise.

Sie wußte es nicht, wirklich nicht. Sie wußte nur, daß sie einander anverbunden waren, daß dies unauflöslich war, daß sie gerne mit ihm zusammen war, weil sie ihn mochte. All das war Grund genug, ihn nicht dadurch zu verstören, indem sie ihm mitteilte, ihre Gefühle nicht genau einschätzen zu können. Denn auch daß sie imstande war, ihn zu verletzen, wußte sie mittlerweile.

Albrecht schwieg. Er wäre so gerne sicher gewesen, daß es stimmte.

Dann begann er, langsam über ihre warme, samtene Haut zu streichen. Philipa drehte sich halb um und suchte seinen Mund.

Albrecht bettete sie bequem in die Kissen und beugte sich über sie. Er sah sie aufmerksam an, versuchte sich jede Einzelheit ihres Gesichtes einzuprägen.

»Du hat gesagt, ich hätte dir den Mantel zum Zeichen des Schutzes, den ich dir angedeihen lassen will, geschenkt. Genauso habe ich es auch gemeint. Du kannst dich vollkommen darauf verlassen, verstehst du das nicht?« Wenn dies das Wichtigste für sie war, wollte er es ihr gerne sagen.

Sie lächelte ein bißchen und schwieg.

Dann faßte er sich ein Herz.

»Ich liebe dich«, sagte er leise. »Ich werde dich lieben und für dich sorgen, solange ich lebe.«

Philipa schlang die Arme um seinen Hals.

Die Kienspäne flackerten noch einmal auf und verloschen.

Es war ihr erster Streit, doch es sollte nicht ihr letzter sein. Vorerst allerdings reisten sie erst einmal aus Dortmund ab und begaben sich durch eine weite fruchtbare Landschaft nach Soest, das am Fuße des Arnsberger Waldes auf sie wartete.

Der Himmel war grau, ab und zu fiel ein leichter Nieselregen, das Land war sehr still. Philipa und Albrecht ritten der Kolonne immer in Sichtweite voraus, dazwischen hatten sich wie abgesprochen, aber zufällig, Gysela und Otfrid zusammengefunden.

»Kann ich Euch einen Moment allein lassen?« fragte Otfrid fürsorglich. »Ich muß Albrecht wegen der Abrechnungen noch etwas fragen.«

Gyselas Blick ruhte auf den weit entfernten Rücken des Ehepaares Rappart, einem schmalen dunkelgrünen und einem hohen, breiten in schlichtem Grau. »Ich glaube, damit solltest du ein bißchen warten. Eilt es denn?«

Otfrids kluger Blick huschte zwischen seinem Herrn und dessen hübscher Schwägerin hin und her. Gyselas Locken ringelten sich in der feuchten Luft. Nein, es hatte keine Eile. Nicht wegen der Locken und nicht, weil er gerne herausbekommen hätte, warum Gysela es für besser hielt, Albrecht und seine Frau in Ruhe zu lassen.

»Nein, nein«, sagte er fröhlich. »Außerdem solltet Ihr sowieso nicht alleine durch die Gegend reiten.«

»Sie ist nicht alleine, mein Freund«, ertönte Giselberts Stimme hinter ihnen. »Ganz und gar nicht.«

Gyselas Miene wurde verschlossen, wie Otfrid mit Interesse registrierte. »Genau. Kein Grund, sich Sorgen zu machen«, sagte er. »Ich bin bei ihr.«

»Nicht nötig, Schreiberling.« Giselbert drängte sein Pferd zwischen Gysela und Otfrid. »Kümmere du dich um dein Tintenfaß. Unsere Damen beschütze ich schon lieber selber.«

Die Dame, um die es ging, zügelte ihr Pferd, so daß es zurückfiel und Otfrid und Giselbert alleine nebeneinander ritten, was für beide nicht ganz das war, was sie angestrebt hatten. »Ich brauche euren Schutz nicht«, sagte sie »von keinem von euch. Ich passe schon selbst auf mich auf.«

»Dann und wann kann ein starker Arm aber doch dabei helfen«, lächelte Giselbert und ließ sein Pferd ebenfalls zurückfallen.

»Besten Dank.« Gysela gab ihrer Stute die Sporen und schloß wieder zu Otfrid auf. Der um einiges feinfühliger als Giselbert war und direkt erkannte, daß man mit männlichem Imponiergehabe bei Gysela zur Zeit nicht punkten konnte. Deshalb hörte er auf, sich über den ›Schreiberling‹ zu ärgern, und beschloß, die Gunst der Stunde für sich wirken zu lassen.

»Kennt Ihr eigentlich die Geschichte von Érec und Énide?« fragte er. Mit Giselberts eigenen Waffen war dieser nicht zu schlagen. Doch vielleicht gab es da ein Feld, auf dem er nicht mitspielen konnte.

Gysela schenkte ihm ein strahlendes Lächeln. »Natürlich«, sagte sie. »Was glaubst du denn von mir? Du sprichst französisch?«

»Leider nein.« Otfrid schüttelte bedauernd den Kopf, und Giselbert lächelte zufrieden.

»Das macht nichts.« Gysela warf ihm einen Blick zu und hatte eine Idee. Eine Idee, die Giselbert definitiv ausschloß. »Wenn du willst, bringe ich es dir bei«, sagte sie. »Vor einiger Zeit waren zwei kleine Mädchen meine Schülerinnen, da werde ich es bei dir wohl auch schaffen, dir die Grundzüge dieser Sprache beizubringen.«

»Was für eine wundervolle Idee!« Otfrid war begeistert. Erstens würde ihm das viele Stunden in der Gegenwart der hübschen Gysela einbringen, und zweitens beschäftigte er gerne seinen unruhigen Geist mit etwas Neuem.

»Gut.« Gysela erwärmte sich für ihren Einfall. »Womit beginnen wir? Vielleicht nehmen wir das Schicksal Érecs und seiner Énide zur Grundlage. Jetzt erzählen wir, und heute abend schreibst du die Wörter auf und lernst sie brav auswendig. Alors, fangen wir direkt an.«

Ein ganzes Stück vor ihnen ritten Albrecht und Philipa in schweigendem Einvernehmen nebeneinander her. Plötzlich streckte Albrecht die Hand aus und berührte ihren Arm.

»Vergessen?« Er lächelte ein bißchen schief.

»Aber ja.«

»Ich meine ja nur. Du bist so still.«

»Vielleicht habe ich mich gestern mit zu vielen Worten verausgabt.« Philipa lächelte auch, doch möglicherweise war etwas Wahres daran. Es war nicht so leicht mit dem Eheleben. Wenn zwei Menschen sich miteinander zurechtfinden mußten, da galt es, erst einmal Wege zu finden, die beide gemeinsam gehen konnten.

»Hoffentlich nicht. Ich unterhalte mich gerne mit dir.«

»Über etwas Bestimmtes?«

»Ach nein, ich meine eher so dies und das. Keine Rügen oder Beschimpfungen, weil ich ein grober Klotz bin, der seine Versprechen nicht einlöst oder so etwas. Ich meine mehr Themen der Art, was für ein phantastischer Liebhaber ich bin und welch glänzenden Verstand ich besitze und derlei Dinge.«

»Du möchtest dazu nicht noch eine Lobrede über deinen beeindruckenden Körperbau und den edlen Schnitt deines Gesichtes?« erkundigte sich Philipa.

»Ach ja, wenn es denn sein muß. Bitte, wenn es dich dazu drängt. Apropos drängen. Kannst du mal hier rüberkommen?«

»Was hast du gegen Jason? Willst du, daß er zusammenbricht?«

»Nein. Er soll nur nicht faul werden, sondern ab und zu unter Beweis stellen, wozu er imstande ist. Außerdem sieht dein häßliches Pferd so aus, als könne es etwas Schonung gebrauchen.«

»Gib acht, was du sagst, Albrecht Rappart. Da vorn liegt ein Findling, von dem aus könnte ich umsteigen.«

Gesagt, getan. Bona tänzelte erstaunt und tatsächlich ein bißchen beschwingt, Jason wirkte gänzlich ungerührt durch das zusätzliche Gewicht. Albrecht schlang die Arme um Philipa und bettete sie bequem an seine Brust. Sie zuckelten gemächlich dahin, Albrecht ließ die Zügel schleifen. »Sehr angenehm, auf diese Art zu reiten.«

»Ich weiß nicht. Giselbert macht ohnehin immer so anzügliche Bemerkungen.«

»Die mache ich auch gleich, warte nur einen Moment«, murmelte Albrecht und rückte sie ein bißchen zurecht.

»Nein. Und bei Giselbert solltest du vielleicht auch einmal darauf achten, daß er meine Schwester in Ruhe läßt. Ihr beginnen, seine … Aufmerksamkeiten auf die Nerven zu fallen.«

»So wie dir meine?«

»Ich hoffe doch inständig, daß Giselberts Aufmerksamkeiten meiner jungfräulichen Schwester gegenüber anderer Natur sind als deine mir gegenüber.«

»O ja, das hoffe ich auch.« Albrecht seufzte. »So ein Streit wie der gestern hat eine aphrodisierende Wirkung, merke ich.«

»Ich will aber nicht dauernd gezankt werden jetzt, bloß weil du dich anregen lassen möchtest.« Er hörte das Lächeln in ihrer Stimme.

»Du nimmst mich nicht ernst. Mein Liebeswerben, meine ich«, klagte Albrecht.

»Doch.« Philipa drehte sich um, was ein bißchen schwierig war, und sah ihm in die blauen Augen. »Doch, das tue ich, Albrecht.«

Er drückte sie an sich und seufzte wieder. »Du mußt jetzt zurück auf dein struppiges Biest, sonst vergesse ich mich.«

Philipa stieg wieder um.

»Ach, und um Giselbert kümmere ich mich, du kannst dich darauf verlassen.«

Die Ankunft in Soest verlief mehr oder weniger so wie die in Dortmund. Allerdings stellte sich schnell heraus, daß sie gerade rechtzeitig eingetroffen waren, um zu einem Bankett im Festsaal des städtischen Rathauses geladen zu werden. Albrecht, seine werte Frau Gemahlin und selbstverständlich deren liebreizende Schwester – man war entzückt, die Festgesellschaft in derart charmanter Weise erweitern zu können. Mit einem nachdenklichen Blick auf Otfrid entschied sich sein Herr, diesen ebenfalls mitzunehmen.

Sie hatten den festlich erleuchteten Bankettsaal kaum betreten, da eilte ihnen schon ein rundlicher Herr in einem schmucken, safrangelben Gewand mit ausgebreiteten Armen entgegen, als wolle er sie und die ganze Welt umarmen.

»Mein lieber Rappart! Wie schön, daß Ihr kommen konntet.«

Albrecht sah aus, als koste ihn dieser Überschwang einiges an Kraft. »Darf ich Euch meine Gemahlin vorstellen? Philipa Rappart. Ihre Schwester Gysela von Elzten.« Dann wies er mit einer eleganten Handbewegung auf den Safrangelben. »Der vorzügliche Johann Marten, ein mit allen Wassern gewaschener Gotlandfahrer und gefürchteter Verhandlungspartner für einen jeden von uns.«

Er verbeugte sich lächelnd knapp in Richtung des rundlichen Kaufmannes, der ungeachtet seines leutseligen Erscheinungsbildes intelligente und wache Äuglein besaß. Er strahlte wie die Sonne selbst und wurde darin nur noch von Philipa übertroffen, die in einem unbeobachteten Moment ihre Hand in die ihres Mannes legte und sie kurz drückte. Albrecht erwiderte den Druck und murmelte leise und dicht bei ihrem Ohr: »Wollen wir hoffen, daß sich Bernward Kroytens und er nicht allzu bald begegnen mögen, denn wie sollten sie es sich erklären, daß ich so bald hintereinander zwei Ehefrauen mit verschiedenen Namen vorstelle?« Dann ließ er sie los und wandte sich höflich an Johann Marten. »Wir sind hoffentlich nicht zu spät?« erkundigte er sich.

»Aber nein.« Marten bot Philipa liebenswürdig den Arm und geleitete sie unablässig plaudernd in den Festsaal, wobei sein gelbes Gewand aufs heftigste mit dem leuchtend dunkelgrünen von Philipa konkurrierte. Dicht dahinter folgten Albrecht, auf dessen Arm einigermaßen steif Gysela ihre Hand notgedrungen hatte legen müssen, und ganz zum Schluß zockelte Otfrid herein, der seinen Herrn beneidete, sich seinem Naturell folgend jedoch nicht lange damit aufhielt, sondern begann, neugierig die unbekannte Luft des Festbanketts einer wohlhabenden und nicht damit hinter dem Berg haltenden Stadt zu schnuppern.

»Die hohe Wertschätzung, die Euer Gatte in diesem unseren Soest genießt, geehrte Herrin Rappart, könnt Ihr an der Freude messen, die seinem Erscheinen zu diesem Anlaß gilt. Darf ich Euch zu Eurem Platz geleiten? Ich denke, wir beginnen in Kürze mit einer Rede unseres Ratsvorsitzenden, allenthalben mit der bangen Hoffnung, er möge nicht zu weitschweifig werden. Meine Vorliebe gilt, wie Ihr leider unschwer erkennen könnt, mehr dem anschließenden Festmahl.« Er klopfte sich auf seinen gewölbten Leib und lachte verschmitzt.

Philipa lächelte ihn an. »Ihr laßt es Euch gerne wohlergehen, Marten. Was ist falsch daran?« Zum Beispiel, daß es nicht sehr kleidsam wirkte und sie froh war, daß Albrecht auf das Erarbeiten eines solchen Wanstes verzichtet hatte, doch das gehörte nicht in dieses Gespräch.

Die eben zitierte hohe Wertschätzung sorgte dafür, daß die

Gattin des Albrecht Rappart an die Seite des Ehrengastes plaziert wurde, und zwar ganz offensichtlich infolge einer kurzfristigen Planungsänderung. Philipa erntete bitterböse Blikke eines dicklichen Weibes, welches von seinem Platz neben Graf Bligger von Rabener verbannt worden war und das Fest von nun an wegen dieser Schmach nicht mehr recht zu genießen verstand.

Graf Bligger war ein hübscher junger Mann mit feingeschnittenem Gesicht und ordentlich gedrehten blonden Locken, Philipa wurde den Verdacht nicht los, er habe der Natur ein wenig nachgeholfen. Er strahlte sie erfreut an, nicht im mindesten enttäuscht, seine bisherige Tischnachbarin mit einer bedeutend ansehnlicheren zu vertauschen, deren wacher Blick dazu eine angenehmere Unterhaltung versprach, als er sich im Kreise behäbiger und langweiliger Kaufleute nebst ihren Gattinnen erhofft hatte.

»Wunderbar, nehmt Platz.« Bligger schob ihr den Becher hin. »Wollt Ihr Euch nicht aufwärmen?« Er beugte sich vertraulich näher. »Vielleicht schafft Ihr es auch, in kürzester Zeit ein wenig schläfrig zu werden, dann sind diese endlosen Reden bedeutend leichter zu ertragen.«

Philipa lachte und richtete sich auf einen vergnüglichen Abend ein. Sie sah zu Albrecht, der weit entfernt ihr schräg gegenüber saß und dessen stattliche Erscheinung von dezenter Eleganz auf das Kleidsamste von dem safrangelben Marten und einer in dunkelrot gewandeten Schönheit eingerahmt war, der zur wahren Vornehmheit das entscheidende Stückchen Stoff am Dekolleté fehlte. Als sich abzuzeichnen begann, daß die Rede des Ratsvorsitzenden Martens Befürchtungen entsprechend sehr ausführlich zu werden versprach, deutete Philipa mit vorgehaltener Hand ein kleines Gähnen an und zwinkerte Albrecht zu. Dann vertiefte sie sich in eine getuschelte Unterhaltung mit Graf Bligger, der dankbar darauf einging.

»Trinkt«, flüsterte er, »und dann erzählt Ihr mir, was Euch auf dieses Fest verschlagen hat.« Sie benützten den Becher gemeinsam, doch das machte nichts, denn Bligger war adrett und reinlich, und seine ebenmäßigen Zähne waren ohne jeden Makel.

Dann hatte die Rede ein Ende, Philipa war bereits leicht beschwipst und schob vorsichtshalber den Becher weg, wann immer Bligger sie nötigte, einen Schluck zu nehmen. Jedenfalls meistens. Er selbst hielt nicht viel von Zurückhaltung, und so wurde er immer lebhafter und munterer, und als nach dem üppigen Festmahl die Musikanten den Saal betraten und tapfer begannen, gegen den Geräuschpegel einer ausgelassenen Gesellschaft anzuspielen, klatschte er vor Freude in die Hände.

»Endlich! Darf ich Euch zum Tanze führen? Unter den strengen Augen Eures vortrefflichen Gatten?«

»Mein Gatte ist tatsächlich vortrefflich, und daher blickt er auch nicht streng«, erwiderte Philipa lächelnd und stand auf. Sie ergriff Bliggers Hand und suchte Albrechts Blick.

Albrecht war damit beschäftigt, der Dunkelroten ins sparsam verhüllte Dekolleté zu schauen.

Philipa zuckte die Achseln, verbot Bligger nicht, zärtlicher als nötig ihre Hand zu drücken, und stellte sich zum Tanze auf.

Der Saal bebte und schwirrte, Männerstimmen und Frauenlachen mischten sich mit der Musik. Man tanzte, man amüsierte sich. Johann Marten kam vorbei, mit Schweißperlen auf der Stirn. Albrecht tanzte mit gemessenen, eleganten Bewegungen, an seinem Arm hing die Dunkelrote, die aufpassen mußte, daß ihr Busen nicht aus dem Kleid fiel. Nicht, daß sie den Eindruck gemacht hätte, dies würde sie sonderlich irritieren. Gysela schwebte mit einem fremden jungen Mann vorbei und lachte zu laut. Otfrid schwitzte mit einer Matrone im Arm, bei der man nur spekulieren konnte, wie er an sie als Tanzpartnerin gekommen war. Und Bligger tanzte vollendet und mit höfischem Charme und senkte, wann immer sich die Gelegenheit bot, tief seinen Blick in den ihren. Philipa tat, als merke sie es nicht, und amüsierte sich königlich.

Kurz nach dem üppigen Essen waren Musik und Tänze noch eher gemächlich und von verhaltenem Temperament, dann jedoch wurde die Gesellschaft ausgelassener und fröhlich, und schließlich machten sich eine gewisse Erschöpfung und damit verbunden eine mehr elegische Stimmung breit. Plötzlich ergriff Bligger, dessen Locken ihre abgezirkelte Akkuratesse verloren hatten und jetzt wesentlich verwegener und jugendlicher auf seinen Schultern lagen, die Laute, schob ein paar Becher und vergessene Platten beiseite, und setzte sich auf den Tisch.

Er begann zu spielen, und nach und nach erstarben die Gespräche erst in seiner Nähe, dann im ganzen Saal. Er war perfekt. Die Laute schlug er wie ein erfahrener Gaukler oder ein erfahrener Höfling (manche hätten behauptet, dies sei durchaus miteinander zu vergleichen), und seine Stimme war weich und schmiegsam, aber tragend genug, um auch noch im letzten Winkel verstanden zu werden. Er sang, wie könnte es auch anders sein, von einer tragischen Liebesgeschichte zwischen einem Ritter und einer Dame, die einem anderen versprochen war. So verwandelten sich die Liebenden des Nachts in zwei Vögel, flogen gemeinsam über Land und träumten davon, sich ein Nest zu bauen und niemals wiederzukehren. Sobald der Morgen graute, verlor sich jedoch der Zauber, und sie mußten zurückkehren in ihr grausames und einsames menschliches Schicksal.

Philipa kannte das Lied. Sie war beschwingt und fröhlich – und hatte ein bißchen zu viel des vorzüglichen Rheinweins getrunken –, und so sang sie ab der zweiten Strophe mit. Jann, die Angst vor Publikum und jede Weigerung, sich zu produzieren, waren vergessen. Ihre Stimme war klar und hell und rein und kontrastierte auf das Schmeichelhafteste mit Bliggers warmem Bariton, und als das Lied beendet war, lag noch ein Moment ergriffene Stille über dem Saal, bevor sie einen tosenden Applaus erhielten. Bligger verbeugte sich, Philipa lächelte und senkte züchtig die Lider, und dann gaben sie dem Ansturm der anfeuernden Rufe nach und einigten sich auf ein zweites Lied.

Philipas Blicke suchten Albrecht, während sie sang. Er stand an eine Wand gelehnt da, ohne die Dunkelrote diesmal, und sah ihr mit unbewegter Miene zu. Sie lächelte ihn an, froh, daß er da war, und stark, weil er ihr die Sicherheit gab, singen zu können, ohne Erfolg haben und sich ihren Lebensunterhalt damit verdienen zu müssen. Er lächelte nicht zurück.

Dann war das Lied zu Ende, und Philipa weigerte sich, ein weiteres zu beginnen, so sehr Bligger und ihr Publikum sie auch drängten.

»Nein, Bligger. Wißt Ihr nicht, daß ein Künstler haushalten muß mit seiner Stimme und mit seinen Kräften?«

»Nein, das weiß ich nicht.« Bligger sah sie betrübt an. »Es ist so schön, mit Euch zu singen. Nur noch eines, bitte. Mir zuliebe.«

Sie lachte. »Was seid Ihr doch für ein Charmeur. Nein, auch nicht Euch zuliebe. Und jetzt verlasse ich Euch, denn ich suche meinen Mann.«

»Den hatte ich ganz vergessen.«

»Aber ich nicht.«

Die Gaukler übernahmen die Musik wieder und spielten erneut zum Tanze auf.

»Warum habt Ihr nicht mitgesungen?« sagte Otfrid, der mit einem Mal dicht hinter Gysela stand und versuchte, ihren Duft zu schnuppern, ohne daß sie es merkte.

»Du weißt nicht, was du da vorschlägst. Ich habe eine Stimme wie ein Rabe«, erwiderte Gysela mit schönster Aufrichtigkeit.

»Das paßt aber gar nicht zu Eurer liebreizenden Schönheit«, verstieg sich Otfrid, mutig geworden durch das Mehr an Wein, als er gewohnt war. Gysela sah ihn überrascht an, ging jedoch nicht drauf ein. Sie war froh, Giselbert los zu sein, da brauchte sie nicht Otfrid als Ersatz. Außerdem wurde jetzt getanzt. Otfrid konnte nicht gut tanzen.

Albrecht dagegen schon. Er schritt gelassen zu den Weisen durch den Saal und bewegte sich anmutig und kraftvoll und ließ auf die Ferne nicht im mindesten erkennen, daß er die Hand seiner Frau bedeutend fester hielt als nötig, wenn sie sich während des Reigens begegneten und er ihr sehr finstere Blicke zuwarf. Philipa tat, als merke sie es nicht, da sie beim besten Willen nicht wußte, warum er nicht ebenso gut gelaunt war wie sie selbst.

Zum frühesten Zeitpunkt, an dem es gerade noch nicht ungezogen war, verließen sie das Fest. Man verstand. Eine ordentliche Strecke lag hinter ihnen und eine noch strapaziösere vor ihnen. Selbstverständlich brauchten da die Reisenden ihre Ruhe, vor allem die liebreizenden Damen, die solcherlei Anstrengungen nicht gewohnt waren.

»Du bist müde?« fragte Philipa überrascht. Genaugenommen hatte sie Albrecht noch nie müde erlebt.

Gemeinsam liefen sie durch die nächtlichen Straßen, Otfrid hatte einen Schluckauf, und Gysela kicherte jedesmal, wenn dieser sich meldete.

»Otfrid hat mich gefragt, ob ich nicht mitsingen will«, sagte sie zu Philipa.

»Gott bewahre.« Sie prusteten und gackerten, Otfrid versuchte erfolglos, seinen Schluckauf zu unterdrücken, und Albrecht schwieg. Philipa hakte sich bei ihrer Schwester ein, die prompt über einen Stein stolperte und gerade noch aufgefangen werden konnte. »Wir beweisen es ihm.«

»O nein, Pippa, das ist zu peinlich«, stöhnte Gysela.

»Hicks«, machte Otfrid. Albrecht schwieg.

»Doch.« Philipa begann leise, ein Lied über ein Edelfräulein zu singen, das sich als Gänsemagd verkleidet hatte, um einen Ritter zu beobachten, in den sie sich verliebt hatte und der sie keines Blickes würdigte.

Gysela stimmte ein. Sie war eine ganz und gar liebliche und hell leuchtende Person, und ihre dunkle Singstimme, die dazu gar nicht paßte und die es schwer hatte, die richtigen Töne zu produzieren, löste bei jedem, der sie hörte, aufrichtiges Erstaunen aus.

»O nein, laßt es lieber ... hicks«, sagte Otfrid, und Philipa und Gysela bogen sich vor Lachen, Otfrid stimmte ein und vergaß darüber seinen Schluckauf. Albrecht blieb stumm und ging neben ihnen her.

Dann standen sie vor ihrer Herberge und drängelten sich nebeneinander die schmale Stiege hoch.

Oben angekommen, unterbrach Albrecht Rappart das lustige Treiben, indem er zum ersten Mal den Mund öffnete und sagte: »Gysela, gute Nacht. Otfrid, bitte bring sie zu ihrem Schlafraum.«

Alles erstarb, jedes Wort und jedes Gelächter.

»Oh. Ja, natürlich«, erwiderte Otfrid und riß sich mühsam zusammen.

Albrecht nickte in die Runde, Philipa küßte Gysela und gab Otfrid einen leichten Klaps auf den Arm, dann verschwand sie hinter ihrem Mann in ihrer Kammer.

Otfrid nutzte die Gunst der Stunde und ergriff Gyselas Hand. Gemeinsam trollten sie sich durch den halbdunklen Gang, und er lieferte sie vor dem Schlafsaal ab. Dort traute er sich erst nicht, ihr einen Gutenachtkuß zu geben, und als er endlich Mut gefaßt hatte, war sie schon verschwunden, und es war zu spät.

»Idiot«, murmelte Otfrid und machte sich auf, sein eigenes Lager aufzusuchen.

Kaum hatten sie die Tür hinter sich geschlossen, zischte Albrecht wütend: »Warum muß man eigentlich jedes Mal, *wirklich absolut jedes Mal,* wenn man sich mit dir öffentlich zeigt, Ärger haben?«

»Wie bitte?« Philipa starrte ihn an. Es war schwer, von der ausgelassenen und beschwingten Stimmung umzuschalten auf etwas, was ganz offensichtlich das genaue Gegenteil davon war.

»Bei deinem ersten Auftreten machst du mich lächerlich, indem du so laut nicht mit mir sprichst, daß es auch der Verblödetste mitbekommen muß, und bei diesem höchst offiziellen Bankett führst du dich auf wie ein billiger Bänkelsänger.« So wütend hatte sie ihn noch nie erlebt.

Aber bitte, wütend werden konnte sie auch. »Das bei Kroytens hattest du dir schließlich selbst zuzuschreiben und ...«

»Hah!« schnaubte Albrecht.

»... und das heute war keine Bänkelsängerei, sondern ein völlig normales höfisches Gebaren.«

»Aha. Und davon verstehe ich ja nichts, wolltest du wohl sagen?«

»Nein, wollte ich nicht!« Daß Albrecht Fernhändler und kein Edelmann war, hatte sie ihm noch nie vorgeworfen. Sie wußte nicht, warum sie dies hätte tun sollen, und gedachte auch nicht, jetzt damit anzufangen.

Albrecht war da offenbar anderer Meinung. »Und ob. Deshalb mußtest du mit diesem aufgeblasenen Gecken auch zeigen, wie man sich als Edelfrau benimmt.«

Daher wehte also der Wind. Doch es war ungerecht und gemein, und sie dachte überhaupt nicht daran, darauf einzugehen. »Graf Bligger war weder aufgeblasen noch ein Geck, sondern ein netter junger Mann mit einer wohlklingenden Singstimme, weiter nichts.«

»Du gehörst mir, verdammt noch mal!« brüllte Albrecht.

Er hatte noch nie geflucht und gebrüllt auch nicht. »Das bezweifelt ja auch niemand«, versetzte Philipa frostig.

»Ich verlange von dir, daß du dieses unsägliche Benehmen unterläßt, sonst nehme ich dich nicht mehr mit! Nirgendwohin!«

»Dann laß es bleiben. Geh doch allein, wenn dir das mehr Spaß macht. Aber sieh zu, daß du in dem Ausschnitt der Stadtschönen nicht ertrinkst.«

»Der blöde Ausschnitt von blöden Stadtschönheiten interessiert mich überhaupt nicht«, zischte Albrecht außer sich, »und lenk nicht von deinem eigenen skandalösen Betragen ab!«

»*Ich* habe mich nicht skandalös betragen, das tust du, und zwar jetzt. Ich weigere mich, weiter darüber zu sprechen.«

Philipas Hände zitterten so stark, daß sie Mühe hatte, die Verschlüsse ihres Kleides zu öffnen.

»Du wirst genau so lange mit mir darüber sprechen, wie ich es wünsche«, brüllte Albrecht.

Das konnte er ja mal versuchen. Philipa schwieg.

Mit ein paar Schritten seiner langen Beine war er bei ihr, faßte sie schmerzhaft an der Schulter und drehte sie zu sich um.

»Wage es nicht, zu tun, was du offensichtlich zu tun beabsichtigst!« Philipas Stimme bebte vor eisiger Ablehnung.

»Ich beabsichtige überhaupt nichts! Ich habe es verflucht noch mal nicht nötig, mich einem Weib zuzuwenden, das mit jedem Idioten tändelt, bloß weil er von Adel ist und *singen* kann! Wenn du mich nicht willst, bitte schön, kein Problem! Gehe ich eben dahin, wo man mich mit Freuden empfängt!«

Sprach's, schnappte sich seinen Umhang und verließ die Kammer, nicht ohne die Tür zuzuschlagen, daß das Haus in seinen Grundfesten erschüttert wurde. Wer wach davon wurde, mußte sein Problem selbst lösen.

Für eine geraume Weile war Philipa zu aufgebracht, um

überhaupt irgend etwas zu tun, nicht einmal für die Nacht zurechtmachen konnte sie sich. Am liebsten hätte sie die Kammer ebenfalls verlassen, doch das ging nicht. Wenn sie bei Gysela schlief und Albrecht käme zurück und fände sie nicht vor, würde er in seiner Rage sonst was denken, und wer weiß, vielleicht suchte er dann Bligger von Rabener auf und tat ihm etwas an und endete deswegen am Galgen, während sie friedlich und harmlos an der Seite ihrer Schwester schlief.

Obwohl von harmlos und friedlich schlafen keine Rede sein würde.

Sie könnte natürlich auch Gysela in ihr Bett holen. Doch wenn Albrecht zurückkam, würde er sich bestimmt noch mehr ärgern, sie nicht alleine vorzufinden. Für Gysela wiederum wäre es peinlich, bei der zu erwartenden Auseinandersetzung dabei sein zu müssen. Im günstigsten Fall würde Albrecht außerdem einsehen, daß er sie zu Unrecht beschuldigt hatte, und sich mit ihr versöhnen wollen, und wie das aussah, konnte sie sich lebhaft vorstellen. Dabei waren Zuschauer nicht zu gebrauchen.

Sie legte sich ins Bett, verbannte jedwede Erinnerung an dunkelrote Gewänder aus ihren Gedanken und bemühte sich erfolglos um Schlaf.

Albrecht kam die ganze Nacht nicht zurück.

Am nächsten Morgen saßen Philipa und Gysela stumm und still in der Schankstube der Herberge an einem etwas abseits gelegenen Tisch und nahmen gemeinsam mit Otfrid ein karges Mahl zu sich. Philipa hatte Kopfschmerzen, denn sie hatte schlecht geschlafen. Außerdem machte sie sich Sorgen.

Albrecht war doch hoffentlich nichts zugestoßen? Oder Bligger? Es wäre wirklich zu albern, wenn ihr Gatte sich genötigt gesehen hätte, seine Ehre gegen diesen jungen Grafen zu verteidigen. Mal abgesehen davon, daß es überflüssig war, hätte er auch keine Chance gehabt. Er war wendig, kräftig und mutig, doch er war nicht im Kämpfen ausgebildet. Egal, wie gedrechselt die Locken von Bligger auch waren, bei einer körperlichen Auseinandersetzung mußte er ihm überlegen sein.

Die Tür öffnete sich, knallte gegen die Wand, und herein kam Giselbert. Mit einiger Befriedigung betrachtete er die trübselige Gesellschaft vor ihm, denn er hatte sich in vielen unersprießlichen Details ausgemalt, wie Otfrid fröhlich Gysela umgarnen würde, und das Bild hatte ihm nicht gefallen. Nun saßen sie alle stumm und blaß beieinander, und weder von fröhlich noch von umgarnen war hier etwas zu spüren.

»Morgen. Otfrid, du sollst zu Albrecht kommen, er braucht dich.«

»In Ordnung.« Otfrid schnappte sich noch einen Kanten Brot und stand vorsichtig auf. Sein Schädel brummte, als wäre er in einem Wespenstock.

»Wo«, Philipa räusperte sich, »wo ist er denn? Albrecht, meine ich.«

»In der Tuchhalle. Ihr sollt mit dem Essen nicht auf ihn warten, es wird spät heute, soll ich ausrichten.«

Philipa nickte matt.

Dann verschwanden Giselbert mit seiner kerngesunden Gesichtsfarbe und Otfrid mit seiner grünen, und sie waren allein.

»Gisi, ich glaub', ich lege mich noch mal hin.«

»Hm.« Gysela rieb sich die Schläfen. »Kann ich mitkommen?«

Philipa nickte. »Hast du Kopfschmerzen?«

»Gar kein Ausdruck.«

»Du hast über die Stränge geschlagen, mein liebes Kind.« Philipa erhob sich leise ächzend. »Ich mache uns einen Aufguß aus Minze, Melisse und Nelkenwurz. Außerdem Baldrian.« Baldrian wirkte zusätzlich beruhigend, das konnte sie gut gebrauchen.

Langsam schleppten sie sich nach oben. Und kurz nachdem sie ihren Aufguß getrunken hatten, schliefen sie ein, alle beide. Vorher schwor sich Philipa, so bald kein Festbankett mehr freiwillig aufzusuchen, und wenn Albrecht sie auf den Knien darum anflehte. Was er vermutlich aber nicht tun würde.

Richard von Blankhenberghe räkelte sich gemütlich in der warmen Sonne, die mit erstaunlicher Kraft den eher schmucklosen Burghof erwärmte. Es war schon Mai. Und er war jetzt erst auf seiner Reise in den Norden. Zunächst hatte der Winter nicht weichen wollen, und dann war Guntram von einem häßlichen, langwierigen Fieber aufs Krankenlager geworfen worden. Niemand hatte zugeben mögen, daß sich die Erinnerungen an den Tod seiner Hildegard geradezu aufdrängten, aber Guntram hatte Richard nicht fortlassen wollen, und dieser wäre auch nicht gerne abgereist, solange er nicht wußte, wie es um seinen Lehnsherrn stand. Kaum waren Guntrams Beine nicht mehr zu wackelig, um ihn auf einem Pferd zu halten, wurde er von König Wilhelm gerufen, der sich mit seinen Getreuen über das weitere Vorgehen gegenüber den aufsässigen Friesen beraten wollte. Guntram, geschwächt und gezwungen, seine Nachforschungen vorerst zurückzustellen, hatte Richard gebeten, für die Dauer seiner Abwesenheit auf Burg Nidbergen zu bleiben.

Also hatte er sich erst im April auf den Weg machen können. Der hauptsächliche Vorteil dieser Verzögerung lag darin, daß er beinahe zu seinem alten Selbst zurückgefunden hatte, die Bilder der blanken Lust am Töten und Zerstören verblaßten und tauchten nur noch dann und wann in seinen Träumen auf. Vor allem, wenn er sehr erschöpft oder sehr betrunken war, weshalb er beides tunlichst vermied.

»Schade, daß du erst heute angekommen bist«, sagte Bligger von Rabener und nahm einen Schluck roten Wein, der Einfachheit halber gleich aus der Karaffe. »Vorgestern war ich auf einem Bankett der Stadt geladen, sehr langweilig eigentlich. Das heißt, es hätte langweilig werden *können,* wenn ich nicht so eine hübsche Tischnachbarin gehabt hätte.« Bligger war für seine Weibergeschichten landauf, landab bekannt. »Philipa von Elzten.«

Nicht Aichbergen, nicht Rappart. Richard zuckte die Achseln. »Kenne ich nicht.« Inzwischen hatte er zwar auch wieder Interesse an Frauen entwickelt, doch nur, wenn die Natur unbedingt ihr Recht forderte. Mit allem, was darüber hinaus an Gefühlen möglich gewesen wäre, wollte er nichts zu tun haben. Vom Ehrgeiz Bliggers, der Eroberungen sportlich nahm, war er sehr weit entfernt.

Bligger kratzte sich ausgiebig im Schritt, wenn keine Damen dabei waren, benahm er sich deutlich ungezwungener. »Ansehnliches Weib.« Er verdrehte verzückt die Augen. »Gutaussehend. Schöne Singstimme. Eleganter Tanzstil.«

Richard betrachtete ihn grinsend. Hätte Bligger Erfolg gehabt, hätte er nicht so geschwärmt, soviel war sicher. »Und der Haken bei der Sache?« erkundigte er sich, allerdings mehr pflichtschuldig als aus ehrlichem Interesse. Schließlich befand sich Bligger mehr oder weniger ständig auf Freiersfüßen.

»Ihrem Herrn ganz und gar ergeben«, teilte Bligger bedauernd mit.

»Wer ist das denn, dieser Elzten?«

»Ihr Vater. Im Osten, glaube ich. Hatte sie Osten gesagt? Na ja, jedenfalls war sie nicht mit ihrem Vater, sondern mit ihren Ehemann auf dem Fest.«

Richard schüttelte den Kopf, und seine Aufmerksamkeit erlosch. »Du wirst schon ein lohnenderes Jagdobjekt finden, Bligger, du kannst ganz auf dich und deine Talente vertrauen«, tröstete er ihn.

»Glaube ich auch. Aber«, Bligger grinste vertraulich, »die Verheirateten sind nicht die Schlechtesten. Wenn du so eine rumkriegst, hast du nicht den ganzen Ärger mit Entjungfern und Entehren und so weiter am Bein.«

Richard fragte sich, ob das eigentlich alles angeberisches Geschwätz war oder ob Bligger tatsächlich mit Ehefrauen ins Bett stieg, die nicht die seinen waren. Die Strafen auf unsittlichen Lebenswandel waren hoch, nicht nur bei den Frauen, auch bei Männern, selbst wenn man ihnen keine moralischen Vorwürfe machte. Das Wagnis lohnte sich in der Regel nicht. Wer wurde schon gerne entmannt wegen einer kurzfristigen Befriedigung? Da mußte schon echte Liebe im Spiel sein, wenn man sich einem solchen Risiko aussetzte. Und zu wahrer Liebe war Bligger bestimmt nicht fähig.

Da fiel ihm plötzlich etwas ein. »Diese Elzten, die aus dem Osten, sie heißt doch Philipa, sagtest du. Hat das anbetungswürdige Geschöpf auch eine Schwester?«

»Ich *glaube,* es liegt im Osten. Ja, eine Schwester hat sie auch. Aber der Vater ist tot, soweit ich mich erinnere. Hat sie gesagt, sie stünde bis auf die Familie ihres Mannes ohne Angehörige da? Ich weiß es nicht mehr. Was willst du mit einer verarmten Schwester aus dem Osten?«

Die Frage war berechtigt. »Wieso denn verarmt?«

»Na, wenn eine Edelfrau einen Kaufmann heiratet, dann doch bestimmt nicht, weil sie keine Lust auf einen Herzog hat. Vermutlich liegt es an der Mitgift, schätze ich.«

Bligger war ein Schürzenjäger, aber nicht blöd.

Ein Kaufmann. Richard schob achtlos seinen Becher über den Tisch und warf ihn beinahe dabei um. »Ein Händler?«

»Ein Fernhändler, ob du's glaubst oder nicht. Aus Köln.« Bligger schüttelte sichtlich fassungslos den Kopf. »Großes Kaliber immerhin. Trotzdem. Welche Verschwendung.«

»Du hast recht. Auch, wenn du meinst, für eine arme Schwester aus dem wilden Osten würde ich mich nicht interessieren.«

»Wenn schon Osten, dann doch besser reich, tät ich meinen. Also manche, Richard, die sind reich da drüben! Die haben Land, die lachen über unsereinen bloß.«

Bligger wedelte mit den Händen in der Luft herum und machte ein verzweifeltes Gesicht.

Richard grinste, Bligger war ein netter Kerl. »Wieso beklagst du dich? Bist du in jüngster Zeit ausgelacht worden?«

»Nicht direkt, dazu war man zu höflich. Oder lag es an Verständigungsschwierigkeiten? Ich habe neulich auf einer Jagd einen polnischen Grafen kennengelernt, so ganz wie man sie sich vorstellt, mit blondem Bart und tiefer Stimme, ganz und gar barbarisch und mit einem Lachen von hier bis Soest. Der schwimmt in Land, das kannst du mir glauben, der weiß gar nicht, wo er morgens zuerst hinreiten soll.«

Richard interessierte sich nicht sehr für die polnischen Edlen. »Wie sah sie denn aus, die Krämersgattin?«

Bligger lachte. »Vergiß sie.«

»Komm schon, Bligger. Ich will mir vorstellen können, wie deine mißlungenen Eroberungen so sind.« Richard grinste kumpelhaft, doch er hätte sich gar nicht so ins Zeug legen müssen. Bligger redete stets gern über Frauen.

»Na, mittelgroß, ziemlich schmal, insgesamt, wenn du verstehst, was ich meine«, Bligger deutete zur Untermalung seine Beschreibung mit ein paar Handbewegungen an, »braune Augen, nicht dunkel, mehr so golden. Tja. Milchweiße Haut und alles, was eben so dazugehört, um eine Frau ansehnlich werden zu lassen.«

»Das scheint der Kaufmann auch zu finden. Wie heißt er denn?«

»Keine Ahnung. Habe ich mir nicht gemerkt. Zappert? Ruppert? Vorname so ähnlich wie Alerich. Nein, Albert. Oder doch nicht? Weißt du, ich fand seine Gattin unterhaltender.«

»Kann ich mir vorstellen.« Bligger war ein hoffnungsloser Fall.

Dann fiel es ihm wieder ein. »Albrecht hieß der. Hinten

weiß ich nicht. Muß man ja auch gar nicht. Warum ist das eigentlich so wichtig? Ich hab's dir doch gesagt, sie ist ihrem Mann ergeben. Und wenn ich nicht bei ihr landen konnte, dann du häßlicher Gnom doch erst recht nicht.« Bligger grinste liebenswürdig.

»Deine Ehrerbietung einem weitgereisten Gast gegenüber ist wie stets überwältigend«, meinte Richard und pfiff auf zwei Fingern nach einer Magd, daß sie noch einen Krug Wein hole.

»O ja, die ist süß. Sie heißt Helma, glaube ich. Oder war's Wilma? Ich weiß es nicht mehr genau.«

»Bligger, dafür, daß du jedem Weiberrock hinterhersteigst, hast du ein bemerkenswert schlechtes Gedächtnis für Frauen.« Richard schüttelte tadelnd den Kopf.

Bligger winkte ab. »Aber ich weiß noch, daß sie sich weich anfühlt und willig ist. Du kannst sie haben heute nacht, wenn du möchtest.«

Richard sah Helma oder Wilma entgegen, als sie kam, den Wein zu bringen. Ja, vielleicht hatte Bligger recht. Heute nacht wäre es nicht schlecht, ein bißchen Gesellschaft zu haben. Er lächelte das Mädchen an, und es lächelte scheu zurück. Na, mal sehen. Vielleicht.

Es war eine ungemütliche Zeit für die Reisegesellschaft aus Köln. Sie brauchten fast vier Tage von Soest nach Paderborn, während denen Albrecht meistens neben Otfrid ritt und ihn in die Geheimnisse des Handelsgeschäfts und seiner Finessen einweihte, vor allem derjenigen fiskalischer Natur. Ausführlicher, als er eigentlich vorgehabt hatte oder als auch nur vernünftig war, doch er mußte irgend etwas zu tun haben, sonst wurde er verrückt. Nachts lagerten sie draußen, es hatte eine anhaltend milde Wetterperiode eingesetzt, also gab es keinen Grund – und zudem keine anständige Herberge –, um einzukehren. Philipa schlief neben Gysela, Albrecht ein Stückchen entfernt. Er sprach mit ihr nur das Nötigste, gerade so viel, daß es nicht als glattes Ignorieren durchgehen konnte.

In Paderborn bekam sie ihn kaum zu Gesicht, da er sich mit Fernhändlerkollegen traf, die ihren Weg regelmäßig von Gotland aus nach Nowgorod fanden, dem Zentrum für den Handel mit Rußland und seinen Pelzen, seinem Wachs und Honig. Albrecht zog es selbst dorthin, das wußte Philipa inzwischen, wenn er auch mit ihr nicht darüber sprach.

Dann verließen sie Paderborn wieder, es hatte ihr kein Glück gebracht, und das Brot, für welches die Stadt so gerühmt wurde, mochte sie auch nicht. Sie war gemeinsam mit ihrer Schwester und Minni, der darüber hocherfreut war, die Pader entlang gewandert, die sich aus den Quellen der Stadt speiste und nach nur einer Meile in die Lippe mündete und damit der kürzeste Fluß war, den ein Mensch sich vorstellen konnte. Hier in Paderborn auf diesem Spaziergang verließ Philipa zum ersten Mal die Gewißheit, im Recht zu sein und auf Albrecht wütend sein zu dürfen. Natürlich war es völlig aus der Luft gegriffen, was er ihr unterstellt hatte. Als ob sie mit jedem dahergelaufenen Kerl tändeln würde, bloß weil er von Adel war! Oder überhaupt tändelte mit einem anderen als dem ihr rechtmäßig angetrauten Ehemann! Wer einem kein Vertrauen entgegenbrachte, hatte selbst auch keines verdient.

Als sie bei diesem Gedanken angekommen war, hatte sie sich wieder in eine gerechte Empörung hineingesteigert, und sie drehte sich weg, als sie Albrecht zufällig auf dem Rückweg begegneten. Da er sie jedoch ohnehin nicht beachtete, merkte er es womöglich nicht.

Am nächsten Morgen reisten sie weiter durch das Weserbergland nach Hannover. Es war eine anstrengende Reise, landschaftlich reizvoll, doch mit wenig Abwechslung, da sie durch keine nennenswerten Orte kamen und sich ganz auf das Auf und Ab der grünen Hügel konzentrieren mußten.

Philipas Ärger bröckelte ab und damit auch ihr Stolz. Nach zwei Tagen wachte sie neben Gysela auf und fühlte sich einsam. Eine Schwester war etwas anderes als ein Ehemann. Zumal einem, der sich als liebevoll und gesprächsbereit erwiesen hatte. Wenn er sie nicht gerade anbrüllte und ihr ungerechte Vorwürfe an den Kopf warf. Philipa schluckte die Tränen hinunter und stand auf.

An diesem Tag begann sie, ihren Mann heimlich zu beobachten. Bis jetzt hatte sie sich selbst überzeugend vorgemacht, er sei Luft für sie. Zumindest solange er nicht aus freien Stücken zu ihr kam und sie um Verzeihung bat.

Natürlich dachte er nicht daran. Stur eben.

Jetzt dagegen merkte sie, daß Albrecht zwar konzentriert und sachlich wie stets seiner Arbeit nachging, sofern es überhaupt auf den Wegstrecken etwas für ihn zu tun gab, aber er war still und verschlossen, und keiner der Männer traute sich, in seiner Gegenwart einen Scherz zu machen.

Am Tag darauf fand sie plötzlich, daß sie vielleicht doch etwas hart und unbeugsam mit ihm ins Gericht gegangen war. Möglicherweise hatte er ihr Verhalten auf dem Fest nicht richtig einschätzen können. Er war zwar Patrizier, doch letztlich bloß ein Bürger, und daher hatte er keine höfische Erziehung genossen. Nun, sie selbst ja auch nur teilweise, aber immerhin wußte sie, was denkbar und als Benehmen tolerabel war und was nicht.

Den ersten Schritt zu tun erschien ihr zu schwer. Vielleicht machte Albrecht eine ähnliche Entwicklung durch und kam auf sie zu, um sich mit ihr auszusöhnen? Sie würde ihn nicht mehr zurückstoßen, so wie sie das noch vor ein paar Tagen getan hätte.

Albrecht kam nicht. Er ritt unzugänglich und unerreichbar mit Giselbert oder Otfrid an seiner Seite dem Zug voran und kümmerte sich nicht um sie.

Einen Tag, bevor sie Hannover erreichen wollten, machten sie ihre Mittagsrast auf einer Wiese, wie üblich an einem Bach, um die Tiere tränken zu können. Es war ein wundervoller Maitag, warm, die Bäume leuchteten in allen vorstellbaren Schattierungen von Grün, und über dem Wasser tanzten die Insekten. Irgendwo in den Ästen sangen ein paar Amseln ihr trällerndes Lied und hielten sich wohlweislich vor ihnen verborgen.

Albrecht stand an den Stamm einer Buche gelehnt ein Stück abseits von den anderen und betrachtete mit verschlossener Miene das sich im sanften Frühlingswind leicht kräuselnde Wasser. Ohne weiter zu überlegen, ging Philipa auf ihn zu, im Rücken die Blicke ihrer Reisegesellschaft.

»Albrecht«, sagte sie leise.

Er sah auf.

»Albrecht, ich möchte mich bei dir entschuldigen. Nicht dafür, wie ich mich benommen habe, denn das hatte keinen Tadel verdient, aber dafür, daß ich kein Verständnis dafür aufzubringen vermochte, daß du die Situation falsch einschätzen mußtest.« Sie brach ab. Mehr konnte sie nicht tun. Ihm weiter entgegenzukommen und für etwas um Verzeihung zu bitten, was nicht falsch gewesen war, das schaffte sie nicht.

Albrecht stieß sich von seinem Baumstamm ab, trat einen Schritt auf sie zu und sah ihr aufmerksam in die Augen.

»Ich … vermisse dich«, platzte Philipa plötzlich heraus.

Er ergriff ihre Hände und zog sie in seine Arme.

Hinter ihnen stieß jeder einzelne der Mannschaft einen mehr oder weniger hörbaren Seufzer der Erleichterung aus und wandte sich wieder seiner Arbeit zu.

»Endlich«, sagte Albrecht. »Ich wußte wirklich nicht, ob ich die Hoffnung nicht doch aufgeben sollte.«

Auf den absurden Einfall, seinerseits den ersten Schritt zu tun, war er offenbar gar nicht verfallen.

Philipa hatte nicht gewußt, daß Albrecht imstande war, sie so glücklich zu machen, wie sie es jetzt gerade war, umfangen von seinen Armen, mit dem Gesicht in kratziger Wolle und seiner Stimme irgendwo oberhalb ihres Ohres.

»Ich bekomme keine Luft mehr«, sagte sie.

»Macht nichts. Das kannst du später noch, wenn ich in der Lage bin, dich wieder loszulassen.« Jetzt war es wohl noch nicht so weit, er hielt sie fest wie ein Schraubstock.

Dann sagte er: »Sie sehen alle gerade so überaus diskret woanders hin. Küß mich, Weib, ich habe einiges nachzuholen und gedenke nicht, bis heute abend damit zu warten.«

»Albrecht!«

»Keine Angst, ich tue nichts wirklich Unsittliches hier vor aller Augen, obwohl mir durchaus der Sinn danach stehen würde, das kannst du mir glauben. Fürs erste müßte eigentlich ein sehr ausgiebiger Kuß ausreichen. Als Überbrückung sozusagen.«

Er schickte sich an, sein Vorhaben in die Tat umzusetzen. Bis Wilhelm sich hinter ihnen verlegen räusperte und darauf hinwies, daß man jetzt weiterfahren müsse, um die geplante Etappe für diesen Tag noch bewältigen zu können.

»Arbeitswillige Mitarbeiter sind nicht immer nur ein Segen«, meinte Albrecht und seufzte.

Hannover war eine betriebsame kleine Stadt, die sich über einem weithin flachen Land erhob. Hier rasteten sie nur für einen Tag, Albrecht hatte keine geschäftlichen Verabredungen und auch sonst nichts zu tun. Von nun an würde die Reise leichter werden, da Anhöhen und Gebirgszüge hinter ihnen lagen und sie bis zum Meer nur noch ebenes Land vor sich hatten.

»Kommst du mit? Ich wollte mir die Stadt ansehen.« Gysela stand bereits unternehmungslustig in der Tür.

Philipa öffnete den Mund zu einer Antwort, doch Albrecht war schneller als sie. »Nein, sie hat keine Zeit. Sie kommt mit mir.«

»*Ich* begleite Euch«, sagte Giselbert rasch. »Ich muß sowieso noch etwas einkaufen. Meine Schuhe sind bald hin. Vielleicht könnt Ihr mich modisch beraten?«

Philipa warf ihrem Mann einen Blick zu.

»Leider«, meinte Albrecht mit einem liebenswürdigen Lächeln, »hast du ebenfalls keine Zeit, Giselbert. Du mußt zu Wilhelm, die Ladungen sollten überprüft werden. Wenn wir in Lüneburg sind, habe ich keine Lust, Zeit mit Umladen zu verplempern. Heute ist es trocken, da könnt ihr alles gefahrlos abdecken.«

Giselbert seufzte und zuckte die Schultern. »Da hört Ihr es selbst, schöne Gysela. Ich werde ausgebeutet. Bis auf den letzten Blutstropfen.«

»Du bist wahrlich zu bedauern«, stellte Albrecht ohne jedes Mitleid fest.

»Ja, und Gysela erst! Muß sie doch die ganze Zeit allein in der dunklen Stube hocken, wo alle anderen ausgeflogen sind.«

Gysela verzog das Gesicht.

»Muß sie ja gar nicht«, Albrecht grinste. »Otfrid kann sie begleiten.«

Giselbert sah ihn ehrlich empört an. »Der kann sie doch gar nicht verteidigen, dieser Schreiberling, wenn ihr was passiert!«

»Was soll mir denn passieren?« mischte sich Gysela ein.

Otfrid hielt sich klugerweise raus.

»Eben«, meinte denn auch sein Herr. »Was soll ihr hier am hellichten Tag passieren. Otfrid als Begleitschutz reicht völlig aus. So, Philipa, wir gehen.«

Draußen im hellen Sonnenschein drückte er kurz ihre Hand. »Bin ich froh, wenn wir die für ein paar Stunden los sind. Diesen beiden Balzhähne!«

»Beide?« fragte Philipa erstaunt. Bis jetzt war ihr nur Giselbert aufgefallen in seinen Bemühungen um ihre Schwester.

Aber Albrecht war als liebender Mann hellsichtiger und erkannte auf Anhieb, einen Gleichgesinnten vor sich zu haben. »Ich bin sicher, auch Otfrid hat ein Auge auf unsere kleine Gysela geworfen. Komm jetzt, wir verschwinden, bevor sie sich da drinnen sortiert und ausgezankt haben und sich am Ende an uns dranhängen.«

»Wo willst du denn hin?«

»Raus. Ins Stille. Weg von den anderen. Du wirst schon sehen.«

Als Richard aus der Tür des Gasthofes trat, in dem er für die nächsten Tage untergekommen war, prallte er gegen ein klirrendes Kettenhemd, welches nahe genug an der Häuserwand entlangging, daß er erstens nicht ausweichen und zweitens annehmen konnte, da wäre irgend etwas faul.

Ehe er es sich versah, hatte das Kettenhemd ein Schwert gezückt, welches ausreichend scharf und gepflegt aussah, um als echte Bedrohung zu gelten. Richard unterdrückte den Impuls, es dem Manne gleichzutun, der in dem Kettenhemd steckte, und ebenfalls zur Waffe zu greifen.

»Nur die Ruhe«, sagte er. »So wie ich das sehe, ist doch nichts passiert.«

Der Ritter vor ihm zögerte kurz, dann zog er langsam seinen Topfhelm herunter und klemmte ihn unter den linken Ellenbogen. »Dich kenn' ich doch.«

In der Tat. Das Gesicht vor ihm vergaß man nicht so leicht. Richards Lächeln verlor seinen verbindlichen Zug.

»Sieh mal einer an«, sagte er. »Wo man sich so alles trifft ...«

Richard war nicht dumm, und wenn er einen Schatten erst an einer Waldböschung in der Nähe eines Wirtshauses sah, diesem Schatten dann beständig in der Nähe betuchter Fernhandelsfamilien beinahe auf die Füße trat *und* dann plötzlich der Leibritter einer gewissen Witwe in der Nähe deren Tochter zu finden war, konnte man ja wohl kaum die falschen Schlüsse ziehen.

»Manche kommen eben viel rum.« Manfredus verzog sein Gesicht zu einer Grimasse, die wohl ein freundliches Lächeln bedeuten sollte. Für den Moment lag ihm nicht viel daran, mit diesem fremden Ritter, der ihm vage bekannt vorkam, hier einen Aufmerksamkeit erregenden Streit vom Zaun zu brechen.

»Andere auch«, erwiderte Richard unverbindlich.

»Mir scheint, als hätte ich dich irgendwo schon gesehen.« Es war Manfredus nicht anzumerken, ob er sich wirklich nicht erinnerte. Er hatte sich stets im Hintergrund gehalten, wenn Guntram von Nidbergen und Richard auf Aichbergen geweilt hatten. Vielleicht hatte er ihn dort tatsächlich nicht gesehen und erkannte ihn nicht. Oder er tat nur so.

»Ach, so aussehen wie ich tun viele.« Richard zuckte die Achsel. »Unterm Helm wirken alle gleich.« Er drehte ab in der Absicht, seinen Weg fortzusetzen. Aber vielleicht wäre es gut, sich einmal mit dem Burschen zu unterhalten, um Näheres über seine Anwesenheit zu erfahren. »Dort drüben ist ein Wirtshaus, das einen ganz angenehmen Eindruck macht. Wollen wir einen Becher trinken?«

»Keine Zeit, leider.« Manfredus lächelte sein verstörendes Grinsen. »Bin in der Begleitmannschaft eines Kaufmannszuges und sollte wohl besser rausfinden, für wann die Abreise geplant ist.« Er hob die rechte Hand zum Gruß und machte sich davon.

Richard sah ihm nachdenklich hinterher. Was immer dieser Mann hier suchte, im Grunde war es gleichgültig. Hätte er etwas unternehmen wollen, wäre das längst geschehen. Vermutlich war alles ganz zufällig. Vielleicht hatte Witwe Liutgard auch nur den Anblick seiner Visage nicht länger ertragen. Obwohl – so viele Zufälle gab es wohl kaum. Doch wenn er Rappart oder irgendwen in dessen Begleitmannschaft tatsächlich ausspionierte, so würde er schon herausfinden, in wessen Auftrag das geschah. Und warum.

Dann ging er gähnend daran, seinen Nachmittag zu planen. Philipa und ihren Gemahl hatte er jedenfalls durch die unerwünschte Begegnung mit der Teufelsfratze verpaßt.

Sie wanderten an der Leine entlang, dem schmalen Flüßchen, an dessen Ufer Hannover erbaut war. Kaum hatten sie die belebteren Straßen und Gassen hinter sich gelassen, begannen auch schon die Geräusche der Stadt hinter ihnen zu verblassen, es wurde geruhsamer. Das Wasser schimmerte grünlich unter einem blauen Himmel, über den fedrige weiße Wolken jagten und alle paar Augenblicke ihr Gesicht änderten, manchmal wurden sie von einem Kahn überholt. Die Weiden am Ufer trugen ihre silbrig glänzenden Kätzchen, und überall hatten die Vögel bereits eifrig begonnen, Nester zu bauen und sich auf die Nachkommenschaft vorzubereiten.

Philipa atmete tief ein und strich mit der Hand über die gelben Blüten einer kleinen Kornelkirsche am Uferrand.

»Was für eine Garküche?« fragte Albrecht unerwartet.

»Wie?« Philipa konnte nicht so schnell umschalten. Sie war darauf vorbereitet, ein Gespräch über eheliche Treue und fehlende oder nicht fehlende höfische Erziehung zu führen.

»Du hast gesagt, du habest unter Bettlern gelebt und bei Gauklern eine Garküche betrieben.« Albrecht blickte unbeirrt auf den schmalen Pfad zu seinen Füßen.

»Aber das war in Dortmund!«

»Du hast in *Dortmund* eine Garküche betrieben?« fragte er ungläubig und blieb stehen.

»Albrecht! Nein, natürlich nicht. Ich meinte, das habe ich bei unserem Streit in Dortmund gesagt, nicht in Soest. Ich dachte damals, du hättest es vielleicht nicht gehört.«

»Doch.«

Und geschwiegen. Daß ein Mann, der bei Gelegenheit so gefühlvoll sein konnte, an anderer Stelle dermaßen sachlich und überlegt vorging. Es gab Dinge, die waren an einem anderen schwer zu verstehen.

»Tja.« Philipa räusperte sich. »Es ist so, wie ich gesagt habe. Ich habe unter Bettlern gelebt und bei Gauklern eine Garküche betrieben.«

»Das hattest du gar nicht erwähnt.«

»Ich hatte dir das Schlimmste erzählt, und du hast es akzeptiert. Da bin ich davon ausgegangen, dies gälte auch für die anderen … Phasen meiner Vergangenheit.«

»Du findest es berichtenswerter, daß du über deinen Namen und deine Herkunft gelogen hast?« Albrecht sah sie von der Seite aufmerksam an.

»Ja. Ist das so schwer zu verstehen? Ich meine, der Name macht den Menschen doch aus, oder nicht? Ohne deine Familie, deinen Namen, bist du nichts.« Philipa glättete sorgfältig die Falten ihres Rockes. Er war feucht und schwer geworden und am Saum schmutzig.

»Man sollte doch meinen, daß es bedeutender ist, wenn ein junges Mädchen, ein Kind, die Anstrengungen, die es zum Überleben unternimmt, genauso wichtig findet.«

»Ja.« Philipa sah ihn ausgesprochen unbehaglich an. Manchmal konnte sie nicht einmal erahnen, was Albrecht wirklich dachte. »Du weißt doch, wie es ist. Jeder wird an seinen Platz geboren, und dort hinein hat er sich zu schicken. Ich, äh, ich habe da etwas am Rad gedreht und wußte nicht genau, wie du das aufnehmen würdest. Das Entscheidende, das mit der Unwahrheit, habe ich dir gesagt!«

»Jawohl.« Albrecht starrte grüblerisch auf das Wasser. Er schwieg eine lange Zeit, und Philipa wagte nicht, ihn zu unterbrechen.

»Hast du es eigentlich bereut«, fragte er plötzlich und ohne auf das einzugehen, was sie gerade gesagt hatte, »daß du mich geheiratet hast?« Er sah sie ruhig an, die Miene so ausdruckslos, als schlösse er einen Vertrag ab und wolle nicht erkennen lassen, ob dieser günstig für ihn war oder nicht.

»Nein. Nein, das habe ich nicht.« Philipa hätte ihn gerne berührt, doch jetzt war wohl nicht der Moment. »Normalerweise entscheide ich die Dinge sehenden Auges. Wenn ich Angst gehabt hätte, es später zu bereuen, hätte ich es nicht getan.«

»Es war vielleicht einfach besser als gaukeln.« Jetzt schaffte es nicht einmal mehr Albrecht Rappart, seine ausdruckslose Miene beizubehalten, jedenfalls nicht, wenn er seiner Frau ins Gesicht blickte. Also studierte er seine Stiefel. Sie waren braun und aus weichem Rindsleder, sehr bequeme Stiefel.

Es war tatsächlich besser. »Ich hätte auch bei Gräfin Elisabeth auf Burg Borgewig bleiben können. Oder jedenfalls zurückgehen. Zu heiraten war nicht meine einzige Chance, weißt du.«

Er blickte auf. Jetzt war es möglich, den Abstand zu überbrücken, und Philipa nahm sein Gesicht zwischen ihre Hände.

»Obwohl ich zugeben muß, es war eine gute Chance. Ich bin froh, daß ich sie ergriffen habe.«

»Ich liebe dich«, sagte Albrecht. »Nur manchmal machst du mich fix und fertig.«

Unterdessen wurde Liutgard von Aichbergen immer unleidlicher und launischer, und jeder, der es sich leisten konnte, bemühte sich, ihr aus dem Weg zu gehen. Es war unerträglich, über eine so lange Zeit ohne Nachricht zu bleiben. Der vernünftige Teil ihres Wesens sagte ihr durchaus, daß Manfredus es sich nicht erlauben konnte, sich von seiner Truppe zu entfernen, und zwar erstens, weil er es tatsächlich nicht durfte, und zweitens, da er dann ja wochenlang die Kontrolle über das Geschehen hätte aufgeben müssen. Aber er würde doch einen berittenen Boten schicken können! Dachte denn niemand außer ihr selbst an das Naheliegende?

Der weniger vernünftige Teil ließ sie vor Nervosität vibrieren und schlecht träumen. Als sie es gar nicht mehr aushielt, schickte sie nach Gottschalck Rappart. Er kam auch tatsächlich, gehüllt in fast bodenlanges Tuch, dem man mühelos ansehen konnte, wie weich – und kostbar – es war, und mit einem Gesichtsausdruck, dem sie nichts zu entnehmen vermochte außer verbindlichem Interesse.

»Die Reise Eures Bruders verläuft gut?« Oh, wie sie es haßte, einen leichten Plauderton anschlagen zu müssen, mit jemandem, der ihr zutiefst zuwider war.

»Das nehme ich an. Solange keine gegenteiligen Nachrichten eintreffen, gilt eine Reise als problemlos. Ihr könnt Euch vorstellen, daß wir uns keine Boten senden, wenn nicht wirklich ein Anlaß dazu besteht.«

Und ob sie sich das vorstellen konnte. Im Grunde war ja genau das zur Zeit ihr Problem.

»Ich gehe also davon aus, daß die Waren und die sie begleitenden Menschen sicher und wohlauf sind.«

Rappart war groß und hatte eine milchweiße Haut, die in lebhaftem Kontrast zu seinem dunklen Haar stand. Er trug es nach Bürgerart recht kurz geschnitten, es bedeckte kaum seine Ohrläppchen. Unstreitig eine prächtige Erscheinung, schade, daß er herkam, wo er herkam, aus ihm hätte durchaus etwas werden können.

Ehrerbietig war er dagegen nicht. Immerhin hatte er nichts unternommen, um ihren Wünschen Rechnung zu tragen. »Es ist mir unbegreiflich, daß Ihr so wenig Einfluß auf Euren Bruder habt.«

»Ich sehe, daß Euch diese Heirat immer noch erbost, Herrin, wenn ich auch nicht zu erkennen vermag, warum sie das tut. Euer Angebot war durchaus verlockend, aber ich konnte die Eheschließung nicht verhindern, und ich sehe nicht, was ich jetzt noch daran ändern könnte. Ich bin nicht meines Bruders Hüter.«

»Ihr seid nicht als der Vorstand Eures Hauses akzeptiert?« Liutgard maß ihn mit einem verächtlichen Blick.

»Doch.« Gottschalck Rappart blieb ruhig, er hatte seit vielen Jahren gelernt, in Verhandlungen niemals seine Gefühle zu Tage treten zu lassen. »Allerdings verstehen mein Bruder und ich uns als Kompagnons im geschäftlichen Bereich. Daneben führen wir jeder unser eigenes Haus und trachten nur danach, einander loyal gegenüberzustehen.«

Eine Haltung, die er offenbar für ihren Haushalt und die Ihren nicht so ohne weiteres annahm. Was für ein unerträglicher Bastard!

»Wie bedauerlich.« In Liutgards Stimme klirrte das Eis. »Vielleicht ist Euresgleichen mit dem Führen von Menschen überfordert. Ihr seid entlassen. Schade, daß wir nicht … ins Geschäft kommen konnten.«

Gottschalck senkte zum Abschied demütig das Haupt, jedoch nicht den Blick. Liutgard entging durchaus nicht das spöttische Funkeln, welches darin lag. Tja. Es war dumm gewesen, zu glauben, von einer Verbindung mit einer kleinlichen Krämerseele könnte etwas Gutes ausgehen. Aber sie hatte es immerhin versucht.

Nun mußte sie einzig und allein auf Manfredus setzen. Ihr Vertrauen in ihn wieder stärken. Immerhin hatte er es noch nie enttäuscht.

Mittlerweile hatten sie Celle erreicht. »Komm, wir gehen Schuhe einkaufen, Giselbert«, sagte Philipa.

Man konnte ihm ansehen, daß er lieber mit Gysela gegangen wäre, doch die war nicht da. Giselbert seufzte. »Ja, aber nur etwas Sommerliches«, erwiderte er, »Fellstiefel kaufe ich mir lieber in Rußland.«

Sie hatten beschlossen, die Alltagsgewänder ein wenig aufzurüsten, welche sie tragen würden, wenn sie in Nowgorod längerfristig Quartier nähmen. Ihre Reisekleidung mußte so schlicht und fast ein bißchen abgerissen bleiben, wie sie nun einmal war, langsam vermißten sie es jedoch, sich hübsch herzurichten.

»Na gut.« Giselbert fand zu seiner guten Laune zurück, im Grunde hatte er ein sonniges Gemüt. »Dann wollen wir mal.« Er öffnete die Tür und hielt Philipa galant den Arm hin. Sie ergriff ihn huldvoll, und sie schritten hinaus.

»Puh, das war knapp«, wisperte Gysela und zwinkerte Otfrid verschwörerisch zu.

Er löste sich von der Wand, an die sie sich gepreßt hatten, und gab der Tür, durch die Philipa und Giselbert verschwunden waren, einen leichten Stoß, daß sie wieder ins Schloß fiel. »Kommt. Die Luft ist rein.«

Sie traten ebenfalls nach draußen in den hellen Sonnenschein und schlugen genau die entgegengesetzte Richtung ein, Gysela aufgeregt wie ein Kind, das der Erzieherin einen Streich spielt, und Otfrid nervös, weil er nicht wußte, warum Gysela eigentlich eingewilligt hatte, mit ihm einen Ausflug zu machen. Warum er diesen Ausflug vorgeschlagen hatte, war klar. Er wollte mit ihr alleine sein, und wenn sich seine sämtlichen Vorstellungen vom Paradies erfüllten, wollte er versuchen, ob sie sich von ihm küssen ließ. Aber selbst wenn nicht – eine Zeit des Ungestörtseins würde ihm reichen.

Gysela blieb unvermittelt mitten in einer Schlammpfütze stehen. »Da ist Albrecht!«

»Na und? Wir tun schließlich nichts Böses.«

Taten sie auch nicht. Trotzdem wäre es auch Otfrid lieber gewesen, sie begegneten Albrecht nicht. Zumal seine Gegenwart Gysela nicht gut zu tun schien, sie wurde immer sehr still, wenn er dabei war. Manchmal hatte er das Gefühl, sie habe Angst vor ihm. Warum, konnte er sich allerdings nicht vorstellen, sein Herr hatte sich als gerecht und anständig erwiesen, wenn auch nicht immer als sehr duldsam.

Albrecht kam genau auf sie zu, kurz vor ihnen umkurvte

er elegant ein im Dreck wühlendes Schwein. »Hallo, ihr beiden«, begrüßte er sie gutgelaunt, das Grunzen des Tieres nur knapp übertönend.

»Hallo, Albrecht.« Gysela sah ihn nur flüchtig an, dann blickte sie auf den Boden, wie meistens, wenn sie es nicht ertrug, das mangelnde Interesse in seinen Augen zu bemerken. Andersherum wäre es zwar fast noch schlimmer gewesen, denn das hätte sie in größte Verwirrung ihrer Schwester gegenüber gestürzt, aber so ... Es war unlösbar.

Seit er sich mit seiner Frau versöhnt hatte, war Albrecht in ausgezeichneter Stimmung. »Macht ihr einen kleinen Spaziergang? Ein herrlicher Tag dafür. Ich glaube, ich werde Philipa suchen und es euch gleichtun. Wohin wollt ihr?«

»Keine Ahnung.« Das stimmte natürlich nicht, Otfrid hatte längst ein lauschiges Plätzchen ausgesucht, allerdings hatte er nicht vor, sich dort mit seinem Herrn und der Schwester der Frau, die er liebte, zu verabreden. »Eure Gemahlin ist übrigens mit Giselbert einkaufen gegangen«, fiel ihm dann ein.

»Ach, das macht nichts. So lange kann das nicht dauern.« Albrecht tätschelte das Schwein, das sich inzwischen bis zu seinen Stiefeln vorgearbeitet hatte, hob sich verabschiedend kurz die Hand und verließ sie mit langen, fröhlichen Schritten.

Gysela riß sich zusammen. Die Sonne schien, Otfrid war nett und Albrecht verheiratet. »Wollen wir, Otfrid? Wohin gehen wir eigentlich?«

»Laßt Euch überraschen.«

»Was habt Ihr früher gemacht? Ich meine, bevor Ihr mit den Rapparts verbandelt wart?« fragte Otfrid plötzlich, es interessierte ihn wirklich brennend. Er wußte bloß, daß die beiden Schwestern – ungewöhnlich waren.

»So dies und das. Sei nicht so neugierig. Was hast du gemacht?«

»Ich war im Kloster.«

»Aber Otfrid! Mir scheint, das will gar nicht recht zu dir passen.« Gysela lachte. Der Wind spielte mit ihren Löckchen, und sie strich sie mit einer anmutigen Bewegung zurück.

So ein Wind, der hatte es gut. Otfrid lächelte sie an. »Das fand ich auch, deshalb habe ich es verlassen. Mir stand einfach die Tonsur nicht.«

Gysela betrachtete sein dunkles, lockiges Haar mit – einer gewissen Zärtlichkeit? Otfrids Herz klopfte hoffnungsfroh. Na, vielleicht nicht mit Zärtlichkeit, aber ganz bestimmt mit Wohlwollen. Wohlwollen schon, da war er sicher.

»Warum hast du das Kloster wirklich verlassen? Außer den modischen Erwägungen?« Gysela lächelte, und dann fuhr sie ihm tatsächlich mit der Hand durch den wirren Schopf. Das hoffnungsfrohe Klopfen steigerte sich zu einem schmerzhaften.

»Es war ... zu eng.« Otfrid bemühte sich, zu überlegen und eine halbwegs vernünftige Antwort zustandezubekommen. »Ich hatte Schwierigkeiten. Mit der Demut. Und damit verbunden mit dem Gehorsam.« Mit der Keuschheit, aber das konnte er damals noch nicht wissen. »Huh, und dann das Schweigen! Ich rede leider gerne.«

»Ja, das habe ich schon gemerkt.« Gysela begann Blütenstengel auf der Wiese zu pflücken.

»Oh. Ich gehe Euch auf die Nerven«, sagte Otfrid zerknirscht. »Wollt Ihr lieber, daß ich schweige?«

»Versuch es. Du wirst es nicht schaffen, so wie ich dich einschätze.« Gysela ließ sich anmutig auf der Wiese nieder und begann die Blütenstengel zu einem Kranz zu winden.

Otfrid blieb neben ihr stehen und schwieg mannhaft.

Der Kranz war fertig. Gysela setzte ihn sich auf den Kopf anstelle ihres Schapels, das sie auf der Reise niemals trug. Es sah sehr hübsch aus, frisch und jung und wie der Frühling selbst. Otfrid hätte ihr das gerne gesagt, doch er durfte ja nicht. Er blies die Backen auf und rollte die Augen, als drängten die Worte von innen gegen seinen fest verschlossenen Mund.

Gysela lachte. »Du siehst albern aus.«

»Ihr nicht«, platzte Otfrid heraus, »im Gegenteil. Ihr seid sehr … schön.«

»Danke. Jetzt hast du doch gesprochen. Wolltest du nicht schweigen in meiner Gegenwart?«

»Ich bin absolut unschuldig, Herrin. Ihr habt mich verführt!«

»Ha«, machte Gysela, »das behaupten Männer schnell und leichtfertig. Laß es dir gesagt sein, es stimmt fast nie.«

»Darf ich mich neben Euch setzen?«

»Nein. Guck nicht so betrübt. Es war nicht persönlich gemeint. Ich will lediglich noch ein Stück gehen.«

»Dann ist es ja gut.« Er streckte ihr die Hand hin und zog sie hoch, stark versucht, ihre Hand länger in der seinen zu behalten als nötig, aber er hatte ohnehin keine Chance. Gysela befreite sich sofort. Nicht so schnell, daß es irgendwie bedeutungsschwer gewesen wäre, nein, einfach so. Weil es nicht mehr nötig war. Ihr lag nichts an ihm, natürlich nicht. Niedergeschlagen ging Otfrid neben ihr her und schwieg. Diesmal aus einem inneren Bedürfnis heraus.

Nach einer Weile meinte Gysela: »Willst du jetzt doch zurück ins Kloster? Du bist so schweigsam.«

Otfrid riß sich zusammen. »Ach, es war ja nicht alles schlecht dort. Zum Beispiel habe ich schreiben gelernt. Na, und lesen natürlich. Die Stelle bei den Rapparts ist gut. Sie bezahlen nicht schlecht, die Kollegen sind angenehm, und jetzt hat mich Albrecht sogar mitgenommen. Mir liegt nichts daran, in Köln zu bleiben.« Warum auch. In Köln würde er Schreiber sein bis zum Ende seiner Tage. In der Fremde könnte er vielleicht eher sein Glück machen. Und wenn nicht, dann war er wenigstens um ein paar interessante Erfahrungen reicher.

»Hm. Ich weiß. Die meisten Leute wollen an ein und demselben Ort bleiben, nicht? Ich habe mich schon oft gefragt, warum.« Ein leiser Windhauch verschob Gyselas Blütenschapel ein bißchen nach hinten, und sie rückte ihn wieder zurecht.

»Ihr nicht? Ihr seid gerne unterwegs?«

»Aber ja. Die schönste Zeit war eigentlich …« Gysela verstummte.

»Ja?«

Sie hatten verabredet, nicht allzu deutlich über ihre Vergangenheit zu reden. Obwohl Albrecht inzwischen sämtliche Details kannte und Philipa keine Vorwürfe gemacht hatte. Otfrid dagegen ging es eigentlich nichts an.

»Ihr habt kein Vertrauen zu mir«, klagte er prompt.

»Doch. Habe ich. Aber weißt du«, Gysela sah ihn zweifelnd an, »es ist eigentlich egal, was ich früher gemacht habe, oder?«

»Wenn Ihr noch lange so drumherum redet, male ich mir die wüstesten Dinge aus«, meinte Otfrid und rollte wieder mit den Augen.

»Du wirst bestimmt Spaß daran haben«, vermutete Gysela. »Wollen wir zurück? Es wird langsam spät.«

Er hatte sie vergrault mit seiner Fragerei. Otfrid sah sie betrübt an. »Ich hätte doch im Kloster bleiben sollen. Schweigen üben. Dann würdet Ihr mir jetzt nicht grollen.«

»Ich grolle doch gar nicht.« Gysela ergriff seine Hand. »Ich will trotzdem zurück. Philipa hat Bänder gekauft für unsere Kleider, und ich will sie mir ansehen, um zu entscheiden, ob sie alles hat, was wir brauchen.«

Otfrid behielt ihre Hand in seiner, und dicht nebeneinander gingen sie langsam den Weg zurück, was seiner Vorstellung von Glück schon sehr nahe kam.

»Gysela«, sagte er plötzlich leise und blieb stehen. »Euer Schapel ist verrutscht.« Vorsichtig rückte er es zurecht. Dann nahm er ihr Gesicht zwischen seine Hände und küßte sie zart auf die Lippen.

»Otfrid!«

»Pst.« Otfrid hielt die Augen geschlossen. »Ich weiß, daß es ungeheuerlich ist, aber laßt mich das Gefühl noch einen Moment auskosten, bevor es verfliegt.«

»Otfrid.«

Er machte vorsichtig die Augen auf und sah sie an. Sie hatte blankes Erstaunen im Blick. Kein Entsetzen, keinen Ärger. Erstaunen war ebenfalls nicht sehr schmeichelhaft, wenn auch nicht so schlimm.

Genaugenommen sah sie tatsächlich nur verblüfft aus, nicht so, als habe sie wirklich etwas dagegen einzuwenden. Ohne nachzudenken, beugte sich Otfrid ein bißchen vor – zum Glück war er wenigstens ein Stückchen größer als sie, allerdings war Gysela auch nicht sehr hochgewachsen – und küßte sie noch einmal. Diesmal ausgiebiger, wenn auch ebenso behutsam. Er ergriff ihre Hände, legte sie an seine Brust und hielt sie dort fest, er wußte, sie konnte fühlen, daß sein Herz wie rasend schlug, aber es war ihm egal.

Sie stieß ihn nicht zurück.

Vielleicht war sie zu schockiert? Otfrid blinzelte vorsichtig, um einen Blick auf ihre Miene zu erhaschen. Sie hatte die Augen geschlossen und schien es tatsächlich zu genießen.

Schließlich entwand sie ihm sachte ihre Hände und legte die Arme um seinen Nacken. Otfrid zog sie an sich. Dann schickte er alle Vorsicht zum Teufel und sagte atemlos: »Gysela, ich weiß, daß es ungehörig ist und ganz und gar verwerflich, aber ich liebe Euch. Und Ihr dürft nichts darauf sagen, denn ich will einfach nur, daß Ihr es wißt, weil ich sonst zerspringe.«

Der Wind fächelte sanft durch ihr Haar, es war Frühling, eine Lerche sang, und Otfrid schwor sich, diesen Augenblick niemals in seinem Leben zu vergessen.

»Was bei allen Heiligen ist hier los?« erklang die ungläubige Stimme von Albrecht Rappart hinter ihnen, und das Glück zerstob.

Gysela versuchte instinktiv, zurückzuweichen, doch Otfrid hielt sie ebenso instinktiv fest.

»Herr, ich …«, begann er, weit davon entfernt, schuldbewußt zu sein, denn an seinen Gefühlen, die lauter und tief empfunden waren, sah er nichts, dessen er sich hätte schämen müssen. Aber Albrecht schnitt ihm, ohne weiter auf ihn zu achten, das Wort ab.

»Wir sprechen uns später. Du kommst mit mir.« Er ergriff die widerstrebende Gysela am Oberarm und zerrte sie mit sturmumwölkter Miene fort.

Otfrid starrte ihnen hinterher, zu entsetzt, um irgend etwas zu tun. Der laue Frühlingswind wehte immer noch, aber er spürte seine zärtliche Berührung nicht mehr. Die Lerche war verstummt.

Gysela hatte Mühe, nicht zu stolpern, Albrecht war zu schnell. So hatte sie sich ein Zusammensein mit ihm eigentlich nicht vorgestellt. Und vor allem nicht jetzt, wo sie so verwirrt war, daß sie ohnehin nicht klar denken konnte.

»Was hast du denn eigentlich mit mir vor?«

»Dich einsperren, was sonst?«

»Warum? Ich hab' doch gar nichts Böses gemacht.« Gysela war jetzt den Tränen nahe.

»Nicht? Wie würdest du es denn bezeichnen, wenn meine Schwägerin, meine sehr junge Schwägerin übrigens, mit einem meiner Schreiber in der Öffentlichkeit herumtändelt?«

»Als nicht so schlimm würde ich das bezeichnen«, schnaufte Gysela und schluckte die Tränen hinunter. Langsam wurde sie böse. Dieser Moralapostel! Sie wußte genau, was er mit ihrer Schwester nachts so alles anstellte, von tagsüber ganz zu schweigen, da bekam sie es schließlich nicht mit, doch ihr wollte er wohl das allerharmloseste kleine Vergnügen mißgönnen.

»Falsch«, sagte Albrecht ungerührt. »Da sieht man, daß du tatsächlich nicht die leiseste Ahnung hast von Sitte und Anstand.«

»Pah!« schnaubte Gysela. »Laß mich los, du tust mir weh!«

»Macht nichts«, erwiderte Albrecht grimmig, aber er lockerte seinen Griff ein bißchen.

»Das geht dich alles überhaupt nichts an. Du hast nicht über mich zu richten! Du bist der Mann meiner Schwester, nicht … meiner.«

»Richtig. Ich bin geneigt zu sagen, zum Glück. Deine Schwester befleißigte sich nämlich eines tadellosen Benehmens vor der Ehe. Du bist nicht verheiratet, wenn ich das richtig sehe«, fuhr Albrecht fort, »und solange du es nicht bist, bin ich dein Vormund. Ich gedenke nicht, dir ein skandalöses Verhalten in egal welcher Hinsicht durchgehen zu lassen.«

»Behandele mich nicht wie ein gottverdammtes Kind!« fauchte Gysela.

»Dann benimm dich nicht wie eins und hör endlich auf zu zappeln.«

Philipa saß in schönster Eintracht mit Giselbert am Tisch und studierte ihre Einkäufe. Besonders elegant waren die Bänder nicht, die sie bekommen hatte, Celle war schließlich keine sehr vornehme Stadt, aber ganz hübsch waren sie schon. Nur das rote – vielleicht war es doch etwas plump. Sie mußte Gysela fragen, die hatte einen sehr sicheren Geschmack.

Die Tür wurde mit mehr Nachdruck als nötig aufgestoßen, und Albrecht betrat den Raum, hinter sich her schleifte er die kalkweiße Gysela, die er auf einen Stuhl – nun ja, schubste.

»Setz dich dahin. Giselbert, laß uns allein.«

Giselbert sah nicht so aus, als würde er dieser Aufforderung gerne Folge leisten, angesichts des Gesichtsausdrucks seines Herrn war allerdings wenig Diskussionsmöglichkeit gegeben.

Sie schwiegen alle drei, bis Giselbert den Raum verlassen hatte. Dann fragte Philipa: »Kann mir mal einer sagen, was hier los ist?«

»Jawohl«, sagte Albrecht und begann spürbar erbittert von dem Vorfall zu berichten.

Otfrid? Philipa versuchte, ihrer Überraschung Herr zu werden, und blickte Gysela an, die offenbar nicht die Absicht hatte, etwas zu ihrer Verteidigung vorzubringen. Womöglich war Albrechts Einschätzung der Lage etwas zu harsch?

»Ich wußte nicht«, Philipa räusperte sich, »daß du Gefühle für Otfrid hegst.«

»Der ein unbedeutender, kleiner Schreiber ist«, warf Albrecht wenig hilfreich ein, denn sofort wurde Gyselas Miene widerspenstig.

Bevor sie mit einer unbedachten Äußerung ihren Schwager endgültig gegen sich aufbringen konnte, sagte Philipa leise: »Gysela, geh in unsere Kammer.«

»Muß ich?«

Gysela klang sehr aufmüpfig. Es war bestimmt besser, sie aus Albrechts Dunstkreis zu entfernen. »Ja.« Philipa lächelte ihr zu.

Ihre Schwester zuckte die Schultern und verließ aufreizend langsam den Raum, nicht ohne die Tür mit äußerstem Nachdruck hinter sich geschlossen zu haben.

»Es ist mir ein Rätsel, wie du eine solch nachlässige Haltung gegenüber der Moral deiner Schwester für angemessen erachten kannst.« Albrecht betrachtete seine Frau mit sturmumwölkter Miene.

Diese beschloß, sachlich zu bleiben. »Weil ich genau im Bilde bin über die moralische Haltung eben dieser Schwester und weiß, daß daran nichts auszusetzen ist.«

»Du warst nicht dabei.«

»Nein. Weißt du, wenn du über Giselbert so empört wärest, könnte ich es ja verstehen, weil es sich bei diesem nur um … Jagdinstinkt handelt, nicht um ein echtes Gefühl. Aber wenn Otfrid sie gern hat, ist es etwas anderes.«

»Ist es nicht.«

Philipa sah ihn leicht verzweifelt an. »Du hast mich doch auch geküßt.«

»Ich wollte dich heiraten.«

»Vielleicht möchte Otfrid Gysela ebenfalls heiraten.«

»Er ist Schreiber!« wiederholte Albrecht stur.

»Ja und? Ist er deshalb ein schlechter Mensch? Er ist intelligent, freundlich und humorvoll, was findest du an ihm auszusetzen?«

»Er hat kein Auskommen.«

Langsam begann er ihr auf die Nerven zu gehen. »Wenn du ihn rauswirfst, bestimmt nicht.«

Albrecht schnaubte bloß.

Philipa klopfte einladend auf den Stuhl neben sich, und Albrecht setzte sich zögernd. »Als Bastard auf Aichbergen und auch später hätte Gysela wirklich ein schlimmeres Schicksal widerfahren können, als einen ehrbaren Schreiber zu heiraten. Sie hätte sich auch schlechter benehmen können. Hat sie jedoch nicht. Sie ist munter, fröhlich und tapfer geblieben und hat nie irgend etwas getan, wofür sie sich hätte schämen müssen. Oder ich.« Philipa holte tief Luft. »Oder du.«

Albrecht machte den Mund auf, um sie zu unterbrechen. Dann klappte er ihn unverrichteter Dinge wieder zu.

»Sie wird auch nichts dergleichen tun. Sie ist … einfach jung und vielleicht manchmal einsam, denn sie hat niemanden an ihrer Seite so wie ich. Wenn da nun einer ist, der sie gern hat und ihr das zeigt, und sie ihn auch gern hat und ihm das zeigen möchte, so ist doch daran nichts Schlechtes.«

Albrecht kratzte sich am Schädel. »Na gut. Wenn du es sagst. Aber Otfrid soll sich von ihr fernhalten, ich bestehe darauf. Ich habe keine Lust, meine Familie in Nowgorod mitsamt einer schwangeren unverheirateten Schwägerin einzuführen.«

Schwanger. Philipa schwieg.

»Ist was?« Albrecht hatte den Eindruck, irgend etwas liefe mit einem Mal anders.

»Vielleicht wird sie ja nicht mal schwanger. Ich werde es schließlich auch nicht.«

»Macht es dir etwas aus?« Sie hatten noch nie darüber gesprochen.

»Ja, natürlich.«

Gysela und Otfrid waren vergessen. Albrecht zog sie auf seinen Schoß. »Wir sind doch erst seit so kurzer Zeit verheiratet.«

»Lange genug. Und man kann nicht sagen, wir würden uns nicht bemühen.«

»Nein, das kann man nicht.« Albrecht streichelte zärtlich ihren Rücken. »Wird schon werden. Sieh es mal von der positiven Seite. Wenn wir in Rußland überwintern, weiß ich gar nicht, ob man das einem Säugling zumuten könnte. Dann müßtest du in Lübeck bleiben oder zurück nach Köln, und ich würde mich nur ungern so lange von dir trennen.«

Auf den Gedanken, die Reise zu unterlassen, kam er offenbar nicht. Oder sie wenigstens zu verschieben.

Philipa küßte ihn auf die Stirn und stand auf. »Ich gehe jetzt zu Gysela. Nein, laß mich, ich will auf jeden Fall zu ihr. Ein Gespräch unter Frauen.«

In gedrückter Stimmung machten sie sich auf nach Lüneburg. Gysela ritt neben Philipa oder Albrecht, und manchmal sonderte sie sich ganz ab. Sie hatte genug zum Nachdenken, daß sie Gesellschaft nicht besonders schätzte.

Als Albrecht mit Giselbert an der Spitze des Zuges ritt und Gysela dahinter, kam Otfrid vorsichtig an Philipas Seite. Er sah schlecht aus, fand sie, blaß und mit Schatten unter den Augen, die vorher nicht da gewesen waren.

»Ich habe eine Bitte an Euch«, sagte er unglücklich. »Auch

wenn es vielleicht vermessen ist. Und wenn Ihr bestimmt Ärger mit Eurem Mann bekommt deswegen. Verzeiht mir.«

»Was soll ich denn tun?«

»Könntet Ihr Eurer Schwester sagen, daß ich mich nicht aus eigenem Antrieb von ihr fernhalte? Es ist nur, Euer Mann hat ... es mir angeraten.« Genaugenommen hatte er gesagt: »Wenn du dich ihr näherst, kannst du sehen, wie du dich allein zurück nach Köln schlägst oder wohin auch immer du willst. Mich geht es dann nichts mehr an.«

»Das weiß sie doch«, erwiderte Philipa freundlich.

Otfrid schöpfte Mut. »Ich hatte nichts Böses im Sinn, Herrin, ehrlich. Es war nur so ...« Er war so bekümmert, daß er noch jünger aussah, als er war.

»Ich gehe davon aus, daß du Gysela keinen Schaden zufügen wolltest?«

»Natürlich nicht! Aber der Herr scheint dieser Ansicht zu sein.«

»Albrecht hat sehr klar umrissene Vorstellungen von Moral und Anstand.«

»Die habe ich ebenfalls«, versetzte Otfrid heftig. »Gerade deshalb würde ich auch nichts tun, was ein schlechtes Licht auf Gysela werfen würde. Falls«, er räusperte sich, »sie so was überhaupt zuließe.«

Philipa lächelte schwach. Sie hatte keine Ahnung, wie Gysela Otfrid gegenüber stand. Vermutlich wußte Gysela selbst es auch nicht.

»Es ist nur«, Otfrid berührte kurz ihren Arm, damit sie ihm auch zuhörte, »ich weiß ja, es ist unangemessen, weil ich nur ein einfacher Mann bin, doch ich liebe Eure Schwester, und gegen Gefühle kann man im allgemeinen wenig tun.«

»Ach was, unangemessen«, erwiderte Philipa impulsiv.

»Na ja. Ich bin Schreiber, und Gysela ist von Adel.«

Das hat uns auch nicht viel gebracht, dachte Philipa, aber

sie lächelte ihn nur an und schwieg. Er tat ihr leid. Albrecht in den Rücken zu fallen ging allerdings auch nicht.

»Mach dir nicht so viele Sorgen«, sagte sie, »Albrecht wird sich auch wieder beruhigen.«

Nämlicher Albrecht, der im Hinterkopf offenbar Augen hatte, wandte sich um und warf ihnen einen strengen Blick zu. Philipa unterdrückte ein Seufzen. Sie nickte Otfrid aufmunternd zu und trieb Bona an, bis sie Gysela erreicht hatte.

Eine Weile ritten sie schweigend nebeneinander her.

»Was ist? Bist du gekommen, um mir auch Vorwürfe zu machen?« fragte Gysela schließlich.

»Nein. Sei nicht so unfreundlich zu mir. *Ich* habe dir schließlich nichts getan. Außerdem soll ich dir was von Otfrid ausrichten.«

»Ich will es nicht hören.«

»Gut.«

Sie ritten eine ganze Weile schweigend. Philipa betrachtete das Auf und Ab von Albrechts Rücken vor ihr und fragte sich, ob die Stimmung jetzt bis Rußland so bleiben solle. Der Rücken drückte eine gerechte und heilige Empörung aus. Gyselas verschlossene Miene neben ihr desgleichen. Wenn sie wenigstens mit ihr sprechen würde. Bisher hatte sie sich strikt geweigert.

»Gysela, wir sind einen so weiten Weg miteinander gegangen und haben einander immer vertraut. Und ständig bröckelt irgend etwas ab. Erst Papa, dann unser Zuhause. Schließlich Roland. Und jetzt auch noch du? Das halte ich nicht aus. *Und ich werde es nicht zulassen.*«

Gysela warf ihr einen Blick von der Seite zu. »Du hast doch Albrecht.«

»Ja, schon. Aber manchmal ist er so … fremd. Gerade du müßtest doch eigentlich verstehen, daß es nicht immer einfach ist, mit ihm zusammenzuleben.«

Gysela hatte bis jetzt immer gedacht, ihre Schwester

schwämme im Wohlsein. »Ich habe euch beobachtet, manchmal. Nachts. Ich hatte geglaubt, du wärest glücklich.«

Philipa wurde rot. Beobachtet zu werden war keine angenehme Vorstellung. »Bin ich ja auch, irgendwie. Doch ich kannte ihn kaum, als wir geheiratet haben. Na ja, eigentlich wußte ich schon das Wesentliche. Ich meine, das Wesentliche von den unangenehmen Sachen.« Das andere, auch sehr Wesentliche, hatte sie natürlich nicht gewußt. Daß er zärtlich war, Rücksicht auf sie nahm. Sich ehrlich Mühe gab, zu verstehen, was sie meinte, auch wenn es ihm nicht immer gelang.

»Was ist denn unangenehm?«

Jetzt hatte sie endlich Gyselas ungeteilte Aufmerksamkeit. »Daß er stur ist. Und im Grunde so ernst.«

»Ich dachte schon ...« Gysela verstummte.

»Was dachtest du?« Offenbar hielt ihre Schwester es für angebracht, sich jedes Wort einzeln aus der Nase ziehen zu lassen.

»Das Körperliche. Ich dachte, du würdest sagen, das Körperliche sei das Unangenehme. Und ich hatte ... huh, ist das peinlich ... beim Beobachten das Gefühl, du fändest es gar nicht so schlimm.«

»Ist es auch nicht.« Im Gegenteil, Albrechts Berührungen erzeugten ein warmes Gefühl in ihrem Innern, das Bewußtsein, zu ihm zu gehören. Sicher zu sein.

»Ich dachte immer, es reicht, daß er schön ist«, sagte Gysela unvermittelt. »Wenn ich euch gesehen habe, fand ich ihn schön.« Sie wurde knallrot. »Aber es reicht wohl doch nicht.«

Philipa wußte nicht, was sie sagen sollte. Hieß das jetzt, ihre Schwester hatte begehrliche Blicke auf ihren Mann geworfen? Wenn dem so war, wußte sie tatsächlich nicht, was sie darauf sagen *konnte.*

»An Otfrid habe ich nie im allerentferntesten gedacht«, fuhr Gysela fort. Vielleicht tat es ja doch gut, sich einmal auszusprechen. »Nur, daß er eben nett ist. Lustig. Und klug. Klug ist er doch, oder?«

Bevor Philipa antworten konnte, sprach sie schon weiter. »Als er mich dann geküßt hat, war es ganz unerwartet. Es hat mir gefallen. Und ich würde es wieder tun, da kann dein Albrecht sagen, was er will.« Unverkennbarer Aichbergen-Trotz.

»Ich würd's lassen«, sagte Philipa bedächtig.

»Was? Hat er dich schon angesteckt, dein Albrecht?«

»Nein. Aber informiert hat er mich, *mein* Albrecht. Darüber, daß er Otfrid rauswirft, wenn er sich dir noch einmal nähert. Das ist es übrigens auch, was ich dir im Auftrag Otfrids übermitteln soll. Er kommt nicht zu dir, weil Albrecht ihm damit gedroht hat. Und er will die Rapparts natürlich nicht verlassen. Aus mehreren Gründen wahrscheinlich.«

Gyselas Augen füllten sich mit Tränen, sie wischte sie wütend weg. Das fehlte noch, sich hier hinreißen zu lassen. Philipa sah sie mitleidig von der Seite an.

»Gib ihm Zeit. Albrecht, meine ich. Er muß sich daran gewöhnen, daß seit neuestem nicht mehr alles nach seinem Kopf geht. Er hat sich viel vorgenommen mit uns beiden, was?«

Gysela lächelte schief. »Du kannst Otfrid vielleicht sagen, daß ich ihm nicht böse bin? Ich meine, wegen allem nicht?«

»Mache ich.« Es war wohl ihr Schicksal, auf dieser Reise ab sofort postillon d'amour zu spielen.

Irgendwo auf dem Weg zwischen Celle und Lüneburg begann Richards Pferd zu lahmen. Erst nur ganz leicht, so daß er mehrmals dachte, der Eindruck täusche, dann aber immer stärker. Schließlich stieg er ab und besah sich den Schaden. Daedalus blickte seinen Herrn vorwurfsvoll an und hob freiwillig das rechte Vorderbein. Zwischen dem Hufeisen und dem Horn hatte sich ganz offensichtlich ein Steinchen oder irgend etwas anderes eingeklemmt, das nicht dorthin gehörte.

Richard blickte sich suchend um. Möglicherweise fand er ein Hölzchen, mit dem er dieses Etwas nach draußen befördern konnte. Nein. Hier in der Gegend gab es nur breite Zweige. Also würde er es mit seinem Dolch versuchen, immer in der Hoffnung, Daedalus bliebe ruhig stehen.

Sein Pferd tat ihm den Gefallen. Das Steinchen nicht. Es blieb fest und unverrückbar an seinem Platz.

Richard unterdrückte ein gereiztes Brummen und besah sich den Schaden. Der Wellenrand des Eisens sah abgeflacht und mitgenommen aus, an einigen Stellen sogar ein wenig abgesplittert. Neben allem anderen wäre es also ohnehin angebracht, das Pferd beschlagen zu lassen.

Er blickte sich um und begann geistesabwesend Daedalus' Stirn zu kraulen. Die Notwendigkeit neuer Eisen war an sich nichts Schlimmes. Bloß daß er sich jetzt inmitten vom Nirgendwo befand, wo ganz gewiß kein Schmied hinter der nächsten Wegesbiegung auf ihn wartete, war bitter. Und daß er bis zum nächsten Ort würde zu Fuß gehen müssen.

Abgesehen davon, daß einem spazierengehenden Ritter ein klein wenig Lächerlichkeit anhaftete, verlor er wertvolle Zeit. Andererseits wußte er, wo der Rappartsche Zug als nächstes Station machen würde, und so konnte er sie immerhin nicht aus den Augen verlieren. Ein Kaufmannszug war nicht sehr beweglich, und es war nahezu ausgeschlossen, daß er unterwegs komplett die Route änderte.

»Komm jetzt, Daedalus. Wir gehen.« Sein Pferd schnaubte und machte sich fröhlich auf den Weg. Wesentlich fröhlicher als Richard selbst.

Je näher sie an Lüneburg herankamen, um so bedrückender wurde die Atmosphäre, und Philipa hatte alle Mühe, sich davon nicht beeindrucken zu lassen.

»Warum sieht das denn hier so kahl aus?« Sie ritt neben Albrecht und betrachtete kopfschüttelnd die Baumstümpfe, denen die dichten Eichen- und Buchenwälder seit einiger Zeit gewichen waren und die ihren Weg begleiteten, so weit das Auge reichte. Es sah aus, als habe eine Riesenhand in einem kosmischen Wutanfall alles abgemäht, was sich ihr in den Weg stellte.

»Es ist wegen der Salinen.« Knapper ging's nicht.

Philipa hatte langsam die Nase voll. »Lieber, süßer Albrecht, kannst du mir vielleicht erklären, was es mit den Salinen so auf sich hat und wieso es hier aussieht, als wäre die Welt krank geworden und litte unter Haarausfall?«

Obwohl er es nicht wollte, mußte Albrecht grinsen. »Du versuchst es jetzt wohl mit allen Mitteln, was?«

»Du läßt mir keine andere Wahl.« Philipa lächelte liebreizend.

»Lieber, süßer Albrecht, hah!« Der liebe, süße Albrecht schüttelte den Kopf, dennoch hatte Philipa den Eindruck, seine gute Laune kehre langsam zurück.

»Komm schon, jetzt lächele doch mal. Meine Schwester hat sich verliebt in einen Mann, der diese Liebe erwidert. Du tust gerade so, als seiest du aus Versehen in ein Hurenhaus geraten. Findest du das nicht langsam ein bißchen übertrieben?«

»Nein.« Vielleicht doch. Eigentlich hatte er auch gar keine Lust mehr, alleine vor sich hinzuwüten. Er streckte die Hand aus, und Philipa ergriff sie erleichtert.

»Die Frage war übrigens keine Taktik«, erklärte sie. »Nur vielleicht das lieber, süßer und so weiter. Warum sieht es hier so aus?«

»Sag ich doch. Wegen der Salinen.« Albrecht grinste, und Philipa stöhnte.

»Lüneburg ist *das* Zentrum für Salzgewinnung hier in der Gegend«, bequemte er sich dann zu erläutern. »Die Stadt ist über einem Salzstock angelegt. Die Sole, also ein Salzwassergemisch, wird gefördert, in Bleipfannen gesiedet, bis das Wasser verdunstet und das Salz übrigbleibt. So einfach ist das.

Fürs Sieden brauchen sie Holz … oder Holzkohle … und deshalb roden sie die halbe Welt. Übrig bleibt die Heide, ist auch ganz hübsch. Na, mir soll's egal sein. Ich kaufe das Salz und verschiffe es nach Schonen, wo sie fette, leckere Heringe darin einlegen, und die nehme ich dann mit zurück ins Rheinland.«

»Und schleppst dir einen Bruch an deinem prallen Geldbeutel.«

»Genau. Und an deinem, werte Dame Rappart.«

Tatsächlich. So hatte sie es noch nie betrachtet.

»Da drüben siehst du es schon.« Albrecht deutete mit einer Hand auf die Kirchtürme, die in einiger Entfernung zu sehen waren. Da das Land flach und die Bäume weg waren, hatte man einen ungehinderten Blick auf die Stadt.

Lüneburg, entstanden schon vor dreihundert Jahren aus der Hüttenansammlung zu Füßen einer Burg, war eine junge Stadt, erst vor ein paar Jahren zur freien Reichsstadt erhoben, aber sie summte und brummte vor Betriebsamkeit. Die Salinen, immerhin fast ein halbes hundert Siedehäuser mit jeweils mehreren Bleipfannen, gaben vielen Männern Arbeit, dazu kamen die Holzgewinnung und der Handel – ja, man konnte sagen, Lüneburg prosperierte. Während Albrecht und Giselbert die Unterbringung der Wagen und der Tiere auf einem Hof am Rande des eigentlichen Ortskerns überwachten, blieben Philipa und Gysela auf ihren Pferden sitzen und betrachteten das geschäftige Treiben um sie herum. Wie man einen Kaufmannszug versorgte, war ihnen inzwischen sattsam bekannt, doch das Drumherum dieser Stadt war neu.

Die Luft war erfüllt von dem Geruch nach Salz und Holzfeuer. »Es riecht gut hier«, sagte Philipa zu Gysela. Sie blickte sich unternehmungslustig um.

»Was? Ach so. Na ja. Bißchen beißend, finde ich.« Gysela blies Trübsal und interessierte sich nicht für Lüneburgs Absonderlichkeiten.

Albrecht hatte seine Anweisungen gegeben, mehr pro forma denn aus bitterer Notwendigkeit, bei seiner Truppe saß jeder Handgriff, dann bestieg er Jason und kam an ihre Seite. »Seid ihr bereit? Wir reiten jetzt in die Stadt. Es gibt da einen hübschen Gasthof in der Nähe des Marktplatzes, habe ich gehört, ganz neu. Mit kleinen, privaten Kammern.«

Das stimmte, allerdings nutzte es ihnen nichts. Die Kammern waren belegt, da konnte Albrecht bestechen, soviel er wollte, der Wirt blieb eisern. »Ihr seid nich' der einzige, Herr, und auch die anderen sollen wiederkommen. Wenn ich jeden zugunsten eines anderen mit mehr Münzen seines Bettes beraubte, hätt' ich bald 'n Ruf, den ich nich' will. Ich kann Euch aber ein anderes Angebot machen.«

»Und?« fragte Albrecht ungnädig. Es wurmte ihn, nicht zu bekommen, was er wollte. Allerdings hatte Lüneburg wenige Schlafplätze, dafür viele Gäste zu beherbergen, und da wollte er sich nicht auf die Suche begeben, um dann hinterher doch kleinlaut wieder vor dieser Tür zu stehen.

»Ich hab' oben noch 'n großes Zimmer nach hinten raus, zum Hof, das hat 'n breites Bett und zwei Schrankbetten. Außerdem könnte ich noch zwei Strohlager aufschütten lassen. Is' für mehrere und 'n bißchen teurer. Aber dann hättet Ihr Platz genug für sechs.«

»Brauche ich nicht.« Für zwei hätte vollauf genügt. Albrecht unterdrückte ein Seufzen. Nach kurzem Zögern sagte er: »Drei Schlafstätten sind ausreichend. Ich nehme das Zimmer.« Otfrid konnte natürlich nicht mit ihnen, genauer gesagt mit Gysela, in einem Raum schlafen, der mußte zusehen, daß er im Schankraum ein Plätzchen fand. Oder auf dem Hof. Irgendwo würde er schon unterkommen.

Er zahlte einen exorbitanten Preis, und das auch noch im voraus, knirschte stumm mit den Zähnen und begleitete seine beiden Damen in das Zimmerchen. Wenigstens hatte das Bett Vorhänge.

»Wie ist es, kommt ihr mit? Heute ist es zu spät, um noch irgend etwas in Angriff zu nehmen, Arbeit gibt's erst morgen.«

Philipa sprang erfreut auf die Füße. »Ja, laß uns die Stadt ansehen. Zu Fuß. Ich bin froh, daß ich nicht mehr reiten muß.«

»Klar, bei dem Pferd.« Albrecht grinste sie freundlich an.

Minni stieß ein Winseln aus und legte sich umständlich auf den Boden, die Schnauze auf die gekreuzten Vorderpfoten gelegt, und sandte einen herzzerreißenden Blick in die Runde.

»Ich glaube, er kann nicht mehr«, sagte Gysela nachdenklich. »Ich eigentlich auch nicht. Ich kümmere mich um unser Gepäck und ruhe mich dann ein bißchen aus.«

»Wir holen dich also später zum Essen ab?« fragte Philipa und drückte ihr rasch einen Kuß auf die Wange. Sie tat ihr leid, doch im Grunde konnte sie ihr nicht helfen. Da gab es im Moment wenig zu tun.

Gysela nickte. Während sich Philipa interessiert die Stadt und ihre Salinen ansah und erklären ließ, schlich ihre Schwester die hölzerne Treppe hinab und suchte im Schankraum nach Otfrid. Sie fand ihn dort auch, denn er hatte keine Lust gehabt, Albrecht und seine Frau zu begleiten, und andererseits hatte er nichts zu tun, außer seinen trübseligen Gedanken nachzuhängen.

Auf die Idee, Gysela entgegen allen Verboten aufzusuchen, wäre er nicht im Traume gekommen.

Manfredus' Blick ruhte nachdenklich auf den Dutzenden Siedhäusern vor ihm, tief in die Erde eingegrabene hölzerne Gebäude, ein jedes umwabert von beißendem grauen Rauch und Qualm, der aus den höhergelegenen Eingängen quoll.

Es herrschte viel Betrieb hier. Die Söder waren unterwegs, kräftige, schmutzige Kerle, deren gerötete Haut vor Schweiß glänzte und die für den reibungslosen Betrieb in den Hütten zuständig waren. Die Weiber, die Holz in die Öfen nachluden und Berge von Asche wegtransportierten, waren schwarz von oben bis unten und sahen aus, als seien sie geradewegs aus der Hölle gestiegen.

In der Ferne erblickte er Albrecht Rappart, der in einer der Hütten stand und mit dem Vogt über den Abtransport des von ihm erworbenen Salzes verhandelte, offenbar in bestem Einvernehmen, weil es mit viel Schultergeklopfe und freundlichsten Mienen vonstatten ging.

Albrecht stand sehr nahe neben einer der Siedepfannen.

Überaus heißen, metallenen Pfannen, in denen die geschöpfte Sole verdampfte, bis nur noch die dicke Salzkruste übrigblieb. Weißer Dunst umwehte sie, wie der Atem des Höllenschlunds, aus dem diese Sole kam.

Die Menschen, die dort arbeiteten, gingen mit Fug und Recht sehr vorsichtig mit diesen Pfannen um und achteten darauf, wohin sie ihre Füße setzten. Es dürfte zu einigen Unannehmlichkeiten führen, stürzte man auf Grund einer Unachtsamkeit in eine der siedenden Solebecken.

Manfredus rieb sich nachdenklich den Schweiß aus dem Nacken und betrat eine der Hütten, um sich die Gegebenheiten einmal etwas genauer zu betrachten.

Gysela schloß leise die Tür hinter sich. Der Schankraum war zum Glück leer, nur Otfrids dunkler Schopf hob sich gegen den hellen Ausschnitt eines geöffneten Fensters ab, vor dem er saß und bewegungslos nach draußen starrte.

»Otfrid«, wisperte es hinter ihm.

Jetzt hörte er schon Stimmen. Vielleicht hatte er sogar Fieber.

»Otfrid?«

Es klang eigentlich ziemlich naturgetreu. Er drehte sich zögernd um.

»Gysela! Was macht Ihr denn hier? Und wo ist Albrecht?« Das war das Naheliegendste.

»Weg. Otfrid, es tut mir so leid, ich wollte mich entschuldigen.« Gysela kam zaudernd näher, es war doch nicht so einfach, wie sie gedacht hatte.

»Was? Wer? Ihr bei mir? Das verstehe ich nicht.« Otfrid sah sie verwirrt an, und Gysela wurde rot. Es sah ganz reizend aus.

»Na ja. All der Ärger mit Albrecht. Bloß wegen mir«, flüsterte Gysela.

Otfrid stand auf.

Er würde bestimmt auch eine andere Stelle finden, er war ein guter Schreiber. Schnell, sicher und zuverlässig. Albrecht Rappart war ein Idiot, wenn er ihn gehen ließ.

Er ergriff Gyselas Hände, sie waren klein und sehr kalt. »Was für ein Unsinn«, sagte er zärtlich. »Ihr habt überhaupt nichts getan, ich war das. Ich verstehe nicht, warum Rappart sich so aufregt.«

»Er meint, ich hätte mich wehren müssen.« Gysela versuchte, ihm nicht in die Augen zu blicken. Sie waren sehr dunkel und sahen sie so eindringlich an.

»Und warum habt Ihr's nicht getan?«

Ja, warum eigentlich nicht? Es war so überraschend gewesen. All ihre Träume und Vorstellungen von Albrecht waren mit einem einzigen Atemzug dumm, albern und nichtssagend geworden. Kleinmädchenphantastereien. Otfrid war da und wirklich gewesen, und die Zärtlichkeit in seinen Augen hatte sie umhüllt wie ein warmer Mantel.

»Weil's schön war.« Es war nicht immer leicht zu sagen, was man wirklich meinte, doch Gysela hielt in der Regel nichts davon, sich um die Wahrheit herumzudrücken.

»Weil's schön war«, wiederholte Otfrid flüsternd. Er war nicht ganz sicher, ob das hier gerade stattfand oder einer der wirren Träume war, die ihn nachts in der letzten Zeit heimsuchten. »Ich dachte, Ihr wäret bestimmt böse auf mich.«

Gysela schüttelte den Kopf. Ihre Locken standen einigermaßen wirr ab, sie hatte nicht daran gedacht, sich nach der langen Reise ein bißchen zurechtzumachen. Otfrid fand sie wunderschön.

»Ihr müßt jetzt wieder nach oben gehen. Wenn Albrecht zurückkommt und Euch hier bei mir findet, läßt er sich bestimmt ein paar sehr häßliche Dinge einfallen.«

Gysela nickte. Er hielt noch immer ihre Hände. Zögernd tat sie den winzigen Schritt auf ihn zu, der noch fehlte, um ganz nah vor ihm zu stehen.

Otfrid ließ ihre Hände los und krallte seine eigenen in seine Tunika, damit sie nichts Verbotenes taten. »Ihr müßt jetzt gehen«, flüsterte er erstickt.

Gysela stellte sich auf die Zehenspitzen, ein ganz kleines bißchen bloß, und küßte seinen weichen Mund. Otfrids Hände gehorchtem seinem Verstand nicht mehr und begannen ein Eigenleben zu führen. Sie legten sich auf ihre Taille, glitten um sie herum, zogen sie an sich und preßten sie eng an seinen Leib. Unvermittelt war Gyselas Mund auf seinen Lippen, er öffnete diese ein wenig und war ganz sicher, er würde im allernächsten Moment vor Glück den Verstand verlieren.

Schritte vor der Tür. Lachen. Otfrids Geisteskraft war noch nicht völlig außer Kraft gesetzt, und so drang in sein Bewußtsein, daß es sich um Albrechts Lachen handelte. Er ließ Gysela abrupt los und sprang ein Stück zur Seite, so daß er in einiger Entfernung auf einem Schemel zu sitzen kam.

Die Tür ging auf. »Was zum Teufel ist das denn hier?« fragte Albrecht entgeistert. Er war so überrascht, daß er nicht einmal wütend wurde. Es war einfach unvorstellbar für ihn gewesen, die beiden könnten sich seinen Anweisungen, die ausreichend klar und präzise gewesen waren, widersetzen.

Philipa drängte sich an ihm vorbei. »Eine Aussprache, nehme ich an, oder nicht?« Sie trat zu Gysela und strich ihr die wirren Locken aus dem Gesicht.

»Wenn ich mich recht entsinne, habe ich Otfrid verboten, sich Gysela zu nähern«, sagte Albrecht mühsam beherrscht.

»Er hat sich mir nicht genähert. Er wollte überhaupt gar nicht mit mir sprechen. *Ich* habe mich *ihm* genähert«, erläuterte Gysela tapfer. Sie konnte es genauso jetzt ausfechten wie später.

Albrecht starrte sie an.

»Das war gar nicht so schlecht, finde ich.« Philipa legte den Arm um die Schultern ihrer Schwester und blickte ihrem Gatten kampfeslustig entgegen. »Ich meine, schließlich mußten sich die beiden mal aussprechen. Da ist ein Schankraum ein denkbar guter Platz, denn er ist in der Öffentlichkeit und müßte eigentlich deinen Anforderungen gegenüber ungefährlichen Örtlichkeiten genügen.«

»Es ist außer den beiden niemand da«, sagte Albrecht verblüfft.

»Albrecht, ich muß dir einmal den Unterschied erklären zwischen öffentlichen und privaten Orten. In einem Schankraum kann doch bei Gott nichts passieren, was in irgendeiner Form gegen die Ehre spricht. Es … du meine Güte, es kann jederzeit jemand reinkommen, selbst wenn er momentan leer ist. Und wenn er nicht leer ist, sondern gut besucht, kann man sich nicht aussprechen. Da hört doch jeder zu.«

»Hast du eigentlich auch irgend etwas zu sagen?« erkundigte sich Albrecht bei Otfrid, der immer noch bleich und mitgenommen auf seinem Schemel hockte.

Otfrid stand langsam auf. »Ja. Es tut mir leid, daß ich Euren Ansprüchen nicht zu genügen scheine, aber Ihr könnt nicht verhindern, daß Gysela und ich … uns mögen. Denkt Ihr, ich würde zulassen, daß Gysela irgend etwas geschieht, was ihren Lebensweg zerstört? Dann müßtet Ihr allerdings einer falschen Einschätzung meiner Person und meiner Absichten erlegen sein. Ich würde Euch ja gerne um Verzeihung bitten, doch das kann ich nicht, denn ich habe nichts zu bereuen, ich bitte Euch nur um Vergebung für Gysela, obwohl sie ebenfalls nichts Verwerfliches getan hat, und ich tue es auch nur, damit Ihr nicht so hart mit ihr ins Gericht geht.« Otfrid holte tief Luft. »Ansonsten kann ich Euch bloß bitten, mir ein wenig mehr zu vertrauen.«

Albrecht öffnete den Mund, um zu einer Erwiderung anzusetzen, doch Philipa kam ihm zuvor. »Das war ein sehr schönes Schlußwort zu dieser Angelegenheit, finde ich. Albrecht wird es sich zu Herzen nehmen, darüber nachdenken und zu einem weisen und gerechten Schluß kommen wie immer. Ich möchte mich jetzt zurückziehen. Begleitest du mich, Albrecht?«

Ihr Gatte sah noch einmal von einem zum anderen, dann hob er in einer resignierten Geste die Schultern und beugte sich der Übermacht.

»In Ordnung. Wir sprechen uns später, Otfrid. Vorerst möchte ich, daß du dein Quartier wechselst und bei Giselbert und den anderen schläfst. Sei morgen früh dann bitte wieder hier. Ich brauche dich den ganzen Tag, wir werden viel zu tun haben.«

Otfrid zauderte. Er wollte seine Sache vertreten, besser noch, genauer, damit Albrecht wirklich wußte, worum es ihm ging. Aber Philipa starrte ihn beschwörend an, damit er den Mund hielt, denn milder als im Moment war Albrecht nicht zu stimmen. Nicht, bevor sie ihn weiter bearbeitet haben würde. Otfrid verstand die stumme Botschaft und schwieg, auch wenn es ihm schwerfiel.

»Komm, wir gehen ein bißchen spazieren.« Mit leicht gereiztem Blick betrachtete Philipa ihre Schwester, die aufmüpfig mit den Schultern zuckte.

»Dein Gatte wird mir das wohl kaum erlauben.« Gyselas blondgelockte Lieblichkeit kam ausgesprochen mürrisch daher.

»Das laß mal meine Sorge sein. Die ganze Zeit hier in der Kammer zu hocken und zu schmollen ist vermutlich auch keine Lösung.«

»Die einzige Lösung, die mir einfällt, wäre, daß Albrecht eine charakterliche Umwandlung erfährt.«

»Das würde mir allerdings nicht gefallen, da ich normalerweise mit seinem Charakter äußerst zufrieden bin. Im übrigen würde Albrecht von dir dasselbe sagen. Komm jetzt.«

»Ich mag Lüneburg nicht besonders.« Gysela und sie schlenderten durch die Straßen, und weil sie kaum anders konnten, landeten sie irgendwann am Rande des riesigen Geländes, auf dem sich die Siedehütten befanden, eine neben der anderen und alle Dampf ausstoßend, als wollten sie Jann Roedthaars vielgeliebten Drachen Konkurrenz machen.

»Na ja, schön ist's vielleicht nicht, aber interessant, und wir bleiben ja sowieso nicht hier. Hättest du nicht ein bißchen geschickter vorgehen können?« Philipa hakte sich ein, um ihre freundlichen Absichten zu demonstrieren, und zog Gysela ein paar Schritte zu der nächstgelegenen Sudhütte, um neugierig einen Blick hineinzuwerfen. »Ich meine, wenn deine Beziehung zu Otfrid nicht auf reinem Trotz beruht, sondern dir an ihm tatsächlich etwas liegt, wäre es vernünftiger, sie so zu regeln, daß sie in Albrechts Augen Billigung finden kann.«

»Meine Phantasie reicht nicht aus, mir das vorzustellen.« Gysela wollte nicht so schnell klein beigeben.

»Entgegen deiner Meinung ist Albrecht kein Unmensch. Er kann es bloß nicht leiden, wenn man seinen Anweisungen nicht Folge leistet. Du liebe Zeit, ist das warm.«

Aus der Hütte, neben der sie standen, quoll dicker, fester Rauch. Philipa lugte vorsichtig hinein und fand, sie könne dankbar sein, hier nicht arbeiten zu müssen.

»Typisch Mann«, murrte Gysela.

»Quatsch. Meine Mutter ist genauso. Oder hast du sie jemals verbindlich und nachgiebig erlebt?«

Wenn Philipa Liutgard erwähnte, mußte es ernst sein. Normalerweise vermied sie dieses Thema. Doch die Gelegenheit, sie zu necken, war zu gut, um sie ungenutzt verstreichen zu lassen. »Du willst sagen, Albrecht ist wie Liutgard?«

»Nein, natürlich nicht. Zu *mir* jedenfalls nicht.« Philipa entdeckte das mutwillige Funkeln in den Augen ihrer Schwester und brach ab. »Du schaffst es immer wieder, was? Und ich falle natürlich darauf rein.«

Gysela gewann offenbar ihre gute Laune zurück, und das war schon viel. »Genau. Mach dir nichts draus. Außerdem liegst du vielleicht richtig. Ich werde Albrecht mehr um den Bart gehen.«

»So habe ich das nicht …«

»Da kommt er übrigens. Mit fliegender Cotte«, unterbrach Gysela. »Hoffentlich hat er nicht vor, uns wegen des Spaziergangs auszuzanken. Das wäre schlecht für meine guten Absichten.«

Tatsächlich, da kam Albrecht in Begleitung Giselberts und zweier Reisiger, es waren Hanno und Manfredus, an dessen Anwesenheit sich Philipa nur mühsam hatte gewöhnen können. Er hielt sich jedoch weitgehend im Hintergrund und fiel nicht weiter auf. Also hatte irgendwann ihre Anspannung nachgelassen, und sie hatte sich fast davon überzeugt, bei seiner Anwesenheit handele es sich um einen im Grunde harmlosen Zufall. Jetzt drängten sich Albrecht und seine Leute durch eine Gruppe Passanten, die sich ihnen in den Weg stellten. Albrecht sah im Grunde – einigermaßen friedlich aus, und Philipa wertete das als gutes Zeichen.

»Wie schön, daß du dich zu uns gesellen möchtest«, begrüßte sie ihn mit dem allerliebenswürdigsten Lächeln, welches sie zustandebrachte, und wirklich, er grinste breit.

»Taktiererin.« Er fixierte sie mit seinem blauen Blick, und Philipa fiel wieder ein, warum sie ihn mögen gelernt hatte. Dann wandte er sich zu Gysela, die abwartend stehen geblieben war und so aussah, als ginge sie das alles nichts an.

»Möglicherweise … aber wirklich nur möglicherweise! …

habe ich etwas hart reagiert. Wenn du mir zusagst, daß du in Zukunft von Zusammenkünften in trauter Zweisamkeit mit diesem liebeskranken Wirrkopf absiehst und brav in der Gesellschaft deiner Schwester oder sonstwem bleibst, betrachte ich die Sache als erledigt. Vorerst.«

Gysela überlegte kurz, fand dann allerdings, als Anfang sei das gar nicht schlecht. Bestimmt ließe sich mehr daraus machen, wenn sie ›geschickt‹ vorging. Sie öffnete schon den Mund, um etwas Passendes zu erwidern, aber sie kam nicht mehr dazu.

Es entstand eine plötzliche Bewegung in ihrer kleinen Gruppe, die mit einem Mal eingekeilt war von mehreren Personen, die lärmend und lachend einem unbekannten Ziel entgegenstrebten. Manfredus warf sich aus keinem ersichtlichen Grund in Richtung Albrecht, dieser wandte sich im selben Moment seiner Frau zu und trat dadurch einen winzigen Schritt beiseite, weswegen Manfredus mit der geballten Wucht seines Kettenhemdes und seines ledernen Wamses gegen Philipa prallte, die nach vorne stolperte und, mit Gyselas entsetzten Schreien im Ohr, in Richtung einer der glühenden Metallpfannen stürzte, in denen die Sole zu Salz wurde. Dorthinein wäre sie bäuchlings und vor allem mit ihrem gänzlich ungeschützten Gesicht gefallen, hätte sie Albrecht nicht geistesgegenwärtig und mit aller Kraft, über die er verfügte, zurückgerissen.

Philipa landete unsanft auf ihrem Hinterteil und stieß sich schmerzhaft die Schulter an der Hüttenwand. Ansonsten war ihr nichts geschehen. Außer daß sie vor Schreck wie betäubt war und den Schmerz in ihrem Rücken dadurch zunächst nicht verspürte.

Erst einmal blickte sie verstört von Albrecht zu Gysela, die beide links und rechts von ihr auf dem schwarzen Boden in erkalteter Asche knieten und bestürzte Gesichter machten.

»Nichts passiert«, versicherte sie mühsam, hatte jedoch nichts dagegen, sich von den beiden aufhelfen zu lassen, wobei sie nur schwer den Impuls unterdrücken konnte, sich die blessierte Rückseite zu reiben.

»Gut.« Albrechts Interesse an ihr erlosch vorübergehend, und er wandte sich suchend um, da er das dringende Bedürfnis verspürte, den Reisigen, der dafür verantwortlich war, einen Kopf kürzer zu machen. Symbolisch gesprochen. Oder vielleicht auch tatsächlich, er wußte es noch nicht. Doch Hanno und Giselbert standen an der falschen Stelle und konnten es nicht gewesen sein, und Manfredus, auf dessen Konto der Unfall somit zweifellos ging, war verschwunden.

Albrecht lächelte grimmig, und die in seinem Gesicht verschmierte grauschwarze Asche ließ ihn dabei nicht lieblicher wirken. Auf Dauer würde ihm der Idiot nicht entwischen können. »Komm, ich bring' dich zurück. Hak dich bei mir ein, ich stütze dich.«

»Mach nicht so viel Wind darum«, erwiderte Philipa stolz, wenngleich matt. »Ich lebe schließlich noch.«

Richard hatte endlich mit frisch beschlagenem Roß und einem mehr als eiligen Ritt Lüneburg erreicht, und das erste, was er sah, war ein Menschenauflauf vor einem Gasthof mit dem albernen Namen ›Zur goldenen Saline‹. Interessanterweise befand sich im Zentrum des Geschehens ein rabenschwarzer Albrecht Rappart, welcher dem Richard inzwischen sattsam bekannten häßlichen Narbengesicht im Kettenhemd seinen Unterarm vor die Kehle gedrückt hatte und ihn so an die Hauswand quetschte.

Narbengesicht setzte sich nicht zur Wehr, und das erschien Richard merkwürdig. Er sah nicht so aus, als ließe er normalerweise alles mit sich machen.

Von Philipa und Gysela dagegen war weit und breit nichts zu sehen, und so wagte sich Richard näher heran, stülpte vorher allerdings die Kapuze seines Kettenhemdes über den Kopf und kam sich dümmlich dabei vor. Solcherart kaum versteckt – jedenfalls sofern ihn jemand sah, der ihn kannte –, drängte er sich durch die lauschenden Passanten und bekam gerade noch mit, wie Albrecht zischte: »… sollte ich dich noch jemals bei irgendeiner Unachtsamkeit erwischen, kannst du froh sein, wenn du unsere Truppe noch auf deinen eigenen zwei Beinen verlassen kannst. Ist das klar?«

Manfredus versuchte zu nicken, was durch Albrechts Arm allerdings verhindert wurde, und so preßte er zwischen den Zähnen hervor: »Ist klar … Herr.«

Es war schwer zu erkennen, ob er noch haßerfüllter wirkte als sonst, doch Albrecht Rappart war offenbar nicht der Mann, der sich von einem bei ihm angestellten Reisigen einschüchtern ließ.

»Geh mir aus den Augen.« Albrecht trat einen Schritt zurück und ließ Manfredus frei. Dieser machte sich betont lässig davon, und Richard hatte Gelegenheit, einen Blick in Albrechts kalkweißes Gesicht zu werfen, bevor er in der ›Goldenen Saline‹ verschwand.

»Was war denn los?« fragte er einen der Umstehenden, einen kräftigen Mann, dessen muskelbepackte Oberarme darauf hinwiesen, daß Tätigkeiten in einem Kontor nicht zu seinen Aufgaben gehörten.

»Der Häßliche da hat die Frau von dem anderen fast in eine der glühenden Siedepfannen geschubst, was dem nicht gefiel. Hat er auch recht«, der Mann spuckte auf den Boden. »Dann hätt'se nämlich so ausgesehen wie Narbengesicht selber. Mit dem Gesicht in der Glut zu landen, hat noch keine Frau hübscher gemacht.«

»Wohl kaum«, erwiderte Richard abwesend. Dann fiel ihm noch etwas ein. »Ihr ist nichts passiert?«

»Keine Ahnung. Eher nich'. Sonst hätte der Häßliche neben seinem Aussehen noch 'n paar andere Probleme gekriegt. Muß jetzt los.« Der Hüne hob grüßend die rechte Hand und schlenderte davon, hier gab es nichts mehr zu sehen, und die

Arbeit rief, wie sie es eben immer tat, laut nach ihm. Nur deutlich weniger süß als die Ablenkungen.

Richard blickte ihm hinterher. Sicher lag er mit seiner Einschätzung gar nicht falsch. Albrecht hätte Manfredus nicht laufen lassen, wenn seiner Frau ernsthaft etwas zugestoßen wäre. Gut. Aber eins noch.

»He! Weißt du, wann die Leute hier abreisen wollen?« rief er so leise wie möglich dem sich gemächlich entfernenden Rücken hinterher.

Er drehte sich nicht um. »Keine Ahnung. Morgen?« Noch ein lässiges Winken mit der Rechten, dann bog er um die Ecke und war als Auskunftsquelle nicht mehr verfügbar.

Mehr mußte Richard von Blankhenberghe nicht wissen. Nur, daß er rechtzeitig gekommen war und sich wahrscheinlich morgen schon wieder auf den Weg machen mußte. Na ja, wenn's der Sache diente. Zum ersten Mal, seit er im Auftrag seines Herrn Guntram von Nidbergen die Verfolgung Philipas aufgenommen hatte, machte sich in ihm das Gefühl breit, diese Aufgabe sei nicht vollkommen überflüssig und einzig und allein lästig. Wenn da irgend etwas Philipa von Aichbergen in Gefahr brachte, so würde es gut sein, wenn sich neben ihrem Mann, der ihr offenbar erstaunlich ergeben war, jemand in ihrer Nähe aufhielt, um sie notfalls vor Übel zu bewahren.

Oder war der Schutz durch ihren Mann doch ausreichend? Hatte der Kaufmann das nicht gerade unter Beweis gestellt? Richard schüttelte den Kopf und ging sich selbst auf die Nerven mit der Unfähigkeit, eine entschlossene Entscheidung zu fällen. Oder wenigstens eine hieb- und stichfeste Meinung zu haben.

Egal. Guntram würde ihn ohnehin nicht so bald von seinem Auftrag entbinden. Also sollte er zusehen, für diese Nacht noch etwas Schlaf zu bekommen, davon hatte es in der letzten Zeit nicht allzu viel gegeben.

Als sie ein paar Stunden später nach einem ausgesprochen mäßigen Abendessen hinter den verschlossenen Vorhängen ihres Bettes lagen, flüsterte Albrecht plötzlich: »Sehr eloquent, unser Otfrid, was?«

»Ja. Ein liebend Herz weckt schlummernde Kräfte.«

»Wenn er sie nicht in Ruhe läßt, wird er sie heiraten müssen.«

»Ja. Das ist bestimmt ganz in ihrem Sinne, denke ich.«

»Macht es dir denn gar nichts aus? Er ist Schreiber.«

»Nein, es macht mir nichts aus. Er ist nett und wird sie bestimmt gut behandeln. Das ist mir das Wichtigste. Was glaubst du denn, was ich für sie geplant habe? Dem weiblichen Bastard von Philip von Aichbergen? Die Hochzeit mit einem Prinzensohn?«

Albrecht zog sie an sich, bis sie der ganzen Länge nach eng an seinen Leib geschmiegt dalag. »Wenn Otfrid so verrückt nach Gysela ist wie ich nach dir, kann ich ihn sowieso an nichts hindern«, murmelte er in ihr Haar. »Da ist es vielleicht wirklich besser, sie sind verheiratet.«

»Ja, bestimmt.« Für Gysela war es ebenfalls besser. Philipa hatte an ihrer Schwester eine sinnliche Seite entdeckt, die ihr früher mangels eigener Kenntnisse verborgen geblieben war. Es war entschieden besser, sie lebte diese im sicheren Hafen einer Ehe aus, als ständig mit einem Bein in der Katastrophe zu stehen.

»Trotzdem möchte ich nichts forcieren«, wandte Albrecht ein, um einen Rest seiner männlichen Durchsetzungskraft zu demonstrieren. »Vielleicht legt sich das Feuer ja auch wieder.«

»So wie deines? Das sind aber enttäuschende Perspektiven«, wisperte Philipa.

Er fühlte ihren warmen Atem an seiner Wange. »Pah. Du kannst es ja mal ausprobieren«, flüsterte er.

Die nächsten drei Tage sahen die beiden Frauen weder von Albrecht noch von Otfrid viel, da diese beschäftigt waren mit dem Einkauf von Salz, mit Feilschen, Verhandeln und letztendlich mit dem ordnungsgemäßen Verladen. Philipa und Gysela war es recht. Ein leiser, aber stetiger Nieselregen fiel vom Himmel, und es war sehr kühl. Sie zogen sich in ihre Kammer zurück, bezahlten ein Vermögen für zwei Holzkohlebecken und machten sich daran, ihre Kleider auszubessern und zu verschönern.

»Du bist so furchtbar jung, Gysela, willst du denn nicht lieber noch ein wenig warten?« Philipa hatte Gewissensbisse bekommen, weil sie zu ihrer allgemeinen Sicherheit Gysela so schnell wie möglich unter der Haube haben wollte. Albrecht konnte sie zwar vormachen, daß Gyselas moralische Haltung auf unabsehbare Zeit tadellos war, sich selbst dagegen nicht.

Gysela ließ die Cotte sinken, an deren Halsausschnitt sie gerade eine neue Bordüre befestigte, wie gewohnt mit kleinen, energischen Stichen, die man hinterher nicht sah. »Ich weiß nicht«, sagte sie zweifelnd. »Ich bin alt genug.«

»Ja, schon.« Auch noch jüngere Mädchen als Gysela gingen Ehen ein. »Ich meine ja nur. Vielleicht findest du jemanden, der besser zu dir paßt.«

»Das glaube ich nicht.« Gysela biß einen Faden ab. »Wer soll mich schon nehmen? Jemand von früher? Da will mich keiner haben, und ich will's auch nicht. Zu beengt, wenn du mich fragst. Und sonst – einen Handwerker, mit dem ich mich nicht richtig unterhalten kann, möchte ich auch nicht. Otfrid kann lesen, der hat mehr von der Welt gehört und verstanden. Und er ist gewitzt und ehrgeizig. Er will bestimmt nicht ewig hinter Albrecht herzockeln und seine Verträge aufschreiben.«

»Du hast ja recht.« Philipa betrachtete ihre Schwester, wie sie da im fahlen Licht des verregneten Nachmittags nah am Fenster saß und eifrig an ihrem Kleid herumstichelte.

»Außerdem«, Gysela blickte hoch, es tat gut, die wirren Gedanken einmal zu ordnen und auszusprechen, »Otfrid liebt mich. Er glaubt an mich. An das Gute in mir, weißt du.« Sie lächelte verlegen. »Er wird es mir nicht zum Vorwurf machen, daß ich gebettelt und gegaukelt habe. Wenn die Liebe das selbst bei Albrecht hat ausrichten können, dann bei Otfrid erst recht.«

»Albrecht ist nicht so schlimm, wie er dir im Moment vorkommt.«

»Hoffentlich. Wäre auch furchtbar für dich«, brummte Gysela, und sie lachten beide. Trotzdem. Manchmal war es Gysela selbst unheimlich, wie schnell die Gefühle, die sie für Albrecht gehegt hatte, umgeschlagen waren in das glatte Gegenteil.

Es kratzte leise an der Tür. Philipa sah sich suchend um. »Das muß Minni sein«, schloß sie dann aus dessen Fehlen. Sie öffnete die Tür, und herein kam ein Hund mit einem sehr zufriedenen Gesichtsausdruck und einem dicken Knochen zwischen den Lefzen, an dem noch die allerschönsten Fleischbröckchen hingen.

»Ach, mein Minnimäuschen«, turtelte Philipa und ließ sich neben ihm auf die Knie nieder, um ihn ausgiebig zu zauseln. »Du hast es gut. Ein kleiner Knochen, und schon bist du glücklich, und alle deine Probleme sind gelöst. Bah, du stinkst.«

Als der Regen aufgehört und das Land in Schlamm und Morast verwandelt hatte, hatten Albrechts Männer die Salzfässer fachgerecht verschnürt und sicher auf den Wagen untergebracht, zwischen gut gegen Feuchtigkeit geschützten Ballen mit Wolltuchen aus Kölner Herstellung, Fässern mit Wein von Rhein, Mosel und Ahr und sorgsam getarnten Schwertern, Dolchen und Messern. Wenig Gewicht und Platz benötigten die Goldfäden der Kölner Goldspinnerinnen, dafür versprachen sie jedoch viel Gewinn.

Sie brachen auf nach Hamburg, ihrer vorletzten Etappe zu Lande. In Lübeck würden sie ein Schiff besteigen und den Rest der Strecke über das Ostmeer zurücklegen. Doch vorerst rumpelten sie langsam und behäbig, weil viel schwerer als zuvor, in Richtung Norden ihrem nächsten Ziel entgegen. Wie sie es sich zur lieben Gewohnheit gemacht hatten, nutzten Philipa und Albrecht den Ritt nach Hamburg dazu, sich von den anderen zu entfernen und ungehört miteinander zu sprechen.

Albrechts Blick ruhte düster auf Manfredus' Rücken, der vor ihnen ritt, um zu sichern, daß hinter der nächsten Biegung keine unliebsamen Überraschungen auf sie warteten. Albrecht hatte Giselbert angewiesen, ihm stets Hanno zur Seite zu stellen, den zuverlässigsten Reisigen, den sie hatten. Er war schon seit Jahren bei ihnen, und bis auf ein manchmal zu bedächtiges Wesen hatte er nie einen Zweifel an seiner Eignung für den Posten aufkommen lassen.

»Ich hätte ihn rauswerfen sollen.«

Philipa schwieg.

»Wenn die Leute meiner eigenen Schutztruppe zu dämlich sind, die Mitglieder meines Hauses nicht zu gefährden, dann gehören sie nicht hierhin.«

Philipa betrachtete grübelnd die wippenden grauen Ohren von Bona, die sich im Moment erstaunt in Richtung Albrecht drehten. Das Tier mochte wohl seinen Tonfall nicht.

»Vielleicht drängt er dich das nächste Mal in die Bahn einer Steinschleuder. Oder eines Armbrustpfeils.«

»Vielleicht«, sagte Philipa niedergeschlagen, und Albrecht sah sie verdutzt von der Seite an. Er hatte sich an ihr Schweigen gewöhnt und geglaubt, sie wolle ihm Gelegenheit geben, Dampf abzulassen.

»Wie meinst du das?« Es sähe ihr nicht ähnlich, eine solche Bemerkung ohne tieferen Sinn zu machen.

Philipa warf ihm einen Blick zu. »Es ist nicht das erste Mal, daß mir so eine Art Mißgeschick passiert.«

»Was?«

Sie zauderte. Vermutlich waren es einfach Hirngespinste, aber vielleicht hatte sie doch Grund, sich zu fürchten? »Einmal bin ich beinahe eine steile Böschung hinuntergefallen. Ein anderes Mal hatte sich der Sattel von Bona plötzlich gelöst. Ich bin eben ein Tolpatsch.«

»Unsinn. Das mit dem Sattel könnte allerdings ein Riß im Gurt gewesen sein, oder irgendein Idiot hat ihn einfach nicht fest genug geschlossen. Was war mit der Böschung?«

»Ein Stoß«, antwortete Philipa leise. Nach einer geraumen Pause.

Albrecht zog grimmig die Stirn in Falten. »Erinnert dich das an etwas?«

»Ja.«

Eine Klappergrasmücke flog ein paar Schritte neben ihnen, es sah aus, als habe sie Lust auf ein wenig Gesellschaft. Dann stieß sie ihr fröhliches TzeTze aus und verschwand im lichten, immer noch tröpfelnden Grün des Waldes, der ihren Weg säumte.

Albrecht interessierte sich nicht für die Flora und Fauna ringsum. Er rang mit der Entscheidung, wie offen er mit seiner Frau über die naheliegenden Befürchtungen sprechen sollte.

Es wäre falsch, ihr nicht zu vertrauen. Sie war stärker als fast jeder, den er kannte, auch wenn sie nicht immer so aussah. Jetzt zum Beispiel, blaß wie sie war und mit offenbar schmerzendem Körper, denn dann und wann verzog sie das Gesicht.

»Bist du Manfredus früher schon einmal begegnet?«

Einen Moment zögerte Philipa mit der Antwort. Die Frage zu bejahen hätte bedeutet, ihren Ängsten einen großen, weiten Raum zu verschaffen, in dem sie sich munter vermehren konnten. Sie zu verneinen wäre dumm gewesen. Albrecht war ihr Ehemann und ihr Gebieter und nicht zuletzt ihr Beschützer, und sie hatte gelernt, ihre Zweifel abzulegen und ihm zu vertrauen. Sie lenkte Bona dicht neben Jason und legte ihre zitternde Hand auf Albrechts große, die verläßlich und sicher aussah. »Ich glaube, ich habe ihn auch schon auf Borgewig gesehen.«

»Er ist ja wohl kaum zu verwechseln.« Albrecht klang strenger, als er wollte, doch er sorgte sich so sehr.

»Unter dem Topfhelm sehen alle Männer martialisch aus.« Ein bißchen des Aichbergischen Hochmuts klang da durch. »Weißt du, wenn ein Ritter zwischen vielen Rittern nicht auffallen will auf einer Burg, kann er sich ganz gut im Verborgenen halten. Er nimmt Aufträge an, die ihn fortführen. Er widmet sich seinen Schwertübungen auf einem entlegenen Areal. Er läuft vermummt und mit gesenktem Kopf herum oder eben mit seinem Helm, falls er es nicht vermeiden kann, in der Öffentlichkeit aufzutauchen.«

Albrecht nickte, dem gab es wenig hinzuzufügen.

»Und dann ...« Philipa brach ab.

Albrecht drückte kurz ihren Arm. Er ritt immer noch sehr nahe neben ihr.

»Gysela und ich haben ihn in Köln gesehen«, fuhr sie leise fort. »Als wir bei euch wohnten und ich etwas für Entgin zu besorgen hatte.«

Albrecht runzelte die Stirn. »Versprich mir etwas.«

»Alles. Was du nur willst.«

»Oh. Ich sollte das ausnutzen.« Albrecht grinste und versuchte, etwas von dem leichten Ton wiederzufinden, der normalerweise zwischen ihnen herrschte.

»Das hast du doch schon«, erwiderte seine Frau im Bemühen, es ihm gleichzutun.

»Versprich mir, vorsichtig zu sein. Aufzupassen. Laß ihn nicht aus den Augen, wenn es sich nicht vermeiden läßt, in seiner Nähe zu sein.«

»Ich verspreche es«, sagte Philipa leise.

»Gut. Sehr gut. Und ich verspreche, alles in meiner Macht Stehende zu tun, um dich zu beschützen.«

»Ich weiß, Albrecht. Danke. Danke für alles.«

Philipa und Gysela gefiel es in Hamburg. Sie durchstreiften die verwinkelten Gäßchen der Alten Stadt, die sich zu Füßen der ehemaligen Bischofsburg gebildet hatte, nahmen die Neustadt am Nicolaifleet in Augenschein und wanderten entlang der zahlreichen Wasserläufe von Elb- und Alstermarsch, auf denen Schiffe an ihnen vorbei durch die Stadt fuhren.

Nach all den einsamen Wegstrecken, die sie zusammen mit den Wagen und den schweigsamen Fuhrknechten zurückgelegt hatten, gefiel ihnen allerdings am besten der Trubel auf den Kaianlagen, die die Grundlage für den Reichtum der Stadt darstellten. Die Anlagen bestanden aus senkrechten Wänden aus dicken Holzblöcken, und einige von ihnen waren sogar aus Stein, an ihnen befestigt waren Ankerhölzer, die den Schiffen, die von der Nordsee her die Elbe hochkamen, das Anlegen erleichterten.

»Ich rieche schon das Meer«, behauptete Albrecht und hielt die Nase in den frischen Wind.

»Ich nicht. Wie riecht denn Meer?« Philipa hakte sich bei ihm ein, froh, daß er seinen Groll gegenüber Gysela zumindest vorübergehend vergessen zu haben schien.

»Frisch und salzig.«

Über ihnen segelten ein paar große weiße Vögel, die Philipa noch nie gesehen hatte, sie waren sehr elegant, wie sie geschmeidig über ihnen kurvten und plötzlich wendeten, als folgten sie einer für Menschen unhörbaren Melodie. Dann öffnete einer den Schnabel, und heraus kam ein ganz und gar mißtönender und kräftiger Schrei.

»Du liebe Zeit, was war das denn?« fragte sie verblüfft.

»Möwen. Das sind Möwen«, erklärte Albrecht zufrieden.

Irgendwie erinnerte sie sich dunkel daran, daß Albrecht Möwen schon einmal erwähnt hatte, vor langer Zeit. Sie kam nicht darauf.

»Du bist ja richtig glücklich, Albrecht.« Sie stellte sich auf die Zehenspitzen und küßte ihn auf die Wange. Es war ihr egal, ob sie einer beobachtete, es kannte sie ja niemand hier.

»Das stimmt. Ich bin zwar eine richtige Landratte, mehr Binnenland als Köln geht ja kaum, aber ich liebe das Meer. Noch ein paar Tage, und ich habe es direkt vor meiner Nase. Und unter meiner Nase, wenn wir nach Schonen segeln.« Er legte den Arm um ihre Schultern. »Ich weiß selbst nicht, woher es kommt. Die meisten haben Angst vor der See, sie ist tief und dunkel und unheimlich bei Sturm, und niemand weiß, was dort geschieht, wo sie aufhört, aber ich ... ich habe keine Angst. Und du wirst auch keine haben. Es sei denn, du wirst seekrank.« Er sah sie kritisch von der Seite an. »Aber wirst du schon nicht. Ich erlaube es nicht, weißt du.«

»Wie geht denn seekrank?«

Albrecht machte ein Gesicht, als sei es nicht besonders angenehm. »Es wird einem übel.«

»Na ja, das ist nicht so schlimm, oder? Schlecht ist einem doch immer irgendwann einmal.«

»Aber nicht *so.* Dir ist derartig schlecht, daß du lieber sterben würdest, als das noch einen Moment länger auszuhalten. Habe ich mir sagen lassen. Ich selbst war natürlich noch nie seekrank.«

»Natürlich.«

»Sieh mal, Pippa, wie groß das Schiff da vorne ist.« Gysela ergriff ihre Hand. »Kaum zu glauben, daß so ein riesiges Schiff überhaupt durch diese Kanäle paßt.«

»Fleete. Die sind auch nicht sehr tief, die Fleete. Da gibt's immer mal Probleme.« Es war das erste Mal seit langem, daß Albrecht und Gysela über etwas völlig Harmloses ganz ohne

Spannungen ein paar Worte wechselten. Philipa hätte am liebsten das Kreuz geschlagen und dem Herrgott gedankt, doch sie wollte die beiden nicht auf dumme Gedanken bringen.

»Können wir näher hingehen und es uns genauer ansehen?« fragte Gysela.

»Gern. Ich habe heute frei und stehe ganz zu eurer Verfügung.

Von dem Schiff herab waren zwei Bretter gelegt, auf denen die Männer, die die Waren entluden, sich nicht ins Gehege kamen. Sie trugen Kisten und Kästen, Ballen mit Tuch und rollten Fässer die Planken hinab.

Gysela strich sich die Haare aus der Stirn, sie standen durch den leichten Wind wie eine Gloriole um ihren Kopf. Sie kniff die Augen zusammen. Dann stieß sie einen Schrei aus. »Pippa!«

»Was ist denn?«

»Bruno!« rief Gysela und rannte los. »Bruno! Bruno!«

Einer der Männer blieb stehen und ließ die Kiste sinken, die er auf der Schulter trug, gerade noch rechtzeitig, um das Mädchen aufzufangen, das ihm an den Hals sprang.

Die anderen Träger johlten und klatschten, und einer rief: »Beeil dich, Bruno, als nächster bin ich dran.«

»Also, da soll mich doch der Teufel holen«, knirschte Albrecht und machte Anstalten, Gysela hinterherzusetzen.

»Laß sie in Ruhe!« rief Philipa und schoß an ihm vorbei.

Und Albrecht Rappart wurde verblüffter Zeuge, wie sich seine Frau ebenfalls an die Brust dieses schweißglänzenden, kahlköpfigen Riesen warf, der mühelos die beiden Schwestern in seinen Armen hielt, die vor Freude mit den Beinen strampelten, und der nicht die geringsten Ermüdungserscheinungen zeigte.

Albrecht war ratlos. Endlich angekommen neben dem Menschenknäuel, fragte er: »Philipa? Hast du irgendeine Erklärung für mich?«

Der Riese stellte die beiden auf den Boden und ließ sie los, Tränen der Rührung in den Augen. »Was macht ihr denn hier, Mädchen?« fragte er, sichtlich gerührt und unter völliger Nichtachtung Albrechts, was diesen in nicht geringem Maße irritierte.

»Wir sind auf Reisen«, strahlte Gysela, nur um im allernächsten Moment in Tränen auszubrechen.

»Aber Kind, heul doch nicht. Ihr seid immer noch auf Reisen? Ich dachte, ihr schätzt doch eher die Seßhaftigkeit.«

»Haben wir auch gedacht. Hat sich dann aber als falsch erwiesen«, schniefte Gysela, und der Riese hielt ihr zuvorkommend den Ärmel seiner zerrissenen Tunika hin. Gysela trompetete geräuschvoll hinein, und Philipa lachte glücklich.

»Du bist wirklich unmöglich, Gisi, ehrlich. Ach Bruno, ich freu mich ja so. Geht's dir auch gut? Was machst du überhaupt hier? Wo sind die anderen?«

»Das is' 'ne längere Geschichte. Erzähl' ich euch später. Jetzt muß ich arbeiten, sonst fliege ich hier raus. Ist schon 'n Mistleben, so eins. Können wir uns denn treffen?«

»Klar«, sagte Gysela.

»Natürlich!« Das war Philipa.

»Philipa?« Albrecht fand, er habe lange genug gewartet.

»Oh. Bruno, das ist Albrecht, mein Mann.« Falls es diesem aufstieß, daß er dem Riesen vorgestellt wurde und nicht der Riese ihm, so ließ er es sich nicht anmerken.

»Hm, du bist also verheiratet. Das ist gut so, Mädchen«, brummte der Hüne, »besser für dich.«

»Ja, ich glaube schon. Meistens jedenfalls.« Philipa grinste frech in Albrechts Richtung. »Albrecht, das ist Bruno. Ich habe dir doch von der Garküche erzählt, die ich bei den Gauklern betrieben habe? Bruno gehörte zur Truppe.«

Der Kaufmann nickte schwach.

»Ich muß los, Kinder. Wenn ich frei hab', komme ich euch besuchen. Wo finde ich euch denn?«

Philipa und Gysela sahen sich an. »Wie heißt es noch?«

»Im ›Goldenen Anker‹«, gab Albrecht gottergeben Auskunft.

Bruno war fast wie früher, jedenfalls aß er genauso viel. Langsam und bedächtig schaufelte er eine beeindruckende Menge Rübeneintopf mit Speck in sich hinein, gefolgt von Brot und Käse. Philipa und Gysela sahen ihm entzückt, Albrecht eher verhalten dabei zu.

Aber reden tat er mehr als früher. Bruno war einsam gewesen in den letzten Monaten, solange war er nämlich schon hier. Er hatte es nicht verstanden, Freunde zu finden während der Arbeit auf den Kaianlagen, die Männer waren zu anders. Die meisten besaßen Familie, und fast alle hatten ihr ganzes Leben an ein und demselben Flecken Erde zugebracht. Bruno war in ihren Augen ein Exot, zu groß, zu schweigsam, zu fremd. So war er allein geblieben, nur geschützt durch seine enormen Körperkräfte und den Respekt, welchen die anderen Männer deswegen vor ihm hatten. Normalerweise wurde Außenseitern wie ihm das Leben schwer gemacht. Ihn dagegen ließen sie in Ruhe.

Jetzt, an der Seite von zwei Gefährten seiner Vergangenheit, und wenn diese auch nur kurz sein Leben geteilt hatten, wurde er gesprächig.

»Es ist nicht mehr, wie es war, Mädels«, sagte er betrübt. »Absolut nichts ist mehr wie früher.«

»Was ist denn passiert, Bruno?« Philipa beugte sich vor und legte die Hand auf seinen Unterarm, der die Schüssel mit dem Eintopf umschlungen hielt. »Wo sind die anderen?«

Albrecht saß ganz still da und beobachtete seine Frau. Er wußte ja, daß sie ein Leben vor ihm geführt hatte, doch er hatte nicht geahnt, daß sie dieses Leben einmal einholen würde. Nun war ihm nicht klar, ob es ihm gefiel. Diesen seltsamen Mann, riesig, derb und offensichtlich verfressen, als ihren Freund anzusehen kam ihm etwas befremdlich vor. Bis jetzt hatte er Philipa eher mit ihrer Aichbergen-Vergangenheit in Verbindung gebracht und weniger damit, was danach gekommen war. Schon deshalb hatte er sich über Bligger von Rabener, diesen Schönling, aufgeregt, weil er gefürchtet hatte, mit ihm und dem, was er verkörperte, nicht konkurrieren zu können. Aber hier dieser Fremde aus der Halbwelt – was sollte er dazu sagen?

Bruno seufzte und ließ den Arm mit dem Löffel sinken. »Es ist, wie es ist«, sagte er plötzlich und gab sich erkennbar einen Ruck. »Im letzten Winter ist Jann gestorben. Ist beim Überqueren einer Furt ausgerutscht und ins Wasser gefallen. Na ja. Dann kam das Fieber. Ihr wißt ja, wie so was geht.« Er sah trübselig in seine Schüssel.

Philipa fiel Judith ein, ihr Kampf gegen das Fieber und die Lungenentzündung. Im Grunde waren sie machtlos gewesen, die Natur hatte der Kleinen mehr geholfen, als sie und Elisabeth es je vermocht hätten. Jann Roedthaar hatte offenbar nicht so viel Glück gehabt.

»Die Truppe hat sich dann aufgelöst«, fuhr Bruno fort. »Die Zwerge und Hanß haben sich einer anderen Gruppe angeschlossen und sind in den Süden gezogen.«

Rainald, Gertrude und Hanß hatten auch keine anderen Möglichkeiten, als mit Spielleuten durch die Lande zu ziehen. Da mußte die Trauer hinter dem Überlebenswillen zurückstehen.

»Was ist mit Petronella?« fragte Gysela leise. Die Gauklerin war mehr wie eine Mutter zu ihr gewesen, als es ihre eigene jemals hatte sein können.

Bruno zuckte die Schultern. »Petronella hatte keine Lust mehr. ›Ich hab' die Nase voll von der Umherzieherei‹, hat sie gesagt, ›ich bleib' hier.‹ Das hat sie auch getan, in irgend 'ner

Schenke als Magd ist sie geblieben, und Engelbert hat sie mit sich genommen. Als ihren Sohn.« Bruno grinste schief. »Is' besser so. Was hätte er alleine auch machen sollen?«

»Das ist alles so traurig, Bruno«, sagte Philipa bedrückt, doch es war Gyselas Hand, die sie in ihre nahm, wie Albrecht befriedigt feststellte. Gysela liefen dicke Tränen die rosigen Wangen hinunter.

»Ja, das ist es.« Bruno begann wieder, sich seiner Suppe zu widmen. »Ach, und ich hatte auch keine Lust, mich irgendwelchen Scharlatanen anzuschließen. Ihr wißt schon, Jann war was Besonderes. Der konnte erzählen … Mann, Mann. Der konnte einen glatt an die Wand quatschen.« Er nahm einen Schluck Bier und spülte damit den letzten Löffel Suppe hinunter. »Da bin ich dann allein weitergezogen. Ich hatte gehört, daß sie in den Häfen kräftige Kerle immer gebrauchen können … und so bin ich dann hier gelandet.«

»Aber es gefällt dir nicht«, stellte Philipa fest.

»Nee, nich' besonders. Die ganze Zeit am selben Ort. Und immer bloß schleppen. Ist keine wirkliche Aufgabe für einen Mann.«

Gysela trat Philipa unter dem Tisch gegen das Schienbein und starrte sie beschwörend an. Wenn sie selbst den Vorschlag machte, Bruno könne doch mit der Rappartschen Händlertruppe mitkommen, hätte Albrecht sowieso abgelehnt.

Philipa blinzelte zurück. Sie hatte gerade denselben Gedanken gehabt. Aber jetzt und hier – es wäre dumm, den Vorschlag nicht in einem günstigeren Moment zu machen. Außerdem mußte sie sich noch ein Argument einfallen lassen, warum es gut wäre, Bruno mitzunehmen. Denn daß Albrecht nicht uneingeschränkt begeistert auf ihre Vergangenheit reagierte, hatte sie inzwischen verstanden.

Albrecht war indes kraft seiner Persönlichkeit und seines Berufes, bei dem es auf Einschätzungsvermögen und nicht zuletzt auf gute Beobachtungsgabe ankam, geübt in genauem Hinsehen. Er grinste in sich hinein.

»Was macht denn der Kleine?« fragte Bruno.

»Ach, der ist bei einem Grafen geblieben, als Page.«

»Hui. Da wird er ja richtig vornehm, was?« Bruno riß sich ein gewaltiges Stück Brot von dem bereitliegenden Laib ab.

Interessanterweise schien der Riese nicht zu wissen, woher die Kinder damals gekommen waren. »Noch einen Schluck Bier?« fragte Albrecht freundlich und schob ihm den Krug hin.

»Danke.«

Bloß ›danke‹, nicht etwa ›danke, Herr‹ oder etwas Ähnliches. Ziemlich selbstbewußt. Oder einfach nur ungeübt? Jedenfalls war der Kerl seiner Frau und ihrer Schwester ganz und gar ergeben, das war zu spüren.

»Bruno«, mischte sich Albrecht schließlich ein, »vielleicht kann ich dich überreden, deine Stelle hier zu kündigen und mit uns zu kommen? Einen kräftigen Mann bei der Fracht kann ich immer gebrauchen. Noch wichtiger wärest du mir allerdings als Schutz für meine Frau. Und ihre Schwester natürlich, zumindest solange«, er lächelte maliziös, »sie noch bei uns weilt. Dort, wo wir hinreisen, kann ein wenig Begleitschutz nicht schaden. Was hältst du davon?«

»'ne Menge«, sagte Bruno und trank seinen Becher leer.

»Das war furchtbar nett von dir, Albrecht«, flüsterte Philipa später, als sie in seinen Armen lag und wie fast immer eine nahezu geräuschlose Unterhaltung führen mußte, da sie mit allen anderen zusammen in einem Raum schliefen.

»Ja, das kann ich nämlich auch sein: furchtbar nett«, wisperte Albrecht zurück.

Philipa schmiegte sich an ihn. »Der arme Bruno. Er kam mir so einsam vor.«

»Ja, mir auch.« Allerdings war es ihm im Unterschied zu seiner Frau herzlich egal gewesen.

Philipas Hand glitt seinen Rücken hinab, und Albrecht hielt für einen Moment den Atem an. »Deshalb hast du ihn doch nicht eingestellt, weil er einsam ist. Warum also?«

»Erstens um dir eine Freude zu machen.«

Philipa lag ganz still und vergrub ihre Nase in seiner Halsbeuge.

»Zweitens, weil es so ist, wie ich es sagte. In Nowgorod gibt es zwar eine Kaufmannssiedlung deutscher Händler. Dennoch kommen Risiken auf uns zu, die ich noch nicht wirklich abschätzen kann. Da ist ein Hüne, der meine Frau beschützt, bestimmt nicht verkehrt am Platze.« Außerdem war er ein Bollwerk gegen Manfredus, bei dem Albrecht immer noch nicht wußte, was er von ihm halten sollte.

Viertens stand nicht zu erwarten, daß er eben diese Frau an einen wie Bruno verlieren würde. Bei Bligger war das etwas anderes gewesen. Doch darüber würde er nicht sprechen, es reichte, wenn sie wußte, daß er sie liebte. Es war absolut überflüssig, daß sie Kenntnis davon hatte, wie er von Eifersucht zerfressen wurde, wenn sie einen anderen auch nur ansah.

»Muß ich Angst haben? Vor Rußland, meine ich?«

»Nein.« Er küßte ihr duftendes Haar. »Wenn wir Angst haben müßten, gingen wir nicht hin. Jedenfalls du nicht. Warte es nur ab. In ein paar Tagen sind wir in Lübeck, und mit etwas Glück liegt unser Schiff bereits dort im Hafen. Dann wirst du deine erste Seereise erleben.«

Philipa schwieg. Eingehüllt in eine Wärme, die nicht nur durch die dicken Decken entstand, unter denen sie mit ihrem Ehemann lag, wanderten ihre Gedanken.

»Es ist so traurig wegen Jann«, sagte sie leise. »Und Petronella. Sie mochte ihn, glaube ich, aber sie hat immer versucht, es vor uns zu verbergen. Vor ihm übrigens auch. Ich hoffe, sie kommt darüber hinweg.«

Albrecht küßte sie sachte, nicht mehr gewillt, noch länger über Spielleute und Gaukler nachzudenken und andere bedeutungslose Menschen. Eine mögliche Liebe zwischen diesem Jann und seiner Petronella war eine Sache, die sehr viel naheliegendere allerdings war die zwischen ihm und seiner Frau. Er zog sie an sich.

»Zeig mir, daß du dich freust, weil ich dir Bruno zum Geschenk gemacht habe«, flüsterte er.

Nowgorod

Sommer bis Herbst 1256

Richard stand an der Kaimauer und fragte sich, ob es richtig war, ihnen nicht hinterherzureisen. Doch Albrecht hatte hinlänglich bewiesen, daß er es verstand, seine Frau unter seinen Schutz zu nehmen. Außerdem war da noch dieser dicke Riese, der offenbar zu ihrer Sicherheit abgestellt worden war, denn er wich Philipa nicht von der Seite. Sofern Manfredus nicht geschickter vorging, als er bisher aufgetreten war, würde er ihr nichts antun können. Wollte er vielleicht auch gar nicht. Bis auf den Zwischenfall in Lüneburg war ihr nie etwas geschehen, und bei dem hätte es sich auch um einen Unfall handeln können.

Es war zum Auswachsen.

Nowgorod war weit. Einmal auf dem Weg, würde er monatelang keinen Austausch mit Guntram pflegen können. Möglicherweise hatte der längst beschlossen, sein Überwachungsprogramm zu beenden. Seltsamerweise fand Richard selbst das Ganze inzwischen wesentlich beunruhigender als zu Beginn seiner Mission, und wäre er seinem Gefühl gefolgt, so hätte er die Verfolgung lieber nicht aufgegeben. Nur war es ganz und gar unsinnig, auf etwas derart Unbestimmtes wie ein unbehagliches Ziehen in der Magengegend zu hören, und deshalb verließ sich ein Mann besser auf seinen Verstand. Dieser besagte, ein vertrauenswürdiger Ehemann sei Schutz genug für eine Frau. Darüber hinaus war es für einen Ritter angebracht, die Anweisungen seines Herrn zu beachten, welche wiederum ganz bestimmt nicht darauf hindeuteten, er solle jahrelang fortbleiben und zu den Barbaren reisen.

Außerdem wurde es immer schwieriger, unentdeckt zu bleiben, je weiter sie in den Norden kamen. In der Fremde rotteten sich die Reisenden je nach ihrer Herkunft zusammen, da fiel ein deutscher Ritter auf, der für sich bleiben wollte und in den Kolonien keinen Anschluß an Landsleute suchte.

Insgesamt war es wohl das Vernünftigste, nach Nidbergen zurückzukehren und Guntram von seinen Erlebnissen zu berichten. Sollte der entscheiden. Nach Nowgorod kam er auch später noch. Immerhin war er zu Pferd wesentlich schneller unterwegs als die Händler mit ihrer Wagenkolonne, und wenn es sein mußte, konnte er in wenigen Wochen zurück an der Küste sein und ein anderes Schiff besteigen.

Philipa stand in dem engen Verschlag neben Bona und kraulte ihren trübselig hängenden Kopf. Genauso wie Minni, der zu ihren Füßen lag, schien sich das Pferd nur mühsam mit den Umständen der Seefahrt abzufinden. Philipa selbst fand das stete Rollen und Schlingern des Schiffs eher beruhigend und einlullend als beängstigend. Allen ging es im Grunde gut, außer Gysela, die beständig von Übelkeit gequält wurde und sich mächtig zusammenriß, um sich nicht würgend über die Reling zu beugen, was sie äußerst erniedrigend gefunden hätte. Glücklicherweise war das Wetter schön, und der Wind wehte gerade im richtigen Maße, um das Schiff nicht hin und her zu werfen, sondern beharrlich ihrem Ziel entgegen voranzutreiben.

Auf Schonen waren sie inzwischen ihre Salzfässer losgeworden, und Albrecht hatte eine größere Bestellung eingelegter oder geräucherter Heringe aufgegeben. Vor den schonischen Küsten waren die Heringsschwärme so dicht, daß man angeblich nur die Hand ausstrecken mußte, um im Wasser nach den Fischen zu greifen, und seit die Bewohner Schonens mit Kaufleuten wie den Rapparts günstige Abkommen über die Lieferung von Salz abgeschlossen hatten, konnten sie im Austausch dafür den überreich vorhandenen Fisch konservieren und in die halbe Welt verkaufen.

Dann waren sie schnurstracks in nordöstlicher Richtung gesegelt, hatten Gotland auf ihrer westlichen Seite liegen lassen und über Gyselas sehr sehnsüchtige Blicke zu den weißen Sandsteinklippen gelacht, um schließlich nach Osten in den Finnischen Meerbusen einzubiegen. Es war fast Juni inzwischen, die beste Zeit für eine Fahrt über das Ostmeer. Die Winter- und Frühlingsstürme lagen hinter ihnen, die gefährlichen Ostwinde, welche turmhohe Flutwellen mit sich brachten und oft genug das Ende für Schiff und Besatzung bedeuteten, waren vorüber. Selbst die Kogge, mit der sie reisten, die breitbauchig und stabil war, hätte diesen Gewalten nicht widerstehen können. Aber jetzt lag sie ruhig und gelassen auf der freundlich schaukelnden See und hielt sie genau auf dem angepeilten Kurs.

Nachts, sobald sich Philipa vom Anblick des funkelnden Sternenhimmels losgerissen hatte, lag sie gemütlich in einer Koje, warm eingepackt in einem Schlafsack aus Seehundfell, und lauschte, bis sie einschlief, dem Plätschern der Wellen, die sich dicht neben ihr am hölzernen Schiffsrumpf brachen. Tagsüber ließ sie sich den salzigen Wind um die Nase wehen und versuchte – erfolglos – ihre Schwester zu bemitleiden.

In der Dunkelheit richtete sich der Kapitän, der nie zu schlafen schien, nach dem Polarstern, bei Tagesanbruch hielt er sich in Küstennähe, um sich an den Landmarken zu orientieren. Sie kamen gut voran. Der Westwind schob sie mal mehr, mal weniger schnell über das Ostmeer.

»Wenn's so weitergeht, brauchen wir noch zehn Tage«, sagte der Kapitän befriedigt. Philipa teilte seine Freude nur bedingt. Sie empfand die Reise im Grunde wie Ferien, faul die Nase in Sonne und Wind haltend, verbot sie sich die Gedanken an den weiteren Reiseweg. Sumpf, Flüsse, Mücken und barbarische Fremde. Sie warf einen Blick zu Albrecht, der das alles hier hemmungslos genoß. Gut, daß er Händler geworden war und nicht Seemann, dann hätte sie ihn nur selten zu Gesicht bekommen.

»He, wirf das Lot, Schweinebacke, wird's bald!« brüllte der Kapitän direkt neben ihr, und sie zuckte zusammen. Es fiel ihr schwer, sich daran zu gewöhnen, doch viele der Seeleute wurden nicht mit ihrem Taufnamen, sondern mit unterschiedlich schmeichelhaften Spitznamen gerufen. Wobei Schweinebacke vermutlich zu den nicht so freundlich gemeinten gehörte. Aber Schweinebacke gehorchte, zog geräuschvoll die Nase hoch und tat seine Pflicht. Philipa sah zu, wie sich das lange Tau mit schönen, regelmäßigen Bewegungen entrollte und in den grauen Fluten versank. An seinem Ende hing ein mit Tran gefüllter Bleikegel.

»'s is' noch alles im grünen Bereich, Käpt'n«, sagte Schweinebacke und zog das Tau wieder ein.

Der Kapitän spuckte über Bord, dann betrachtete er prüfend das Lot und untersuchte die Schmutzteilchen, die daran haften geblieben waren. »Richtig, Schweinebacke. Wir bleiben auf Kurs. Geh nich' weiter östlich, da wird's zu flach.«

»Is' recht, Käpt'n.«

Philipa warf einen Blick auf das Lot, konnte außer Sand allerdings nichts entdecken, was eine Erklärung dafür war, warum der Kapitän darin zu lesen vermochte wie in einem Buch. Egal. Hauptsache, er konnte es. Aber sie war neugierig: »Warum macht man das, Kapitän?«

Er grinste durch das Gestrüpp seines Bartes und ließ erstaunlich rote Lippen sehen, zwischen denen braune Zahnstümpfe prunkten. »Die Gegend hier hat schöne viele Sandbänke und Felsen, Mädchen. Wenn wir nich' rausfinden, wie tief es is', da wo wir sin', landen wir schnell dort, wo wir nich' hinwollen. Is' nur an 'n paar Stellen tief genug für Schiffe, das

Ostmeer. Tja. Flach im Sommer und Eis im Winter. Is' eben nicht leicht zu befahren.«

»Oh.« Das hatte sie nicht gewußt. Sie hatte gedacht, man setzte sich auf ein Schiff, und dieses fuhr einen, vom Wind geschoben und von den Wellen getragen, geradewegs dorthin, wohin man wollte.

Es war zwar offenbar etwas schwieriger, als sie es sich vorgestellt hatte, dennoch legten sie einen Großteil der Strecke recht beschaulich zurück. Kurz vor Ende der Reise verabschiedete sich dann der ansonsten beharrlich aus Westen wehende Wind und ließ sie zwei ganze Tage matt und gelangweilt auf den dümpelnden Wellen schaukeln. Wie um einen Ausgleich zu schaffen, erhob sich am dritten Tag ein Sturm, der sie mit großen Sätzen auf mächtigen Wellen nach vorne trieb. Philipa, die es im Gegensatz zu ihrer Stute und ihrer Schwester immer noch nicht schaffte, seekrank zu werden, litt immerhin unter großer, gewaltiger Angst, die ihr fast so sehr zu schaffen machte wie Gysela das ständige Übergeben. Gott konnte einem nicht wohlgesonnen sein, wenn er ein so kleines Schiff einem solchen Tumult aussetzte.

Der Kapitän lachte nur. »Das is' ja noch gar nix«, schrie er in den tosenden Sturm hinaus, Philipa hatte den Eindruck, es mache ihm Spaß.

Albrecht weniger. Gemeinsam mit allen anderen Männern, egal aus welchem Grund sie auch anwesend waren, versuchte er, das Schiff über Wasser zu halten und Segel und Mast unbeschädigt durch den Sturm zu bringen. Sie standen auf dem glitschigen Deck, inmitten der pfeifenden Böen und von hohen Wellen eiskalten Wassers überschüttet, und scheuerten sich die Hände an den Tauen wund. Als der Wind sich endlich legte, war niemand über Bord gegangen, sämtliche Fracht war heil geblieben, und bis auf ein paar Risse, die geflickt werden konnten, waren sogar die Segel noch zu gebrauchen. Wie sich herausstellte, hatte sich Otfrid eine fulminante Erkältung zugezogen, aber das war auch das Schlimmste, was passiert war.

Nachdem sich der Sturm gelegt und alle ihr zerzaustes Gefieder geglättet hatten, stand Philipa neben Albrecht an der Reling und versuchte, das verlorengegangene Feriengefühl wiederherzustellen.

»Sieh nur, da vorne! Die Küste! Da ist sie.« Albrecht hob die Hand und deutete irgendwo in die blaue Weite. Der Wind zauste an seinem Haar, und er strahlte. Ihr Mann liebte das Meer, da konnte nicht einmal ein Sturm etwas ausrichten.

Küste. Nun gut, sie segelten seit geraumer Zeit entlang der Küstenlinie, das war also nichts Besonderes. Doch in weiter Ferne, am Rande der schimmernden graublauen Wasserfläche mitsamt ihren schaumig weißen Wellenkrönchen tauchte etwas Helles auf, etwas Festes, das unveränderlich an einem Fleck blieb, die Weite des Meeres unterbrach. Das so aussah, als höre das Meer dort einfach auf.

»Nicht zu glauben, daß dieses Martyrium bald ein Ende haben soll«, stöhnte Gysela, und ihre Schwester lachte.

»Ist ja bald vorbei. Vorerst wenigstens.« Philipa klemmte wenig damenhaft ihre Kleider zwischen die Knie, aber daß diese sich eng gegen ihren Leib preßten und hin und wieder unvermittelt aufblähten, war in jedem Fall noch weniger schicklich, glaubte sie.

Die Küste Rußlands erwies sich als flach und wenig spektakulär. Möwen kreischten über ihnen, stete Begleiter der Schiffe, die sich als Sendboten des festen Landes gefielen.

»Land, Land«, ächzte Gysela theatralisch; angesichts der Aussicht, festen Boden unter die Füße zu bekommen, kehrte langsam ihr Humor zurück.

»Ich habe den Eindruck, Philipa, deine Schwester wird auf Kotlin seßhaft werden«, bemerkte Albrecht, den Blick unverändert auf die Küste gerichtet. »Ich kann mir jedenfalls im Moment schlecht vorstellen, daß sie allzu bald erneut ein

Schiff besteigt, um die Flüsse hinab in Richtung Nowgorod zu fahren.«

»Ich warte einfach auf Moses, vielleicht teilt er ja auch Flüsse. Oder ich laufe nebenher.«

Albrecht lachte, und Philipa freute sich über die entspannte Stimmung. Otfrid stand mit roter Nase und dann und wann explosionsartig niesend an einen hölzernen Aufbau gelehnt da und verschlang Gysela mit den Blicken, was er immer tat, wenn er glaubte, Albrecht würde ihn nicht dabei bemerken.

Ziemlich genau drei Wochen, nachdem sie ihr Schiff in Lübeck bestiegen hatten, erreichten sie ihr Ziel und ankerten in der fast kreisrunden Bucht an der Mündung der Newa. Die deutschen Koggen lagerten stets bei einer Insel namens Kotlin, die inmitten der Flußmündung lag. Dort mußte die Fracht auf leichtere Schiffe umgeladen werden, da die Hansekoggen zuviel Tiefgang hatten für die Newa, den Fluß, der sie breit und behäbig weiter in Richtung Osten brachte.

Vorerst wuselten die Händler allerdings hin und her und beaufsichtigten den Transport ihrer kostbaren Waren von einem Schiff zum anderen, die Schiffsknechte und eine Heerschar Einheimischer gingen unter viel Gebrüll und Gefluche ihrer Arbeit nach, und Philipa und Gysela hatten Muße, auf einer Kiste sitzend die hektische Betriebsamkeit zu beobachten.

»Findest du auch, daß diese Kiste schwankt?« fragte Gysela erstaunt.

Philipa lachte. »Ja. Aber falls du dich jetzt übergibst, dreh dich bitte zur Seite.«

»Bah, kannst du gemein sein. Ich denke nicht, daß mir noch mal schlecht wird. An Land, meine ich.«

»Wird es denn gehen? Auf dem Fluß?«

»Ach, ich glaube schon.« Gysela deutete mit einer unbestimmten Bewegung in die Gegend. »Guck mal, wie es hier aussieht. Flach, flach, flach. Ich glaube nicht, daß sie hier großartige Wellen zustandebringen.«

»Sicher nicht«, bestätigte Philipa und erschlug die erste von vielen hundert Mücken, die in den nächsten Tagen dran glauben mußten.

Die Schiffe der deutschen und gotländischen Händler wurden von russischen Lotsen die einsame Newa hinaufgeführt. Sie waren schwer bewaffnet und schützten – gegen gute Bezahlung – die Schiffe und ihre Fracht vor den Überfällen der karelischen oder schwedischen Räuber, die mit ihnen ihr Glück zu machen hofften, sie auf dieser Fahrt jedoch glücklicherweise in Frieden ließen. Sie fuhren ohne eine Pause, denn in Rußland wurde es zur allergrößten Verwunderung von Philipa und Gysela nicht dunkel. Die Sonne stand den ganzen Tag und beinahe die ganze Nacht am Himmel, nur wenige Stunden senkte sich eine Art leuchtende Dämmerung über den immer breiter werdenden, glitzernden Strom.

Ihr Ziel war der Ladogasee. Im dortigen Hafen wurde die Fracht erneut umgeladen auf flache, breite Boote, die kräftige Männer mit Hilfe mächtiger Taue und purem Muskelschmalz entlang der Wolchow-Stromschnellen treidelten.

Als auch das endlich geschafft war, fuhren sie die Wolchow ungefähr drei Tage in Richtung Süden. Sie durchquerten eine flache Landschaft mit unendlichen Wäldern, die würzig nach Lärchen, Tannen und Kiefern dufteten. Dazu rauschten Birken und Pappeln im Wind, und über ihnen zogen die Schwarzstörche dahin. Es war sehr still, nur das leise Wellenplätschern, der wispernde Wind in den Baumkronen und manchmal der helle Klang eines sanften Sommerregens begleiteten sie. Philipa glitt dahin, zeitlos, schwerelos, es kam ihr vor, als sei sie in der Unendlichkeit angekommen.

Aber das war ein Irrtum. Denn kurz vor der Abenddämmerung des dritten Tages erreichten sie Nowgorod, die große Handelsmetropole des Nordens, Dreh- und Angelpunkt zwischen Ost und West.

Sie fanden Quartier im Peterhof, der Niederlassung der deutschen Kaufleute in Nowgorod. Philipa staunte, wie groß dieses Zentrum westlicher Wirtschaftskraft war, als sie auf der Suche nach dem Quartiermeister quer über den ausgedehnten Hof gingen. In seinem Zentrum stand die Kirche der deutschen Gemeinde, ein imposantes Gebäude, fast das einzige in Nowgorod aus Stein, es diente zugleich als Lager für die wertvollsten Güter und als sicherer Aufbewahrungsort für Kasse und Siegel.

Wie sich herausstellte, hieß der Quartiermeister Willem und hatte rotes Haar, das im Dämmerlicht leuchtete, fast noch intensiver als das von Jann Roedthaar. Philipa schickte ihm einen raschen Segen. »Wir haben nicht so viele Gäste im Moment und Platz genug. Ein Ehepaar! Ich bin entzückt. Meistens haben wir nur Händler ohne ihre Frauen.« Er verbeugte sich galant. »Ich werde Euch ein eigenes Häuschen anweisen, da seid Ihr ganz für Euch.«

»Das wäre wunderbar.« Albrecht sah äußerst erfreut drein.

»Eben. Was wollt Ihr in einem Schlafsaal, wenn eine gemütliche kleine Hütte frei ist?« Willem strahlte. Offenbar war er seinen Mitmenschen gegenüber gerne zu Gefallen. »Möchtet Ihr noch etwas essen? Das könnt Ihr da hinten in dem Raum. Doch erst zeige ich Euch Eure Unterkunft, Ordnung muß sein.«

Sie bekamen ein Quartier an der östlichen Begrenzung des Areals ganz in der Nähe der Kirche zugewiesen und würden es vermutlich für die gesamte Dauer ihres Aufenthaltes bewohnen können. Nach einigem Feilschen und abschließend zufrieden leuchtender Miene Willems mietete Albrecht es für die Dauer eines Jahres. Philipa war hingerissen. Es war das erste Mal in ihrem Leben, daß sie alleine für ein Haus und dessen Bewohner verantwortlich sein würde. Es handelte sich zwar nur um ein verhältnismäßig kleines Häuschen an einer Ecke, und es trat nicht sehr repräsentativ auf. Aber es stand sauber und aufgeräumt da, und die runden Kiefernstämme, aus denen die Wände gefügt waren, dufteten würzig nach Harz.

»Otfrid, holst du Gysela? Ich möchte ihr unser neues Zuhause zeigen.« Philipa streifte sich Entgins Handschuhe von den Fingern und sah sich glücklich in der sogenannten Halle um, die den weitaus größten Bereich des Erdgeschoßes einnahm, begleitet nur von einem sehr viel kleineren Raum, der Albrecht als Kontor dienen konnte, und einem etwas größeren, der für das nächste Jahr ihrer aller Wohnstube sein würde.

Otfrid blickte zweifelnd auf Albrecht.

»Na, geh schon.«

Der Schreiber stob davon. Selbst von hinten sah er noch glücklich aus.

»Das war nett, lieber Albrecht.« Philipa schlang die Arme um seine Taille.

»Das war nicht nett. Das war eigennützig. Ich bin ja überhaupt nie mehr irgendwo mit dir allein.«

»Doch, hier. In unserem eigenen kleinen Reich. Komm, wir gehen nach oben. Wir müssen uns rechtzeitig das beste Zimmer sichern.«

Philipa zog ihn mit sich, und Albrecht verzichtete auf die Äußerung, daß ein Sichern überflüssig war, denn selbstverständlich würde er als Haushaltsvorstand gemeinsam mit seiner Frau das Vorrecht haben, die beste Kammer zu bewohnen. Am Ende des langgestreckten Raumes befanden sich eine Stiege nach oben und der Herdplatz.

»Mach dir keine falschen Hoffnungen«, sagte Albrecht, »du kannst hier nicht für uns kochen. Das geht nicht, Dame Rappart. Du wirst eine Köchin und natürlich auch das andere Personal bekommen. Das ist das nächste, was Otfrid in Angriff nehmen soll. Wo bleibt er eigentlich?«

»Er kann doch nicht fliegen.« Philipa schob ihn die Stiege hinauf.

Oben befanden sich eine größere Kammer und vier kleine, zwei davon waren nicht viel mehr als ein Verschlag. Die größte hatte zwei Fensterchen zum Hof hin und war dadurch verhältnismäßig hell, ansonsten standen darin ein Bett, zwei schmale Truhen, ein winziger Tisch und zwei geschnitzte Stühle. Das war alles.

»Wie schön.« Philipa lehnte sich aus dem Fenster und sah in den zartblauen Himmel hinauf, sie beugte sich so weit hinaus, daß Albrecht schon einschreiten wollte. »Sieh nur, da hinten kann man das Eingangstor erkennen und jeden, der den Peterhof betritt.«

Er trat neben sie und versuchte, durch das kleine Geviert einen Blick zu erhaschen, allerdings vergeblich. Im Grunde interessierte es ihn auch gar nicht so sehr.

»Mir wär's lieber, wir wären etwas abgeschiedener.«

»Sei doch nicht so mäkelig, Albrecht.« Philipa zog ihren Kopf wieder hinein und musterte ihn streng. »Mir gefällt es. Es ist klein, aber es gehört uns, für eine Weile jedenfalls.«

»Ich hätte dir gerne etwas Besseres geboten.«

»Ach, das ist dumm.« Philipa zauste zärtlich sein Haar. »Das wirst du ja auch noch. Wenn wir zurück sind. Vorerst will ich kein Gemecker mehr hören.«

»Na gut.« Albrecht zog sie in seine Arme und seufzte ein bißchen.

»Hallo, wo seid ihr?« Das war Gysela.

»Schreckliche Leute«, murmelte Albrecht. »Erst kommen sie elend lange nicht wieder, und wenn sie dann kommen, stören sie bloß.«

Philipa lachte leise. »Dir kann man es wirklich schwer recht machen.«

Albrecht stürzte sich voller Elan in die Arbeit, für seinen Geschmack hatte er lange genug untätig herumgesessen. Zusammen mit Otfrid, an dessen gewitzten Verstand und unermüdliche Arbeitsbereitschaft er sich zu gewöhnen begann, kontrollierte, verhandelte und entschied er über Pelze und Bernstein, Wachs, Alaun und die kostbaren Seidenstoffe, die aus dem weit entfernten schillernd fremden Orient kamen, aus China und Indien über den Himalaja und durch das wilde Afghanistan, quer durch das kultivierte Persien bis zum Kaspischen Meer und von dort über die großen Flüsse nach Nowgorod.

Die Rappartsche Handelsgesellschaft hatte einen Partner in Nowgorod, Oderich Wilemsen, einen gebürtigen Hamburger, der sich hier niedergelassen hatte und vom Peterhof aus seine Geschäfte betrieb. Unter anderem reservierte er für die Rapparts ausgewählte Stücke der aus den russischen Wäldern nach Nowgorod gebrachten Pelze, und da, wo es nötig war, schloß er Vorkaufsverträge ab. Albrecht hatte noch nie Grund gehabt, irgend etwas zu beanstanden. So war er auch jetzt in der Lage, nicht in den weniger wertvollen Restbeständen der letzten Lieferungen seine Auswahl treffen zu müssen, sondern hatte dank Oderichs Vorarbeit nur das Feinste vom Feinen vor sich. Giselbert würde die kostbare Fracht bald nach Lübeck bringen und dabei wie auf dem Hinweg über Schonen segeln, um dort die bestellten Fässer mit Salzhering abzuholen. Von Lübeck aus würde er dann gut getarnt und schwer bewacht den endgültigen Heimweg antreten.

Das Wirtshaus verfügte über keinen besonders guten Abzug, weshalb es so verqualmt war, daß ihm die Augen brannten und er sich anstrengen mußte, um denjenigen unter den Besuchern auszuspähen, den er aufsuchen wollte. Außerdem roch es stark nach Fisch und diesem merkwürdigen Kohlgericht, was die Nowgoroder Bürger offenbar zu jeder Tages- und Nachtzeit schätzten.

Manfredus haßte geräucherten Fisch. Kohl inzwischen auch. Er kniff die Augen zusammen und bahnte sich einen

Weg zwischen den schweigsamen Männern hindurch, die ihn aus den Augenwinkeln scheel beobachteten. Hier wie überall war man Fremden gegenüber mißtrauisch. Doch er wollte zu keinem der Einheimischen, er suchte seinen Anführer.

Dieser saß, wie sollte es auch anders sein, mit dem einzigen Mädchen der Kneipe auf dem Schoß da. Giselbert verstand es, sich überall prächtig zu amüsieren, und da machte eine stickige Nowgoroder Kneipe keine Ausnahme. Außerdem wußte er, daß er morgen die Heimreise antreten würde, und wollte sich wohl auf seine Weise verabschieden. Für einen kurzen Moment beneidete Manfredus ihn glühend.

»He, Manfredus! Das ist mal eine Überraschung!« Narbengesicht war nicht dafür bekannt, leichtfertig Zerstreuung zu suchen, er hielt sich meistens abseits der Mannschaft, was diese sehr begrüßte. »Hast du dich endlich überreden lassen, deinen Spaß zu haben?« Giselbert grinste freundlich. Er kam mit jedem gut aus. Besonders gut allerdings mit Frauen. Er versenkte die Nase in dem ausladenden Dekolleté des Mädchens, und es kicherte und zwitscherte Unverständliches in sein Ohr.

»Nein, eher nicht. Ich suche dich.« Manfredus zog sich einen Hocker heran, winkte ab, als ihm der Schankwirt mit gutturalen Tönen offenbar Kohl mit Fisch anbieten wollte, und griff statt dessen nach einem Krug des seltsam fremd schmeckenden Bieres.

»Ich fühle mich geschmeichelt.« Und vermutlich abgelenkt, denn er fuhr mit entrücktem Gesichtsausdruck den runden Hüften des Mädchens nach, was dieses erneut zu schrillem Gekicher veranlaßte.

Es würde schön sein, das alles hinter sich zu lassen. Manfredus unterdrückte ein gereiztes Knurren, aber seine Visage verbunden mit derartigen Unmutsäußerungen brachte die Leute in der Regel noch mehr gegen ihn auf. Manchmal war ihm das egal, manchmal provozierte er es, doch heute konnte er es nicht gebrauchen.

»Versteh's besser nicht falsch.« Er nahm einen Schluck und wischte sich mit dem Handrücken den Schaum von den Lippen. Das harte, zerknitterte Gewebe spürte er schon lange nicht mehr. »Ich kündige.«

Das brachte sogar Giselbert dazu, sich für einen Augenblick von dem Weib abzuwenden, das ihm das jedoch nicht krummnahm, sondern sich das schönste und fetteste Stück Räucherfisch von seiner Brotscheibe klaubte und genüßlich in den Mund schob.

»Was, hier?«

»Warum nicht. Mir gefällt's bei den Barbaren.«

»Das habe ich bisher gar nicht bemerkt.« Genaugenommen hatte niemand jemals den Eindruck gewonnen, Manfredus gefiele irgend etwas.

»Außerdem habe ich eine andere Anstellung in Aussicht.«

»Welche denn?« fragte Giselbert neugierig.

Manfredus zuckte die Achseln. »Nichts Besonderes. Wache bei einem Kaufmann im Lager. Wie gesagt, mir gefällt es hier. Und jetzt muß ich los. Meinen Lohn habe ich gestern bekommen, wir sind also sauber geschieden.«

»In Ordnung«, erwiderte Giselbert verblüfft. »Das Bier geht auf mich.«

»Besten Dank.« Manfredus stand auf und verließ ohne weitere verbindliche Abschiedsworte den Raum, da er keine Lust hatte, sich den Fragen Giselberts nach dem Wer und Wohin zu stellen. Er würde es ihm nicht sagen, sein – ehemaliger – Anführer war nicht der Mann, durch den er sich zu ungewollten Äußerungen hätte hinreißen lassen, aber sinnlose Gespräche waren ihm lästig.

Die spröde Haut seiner Verletzungen spannte und machte es unmöglich, die Lippen so weit zu spitzen, daß er ein hübsches Liedchen hätte pfeifen können. So entdrang seinem

Mund nur das leise zischende Geräusch von Luft, als er sich munter auf den Weg zu seinem neuen Dienstherrn machte, Oderich Wilemsen.

Nur knapp drei Wochen nach ihrer Ankunft bestieg Giselbert ein mit Rappartschen Waren vollbeladenes Schiff und segelte zurück gen Heimat. Er nahm alle mit, die Reisigen und die Fuhrknechte, auch Wilhelm, seine rechte Hand. Bei Albrecht und seiner Familie blieben nur Otfrid und als sein persönlicher Knecht Dietrich. Dazu natürlich Bruno.

Und Manfredus, doch das wußten die Rapparts nicht. Giselbert hatte es nicht für nötig befunden, den Wechsel in der Mannschaft bekanntzugeben. Die Zusammenstellung seiner Leute war ganz allein seine Aufgabe, und er sah keinen Grund, sich deshalb mit seinem Herrn zu besprechen.

Die verbleibenden Mitglieder der ehemals so großen Reisegesellschaft standen etwas verloren am Kai und winkten dem schwer beladenen Schiff hinterher. Die Gefährten der letzten Monate befanden sich zusammen mit der kostbaren Ladung, sorgsam versteckt unter schäbigen Planen, auf dem langen Weg in die Heimat, und sie selbst blieben zurück. Es war ein merkwürdiges Gefühl. Der Himmel stand weit und makellos blau über ihnen, das allgegenwärtige Geschrei der Möwen selbst so weit landeinwärts erstaunte Philipa immer noch, Albrecht legte die Hand über die Augen, um sie vor der strahlenden Sonne zu schützen, und Otfrid drückte heimlich Gyselas Hand. Dietrich und Bruno standen etwas abseits. Sie verstanden sich prächtig. Vor allem, indem sie kaum ein Wort miteinander wechselten, jeder erleichtert, in dem anderen einen maulfaulen Gesinnungsgenossen angetroffen zu haben.

»So, meine Damen, für die nächste Zeit haben wir frei«, sagte Albrecht, als das Schiff endgültig hinter einer Flußbiegung entschwunden und ihren Blicken für alle Zeiten entzogen war. Albrecht stimmte das hoffnungsfroh, für Philipa war es ein eigentümlich heftiges Gefühl des Verlustes.

Sie hakte sich bei Albrecht ein. »Frei?«

»Ja. Bis die nächste Lieferung kommt, habe ich nur wenig zu tun.« Er drückte ihren Arm.

»Das kann ich mir schlecht vorstellen, ein Albrecht Rappart auf der faulen Bärenhaut.« Philipa lächelte ihn an und versuchte tapfer, das wehe Gefühl des Abschieds zu vertreiben.

Otfrid stieß ein stummes Stoßgebet aus. Er hätte nicht im mindesten etwas dagegen, ließe Albrecht seinen Worten Taten folgen. Oder eben nicht, wenn man es genau nahm.

»Na ja, hier und da ein gutes Gespräch unter Kaufleuten, ein paar Kontakte pflegen, andere aufbauen, Pläne schmieden. Das betrachte ich so gesehen nicht als Arbeit«, erklärte Albrecht.

Otfrid wohl. Seine Hoffnung erlosch. Es würde genug zu tun geben, um ihn von Gysela fernzuhalten.

Natürlich hatte er recht. »Otfrid, du sortierst die Frachtpapiere und kümmerst dich überhaupt um die liegengebliebene Korrespondenz«, bestimmte Albrecht. »Bruno und Dietrich bringen Gysela nach Hause. Wir kommen später nach.«

Alle miteinander nickten folgsam, Albrecht hatte seine Leute gut im Griff.

»Und was macht ihr?« fragte Gysela dennoch, sie war es langsam leid, immer die folgsame Unterwürfige zu spielen.

»Einen Spaziergang.«

Philipa lächelte entschuldigend in Richtung ihrer Schwester. Es tat ihr auch leid, daß diese zurücksollte und sie selbst die Freiheit eines Streifzuges durch die würzige russische Luft genießen durfte. Aber so groß, daß sie mit ihr heimgegangen wäre, war ihr Mitgefühl nun auch nicht.

»Kannst du dich vielleicht um unsere Garderobe für morgen kümmern?« Sie waren auf einem Festessen bei einem von Albrechts Kaufmannskollegen eingeladen.

Gysela nickte. »Klar.« Sie versuchte, ein freundliches Gesicht zu machen. »Ziehst du das Dunkelrote an?«

»Nein«, entschied Philipa nach einem Blick in den Himmel, »das Himmelblaue. Es paßt einfach besser hierher, findest du nicht?«

Gysela nickte wieder. Das Kleid war sehr hübsch. Um den Halsausschnitt hatte sie es mit winzigen silbernen Sternchen bestickt. »Ich kümmere mich darum.«

»So, meine Lieben, das wär's?« erkundige sich Albrecht mit nur schlecht verhohlener Ungeduld. Er wollte endlich fort von hier. Dann warf er aus reinem Eigennutz sämtliche Prinzipien über Bord. »Wenn ihr soweit seid, könnt ihr alle gemeinsam im Schankraum des Peterhofs essen gehen.«

»Ich auch?« platzte Otfrid heraus.

Albrecht verkniff sich ein Grinsen. »Du auch.«

Er wandte sich zum Gehen und zog Philipa mit sich. »Hauptsache, sie lassen sich ganz viel Zeit«, murmelte er leise, und Philipa lachte.

Die Luft summte und brummte. Der blaue Himmel leuchtete, schneeweiße Wolkenfetzchen jagten hoch über ihnen dahin, es roch durchdringend nach Wald, Sommer und Freiheit.

Gysela legte den Kopf in den Nacken. »Ist das schön hier.« Sie seufzte und breitete die Arme weit aus, als wollte sie all das Grün, Blau und Weiß umarmen. »Ich kann mir nicht vorstellen, jemals wieder in eine stinkende, enge Stadt zurückzukehren. Ich glaube, Philipa und Albrecht müssen in Zukunft auf mich verzichten.«

Otfrid betrachtete sie versonnen. Wenn sie nicht aufpaßte, würde sie selbst in der nördlichen Sonne Sommersprossen bekommen. »Ich auch?« fragte er ohne lange nachzudenken.

Gysela öffnete die Augen und sah ihn an. »Du auch was?«

»Verzichten. Muß ich auch in Zukunft auf dich verzichten?« Er räusperte sich. »So wie deine Schwester und dein Schwager.«

»Kommt drauf an.«

»Worauf denn?« Otfrid wurde mutig.

»Ach, ich weiß nicht. Sei nicht so kompliziert. Ich will es schön haben. Endlich raus aus der Bude.«

»Bude. Also wirklich, Gysela.«

»Du klingst schon genauso wie Pippa.« Gysela hakte ihn unter und zog ihn mit sich, fort vom Hafen und dem dort allgegenwärtig herrschenden Betrieb; die emsigen Arbeiter und der Krach, den diese mit sich brachten, störten die Stimmung. Also wollte Gysela in die entgegengesetzte Richtung.

Über ihnen kreischten hin und her flitzende Vögel im seidigen blauen Himmel, unter ihren Füßen knirschte der Sand.

Wir könnten hierbleiben, dachte Otfrid, aber er traute sich nicht, es vorzuschlagen. Wenn sie ihn unkompliziert wollte, sollte sie ihn unkompliziert haben.

»Wie hast du es geschafft, deinem Wachhund zu entwischen?«

»Mit einem sittsamen Augenaufschlag und viel verborgener Raffinesse.« Gysela lachte ihn an mit einem mutwilligen Blitzen in den überwältigend blauen Augen. Dann fand sie es an der Zeit, etwas klarzustellen. »Ich bin gar nicht so schlimm, weißt du. Es ist nur … manchmal alles so eng und langweilig. Ich bin kein liederliches Frauenzimmer, das mußt du nicht denken.«

Das dachte er ja auch gar nicht. Doch vielleicht sollte er sich nicht unter Wert verkaufen. »Bist du nicht?«

Gysela blieb stehen und sah ihn bestürzt an. »Nein! Das … das denkst du doch nicht etwa? Weil ich mich … na du weißt schon.«

»Weil du dich?« Otfrid hatte plötzlich das Gefühl, er habe Oberwasser. Das kam sehr selten vor, jedenfalls gegenüber Gysela.

»Weil ich mich von dir hab küssen lassen«, platzte Gysela heraus. »Ich lasse mich sonst gar nicht küssen.«

»Versuchen es denn viele?« Otfrid betrachtete sie entzückt. Daß sie versuchte, sich vor ihm in ein günstiges Licht zu rücken, war mehr, als er je zu träumen gewagt hätte.

»Nicht viele. Aber dann und wann schon. Aber ich wehre mich.«

»Aber du machst es nicht immer. Dich wehren, meine ich.«

Gysela blieb stehen. »Ich weiß nicht, was du willst. Reicht es nicht, wenn ich dir sage, daß ich mich außer von dir noch nie von jemandem so habe küssen lassen?«

»Doch, das reicht.« Er wollte sie, aber nicht um jeden Preis, das wußte er plötzlich. »Ich wäre nicht gerne irgend jemand. Von dem du dich küssen läßt, weil er gerade da ist.«

War das so? Gysela schwieg und beobachtete eine weitgereiste schneeweiße Seeschwalbe, deren Federn auf dem Kopf schwarz und windzersaust waren und wild abstanden. Sie warf Otfrid einen Blick zu, der sie ernst beobachtete. Wenn er schlecht von ihr denken und sie ihn verlieren würde ... Er war der erste und einzige, von dem sie sich wirklich sicher akzeptiert fühlte. Außer von ihrer Schwester, doch das war etwas anderes. Die Seeschwalbe stieß ein häßliches kratzendes Geräusch aus und flog davon.

Gyselas Miene wurde weich. »So ist es nicht.«

»Dann ist es ja gut.« Otfrid ergriff ihre Hände und zog sie vorsichtig an sich. »Ich kann dir nicht viel versprechen.« Er schluckte. »Was das Auskommen angeht, meine ich. Schreiber werden nicht reich, sie besitzen selten Paläste.«

»Ich brauche keinen Palast. Mir reicht ein fahrender Wagen.«

Der Wind zauste Otfrids dunkle Locken. »Kein Palast und kein fahrender Wagen«, sagte er leise. »Wechselnde Orte, vielleicht. Nur ein kleines Häuschen mit einer Werkstatt darin. Hältst du das aus?«

Gysela war fest davon überzeugt, sie könne alles aushalten, solange diese dunklen Augen ihr beistehen würden. »Bestimmt. Außerdem kann ich auch etwas beitragen. Zum Auskommen, meine ich. Ich kann nähen. Ich werde für dicke Händlerehefrauen protzige Samtkleider nähen.«

Otfrid zog sie noch ein bißchen näher. »Ich rede mit Albrecht?«

»Er wird es nicht erlauben«, flüsterte Gysela erstickt. »Er erlaubt mir nie etwas.«

»Dann spreche ich mit deiner Schwester«, murmelte Otfrid in der sicheren Erkenntnis, daß Philipa in der Lage war, mildernd auf ihren Gatten einzuwirken. »Ich krieg das schon hin. Willst du mich denn?«

»Ja.« Gyselas Stimme war nur ein Hauch. Sie lehnte sich an ihn und barg das Gesicht an seiner Schulter. Durch den allgegenwärtigen Geruch nach Kiefern und Hafen drang ein feiner Duft nach Tinte und Pergament. Otfrid legte die Arme um sie. Es war … tröstlich.

»Albrecht wird ein Einsehen haben. Auch wenn er es nicht zugeben will, hat er längst begriffen, daß ich der beste Schreiber bin, den er je hatte. Ich kann dir eine Zukunft bieten. Keine große, aber immerhin. Das wird er verstehen.«

»Du mußt ihm einfach klarmachen, daß er froh sein kann, mich auf anständige Weise loszuwerden.«

»So werde ich das sicher nicht ausdrücken! Es entspricht in keiner Weise dem, was ich empfinde. Sieh mich an.«

Gysela hob den Kopf. Ihre blauen Augen glänzten.

»Nicht weinen, Gysela, bitte.«

Dann tat Otfrid, wonach es ihn schon seit so langen Wochen verlangte. Er küßte sie zärtlich.

Zuerst hörte man schwere Schritte, dann ein rhythmisches Schnaufen. Beides kündigte die Ankunft von Oderich Wilemsen an. Philipa verkniff sich ein Seufzen. Es war gerade so gemütlich, sie saß allein mit Albrecht in der Wohnstube, er raschelte mit seinem Kontorbuch, und sie stickte winzige Gänseblümchen auf den Rand einer neuen Haube.

»Albrecht? Seid Ihr da?«

»Was?« Albrecht blickte stirnrunzelnd auf.

»Das ist Oderich. Er sucht dich in der Halle.« Philipa biß einen gelben Faden ab und nahm den mittleren Teil einer neuen Blüte in Angriff.

»Ach so.« Albrecht klappte das Buch zu, es staubte ein bißchen, und stand auf. »Wir sind hier, Oderich, kommt herein.«

Die Bodendielen zitterten leicht. »Ihr seid nicht allein.« Oderich sah eindeutig bedauernd von einem zum anderen.

»Nein. Aber das macht nichts. Wenn es Euch nicht stört, ich habe keine Geheimnisse vor meiner Frau.« Albrecht zog einen weiteren Stuhl an den Tisch. Hoffentlich hielt er stand, er kam Philipa ein bißchen zart vor.

Oderich ließ sich vorsichtig nieder und spreizte die Knie. Sein Umhang fiel in üppigen Falten bis auf den Boden und ließ ihn noch massiger wirken, als er von Natur aus schon war.

»Darf ich Euch etwas anbieten, Oderich?« Gastgeberpflichten. Philipa steckte die Nadel in dem hauchdünnen Stoff fest und stand auf.

»Nicht nötig«, schnaufte Wilemsen, »komme gerade von einem kleinen Imbiß.« Natürlich. »Eher gesagt, komme nicht genau von dorther, jedenfalls machte ich einen Umweg. Schönes Wetter, gute Lüfte, günstig für die Körpersäfte.« Er sah sich um. »Vielleicht ein Schlückchen für die ausgedörrte Kehle?«

»Gerne.« Philipa holte einen Becher vom Bord und schenkte ihm von dem schaumigen Apfelmost ein, von dem sie erst gestern zwei kleine Fäßchen gekauft hatte.

»Könnte ich vielleicht etwas Met haben?« Auf seiner Stirn bildeten sich kleine Schweißtröpfchen.

»Wir haben leider keinen, es tut mir leid.« Philipa sah ihn

ein bißchen ratlos an. Es war unhöflich von ihm, mit dem Angebotenen nicht zufrieden zu sein. Oderich Wilemsen war eigentlich nicht unhöflich.

Albrecht schien einen ähnlichen Gedanken zu haben. »Ihr könnt ruhig offen sprechen in der Anwesenheit meiner Frau, Wilemsen, das sagte ich doch schon. Wir haben keine Geheimnisse voreinander.« Das hoffte er jedenfalls. Er hatte im Grunde genug von Philipas Beichten.

»Nun ja«, der dicke Händler strich nervös über den breiten Pelzbesatz an seinem Umhang, er war viel zu warm für die Jahreszeit, aber wert, gezeigt zu werden, »es geht nicht ums Geschäft. Es ist eher eine ... delikate Angelegenheit, möchte ich sagen.«

»Um so mehr kann es doch nötig sein, daß ich ebenso Kenntnis davon erhalte. Albrecht erzählt es mir sowieso.« Philipa ließ sich wieder auf ihren Stuhl sinken.

Oderich ignorierte sie. Er trank einen langen Zug aus dem Becher, der in seiner mächtigen Faust fast verschwand, und sah dann Albrecht direkt in die Augen. »Ich habe Eure Schwägerin gesehen. Mit dem Schreiber da, Otfrid oder wie immer auch sein Name ist.«

Philipa öffnete den Mund, um etwas zu sagen, doch mit einem winzigen Kopfschütteln hielt Albrecht sie davon ab. »Wo habt Ihr sie gesehen? Und vor allem wie?«

»In der Nähe des Hafens. Etwas weiter weg. Abseits gewissermaßen. Sie standen beisammen. Ziemlich nah, um es genau zu sagen, Ihr wißt schon, was ich meine.«

»Ich kann's mir vorstellen«, erwiderte Albrecht düster. »Dabei will ich's eigentlich gar nicht.«

»Tut mir leid, Albrecht, ehrlich. Will ja nicht tratschen und so weiter, aber ich dachte, ich sag's besser, als daß es jemand anderes sieht. Macht keinen guten Eindruck, Ihr wißt schon.«

»Es ist bestimmt ganz harmlos. Sie mögen sich eben, die beiden Kinder. Eine gemeinsame Reise schweißt zusammen, das kennt Ihr ja.« Albrecht hatte keine Lust, seine Familienangelegenheiten mit irgendwem außerhalb dieser Familie zu diskutieren, auch nicht mit Oderich Wilemsen.

»Hm.« Der Kaufmann wirkte nicht recht überzeugt. »So kindlich sahen die gar nicht aus. Vor allem nicht die Kleine.« Immer noch tat er so, als sei Philipa nicht im Raum. Es ging ihr zunehmend auf die Nerven. »Wär' vielleicht an der Zeit, sie unter die Haube zu bringen.« Er schenkte sich unaufgefordert noch einen Becher ein. »Manche von den Mädchen haben zuviel Hummeln im Hintern. Verzeiht, Dame Rappart.« Offenbar war ihm wieder eingefallen, daß die Schwester der Delinquentin ebenfalls anwesend war. Er stemmte die Hände auf die Knie und erhob sich leise ächzend.

»Ich bringe Euch hinaus, Oderich.« Albrecht, der neben seinem Kompagnon schmal und jugendlich wirkte, legte diesem einen Arm um die fleischigen Schultern. »Danke für die Warnung. Man weiß ja nicht, wer sich was zusammenreimt, wenn er da auf ganz falsche Gedanken kommt, nicht?«

»Eben. Bin froh, wenn ich Euch einen Tip geben konnte, mein Freund«, Oderichs Schnaufen war immer noch zu hören, obwohl sie bestimmt schon die Hälfte der Halle durchquert hatten und ihre Stimmen leiser wurden. »Meiner Meinung nach hilft eine ordentliche Tracht Prügel manchmal Wunder. Sie wissen es oft einfach nicht besser, die Weiber.«

»Sehr richtig«, bestätigte Albrecht inbrünstig.

Noch ein paar unverbindliche Abschiedsworte, dann entfernte sich Oderichs schwerer Schritt, und Albrecht kam zurück in die Wohnstube.

»Das eine kann ich dir sagen, deine kleine Schwester ist eine verdammte Plage.«

»Vielleicht hörst du dir erst einmal an, was sie zu erzählen hat, bevor du diesem Fettkloß so einfach Glauben schenkst«, erwiderte Philipa spitz.

»Du weißt genausogut wie ich, daß Oderich Wilemsen die

reine Wahrheit spricht. Er hat einfach nicht genug Phantasie, um sich unanständige Geschichten auszudenken. Otfrid macht sich an Gysela heran, und sie hält ihn nicht davon ab, so einfach ist das. Es ist … skandalös.«

»Skandalös wäre es, wenn sie es nur zum Zeitvertreib täten oder wenn es … nun, nicht ohne ernsthafte Folgen bliebe.«

»*Das* wenigstens würde Gysela doch wohl hoffentlich nicht tun?« Albrecht sah sie ehrlich bestürzt an.

»Ich weiß es nicht. Ich hoffe es.« Philipa warf ihm einen unglücklichen Blick zu. »Sie ist einsam. Und sie hat keine strenge Erziehung genossen, weißt du, sie ist im Grunde nur herumgeschubst worden. Sie kannte nie … Stabilität. Normalerweise wird ein Mensch doch in ein Leben hineingeboren, und schon wenn er jung ist, hat er eine Vorstellung davon, wie es sein wird, wenn er älter ist. Bei Gysela ist das nicht so. Alle paar Jahre ändern sich ihre ganzen Lebensumstände komplett.«

Albrecht sah sie zweifelnd an, er bemühte sich ja, zu verstehen. »Aber du bist doch nicht so.«

»Nein. Ich war auch schon älter, als das Durcheinander anfing. Und ich bin … anders. Ich war immer ernster, immer stärker bereit, Verantwortung zu übernehmen. Die Menschen sind nicht alle gleich, Albrecht. Auch unter den gleichen Bedingungen werden sie sich unterschiedlich entwickeln.«

»Jaja. Du hast recht, natürlich, wie immer. Wenn sie sich allerdings so entwickelt, wie es Oderich gerade nahegelegt hat, dann muß sie sich auf einiges gefaßt machen. Da hat sie keine Chance, nicht bei mir. Nicht, wenn sie bei uns bleiben will.«

»Sie ist meine Schwester, Albrecht.«

»O ja, das weiß ich. Trotzdem, ich lasse auch von deiner Schwester keinen Schatten auf die Ehre des Hauses Rappart werfen, es tut mir leid. Wir werden da eine Lösung finden. *Ich* werde eine Lösung finden, wenn es sein muß, doch lieber wäre es mir, wenn du mir dabei behilflich wärest.«

»Ist gut, Albrecht«, sagte Philipa leise. Sie griff nach ihrer

Haube. Eigentlich waren Gänseblümchen viel zu lieblich. Zu lieblich jedenfalls für den Augenblick.

Albrecht öffnete sein Rechnungsbuch und blätterte darin. Philipa hätte schwören können, er arbeite konzentriert, inzwischen kannte sie ihn jedoch gut genug, um zu wissen, daß er nur so tat.

Leichte Schritte in der Halle, eilig, fast hüpfend. Dann trat Gysela ein, jung, rosig und strahlend. Und nicht im mindesten ahnend, was auf sie zukam.

»Du hast einen Spaziergang gemacht?« erkundigte sich Albrecht höflich und schloß sachte sein Buch.

»O ja. Es ist so schön hier.« Gysela strahlte. Philipa tat das Herz weh. »Und es riecht so gut. Kein Vergleich zu Köln, nicht?«

Sie trat an den Tisch, um sich einen Becher Most einzuschenken.

»Du warst nicht allein.«

Es war keine Frage. Gysela blickte auf. »Nicht?« fragte sie aufsässig.

»Nein. Versuch nicht, mich für dumm zu verkaufen, du bist gesehen worden.«

»Von wem?«

»Das tut nichts zu Sache. *Mit* wem ist doch wohl die viel naheliegendere Frage.«

»Mit einem deiner Leute. Vertraust du den Angehörigen deines eigenen Hauses nicht?«

»Komm darauf an, um wen es sich handelt«, erwiderte Albrecht bedächtig.

»Albrecht«, mahnte Philipa leise.

Gysela fuhr herum. »Ja genau, Philipa. Willst du nicht auch einmal etwas sagen, Schwesterherz? Ganz offensichtlich hat dein Gemahl die wüstesten Vorstellungen, was Mitglieder unserer Familie so alles treiben, wenn sie gerade nicht unter seiner gestrengen Aufsicht stehen.«

Albrecht öffnete den Mund zu einer harschen Antwort, doch Philipa kam ihm zuvor. »Das kannst du ihm nicht wirklich verübeln, Gisi. Er muß als Oberhaupt der Familie darauf achten, daß kein Makel ihr Ansehen befleckt. Das betrifft jeden von uns. Mich, dich, ihn selbst, die Angestellten. Alle, die zu seinem Haus gehören.«

Albrecht vermochte es nicht, an sich zu halten. »Genau«, bestätigte er kühl. »Ich lasse es nicht zu, daß sich irgendein Mitglied dieser Familie anders als akzeptabel verhält.«

Gysela preßte ihren weichen Mädchenmund zu einem geraden Strich zusammen, was sie augenblicklich um Jahre altern ließ. »Ich werde nichts tun, was die Ehre *meiner* Familie beschmutzt.«

Die Abfuhr war deutlich. Philipa hielt den Atem an.

»Das freut mich«, Albrechts Miene blieb reglos. »Da deine Familie durch die Heirat deiner Schwester mit mir zu meiner Familie geworden ist, betrachte ich dies als durchaus willkommene Aussage. Ich verlange also, daß du meiner Anordnung Folge leistest und dich von Otfrid fernhältst.«

Kleine funkelnde Staubkörnchen tanzten in dem Sonnenstrahl, der durch die weit geöffneten Fensterläden in den Raum fiel.

»Ich denke überhaupt nicht daran«, sagte Gysela.

Philipa stöhnte auf.

»Was?« Albrecht starrte sie an, im ersten Moment dachte er, er habe sich verhört.

»Otfrid und ich, wir mögen uns. Wir wollen zusammengehen. Es täte mir leid, wenn du dein Einverständnis dazu nicht geben würdest, denn ich werde es auf jeden Fall tun, mit oder ohne deinen Segen.«

Albrecht war sprachlos.

Gysela zuckte die Schultern. »Es ist so, wie es ist. Du kannst mich einschließen, falls du das vorhast, aber ich sage es dir jetzt schon: Sobald ich entwischen kann, tue ich das auch.

Dann gehe ich, und zwar *mit* Otfrid. Wenn du deinen besten Schreiber verlieren willst, bitte schön. Wir werden schon ein Auskommen haben.«

Albrecht fand seine Stimme wieder. »Geh sofort auf dein Zimmer«, sagte er eisig.

»Gerne. Hier unten ist es mir sowieso zu ungemütlich.«

»Gysela!« Philipa sprang auf.

»Du bleibst hier.«

Philipa zögerte und starrte auf Albrechts breiten Rücken. Er stand vor einem der kleinen Fenster und umklammerte das Fensterbrett, daß seine Knöchel weiß hervortraten. Sie machte einen Schritt auf die Tür zu. Sie konnte Gysela doch jetzt nicht sich selbst überlassen?

»Ich verbiete dir, ihr hinterherzulaufen.«

Er verbot es ihr. Nun gut, das war sein gutes Recht. Die Frage war nur, ob es schlau war. Philipa riß sich zusammen und zwang ihre Stimme zur Ruhe. »Es wäre vielleicht besser, ich rede noch einmal mit ihr. Sie weiß, daß du recht hast, sie ist nur … rebellisch.«

»Schlimm genug. Du bleibst.«

Philipa schwankte. Sie konnte es natürlich auf einen Streit ankommen lassen. Andererseits würde Albrecht sie nicht festbinden, und sobald er das Haus verließ, würde sie Gyselas Kammer aufsuchen können. Vielleicht war es besser, gefügig zu sein. Ihn ein wenig milder zu stimmen. Langsam ließ sie sich auf ihren Stuhl sinken und nahm die Arbeit an ihrer vermaledeiten Haube wieder auf. Allerdings glaubte sie nicht, daß sie diese jemals tragen würde.

Albrecht ließ das Fensterbrett los und drehte sich zu ihr um. Er war blaß um die Nase. »Du hattest ganz offensichtlich recht mit der fehlenden Erziehung.«

Sie antwortete nicht, sondern begann ein Gänseblümchen aufzutrennen. Streit war der Konzentration nicht eben förderlich, und die Blüte war leicht außer Fasson geraten.

»Warum kann deine Schwester nicht wenigstens ein bißchen so sein wie du?«

»Weil du dann nicht gewußt hättest, welche von uns du nehmen solltest.« Sie bemühte sich um ein freundliches Lächeln, es gelang wohl auch einigermaßen, aber sie hatte das Gefühl, ihre Mundwinkel knirschten vor Anstrengung.

»Doch. Das hätte ich immer gewußt.«

Jetzt ging es leichter mit dem Lächeln.

Albrecht zog einen Stuhl näher und setzte sich neben sie. »Würde sie das wirklich tun, was meinst du?«

»Bestimmt.« Philipa ließ die Haube sinken. »Ich fürchte schon. Weißt du, es wäre vielleicht besser …« Sie unterbrach sich und begann sämtliche Gänseblümchen aufzutrennen. Wer trug schon so was. Blödes, zierliches Zeug. Vielleicht sollte sie es mit Disteln versuchen. »Ich weiß ja, nachgeben ist schwierig, aber …«, sie legte die Haube fort und blickte Albrecht freimütig in die Augen. »Was ist so schlimm daran, daß Gysela und Otfrid zusammengehen wollen? Ich meine, sie will kein liederliches Leben führen, sondern heiraten, warum hast du etwas dagegen? Er ist Schreiber, nun gut, sie könnte vielleicht jemand Wohlhabenderen finden, aber er ist ein guter Schreiber, das sagst du selbst, und er wird seinen Weg schon gehen. Gysela entscheidet sehenden Auges.«

Vielleicht war es das ja. Gysela entschied. Frauen hatten nicht zu entscheiden, wem sie sich anverbanden. Das taten andere für sie, solche, die den besseren Überblick hatten. »Bist du sicher? Ich finde ihre Pläne eher unvernünftig. Und überhaupt. Seit wann suchen sich die Frauen ihre Männer selber aus?«

»Das können sie, wenn sie keine Familie haben, die das für sie tut.«

»So wie du?«

»Ja.« Es war nicht einfach, doch Philipa drückte kurz seine Hand.

»Gysela hat aber eine Familie.«

»Das stimmt. Und ihre Familie entscheidet, natürlich. Wenn du allerdings fürchtest, Gysela könnte ... vom rechten Weg abkommen, dann wäre es bestimmt günstiger, ihr diesen Weg nicht auch noch zu versperren?«

»Du meinst, wenn Otfrid sie heiratet, kann er sich mit dem Problem herumschlagen, und ich bin es los?«

»So würde ich es nicht gerade ausdrücken, aber im Kern hast du recht.«

Vielleicht hätte er doch ein nettes, umgängliches und wohlhabendes Kaufmannsmädchen nehmen sollen, das an seinen Lippen gehangen und jeden seiner Wünsche umgehend ausgeführt hätte.

»Warum könnt ihr nie das tun, was man von euch erwartet?«

»Was meinst du denn damit?«

»Ihr gebt Widerworte, alle beide, verweigert die Ausführung meiner Anordnungen und was weiß ich noch alles.« Es war nur ein letztes Aufbäumen, das wußten sie beide.

Philipa stand auf und setzte sich auf seinen Schoß. »Wenn du willst, kannst du sie ja noch ein bißchen in ihrer Kammer schmoren lassen.« Sie drückte ihm einen Kuß aufs Haar. »Ich verlange ja nicht, daß du es ihr zu einfach machst.«

»Herr, gib mir Kraft. Und Geduld«, murmelte Albrecht. Er barg das Gesicht an ihrer Schulter und wußte nicht, ob er sich als Verlierer einer Schlacht fühlen sollte oder nicht.

Es kostete Philipa einiges an Überredungskunst, doch letztendlich kapitulierte Albrecht. Gysela durfte genauso wie alle anderen das große Sommerfest besuchen, das Fest, an dem die ganze deutsche Gemeinde in Nowgorod und noch einige mehr teilnehmen würden und bei dem es wirklich niemand verdient hatte, außen vor gelassen zu werden.

Es war ein wundervoller Abend. Das Tageslicht wurde

langsam milder und weicher, die Stimmen und das Lachen drangen durch die laue Luft, die sie umschmeichelte. Der ganze Peterhof war auf den Beinen, außerdem noch manch einer, der nicht dazugehörte, durch die allerorten miteinander verflochtenen Geschäfte jedoch fand, er dürfe nicht fehlen. Selbst Vater Christian, der geistliche Beistand der deutschen Gemeinde, war anwesend. Wenn er auch nicht das Tanzbein schwang, so schien er sich doch prächtig zu amüsieren, und Philipa gewann im Laufe des voranschreitenden Abends den Eindruck, er wiege sich ganz sachte zur Musik in den Hüften.

»Sind das viele Menschen!« entfuhr es Philipa, als sie aus ihrer schmalen Tür traten und einen Blick auf den Platz werfen konnten.

Offensichtlich kamen sie zu spät, das häusliche Gezänk über die Frage, ob Gysela imstande war, sich anständig zu benehmen, hatte Zeit gekostet. Außer ihnen war offenbar jeder, der irgendwie eine Berechtigung dazu hatte, bereits zugegen. Nahe der Kirche waren Feuerstellen errichtet worden, über denen sich zwei Hammel drehten, deren Fett zischend in die Glut tropfte und appetitliche Düfte über die Köpfe der Feiernden wehen ließ, gemischt mit dem nach frisch geräuchertem Hering, Würzwein und Bier. Direkt neben einem der Hammel, in ein Gespräch mit einer lachenden Magd vertieft, die geduldig den Spieß über dem Feuer drehte, stand Oderich Wilemsen in seiner ganzen massigen Pracht.

Gysela stieß Philipa in die Seite. »Er kann's kaum erwarten, der Dicke. Hoffentlich läßt er das arme Tier wenigstens durchgaren.«

»Sei nicht gemein.« Philipa konnte sich das Lachen dennoch nicht verkneifen.

Gysela hakte sich ein. »Manchmal wünschte ich …« Sie brach ab.

»Ja. Ich vermisse sie auch.« Ein solches Volksfest wäre die ideale Umgebung für Jann und seine Leute gewesen. »Gut, daß wenigstens Bruno bei uns ist.«

»Ob Bruno derselben Meinung ist? Möglicherweise findet er seine Körperkräfte als mein Kindermädchen nicht treffend eingesetzt.«

Philipa drückte ihren Arm. »Vielleicht aber auch gerade?«

Gysela lachte. »Kann sein. Dann will ich doch mal sehen, ob ich schwache Person nicht wenigstens seiner Aufsicht entwischen kann, wenn ich mich schon seiner beträchtlichen Muskelkraft beugen muß. Glaubst du, er würde mich verhauen, wenn ich Unsinn mache?«

»Ich würde es nicht darauf ankommen lassen. In Sachen Moral ist er mit Albrecht bemerkenswert einhelliger Meinung. Reiß dich zusammen, Gysela. Ich glaube, Albrechts Geduld ist bis auf ein schmales Restchen dahingeschmolzen.«

Eine der wenigen anderen deutschen Händlerehefrauen, Barbara Paulen, lächelte ihnen quer über den Platz zu. Sie trug ein sehr gelbes Kleid, offenbar ihr bestes.

»Pah. Ich passe schon auf mich auf. Und von Otfrid habe ich nichts zu befürchten.«

Philipa warf ihr einen zweifelnden Blick zu. Sie fragte sich, ob Gysela wirklich die Intensität abschätzen konnte, die körperliche Sehnsüchte anzunehmen vermochten. Jedenfalls war nicht einzusehen, warum sich Otfrid da so anders verhalten sollte als Albrecht. Nun, im Grunde konnte man nur hoffen, daß Gysela es gerade *nicht* wußte. Eine jüngere, dafür aber äußerst lebenslustige Schwester zu haben war offenbar noch anstrengender, als für die sittliche Entwicklung eigener Kinder zu sorgen. Da hatte man wenigstens Hilfe. Sofern man welche brauchte, weil man überhaupt Kinder hatte. Was nicht der Fall war.

Entschlossen drängte sie den Gedanken beiseite. Sie wollte sich amüsieren und nicht Trübsal blasen. Vielleicht sollte sie auch mit Albrecht reden. Ob es ihm etwas ausmachte, daß seine Gattin offenbar nicht in der Lage war, ein Kind zu bekommen, wußte sie gar nicht. »Otfrid, bist du so nett und holst uns was zu trinken?«

»Gerne. Was wollt Ihr denn? Met oder Wein? Oder Bier?«

»Wein. Du auch, Gysela?«

»O ja. Aber wenn er sauer ist, dann lieber Met.«

»Ich werde vorkosten, werte Dame.« Otfrid schoß mit wehender Cotte davon.

»Ich weiß gar nicht, was Albrecht eigentlich gegen ihn hat. Er ist … nett. Und fleißig und ehrlich, und er will mich haben. Dann wäre Albrecht mich los und könnte sich voll und ganz seinen Pelzen und Heringen widmen. Man sollte denken, er müsse vor Erleichterung weinen, aber nein. Er stellt sich quer.«

»Gysela. Albrecht ist ein Mann. Er kann es einfach nicht leiden, wenn sich jemand seinen Anordnungen widersetzt.«

»Dann ist es höchste Zeit für ihn, sich daran zu gewöhnen«, brummelte Gysela leise.

»Das tut er ja schon. Er merkt es bloß nicht. Und das ist auch besser so, denn dann habe ich es leichter.«

Gysela sah sie grinsend von der Seite an. »Ich dachte, er frißt dir aus der Hand.«

Philipa blieb ernst. »Ja, das tut er auch. Allerdings nutze ich es nicht aus, und nur deshalb funktioniert es. Gysela, kannst du dich nicht einfach vorbildhaft benehmen und ihm die Zeit lassen, die er braucht, um einzusehen, daß es das Beste für dich ist, wenn du selbst entscheidest?«

Gysela seufzte. »Ich bemühe mich. Aber Geduld war noch nie meine Stärke.«

»Wie wahr.«

»Da ist Otfrid. Ist er nicht süß?«

»Gysela, du bist die reinste Nervensäge.«

Am Ende war es für Gysela natürlich doch nicht so einfach, sich züchtig und sittsam zu verhalten. Nicht, wenn der Wein in Strömen floß und die Musik lockte, anfangs übermütig und voller Lebenslust, später süß und lieblich, wie geschaffen dafür, sich an eine schlanke Birke gelehnt in den Armen des Liebsten wiederzufinden und den Schmelz der langsam sich niedersenkenden samtenen Dämmerung zu genießen.

Otfrid drängte sich an sie, versuchte so viel ihres Duftes einzuatmen wie möglich. »Albrecht weicht mir aus«, murmelte er in ihr Haar, ihr Schapel kratzte ein bißchen an seiner Wange. »Aber morgen stelle ich ihn zur Rede.«

»Wenn du nicht zu starke Kopfschmerzen hast.« Gysela lachte leise, sie hob die Arme und strich ihm die Locken aus der Stirn.

»Ich bin nicht trunken vom Wein, ich bin trunken von der Liebe«, verkündete Otfrid vollmundig, vielleicht ein Zeichen dafür, daß diese Aussage nicht ganz richtig war. Seine Hände glitten von ihrer Taille über ihre Hüften, dann zog er ihren Leib sehr nah an seinen und seufzte. »Vielleicht verlangt er zuviel? Askese, meine ich?«

»Laß das, Otfrid. Wenn du es jetzt übertreibst, steckt er mich in ein Kloster.«

»Bloß nicht. Welche Verschwendung.« Er war sehr mutig, der Otfrid. Aber das Fest, die schmeichelnde Musik im Hintergrund, der laue Sommerabend, dazu die allnächtlichen unerfüllten Träume und nicht zuletzt der Wein ließen seine Hemmungen ins Wanken geraten. Seine Lippen suchten ihren Mund, o ja, genau so hatte er es sich vorgestellt, und genau diese Vorstellungen ließen ihn seit Wochen nicht los. Seine Hände wanderten sachte nach oben, legten sich auf ihre Jungmädchenbrüste. Gysela hielt den Atem an.

»Otfrid!« flüsterte sie erstickt. »Wenn uns jemand sieht!«

»Die haben alle mit sich selbst zu tun.«

Es war falsch. Trotzdem fühlte es sich sehr gut an, was seine Hände da taten. Zu gut. Viel zu gut.

Gysela schob ihn entschlossen weg. »Otfrid, bitte. Albrecht steckt mich nicht ins Kloster, der bringt mich um, wenn er mich hier so findet.«

»Na gut.« Otfrid schloß die Augen und lehnte sich an den Stamm der Linde. Er verschränkte die Arme und versuchte, seinen hämmernden Herzschlag zu beruhigen. »Ich weiß nicht, wie ich das aushalten soll. Ich habe solche Sehnsucht, das kannst du dir überhaupt nicht vorstellen.« Er ergriff ihre kleine Hand und legte sie auf seine Brust, dort, wo sie sein jagendes Herz noch spüren konnte.

»Das kann ich mir sehr wohl vorstellen«, wisperte Gysela. »Ich ... ich will dich doch auch.« Sie lehnte sich vor, um Otfrid einen Abschiedskuß auf die Lippen zu hauchen.

Genau das war der Moment, als Albrecht sie fand. Er stand da, einen Becher mit schaumigem Met in der Hand und starrte erschüttert auf die Szene vor ihm. Zum Glück hatte er keine Ahnung, daß er nur ein paar Augenblicke früher in eine wesentlich kompromittierendere Situation hineingeraten wäre.

»Ich fasse es einfach nicht«, sagte er, drehte sich abrupt um und ging davon.

Gysela und Otfrid, sehr ernüchtert, sahen ihm stumm hinterher.

Nach ein paar Metern drehte Albrecht um und kam zurück.

»Auweia«, sagte Gysela leise.

»Kommt mit. Auf der Stelle.« Er wandte sich um und marschierte los. »Ist was?« fragte er über die Schulter, als Gysela und Otfrid nicht direkt folgten.

Sie warfen sich einen stummen Blick zu und stolperten hinter Albrecht her, beide nicht in der Lage, sich einen vernünftigen Schlachtplan auszudenken. Zu viele Gefühle, vielleicht auch zuviel Wein.

Albrecht ging es zu langsam. Er wartete ungeduldig, dann legte er je eine Hand auf einen schmalen Rücken und schob die beiden Delinquenten vor sich her, bis er an der Tafel stand, an der nicht nur Philipa, sondern auch die Paulens, Gerrings und Schuells saßen, Vater Christian und Oderich Wilemsen und dazu noch die halbe Kaufmannschaft.

»Ich habe Euch allen eine freudige Mitteilung zu machen«, sagte er deutlich entnervt. »Gerade in diesem Augenblick habe ich beschlossen und gebe es hiermit bekannt, daß meine Schwägerin Gysela von Elzten und mein von mir hochgeschätzter Schreiber Otfrid im Herbst den Bund der Ehe eingehen werden. Mit meinem und hoffentlich auch Gottes Segen.«

»Wie schön!«, sagte Vater Christian entzückt. »Es kommt so selten vor, daß ich in meiner kleinen Gemeinde eine Trauung vollziehen darf. Ihr macht mir eine große Freude damit, meine lieben Kinder.«

»So«, sagte Albrecht am nächsten Morgen und schob mit einer entschiedenen Bewegung seine Schüssel Haferbrei zurück. Er stand auf, trat an das kleine Fenster und stieß die Holzläden auf, so weit es ging. »Der Sommer im Norden ist wunderbar.« Er atmete tief ein. »Kein Vergleich zu dem stickigen Rheinland, oder?«

Philipa folgte ihm, legte die Arme um seine Taille und das Gesicht an seinen breiten Rücken. »Was wirst du jetzt tun?«

Albrecht drehte sich umständlich in ihren Armen um. »Na, ich gehe nach unten und führe ein ernstes Männergespräch mit Otfrid, meinst du nicht?«

»Du faßt ihn nicht zu hart an?«

Er nahm ihr Gesicht zwischen seine Hände und küßte sie zart auf die Lippen. »Nein. Otfrid ist ein kluger Junge. Wie er sich gegenüber Gysela verhalten hat, ist angesichts meiner klaren Anweisungen nicht besonders klug gewesen. Ich gehe davon aus, er ist schlicht ein verliebter Trottel, der lieber in sein Verderben rennt, als auf seine Angebetete zu verzichten. Wer könnte das besser verstehen als ich.«

»Ach, Albrecht. Ich kenne niemanden, der weniger dazu neigt, in sein Verderben zu rennen als du.«

»Das täuscht. Schließlich habe ich ja etwas so Ähnliches getan, als ich dich geheiratet habe.« Albrecht seufzte schwer.

»Ich wußte nicht, daß du mich als dein Verderben betrachtest.« Philipa band die schmale Schnur hübscher, die sein Hemd oben zusammenhielt.

»Verderben vielleicht nicht. Doch als ein Quell der Ruhe und Besinnung hat sich meine Ehe auch nicht herausgestellt.«

»So schlimm?« Die Schleife war fertig.

»Na ja. Eine Ehefrau mit Vergangenheit und eine Schwägerin mit Eigensinn, das ist schon hart.«

»Das stimmt. Ein schlapperer Charakter als deiner würde uns vielleicht davonjagen.«

»Todsicher. Aber sage es mir: bin ich vielleicht schlapp? *Bin* ich schlapp?«

»Keineswegs«, versicherte Philipa ihm lachend. »Du bist lauter und stark und klug, kein bißchen schlapp.«

»Richtig. Ich habe es immer gewußt. Ich bin perfekt.«

»Und bescheiden.«

»Bescheiden? Das würde ich nun nicht gerade sagen.« Er küßte ihren lachenden Mund. »Ich habe rein gar keine Lust dazu, aber ich gehe jetzt hinunter. Hoffentlich hat Otfrid den Anstand, keinen Kater zu haben, denn dann kann ich ihm ordentlich die Leviten lesen.«

»Gut. Ich warte hier oben auf dich. Du wirst mir doch erzählen, wie es war?«

»Kommt darauf an, wie gut ich mich geschlagen habe.«

Otfrid hatte keinen Kater, jedenfalls keinen, der ihn von der Arbeit abgehalten hätte. Er war bereits im Kontor gewesen, hatte sorgfältig das Geschäftsbuch auf sein Schreibpult gelegt, akkurat entlang der Kanten ausgerichtet. Die Tintenhörnchen warteten darauf, gefüllt, und die Federkiele, angespitzt zu werden. Vorerst war er allerdings damit beschäftigt, an einem kleinen Tisch neben der Kochstelle die neue Tinte überhaupt herzustellen.

Albrecht räusperte sich und trat näher. »Guten Morgen.«

Otfrid blickte nur kurz auf. »Guten Morgen.« Er rührte noch einmal die kleingeschnittenen Galläpfel um, sie weichten bereits seit drei Tagen ein, und wenn er sie jetzt nicht kochte, wären sie verdorben. So wie seine Nachtruhe verdorben gewesen war, weil er ständig hin und her geworfen wurde zwischen dem Entzücken, Gysela heiraten zu dürfen, und der Angst davor, Albrecht würde seine Einwilligung nach genauerem Nachdenken widerrufen.

Er hängte den Topf wieder über das Feuer.

Albrecht fand, er verlöre nur Zeit, wenn er lange um den heißen Brei herumredete. »Ich nehme an, dein Interesse an meiner Schwägerin ist ernsthafter Natur?«

»Natürlich.« Otfrid holte das Gummi arabicum und das Kupfervitriol von einem Bord und stellte sie ordentlich neben den Topf, in dem er die Tinte herstellen wollte.

»Du mußt sie nicht heiraten, wenn du sie nicht wirklich willst.«

Otfrids Hand mit dem Löffel schwebte über dem Topf, aus dem langsam Dampf aufzusteigen begann. »Ich will nicht ungehorsam sein, Herr, aber ich möchte Euch bitten, Gysela nicht zu beleidigen«, sagte er leise.

»Ich habe nicht die geringste Absicht, sie zu beleidigen. Es wird nur nicht einfach werden. Gysela ist dickköpfig und eigensinnig, und sie ist ein anderes Leben gewohnt als das an der Seite eines Schreiberlings. Sie hat auf Burgen und unter fahrendem Volk gelebt, und ihr ist Enge nicht geläufig.«

»Sie wird sich daran gewöhnen.« Entschlossen rührte Otfrid in den kochenden Galläpfeln.

Albrecht betrachtete ihn zweifelnd. »Die heftigen Gefühle, die Frauen manchmal in uns auszulösen imstande sind, stellen sich nicht immer als die beste Grundlage heraus, auf der man eine Ehe aufbauen sollte.«

»Ihr habt also aus nüchternem Kalkül geheiratet?« Otfrid maß sorgfältig zwei Unzen Gummi arabicum und drei Unzen Vitriol ab.

»Nein.« Natürlich nicht. Nüchtern betrachtet war die Heirat mit Philipa tollkühn bis dumm gewesen. Ein Kaufmann mehrte normalerweise seinen Besitz durch eine Eheschließung und nicht den Anteil an Unruhe und Verwirrung in seinem Leben.

»Aha.« Otfrid spähte in den Topf. Um die Galläpfel auf die Hälfte ihrer Menge einzukochen, brauchte es noch einige Zeit. Er rührte wieder um. Dann sah er auf und blickte seinen Herrn an, der ihm nachdenklich bei der Arbeit zusah.

»Ihr habt es aus Liebe getan.«

Albrecht schwieg. Er wußte nicht, was das seinen Schreiber anging.

»Ich liebe Gysela. Und sie liebt mich, das hoffe ich wenigstens. Ich kann ihr ... und Euch ... nicht mehr versprechen, als ich imstande bin zu erfüllen, doch ich bin fleißig und nicht dumm, ich werde es schon schaffen, für Gysela und mich eine Existenz aufzubauen. Wenn – Ihr mich hinauswerft, wird es schwieriger, das gebe ich zu, aber ein Schreiber meiner Qualifikation findet überall sein Auskommen in einer Kaufleutekolonie.«

»Du hast dich umgehört«, stellte Albrecht fest.

»Das habe ich.« Otfrids Ohren färbten sich rot. Er nahm den Topf vom Feuer und rührte vorsichtig das Gummi arabicum und das Vitriol hinein.

»Das war richtig. Ich hätte es an deiner Stelle genauso getan.«

Otfrid blickte auf.

»Du kannst bleiben. Natürlich kannst du das. Allerdings nur, wenn du bis zur Hochzeit die Finger von Gysela läßt, auch wenn es schwerfällt.«

»Und wann, wenn ich fragen darf, soll die Hochzeit stattfinden?«

Albrecht verkniff sich ein Grinsen, die Ungeduld Otfrids war mit den Händen zu greifen. Verständlich. Gysela war ein hübsches kleines Ding und zu allem Überfluß auch noch aufreizend genug, um einen verliebten Esel um den Verstand zu bringen. »Im Herbst. Wenn die Arbeit getan ist und die langen, öden Wintermonate vor uns liegen. Das heißt, dir werden sie dann nicht allzu öde vorkommen.«

Otfrids Ohren glühten jetzt. Er rührte hektisch in seinem Topf herum. »Danke, Herr.«

»Ist schon gut. Verbrenn dich nicht.« Ob Albrecht die heiße Tinte meinte oder etwas anderes, war nicht zu deuten.

Von da an kehrte Ruhe ein. Otfrid und Gysela durften unter strengen, wenngleich erträglichen Auflagen einem sittsamen Beisammensein frönen. Die Auflagen bestanden in der Regel in der Anwesenheit von Bruno, von dem Otfrid wußte, daß er ihm mit einem leichten Klaps das Genick würde brechen können, sofern er der Ansicht war, dies sei notwendig, um Gyselas Tugend zu retten. Brunos Vorstellungen zu dem Thema waren nicht ganz so dezidiert wie Albrechts, aber rigoros genug, um Otfrid und Gysela nichts wirklich Unverzeihliches tun zu lassen.

Philipa genoß den Frieden, der sich in ihr breitgemacht hatte. Zum ersten Mal, seit sie denken konnte, plagte sie nicht die Angst vor der Zukunft. An Albrechts Seite war sie sicher und geborgen, er wußte, was er wollte und was er tat, er war umsichtig, klug und von einem unverbrüchlichen Glauben an die Zukunft beseelt. Wenn sie überhaupt darüber nachdachte, was es bedeutete, in einer so exotischen Fremde zu leben, wie sie es taten, dann hatte sie das beruhigende Gefühl, Albrecht würde nichts Unüberlegtes tun und sie Situationen aussetzen, in denen sie sich erneut würde abstrampeln müssen, um nicht unterzugehen.

Der Herbst kam früh in Rußland und mit ihm die Stürme und die Einsamkeit. Im November bereits begann die Vereisung des Ostmeeres, und im Dezember würden Schiffe es nicht mehr befahren können. Bis zum Mai des nächsten Jahres, lange unwirtliche Monate lang, würden nur wenige tollkühne Männer dem Schnee und der Kälte trotzen und über Land nach Nowgorod reisen. Ansonsten würde die Stadt niemand besuchen und niemand sie verlassen können.

Philipa holte den wunderschönen Umhang heraus, den Albrecht ihr zur Hochzeit geschenkt hatte. Zärtlich strich sie über das silbrig schimmernde Seehundfell, mit dem er gefüttert war. Es war schön, ihn zu tragen, denn er war weich und hielt sie warm, und es war schön, daran zu denken, wie sie ihn bekommen hatte. Wie unsicher war sie damals gewesen. Und wieviel war seitdem geschehen. Es war richtig gewesen, Albrechts Werbung anzunehmen, auch wenn sie damals vor Angst kaum noch hatte schlafen können. Sie hatte Glück gehabt.

Philipa und Gysela saßen gemütlich in ihrer Stube und lauschten dem Sturm. Wie immer ließ es Albrecht nicht an komfortabler Wärme fehlen; was er tun konnte, um dem Raum eine heimelige Atmosphäre zu geben, tat er. Also hatte er für ausreichend Holz und Holzkohle gesorgt, um über den Winter zu kommen, sie besaßen Kerzen, Fackeln, soweit sie auf der begrenzten Fläche überhaupt ungefährlich einsetzbar waren, sogar die Holzläden waren ausgebessert worden und schlossen einigermaßen, jedenfalls im Erdgeschoß.

Natürlich konnten sie nicht verhindern, daß die Läden im Sturm klapperten. Aber wenigstens stand kein Baum in ihrer unmittelbaren Nähe, von dem zu befürchten war, er fiele ihnen aufs Dach.

»Immerhin pfeift es nicht so schlimm wie oben auf Burg Borgewig«, sagte Gysela. Sie war damit beschäftigt, eine schmale Bordüre mit sich windenden, zappelnden Fischen zu besticken. Eine geplante Verschönerung für die Cotte, die Otfrid bei der Arbeit trug. Die Fische waren ein Zugeständnis an ihre weite Seereise.

»Nein, das nicht. Unheimlich ist es trotzdem.« Philipa schauderte. Sie mochte keinen Sturm. Man war ihm so hilflos ausgesetzt. »Stell dir vor, wir wären jetzt auf einem Schiff.«

»Nein. Lieber nicht. Dann müßte ich mir nämlich auch vorstellen, wie ich vor Entsetzen den Geist aufgebe. Schön, nicht?« Letzteres bezog sich auf den jüngst fertiggestellten Fisch.

»Ja, hübsch. Otfrid will unter die Heringshändler gehen?«

»Sei nicht gehässig. Ich fand die Farbe so kleidsam.« Zart graublau schimmernde Fische zu Otfrids dunkler Cotte, Gysela stellte es sich sehr seriös und vornehm vor.

Rumms, einer der Läden sprang auf und knallte gegen die Wand, herein kam ein wilder Luftzug, der alles durcheinanderwirbelte. Gysela stürzte zum Fenster und schloß es mühsam. »Auweia. Ich mag's nicht, da kannst du sagen, was du willst.«

Philipa ließ die Hände in den Schoß sinken. Sie saß an einem kleinen Webrahmen und war mit der Herstellung einer einigermaßen breiten, festen Bordüre beschäftigt, aus der sie später einen Beutel und einen Gürtel fertigen wollte. Sie hatte ja Zeit, im Winter gab es sonst kaum etwas zu tun.

»Ich bin zu unruhig zum Weben.« Sie sah beschwörend zur Tür. »Ich wünschte, Albrecht wäre hier«, sagte sie leise.

»Ach was, der kann dir gegen den Sturm auch nicht helfen.«

Nein, doch seine Anwesenheit wäre tröstlich gewesen. Sie schwieg und nahm ihre Arbeit lustlos wieder auf, es war besser als Nichtstun. Außerdem gefiel ihr die Farbe. Ein saftiges Grün, das sie an den Frühling erinnerte.

»Bist du dir auch wirklich sicher mit Otfrid?« Philipa legte ihre Bordüre jetzt endgültig weg, es hatte keinen Zweck. Vermutlich verdarb sie sie bloß, und krumme und schiefe Kanten konnte sie nicht gebrauchen.

»Ja, das bin ich. Ich habe es dir schon einmal gesagt: Aus meiner Sicht ist Otfrid das Beste, was mir passieren konnte. Ich bin als Ehefrau nicht Fisch noch Fleisch. Nicht wirklich von Adel, aber auch nicht Gesinde, schon gar nicht Bürgerin einer Stadt. Vielleicht sollte ich zu den Fischen noch ein paar Ferkelchen sticken?«

»Lieber nicht. Zuviel Rosa.«

Sie lachten beide ein bißchen. Das Gespräch versiegte, draußen heulte und tobte der Sturm. Dann knallte eine Tür. Stimmen waren zu hören, gefolgt von Schritten in der Halle.

»Endlich.« Philipa stand auf und ging Albrecht entgegen. Ohne sich um die anderen Männer zu kümmern, lehnte sie sich an ihn und barg das Gesicht an seiner Brust.

Dietrich räusperte sich verlegen. Otfrid überlegte, ob er zu Gysela gehen und wagen konnte, es Albrecht gleichzutun, der die Arme um seine Frau schlang. Ein strenger Blick von Bruno hielt ihn jedoch davon ab.

»Ich mag diesen Sturm nicht«, murmelte Philipa in das dunkle Tuch, das sich in weichen Falten über Albrechts Brust legte.

»Nein, ich auch nicht besonders. Aber daran mußt du dich hier oben im Norden gewöhnen. Im Herbst und Winter kommen solche Stürme immer wieder vor. Und solange wir nicht draußen herumwandern müssen, können wir es uns doch bequem machen. Hast du etwas zu essen für uns?« Albrecht wußte genau, daß Philipa sich wohler fühlen würde, wenn sie etwas zu tun bekam.

»Ja. Ann hat etwas vorbereitet.« Ann war die Hauswirtschafterin, die Albrecht für die Dauer ihres Aufenthaltes eingestellt hatte. »Ich habe sie nach Hause geschickt, ihre Mutter ist krank und allein, und ich glaube, sie wollte ihr bei dem Wind beistehen. Außerdem war hier nichts mehr zu erledigen.«

»Gut. Wir essen alle zusammen. Gysela, hilfst du deiner Schwester?« Die waidwunden schmachtenden Blicke von Otfrid waren manchmal schwer zu ertragen.

»Ja, gerne.« Gysela bemühte sich sehr, Albrecht zu gefallen. Sie fand, er habe es verdient, schließlich war er mit einem weiten Satz über seinen Schatten gesprungen. Sie räumte den Tisch ab und legte die Handarbeitssachen in ihren Korb. Dann holte sie die einfachen Holzschalen, aus denen sie ihre Eintöpfe zu essen pflegten, und stellte die Becher auf den Tisch. Anschließend brachte sie die weite Schüssel mit der Suppe aus ihrer Küche und setzte sie in der Mitte des Tisches ab. »Philipa macht noch kurz das Bier warm«, verkündete sie.

Als sie dann alle um den Tisch bei ihrer dampfenden Mahlzeit saßen und sich der Duft nach Fleisch und Kohl mit dem des gewürzten süßlichen Bieres mischte, war es eigentlich ganz gemütlich.

»Dieses Pfeifen macht einen völlig verrückt«, sagte Gysela plötzlich und warf dann Bruno einen Blick zu. »Ich frage mich, was die Fahrenden so weit oben im Norden machen. Das hält doch kein vernünftiger Wagen aus.«

»Hm. Man muß eben früher mit der Winterpause anfangen«, erwiderte Bruno mit vollem Mund.

Philipa streichelte seine mächtige Faust, die fest einen Holzlöffel umklammerte. »Gewöhnst du dich langsam an das Seßhaftsein?«

»Ach, es geht so.« Bruno ließ ein zartes Rülpsen vernehmen. »Hier ist es ja ganz manierlich. Nicht so eng, meine ich.«

»Nicht?« Albrecht sah ihn verblüfft an. »Eng ist es eigentlich schon. Ich meine, ihr machtet doch auf Burgen Station, dachte ich, nicht in kleinen Händlerhäuschen.«

»Na ja. Die Hallen, in denen wir aufgetreten sind, waren schon größer. Aber geschlafen haben wir meistens bei den Pferden oder so. Ist nicht so viel Unterschied.« Bruno klappte energisch den Mund zu, um anzudeuten, er habe für heute genug geredet.

»Der glaubt, ich bin ein Pferd«, sagte Otfrid staunend. Er, Dietrich und Bruno teilten sich ihr Lager in der Halle.

»Vielleicht ist er deshalb dagegen, daß wir heiraten«, meinte Gysela, und alle lachten.

»Bin ich gar nich'. Ist schon in Ordnung, der Otfrid. Für'n Schreiberling. Bißchen wenig Mumm auf den Knochen, aber wenn's einer in der Birne hat, braucht er's ja vielleicht auch nich' so dringend. Kann ich noch was von dem Bier haben?«

»Liebend gerne.« Gysela lächelte entzückt. Es war das erste Mal, daß Bruno sie wegen ihrer Absichten nicht schräg ansah.

Draußen heulte der Wind um die Ecken. Minni winselte kläglich unter dem Tisch, unter den er sich vorsichtshalber zurückgezogen hatte.

»Der arme Kerl. Kann er nicht heute bei uns schlafen, Albrecht?« Philipa langte unter den Tisch und zog sanft an Minnis Ohren. Er stand sofort auf und legte dankbar seinen Kopf in ihren Schoß.

»Nein. Der ist in der Halle besser aufgehoben, da gehört er hin, unser gefährlicher Wachhund, nicht?« Albrecht betrachtet den Hund mit unverhohlenem Zweifel.

»Zu den Pferden, meinst du?« Philipa streichelte Minni und lachte ein bißchen mit den anderen.

»Otfrid wird sich um ihn kümmern. Er gehört schließlich bald zur Familie, oder?« Gysela warf einen bittenden Blick hinüber zu Otfrid, und dieser nickte ergeben.

»Man geht eben Verpflichtungen ein«, murmelte Albrecht. Dann schob er seinen Stuhl zurück. »Komm, Philipa, wir gehen nach oben.«

»Ich muß noch ein bißchen aufräumen, dann hat Ann es morgen früh nicht so schwer.«

»Ach, das mache ich schon. Geht ihr nur.« Gysela hatte wenig Lust, ganz allein in ihrem Kämmerchen zu liegen und dem brausenden Wind zu lauschen, doch außer ihr war kein weibliches Wesen im Haus, und Philipa wollte sie nicht fragen. Albrecht hatte nie auch nur den geringsten Zweifel daran gelassen, daß er nicht gewillt war, sein Lager mit mehr Menschen als seiner Frau zu teilen, wenn es nicht unbedingt notwendig war.

»Ich helfe dir«, bot Otfrid an.

»Beim Geschirrabtragen?« fragte Dietrich verblüfft, das war selbst ihm ein paar an sich überflüssige Worte wert.

»Ja. Es soll zwar nicht ganz ungefährlich sein, trotzdem will ich es wagen.« Otfrid stapelte die Schüsseln ineinander, während Gysela den Bierkrug nach nebenan trug.

»Wenn du meinst.« Dietrich zog sich kopfschüttelnd zurück, nach kurzem Überlegen tat Bruno es ihm gleich.

»Benimm dich, Junge.«

»Klar, Bruno. Was glaubst du eigentlich, wie lebensmüde ich bin? Wo hier alle nebenan oder über mir sind und die Ohren aufsperren, ob ich auch nur ja nichts Verbotenes tue?«

Bruno grinste ein bißchen und folgte Dietrich. Otfrid wartete einen Moment, dann ergriff er Gyselas Hand und zog sie mit sich. Er ließ sich auf den Stuhl neben dem glühenden Kohlebecken sinken und zog sie auf seinen Schoß.

»Es ist nicht zu fassen«, murmelte er. »Aber sie haben uns tatsächlich allein gelassen.«

In der Schlafkammer wehte ein frischer kleiner Luftzug. Philipa brach sich einen Fingernagel ab bei dem vergeblichen Versuch, die Ritzen neben den Holzläden mit alten Lappen zu stopfen, damit es nicht zu sehr hineinzog.

»Ach, laß das doch. Wir ziehen die Vorhänge um das Bett zu, und dann haben wir es warm.« Albrecht zog sich rasch aus. Die Kälte störte ihn nicht besonders, übertrieben lange herumtrödeln wollte er indessen auch nicht.

»Du hast recht.« Philipa gab seufzend ihre Bemühungen auf und entledigte sich in Rekordzeit ihrer Kleidung. Dann schlüpfte sie unter die dicken Decken und versuchte, einen halbwegs ordentlichen Zopf zu flechten, auf eine Nachthaube verzichtete sie sowieso, weil Albrecht es nicht mochte, wenn sie sich nachts verhüllte. Es war erst ein bißchen seltsam gewesen, inzwischen hatte sie sich allerdings daran gewöhnt.

Sie preßte sich fröstelnd an Albrecht, der den Arm um sie legte und mit der freien Hand begann ihren Rücken zu streicheln.

»Huh, hast du kalte Hände.« Philipa schauderte.

»Pah. Und deine Füße erst.«

Philipa kicherte. »Im Winter ist es bestimmt noch kälter. Wollten wir wirklich hierhin?«

»Ich glaube schon. Ich will wissen, wo die Pelze herkommen, die ich kaufe. Und ich will wissen, ob ich keine günstigeren Konditionen bekommen kann, wenn ich direkt verhandele. Die Frage ist vielmehr, ob es richtig war, dich mitzunehmen. Es gibt nur wenige Frauen hier. Ich meine solche, die nicht aus der Gegend stammen. In der Regel reisen die Kaufleute alleine.«

»Dann bist du eben einer der wenigen, der es nicht tut. Huh, du glühst ja richtig.«

»Ich dachte, ich bin kalt?«

»Nicht an allen Stellen. An einigen glühst du.«

»Kein Wunder. Diese aufgeheizte Stimmung zwischen den

beiden Brautleuten da unten färbt ab. Gibt es hier etwas zu trinken?« Albrecht raffte die Vorhänge ein Stückchen auseinander und linste hindurch.

»Warum willst du eigentlich im Frühling wieder weg?« Philipa zog ihn zurück. »Es ist doch schön hier. Nette Menschen, hübsche Stadt. Ein gemütliches, zugiges Häuschen.«

»Es ist mir zu windig.« Draußen fegte immer noch der Sturm ums Haus. Albrecht bettete ihren Kopf bequem an seiner Schulter und starrte selbst in den Baldachinhimmel hinauf, ohne ihn wirklich zu sehen. »Kaufleute sind Abenteurer, weißt du. Jedenfalls die, die nicht im heimischen Kontor bleiben wollen. Sie möchten nicht nur einfach reich werden, obwohl auch das nicht zu verachten ist, sie wollen vielmehr etwas sehen von der Welt. Ich bin schon weit gereist, ich war in Frankreich und in Italien, in Flandern sowieso. Jetzt will mich Bernward Kroytens nach England locken. Aber England ist ... so ähnlich wie zu Hause. Nowgorod ist das nicht. Ich habe es mir immer fremd und anders vorgestellt.«

»Du wolltest es dir ansehen«, stellte Philipa fest.

»Ja. Ich wollte es *selbst* sehen. Ich will gar nicht hierbleiben, es ist mir zu weit. Ich meine, es ist mir zu kompliziert, in heimischere Gefilde zurückzukehren. Doch ich mußte einfach sehen, wo die Felle herkommen, die ich beziehe. Eisfüchse, Hermelin und Zobel. Wölfe. Na, Rotfuchsfell, Feh, Dachs und Marder bekommen wir auch bei uns. Aber hast du schon mal einen Eisfuchs gesehen? Ich meine, lebend?«

»Nein. Ich hatte gedacht, hier wären immer Schnee und Eis.«

»Nein, in Nowgorod nicht.« Albrecht schüttelte den Kopf. »Dennoch soll es Gegenden in Rußland geben, wo das so ist, ja. Das habe ich wenigstens gehört.«

»Und jetzt willst du mit den Jägern reden?« Philipa kuschelte sich an ihn. Sie war im Moment gerade ziemlich froh, daß sie nicht in Eis und Kälte nach Eisfüchsen suchen mußte, sondern geborgen und vertraut an der Seite ihres Mannes lag, geschützt und sicher in einem zumindest einigermaßen warmen Haus.

»Ich glaube, das geht nicht. Ich habe gehört, die Jäger reden nicht.«

»Sie reden nicht?«

»Nein. Es gibt bestimmte Stellen, die vorher vereinbart wurden, und an denen deponieren die Jäger ihre Felle. Die Kaufleute kommen dorthin, begutachten die Ware, und wenn sie zufrieden sind, legen sie Tauschgut daneben und nehmen die Pelze mit. Falls die Jäger mit der Bezahlung einverstanden sind, packen sie diese und verschwinden bis zum nächsten Mal in ihre Wälder. Sonst lassen sie es liegen und warten darauf, daß der Kaufmann nachlegt. Verrücktes System.«

»Das funktioniert? Ich meine, so ganz ohne Worte und Verhandlungen?« Philipa fing an, mit ihren Fingern in dem goldenen Pelz auf seiner Brust zu kraulen.

»Ja, das scheint zu klappen. Warum, weiß ich auch nicht genau. Offenbar muß man dort eine äußerst gebieterische Abneigung gegen zu viele Worte haben, andererseits aber auch genug gegenseitigen Respekt, daß man einander vertrauen kann.« Albrecht streckte sich wohlig. »Können wir das Gespräch jetzt abbrechen?« Er pustete energisch die einzelne Kerze aus, die den Raum ohnehin nur sehr schwach mit ihrem unruhig flackernden Lichtschein erhellt hatte, und streckte sich zufrieden aus.

Es war nicht der letzte der Herbststürme, und es war auch nicht der schlimmste. Philipa und Gysela hatten es ein bißchen schwer, sich daran zu gewöhnen, doch es ging, sie blieben einfach zu Hause, und da sie dort auch ihren Platz und ihre Arbeit hatten, war das kein großes Problem. Schwieriger war es für die Männer. Sie saßen nicht gerne einfach nur herum und warteten, daß sie das Haus wieder verlassen konnten.

Irgendwann war alles geordnet, geschrieben und verwaltet, und dann wurden sie unruhig. Zappelig.

»Ich bin Fernhandelskaufmann geworden, gerade damit ich nicht drinnen herumhocken muß. Und jetzt sitze ich hier fest«, beklagte sich Albrecht.

»*Du* wolltest den Winter über hier bleiben«, erwiderte Philipa unbarmherzig. »*Wir* mußten dir bloß folgen. Also beklag dich nicht.«

»Mache ich ja gar nicht.« Natürlich tat er es doch, tigerte dabei unruhig durch die Halle und zupfte an den kargen Warenbeständen, die darauf warteten, im Frühling aufgestockt und für die Heimfahrt vorbereitet zu werden.

»Ich gehe jetzt zu Hannes Gerring«, verkündete er dann und griff nach seinem Umhang.

»Das wirst du schön bleiben lassen«, widersprach Philipa liebenswürdig. »Die wohnen viel zu weit draußen, und du hast doch nicht die Absicht, das Fliegen zu erlernen?«

»Warum hat mich der Herrgott mit einer überängstlichen Frau geschlagen?« stöhnte Albrecht und griff sich an den Kopf.

»Weil du sie unbedingt haben wolltest.« Philipa strahlte ihn an.

»Das ist wahr. Da will ich nicht rumlügen. Sind wir allein? Nein, natürlich nicht.« Albrecht sah sich um. In einer Ecke hockten Bruno und Dietrich und würfelten, Otfrid saß mit Gysela in einer anderen, in ein gemurmeltes Gespräch vertieft, das begleitet war von glutvollen Blicken und verschwörerischem Lächeln.

Er beugte sich zu Philipa und flüsterte ihr ins Ohr: »Ich wollte dich tatsächlich unbedingt haben. Und ich bereue nichts, denn du bist ganz wunderbar.« Er küßte sie sanft, und Bruno und Dietrich sahen verschämt beiseite, die anderen beiden hatten wie üblich nur Augen für sich selbst. »Jetzt gehe ich, denn hier drinnen werde ich verrückt, und wenn ich verrückt werde, falle ich dir auf die Nerven, und das möchte ich nicht riskieren. Wenn es dich beruhigt, gehe ich nicht zu Gerrings, sondern zu Oderich, der wohnt im Ort.«

»Allerdings näher am Hafen und damit am Fluß. Da ist es bestimmt noch stürmischer als hier.«

»Ach was, so nah beieinander ist das alles gleich. Im übrigen hat der Sturm nachgelassen, hast du das nicht gehört? Es wird weniger.«

Das stimmte. Man hörte nur noch ein Wehen und Rauschen, es heulte und pfiff nicht mehr. »Na gut.« Philipa seufzte. »Dann geh spielen.«

»Frechdachs.« Albrecht grinste. Er wandte sich zu den Männern. »Ich will eure beschauliche Ruhe nicht stören«, sagte er, »doch ich möchte, daß du mitgehst, Dietrich.«

Dietrich schob seinen Schemel zurück. »Gott sei Dank«, brummte er. »Dieser Kerl hat ein Glück, von dem man nicht wirklich wissen kann, ob da alles mit rechten Dingen zugeht.«

»Überleg dir, was du sagst.« Bruno spannte kurz den Bizeps an und atmete einmal tief ein. Sein Brustkorb schwoll an und ließ ihn ziemlich eindrucksvoll wirken.

Albrecht wickelte sich in seinen Umhang und beugte sich zu Philipa hinunter, um ihr einen letzten Kuß zu geben. »Bis gleich.« Dann wandte er sich Dietrich zu, der schon an der Tür stand und wartete, wie ein treuer Hund, der seinen Herrn auf einem Ausflug begleiten soll. Der eigentliche Hund, Minni nämlich, hatte es sich neben dem Feuer gemütlich gemacht und dachte gar nicht daran, bei diesem Wetter nach draußen zu gehen.

Philipa nickte ergeben und sah den beiden Männern hinterher, die mit munteren Schritten dem Hafen entgegenstrebten. Albrechts Umhang blähte sich im Wind. Na gut, wenn er es nicht lassen konnte. Mit einer energischen Bewegung schloß sie die Tür.

Unterdessen langweilte Manfredus sich bei Oderich Wilemsen halb zu Tode, und die Frage, ob sein Wechsel von den Rapparts zu ihrem Kompagnon nicht überflüssig gewesen war, nagte an seinem Gemüt. Er haßte Nowgorod, es war kalt, windig und oft genug auch so feucht, daß ihm die Kälte zwischen sämtliche Ritzen kroch. Außerdem hatte er nichts zu tun. Ein Lager zu bewachen, das abgeschlossen und gesichert war wie der Kronschatz, brachte wenig Herausforderung.

Er hockte sich in den Verschlag, den er sich zwischen Fässern und turmhoch gestapelten Holzstämmen gebaut hatte, um vor den pfeifenden eisigen Winden sicher zu sein. Oderich Wilemsen hatte viel Holz auf seinem Hof geschichtet, er liebte es offenbar, seinen fetten Leib warmzuhalten. Man sollte meinen, sein Speck hielte ihn ausreichend geschützt vor der Kälte.

Mit Albrecht Rappart kam er auch keinen Schritt weiter. Mit seiner Gattin verstand er sich offenbar prächtig, was an sich gleichgültig war, jedoch dazu führte, daß er meistens von selbstgefälligem Schwung beflügelt seiner Wege ging. Kein Wunder. Hatte ja weit über seinem Stand geheiratet, der Krämer. Außerdem war er fast nirgendwo einmal allein, stets trat er im Kreise seiner Angehörigen auf oder gemeinsam mit Fernhändlerkollegen. Keine Hoffnung, ihn einmal ohne fremde Augen zu erwischen, und damit keine Gelegenheit, aktiv zu werden.

Denn das war es, was sich Manfredus in den Kopf gesetzt hatte. Gut, er war unendliche Meilen und Monate von seiner Herrin entfernt, doch sie hatte ihn damals beauftragt, das Problem für sie zu lösen, und Manfredus sah nicht ein, warum sich daran etwas geändert haben sollte. Philipa von Aichbergen, diese Fehlinvestition, hatte zu guter Letzt auch noch den falschen Mann gewählt, und wenn Liutgard ihn loswerden wollte, sollte das geschehen. Loswurde man einen Mann, indem man ihn aus dem Weg räumte. Da ein Pfeffersack nicht kämpfte, in die Schlacht zog und auch nicht auf Turnieren seine Fähigkeiten in den ritterlichen Waffen zeigen konnte, blieb eigentlich nur eine Möglichkeit.

Man brachte ihn um.

Wenn man ihn denn erwischte. Mißmutig stocherte Manfredus mit einem Holzspan zwischen den Zähnen. Bei diesem Wetter hatte er überhaupt keine Chance. Jeder, der bei klarem Verstand war, blieb in seinem gemütlichen Heim.

Manchmal jedoch lacht einem das Glück.

Gerade als Manfredus sein Stückchen Holz hinter sich warf und aufblickte, um sich von dem nächstgelegenen Stamm ein neues abzuzupfen, erblickte er Albrecht Rappart, der mit munterem Schritt und sich im Wind blähenden Umhang den Hof seines Kompagnons betrat.

»Ih, das stinkt«, sagte Gysela und rümpfte die Nase.

»Ach was. Nach einiger Zeit merkt man das jedenfalls nicht mehr.« Otfrid lüftete den Eisendeckel und sah zufrieden in den Topf.

»Glaube ich nicht.«

Philipa saß auf dem Tisch und baumelte mit den Beinen. »Gisi, beschwer dich nicht. Du wolltest schließlich lernen, wie man Tinte herstellt, Otfrid hat dich nicht darum gebeten.«

»Genau. Als Frau eines Schreibers, des *besten* Schreibers weit und breit, muß ich ihm ja zur Hand gehen können, nicht?«

»Du mußt nicht, aber es wäre schön. Hier ist das Schöne in seltener Eintracht mit dem Nützlichen vereint.« Otfrid grinste und holte den Topf mit dem Harz.

»Machst du nicht sonst die Tinte ganz anders?« Philipa runzelte die Stirn, die Gerüche waren so fremd.

»Oh. Nun ja, wir Eingeweihten wissen natürlich, daß es zwei Arten von Tinte gibt, du dagegen, Herrin, brauchst dich mit solchen Niederungen nicht abzugeben«, erwiderte Gysela geziert.

»Nerv mich nicht. Was für zwei Arten?« Wer weiß, vielleicht mußte sie ja Albrecht auch einmal zur Hand gehen. Möglicherweise war nicht immer ein Schreiber bei ihm, wenn er einen benötigte. Philipa sprang vom Tisch und stellte sich neben Otfrid und seinen Topf, in dem es leise zischte. Drinnen befand sich siedendes Öl, in dem ein brennender Docht lag und gegen einen Eisendeckel rußte.

Otfrid schickte sich an, den beiden Frauen ausführlich zu erläutern, was er gerade tat, und sie anzuweisen, wie sie ihm zur Hand gehen konnten.

Draußen waren schnelle Schritte zu hören.

»Da kommt sicher Albrecht von seinem Besuch bei Oderich zurück.« Philipa strich sich glättend über ihr Kleid. Sie wollte nicht, daß er sie so zerzaust bei der Arbeit sah und am Ende wieder einmal dachte, sie könne sich nicht anständig wie die Herrin seines Hauses aufführen, sobald er nicht da war.

Die Schritte wurden langsamer, stoppten ganz.

»So, ich glaube, wir können jetzt den Ruß abkratzen. Reichst du mir mal die Schale?« Otfrid nahm einen dicken Lappen, um sich nicht die Finger zu verbrennen, und nahm den Eisendeckel hoch.

Gysela sah sich suchend um. »Die hier?«

»Genau. Und den Spatel da. Jetzt rühren wir das Harz zu dem Ruß. So lange, bis wir eine dicke Paste haben. Willst du?«

Die Tür flog auf. Nicht Albrecht, Dietrich stand in der Tür. Kreideweiß.

»Dietrich?« Philipas Stimme zitterte ein bißchen. Der Knecht sah ganz und gar wie jemand aus, der schlechte Nachrichten überbrachte.

Otfrid und Gysela verstummten. Sie drehten sich zu Dietrich um und sahen ihn fragend an.

Das Bild sollte noch lange in Philipas Gedächtnis eingebrannt bleiben. Aufgeschreckte junge Menschen, die einen schweigenden Knecht anstarrten, der hilflos von einem zum anderen sah. Dazu der Geruch nach Ruß und Harz. Die plötzliche Stille draußen. Erst jetzt fiel ihr auf, daß der Wind sich gelegt hatte.

Dann fand Dietrich seine Sprache wieder. »Herrin … Philipa, Ihr müßt mit mir kommen. Schnell.«

Er hatte sie noch nie Philipa genannt. Immer Herrin oder Dame Rappart. Das war – kein gutes Zeichen.

»Was ist denn los?« Otfrid fand als erster seine Stimme wieder.

»Der Herr. Er hatte … einen Unfall. Bei Oderich Wilemsen. Kommt schnell jetzt, bitte.«

Dann liefen sie durch die Straßen, die bedeckt waren von Sand und Zweigen und Laub, den Hinterlassenschaften des Sturmes letzte Nacht. Dietrich rannte mit großen Schritten, und Philipa folgte ihm, keuchend, denn er war zu schnell, trotzdem hielt sie den Anschluß. Schließlich erreichten sie den Hof von Wilemsen, der wüst aussah, Fässer und Kisten lagen unordentlich verstreut auf dem kleinen Areal, es sah aus, als habe ein riesenhaftes Kleinkind mit ungeduldiger Hand sein Spielzeug in alle Richtungen verstreut.

Dietrich blieb abrupt vor einer Holztür stehen, die offensichtlich in einen kleinen Lagerraum führte. »Er ist da drin. Philipa … es sieht nicht so schön aus. Ihr … es wäre gut, wenn Ihr es Euch nicht anmerken ließet. Könnt Ihr das?«

Philipa nickte. Es war sehr merkwürdig, so, als würde dies alles gar nicht wirklich geschehen, nicht ihr jedenfalls. Dann straffte sie die Schultern. Albrecht war verletzt. Nun gut, sie würde ihn pflegen. Das konnte sie schließlich, Elisabeth sei Dank. Im Winter gab es nicht viel zu tun für Albrecht, und er hatte alle Zeit der Welt, gesund zu werden.

Dietrich öffnete leise die Tür.

Drinnen war es dämmrig, der kleine Raum wurde nur erhellt durch zwei schmale Wandöffnungen, welche eigentlich der Belüftung dienten und dünne Streifen des fahlen Sonnenlichts auf den Boden warfen. Auf einem Lager an der Wand lag Albrecht, davor stand Oderich, sein massiger Rücken verhinderte die freie Sicht.

Philipa trat näher.

Albrecht lag auf einem Brett, den Kopf auf einem zusammengerollten Bündel, über seinen Körper war eine flauschige Decke aus allerbestem Tuch gebreitet. Oderich Wilemsen liebte es, es sich wohlergehen zu lassen.

»Da bist du ja, Philipa.« Albrechts Stimme klang flach. »Oderich, seid Ihr so gut und laßt mich mit meiner Frau allein?«

Wilemsen nickte. »Natürlich.«

Er zögerte. Dann drehte er sich um, warf Philipa einen Blick zu und drückte sich an ihr vorbei. Er roch nach – Zimt. Seltsam. Daß einer wie er nach Zimt riechen konnte. Philipa löste sich mühsam von dem Eindruck und trat näher.

Sie schluckte. »Albrecht. Was ist denn passiert?« fragte sie leise.

»Ein dummer Unfall. Es tut mir leid.« Albrecht versuchte ein Lächeln. Auf seiner Stirn standen Schweißperlen, obwohl es kalt war in dem Lagerraum. »Ich war mit Oderich auf dem Hof. Es ist ja … blöde, aber eine Katze sprang auf die gestapelten Fässer.«

»Eine Katze?«

Albrecht nickte. Sein Gesicht wurde grau, und er biß sich auf die Lippen. Philipa strich ihm mit ihrem Ärmel sachte über die Stirn, um ihm den Schweiß abzuwischen.

»Ich weiß gar nicht, ob's die Katze war, aber die … Fässer waren wohl durch den Sturm verschoben, gelockert … Jedenfalls kamen sie in Bewegung.« Er griff nach ihrer Hand, überraschend fest. Für einen Moment schloß er die Augen.

»Ich entsinne mich nicht mehr genau, was dann geschah, aber sie … überrollten mich und rissen mich mit sich, und ich prallte gegen irgend etwas. Das nächste, woran ich mich erinnere, ist, daß ich hier lag.«

»Was hast du denn für Verletzungen?«

Albrecht schwieg, drückte nur ihre Hand. Er war blaß. Unnatürlich blaß. Philipa schluckte wieder. Es ging fast nicht, so trocken war ihr Mund, aber der Reflex, zu schlucken, war da. Er verursachte seltsame Geräusche.

»Ich muß das wissen, Albrecht, sonst kann ich dir nicht helfen.«

»Das kannst du sowieso nicht. Da ist nichts mehr zu machen.« Albrecht wurde, falls überhaupt möglich, noch etwas weißer.

»Ich bin Krankenpflegerin. Elisabeth hat mich durch eine gute Schule gehen lassen. Natürlich kann ich dir helfen.«

»Nein.« Albrecht flüsterte jetzt angestrengt. »Mich hat … irgend etwas durchbohrt. Seltsam, ich kann nicht einmal sagen, was es war. Aber es war groß und spitz, und es ging mitten durch meinen Leib.«

Philipa versuchte mit aller Vorsicht, die ihre zitternden Finger zuließen, die Decke zu lüften, doch Albrecht hielt sie fest, mit erstaunlich viel Kraft. »Nicht. Schau es dir nicht an, Pippa. Es ist kein schöner Anblick. Ich will nicht, daß du das siehst.«

Ihr fiel auf, jetzt erst fiel es ihr auf, daß die Decke dort, wo sein Leib sein mußte, sehr viel dunkler war als an den anderen Stellen. Blut.

»Laß mich, Albrecht. Vielleicht kann ich doch etwas tun.« Philipa versuchte, die Panik aus ihrer Stimme herauszuhalten, auch wenn es schwer war.

»Nein.« Albrecht öffnete die Augen und sah sie an. »Du kannst nichts tun. Niemand kann es. Und ich will nicht, daß du mich … so in Erinnerung behältst.«

Der Rest Selbstbeherrschung schwand. »In Erinnerung behältst? In Erinnerung? Was meinst du denn damit? Du kannst doch nicht … Albrecht, du wirst doch nicht …?«

»Es tut mir leid. Ich … ich liebe dich.« Albrecht hustete, kleine rötliche Tröpfchen erschienen in seinen Mundwinkeln.

»Laß mich nicht allein, Albrecht, bitte.« Philipa weinte jetzt.

Er drückte ihre Hand, antwortete nicht. Er wußte nicht, was sagen, und um sich etwas einfallen zu lassen, fehlte die Kraft.

»Albrecht. Bitte. Du mußt dich anstrengen. Bleib bei mir, Albrecht.«

Albrecht schloß die Augen. »Philipa, hör mir zu. Du mußt nach Köln gehen, verstehst du mich? Zurück zu Gottschalck und Entgin. Sie werden für dich sorgen. Sie mögen dich, und sie wissen … daß …«, er hustete wieder und schwieg einen Moment erschöpft. Dann fuhr er fort: »Sie wissen, daß ich dich aus Liebe geheiratet habe und daß ich dich versorgt wissen will. Aber … ich schreibe es noch auf. Hol … hol Otfrid.«

»Nein. Ich gehe jetzt nicht weg.« Philipa umklammerte seine Hand.

»Sei vernünftig, Philipa. Du mußt dich absichern. Hol Otfrid, und er schreibt meinen Willen auf. Dann hast du etwas in der Hand, was du zu Gottschalck mitnehmen kannst.«

»Ich brauche das nicht. Ich brauche *dich.* Bleib bei mir, Albrecht, kannst du es nicht wenigstens versuchen?« Ihre Nase lief, und sie wischte sie an ihrem Ärmel ab.

»Ich versuch's ja«, flüsterte Albrecht, »schon in meinem eigenen Interesse. Es … wird nicht gehen, Philipa. Es geht einfach nicht. Hol Otfrid, bitte, mir zuliebe.«

Philipa ließ zögernd seine Hand los und lief nach draußen. »Dietrich? Dietrich! Hol Otfrid. Schnell.«

Dietrich schoß davon, Philipa verscheuchte die Erinnerung an sein gramvolles Gesicht und schlüpfte wieder zurück durch die schmale Tür.

Albrecht lag da, weiß, nein, grau im Gesicht; sein Atem ging ganz flach und schnell, seine Finger krallten sich in die Decke, die ihn verhüllte.

»Ich habe Dietrich nach Otfrid geschickt, Albrecht«, flüsterte Philipa. »Er wird gleich da sein.«

Eine Möwe kreischte über ihnen, so nah, daß Philipa zusammenzuckte. Das Geräusch war unnatürlich laut in der Stille, die sie umgab. Sie legte ihre Hand auf Albrechts verkrampfte und streichelte ihn. Vielleicht würde es besser werden, wenn er in der Lage war, sich zu entspannen?

Albrecht ließ die Decke los und ergriff ihre zitternden Finger. Dann öffnete er die Augen und blickte sie zärtlich an. »Ich muß mir keine Sorgen um dich machen, meine Süße, du schaffst es schon ohne mich. Vorher hast du es auch gekonnt«, flüsterte er.

»Ich will es nicht ohne dich schaffen, Albrecht. Bitte, bitte, laß mich nicht allein«, schluchzte sie, es ging einfach nicht anders. Andere wären vielleicht in der Lage, ruhig und souverän zuzuschauen, wie der eigene Mann starb, doch sie schaffte es nicht. Sie konnte ihn nicht trösten. Ihn nicht und sich selbst schon mal gar nicht.

»Küß mich.«

Philipa beugte sich über das graue, schweißnasse Gesicht, verzerrt von Schmerz und Grauen, und drückte ihm einen Kuß auf die blutig gebissenen Lippen.

»Wo bleibt denn Otfrid? Vermutlich ist er wieder mit deiner Schwester zugange.« Albrecht versuchte ein Grinsen, mehr als eine Grimasse brachte er jedoch nicht zustande. »Gut, dann muß es eben ohne Otfrid gehen. Sag Gottschalck, mein Wunsch ist, daß du Wohnrecht hast in Köln bei ihm und seiner Frau und daß du … ein Auskommen hast, das dich von ihnen unabhängig macht.«

»Albrecht, hör doch auf! Das ist gar nicht wichtig. Es strengt dich viel zu sehr an.«

Philipa löste mit bebenden Fingern ihr Scherchen vom Gürtel und schnitt ein Stück Leinen aus ihrem Unterkleid. Mit der freien Hand tupfte sie ihm vorsichtig den Schweiß vom Gesicht und die feinen Blutstropfen, die aus seinem Mundwinkel sein Kinn entlangrannen.

Albrecht sah sie an. Er drückte ihre klammen Finger. Dann lächelte er schwach. »Philipa?«

Sein Blick brach. Der Druck seiner Hand ließ nach.

Philipa starrte ihn an.

Sie hörte, wie hinter ihr die Tür an die Wand flog und Otfrid in den kleinen Raum stürzte, gefolgt von Gysela.

»Es ist zu spät«, sagte sie laut. »Du bist zu spät gekommen.«

Richard

Frühling 1257

Richard von Blankhenberghe stand mit nackten Füßen an der Küste von Kaschubien und sog tief den Duft nach Harz, Kiefern und Meer ein. Seine Zehen gruben sich in den feinen weißen Sand, die oberste Schicht war von der Sonne schon einigermaßen erwärmt, aber direkt unter der Oberfläche war er kühl und feucht. Er blickte über das Wasser nach Norden. Flache graue Wellen bis zum Horizont, sonst nichts.

Vor fast genau einem Jahr war Richard von Lübeck aus zurück zu Guntram gereist, seinem Herrn. Der zeigte sich nach wie vor überzeugt, Liutgard von Aichbergen spiele ein seltsames Spiel und auch, es sei besser, Philipa zu bewachen. Jedoch hatte er für den Moment den rechten Biß verloren. »Reite nach Aichbergen und sieh selbst nach, Richard«, hatte er gesagt. »Ich will, daß du dir ein eigenes Bild machst und dann entscheidest, ob wir aufhören oder nicht.« Guntram hatte zuviel damit zu tun, sich im Reich rechtzeitig auf die richtige Seite zu schlagen. Nicht ganz einfach, da die Frage der Königsnachfolge noch immer nicht zufriedenstellend gelöst war.

Also brach Richard auf in Richtung Aichbergen und hatte sich dort so unwohl gefühlt wie stets, seit der Burgherr gestorben war. Dafür versuchte er mehr über Manfredus, Liutgards Leibritter, zu erfahren. Bis zum Tode Philipps hatte dieser nicht auf der Burg gelebt, sondern Liutgards Aufträge über Boten erhalten. Er war menschenscheu, kein Wunder. Doch er war seit seiner Zeit als Knappe bei ihrem Vater ihr treuer Diener, soviel war sicher. Damals hatte er vermutlich noch ganz manierlich ausgesehen. Aber dann war sein Gesicht bei einem Brand zerstört worden, und er hatte sich aus der Öffentlichkeit zurückgezogen. Liutgard selbst hatte ihn wieder hervorgeholt. Nach dem Tod ihres Mannes und dem Verschwinden ihrer Tochter.

Es wäre interessant, herauszufinden, wie das alles zusammenhing.

Guntram von Nidbergen war im Prinzip derselben Ansicht, und so brach Richard erneut auf, allerdings erst, nachdem ein paar Monate ins Land gegangen waren. Im Sommer kam er nicht mehr dazu, es wurde Herbst, dann kam der Winter, schließlich der Frühling und damit die Zeit, endlich aufzubrechen. Er ritt nicht nach Lübeck, sondern hielt sich gleich weiter östlich, um die Strecke abzukürzen und einen Hafen anzusteuern, der näher an seinem Ziel lag. Allerdings hatte er wenig Glück und fand niemanden, der ihn auf Anhieb mitnehmen wollte. Inzwischen hatte er fast die Lust verloren. Wenn Philipa etwas zustoßen sollte, war das vielleicht längst geschehen.

Zu guter Letzt hatte er Danzig erreicht, das in der Weichselniederung lag, fast an der Küstenlinie, inmitten duftender Kiefernwälder und mit sandigem Grund, auf dem das Bauen vermutlich nicht ganz einfach sein dürfte. Da stand er nun …

Die Sonne versank und schickte einen goldenen Schimmer über das bleigraue Meer. Es war Zeit für seine Verabredung.

Er drehte sich um und griff nach seinen Stiefeln.

Der, auf den er wartete, war schon da.

»Du bist Jonasson?«

Wettergegerbtes Gesicht, von Tausenden Fältchen durchzogen. Graue Augen, grau wie das Meer.

Der Wirt tauchte neben ihnen auf. »Das ist der reiselustige Ritter, von dem ich dir erzählt hab', Jonasson.«

»Hm.«

Der Wirt drückte kurz seine Schulter und lachte. »Ja, ja, er ist ein Meister des gesprochenen Wortes, unser Jonasson. Aber er *kann* sprechen, laßt Euch nicht abhalten, fremder Ritter.«

»Darf ich?« Richard deutete auf einen Schemel.

»Hmhm.«

Das war offenbar als Zustimmung gemeint. Richard ließ sich vorsichtig auf den Schemel nieder, dessen eines Bein wohl etwas kürzer geraten war, denn er wackelte.

»Was soll's denn sein? Wollt Ihr etwas essen?« fragte der Wirt, der klein, drall und munter war, mit anderen Worten das genaue Gegenteil von Jonasson. »Es gibt Gerstensuppe und geräucherten Hering.«

»Beides.« Richard hatte Hunger. »Und bring uns noch zwei Krüge Bier.«

»Kommt sofort.«

Tat es auch, innerhalb weniger Augenblicke standen die zwei Krüge vor ihnen. Das Bier war gut, es roch würzig und frisch und schäumte appetitlich in einem Krug von beträchtlichen Ausmaßen.

»Zum Wohlsein.« Richard trank einen langen Schluck

Jonasson grunzte.

Das Wirtshaus war gut besucht, fast alle Tische waren besetzt von rauhen Männern, vermutlich sämtlich Fischer außer einem, der wahrscheinlich ein Händler auf der Durchreise war und sich mit seinem pickelgesichtigen Gehilfen von den anderen abgesondert hatte. Frauen gab es keine unter den Gästen, soweit Richard sehen konnte.

Es roch nach Bier und dem allgegenwärtigen Hering. Die Wände waren rußgeschwärzt, und über dem Feuer hing ein mächtiger Kessel, aus welchem verlockende Düfte aufstiegen. Es war erstaunlich still in dem Schankraum. Fischer schienen nicht so mitteilungsbedürftig zu sein wie die Rheinländer, in deren Wirtshäusern bedeutend mehr Leben herrschte, wie Richard sich erinnerte.

Jonasson starrte auf die Tischplatte und seine mächtigen Fäuste, die dort einen Bierkrug umklammert hielten. Er redete nicht gerne, schon gar nicht mit Fremden. Und der hier, na, er wußte nicht genau, ob er ihm gefiel. Etwas mehr als mittelgroß, drahtig, dunkelhaarig mit ebensolchen Brauen, die streng zusammengezogen waren. Er warf ihm einen mißtrauischen Blick zu. Eigentlich mochte Jonasson keine Dunkelhaarigen. Er war Schwede und vor vielen Jahren diesseits des Ostmeeres hängengeblieben. Der Liebe wegen. Jetzt war seine Frau schon ein paar Jahre tot, und er immer noch hier. So konnte es gehen.

Die Suppe kam. Sie roch ebenso gut wie das Bier, wenn sie auch für Richards Geschmack etwas dicker hätte sein können. Immerhin schwammen Fleischbröckchen darin. Er nestelte seinen Löffel vom Gürtel. Erst einmal mußte er etwas essen, das hatte er nämlich seit gestern nicht getan. Danach würde er versuchen, den schweigsamen Fischer zu überzeugen, ihn mitzunehmen.

Sehr zugänglich war er nicht. Trotzdem mußte Richard ihn sich gewogen machen. Inzwischen war ihm fast egal, wohin die Reise ging. Zur Newamündung, um direkt nach Nowgorod zu reisen, oder nach Lübeck, um ohne einen nennenswerten Erfolg in den Taschen den Heimweg anzutreten. Jedenfalls hatte er die Nase voll vom Reiten, und der Landweg, egal in welche Richtung, war ihm zu weit und zu beschwerlich, jedenfalls im Moment.

Die Suppe war aufgegessen, und ein Holzbrett mit geräucherten Heringen sowie ein kleiner Laib Brot kamen. Das Brot war erstaunlich gut, ganz frisch, noch warm, und viel lockerer und weicher, als Richard vermutet hätte. Er schob die Platte in die Mitte des Tisches. »Wenn du willst, greif zu. Es sieht gut aus.«

Jonasson warf ihm wieder einen seiner schnellen Blicke zu. Nach kurzem Zögern griff er einen Hering und fing an, ihn sauber entlang der Mittelgräte abzunagen. Richard drehte sich um und bestellte mit einem Fingerzeig noch zwei Bier.

Jonasson hatte sich entschieden. Er ließ die Gräte zu Boden fallen und begann mit einem Fingernagel zwischen den Zähnen zu pulen. »Was willst du von mir?« Ritter hin, Ritter her. Er hielt nichts von allzuviel Ehrerbietung.

Richard verstand und grinste breit. Ihm war's egal. Über die Einhaltung der Anstandsregeln konnten andere sich den Kopf zerbrechen. »Deine Dienste in Anspruch nehmen.«

»Bin kein Fährbetrieb.« Endlich hatte er die Gräte gefunden, die sich zwischen seinen verbliebenen Schneidezähnen festgesetzt hatte, und er betrachtete sie interessiert.

»Ich weiß.« Richard schob den Holzteller zurück. Noch ein Hering, und ihm wurde schlecht. »Du sollst mich auch nirgendwo hinbringen, sondern mich mitnehmen, wenn du sowieso fährst.«

»Du willst nach Schweden?«

Richard sah ihn an. Dann seufzte er. »Nein. Ich will nicht nach Schweden. Ich hatte gehört, du fährst die Küste entlang.«

»Nee. Ich fahr nach Schweden.«

Schon wieder Pech gehabt. Wenn er hier im Norden nicht verrotten wollte, mußte er sich wohl doch wieder zu Pferd auf den Weg machen und auf die Seefahrt und seinen Auftrag pfeifen. Mit etwas Glück war es Guntram sogar egal. Hoffentlich. Obwohl das eher unwahrscheinlich war. Es machte schon einen besseren Eindruck, wenn man als Lehnsmann seine Anordnungen erfolgreich ausführte. Besonders, wenn man ein Lehnsmann war, der auf ein Lehen hoffte.

»Vielleicht kann ich dich umstimmen. Es wäre gewiß nicht umsonst.« Richard legte bedächtig den Beutel auf den Tisch, in dem sich exakt der Betrag befand, den er für eine Beförderung auszugeben bereit war. Seine restliche Barschaft befand sich gut versteckt unter seinem Hemd.

Jonasson warf einen Blick auf den Beutel. Sein alter Kahn hatte ein paar Ausbesserungen verdient. Und es würde nicht mehr lange dauern, daß die Segel morsch würden. Alles in allem war ein wenig zusätzliche Barschaft nicht zu verachten. »Wo soll's denn hingehen?«

»Ist mir fast egal. Am liebsten zur Newamündung.«

Jonasson schüttelte den Kopf. »Nichts zu machen. Ich fahr zu dieser Zeit nich' entlang der Küste.« Er schob den Beutel zurück. »Ich fahr nach Schweden.«

»Gut. Dann nicht.« Richard nahm den Beutel und ließ ihn unter sein Hemd gleiten.

»Auf'm Weg nach Schweden liegt Gotland. Ich kann dich da hinbringen. Von dort gehen Schiffe überall hin. Is' aber 'n Umweg. Nich' billig.«

Wenigstens etwas. Richard atmete auf. Heimlich, damit Jonasson ihm seine Erleichterung nicht anmerkte und aus dem ›nicht billig‹ ein ›sehr teuer‹ werden ließ.

»Wir werden uns schon einig«, sagte er.

Gysela stand an der weit geöffneten Tür und ließ die freundliche Frühlingsluft ins Haus ziehen.

»Herrlich. Bin ich froh, daß der Winter offensichtlich doch ein Ende genommen hat.« Sie blickte die Straßen entlang und stöhnte. »O Gott, da ist Oderich. Schon wieder. Vielleicht sollten wir ihn fragen, ob er bei uns einziehen will.«

Philipa blickte nicht auf. Sie sah grübelnd auf einen Gürtel in ihrem Schoß und überlegte, warum sie ihn eigentlich hatte ausbessern wollen. Oder sollen, denn der Auftrag war von Gysela gekommen.

»Na, macht nichts.« Gysela drehte sich zu ihr um und sah sie mit leicht verzweifelter Miene an. Das tat sie jetzt öfter, aber Philipa merkte nichts davon. Sie merkte sowieso nicht viel in der letzten Zeit. »Schlag du dich mit ihm rum. Ich wollte ohnehin zum Hafen. Es treffen jetzt täglich Schiffe ein. Irgendwann muß ja mal eines dabei sein, das Nachrichten für uns hat. Kommst du, Bruno?«

»Brauchst du mich, Philipa?« Bruno kümmerte sich immer um das schwächste Glied in der Kette. Das war Gysela im Moment nicht.

Philipa blickte von ihrem Gürtel hoch. Es war ihr wieder eingefallen. Ein Band hatte sich gelöst, sie mußte es befestigen. »Nein, geh nur. Ich bleib hier. Der Gürtel. Ich will ihn reparieren.«

»In Ordnung.«

Bruno und Gysela warfen sich einen Blick zu. Dann hob Gysela ratlos die Schultern. »Gut. Wir kehren ja auch bald zurück. Falls Otfrid inzwischen kommt, richtest du ihm aus, wo ich bin?«

Philipa nickte.

Gysela griff sich ihren Umhang, im Schatten und wenn es windig wurde, war es noch kühl. »Ah, Oderich. Wie schade, ich muß gerade gehen. Aber Philipa ist da.«

Oderich schnaufte. »Gut. Seid gegrüßt alle miteinander.«

Gysela winkte ihm kurz zu und verließ erleichtert das kleine Haus und den Peterhof, mit Bruno im Schlepptau. Gemeinsam trabten sie das kurze Stück die Straßen entlang, den Anlegestellen entgegen.

»Was machen wir bloß mit ihr, Bruno?« Gysela sah ihn unglücklich an. »Weißt du, wenn sie wenigstens schreien und weinen würde oder so was. Aber immer nur still sein und nicht reden wollen und niemals lachen, nicht einmal das allerkleinste Lächeln … ich weiß nicht, was ich noch tun soll.«

»Sie braucht mehr Zeit.« Bruno kratzte sich den fast kahlen Schädel.

»Aber es ist inzwischen ein halbes Jahr her! Und sie hat ihn …, nun, ich glaube, sie hat ihn nicht brennend geliebt oder so, da muß sie doch irgendwann mal damit fertig werden oder nicht?«

»Brennend geliebt vielleicht nicht … woher hast du so einen komischen Ausdruck, Gysela? Brennend geliebt, also ich weiß nicht.« Bruno grinste. »Na ja. Sie hatte es eben gut bei ihm, und sie hatte keine Angst vor dem Morgen. Die hat sie *jetzt*.«

»Sie bekommt ihre Sachen aber auch nicht geregelt, wenn sie nur dasitzt und nichts tut. Wenigstens planen müßte sie doch.«

»Gib ihr Zeit.«

»Huh, ja. Was bleibt mir auch anderes übrig. Guck mal, da kommt wieder eins.« Letzteres bezog sich auf ein Schiff, das gerade die Flußbiegung bewältigt hatte und in einiger Entfernung am Horizont aufgetaucht war. Es kam ganz gut voran, denn es wehte ein leichter Wind, der es vorwärts trieb, ohne es zu gefährden.

»Ich seh's. Bloß eins. Keine Handelsflotte aus Lübeck. Ich tippe auf ein Fischerboot. Oder 'n Bauern.«

»Na gut. Da haben wir wenigstens etwas Abwechslung. Komm, wir setzen uns in die Sonne.«

Sie ließen sich auf einem Mauervorsprung nieder und beobachteten, wie das Schiff langsam näherkam. Schließlich reffte es die Segel, glitt gekonnt an die Kaimauer und legte an. Ein Junge sprang an Land und wand ein dickes, algenbedecktes Tau um einen Eisenring am Kai. Dann gab es einen Tumult auf dem Deck, als ein Verschlag geöffnet wurde und erstaunlicherweise ein Pferd erschien.

»Ziemlich merkwürdiger Fischerkahn«, fand Bruno. Die Sonne glänzte auf seinem Schädel.

Das Pferd war in Begleitung eines Ritters. Eines Ritters mit Kettenhemd und blauem Wams darunter, mit gegürtetem Schwert, doch ohne Helm oder Schild. Offenbar hatte er nicht das Kämpfen im Sinn.

»Hm.« Gysela war im Moment nicht interessiert. »Ich habe ständig Angst, er könnte um Philipas Hand anhalten.«

»Oderich? Das wär' doch gar nicht schlimm«, brummte Bruno. »Höchstens dann, wenn sie einwilligt.«

»Kann ich mir nicht vorstellen. Oderich ist einfach zu gräßlich mit all seinem Fett und seinem Schnaufen.«

»Aber er bietet ihr Sicherheit und das ...«

»Nur, weil er nicht imstande wäre, sie anzurühren«, unterbrach Gysela.

»... ist das, wonach es sie im Moment am meisten verlangt«, vollendete Bruno.

»Man kann es ihr bestimmt noch ausreden«, sagte Gysela abwesend. »Du, der kommt mir irgendwie bekannt vor.«

»Oderich? Na klar. Du hast ihn ja seit einem halben Jahr fast täglich vor der Nase.«

»Nicht Oderich. Der Ritter da.«

Bruno sah sie erstaunt von der Seite an. »Was kennst denn du Ritter, die plötzlich in Nowgorod auftauchen, wo sie nichts zu suchen haben?«

Gysela antwortete nicht. Sie stand langsam auf und beschattete ihre Augen mit der Hand als Schutz gegen die Sonne, die den Fluß leuchten ließ wie geschmolzenes Blei. »Ach du grüne Neune. Das ist Richard. Auch das noch. Der hat uns bis jetzt nur, aber wirklich *nur* Ärger eingehandelt.«

Bruno erhob sich ebenfalls zu seiner ganzen Größe. »Was für Ärger?« fragte er grimmig, im Geiste bereits seine Klingen wetzend.

»Ach, als Kinder hat er uns immer geärgert und ausgelacht. Und bei den Borgewigs wollte er uns nicht beschützen, sondern uns gleich an seinen Herrn, Onkel Guntram, verraten und an Liutgard, die Frau von unserem Vater. Er fällt uns in den Rücken, wo er nur kann.«

»Das sollte er sich hier vielleicht mal gut überlegen, Kindchen.« Brunos Stimme grollte tief und bedrohlich, und Gysela warf ihm ein Lächeln zu.

Sie sahen, wie der Junge umständlich eine breite Holzplanke von dem Schiff auf die Kaimauer legte und Richard sein sehr nervöses Pferd hinüberführte. Er hatte eine ganze Menge damit zu tun, es zu beruhigen. Dicht neben dem Tier, kraulte er unablässig dessen Stirn und streichelte die Nüstern, während er leise auf es einredete.

»Das macht er eigentlich ganz nett«, fand Bruno zögernd.

»Pah. Zu Tieren ist er vielleicht nett, aber mit Menschen hat er es nicht so, das kannst du mir wirklich glauben«, versicherte ihm Gysela umgehend. Frühe Erfahrungen wurzeln tief.

Das Pferd hörte langsam auf zu tänzeln und ließ sich vorsichtig dazu herab, sich mit ein paar Äpfeln bestechen zu lassen. Dann befestigte Richard sein Gepäck am Sattel, viel war es nicht. Ein Bündel, das offensichtlich ein paar Kleider enthielt, sein Helm, eine Pfanne, was darauf schließen ließ, daß er längere Zeit allein und in einsamen Gegenden unterwegs gewesen war, eine Decke. Ein Ziegenschlauch mit Wein. Oder Wasser, das konnte sie natürlich nicht erkennen. Mehr war es nicht. Noch eine Weile stand er neben dem Tier und – na ja, es sah aus, als unterhielte er sich mit ihm. Schließlich saß er auf. Das Pferd war immer noch unruhig und ängstlich, aber Richard meisterte es sicher und souverän, das mußte sie schon zugeben. Es wurde ruhiger. Dann stand es ganz still und schnaubte leise. Ein kleiner Ruck mit den Schenkeln, und es setzte sich in Bewegung.

Weit kam es nicht.

»Hallo, Richard«, sagte Gysela. »Welch unerwarteter Besuch. Du bist auf der Suche nach einer Schlacht?«

»Eigentlich nicht. Aber wenn du willst, kannst du eine haben.« Richard starrte sie verblüfft an. Im Grunde hatte er Philipas Schwester vollständig vergessen gehabt. »Da soll mich doch der Teufel holen. Gysela von Aichbergen!«

Bruno sah sie überrascht von der Seite an.

»Wenn's beliebt.« Gysela betrachtete ihn ohne jede Spur des Lächelns, das ihr Gesicht normalerweise so anziehend und freundlich machte.

»Deine Schwester ist bestimmt auch da.« Das war keine Frage. Sondern eine Feststellung.

Gysela antwortete nicht. Aber Bruno. »Gibt's Probleme?« Er straffte die Schultern, und Richard grinste schwach.

»Ich hoffe doch nicht.«

»Im Übrigen bist du ja wohl nicht ganz unschuldig daran, daß wir hier sind!« brach es zu Gyselas eigenem Erstaunen aus ihr heraus. Sie sah ihn zornig an. »Wenn du bei Borgewigs versprochen hättest, nicht zu verraten, wo wir sind, hätten wir nicht fliehen müssen. Dann wären wir nicht in Köln gelandet, und Philipa hätte nicht Albrecht geheiratet und wäre jetzt nicht Witwe und noch immer so, wie sie seit jeher war.« Gysela stiegen die Tränen in die Augen. Es war nicht einfach, plötzlich nicht mehr die kleine Schwester zu sein, sondern die große, die alles regeln mußte. »Und dann würde dieser fiese Oderich nicht hinter ihr hersteigen, und sie würde nicht …, ach was, was rede ich denn überhaupt.« Sie schniefte.

Richard stieg langsam von seinem Pferd. »Das klingt nicht besonders gut«, sagte er nach einer Pause.

»Pff.« Gysela wischte sich die Nase mit dem Ärmel ab.

»Ich bin schuld? Am Tod von Philipas *Mann*? Es fällt mir schwer, das zu glauben.« Richard sah nachdenklich auf den Boden. Eigentlich war ja seine Absicht gewesen, Philipa zu schützen. Seine Aufgabe. Seit *Monaten.* Hatten sie sich denn getäuscht, Guntram und er? War sie gar nicht in Gefahr gewesen? Sondern Albrecht Rappart? Das paßte alles irgendwie nicht richtig zusammen. Doch mit Gysela würde er das ganz bestimmt nicht erörtern.

»Dann laß es«, schnaubte diese.

»Komm, Kratzbürste. Zieh die Krallen ein. Wollen wir zu Philipa gehen? Es tut mir leid, wenn ihr durch mich Ärger hattet.« Richard war selbst ganz erstaunt. »Führ mich zu deiner Schwester. Vielleicht kann ich etwas für sie tun.«

»Auf alle Fälle könntet Ihr eins tun«, mischte sich Bruno bedächtig ein, »ihr helfen, aus ihrer Erstarrung aufzuwachen. Und diesen Oderich Wilemsen davon überzeugen, daß es besser wäre, die Finger von ihr zu lassen. Sie will ihn nicht. Jedenfalls wenn sie wieder klar denken kann, dann will sie ihn nicht.«

»Ich glaube nicht, daß Philipa im Moment viel denkt«, warf Gysela ein.

Richard betrachtete die beiden kopfschüttelnd. Das hörte sich wirklich nicht gut an. »Laßt uns gehen. Möglicherweise vermag ich ihr zu helfen.«

»So wie früher?« Gysela klang unwillig.

Richard seufzte. »Laß es mich doch wenigstens versuchen.«

Das letzte, was er sah, als er mit seinem Pferd am Zügel das Hafengebiet verließ, war eine vertraute, häßliche Gestalt, die sich in einen Hauseingang drückte, um seinen Blicken zu entgehen. Daß Manfredus hier war, ließ nichts Gutes ahnen.

Philipa saß mäßig interessiert im Kreise der führenden Kaufleute der deutschen Händlerschaft und verstand nicht, warum Oderich sie hierher gebracht hatte.

»Möchtet Ihr etwas trinken?« Das war Martin Schuell.

»Nein. Danke.«

»Oder einen Imbiß?« Dieser Vorschlag kam natürlich von Oderich. Vielleicht hoffte er, an einer unvorhergesehenen Mahlzeit teilnehmen zu können.

Philipa schüttelte den Kopf.

»Nun gut.« Goetz Paulen, der sehr viel ungekünstelter und

sachlicher auftrat als seine Frau Barbara, hob ein bißchen unbehaglich die Schultern. »Kommen wir zur Sache.«

Philipa lächelte ihn an. Zur Sache kommen, aha. Welche Sache wohl?

Goetz warf einen Blick in die Runde. Da niemand die Absicht zu haben schien, das Wort zu ergreifen, tat er es am besten selbst. Er räusperte sich umständlich. »Es gibt einiges zu besprechen. Tja. Was nützt es, lange darum herumzureden.« Er hustete.

»Ihr seid erkältet?« Philipa warf ihm einen mitleidigen Blick zu. »Ich kann Euch einen Kräuterabsud machen, wenn Ihr wollt. Der löst den Husten, wißt Ihr.«

»Oh. Das ist nett. Sehr nett, aber vollkommen unnötig. Ich bin kerngesund.« Das Sonnenlicht warf hübsche Kringel auf den Boden und auf Goetz' grünen Umhang, denn er stand genau auf der Stelle, auf die der Lichtstrahl durch das geöffnete Fenster fiel. »Dame Rappart«, begann er ganz formell, doch Philipa unterbrach ihn sofort.

»Philipa. Nennt mich Philipa.« Sie runzelte die Stirn. »Habt Ihr das nicht immer schon getan?«

»Ja. Durchaus.« Goetz unterdrückte ein erneutes nervöses Räuspern sowie die Hoffnung, ein anderer würde für ihn in die Bresche springen. »Also, Dam... Philipa, es ist ja so, daß seit nunmehr einem halben Jahr das Handelshaus Rappart, besser gesagt, seine Nowgoroder Dependance, verwaist ist und wir als die Kollegen Eures von uns so überaus geschätzten, aber leider verstorbenen Ehemannes Albrecht Rappart in der Pflicht sind ...«

»Meine Güte, seid Ihr umständlich, Goetz.« Hannes Gerring hielt es nicht mehr aus. »Philipa, es gibt Probleme mit Eurem Aufenthalt hier. Probleme finanzieller Natur. Ihr versteht?«

Philipa schüttelte den Kopf und studierte die Sonnenkringel. Natürlich wußte sie, daß es Schwierigkeiten gab. Schließlich ließen eben diese sie nachts nicht mehr schlafen. Doch wenn sie es hier nicht zugab, dann ließen die Männer sie vielleicht damit in Ruhe. Sie schüttelte noch einmal den Kopf, diesmal energischer.

»Kindchen.« Das war Vater Christians begütigende Stimme. Philipa hatte gar nicht gemerkt, daß er ebenfalls anwesend war. Sie blickte überrascht hoch.

»Laßt sie«, schnaufte Oderich. »Sie ist nur ein Weib und hat keinen Verstand für die pekuniären Seiten des Daseins. Dafür sind wir Männer da. Um ihr zu helfen.« Er schob seinen mächtigen Leib neben sie. Diesmal roch er nicht nach Zimt. Wenn sie nicht alles täuschte, roch er nach gebratenem Hühnchen.

Vater Christian sah ihn leicht zweifelnd an, kam allerdings nicht dazu, seine Bedenken zu äußern, denn Hannes ergriff erneut das Wort.

»Nun, um es geradeheraus zu sagen: Ihr habt finanzielle Sorgen der Art, daß Ihr über keine nennenswerten Finanzen mehr verfügt. So einfach ist das.«

So einfach war das also. Und was bedeutete es? Lieber nicht fragen. Philipas Augen wanderten zur Eingangstür, durch die gerade Minni hereinspaziert kam. Seine Krallen klickten leise auf dem Steinboden, als er quer durch den weiten Raum auf sie zukam und sich direkt neben ihr niederließ, warm an ihre Beine geschmiegt. Er wollte sie trösten. Ganz bestimmt wollte er das. Philipa vergrub ihre Finger in seinem zottigen Fell.

Hannes ließ sie einfach nicht in Frieden. »Ihr versteht, was das bedeutet?«

Herrgott noch mal. Selbstverständlich nicht. »Nein«, sagte Philipa. Ihre Stimme klang unnatürlich laut zwischen den schweigenden Männern.

Gerring seufzte still. Ein langes Leben als Geschäftsmann hatte ihn gelehrt, daß es nichts nützte, wenn man lange herumredete bei Dingen, die vollkommen klar auf der Hand lagen.

»Dann will ich es Euch erklären«, sagte er. »Ihr habt schlicht kein Geld mehr. Die Münzen, die Oderich Wilemsen für Euch aufbewahrt und verwaltet hat, sind aufgebraucht. Das Haus, in dem Ihr wohnt, ist bis Mai bezahlt, danach müßtet Ihr einen neuen Mietvertrag für das nächste Jahr abschließen, doch Ihr habt keine Möglichkeiten mehr, dies zu tun. Also müßt Ihr es zum Ende des Monats verlassen. Es gibt inzwischen neue Mieter, die ihren Pachtvertrag bezahlen können.«

Philipa starrte ihn an. Sie mußte aus ihrer Wohnung raus? Aus Albrechts Haus? Das war ganz bestimmt nicht wahr. Noch während sich ihr Herz weigerte, diese Tatsache als unumstößlich zu akzeptieren, stellte ihr Kopf bereits die richtigen Fragen. »Es gibt keine Möglichkeit, Waren aus unserem Depot zu verkaufen, um den Pachtzins entrichten zu können?«

Hannes schüttelte bedauernd den Kopf. »Nein. Leider nicht.«

»Warum? Ich meine, warum habe ich denn kein Geld mehr?« Philipa sah fassungslos in die Runde. Goetz und Hannes hatten den Anstand, freimütig zurückzublicken, Martin sah betreten auf den Boden und Oderich aus dem Fenster. Nur Vater Christian lächelte sie an. Mitleidig, was schwer zu ertragen war.

Oderich drehte seinen schweren Leib herum und betrachtete sie unbehaglich. »Das Handelshaus Rappart hat keine Waren mehr im Lager, die Ihr würdet verkaufen können. Das Lager ist schlicht und einfach leer. Es ist alles weg, und Ihr habt bekommen, was Euch zustand.« Dafür hatte er höchstpersönlich gesorgt. »Ihr seid nicht autorisiert, in Rapparts Namen zu kaufen und zu verkaufen. Zu handeln eben.«

Philipa setzte sich aufrechter hin. »Aber es gibt Ehefrauen, Wi... Witwen, die die Geschäfte ihres Mannes weiterführen.«

Goetz nickte. »Die gibt es, durchaus. Ob immer zum Frommen des Unternehmens, sei dahingestellt ...«

Hannes unterbrach ihn. »Unsinn. Paulen, schweigt. Philipa, es ist in Eurem Falle so, daß Ihr nicht handeln könnt, weil Ihr den Händlern keine Sicherheit zu bieten vermögt. Eure Wechsel würden möglicherweise nicht eingelöst, sie sind ... nicht bestätigt. Nicht, solange Eure Befugnisse nicht durch Gottschalck Rappart verbrieft worden sind.«

Philipa sah ihn an. Befugnisse durch Gottschalck bestätigt. Das nähme Monate in Anspruch. Eine Nachricht nach Köln, eine Nachricht von Köln zurück nach Nowgorod.

»Das dauert zu lange«, sagte sie.

Wenn er es überhaupt tun würde. Und das war nicht einmal anzunehmen. Die Aufgabe ist zu groß für eine Frau, würde er sagen. Natürlich würde er das. In der Heimat die Geschäfte weiterführen, das tat tatsächlich manche Witwe, oft erfolgreich. Einige führten sogar die Geschäfte selbständig weiter, während der Mann auf Geschäftsreise war. Aber eben zu Hause. Nicht in der Fremde.

»Richtig. Das dauert zu lange«, schnaufte Oderich. Er stand noch immer direkt neben ihr, sehr nahe. Es war ihr unangenehm. Jetzt legte er auch noch seine fleischige Hand auf ihre Schulter. »Wir könnten überlegen, wie ich Euch zu helfen vermag.«

Am liebsten hätte sie die Hand abgeschüttelt. Das ging aber nicht. Oderich war freundlich und hilfsbereit, und er konnte nichts dafür, daß er ihr so zuwider war. Daß sie mehr als vor allem anderen Angst davor hatte, er würde sie bitten, ihn zu heiraten. Und daß sie gezwungen wäre, diesen Antrag anzunehmen, wenn sie nicht zu den Bettlern zurückkehren wollte.

Philipa biß die Zähne zusammen. Zu ihren Füßen erhob sich Minni und stellte sich witternd neben sie. Er winselte leise. Der Hund wußte immer vorher, wenn etwas geschah, also wandte sich Philipa in dieselbe Richtung, zum Eingang. Gerade rechtzeitig, um zu sehen, wie die Tür aufging und Bruno und Gysela hereinkamen, gefolgt von einem Mann, der Philipa vage bekannt vorkam. Einen Moment lang, dann wußte sie, daß sie Richard von Blankhenberghe vor sich hatte. Auch das noch. Es sah so aus, als bliebe ihr nichts erspart.

»Schau mal, wen ich dir mitgebracht habe«, sagte Gysela strahlend und kam näher.

Richard betrachtete mit eisiger Miene den Koloß, der seine fette weiße Hand auf Philipas schmale Schulter gelegt hatte und so aussah, als beabsichtige er, sie in den Boden zu drücken. Was für ein häßlicher Kerl. Kleine Schweinsäuglein, tief eingesunken in rosiges Fleisch.

Er nickte Philipa zu. »Sei gegrüßt, Philipa.«

»Richard«, erwiderte sie mit schwacher Stimme. Ihr Blick irrte unruhig zwischen ihm und ihrer Schwester hin und her, um schließlich bei Bruno hängenzubleiben.

Oderich ließ nun auch noch die zweite Hand auf ihre andere Schulter sinken. »Wer ist das, Philipa? Wollt Ihr uns Euren Besuch nicht vorstellen?«

Wie kam dieser fette Kaufmannskloß eigentlich dazu, seine Hand an eine von Aichbergen zu legen? Der sollte in seinen Pfeffersäcken und Goldstücken rühren, aber die Frauen des Adels in Ruhe lassen.

»Würdet Ihr bitte die Finger von meiner Braut lassen?« Richards Stimme klang eisig, was nur noch übertroffen wurde von dem Ausdruck seiner hochmütigen Miene.

Philipas Augen weiteten sich.

»Was erlaubt Ihr Euch?« Oderich war so empört, daß sich seinem Schnaufen ein leises Pfeifen beimischte. »Dies ist nicht Eure Braut, dies ist Dame Rappart, und die hat meines Wissens mit Euch nicht das geringste zu schaffen.«

»Ich denke nicht, daß Ihr allzuviel Einblick in die Angelegenheiten Philipa von Aichbergens habt.« Richards arroganter Blick rang Oderich schließlich nieder, und er ließ zögernd seine Hände von Philipas Schultern fallen. Sie unterdrückte den Impuls, die Stelle zu massieren.

»Nehmt es mir nicht übel«, sagte Hannes Gerring bedächtig, »aber es erscheint auch mir seltsam, daß Ihr von Dame *Rappart* als Eurer Braut sprecht.«

Richard zuckte die Schultern. »Das kann ja sein.« Im Grunde war er der Ansicht, er habe keinen Anlaß, sich vor Kaufleuten zu erklären. Zumal er sich dann sehr schnell etwas einfallen lassen mußte. Nach einem Blick auf Philipas große staunende Augen fand er allerdings, es war vielleicht doch das beste, genau das zu tun. Da er nun einmal angefangen hatte mit der Fabuliererei, konnte er es ebensogut auch gleich zu Ende führen.

»Es ist ganz einfach«, sagte er dann. »Wir waren einander seit Jahren versprochen, Ihr wißt, wie so etwas geht, Familien planen in die Zukunft. Widrige Umstände, auf die ich hier nicht näher eingehen möchte«, wie auch, er hatte keine Idee, welcher Art diese Umstände hätten sein können, »verhinderten das Zustandekommen einer Hochzeit. Die widrigen Umstände haben sich erledigt, also verlange ich die Einlösung des Versprechens.«

»Ach«, sagte Philipa verblüfft.

Richard schickte ihr ein schwaches Lächeln.

»Das ist eine ganz wunderbare Geschichte, meine lieben Kinder«, sagte Vater Christian erfreut, denn seine romantische Seele brach sich Bahn. »Es stellt vermutlich die Lösung all Eurer Probleme dar, mein liebes Mädchen.«

»Richtig. Deshalb nehme ich sie mit, wenn ich Rußland verlassen werde.« Richard fand, das war das mindeste, was er tun konnte. Zu Hause war Philipa freier in ihren Entscheidungen. Wie Gysela ihm gesagt hatte, war es wohl das Vernünftigste für sie, zurück nach Köln zu gehen, zu der Familie ihres Mannes. Gysela indessen dachte nicht daran, es ihr gleichzutun. Sie wollte hier bleiben, warum auch immer.

»Ihr nehmt sie mit«, wiederholte Vater Christian. »Genau. Das wird das beste sein.«

»Selbstverständlich.« Richard lächelte ihn kurz an. Der Priester sah ein bißchen wie ein Rauschgoldengel aus mit wirren blonden Locken, die nur sehr widerspenstig den Vorschriften bezüglich der Frisur Geistlicher folgten. Aber er hatte freundliche blaue Augen, und Richard war sicher, zumindest in ihm einen Verbündeten zu haben. »Ich nehme sie mit. Sie und ... Bruno.« Der hatte kurz und knapp erklärt, Gysela benötige ihn nicht an seiner Seite, Philipa dagegen sehr wohl. Und deshalb käme er mit. Richard war es recht. Er würde ihr auf dem Weg nach Köln sicher zur Seite stehen.

»Allein?« fragte Vater Christian. »Sie soll alleine mit? Nur mit Euch und diesem Muskelprotz?«

Richard nickte knapp.

Hinter Vater Christians milden blauen Augen verbargen sich ein stählerner Wille und ein sehr ausgeprägtes moralisches Gewissen. »Herrlich«, strahlte er und ließ nicht den mindesten Zweifel daran, daß seine Vorstellungen in die Tat umgesetzt würden. »Ich habe einen wunderbaren Vorschlag zu machen. Gysela und Otfrid sind schließlich auch seit Ewigkeiten verlobt und wollen endlich heiraten. Dann machen wir doch einfach eine Doppelhochzeit. Ihr habt Eure Braut und nehmt sie als Eure Gemahlin mit auf Reisen, Gysela und Otfrid bleiben bei uns, und Otfrid schenkt der Kaufmannschaft seine unschätzbar wertvollen Dienste.«

Vater Christian strahlte in die Runde wie der Stern am Abendhimmel. Er schien in keiner Weise empfänglich für den verstörten Ausdruck in Philipas und Richards Augen oder das Schnaufen von Wilemsen, das etwas ausgesprochen Kurzatmiges angenommen hatte.

»Wie schön!« fuhr er enthusiastisch fort. »Jahrelang habe ich gar nichts derart Freudiges für meine Schäfchen tun können, und dann plötzlich das! Eine Doppelhochzeit. Preiset den Herrn!«

Am nächsten Morgen in der Messe hatte Philipa alle Mühe, den Worten Vater Christians zu folgen. Seine Pläne summten in ihrem Kopf herum wie die Bienen in ihrem Stock, bevor man sie ausräucherte, um ihnen ihren Honig zu nehmen. Endlich draußen sog sie erleichtert die frische Luft ein, als sie anschließend noch ihre langsame Runde über den Markt drehte, um das Nötigste einzukaufen. Das tat sie jeden Morgen, und es war im Grunde die einzige Gelegenheit, bei der sie so etwas wie Normalität spürte. Sie kochte inzwischen wieder selbst, Ann hatten sie nicht behalten können. Zu teuer. Nur Marga kam nach wie vor ab und zu vorbei, um ihr bei den schweren Arbeiten zu helfen. Nur bei Bedarf, beim Wäschewaschen zum Beispiel. Alles andere erledigte sie selbst. Mit Brunos Hilfe natürlich, der schwer wie ein Knecht schuftete, jede Aufgabe willig übernahm und nie klagte.

Sie ging vorbei an den Gaddemen, bei denen sie rotes, fettes Fleisch hätte kaufen können. Mit gelben Fetträndern, nahrhaft und köstlich. Nun, es gab Zeiten für Fleisch und Zeiten ohne. Ohne einen überflüssigen Blick hinüberzuwerfen, ging sie stracks zu einem Stand, bei dem sie normalerweise ihr Gemüse kaufte, denn sie mochte die Bauersfrau, die es anbot. Und zwar, weil sie Witwe war und noch jünger als sie selbst.

»Guten Morgen, Liese.« Philipa lächelte sie an. Liese stammte aus Hamburg und war mit ihrem Gatten, einem Schiffsknecht, nach Nowgorod gekommen. Nachdem er hier in der Fremde dem Sumpffieber erlegen war, hatte sie kurzerhand einen russischen Gemüsebauern geheiratet, weil sie nicht wußte, wie sie ohne Geld und ohne Schutz nach Hause hätte kommen sollen.

»Ah, unser frommes Kaufmannsdämchen.« Liese ging nur zur Kirche, wenn es unbedingt sein mußte. Bauern haben nicht viel Zeit für die gepflegte Frömmigkeit, sagte sie, da muß uns der Herrgott schon so glauben, daß wir glauben. »Ihr kommt von Vater Christian?«

»Wie jeden Morgen.« Philipa zog fast ein bißchen schuldbewußt die Schultern hoch.

»Vergeßt nicht, für mich mitzubeten. Was darf's denn sein heute?«

»Lauch und Mohrrüben. Und ein paar Zwiebeln.« Gerste war noch zu Hause und ein Töpfchen Sahne auch. Da mußte es doch wohl möglich sein, aus diesen Zutaten eine einigermaßen sättigende Suppe zu kochen.

»Bitte schön.« Liese reichte ihr das Gewünschte und legte es in ihren Korb. »Ich habe gehört, Ihr habt interessanten Besuch bekommen.«

»Soso. Was du so alles hörst.«

»Ich erfahre alles, das wißt Ihr doch.« Liese lachte und warf ihren dicken braunen Zopf über die Schulter. »Ich habe auch gehört, Ihr wollt uns verlassen.«

»Das ist noch nicht raus. Hier, stimmt das?« Philipa legte ihren halben Pfennig in die schmutzige Hand. Es war Zeit, das Weite zu suchen.

»Ja, das stimmt.« Liese lachte. Sie wußte genau, warum Philipa es plötzlich so eilig hatte. »Bis morgen«, rief sie ihr hinterher.

Philipa winkte und entschwand. Sie bahnte sich einen Weg zwischen den eiligen oder gemütlich beisammenstehenden und miteinander schwatzenden Menschen. Der Trubel ging ihr auf die Nerven, wie meistens. Daheim, in den eigenen vier Wänden, hatte sie wenigstens ihre Ruhe.

Obwohl. Damit würde es ja auch bald vorbei sein. Mit dem Heim und mit der Ruhe. Wer nicht wußte, wo er hingehörte, fand nämlich keine.

»Philipa. He, Philipa! Kann ich dir irgendwie helfen?« Eine Stimme löste sich aus dem Gemurmel um sie herum, und sie ordnete sie zu. Richard. Richard, der aus einer Schenke kam.

Er ergriff ihren Arm. »Kann ich dir helfen? Du bist ganz blaß.«

Philipa starrte auf seine Hand, die das blaue Tuch ihres Ärmels umschloß. Eine sehnige, kräftige Hand mit kurzen Nägeln. »Nein. Es … geht schon. Ich will bloß nach Hause.«

Richard betrachtete den verkrampften Mund. »Solange du noch eines hast«, stellte er unbarmherzig fest.

Wer wollte ihm seine Grobheit zum Vorwurf machen. Es war schließlich exakt die Wahrheit. »Richtig. Da will ich es ausnutzen, wie es eben geht.«

»Ich helfe dir. Tragen, meine ich.« Richard schnappte nach ihrem Korb. Philipa hinderte ihn nicht, es war ihr egal. Sollte er doch ritterlich sein, wenn er Lust darauf hatte. Sie würde ihm schon früh genug wieder vergehen.

Schweigend liefen sie nebeneinander her. Der Korb an Richards Arm nahm sich neben seinem Kettenhemd irgendwie seltsam aus. Philipa wußte nichts zu sagen. Worüber sollte sie mit einem Mann sprechen, den sie nicht mochte und der sie auch nicht mochte, aber wegen irgendwelcher kruder Vorstellungen über ritterliche Hilfsaktionen angeboten hatte, sie zu heiraten. Und das dann nicht einmal ernst gemeint hatte, sondern nur als Schauspiel. Für die anderen. Vor allem für Oderich Wilemsen, dem alle Farbe aus seinem rosa Gesicht gewichen war und der nun ausgesehen hatte wie ein fetter, weißer Käse. Philipa schüttelte sich. Tja, auch wenn sie nicht wußte, worüber sie mit Richard sprechen oder wie sie über *das heikle Thema* mit ihm reden sollte, eines war sicher: Dankbar konnte sie ihm schon sein.

»Kommst du mit rein?« Sie hatten ihre blau angestrichene Tür erreicht. Sie war verschlossen, ein Zeichen, daß alle ausgeflogen und sie allein waren.

Richard nickte. Wenigstens war er kein Schwätzer. Drinnen in der leeren Halle, in der sich sonst die Waren stapelten und prall gefüllte Geldsäcke durch die Vorstellungen geisterten, klangen ihre Schritte hohl, und Richards Hemd schepperte leise.

»Stell den Korb einfach auf den Tisch. Danke.« Philipa holte ihr Hackbrett vom Bord und begann in ihren Einkäufen zu wühlen. Richard lehnte sich an den Tisch, verschränkte die Arme und sah ihr zu.

Sie hatte ja gewußt, daß sie irgendwann ihr Versteck verlassen und wieder am wirklichen Leben teilnehmen mußte, doch sie hatte sich den Übergang einfacher, sanfter vorgestellt. War aber nicht so. Sie holte die Zwiebeln aus dem Korb und begann, sie mit kleinen, präzisen Bewegungen in winzige Stücke zu zerlegen.

»Es war nett, daß du gestern für mich in die Bresche gesprungen bist, allerdings war es nicht nötig.« Sie blickte nicht auf, sondern hackte auf ihre Zwiebeln ein.

»Hm. Das klang bei Gysela aber ganz anders.«

»Ach, du kennst ja meine Schwester und ihr phantasievolles Temperament.« Sie holte die Lauchstangen und spülte sie kurz in einem Bottich mit Wasser ab.

Richard antwortete nicht, sondern starrte grübelnd auf den Boden.

Philipa begann den Lauch in Ringe zu zerschneiden.

»Willst du denn gerne hierbleiben?«

Das Hackmesser sauste um Haaresbreite an ihrer Fingerkuppe vorbei. »Nein. Ich will auf keinen Fall hierbleiben.« Das war das allerletzte, was sie wollte. Im Gegenteil, sie wollte unbedingt zurück, und zwar so bald es ging, sie ertrug Nowgorod nicht mehr. Immer noch, ein halbes Jahr nach seinem Tod, erwartete sie ständig, Albrecht um die Ecke kommen zu sehen. Es machte sie verrückt.

»Und Gysela?«

»Gysela will ihren Otfrid und der wiederum nach Gotland. Man hat ihm ein Auskommen geboten. Eine Schreiberwerkstatt. In einer Handelskolonie gibt es für jemanden wie ihn immer genug zu tun.« Philipa fing an, die Möhren zu schrappen. Die gelbroten Schnipsel flogen nur so durch die Gegend.

»Also willst du Rußland alleine verlassen.« Auf Richards Ärmel landete ein Stückchen Möhre.

Alleine. Von wollen konnte da keine Rede sein. Sie nickte. »Es ist vielleicht das beste, wenn ich zurückkehre nach Köln. Gysela will das auf keinen Fall. Wenn es in Visby nicht klappt, dann gehen sie nach Lübeck oder Hamburg, sagt sie.«

»Aha.« Richard war an Gyselas Wünschen nicht sonderlich interessiert. »Du möchtest also nach Köln. Was willst du denn da?«

Philipa ließ das Messer sinken und sah ihn verzweifelt an. »Ich habe absolut keine Ahnung. Es ist nur so, daß ich Köln kenne, und irgendwo muß ich ja hin. Ich will ... nicht zu der Familie meines Mannes, es käme mir falsch vor, mich bei ihnen einzunisten, ich war nicht lange genug verheiratet, um mich wirklich zur Familie Rappart zugehörig zu fühlen ...« Außer zu Albrecht selbst natürlich. Sie brach ab. So etwas konnte jemand wie Richard nicht verstehen.

»Also hast du in Köln eigentlich nichts verloren«, stellte der Ritter fest. Mitleidlos. »Warum gehst du eigentlich nicht nach Aichbergen?« Dorthin, wo sie nach Meinung aller außer ihr selbst hingehörte.

Philipa schüttelte schwach den Kopf. »Nein. Ich ... könnte vielleicht zurück zu den Borgewigs gehen«, flüsterte sie.

»Ich weiß nicht. Soviel ich mitbekommen habe, ist Graf Gottfried tot.«

»Endlich mal eine gute Nachricht.«

Richard sah sie überrascht an, doch Philipa winkte ab. Das wollte sie nicht erklären. Vermutlich war er selbst genauso wie Gottfried. Auf jeden Fall bedeutete die Nachricht aber auch, daß die Verhältnisse Elisabeths im Unklaren lagen. Vielleicht kein guter Zeitpunkt, sie um Aufnahme zu bitten.

Philipa schnitt ein Stück Butter von ihrem immer kleiner werdenden Klumpen in den Kessel und hängte ihn über das

Feuer. Dann die Zwiebeln hinein, und schon verbreitete sich ein köstlicher Duft in dem kleinen Raum.

»Du könntest tatsächlich ebensogut mit mir kommen.«

Philipa begann hektisch in ihren Tiegeln und Töpfchen zu suchen. »Ich hatte hier noch irgendwo einen Rest getrockneten Majoran«, murmelte sie. »Ach, da ist er ja.«

»Das mit der Heiraterei ist kein großes Problem. Wenn eine Ehe nicht vollzogen wird, kann sie jederzeit annulliert werden.«

Jetzt sah Philipa ihn doch an. Ein schmales Gesicht, graue Augen, die dunklen Brauen ständig zusammengezogen, als ärgere er sich über irgend etwas. »So einfach ist das mit dem Annullieren auch nicht. Da muß der Rechtsweg eingehalten und es müssen was weiß ich noch für Formalitäten Genüge getan werden.«

»Ich hab's nicht eilig damit.« Richard zuckte desinteressiert mit den Schultern. »Mich drängt es nicht nach einer Ehefrau. Anders ausgedrückt, es gibt keine, die sich um eine Anwartschaft darum bemüht.« Er grinste schwach. »Die Wahrheit ist, ich habe einer Frau wenig zu bieten. Dritter Sohn, du weißt schon. Immerhin mit Aussicht auf ein winziges Lehen.« Falls Guntram ihn nicht zum Teufel jagen würde, wenn er ohne ein vernünftiges Ergebnis seiner Überwachung nach Hause käme. Weil er Philipa mit Manfredus alleine gelassen und letztendlich nicht verhindert hatte, daß dieser ihren Ehemann getötet hatte. Denn daß der sogenannte Unfall, von dem er bald nach seiner Ankunft erfahren hatte, keiner war, davon war er inzwischen überzeugt.

»Das trifft sich dann ungünstig. In meinem Fall handelt es sich um einen guten alten Namen in Verbindung mit einer guten Ehe mit einem wohlhabenden Händler. Beides schlägt sich in keiner Weise auf meine Barschaft nieder.«

»Ich fand auch, es hörte sich so an, als seiest du pleite.«

»Exakt.« Die Zwiebeln fingen an zu braun zu werden. Philipa gab rasch Möhren und Lauch dazu. Es rauchte. Na gut, dann würde das Grünzeug eben nicht angeschmort, sondern sie schüttete gleich die Flüssigkeit dazu. Es zischte, qualmte, beruhigte sich. Majoran hineingestreut, eine Prise teuren Pfeffer. Deckel drauf. Halt. Die Gerstenkörner noch dazu. Soviel Ungeschick hatte sie schon seit Jahren nicht mehr beim Kochen walten lassen.

»Ich fasse mal zusammen.« Richards Finger trommelten unruhig auf die Tischplatte. »Du hast weder genug Geld, hierzubleiben, noch genug, um fortzugehen. Bei Gysela und Otfrid willst du nicht wohnen, zu der Familie deines Mannes nicht zurückkehren. Du willst weg und weißt nicht, wie.«

Philipa starrte ihn an. »Wenn man es so knapp auflistet, klingt es wirklich scheußlich«, meinte sie bedrückt.

Richard warf ihr einen prüfenden Blick aus seinen kühlen grauen Augen zu. »Guntram würde dich bestimmt nehmen.«

»Spinnst du?« Philipa richtete sich auf. Das fehlte noch. »Ich habe es bis jetzt geschafft, und das wird mir auch wieder gelingen.« Sie fing an, ihre Kochutensilien hin und her zu schieben.

»Wie du willst.« Richard zuckte mit den Schultern. Diese Lässigkeit konnte einen schon reizen. »Ich hatte nicht vor, dich zu heiraten, als ich Gysela zusagte, dir zu helfen. Doch wenn dein aufdringlicher Vater Christian es so will, von mir aus. Überlege es dir. Eine bessere Gelegenheit, hier wegzukommen, hast du nicht. Alles andere kostet Geld, das du ebenfalls nicht hast. Oder kannst du dir bewaffneten Schutz leisten, wenn du die weite Strecke nach Köln gehst? Nicht? Na, siehst du. Himmel, jetzt zier dich nicht so. Du weißt zwar nicht, wie es in Köln dann weitergeht, aber bis dahin stehst du unter meinem Schutz.«

»Und Brunos«, warf Philipa ein. Sie durfte sich nicht unter Wert verkaufen.

»Ja, von mir aus, wenn der Ochse sich anschließen will, mir

soll es recht sein. Also, komm mit, wenn du magst, sonst laß es bleiben. Ich muß jedenfalls jetzt noch ein paar Gespräche führen. Also, bis dann.« Abrupt wandte er sich ab und machte sich auf in Richtung Ausgang.

»Warum tust du das?«

Jetzt drehte er sich doch um. »Aus Dummheit vermutlich. Nein, guck nicht so gekränkt. Sagen wir einmal, ich habe es in den letzten Jahren ein wenig an der Einhaltung der Gebote die ritterlichen Tugenden betreffend mangeln lassen. Nenn es also Bußfertigkeit. Ich hab' was gutzumachen. Nutz es aus oder laß es. Aber wer weiß, eine Gelegenheit wie diese kommt so schnell nicht wieder.«

Krach. Die Tür fiel ins Schloß. Philipa starrte ihm hinterher, das Hackmesser noch in der Hand.

Als ob der Tag noch nicht genug Plage gebracht hätte, erschien noch am selben Nachmittag Oderich. Kaum, daß sie Zeit gehabt hatte, sich alles durch den armen geschundenen Kopf gehen zu lassen.

Oderich hielt sich nicht lange mit Präliminarien auf. »Ihr müßt diesen Kerl nicht heiraten. Diesen … Söldner. Ihr wißt ja … nun, ich bin stets ein guter Freund Albrechts und seiner Familie gewesen und …«

»Ja, ich weiß, Oderich«, unterbrach ihn Philipa hastig. Besser, er sprach es gar nicht aus. »Und ich danke Euch. Auch Albrecht hat stets große Stücke auf Euch gehalten …« Es sollte wohl ein Gespräch der unvollendeten Sätze werden.

»Besten Dank. Ich weiß Eure guten Worte zu schätzen. Genau aus diesem Grund ist es mir auch ein Anliegen«, Oderich wischte sich mit einem seidenen Tüchlein – wie kam er nur immer an so etwas? – den Schweiß von der Stirn, »Euch zu Hilfe zu eilen.«

»Das ist nett von Euch, Oderich, wirklich. Doch bemüht Euch nicht. Es ist alles bestens geregelt.«

Oderich schnaufte. Es klang scheußlich, wie bei einem Schwein. Na ja, er sah auch so aus. »Seid nicht so vorschnell in Euren Antworten. Ich kann Euch Sicherheit bieten …«

»Oh, ich …«

»… als meine Ehefrau.«

Jetzt war es heraus. Und es lag angesichts seiner Erscheinung und seiner gestelzten Rede außerhalb jedes denkbar Möglichen, sein Angebot anzunehmen. »Das ist sehr großzügig von Euch, lieber Oderich, doch ich kann Euer Angebot leider nicht annehmen, so gerne ich es täte. Ihr versteht, ohne die Zustimmung meiner Familie …«

»Ihr meint Gysela?« Wenn sie nicht alles täuschte, mischte sich in das Schnaufen manchmal sogar ein Röcheln. Philipa liefen Schauder des Widerwillens den Rücken hinab. Nicht zu begreifen, daß sie schon einmal mit dem Gedanken gespielt hatte, einen Antrag anzunehmen, so denn einer käme. Jetzt war er da, und der Himmel mußte ihr beistehen.

»Nicht Gysela. Sie ist doch nur eine Frau.« Verzeih mir, liebe Schwester. Philipa senkte züchtig die Lider. »Ich meine natürlich Gottschalck Rappart. Ihr kennt ihn?«

»Nur vom Hörensagen.«

»Oh. Er ist ein bißchen streng und hätte es bestimmt nicht gerne, wenn ich ganz alleine eine so weitreichende Entscheidung träfe …«

»Ich sollte meinen, eine Verbindung der Handelshäuser Rappart und Wilemsen könnte ihm eigentlich nur zum Vorteil gereichen.«

Das stimmte. Leider hatte sie es vergessen. »Aber ohne ihn zu fragen, lieber Oderich!«

Oderich schnaufte. »Ich denke, da werde ich mich mit Gottschalck ins Einvernehmen setzen können. Immerhin waren sein lieber verstorbener Bruder und ich die allerbesten …«

Weiter kam er nicht. Er wurde rüde unterbrochen. Ausgerechnet von Richard, der durch die Halle geschritten war und im Durchgang zur Wohnstube stand. »Ihr habt die Absicht, meiner Braut zu nahe zu kommen?« erkundigte er sich.

»Davon, daß sie Eure Braut ist, habe ich nie etwas verlauten hören …«

»Aha. Ich war sicher, ich hätte Euch gestern bei der netten kleinen Zusammenkunft gesehen, und da wurde die Sachlage doch ganz eindeutig geklärt.« Neben Oderich sah Richard noch drahtiger aus als ohnehin schon, und im Vergleich zu Oderichs prunkvollem Gewand aus geradezu unanständig weichem Tuch wirkte sein Kettenhemd außerordentlich martialisch. Ganz zu schweigen von seinem Schwert, das er gegürtet trug und einen sehr scharfen Eindruck machte.

Oderich blinzelte nervös. Trotzdem hatte er nicht die Absicht, so schnell klein beizugeben.

»Ihr habt Euch Jahre nicht um Dame Philipa Rappart gekümmert, und jetzt meint Ihr so einfach …«

»Alte Rechte einfordern zu können. Genau so ist es. Damit wäre das geklärt. Es sei denn, Philipa, du möchtest dem Herrn folgen?«

Philipa schüttelte schwach den Kopf. »Es … tut mir leid, Oderich. Ich danke Euch, ich danke Euch wirklich sehr. Es wäre nur … zu nah, versteht Ihr? An Albrecht, meine ich.«

Das verstand er sogar. Oderich schnaufte noch einmal kurz auf und sah sie bedauernd an. »Tja, wenn Ihr's Euch anders überlegt … Ihr wißt ja, wo Ihr mich finden könnt.«

»Ja. Allerherzlichsten Dank.« Richard stand breitbeinig und mit verschränkten Armen da. »Ihr findet alleine hinaus?«

Oderich war sich zu schade für eine Antwort und schob seine Massen aus der Halle.

»Warum mußtest du gar so schrecklich unfreundlich sein, Richard, er meint es doch gut.«

»Bist du sicher? So, wie ich das sehe, hätte er durchaus seine Vorteile, wenn sich sein Handelshaus mit einem weiteren verbindet. Einmal Krämerseele, immer Krämerseele.« Richard ließ sich auf einen Schemel fallen und streifte seine Handschuhe ab.

Er hatte vermutlich recht. Was soll's, dachte Philipa, schließlich wollte ich ihn sowieso nicht. Sie beschäftigte sich damit, sinnlos ihre Töpfe hin und her zu schieben, dann fand sie, sie könne genausogut beginnen, sie zu scheuern.

»Kannst du das lassen? Das Scheppern macht mich nervös. Außerdem muß ich dir etwas sagen.«

Na klar. Vermutlich wollte er ihr mitteilen, daß er sie auf den Arm genommen hatte. Solche Scherze paßten zu ihm. Damals, als Knappe bei Onkel Guntram, hatte er ständig irgendwen hochgenommen. Gut, dann ließen sie es eben, ihr sollte es auch recht sein.

Sie ließ sich müde auf einen Stuhl sinken und stützte das Kinn in die miteinander verflochtenen Finger.

Richard sah sie nicht an, sondern starrte grübelnd in die Reste des Feuers, das nicht viel mehr als ein leichtes Glimmen war. »Ich bin auf der Suche nach einer Mitfahrgelegenheit. Aber zur Zeit sind alle Schiffe entweder gerade erst angekommen oder schon weg. Das heißt, für eine Weile sitzen wir hier fest. Kann ich vielleicht einen Becher Wein haben?«

Philipa stand auf und holte den Krug. »Jetzt willst du alleine weiter.«

Er hätte durchaus die Lust daran verlieren können, eine Frau mitzunehmen, die ihm wenig bedeutete. Doch die Anwesenheit von Manfredus und die ungelöste Frage, was es mit Albrechts Tod auf sich hatte und ob Manfredus ebenfalls dunkle Absichten gegenüber Philipa von Aichbergen verfolgte, beunruhigten ihn. Guntrams Aufträge und seine eigenen Aussichten auf ein Lehen ließen den Ehrgeiz, Philipa, komme was da wolle, zu schützen, nicht so leicht verlöschen.

Richard seufzte mißmutig. »Nein. Aber möglicherweise

über Land.« Er nahm einen kleinen Schluck von seinem Wein und spielte dann achtlos mit dem Becher in seiner Hand. »Ich denke, es ist das Sicherste, wenn wir den Plan in die Tat umsetzen und heiraten.«

»Inwiefern das Sicherste?«

Sie war hellhörig, die Philipa. Vielleicht sollte er in der Wahl seiner Worte vorsichtiger sein.

»Egal in welcher Hinsicht. Bei allem, was sich in dieser Ecke der Welt abspielt. Es ist verdammt fremd hier, wenn du mich fragst. Ich versuche jedenfalls, so schnell wie möglich in die Heimat zurückzukehren.« Und dabei irgendwie Manfredus abzuhängen. Es sollte der letzte Akt sein. Wenn Guntram sie weiter schützen wollte, mußte er es selbst tun. Er zumindest gab dann auf.

»Über den Landweg«, sagte Philipa versonnen. »Albrecht wollte das auch immer einmal probieren.«

»Tja. Dann wird dich der Gedanke daran ja nicht schrecken.«

Doch, das tat er. Und zwar genau deswegen. Mit Albrecht an ihrer Seite hätte sie gewußt, worauf sie sich einließ. Mit Richard ... du liebe Zeit. Da war alles möglich. Aber hier blieb sie nicht einen Augenblick länger als unbedingt nötig. Um Oderich hinter sich zu lassen und die Erinnerungen, hätte sie sonst was auf sich genommen.

»Ich komme mit.«

»Gut.« Richard klopfte sich mit den flachen Händen auf die Schenkel und stand auf. »Ich muß noch ein paar Dinge regeln. Bis morgen. Überleg's dir noch mal. Aber wenn du mit mir kommen willst, muß es gleich sein. Und ich werde auf keinen Fall nach Nowgorod zurückkehren.«

Das war noch das Reizvollste daran. Philipa nickte und sah ihm hinterher, bis die blaue Tür mit einem lauten Knall hinter ihm zuschlug.

Oderich Wilemsen war entrüstet und von gerechtem Zorn erfüllt. Was hatte er nicht alles für die Rapparts getan! Die Geschäftsbeziehung war sehr gedeihlich gewesen, und sie sollte es auch weiterhin sein. Nun, da Albrecht tot war, würde sein Bruder wohl einen anderen Stellvertreter schicken oder vielleicht gleich ihn selbst als Kommissionär einsetzen. Eins wie das andere würde sein Schaden nicht sein, das Rappartsche Handelshaus war mit beträchtlichen Möglichkeiten ausgestattet.

Grund genug, es nicht mit ihnen zu verderben.

Aber dieses Weib! Er hatte ihr zur Seite gestanden, wo er nur konnte nach dem seltsamen Tod ihres Gatten, mit Geld, Rat und Tat, und sich dadurch mehr als genug Anspruch auf ihre Hand erworben. Dieses feine Dämchen hatte ihn ausgenutzt, ja, genauso sah es aus. Nun hatte sie diesen Ritter mit den kalten Augen genommen, du liebe Zeit, was war schon ein Ritter ohne Land, ohne Geld, bloß mit einem Namen. Was ihn selbst anging, so konnte er auf all das gut verzichten, und man sollte doch wohl annehmen, daß eine Frau mit einem bißchen Verstand ebenso dachte.

Sie hatte eben keinen. Welche Frau hatte schon Verstand? Der Herrgott hatte es ganz und gar vernünftig eingerichtet, als er das Weib dem Manne untertan gemacht hatte. Von so einer ließ sich ein Kaufmann seiner Reputation noch lange nicht auf der Nase herumtanzen.

Oderich gestattete sich einen kurzen Gedanken an Philipas schlanken, biegsamen Leib. Und daß sie nun die Beine für diesen nichtsnutzigen Ritter breitmachen würde.

Wütend steckte er sich eines der gesottenen Lammwürstchen in den Mund, die er so schätzte, und spülte den Bissen mit einem Schluck Rotwein hinunter. Dann wischte er sich seine fettigen Fingerspitzen ab und griff zur Feder. Der nächste Zug, der in den Westen aufbrach, würde eine Nachricht von ihm mitnehmen.

Er würde Gottschalck Rappart mitteilen, was hier vorgefallen und welcher Art er betrogen worden war. Außerdem mußte ihm endlich Genaueres darüber gesagt werden, was seinem Bruder zugestoßen war. Und wie seine Frau damit umgegangen war. Vielleicht hatte sie ja die Hände dabei im Spiel, ganz sauber war die Sache bestimmt nicht gewesen.

Oderich Wilemsen dachte noch einen Moment nach, dann tauchte er die Feder in seine nachtschwarze Tinte und begann zu schreiben.

Philipa ließ die kurze Trauungszeremonie mit großer Gelassenheit über sich ergehen, einer Gelassenheit, die ausschließlich durch eine alles durchdringende Betäubung hervorgerufen wurde und ihr das Gefühl vermittelte, all dies geschehe gar nicht wirklich, jedenfalls nicht ihr. Richard wohnte dem Ganzen mit ungeduldiger Miene bei und blickte offensichtlich sehnsüchtig dem baldigen Ende der Feierlichkeiten entgegen. Gysela und Otfrid dagegen leuchtete das Glück nur so aus den Augen. Gleich am nächsten Morgen würden sie sich einer Händlergruppe anschließen, die zunächst zwar weiter gen Osten, schließlich jedoch zurück zum Ostmeer gehen würde. Otfrid brannte darauf, seine tatendurstigen Pläne in Angriff zu nehmen, in Nowgorod hielt ihn nichts. Minni würden sie mitnehmen, Richard hatte wenig Interesse daran, sich mit einem Hund zu belasten. Gysela, die wesentlich klarer denken konnte als ihre Schwester, empfand es zum ersten Mal als Segen, daß jene sich in den letzten Monaten in dieser allumfassenden Apathie eingerichtet hatte, so vermochte sie offenbar weder die Zeremonie noch der Abschied über ein erträgliches Maß hinaus zu berühren.

Das einzige Gefühl, zu dem Philipa wirklich fähig war, bestand in einem schmerzhaften Knoten in ihrem Magen. Alles war so anders als bei ihrer ersten Hochzeit. Damals war sie aufgeregt gewesen, aber nicht unglücklich. Es hatte einen festlichen Rahmen gegeben, Menschen, die ihr wohlgesonnen waren. Einen *Ehemann*, der ihr wohlgesonnen war. Einen Ehemann, an den die Erinnerungen derart überwältigend waren, daß sie nicht die geringste Lust verspürte, mit seinem Nachfolger ein paar Worte zu wechseln. Statt dessen ließ sie ihre Augen auf der strahlenden Gysela und dem ebenso strahlenden Otfrid ruhen, die ihrerseits nur Blicke füreinander hatten und den Rest der Welt vergaßen. Dieser Rest bestand aus einem gemeinsamen Essen in einem Nowgoroder Wirtshaus, doch Philipa verspürte wenig Appetit.

Dann kehrten sie in den Peterhof zurück und suchten dessen Quartiermeister auf. Albrechts Häuschen hatten sie endgültig verlassen. Der Pachtvertrag war abgelaufen, und außerdem war es undenkbar, sich dort mit Richard aufzuhalten. Jedenfalls in den oberen Räumlichkeiten.

Hilfesuchend wandte sich Philipa an ihre Schwester. Liebend gerne hätte sie mit ihren klammen Fingern deren feste, zupackende Hände ergriffen und wäre mit ihr in ihre Kammer geflohen, aber an Gyselas Seite gehörte sie nicht. Nicht jetzt und nicht mehr. Es war richtig so, Gysela hatte lange genug auf ihren Otfrid gewartet. Philipa rang darum, dem Impuls, sich den beiden anzuschließen, nicht zu folgen, und zog sich in ihr Inneres zurück. Eine bewährte Taktik, die sie in den letzten Monaten seit Albrechts Tod sehr häufig mit Erfolg angewandt hatte. Sie wollte nicht über Gysela nachdenken und den Abschied von ihr und Minni. Oder Albrecht. Glücklicherweise blieb ihr wenigstens Bruno.

Sie wurde abgelenkt von Willem, der ihnen beschwingt und freudestrahlend zu Hilfe geeilt kam. »Wir haben nicht so viele Gäste im Moment und Platz genug. Und ein frisch vermähltes Ehepaar! Ich bin entzückt. Obwohl es mich natürlich um Euren armen ersten Mann dauert. Aber wir wollen nicht in der Vergangenheit stöbern. Heute ist heute, und da hat sich alles glücklich gefügt.« Er verbeugte sich galant und glaubte ohne Zweifel, was er sagte. »Ich werde Euch eine eigene Kammer anweisen, da seid Ihr ganz für Euch.«

»Das ist nicht nötig.« Philipa sah Richard nicht an. »Wir wollen keine Umstände machen.«

»Ach, warum nicht? Seid nicht so bescheiden. Was wollt Ihr in einem Schlafsaal, wenn eine gemütliche kleine Kammer frei ist?« Willem war gänzlich unbeeindruckt, schließlich konnte er auch nicht wissen, welche delikate Situation er da vorbereitete. »Wollt Ihr noch etwas essen? Das könnt Ihr da hinten in dem Raum. Jetzt zeige ich Euch erst einmal Eure Schlafkammer, Ordnung muß sein.«

Dann blieben sie zum ersten Mal miteinander allein, bis jetzt hatten sie sich immer und stets in Begleitung anderer befunden. Nun waren sie ohne jeden Schutz oder Ablenkung, und dies auch noch in einer Schlafkammer, in deren Mitte unübersehbar ein breites Bett prunkte.

Philipa wußte kaum, wo sie vor Verlegenheit hinblicken sollte. Sehr, sehr zögernd legte sie erst ihren Surkot ab, und nach einem weiteren Stocken löste sie die Haube und ihr Haar und begann es zu bürsten. Es war eine Wohltat, das ganze enge Zeug vom Kopf zu bekommen.

Richard befreite sich von seinem Kettenhemd und atmete auf. Dann gürtete er langsam sein Schwert ab. Und plazierte es sorgsam in die Mitte des Bettes.

»Was soll das denn?« Philipa starrte verblüfft erst auf das Schwert, dann auf ihn.

»Zum Zeichen, daß ich nicht vorhabe, dich zu bedrängen«, erläuterte er einigermaßen unwirsch.

»Oh.« Philipa wurde rot. »Leg es weg. Ich glaube dir auch so. Es sieht einigermaßen ungemütlich aus, nicht? Ich will nicht neben so einem Ding schlafen.«

»Wie du meinst.« Er zog sein ledernes Wams aus. Endlich. Es war verdammt warm, aber es bot zusätzlich zu dem Kettenhemd mehr Schutz als das wattierte aus Stoff. Richard hatte nicht die Absicht, denselben Weg wie Philipas erster Mann zu gehen.

Philipa entledigte sich kurzerhand ihrer Cotte, ließ das leinene Untergewand jedoch züchtigerweise an, und legte sich an den äußersten Rand des Bettes. Richard zog sich zwar vollständiger aus als sie, verzichtete aber glücklicherweise darauf, dies auch auf seine Bruoch und sein Hemd auszudehnen.

Philipa atmete vorsichtig aus. Nie wieder hatten sie über das Vollziehen oder Nichtvollziehen dieser Ehe geredet, allerdings konnte sie ja nicht genau wissen …

Richard tat es ihr gleich, er bezog die gegenüberliegende Seite des Bettes ebenfalls am äußersten Rand. »Gute Nacht«, sagte er, und im nächsten Augenblick war er eingeschlafen. Philipa lauschte seinem regelmäßigen Atem. Er war zu beneiden.

Nach einer viel zu kurzen Nacht, da sie vor Nervosität und Anspannung nur sehr schlecht hatte einschlafen können, erwachte sie früh von einer Stimme vor ihrem Fenster.

»Komm jetzt, du alter Raudi, die Nacht ist vorbei«, sagte die Stimme. Ein leichtes Klirren folgte, wie von einer Kette. »Los jetzt, ich muß dich anbinden. Ich weiß, es ist nicht schön, aber so sind die Regeln, und du kennst sie.«

Anbinden? An einer Kette? Wer wurde denn hier angekettet? Die Gäste?

Ein leises Winseln erklang.

»Ja, Blanc, meine Schöne, aber es ist, wie es ist. An die Kette mit dir.«

Ein Hund. O gut, der Hund wurde an die Kette gelegt. Nachts lief er frei herum, um das Gelände zu bewachen, sie hatte ihn schon gesehen.

Irgend etwas drückte sie im Rücken. Und am Bauch. Philipa sah vorsichtig an sich herunter. Und war mit einem Schlag vollständig wach.

Richard.

Egal, wie sorgfältig sie sich gestern beim Schlafengehen separiert hatten, während des Schlafens hatten sie sich offenbar anders besonnen. Richard lag an ihren Rücken geschmiegt da und hatte einen Arm schwer über ihre Taille gelegt. Vorsichtig verrenkte sie den Hals, um ihn betrachten zu können.

Er atmete immer noch tief und gleichmäßig und befand sich ganz offensichtlich im süßen Land der Träume.

Philipa wünschte heftig, sie könnte es ihm gleichtun. Sie blickte auf den Arm, der sie umschlungen hielt, gebräunt, mit dunklen Haaren, sehnig und muskulös. Albrecht fiel ihr ein mit seinem goldenen Flaum. Dann, ohne Vorwarnung, dachte sie an Kuno, mehrere Leben lang war es her, aber der Ekel und die Furcht stiegen so unmittelbar wieder in ihr hoch, als sei es erst gestern geschehen. Sie bewegte sich unwillkürlich.

Davon wachte Richard auf. Wie es sich bei Männern entwickelt, die ihre Bestätigung auf den Schlachtfeldern der Christenheit finden, war er von einem auf den anderen Wimpernschlag hellwach, zog sofort seinen Arm zurück und stand ohne ein Wort auf. Was hätte er auch sagen können? Schließlich war es peinlich genug, sich im Schlaf an sie wie ein Baby an seine Mama zu kuscheln, da mußte er die ganze Sache nicht auch noch durch Gerede verunzieren.

Erst als er fertig angezogen war, sah er sie an. »Ich werde den ganzen Tag fort sein«, sagte er. »Du kommst zurecht?«

Philipa nickte. Sie kam zurecht. Natürlich.

Richard erschlug eine der herumschwirrenden Mücken, die sich unvorsichtigerweise zu einem frühen Mahl auf seinem Arm niedergelassen hatte, und ging.

Sie sah Richard erst am Abend wieder, als er sich nach jemandem umschaute, der Daedalus versorgen könnte. Und einen solchen Jemand in Bruno fand, der mit vollen Backen kauend aus einem der Holzhäuser kam. Er hatte sich längst mit einer der Küchenmägde angefreundet und seit seiner Ankunft nicht unter Hungergefühlen zu leiden gehabt.

»Schlau eingefädelt, Bruno«, bemerkte Richard und grinste. Offenbar hatte er sich mit Philipas Beschützer abgefunden.

»Man muß sehen, wo man bleibt, Herr«, bestätigte Bruno etwas undeutlich und schluckte den letzten Bissen hinunter. »Wollt Ihr auch etwas essen? Es gibt eine Kohlsuppe mit Schweinefleisch. Köstlich. Und so komisches flaches Brot.«

»Hört sich gut an. Wir kommen gleich.«

Der Eßsaal war leer, es war noch zu früh für den großen Ansturm. Außer den Mücken war bisher niemand in dem schmucklosen Raum anwesend.

»Ich mag die Viecher nicht«, bemerkte Richard verdrießlich und schlug die tausendste an diesem Tage tot. Er zog ein schmales Päckchen aus der Tasche, die an seinem Gürtel befestigt war, und warf es Philipa in den Schoß.

»Was ist das?« Philipa starrte auf das Päckchen, rührte es jedoch nicht an. Statt dessen zog sie heimlich die Schuhe unter dem Tisch aus und begann den rechten Fuß mit dem linken zu massieren. Sie hatte einen weiten Spaziergang gemacht, weil sie es in ihrer Kammer nicht aushielt.

»Sieh doch nach. Dann weißt du es.«

Sehr liebenswürdig. Mehr würde sie aus ihm nicht herausbekommen, Richard hielt offenbar nicht viel von geschmeidigen Umgangsformen. Er sah mit hungrigem Blick Brunos Küchenmagd entgegen, die eine riesige Schale mit dampfender Suppe vor sich hertrug und ein paar der flachen Brote in ihrer aufgesteckten Schürze.

»Hier.« Peng, die Schüssel stand zwischen ihnen auf dem Tisch. Die Magd lehnte es ab, auch nur ein Wort zuviel zu machen, sie paßte gut zu Bruno. »Bier?«

»Bier«, bestätigte Richard.

Philipa nickte abwesend und betrachtete das Päckchen in ihrem Schoß. Er hatte recht. Wenn sie nicht nachsah, würde sie nicht herausfinden, was sich darin befand. Vorsichtig löste sie die Kordel, mit der es zusammengebunden war. Heraus fiel ein Band.

Ein wunderschönes Band. Goldene Ornamente auf warmem, dunkelrot leuchtendem Grund. Kostbar und sehr edel.

»Das ist aber schön.« Philipa ließ das Band durch ihre Finger gleiten und sah das letzte Sonnenlicht darauf tanzen. Sie blickte Richard an, der bereits eifrig damit beschäftigt war, die Suppe in sich hineinzuschaufeln.

»Freut mich, daß es dir gefällt. Ist ja nichts Besonderes.« Von wegen, das Band mußte sehr teuer gewesen sein. »Ich dachte, als so eine Art verspätetes Hochzeitsgeschenk. Für ein Wittum ist es wohl ein bißchen dürftig.«

»Oh. Ich ... Danke, Richard.«

»Willst du nichts essen? Wenn du noch lange wartest, ist die Schüssel leer.«

Die Sonne malte rötliche Reflexe auf seinem dunklen Haar. Eigentlich wäre es ganz schön, wenn er etwas freundlicher zu ihr wäre. Gerade jetzt schien er allerdings sehr wenig Neigung dazu zu verspüren. Nun gut.

Das Band mußte eben reichen.

Liutgard von Aichbergen war durstig. Sie versuchte, mit ihrer Zunge die Lippen zu benetzen, doch es half nicht viel. Hilfreicher wäre sicher ein Schluck Wein. Dieser stand in unerreichbarer Ferne auf einem Tischchen neben ihrem Bett. Sie überlegte kurz, ob sie nach ihrer Magd klingeln sollte, wozu extra ein feines Glöckchen neben ihr im Bett lag. Aber die Anwesenheit eines anderen hätte erfordert zu sprechen, irgend etwas zu sagen, möglichst einen stärkeren Eindruck zu machen, als sie sich fühlte. Dazu fehlte ihr die Kraft.

Eine Weile würde sie sicher ohne Wein aushalten. Wenn sie auch jetzt wach war, müde und wach gleichzeitig nach stundenlangem, wenig erholsamem Schlaf. Sie schloß die Augen und ließ die Bilder der frühen Jahre an sich vorüberziehen, der Jahre, als sie geglaubt hatte, das diesseitige Leben wäre wichtig. *Aichbergen* wäre wichtig. Sie wußte kaum noch, warum das so gewesen war, so drängend, gewaltig, allumfassend wichtig, daß sie einen Pakt mit dem Teufel geschlossen hatte.

So kam es ihr jedenfalls jetzt vor. Was hatte sie nicht alles unternommen, um ihrem Mann einen Erben zu schenken. Sie hatte gelogen, betrogen und intrigiert. Sie hatte die Schuld an der Vernichtung von Menschenleben auf dem Gewissen. Sie hatte unbeirrbar an ihren Plänen festgehalten, und sie hatte doch verloren. Das Kind, welches unter so viel Mühen ein Aichbergen werden sollte, war bloß ein Mädchen geworden und ein Klotz an ihrem Bein. Katharina war gestorben, und Manfredus hatte beinahe sein Leben verloren und ihre Pläne mit seinem Gesicht bezahlt.

Die Erinnerung an einen dunklen, weiten Wald, ein auf einer Lichtung verstecktes Haus tauchte vor ihren Augen auf. Die Einsamkeit, die so umfassend war, daß sie fast mit Händen greifbar schien. Und Flammen. Viele hohe, lodernde Flammen, die in ihrer glühenden Gefräßigkeit alles vernichteten, was ihr ein paar entscheidende Monate ihres Lebens Heimat und Zuflucht geworden war. Sie hatten Katharina zurücklassen müssen und Manfredus nur unter Mühe nach Hause transportieren können, immer behindert durch einen Säugling, von dem sie nicht wußte, was sie mit ihm anfangen und wie sie mit ihm umgehen sollte.

Als sie zu Tode erschöpft auf Aichbergen angekommen war, hatte sie von dem verdammten Wechselbalg nichts mehr wissen wollen und Philipps Freude bei Gott nicht geteilt. Nur wenige Jahre später hatte er sich endgültig von ihr abgewandt, aber da war er ihr bereits gleichgültig geworden.

Aichbergen galt mehr als die Gefühle eines Ehemanns, der die ihren ohnehin nicht erwidern wollte.

Aichbergen war immer alles gewesen, was sie wollte und wonach sie strebte.

Jetzt war es nicht mehr wichtig. Auch das Kind – es war nicht mehr wichtig. Hatte es doch einen Krämer geheiratet. Bitte, es war für eine wie sie gar keine schlechte Verbindung. Und Aichbergen war verloren, so oder so. Eine Tote hatte keinen Nutzen mehr davon.

Greller Schmerz zuckte durch ihre Beine, und nun läutete sie doch. Später würde sie Manfredus eine Nachricht zukommen lassen, daß sich ihre Pläne geändert hatten. Das nahm sie sich seit Wochen vor, aber sie war einfach zu müde. Heute – oder morgen – würde sie es in Angriff nehmen. Jetzt hingegen wollte sie erst einmal ihre Waden mit warmem Öl massiert bekommen, daß diese Qual vorüberging.

Manfredus, der vom Sinneswandel seiner Herrin nichts wissen konnte und weit davon entfernt war, ihn zu erahnen, war sehr zufrieden mit sich. Denn er hatte einen Entschluß gefaßt und es möglich gemacht, diesen zu realisieren.

In Nowgorod war es gang und gäbe, bei einem Verstoß der ausländischen Kaufleute gegen die dortige Ordnung und ihre Gepflogenheiten, sich irgendeines ihrer Vertreter zu bemächtigen und ihn stellvertretend für den Delinquenten büßen zu lassen, bis man des wahren Übeltäters habhaft wurde.

Das war nicht schön, doch es war praktisch.

Zwar nicht für den, der, ohne etwas verbrochen zu haben, in einer ungemütlichen Kerkerzelle schmorte und sich fragte, ob er jemals wieder das russische Tageslicht erblicken würde, ganz zu schweigen von dem der Heimat. Für denjenigen dagegen, der sich eines Mannes entledigen wollte, ohne gleich Nägel mit Köpfen zu machen, hatte das Prinzip durchaus seine Vorteile.

Manfredus hob den Becher und prostete seinem Gegenüber zu, einem gewaltigen Kerl von einem Mann, dessen in zwei Zöpfe geflochtener Bart dick und glänzend über die breite Brust floß. Ein schöner Mensch mit rosiger Haut und leuchtenden Augen. Und gänzlich skrupellos, jedenfalls wenn es darum ging, einen Sack mit Goldmünzen in Empfang zu nehmen und dafür die in jeder Beziehung an den Haaren herbeigezogene Information weiterzuleiten, Richard von Blankhenberghe habe die Verantwortung für den vor einigen Tagen stattgefundenen Überfall auf das größte Pelzlager der Stadt.

Das Säckchen glitt zwischen die üppigen Falten des russischen Gewandes und verschwand.

Der Russe desgleichen. So geräuschlos und plötzlich, daß man sich fragen konnte, ob er überhaupt dagewesen war.

Nun hieß es nur noch, darauf zu vertrauen, daß er tat, wofür er das Gold bekommen hatte. Vertrauen fiel einem wie Manfredus naturgemäß schwer, aber hier blieb ihm wohl keine Wahl.

Er würde die Stadt verlassen mit dem ersten Kaufmannszug, der sich in den Westen aufmachte. Liutgard mußte endlich einen Bericht erhalten. Sie würde zufrieden sein, davon ging er aus. Sie hatte den in jeder Beziehung nutzlosen Albrecht Rappart aus dem Weg haben wollen, gut, das war er, und zwar gründlich. Sie hatte einen lehnsfähigen Kandidaten für Aichbergen gesucht, so einer war Richard. Doch war er ihr auch genehm? War er nicht vielleicht zu selbständig und sie nicht in der Lage, ihn in ihrem Sinne zu leiten, um nicht das häßliche Wort manipulieren zu verwenden? Vermutlich. Einen, der einen eigenen Kopf hatte, konnte sie nicht gebrauchen. Zumal er ein Mann Guntrams von Nidbergen war, und möglicherweise schien Liutgard diese Nähe zu eng.

Manfredus war's egal. Richard von Blankhenberghe war vorerst aus dem Verkehr gezogen, und es konnte Wochen dauern, bis der Fall aufgeklärt und er wieder frei war. Wenn überhaupt. Na ja, darauf hatte er jetzt keinen Einfluß mehr. Ob er gleich im Anschluß daran eine Reisegesellschaft fand, die ihn mitnahm, stand in den Sternen. Und ob er überhaupt mitzureisen in der Lage war. Russische Gefängnisse waren nicht für ihre Bequemlichkeit berühmt.

Sei es, wie es sei, Liutgard von Aichbergen hatte Monate, wenn nicht Jahre Zeit gewonnen, ihren Plänen mit Philipa den letzten Schliff zu geben. Er für sein Teil würde ihr empfehlen, ihre Tochter nach Hause zu holen und in Kauf zu nehmen, daß sie sie dann auf dem Hals hatte. Aber eine Frau, die zu schnellen, eigenen Entschlüssen neigte wie Philipa, sollte man besser unter Kontrolle halten, das hatte die Vergangenheit unmißverständlich gezeigt. Sobald sie ihren Fuß wieder auf heimischen Boden setzen würde, mußte sie nach Aichbergen und tun, wofür sie auf der Welt war: das Erbe Aichbergens für Liutgard sichern. Basta.

Daß Entsetzen sehr plötzlich und unerwartet über einen hereinbrechen kann, wußte Philipa spätestens seit Albrechts Tod. Nicht im allerentferntesten hatte sie damit gerechnet, daß ihr Leben so bald schon wieder in Trümmern vor ihr liegen sollte. Sie hatte eigentlich gedacht, sie sei dabei, die alten Bruchstücke mühsam zu einem neuen Ganzen zu fügen. Doch so sollte es nicht sein. Gott hatte offenbar einen anderen Plan mit ihr, wenn es ihr auch nicht ganz leicht fiel, seinen Anforderungen ohne Klagen entgegenzutreten.

Als sie nach einem Besorgungsgang gemeinsam mit Dietrich durch das breite Tor auf den Hof des Kontors trat, spürte Philipa sofort, daß etwas geschehen war. Es lag so ein seltsames Summen und Vibrieren in der Luft. Grüppchen von Kaufleuten standen beisammen und redeten gestikulierend aufeinander ein und wirkten … aufgebracht. Ja, genau. Aufgebracht und beunruhigt.

Philipa blieb stehen. »Hast du eine Ahnung, was geschehen ist, Dietrich?«

»Nein. Ich war die ganze Zeit mit Euch beisammen, da wissen wir doch dasselbe.« Seine Augen flitzten hin und her, er witterte wie ein Fuchs, kurz bevor er die Lichtung stürmt auf der Suche nach einer Beute.

Er hatte recht. Dumme Frage. »Da kommt Bruno«, sagte Philipa unruhig. »Der kann uns bestimmt sagen, was los ist. Vielleicht ist ja auch gar nichts los, und wir bilden uns das ein.«

Wohl eher doch nicht. Bruno bahnte sich den Weg durch die Menge, er schien eilig. Eilig und ungewöhnlich blaß. Philipas Mund wurde trocken.

»Pippa, komm mit.« Bruno faßte sie am Oberarm und zog sie mit sich. Das hatte er noch nie getan. Er führte sie mit raschen Schritten zu dem Gästehaus, in dem sie wohnten, Dietrich auf den Fersen, der nicht daran dachte, sich abschütteln zu lassen. Drinnen schob Bruno sie nicht in den Schankraum, wie es vernünftig und normal gewesen wäre, sondern in ihre Schlafkammer. Dann drehte er sich um und verriegelte in aller Sorgfalt die Tür.

»Bruno, was ist denn los?« Philipa verspürte eine leichte Übelkeit.

Bruno lehnte sich gegen die Tür. »Willst du dich nicht setzen?«

»Nein, eigentlich nicht, aber wenn du darauf bestehst.« Philipa ließ sich auf einen Stuhl sinken.

»Tja.« Bruno hatte schon immer gefunden, man dürfe Philipas Stärke nicht unterschätzen, auch wenn sie sich nach dem Tode Albrechts vielleicht etwas hatte gehen lassen. Das konnte sie sich jetzt allerdings nicht leisten, und deshalb war er für klare Worte. »Richard ist verhaftet worden.«

»Du machst Witze!«

»Nicht so lustig, finde ich, was meinst du? Nein, es stimmt, leider. Vorhin kam ein Trupp von ich weiß nicht wem, Männern des Erzherzogs oder der Stadtoberhäupter oder von sonst einem und nahmen ihn einfach mit.«

Die Übelkeit verstärkte sich. Einen entsetzlichen Moment lang hatte Philipa das Gefühl, sie müsse sich erbrechen. Dann stellte Dietrich die entscheidende Frage.

»Warum?«

Bruno kratzte sich am Schädel. Diesmal mit beiden Händen, was das Ausmaß seiner Ratlosigkeit erkennen ließ. »Irgendwo hier in der Nähe ist eines der Pelzlager überfallen worden. Aufgrund der Art und Weise des Überfalls, der Waffen, die benutzt worden sind und so weiter, schließt man, daß es sich dabei um Ausländer gehandelt haben muß.«

»Ach so.« Philipas Lebensgeister erwachten wieder. »Das ist ja schlimm, sicher ist es das, aber Richard ist es nicht gewesen! Sie können ihn nicht einfach festnehmen. Ich meine, er kann bestimmt beweisen, daß er es nicht getan hat. Zum Beispiel, weil er da nicht hat sein können zu der fraglichen Zeit.«

»Tja. Pippa, also, es ist so. Wenn etwas Derartiges vorfällt, dann nehmen die Russen irgend jemanden fest, dessen sie habhaft werden können. Wenn es nicht der Richtige ist, suchen sie eben einen Sündenbock, einfach so. Zur Abschreckung für alle. Diesmal …«

»Diesmal war es Richard«, sagte Philipa tonlos.

»Genau.« Bruno nickte. Er hatte nicht nur kräftige Muskeln, sondern auch einen starken Charakter. Mit all seiner ihm zur Verfügung stehenden Kraft bemühte er sich nun darum, sich nicht der Verzweiflung hinzugeben. Richard war ihm im Grunde mehr oder weniger egal, obwohl es ungerecht zuging, das schon, doch sein Mitleid galt vor allem Philipa. Er ballte die Fäuste und schwieg.

Sie hatten Richard nicht in das Gefängnis vom Peterhof werfen lassen, o nein, das hatte nicht genügt. Man hatte ein Exempel statuieren wollen. So war er außerhalb der deutschen Gerichtsbarkeit in den offiziellen Kerker der Stadt gebracht worden. Es war nicht wahrscheinlich, daß er es dort sehr gemütlich hatte.

Philipa sah abwechselnd von Bruno zu Dietrich und raufte sich buchstäblich die Haare. Dann faßte sie einen Entschluß. »Wir holen ihn da raus.«

»Philipa …«

»O doch. Er hat mich aus den Fängen Oderichs befreit und versprochen, mich nach Hause zu bringen, und jetzt befreie ich ihn aus diesem gottverdammten Kerker.«

»Männer können so was tun, Philipa. Jedenfalls versuchen können sie es.«

»Aber ich bin bloß eine Frau?« Philipa sah ihn grimmig an. »Da hast du recht. Deshalb werde ich es auch nicht mit blöder Gewalt versuchen. Sondern mit Gewitztheit. Nach Frauenart eben.«

Bruno hob die Hand, um sich am Kopf zu kratzen, ließ sie jedoch wieder sinken. Na gut. Sollte sie es versuchen. Alles war besser als diese stumme Verzagtheit. Wenn es ihr half, ein Ziel zu haben, bitte sehr.

»Wir holen ihn da raus.« Bruno lächelte ihr zu.

»Eben.«

»Kannst du denn überhaupt sofort aufbrechen?« Der Anführer einer Gruppe von Kaufleuten, die sich in Kürze auf den weiten Weg zurück in die Heimat machen wollten, betrachtete Manfredus unverhohlen argwöhnisch. Ihr Ziel war Lübeck, doch von dort aus war es kein Problem, alleine weiterzukommen. Das hätte Manfredus auch jetzt bevorzugt, aber die Strecke war ihm zu unbekannt und zu gefährlich, da schloß er sich lieber jemandem an. Auch wenn der so wie jetzt einen zweifelnden Blick auf ihn warf und alles in allem das Gefühl vermittelte, er hätte gerne auf Manfredus' Begleitung verzichtet.

»Klar. Ich bin *kein* Kaufmann und habe daher wenig Gepäck.« Manfredus haßte es, wenn er sich anpreisen mußte. Er war nicht umsonst ein Einzelgänger. Es paßte einfach besser zu ihm. »Ihr könnt mich als Wache einsetzen, auf dem Gebiet habe ich reichlich Erfahrung.«

»Das glaube ich. Na gut. Zusätzlichen Schutz können wir immer gebrauchen. Und du hast nicht vor, Ärger zu machen?«

Dieser Blick! Manfredus knirschte stumm mit den Zähnen und rang darum, freundlich zu bleiben. »Warum sollte ich? Aber wenn ihr einen bewaffneten Mann nicht braucht, bitte. Schließe ich mich dem Trupp an, der nach euch abreist. Ich hab's nicht eilig.« Das entsprach nicht im geringsten den Tatsachen, und er sandte ein kurzes Bittgebet an den Heiligen Nikolaus, den Schutzpatron der Reisenden.

Der half auch sofort. »Ist ja schon gut. Ich rede mit den anderen, da gibt's jedoch sicher keine Probleme. Also. Wir reisen morgen bei Tagesanbruch ab, finde dich an der Kaimauer ein, wir sind nicht zu übersehen.«

Wohl kaum. Es war die einzige größere Gruppe, welche die Stadt verließ. Ansonsten hätte er keinen Grund gehabt, sich ihr anzuschließen.

Manfredus seufzte ergeben und nickte. »Ich werde da sein.«

Das würde er auch, und zwar schon bald. Es war besser, bis zur Abfahrt unsichtbar zu bleiben, und das schloß aus, daß er sich im Peterhof noch einmal blicken ließ. Es würde keine gemütliche Nacht werden, doch ohnehin nur eine kurze. Ansonsten konnte er zufrieden sein. Wenn alles gut ging, war er in zwei, drei Monaten zu Hause und Richard bis dahin vielleicht sogar schon frei. Oder nicht. Oder schon tot. Dann mußte Liutgard ihre Pläne eben umstellen. Wäre vielleicht gar nicht so schlecht. Eine zweimal verwitwete Philipa wäre sicher handzahmer, irgendwann gab selbst das widerspenstigste Weib auf. Außerdem konnte Liutgard dann einen geeigneteren Kandidaten für sie auswählen.

In jedem Fall hatte er einen beachtlichen Vorsprung. Dazu

ein reines Gewissen. Bei dem Krämer war es anders gewesen, einen Ritter dagegen nicht im Kampf, sondern heimtückisch umzubringen, der Gedanke war ihm unbehaglich gewesen. Aber jetzt saß er fest, und Liutgard hatte eine Pause, so konnten doch alle zufrieden sein.

Außer Richard. Manfredus grinste und machte es sich hinter einem Stapel Bauholz gemütlich, um das ersehnte Ende seines Nowgorod-Aufenthaltes zu erwarten.

Philipa brachte zwei ganze lange, ermüdende Tage damit zu, sich zu informieren. Der Erzherzog weilte nicht in der Stadt. Auf der Burg ließ man sie nicht vor. Vor dem Geheimen Rat des Vece lachte man sie aus. Sie war nur eine Frau, und mit Weibern verhandelte man in solchen Angelegenheiten nicht. Bruno war zwar keine Frau, doch er war nicht standesgemäß, also verhandelte man mit ihm auch nicht. Die Obmänner des deutschen Kontors fühlten sich nicht zuständig, weil Richard kein Händler war so wie sie. Das Zusammenleben mit den Russen war schwierig genug und oft von Mißverständnissen belastet, da wollte man nicht in einer Sache, die nicht einen der Ihren betraf, Partei ergreifen, das müsse sie doch verstehen.

Philipa verstand. Sie sprach mit jedem, dessen sie habhaft werden konnte. Sie redete und fragte und hörte zu, und am Ende wußte sie, daß alles noch viel schlimmer war, als sie gedacht hatte. Und sie wußte, daß sie handeln mußte. Schnell.

Am dritten Tag, als ihr bereits die Gesichtsmuskeln schmerzten vor lauter Anstrengungen, zu lächeln und eine verständige Miene zu ziehen, und ihr der Magen weh tat, weil sie nichts essen konnte, am dritten Tag also schnappte sie sich Dietrich und machte sich auf den Weg zu Richard.

Man hatte ihr gesagt, daß er im Verlies der Burg einsitze, und der einzige Hoffnungsschimmer, den sie hatte, war, daß er tatsächlich noch in der Stadt und am Leben war. Bei allen anderen Fragen und Erkundigungen hatte niemand, absolut niemand auch nur den winzigsten Zweifel daran gelassen, daß ihr nicht zu helfen war.

Wenn ihr niemand half, nahm sie die Sache eben selber in die Hand.

Sie biß die Zähne zusammen, umklammerte den Korb, den sie bei sich trug, und versuchte, den Wärter freundlich anzusehen, der sich breit vor ihr aufgebaut hatte und sie abschätzig anblickte, während er auf einem Strohhalm kaute. Sie befanden sich in einer Art Vorraum, schmutzig und düster, dem Refugium der Wachmannschaft. Von dort aus gelangte man in einen Gang, der ganz offensichtlich zu den Zellen führte. *Wenn* man hineingelangte, denn er war durch ein äußerst stabil und widerstandsfähig wirkendes Gitter von dem Vorraum getrennt. Die Obrigkeit hatte Vertrauen in dieses Gitter. Das zeigte sich darin, daß der Wärter alleine war. Ein Bewacher war ausreichend.

Philipa brachte ein höfliches Lächeln zustande.

Dietrich radebrechte auf den Wärter ein. Ein bißchen Russisch hatte er in den vergangenen Monaten gelernt. Philipa fragte sich, warum sie sich nicht ebenfalls bemüht hatte. Zu spät.

Der Wärter schüttelte den Kopf, und die zwei Zöpfe, in die sein Bart geflochten war, schaukelten munter hin und her.

Dietrich deutete auf den Korb, der wohlgefüllt an Philipas Arm hing, und sagte etwas. Dann griff er unter das Tuch, das den Inhalt des Korbes verbarg, und holte ein Stück gebratenes Fleisch und einen Kanten weißes Brot hervor.

Der Wärter schluckte. Vielleicht war seine Bezahlung nicht so, wie er es sich gewünscht hätte, und seine Alltagskost eher mager. Jedenfalls stieg ein köstlicher Duft von dem Fleisch auf, und der Duft siegte. Besser gesagt, es siegte die Gier über den Verstand. Der Wärter schnappte sich

Fleisch und Brot und schloß dann umständlich das Gitter auf. Mit einem Kopfnicken bedeutete er Philipa hineinzugehen, während er bereits die Zähne in die unverhoffte Mahlzeit schlug.

Als Dietrich ihr folgen wollte, schüttelte er den Kopf. Nein. Sie sollte allein gehen. Offenbar war ihr Begleiter zu gefährlichem Aufruhr imstande, welche Einschätzung ihn ehrte, unauffällig und schmal, wie er war. Philipa warf ihm einen unsicheren Blick zu und betrat zögernd den Gang.

Er war gerade so breit, daß ein einigermaßen gut gebauter Mann hindurchpaßte, und lag im Halbdunkel, einzig erleuchtet von der Fackel, die der Wärter ihr mitzunehmen großmütigerweise gestattet hatte. Der Stein glänzte vor Feuchtigkeit, es roch nach Moder, Angst und Fäulnis. Nach Hoffnungslosigkeit. Philipa hatte keine Ahnung, wie ein Mensch beschaffen sein mußte, daß er es in einer solchen Atmosphäre aushielt, ohne verrückt zu werden.

Sie lief den Gang entlang, ihre Schritte hallten dumpf von den Wänden wider.

Dann eine Zelle. Sie war offen. Und leer.

Die nächste. Ebenfalls offen und leer.

Sie lief noch ein Stückchen, ihrem Eindruck nach ging es leicht bergab. Noch eine Zelle. Sie war wie die anderen offen. Aber sie war nicht leer.

Am hinteren Ende hockte Richard auf schmutzigem Stroh, mit einer Hand an einem Eisenring angekettet. Er hatte die Augen geschlossen.

Philipa schluckte hart. »Richard«, sagte sie leise. »Sieh mich an. Ich bin's, Philipa.«

»Du hast dir Zeit gelassen.« Er öffnete die Augen, geblendet von der Fackel, die sie in der Hand hielt und die blakte, weil hier unten wenig Luft war.

»Ich hatte zu tun.« Philipa kniete sich neben ihn. »Ich habe dir etwas zu essen mitgebracht. Und eine Decke.«

»Essen ist gut. Was denn?«

Mageres Hühnchen und Brot. Außerdem Zwiebeln, denn Zwiebeln waren gesund.

Richard begann zu essen. Gierig, denn zwei Tage Wassersuppe und verschimmeltes Brot waren nichts, was einen Mann satt machen konnte. Nicht, daß er sonderlich viel Appetit hatte, aber er mußte essen, um bei Kräften zu bleiben, das wußte er.

Der Kerker glänzte feucht. Der Boden war überhaupt sumpfig in der Gegend, der Peterhof hatte auch auf Holzpfählen errichtet werden müssen.

»Haben sie dich nicht früher zu mir gelassen, oder warum hast du so lange gewartet?«

»Ich sagte doch, ich hatte zu tun. Hier. Ich habe dir noch einen Krug Bier mitgebracht.«

»Was hattest du denn zu tun? Nähen und sticken?«

Philipa sah ihn angriffslustig an. »Nein, aber es ist eine gute Idee. Vielleicht bringe ich ab jetzt meine Zeit damit zu, während ich darauf warte, daß du in den Peterhof spaziert kommst.«

»Tut mir leid. Was hast du denn getan?«

»Ich habe mich erkundigt, was ich tun muß, um dich hier herauszubekommen.«

»Aha. Rauskommen ist kein übler Plan.« Auf keinen Fall würde er zugeben, daß er hier unten fast verrückt wurde vor Furcht und wegen der Kälte und Einsamkeit und weil er nicht wußte, was er tun sollte. Oder ob sie ihn hier einfach verrotten lassen würden.

»Ja. Aber es will mir niemand helfen. Also muß ich mir selbst etwas einfallen lassen.«

Das hörte sich nicht gut an. Richard ließ die Hand mit dem Hühnchenschenkel sinken.

Schwere Schritte kamen langsam näher. Im Eingang erschien der Wärter. Anscheinend war er mit seinem Mahl fertig geworden. Er bedeutete Philipa, sie müsse jetzt gehen, nicht unfreundlich, doch bestimmt.

Sie erhob sich. »Verlaß dich auf mich. Ich hole dich hier raus.«

Richard schloß erneut die Augen. Und Philipa ging.

»Wenn du jetzt nicht sofort was ißt, kriegst du Ärger mit mir.« Bruno starrte mit finster zusammengezogenen Brauen auf die unangerührte Schüssel Suppe, die vor Philipa stand und langsam kalt wurde.

»Ich habe keinen Hunger. Du kannst dir nicht vorstellen, wie es da unten riecht, Bruno.« Philipa schüttelte sich.

»Nein. Wenn doch, wäre es egal. Du ißt jetzt. Zusammengeklappt kannst du ihm nicht helfen. Das wolltest du doch, habe ich das richtig verstanden?«

»Ja, ist ja schon gut.« Philipa begann lustlos in der Suppe zu rühren. »Ich habe einen Plan.«

Bruno warf ihr einen scharfen Blick zu und hob die Augenbrauen.

»Jaja.« Sie tauchte den Löffel in die Suppe und aß ein paar Häppchen. Es schmeckte eigentlich ganz gut, und ihre Befürchtung, sich beim ersten Bissen übergeben zu müssen, erfüllte sich nicht. Als der Teller nur noch halbvoll war, legte sie den Löffel hin. Für einen Moment klammerte sie sich an das Bild ihrer Schwester, das vor ihrem inneren Auge aufgetaucht war. Gysela, die manchmal forsch, manchmal klug war, stets entschlossen, das Leben und seine Möglichkeiten fest mit beiden Händen zu ergreifen. Eine solche Aufmunterung hätte sie jetzt sehr gut gebrauchen können.

»Ich kann nicht mehr. Bruno, laß mich in Ruhe, mir wird sonst schlecht. Also, hör zu. Wir teilen die Aufgaben ein. Ich gehe täglich in den Kerker, und du spionierst die Gegend aus. Miete dir ein Pferd.«

»Wir haben genug Pferde.«

»Ich weiß. Aber wenn ich mit Richard in die Wälder fliehe, wirst du mit Dietrich in die entgegengesetzte Richtung unterwegs sein und eine falsche Fährte legen«, erwiderte Philipa liebenswürdig.

»Du fliehst mit ihm in die Wälder.«

»Genau.«

»Eine alberne Frage am Rande«, sagte Bruno und kratzte sich hinter dem Ohr. »Wie willst du denn hinkommen, in die Wälder, meine ich? Mit ihm?«

»Ich befreie Richard, wie auch immer, damit wir verschwinden können nach Süden oder Westen oder was weiß ich, das sollst du ja herausfinden. Aber du wirst gleichzeitig eine andere Spur legen, und sie werden glauben, daß Richard mit uns in Richtung Ladogasee aufgebrochen ist, was ja normal wäre. Sie werden uns dorthin folgen. Wenn sie dann feststellen, daß er nicht da ist, ist es zu spät, in der anderen Richtung noch nach ihm zu fahnden.«

Bruno wiegte den mächtigen Kopf und sah sie zweifelnd an. »Na gut. Du bist verdammt wagemutig.«

»Bin ich gar nicht«, erwiderte Philipa kläglich. »Im Gegenteil, wenn ich nicht aufpasse, werde ich vor Angst ohnmächtig.«

Mit Dietrichs Hilfe kaufte sie sich weiche, knöchelhohe Stiefel und traf auch sonst noch heimlich und verschwiegen allerlei Vorbereitungen. Nicht einmal ihm erzählte sie von ihren Plänen, denn wer wußte schon, wie sie ihn unter Druck zu setzen verstanden, um sein Wissen aus ihm herauszubekommen.

Sie packte ein paar Sachen in zwei Bündel. Richards Kettenhemd und sein ledernes Wams. Für sich selbst eine Cotte und einen Surkot. Auf der Flucht und bei der sommerlichen Hitze wollte sie möglichst leicht bekleidet sein, aber wenn sie wo auch immer ankam, mußte sie sich anständig herrichten können, sonst würde ihr niemand helfen, da war sie sicher.

Einen Ziegenschlauch. Ein breites Messer und einen Dolch, die Bruno für sie besorgte. Das Schwert hatten sie Richard abgenommen, und Philipa wußte, daß er es schmerzlich vermissen würde. Pökelfleisch, Buchweizen. Und ein Brot. Viel zu essen konnten sie nicht mitnehmen, schließlich hatten sie keinen Karren, auf dem sie es würden transportieren können. Sie mußten sich eben mit dem begnügen, was im Wald zu finden war. Wenn etwas zu finden war. Sie hatte keine Ahnung, was in den russischen Wäldern wuchs.

Angst stieg in ihr hoch und würgte sie in der Kehle. Wenn sie nicht erschlagen wurden, würden sie vielleicht verhungern.

Sie fiel auf die Knie und begann zu beten.

Bei all dem ging sie täglich zu Richard in den Kerker. In der zweiten Woche lag er nur mehr apathisch da und hustete, statt sie zu begrüßen.

»Bilde dir bloß nicht ein, du dürftest hier in diesem Loch einfach krepieren«, fuhr ihn Philipa wild an, und Richard blickte auf.

»Dann beeil dich.« Seine Stimme klang kratzig und rauh.

»Ich will dir nichts vormachen.« Philipa kniete neben ihm im Dreck, und ob er wollte oder nicht, sie strich ihm die wirren Strähnen aus der Stirn. »Aber auf Gebratenes und Gesottenes zum Aufpäppeln wirst du noch eine Weile warten müssen.«

»Ich weiß.« Er sah sie verzweifelt an. Es war überhaupt das erste Mal, das er zugab, wie elend er sich fühlte, und das war das sicherste Zeichen dafür, daß er schwächer wurde.

»Ich komme morgen wieder«, flüsterte Philipa, wenn sie normal sprach, würde ihre Stimme kippen, fürchtete sie. »Ich habe noch etwas vor.«

Als sie ging, klopfte sie dem Wärter freundlich auf die Schulter und lächelte ihn kokett an. Dann holte sie ein köstliches, mit Mandeln gefülltes Honiggebäck aus ihrem Korb und legte es in seine mächtige Pranke. Mit Händen und Füßen und liebreizender Mimik bedeutete sie ihm errötend, sie habe es selbst gemacht, nur für ihn, und er breitete die Arme aus und verbeugte sich lächelnd.

Sie würde es schon schaffen. Ganz langsam würde sie ihn sich gewogen machen und dann ihren Plan in die Tat umsetzen.

Dietrich nahm sie schon lange nicht mehr mit. Zu gefährlich. Für ihn, denn er sollte nicht zu viel wissen, und auch für sie. Der Wärter mußte meinen, sie sei vollkommen harmlos. Eine arme, unglückliche Frau, die ihren Gatten besuchte und ihn mit dem Nötigsten versorgte.

Sie verbrachte weiterhin ihre Tage damit, Erkundigungen einzuziehen und sich abwimmeln zu lassen, was außerordentlich zermürbend und zeitraubend war. Nur in den frühesten Morgenstunden, wenn außer ihr und Bruno noch kaum jemand auf den Beinen war, hatte sie anderes zu tun. Sie verschwand in den lichten Wäldern, die Nowgorod umgaben, auf der Suche nach etwas, was ihr helfen konnte. Als sie endlich, nach Tagen und Tagen vergeblichen Kriechens und Umherblickens fand, wonach sie Ausschau hielt, brach sie vor Erleichterung in Tränen aus.

Nun hielt sie den Zeitpunkt für gekommen, Bruno einzuweihen. Sie besprachen das Notwendige, bevor er sein Bündel schnürte und sich auf den Weg machte, seinen Teil beizutragen. Nur wenige Stunden später winkte ihr verläßlicher Freund seit so vielen Jahren ihr noch einmal zu und ritt in die Wälder auf der Suche nach dem bestmöglichen Weg. Durch die Wildnis in die Freiheit.

Philipa bemühte sich, nicht daran zu denken. Es galt, sorgsam eins nach dem anderen zu erledigen. Schließlich wollte sie nicht vorher durchdrehen.

Wenn er auch immer noch hustete, schien es Richard am Ende der zweiten Woche besser zu gehen. Wie das zuging hier in dieser Feuchtigkeit und in diesem Schmutz, der unmöglich gut für ihn sein konnte, blieb Philipa verborgen. Vielleicht war es sein störrischer Wille.

»Endlich. Da bist du ja.«

»Tut mir leid. Es ging nicht eher. Wenn ich mal Zeit hatte, war ein anderer Wärter hier, und ich brauche aber den da. Igor heißt er, glaube ich.«

»Keine Ahnung.«

»Also, ich habe Folgendes herausgefunden. Das Wichtigste ist, daß dein Fall den Tysjackij vorgetragen werden muß, und das kann dauern.«

Richard schüttelte den Kopf. »Daß du das aussprechen kannst.«

»Tja.« Philipa schob ihm den Topf mit der Suppe näher. »Jetzt iß etwas.«

Eine Ratte blickte aus sicherer Entfernung hinüber. Sie schien wesentlich mehr Interesse an der Suppe zu haben als Richard. Philipa ergriff ein Bündel von dem eklig schmierigen Stroh und warf es in Richtung der Ratte. Sie verschwand. Vermutlich mit einem Hohnlachen.

»Erzähl ruhig weiter von deinen Tyskis.«

»Fast richtig. Also. Es gibt insgesamt drei Möglichkeiten«, erklärte Philipa. »Entweder der Fall bleibt bei den Tysjackij, und das wäre schlecht. Das sind die Vorsitzenden des Handelsgerichts, sie werden als solche gewählt von den Kupcy …«

»Du gibst an«, warf Richard ein, er grinste schwach. Soweit sie das in dem Dämmerlicht und der mickrigen flackernden Fackel erkennen konnte.

»Natürlich gebe ich an.« Philipa lächelte auch, obwohl ihr nicht danach zu Mute war. Richard vermutlich auch nicht. »Schließlich habe ich Stunden damit zugebracht, das alles zu lernen. Kupcy ist der Name für die Nowgoroder Kaufmannschaft. Bürger. Sie dürften wenig Interesse an der Rettung eines Adeligen haben, der dazu auch noch ein fremder Großhändler sein könnte, wenn sie überhaupt verstünden, was er will.«

Richard nickte und schwieg.

»Die zweite Möglichkeit wäre, daß der Erzbischof sich einschaltet. Was er normalerweise nur tut, wenn die Situation zu eskalieren droht, und das hoffen wir also lieber nicht.«

Richard sah sie bedrückt an und unterdrückte einen Hustenanfall. »Und die dritte Möglichkeit?«

»Der Fall kommt nicht vor das Handelsgericht, sondern zur Urteilsfindung vor den Vece.«

»Den Vece. Ich gebe auf.«

Philipa lächelte honigsüß. »Ja, der Vece. Das ist die Volksversammlung und hätte den Vorteil, daß dort die Bojaren, also der Adel, das Heft in der Hand halten. Du bist ebenfalls von Adel, was sich vielleicht günstig auswirkt. Allerdings kennt dich niemand hier, und vielleicht glauben sie dir nicht. Ich halte es also für das Klügste, wir verschwinden.«

»Natürlich. Und du weißt sicher schon, wie.«

»Genau.«

»Warum auch nicht.« Richard hustete wieder. »Was du da neulich so aufmunternd über das Krepieren gesagt hast. Es hat mich beeindruckt.«

»Ja, ich weiß. Du hast immer noch Fieber, glaube ich. Darf ich mal fühlen?«

Richard nickte. Sie kroch zu ihm hinüber und legte die Hand auf seine Stirn. Sie war heiß und feucht. An seinem Hals flatterte unruhig der Puls. Philipa biß sich auf die Lippen, hockte sich neben ihn in den Dreck und erzählte ihm mit leiser Stimme von ihrem Plan.

Der Wärter verschlang unter dem strahlenden Lächeln Philipas, das sie viel Anstrengung kostete, sein Gebäckstück.

Noch während er an den letzten Bissen kaute, brach ihm der Schweiß aus, sein Blick bekam einen verblüfften Ausdruck. Er blinzelte und fuhr sich mit dem Handrücken über die Augen. Noch bevor ihm dämmerte, was geschah, sackte er in die Knie, krümmte sich, fiel um und lag still da.

Philipa starrte ihn entsetzt an.

»Philipa. Die Schlüssel.«

Richards leise, drängende Stimme holte sie in die Wirklichkeit zurück, die aus dem engen, stinkenden Kerker bestand, aus Schimmel an den Wänden, schmutzigem Stroh und den Geräuschen der Ratten, die darin raschelten. Mit äußerster Willensanstrengung überwand sie ihren Ekel und knüpfte den Schlüssel vom Gürtel des Wärters. Er atmete noch. Röchelnd und gurgelnd, aber immerhin. Sie schluckte.

Dann warf sie Richard den Schlüssel zu und zog sich das Kleid über den Kopf.

»Philipa? Was machst du denn da?« Richard klang jetzt zum ersten Mal richtiggehend verzweifelt, als fürchte er, sie könne plötzlich den Verstand verloren haben.

Philipa antwortete nicht. Sie zerrte an ihrem Kleid, und als sie es endlich ausgezogen hatte, klemmte sie es zwischen die Knie, da sie es nicht in den Schmutz legen wollte. Darunter trug sie Richards blaues Wams.

»So kannst du ja wohl nicht gehen, oder?«

Richard sah an sich hinab. Sie hatten ihm seine Bruoch und seine Beinlinge gelassen, zum Glück sogar die Stiefel, obwohl er gesehen hatte, wie der Wärter manches Mal einen begehrlichen Blick darauf geworfen hatte. Aber sein Hemd hing in schmutzigen Fetzen an ihm hinab, und ein Obergewand hatte er sowieso nicht mehr. Philipa hatte recht. Er streifte das Wams über.

»Hier. Ich habe noch etwas für dich.« Philipa hielt ihm den Dolch hin. Selbst in dem trüben Licht schimmerte er und machte einen beruhigend scharfen Eindruck.

Richard sah sie kurz an. Dann ergriff er wortlos den Dolch und öffnete vorsichtig die Tür.

»Wir können gehen«, flüsterte Philipa.

»Vielleicht läßt du mich erst einmal nachsehen, ob jemand da ist?«

»Nein, das ist nicht nötig. Was glaubst du, habe ich in den letzten drei Wochen getan? Ich *weiß*, daß jetzt niemand aufpaßt außer unserem Freund hier. Und der paßt ja auch nicht auf, denn er hat genug mit seinen Erdblättrigen Rißpilzen zu tun.« Philipa unterdrückte ein hysterisches Kichern. »Sie essen gerade. Warum bin ich wohl jetzt da und nicht wann anders?!«

»Ist ja gut. Dann komm jetzt.«

Der Gang. Viel länger als sonst, dunkler, modriger. Ihre Schritte lauter. Philipa überlegte, ob es wohl stimmte, daß man vor Angst sterben konnte. Wenn es stimmte, wollte sie es nicht jetzt herausfinden.

Ein Lichtschimmer. Die Tür. Die Tür nach draußen.

Sie traten mit weichen Knien durch den schmalen Durchgang in das schwindende Sonnenlicht. Es war hell. Richard kniff überwältigt die Augen zusammen.

Russische Wälder

Sommer 1257

Die Sonne ging spät unter, und während langsam die Dämmerung auf das russische Land niedersank, drangen Philipa und Richard immer weiter in den lichten, weiten Wald ein, der für die nächsten Wochen ihr Zuhause sein würde. Sie liefen schweigend hintereinander her, und wenn Philipa nicht so erschöpft gewesen wäre, hätte sie die Furcht, den richtigen Weg zu verpassen, kaum noch atmen lassen. Aber so lief sie immer weiter, erst die Strecke, die sie mit Bruno ausgekundschaftet hatte, und später dann entlang der Richtpunkte, die er ihr erklärt hatte. Genauer gesagt hatte er diese unermüdlich mit ihr geübt und ihr verboten, sie aufzuschreiben.

»Was du im Kopf hast, kann dir erstens keiner wegnehmen und zweitens keiner beweisen«, hatte er gesagt und sie beschwörend angesehen. Niemals hatte er sie für verrückt erklärt oder sie von ihrem Plan abhalten wollen, aber als der Tag voranschritt, wünschte zumindest ein Teil ihres gequälten Bewußtseins, er hätte es getan.

Als sie endlich an der Hütte ankamen, die Bruno für sie ausgespäht hatte, war es fast zu dunkel, um sie noch zu erkennen. Es würde vermutlich für lange Zeit ihr letztes Dach über dem Kopf sein. Sie konnten noch einmal so tun, als lebten sie in der Zivilisation.

»Meine Güte«, sagte Richard überwältigt, »welch ein Luxus.« Er schob den Riegel zurück, der die Tür sicherte, und trat ein.

Philipa folgte ihm. Im letzten Licht waren vage ein sorgfältig aufgeschüttetes Lager aus Moos und Farn zu erkennen, ein Talglicht und ein dicht verschnürtes Paket mit Essen lagen auf einem grob gezimmerten Tisch. Daneben Wasser in einem krummen Eimer, geholt aus einem Bach, der in einiger Entfernung rauschte. Bruno hatte an alles gedacht. Philipa stiegen Tränen in die Augen.

Richard zündete das Licht an, er vertrug die Dunkelheit in engen Räumen zur Zeit nicht besonders gut. Schatten zuckten über die Wand. Draußen rief ein Käuzchen, sonst war alles still bis auf das ewige Rauschen der Wälder.

»Ich muß mich waschen, sonst werde ich verrückt«, erklärte Richard mit einem Mal und begann auch schon, sich seiner Kleider zu entledigen.

Philipa drehte sich verlegen um. »Bruno hat hier irgendwo einen Sack mit Kleidern deponiert. Glaube ich.«

»Wunderbar.«

Wasser plätscherte, Geraschel und Geächze ertönte, bei jedem einzelnen Geräusch hatte Philipa Mühe, nicht zusammenzuzucken. Sie stand die ganze Zeit mit dem Rücken zu ihm und starrte blicklos auf das dunkle Viereck, hinter dem im Tageslicht vermutlich eine Fensteröffnung zu finden war. Dann war es ruhig.

»Kann ich irgend etwas für dich tun?« ertönte Richards Stimme hinter ihr. Er betrachtete seit geraumer Zeit zunehmend beunruhigt ihren Rücken.

»Ja. Du kannst eine Kehrschaufel holen. Ich fühle mich wie ein Tonkrug, kurz bevor er in tausend Scherben zerspringt«, erläuterte Philipa durch ihre fest zusammengebissenen Zähne.

Sie hörte, wie er an sie herantrat, und spürte dann, daß er von hinten die Arme um sie legte. »Ich brauche keine Schaufel. Denn du wirst nicht auseinanderfallen, ich halte dich zusammen. Glaube mir einfach.«

Sie drehte sich um und preßte das Gesicht gegen seine

Brust. Es war ein sehr fremdes Gefühl. »Du riechst gut«, murmelte sie.

»Kein Vergleich zu vorhin, was?«

Das Bedürfnis nach Schutz wurde fast übermächtig. Philipa war bemüht, sich noch kleiner zu machen und sich an dieser Brust zu verkriechen. Fremd oder nicht fremd. So lange hatte niemand mehr sie in den Armen gehalten und getröstet, da konnte sie ebenso gut versuchen, ob dieser seltsame Ehemann es für sie tun würde.

Als würde er ihre Gedanken spüren, sagte er: »Es ist albern, daß du bei mir Schutz suchst. Immerhin hast du mir heute das Leben gerettet.«

»Hör auf.« Das Zittern wurde wieder stärker. Sie wollte das nicht hören.

Richard packte sie an den Schultern und schob sie einigermaßen sanft ein kleines Stück von sich weg. »Du brauchst keine Angst zu haben, Philipa. Du bist ein Mensch, der immer auf die Füße fällt.«

»Ich möchte aber, daß mich unten einer auffängt«, erwiderte Philipa bibbernd.

»Wollen wir das nicht alle?« Richard lachte leise und zog sie noch einmal kurz und fest an sich. »So. Jetzt komm schlafen. Wir haben nicht viel Zeit dazu, denn unseren Vorsprung sollten wir nicht leichtfertig aufgeben.«

Wenig später lagen sie in einem weichen Bett aus Moos und etwas streng riechenden Fellen, die sie in einer Ecke gefunden hatten. Philipa starrte mit weit geöffneten Augen an die niedrige Decke über ihr und fragte sich, wie sie der Furcht Herr werden sollte, die sich ihrer bemächtigt hatte.

Richard lag neben ihr und beobachtete sie. »Dreh dich um«, befahl er plötzlich.

Unsicher wälzte sich Philipa auf die Seite. Dann legte sich ein starker Arm um ihre Taille und zog sie zurück. Bis sie eng an einen warmen Körper gepreßt dalag, der eine vollkommene Schutzwand in ihrem Rücken bildete. Richards Arm blieb, wo er war. Sie fühlte noch, wie er sein Gesicht in ihrem Haar verbarg, und spürte mehr, als daß sie es hörte, wie er einmal tief aufseufzte. Dann sagte er: »So. Schlaf jetzt.«

Und Philipa schlief ein.

Als sie am nächsten Morgen erwachte, stand er bereits in Hose und Hemd gekleidet in der Mitte der kleinen Hütte und gürtete sich gerade sein Gehenk mit einem Kurzschwert um, Bruno sei Dank. Sie hatte gar nicht gewußt, daß er eines besorgt hatte. Zusammen mit dem Dolch und dem Messer waren sie jetzt einigermaßen bewaffnet.

Dann schnappte Richard sich den Beutel, in dem Bruno ihre Reiseutensilien hergebracht hatte. Philipa blinzelte schlaftrunken.

»Steh auf, wir müssen los.«

»Willst du dich nicht weiter anziehen?« fragte Philipa zögernd.

»Nein. Erstens ist es zu warm. Und zweitens werden wir lange genug durch den Wald streifen, um die Sachen vollständig zu ruinieren. Ich rate dir, ebenfalls nur dein Unterkleid anzulegen.« Richard ruckte ungeduldig noch einmal an seinem Gürtel, bis er richtig saß. »Wenn es dir nicht zu unvollständig ist. Allerdings sieht dich ja keiner. Wenn du jetzt nicht aufstehst, gehe ich ohne dich.«

Das würde er zwar nicht tun, aber die Vertrautheit der vergangenen Nacht war dahin. Philipa stand auf, legte ihre Cotte zusammen und steckte sie mit der Haube in den Beutel. Sie flocht ihr Haar zu einem Zopf und sah sich in der Hütte um.

»Sollten wir nicht aufräumen? Unsre Spuren unkenntlich machen? Ich meine nur. Für den Fall der Fälle.«

Richard nickte. Rasch begann er, ihr Lager zu zerstreuen, und schüttete das Wasser aus der Tonne in den Wald, der die Hütte eng umschloß.

»Komm jetzt endlich«, sagte er ungeduldig. Er wollte fort. Es war eine sehr unangenehme Vorstellung, eingefangen zu werden und statt in dieser würzigen Luft wieder in einer stinkenden Zelle sein Dasein fristen zu müssen.

Sie liefen den ganzen Tag, immer in westlicher Richtung der Sonne nach. Das war nicht einfach, denn der Wald war sehr dicht, und manchmal konnten sie die Himmelsrichtungen nur anhand der moosbewachsenen Baumstämme und anderer Indizien finden, die Philipa allerdings verborgen blieben. Es war ihr egal. Sie war zu erschöpft und zu ängstlich, um sich für den Weg zu interessieren. Ja, wenn sie sicher außerhalb der Reichweite der Nowgoroder Häscher wären, dann könnte sie vielleicht auch wieder den Blick darauf richten, wo sie gerade hinging. Jetzt war ihr erstes und einziges Ziel einfach nur, eine beruhigende Entfernung zwischen sich und der Stadt zurückzulegen, nicht mehr und nicht weniger.

Richard lief schweigend voraus. Er mußte über enorme Willenskraft verfügen, wenn er nach den Wochen seiner Haft noch so viele Kräfte zu mobilisieren verstand, daß er ohne Klage Stunde um Stunde seinen Weg durch die Wildnis bahnte. Ab und zu, wenn er mit beiden Armen einen Durchgang schaffen mußte durch das Dickicht der Zweige und Farne, zuckte er zusammen, und ganz langsam drang in Philipas von Furcht benebeltes Gehirn die Erkenntnis, daß er Schmerzen haben mußte.

An diesem Abend übernachteten sie zum ersten Mal unter freiem Himmel in der Nähe eines der zahlreichen Bächlein, die sie stets begleiteten. Zumindest an Trinkwasser hatten sie keinen Mangel. Richard warf den Sack mit ihrem Gepäck ins Gras. Die Zähne hatte er so fest zusammengebissen, daß seine Muskeln hervortraten und ihm einen sehr grimmigen Ausdruck verliehen.

Philipa räusperte sich. Sie hatte lange nicht gesprochen, und ihre Stimme klang rauh. »Zieh dein Hemd aus.«

»Ich denke nicht daran.« Richard setzte sich an den Rand des Baches und entledigte sich statt dessen seiner Stiefel, um die Füße ins Wasser zu hängen.

»Ach, sei doch nicht immer so verdammt starrköpfig«, fuhr Philipa ihn an, sie war müde, ihre Beine zitterten von der ungewohnten Anstrengung, und sie verfügte im Augenblick über nur sehr wenig Geduld.

Richard warf ihr einen Blick zu. Dann zog er sein Hemd über den Kopf und ließ es achtlos fallen.

Es war das erste Mal, daß Philipa seinen nackten Oberkörper ansah. Er war bedeckt mit Striemen und schlecht verheilten Wunden. Die Striemen sahen scheußlich aus, waren jedoch nicht tief. »Es ist nicht so schlimm«, bemerkte Philipa kurz.

»Ich weiß.«

»Bleib sitzen.« Philipa begann die Verletzungen mit dem kühlen Wasser des Bächleins auszuwaschen. Es war Unsinn, das wußten sie beide. Wenn die Wunden sich hätten entzünden wollen, wäre das längst geschehen. Erstaunlicherweise ließ Richard die Prozedur dennoch ohne Protest über sich ergehen. Vielleicht war ihm klar, daß es ihr half, wenn schon nicht ihm.

Zusätzlich zu den frischen Blessuren war neben dem Schlüsselbein eine sehr häßliche gezackte Narbe zu sehen, und sie wirkte, als sei sie seinerzeit nur unwillig verheilt. Zartrosa hob sie sich von Richards Oberkörper ab, mit ausgefransten Rändern und so lang, daß Philipa sich wunderte, wieso er nicht daran verblutet war. Oder warum sie sich nicht entzündet hatte.

Philipa berührte die Narbe sehr sanft mit den Fingerspitzen. »Woher hast du das?«

»Streitaxt.«

»Ich meine, wie ist es passiert?«

»Von oben.«

»Du bist nicht sehr redselig, weißt du das?«

»Himmel, Philipa, es gibt bessere Geschichten, die ein Ritter einer hübschen Frau von sich erzählen kann, als die, wie er von einem blutrünstigen Pruzzen eins übergezogen bekommen hat, weil er gerade nicht aufgepaßt hat. Ich meine Geschichten, bei denen die Rollen sozusagen vertauscht sind.«

Es war das erste Mal, daß er ihr ein Kompliment machte, und es half alles nicht, Philipa wurde rot. Sie legte kurz die Hand auf seinen Nacken, unwiderstehlich angezogen von der Verletzlichkeit des Anblicks. Nicht auszudenken, wenn eine Streitaxt … oder der Strick … nicht darüber nachgrübeln. Als hätte jemand einen Hebel umgelegt, ließen nach getaner Arbeit Konzentration und Anspannung abrupt nach, und sie brach in Tränen aus.

Richard warf ihr einen unbehaglichen Blick zu. Tatsache war, er hatte sie noch nie wirklich schwach gesehen, und Tatsache war auch, daß er feststellte, es schlecht aushalten zu können. Sein erster Impuls, nämlich auf der Stelle fortzugehen, erwies sich bei genauerem Nachdenken als schlecht durchführbar. Eine Frau, die einen gerade aus dem Kerker gerettet hatte, ließ man nicht so einfach mitten in der Wildnis sitzen, egal, wie peinlich es war, ihr sein Leben zu verdanken.

»Hier.« Er tauchte ein Tuch in das kalte Wasser und reichte es ihr.

Philipa preßte es gegen ihre brennenden Augen und versuchte das Weinen zu unterdrückten. Es ging unter Aufbietung aller Kräfte, verwandelte sich allerdings dabei in einen Schluckauf.

»Möchtest du etwas essen?«

Nein. Sie wollte jemanden, der sie in den Arm nahm und ihr sagte, daß sie alles fabelhaft gemacht hatte und daß alles gut werden würde. »Ich weiß nicht.«

»Doch. Es geht dir bestimmt besser, wenn du was im Magen hast.«

»Na gut.« Viel würde es ja ohnehin nicht sein. Ihre Vorräte waren äußerst sparsam bemessen, und bis jetzt hatten sie noch keine Anstalten gemacht, ihren Speiseplan mit Hilfe der Natur zu erweitern. Sie hatten keine Zeit. Sammeln und jagen konnten sie später noch, wenn die Wahrscheinlichkeit abnahm, daß sie verfolgt wurden.

Richard reichte ihr ein Stück gepökelte Schweinewurst. Es tat wirklich gut, etwas zwischen den Zähnen zu haben. Wenigstens lenkte es ab.

»Brauchst du einen Unterstand? Oder können wir im Gras schlafen?«

»Nein … ich … Gras reicht.«

»In Ordnung.« Er warf ihr eine dünne Decke zu, die er eigentlich überflüssig gefunden hatte, als er sie in Brunos Gepäck fand, ihm jetzt aber irgendwie angemessen vorkam. So warm war es nachts gar nicht, außerdem – na ja, eine Frau sollte sich bedecken können, fand er. Er selbst schlief, wie er war.

Er legte sich ein Stückchen entfernt neben sie ins Gras und versank ohne ein weiteres Wort erschöpft direkt im Reich der Träume. Philipa wickelte die Decke um sich und starrte mit brennenden Augen in den Himmel. Dann und wann linste ein funkelnder Stern durch das raschelnde Blätterdach über ihr und blinzelte ihr zu. Vielleicht machte er sich lustig über sie.

Da lag sie nun, sogar zu zweit und dennoch … die Einsamkeit in ihr war fast noch greifbarer als die um sie herum.

Am Abend des folgenden Tages fanden sie erstaunlicherweise eine Hütte. Eine Hütte mitten im Wald, wie extra dorthin gestellt für Flüchtende aus Nowgorod.

»Wie schön«, sagte Philipa und räusperte sich. Wenn man den ganzen Tag nicht sprach, sondern schweigend einem Rücken hinterherstapfte, verlor die Stimme ihren Schmelz.

»Ich weiß nicht.« Richard machte ein beunruhigtes Gesicht. »Es bedeutet auch, daß es hier Menschen gibt.«

»Oder gab«, erwiderte Philipa. Sie war müde. Und sie hatte keine Lust, weiterzulaufen und sich zu verstecken. Außerdem hatte sie Durst. »Hast du hier irgendwo Wasser gesehen?«

»Dort drüben.«

Philipa schleppte sich auf ihren wunden Füßen in die angegebene Richtung, und Richard sah ihr hinterher. Sie schürzte das Kleid, welches von den paar Tagen schon reichlich mitgenommen aussah, und stieg in den Bach. Es war mehr ein Rinnsal, aber es war kühl und sauber und erfrischend, und er konnte sehen, wie es sie belebte.

Er beobachtete sie, wie sie sich bückte und Wasser in ihr Gesicht schöpfte und über die Arme laufen ließ. Nach einem solchen Tag noch Anmut vorzuweisen, war erstaunlich. Überhaupt fragte er sich, wie sie das aushielt. Damen waren in der Regel nicht so trainiert wie Ritter. Dazu kam noch die Frage, *warum* sie es aushielt. Sie hätte auch in aller Gemütsruhe das nächste Schiff in Richtung Westen besteigen und ihn seinem Schicksal überlassen können.

Sie steckte den Saum ihres Kleides kurz entschlossen in ihrem Gürtel fest und schöpfte Wasser über ihre Beine. Hübsche, gerade Beine. Der Anstand gebot, wegzusehen. Doch was war schon Anstand hier mitten im Wald.

Richard wurde warm. Vielleicht sollte er sich ebenfalls in dem Bächlein abkühlen. Er stieg aus seinen Stiefeln und stellte sich neben Philipa ins Wasser. An der einen Wade leuchtete ein auffällig geformtes Muttermal dunkel auf weißer Haut. Es erinnerte ihn an etwas, aber er kam nicht gleich darauf, was es war. Außerdem war er abgelenkt, sehr abgelenkt. Philipa warf ihm einen Blick zu. Dann löste sie ihren Rock aus dem Gürtel und ließ ihn wieder hinabfallen.

»Ich sehe mal nach, wie es drinnen in der Hütte aussieht«, sagte sie leichthin.

Richard nickte und begann sich zu waschen, nach der Zeit im Kerker hatte er ein geradezu lächerliches Bedürfnis nach Reinigung.

In der Hütte war es dämmrig und still, von ferne hörte sie das Plätschern, das Richard verursachte, noch weiter entfernt das Klopfen eines Spechtes. In einer Ecke befand sich sogar ein breites Brett als Lager. Wenn sie es mit Moos und Farn ein bißchen polsterte, würde es ein passables Bett abgeben.

Gesagt, getan. Philipa ging nach draußen und schnitt ein paar Farnwedel ab. Sie warf einen vorsichtigen Blick in Richards Richtung. Er stand mit geschlossenen Augen im Wasser und ließ sich vom letzten Sonnenlicht erwärmen, die Tropfen perlten von seinem blessierten Oberkörper. Er war – nicht so breit wie Albrecht, aber muskulöser, das konnte sie selbst auf diese Entfernung erkennen. Er war ein Ritter, kein Kaufmann. Wann immer sie ihn ansah, dachte sie an Albrecht und schämte sich. Als würde sie ihn betrügen. Tat sie jedoch gar nicht. Sie war mit Richard verheiratet, und er rührte sie noch nicht einmal an.

Und Albrecht war tot.

Nun gut. Sie ging wieder in die Hütte, die Arme voller Farnwedel, die sie möglichst gleichmäßig auf dem Brett verteilte. Noch ein abschließender Blick, ja, es sah ganz bequem aus. Nicht ganz so wie Daunen und ein Federbett, für ihre Möglichkeiten allerdings gar nicht schlecht. Anschließend wandte sie sich dem Tisch zu und begann in ihrem Beutel nach Eßbarem zu kramen.

Sie hörte Schritte und blickte auf.

Richard war im Eingang der Hütte stehengeblieben und beobachtete sie. Er sah eine schmale Frau mit reichlich zerzaustem Haar und einem zerdrückten blaßblauen Leinenhemd, das lose an ihrem Leib hinabfiel. Sie stand da, an den Tisch aus grob behauenen Planken gelehnt, und schaute ihm stumm entgegen.

Er setzte sich langsam in Bewegung, kam näher. Erst ganz kurz vor ihr blieb er stehen. Und sah ihr direkt in die Augen.

Die Welt links und rechts versank, in ihrem Zentrum war Richard und sonst – nichts.

Ganz langsam hob er die Hände und legte sie um ihre Taille. Ein kurzes Zögern, dann strich er langsam nach oben und umschloß ihre Brüste. Die ganze Zeit ließ sein Blick sie nicht los, und Philipa starrte gebannt zurück. Er begann sie sachte mit den Daumen zu streicheln, und sie sah, wie die grauen Augen schmal wurden.

Das Verlangen flammte so plötzlich auf wie ein jäher Schmerz.

Nicht nachdenken. Sie schob seine Hände weg und zog mit einer ungeduldigen Bewegung ihr Hemd über den Kopf, ohne Richard dabei aus den Augen zu lassen.

Er streifte seine Bruoch ab, ansonsten trug er ohnehin nichts. Immer noch sah er sie an.

Die Sehnsucht wurde fast unerträglich. Wenn er sie jetzt einfach stehenlassen würde ... Philipa wußte nicht, wie sie das hätte aushalten sollen.

Er wurde verlegen unter ihrem Blick, zerschunden und vernarbt, wie er war. »Sieht nicht sehr schön aus, ich weiß.«

»Doch«, flüsterte sie.

Er stand da und rührte sich immer noch nicht. »Sag mir, daß du mich willst«, verlangte er plötzlich leise. Nie, niemals würde er eine Frau nehmen, die nicht damit einverstanden war, diesen einen Schwur hatte er gegeben, und diesen einen würde er immer einhalten, das wußte er.

»Ja. Ja doch! Ich will dich. Jetzt. Nimm mich. Sofort«, flüsterte Philipa heiser, sie wußte kaum, was sie tat, so übermächtig war das Verlangen danach, daß er sie berührte. Er umfaßte ihre Hüften, zog sie ganz nah an sich, ihr wurde schwindelig. Dann hob er sie hoch, setzte sie auf den Tisch und drang ohne weitere Umstände in sie ein.

Es war eine kurze Vereinigung, heftig und ohne jede Zärtlichkeit oder ein einziges Wort, nur Atmen und Stöhnen und dann, sehr schnell schon, ein letzter Aufschrei, halblaut und heiser in der grenzenlosen Stille um sie herum.

Richard stützte seine Hände auf dem Tisch neben ihr auf und barg sein Gesicht in ihrer Halsbeuge, sie konnte hören, wie sich sein Atem langsam beruhigte. Dann löste er sich von ihr.

»Ich muß jetzt schlafen. Sonst kippe ich einfach um.«

Sonst nichts. Kein Wort, keine liebevolle Berührung, nichts.

Er ging zu dem Farnlager, das sie vorhin noch notdürftig in einer Ecke des kleinen Raumes aufgeschichtet hatte, legte sich hin und schlief binnen eines winzigen Augenblickes erschöpft ein.

Nach einer kleinen, betäubten Weile ließ sich Philipa an den äußersten Rand ihres gemeinsamen Lagers nieder und weinte die halbe Nacht stumm und verzweifelt in sich hinein, immer in der Angst, er würde sie hören. Sie weinte um Albrecht, dessen Liebe sie nicht wirklich zu würdigen gewußt hatte, solange er noch lebte, und sie weinte, weil sie nicht wußte, wie sie es aushalten sollte, Nacht für Nacht neben einem Mann zu liegen, den sie so heftig begehrte und der sie mit so wenig Wohlwollen oder Wärme zu betrachten schien.

Als sie am nächsten Morgen aufwachte, hatte sie stechende Kopfschmerzen. Richard stand wie immer schon angezogen im Raum und sah ungeduldig auf sie hinunter. »Wir müssen los«, sagte er, »beeil dich.«

Erst als sie bereits den halben Tag unterwegs waren und das gleichförmige Gehen ihn in eine Art Trance gewiegt hatte, überfiel Richard die Erkenntnis wie ein Schock. Das Muttermal, welches ohne seinen Einfluß in seinem Unterbewußtsein herumgegeistert war, nahm Form und Gestalt an und führte ihn direkt in die Vergangenheit.

Er sah eine Tote vor sich, bizarr verrenkt im schmutzigen Stroh. Ein weißes Bein mit einem Mal, das in seiner Form an das Blatt einer Eiche erinnerte. Willkommene Ablenkung von dem grotesken Gesichtsausdruck mit hervorquellenden Augen und geschwollener Zunge. Er hatte noch den Kittel über die nackten Beine gezogen, weil er den Anblick irgendwie obszön gefunden hatte.

Richard schüttelte sich leicht und streifte dabei einen Busch. Die Pfade waren eng, auf denen sie sich durch diesen endlosen Wald schlugen. Ein Blütenregen ging auf ihn nieder und setzte sich als ein hübsches Muster auf seinen schweißglänzenden Schultern fest.

»Ist was?« hörte er Philipas Stimme hinter sich, doch er schaffte es nur, unwirsch den Kopf zu schütteln.

Philipa starrte auf den Rücken, der so unerbittlich abweisend vor ihr den Weg bahnte. Gut, Richard war maulfaul. Er war übellaunig, biestig und bärbeißig. Ein Scheusal im Grunde genommen, so wie sie es schon in Kindertagen gewußt hatten. Aber er war der einzige Mensch weit und breit und aus irgendwelchen Gründen auch ihr Gemahl. Warum eigentlich? Einen noch distanzierteren und liebloseren Ehemann konnte man sich nicht gut ausmalen. Aber vielleicht war sie doch ungerecht? Oder einfach bloß verwöhnt? Die Erinnerung an Albrecht ließ ihr wie stets in den letzten Tagen die Tränen in die Augen steigen, obwohl sie der Ansicht gewesen war, sie hätte seinen Tod inzwischen überwunden.

Doch Richard war nun mal ihr Beschützer und auch ihr Gebieter, wobei sie nur hoffen konnte, letzteres nicht allzu schmerzhaft auf die Probe stellen zu müssen. Beschützen würde er sie, das lag ihm im Blut. Und das andere … er hatte sich ihres Körpers bedient, ohne ein Gefühl außer … Gier. Das war sein Recht, und vielleicht war es in Ehen sogar üblich. Aber – es tat weh.

Ärgerlich wischte Philipa die Tränen aus den Augen, die

überzuquellen drohten. Offensichtlich war es doch gut, den lieben langen Tag hinter einem Rücken herzugehen, der keine Augen hatte. Um nichts in der Welt würde sie zulassen, Richard gegenüber eine Schwäche zuzugeben.

Sie war sehr weit davon entfernt, sich vorzustellen, welcher Art Richards Gedanken zur gleichen Zeit waren.

Wie wahrscheinlich war wohl die Möglichkeit, zwei Personen hätten ein Muttermal identischen Aussehens und seien nicht miteinander verwandt? Nicht besonders wahrscheinlich, vermutete Richard, und das ließ nur einen Schluß zu. Philipa, die im übrigen Philipp von Aichbergen so ähnlich sah, daß seine Vaterschaft als vollkommen gesichert gelten konnte, war nicht die Tochter seiner Ehefrau, sondern die seiner Geliebten.

Warum hatte Liutgard das zugelassen? Ein Kuckucksei in ihrem Nest?

Ein tiefhängender Zweig schlug Richard schmerzhaft ins Gesicht. Er sollte wohl besser aufpassen, wohin er ging. Philipa hinter ihm schwieg glücklicherweise. Fragen nach seinem Befinden hatten ihn noch nie interessiert, und gerade jetzt hatte er wenig Neigung, mit ihr eine höfliche Plauderei zu beginnen.

Er wischte sich über den Kratzer auf seiner Stirn und verschmierte dabei ein wenig Blut. Dies verlieh ihm ein noch grimmigeres Äußeres als ohnehin schon, doch das wußte er ja nicht.

Liutgard war nicht der Typ, der irgend etwas ›zuließ‹. Sie hatte sich stets als ein Mensch gezeigt, der handelt. Er könnte sich mit der Frage beschäftigen, ob so etwas einer Frau gut zu Gesichte stand, aber auch das interessierte Richard nicht.

Auf alle Fälle hatte der Bankert nicht ihr untergeschoben werden können – wie auch –, sondern höchstens seinem Vater. Irgendwie ergab das alles wenig Sinn. Auf den ersten Blick jedenfalls. Doch Richard hatte Freude an Knobelaufgaben, und es würde seinen Geist auf dem langen Marsch beschäftigen. Er würde schon darauf kommen, wie alles zusammenhing.

Auf jeden Fall hatte er bereits eine Erklärung dafür, warum Liutgard ihre Tochter so über das Maß hinaus schlecht behandelte und ablehnte. Nur warum sie Philipa duldete, wollte ihm nicht einleuchten. Sie hätte sie mit den anderen Blagen in einen Topf werfen können, doch das hatte sie nicht getan.

Es war seltsam, jedoch gab es sicher einen Grund. Mit der Zeit würde er diesen herausfinden, auch wenn er damit möglicherweise warten mußte, bis er Liutgard von Aichbergen gegenüberstand. Die zweite Frage war, ob Philipa davon überhaupt wußte. Eigentlich glaubte er das nicht. Sie darauf ansprechen konnte er schlecht. Weibliche Gefühlsausbrüche der Art, die folgen würden, wüßte sie *nicht* davon, waren ihm ein Greuel. Schließlich war er nicht dafür verantwortlich. Er würde tun, was er tun mußte, um Schaden von seinem Haus abzuwenden, denn dazu gehörte Philipa durch die Heirat, zu mehr sah er sich nicht veranlaßt.

Die Tage begannen, einander wie ein Ei dem anderen zu gleichen. Im Morgengrauen standen sie auf und machten sich bald darauf schweigsam und fast noch schlaftrunken auf den Weg. Von kurzen Pausen einmal abgesehen, liefen sie den ganzen Tag durch die lichte, grüne Wildnis, nur begleitet von den Tieren des Waldes, die verharrten, wenn sie ihrer ansichtig wurden, sie still beobachteten und erst wieder ihren normalen Tagsablauf aufnahmen, sobald sie außer Hörweite waren. Wenn sie abends ihr Lager aufschlugen, legte Richard Fallen aus, simple Dinger, in denen sich nur Kleintiere verfangen sollten und es dann und wann glücklicherweise auch taten. Jedenfalls holte Richard morgens seine Fallen zurück und hängte das Eichhörnchen oder ein anderes Tier, das seine Neugier mit dem Leben bezahlen mußte, an seinen Gürtel.

Abends häuteten sie es, brieten die Beute über einem kleinen Feuer und verspeisten den dürftigen Braten, bevor sie sich für die Nacht hinlegten.

Philipa ging stets hinter Richard und ließ sich von dem Anblick seines sich ruhig und vollkommen gleichmäßig bewegenden Körpers in eine Art Entrückung wiegen. Eine Entrückung, die gemischt war mit den Erinnerungen an seine Berührungen, dem Verlangen, das er in ihr auslöste, und der bangen Frage, wann er sich wieder von ihr abwenden würde, was unausweichlich schien.

Denn allabendlich, wenn das Feuer langsam verglühte und der Sternenhimmel über ihnen funkelte, legte er sich zu ihr und liebte sie, sehr viel weniger eilig und längst nicht so gewaltsam wie bei ihrer ersten Begegnung. Als er sich ihr am Abend nach dem Erlebnis in der Hütte zum ersten Mal und nach spürbarem Zögern näherte, war Philipa zunächst zu überrascht, um auf ihn zu reagieren. Den ganzen Tag hatte sie sich gezwungen, einzusehen, daß er es nicht wieder tun würde. Er interessierte sich nicht für sie, er liebte sie nicht – nun, das machte nichts, wahrscheinlich liebte sie ihn auch nicht, ihre Gefühle waren viel zu verworren, um erkennen zu können, welcher Art sie eigentlich waren.

Er hatte mit ihr geschlafen aus einem Bedürfnis heraus, das sehr viel mehr eine Hymne an das Leben und die Wiederauferstehung war als der Ausdruck eines Gefühls, das er für sie empfand. Oder vielleicht auch nur, weil er es nötig hatte und sie verfügbar war. Philipa schwor sich, nicht wieder zu weinen, aber es war schwer.

Alles war schwer. Sie verstand ihn nicht, gar nicht. Und sich selbst auch nicht.

Als er dann abends, in der samtenen Dunkelheit der Nacht, an ihre Seite glitt und begann, sie ohne ein Wort zu liebkosen, wußte sie beim besten Willen nicht, was sie tun sollte. Aber seine Lippen waren sanft und fordernd, und seine Hände glitten zärtlich über ihren angespannten Leib; Philipa schmolz dahin, sie wurde weich und schmiegsam und warm, das Leben pulsierte durch ihre Adern, und ihr Herz klopfte schmerzhaft. Sie preßte die Lippen zusammen und hielt den Atem an, um keine Töne von sich zu geben, die ganz sicher anstößig waren. Wie lange konnte ein Mensch eigentlich auskommen, ohne Luft zu holen?

Richard wiederum gab Geräusche von sich, die ganz gewiß unschicklich waren, doch seltsamerweise gefiel ihr das. Es gefiel ihr sogar sehr, und ihr Leib wölbte sich ihm entgegen, ohne sie lange zu fragen, und er drang in sie ein und nahm sie, ohne sich um irgend etwas in Richtung von Sitte und Anstand zu scheren. Es war eine pure, reine, allumfassende Lust, und sie hätte es nicht aufhalten können, selbst wenn sie es mit aller Macht versucht hätte.

Nach ein paar Tagen wagte sie es eines Nachts, sich nach dem Liebesakt vorsichtig in seinen Arm zu schmiegen, sie konnte es schließlich mal versuchen. Erstaunlicherweise schob er sie nicht weg. Noch erstaunlicher war, wie ein so ruppiger und abweisender Mann bei Gelegenheit derart sanft und zärtlich werden konnte.

Von da an konnte sie die Abende kaum noch erwarten. Sie versank im Anblick seines Körpers und studierte das Spiel seiner Muskeln, wenn er vor ihr herschritt. Niemals drehte er sich nach ihr um, er überließ sie ihren Träumen und Erinnerungen, und manchmal glaubte sie, sie bilde sich das alles nur ein.

Aber dann lag sie nachts da, und ihre Welt bestand nur noch aus den glitzernden Sternen am dunklen Nachthimmel über ihr, dem Funkenregen, den dieser warme weiche Mund auf ihrem Leib zu entzünden vermochte, und den Armen, die sie hielten, wenn das Universum sich auflöste. Sie wußte, daß dies die einzige Wirklichkeit war, die zählte, und daß sie wünschte, sie würden niemals ankommen dort, wo das alles aufhören und das echte Leben wieder beginnen würde.

Eng aneinandergeschmiegt schliefen sie ein, und Philipa wachte auf, lange bevor es hell wurde. Vielleicht hatte ein Käuzchen sie gestört oder einer ihrer wirren Träume, die sie verfolgten. Vielleicht auch die Angst, trotz allem doch noch so entsetzlich allein zu sein.

Verlaß mich nicht, dachte sie.

Als hätte er es gespürt, bewegte Richard sich unruhig, rückte ein Stückchen von ihr ab.

O nein, das würde sie nicht zulassen, nicht in der Dunkelheit. Die Dunkelheit gehörte ihr.

»Nein. Bleib noch da«, wisperte Philipa.

»Was meinst du damit?« fragte er schlaftrunken.

»Es ist nicht Tag. Tagsüber bist du … anders. Jetzt ist es dunkel, also Nacht. Bitte, bleib noch da.«

Richard schwieg eine geraume Weile, doch er war wach, sie spürte es an der Gespanntheit seines Körpers. Er räusperte sich umständlich. »So schlimm?« fragte er leise.

»Ach nein, ich hab' mich daran gewöhnt.« Fast jedenfalls. »Es ist in Ordnung, wirklich. Außerdem *ist* es eben so. Aber die dunklen Stunden, die will ich mir nicht wegnehmen lassen.«

Richard drückte einen Kuß auf Philipas weiches Haar. Es duftete nach Holzfeuer, Moos und Birken. Ganz sicher war es dumm, was er hier tat. Die Liebe paßte nicht zu einem wie ihm. Zu ihm paßten Kerker, Blut und Tod. Vielleicht wäre es sinnvoller, sich wieder zurückzuziehen. Klarheit zu schaffen.

Philipa seufzte ein bißchen und kuschelte sich bequemer an seiner Brust zurecht.

Es war sogar ganz sicher sinnvoller. Doch auch unmöglich, jedenfalls jetzt gerade.

»Schlaf jetzt«, sagte Richard leise. »Ruh dich aus.«

Als sie erneut erwachten, hatte der helle Tag bereits begonnen und Philipa lag noch in seinen Armen. Sie lächelte in das klare Blau des Himmels hinauf. »Ich wollte, wir müßten nicht fort. Es ist schön hier. Und ich bin so müde.«

»Wir machen einen Tag Pause«, entschied Richard.

Sie hatten ihren Rastplatz gut ausgesucht, an einem Fluß, der im hell glitzernden Sonnenschein träge in Richtung Norden floß. Von nun an würden sie seinem Band folgen, irgendwann mußten sie so zur Küste gelangen.

»Komm schwimmen.« Philipa sprang auf und lief zum Wasser, es war kühl und frisch und wie geschaffen für Menschen, die sich einen Tag Ruhe gönnen wollten. Richard folgte ihr zögernd. Seiner Meinung nach eignete sich dieser Fluß sehr viel besser dazu, für ein Mittagessen zu sorgen, als sich darin in Lebensgefahr zu begeben.

Wie sich schnell herausstellte, schwamm Philipa besser als er. Er war natürlich kräftiger und auf lange Sicht daher vermutlich ausdauernder, doch sie war wendiger. Und geschickter. Vor allem im Tauchen.

Philipa holte Luft und verschwand unter Wasser im wogenden, milchigen Grün. Richard stand nahe am Ufer und blickte über den Fluß. Winzige Fliegen, eine Libelle. Keine Philipa. Nein. O nein, Sorgen würde er sich nicht machen. Allerdings. Von Seeschlangen und Meerungeheuern hatte er schon gehört. Aber in Flüssen? Was sich da auf dem schlammigen Grund abspielte, wußte niemand so genau. Er würde nicht rufen. Jedenfalls nicht jetzt.

Ein Plätschern, Prusten, und plötzlich stand sie vor ihm. Richard bemühte sich, nicht zurückzuzucken. Nackt, naß und strahlend stand sie da, die Wassertropfen perlten an ihrem Leib ab. Er betrachtete sie gereizt. Nein. Keine Gefühle. Auf keinen Fall im hellen Sonnenlicht, sie bekamen dann etwas so – Reales.

Philipa scherte sich nicht darum, dieses eine Mal auch nicht um seine finster zusammengezogenen Brauen und die undurchdringliche Miene. Sie schlang die Arme um seinen Hals und begann ihn zu küssen.

Richard widerstand.

Einen winzigen Moment wenigstens, zu mehr reichte die Kraft nicht. Als Philipa, schwebend und leicht im träge fließenden Wasser, die Beine um seine Hüften schlang, war es um seine Selbstbeherrschung geschehen.

Es ist Tag. Es ist Tag! dachte Philipa noch verschwommen, dann gab sie sich ganz dem Glück und der Lust hin und badete im lauen Wasser, im Sonnenlicht, in Richard, der sie ans Ufer zog und sie voller Hingabe liebte, während ihre Körper von den letzten zärtlichen Ausläufern der kleinen Wellen umspielt wurden.

Anschließend sank er ermattet zurück in den Sand. Wie so oft keine Umarmung, kein Wort, kein Lächeln, nichts. Keine wie auch immer geartete Nähe. Vielleicht wollte er sie bestrafen. Dafür daß sie ihn überlistet, ihn bei Tageslicht verführt hatte, wenn er sich nicht vormachen konnte, es geschehe alles nur in lustvollen Träumen und sei in der Wirklichkeit ohne jede Bedeutung.

Die Einsamkeit, gerade noch so triumphierend besiegt, kehrte mit Macht zurück. Philipa ließ sich ins Wasser gleiten und schwamm hinaus. Auf den Rücken gedreht ließ sie sich treiben, die Sonne blendete. Sie blinzelte die Wassertropfen fort, süße und salzige. Wie konnten all diese Gefühle nur so nah beieinander liegen? Sie drehte sich um und begann zu schwimmen. Weit hinaus, so weit sie es wagte, denn sie trieb schnell ab, der Fluß hatte eine kräftige Strömung. Das war gut, denn so war sie beschäftigt, sowohl ihre Arme als auch ihre Gedanken. Es kostete sie einiges an Kraft, ihren Liegeplatz zu erreichen, und als sie dort war, ließ sie sich schwer atmend im Sand nieder, um sich von der Sonne trocknen zu lassen. Sie schloß die Augen, um von dem glitzernden Licht auf dem Wasser nicht geblendet zu werden, und strich sich die nassen Haare aus dem Gesicht.

Richard schwieg. Er betrachtete ihren Rücken, jeder einzelne Wirbel war zu erkennen. Sie hatten nicht viel zu essen bekommen in der letzten Zeit. Er ballte langsam die Hände zu Fäusten, um sie daran zu hindern, den Rücken sanft zu berühren.

»Es ist nicht vernünftig, was wir tun«, sagte sie plötzlich. »Es ist … Wollust. Und Wollust ist Sünde.«

Richard schwieg.

Warum sollte er auch mit ihr reden? Er hatte es bisher so gut es ging vermieden, wieso sollte er ausgerechnet jetzt damit anfangen? Philipa schlang die Arme um die aufgestellten Beine, legte den Kopf auf die Knie und spürte der Leere nach.

Wie konnte man nur so allein sein in Gegenwart eines anderen.

Dann hörte sie plötzlich hinter sich: »Möchtest du Kinder?«

Tja. Wollte sie Kinder? Früher hatte sie welche gewollt, sich so dringend Kinder von Albrecht gewünscht, Sicherheit, eine Familie. Doch jetzt … Vor ihr lag der breite gurgelnde Strom, um sie herum die endlose Weite der russischen Wälder. »Ja. Schon. Natürlich möchte ich Kinder. Vielleicht nicht gerade jetzt, hier, inmitten des Nirgendwo. Später schon. Sehr gerne.«

»Siehst du. Wir sind verheiratet, wir sollen Nachkommen zeugen, das hat die Natur so vorgesehen, und so funktioniert unser System. Das sieht sogar die Kirche nicht anders.«

»Ja. Aber es ist … also, es ist nicht, ich meine, wenn man bloß Kinder zeugen will, muß man nicht …« Philipa verstummte. Solche Sachen konnte sie unmöglich aussprechen.

»Es ist legal, und es ist in Ordnung, und daß wir darüber hinaus Gefallen aneinander finden, kann so schlimm nicht sein. Das ist keine Sünde.«

Gefallen aneinander finden. Ach so. Wenigstens das. Aber es war nicht genug, das wußte sie.

Er schwieg einen Moment. Dann sagte er: »Ich habe Menschen gesehen, Männer, die Frauen Gewalt angetan haben nur zur Befriedigung ihrer Lust. Vielen Frauen. Jungen Frauen, sehr jungen … auch Kindern.« Seine Stimme klang angestrengt. »*Das* ist Sünde. Glaub mir, ich kenne den Unterschied.«

Philipa schwieg. Das Entsetzten und die Scham waren so groß, was sollte sie da sagen? Sie hatte nicht den Mut zu fragen, ob er nur zugesehen oder mitgemacht hatte. Das Schweigen dehnte sich, wurde länger, zu lang. Es war Tag, helles Sonnenlicht, und die Entfernung zwischen ihnen wuchs wieder. Das ließ sie nicht zu. Nicht heute.

»Richard, tust du mir einen Gefallen?«

Er räusperte sich und riß sich mühsam aus den Erinnerungen heraus. »Hm?«

»Nimm mich in die Arme. Jetzt. Hier. Nicht erst … heute Nacht.«

Pause. Eine sich endlos dehnende Pause. Philipa sank das Herz. Ich hab's verbockt, dachte sie, so ist das mit den Unbescheidenen. Können nie zufrieden sein mit dem, was sie haben.

Hinter sich hörte sie ein Rascheln, er richtete sich auf. Dann umschlangen sie ein paar gebräunte Arme. Sie lehnte sich zurück und schloß die Augen.

In dieser Nacht wachte sie davon auf, daß der helle Mond ihr ins Gesicht schien. Sie öffnete die Augen, geblendet von dem Funkeln auf dem ruhig dahinströmenden Fluß. Ein Stück entfernt lag Richard, hatte den Kopf in die Hand gestützt und betrachtete sie.

»Erzähl mir von deiner Mutter«, sagte er plötzlich leise.

Philipa richtete sich auf. »Du weißt doch, wie sie ist. Und

daß ich fortgegangen bin, weil ich sie nicht mehr ertrug. Mit meiner Familie gebrochen habe. Du hast gewußt, auf was du dich einläßt, also wirf es mir jetzt nicht vor«, sagte sie hart.

»Was denkst du von mir? Ich bin nicht wie dein Kaufmann. Und ich bin kein Städter. Ich bestehe nicht auf sauberen Lebensläufen«, erwiderte er arrogant.

»*Mein* Kaufmann war auch nicht so. Er hat auch genau gewußt, was er sich einhandelte.« Vielleicht hatte sie es damals nicht wirklich zu würdigen gewußt.

Ein längeres Schweigen breitete sich zwischen ihnen aus. Dann wiederholte Richard leise: »Ich meine es ernst. Wie war es mit deiner Mutter? Ich weiß es nicht, ich hatte nie eine.«

»Was ist geschehen?«

»Sie ist gestorben. Zusammen mit meiner jüngsten Schwester. Der ersten. Wir sind sonst bloß Jungs.« Er drehte sich auf den Rücken und starrte in den Sternenhimmel. »Ich war knapp fünf, als sie starb. Also kann ich mich kaum an sie erinnern.«

»Ich kann mich erinnern, besser als mir lieb ist. Ich war ungefähr elf, als ich begriffen habe, daß ich mich besser von ihr fernhalte. Und daß es irgendwie nicht meine Schuld sein kann, daß sie mich so haßt. Ich war nämlich ein braves Kind, weißt du. Zu brav vielleicht. Danach wurde alles … anders. Ich habe mich Gysela und Roland angeschlossen und ein bißchen ihre Mutter mitbenutzt, dann und wann wenigstens. Zum Trösten und zum Reden und so etwas. Ein wenig habe ich auch Mutterstelle bei den Kleinen übernommen, sogar bei Gysela, dabei war die schon sieben. Doch sie war immer unvernünftiger als ich und mußte dauernd aus irgendwelchen gräßlichen Situationen gerettet werden.« Philipa lächelte versonnen. »Vor allem nachdem meine Mutter mich einmal so geschlagen hatte, daß sie alle dachten, ich erhole mich nicht mehr davon. Aber Gysela jagte das keine Angst ein, im Gegenteil, ich glaube, sie legte es darauf an, Liutgard zur Weißglut zu bringen.«

»Ist es ihr gelungen?«

Philipa sah ihn überrascht an, sie hatte fast vergessen, daß er da war und zuhörte. Sie schüttelte den Kopf. »Nein. Sie hat nur erreicht, daß Liutgard uns noch mehr ablehnte als sowieso schon und noch einfallsreicher dabei wurde, uns das Leben schwerzumachen.«

»Ich hatte immer gedacht, Mädchen hätten es gut. Du weißt schon, behütet und bewacht … na ja, leichter eben. Weniger Drill und Schläge.«

»Nein, da irrst du dich.« Zumindest hatte sie es so noch nie betrachtet. »Liutgard hat Gysela und mich geschlagen, bis wir übersät waren mit blauen Flecken. Wenn wir das unserem Vater verraten hätten, wollte sie sich Rollo vornehmen. Der war noch klein. Also haben wir es gelassen.«

»Und ihre Mutter? Barbara hieß sie doch, oder? Konnte die euch nicht schützen?«

»Eine Milchmagd? Machst du Witze?« Philipa dachte nach. »Richtig schützen konnte sie uns nicht, natürlich nicht. Doch sie hat uns aus dem Verkehr gezogen, dann und wann wenigstens. Uns alle, mich auch. Wir waren dann plötzlich verschwunden und nicht auffindbar, wenn Liutgard nach uns suchte. Manchmal, glaube ich inzwischen, hat Liutgard es an ihr ausgelassen, aber nur, wenn Papa nicht da war. Wie hätte sie auch die Blessuren erklären sollen? Wenn er da war, riß sie sich überhaupt zusammen. Du weißt, wie häufig Ritter daheim sind. Ja, und dann starb er.«

»Da seid ihr weggelaufen.«

»Ja.« Philipa gähnte. »Ich bin müde. Sollen wir nicht noch etwas schlafen? Es ist doch noch lange nicht Morgen.«

»Ja. Komm her.«

Sie kroch zu ihm und schmiegte sich in seine Arme. »Manchmal geht es doch ganz gut mit uns, oder?« murmelte sie bereits im Einschlafen.

Richard schwieg. Aber er lag noch lange wach, sah zu, wie

der Fluß im Mondlicht glitzerte, und lauschte dem Rascheln der Blätter im lauen Nachtwind.

Unterdessen entfernte sich auch Manfredus immer weiter in Richtung Heimat, allerdings in eine andere Richtung und auf einem anderen Weg.

Während sein Schiff vom Ladogasee in die Newa einbog, lag noch sehr, sehr weit entfernt davon Liutgard von Aichbergen in ihrem Bett und schüttelte so nachdrücklich, wie sie es vermochte, den Kopf.

»Ich will ihn nicht sehen.«

»Verzeiht, Herrin.« Es tat ihrem Truchseß tatsächlich leid, denn Liutgard sah zum Erbarmen aus. Bleich, mit eingefallenen Wangen und so abgemagert, daß er es noch durch die Decke, mit der ihr Körper verhüllt war, erkennen konnte. »Der Bote will niemandem außer Euch seine Nachricht überbringen.«

»Sag ihm, du genießt mein volles Vertrauen.« Liutgard war zwar schwach, aber nicht willenlos. »Sonst muß er unverrichteter Dinge wieder gehen.«

So erreichte nach vielen Verzögerungen endlich die Botschaft Oderich Wilemsens den Menschen, der dieser so lange entgegengefiebert hatte und jetzt so wenig dabei empfand, aus dem Munde eines Mannes, der nicht wußte, was seine Herrin die Nachricht überhaupt anging. Aber Aichbergens Truchseß fand es sinnlos, Fragen zu stellen, wenn er schon vorher wußte, daß er keine Antwort erhalten würde.

Also berichtete er getreulich: »Einen gewissen Gottschalck Rappart hat der Bescheid erreicht, sein Bruder Albrecht sei in der Fremde einen überraschenden Tod gestorben. Er bedauert dies aus mehreren Gründen zutiefst und bittet Euch, von Beileidskundgebungen abzusehen.«

Liutgard schloß die Augen.

Sie hörte, wie leise die Tür hinter ihrem Truchseß zufiel und die Stille im Raum sich wohltuend auf ihre Seele legte.

Albrecht Rappart hatte eine ganze Zeit lang an ihren Gedanken einen nicht unerheblichen Anteil gehabt. Sie hatte ihn verflucht und sich selbst unverzeihlichen Langmuts geschmäht. Hätte sie nicht zugelassen, daß Philipa die Burg verließ, so hätte sie auch diesen Rappart nicht ehelichen können. Trotzdem war es eine solche Wohltat gewesen, das Mädchen aus den Augen zu haben, daß sie geglaubt hatte – glauben wollte –, sie habe auch so alles im Griff. Sie hatte sich getäuscht.

Es war gleichgültig. Jetzt war es das, und sie konnte sich kaum noch vorstellen, warum es einmal so wichtig gewesen war, ihr Leben und ihr Denken vollkommen bestimmen zu können.

Sie dachte an die langen Monate zurück, die sie einsam in diesem unbequemen Häuschen im Nirgendwo zugebracht hatte, oft und oft wütend beide Hände auf ihren flachen Bauch pressend. Sie hatte Pläne gemacht, voller Abneigung an den schwellenden Leib von Philipps Liebchen gedacht und mit allen Sinnen und aller Kraft gehofft und gebetet, sie würde einen Sohn ausbrüten. Hatte sie jedoch nicht, natürlich nicht, denn Liutgards Plan war Gott nicht gefällig gewesen, und so hatte er kein Entgegenkommen gezeigt.

Sie hatte dem Tag entgegengefiebert, als Barbara endlich mit Katharinas Hilfe von ihrem Bastard entbunden und getröstet worden war, daß dieser die Geburt nicht überlebt habe. Als Manfredus endlich mit dem in feine Tücher geschlagenen brüllenden Säugling bei ihr angekommen war, hatte sie nichts als Ohnmacht und Enttäuschung empfinden können. Ein Mädchen! Dafür hatte sie Gott herausgefordert? Nicht zuletzt auch Philipp, denn was der mit ihr machen würde, fände er heraus, was sie getan hatte, wagte sich nicht einmal Liutgard von Aichbergen auszumalen.

Sie hatte das Balg der Amme in die Arme drücken lassen, einem tumben Mädchen aus einem naheliegenden Dorf, das nicht nur blöde, sondern auch schwach genug gewesen war, sich von einem umherziehenden Wandergesellen schwängern zu lassen, und sich geweigert, das Kind auch nur eines zweiten Blickes zu würdigen. Aber da sie nun hatte verbreiten lassen, sie habe sich wegen einer schwierigen Schwangerschaft in die Abgeschiedenheit zurückgezogen und Philipp sich vor seiner Abreise überglücklich über die Erwartung des langersehnten Nachwuchses gezeigt hatte, war ihr nichts anderes übrig geblieben, als durchzuhalten und auf eine zweite Chance zu hoffen. Was einmal funktioniert hatte, würde es vielleicht ein zweites Mal tun.

Doch Philipp war fortan viel auf Reisen gewesen, und wenn er mal zu Hause war, hatte sich keine Gelegenheit ergeben. Im Gegenteil, nur wenige Jahre nach Philipas Geburt war ihr Ehegatte so erkaltet, daß sie noch nicht einmal eine Schwangerschaft hätte inszenieren oder erlügen können. So war es dann bei einer Tochter geblieben, und Liutgard hatte umdisponieren müssen. Würde sie diese ›Tochter‹ eben entsprechend verheiraten müssen. Aber auch das war mißlungen, und sie mußte sich nun fragen, ob dies nicht ein Zeichen höherer Mächte war, sie des Hochmuts anzuklagen.

Nichts in ihrem Leben hatte sie wirklich erreicht.

Jetzt wollte sie einfach nicht mehr. Das Gewissen schwer belastet, fürchtete sie sich davor, ihrem Schöpfer vor sein Angesicht treten und Zeugnis über ihr Leben ablegen zu müssen. Die Nachricht, möglicherweise am Tode dieses Rapparts die Schuld zu tragen, erdrückte ihre geplagte Seele.

Sie wanderten entlang des Flusses, nicht immer am Ufer, denn oft war es unwegsam, und sie mußten sich von ihm entfernen. Doch sie blieben immer in seiner Nähe, was zur Folge hatte, daß sie ihren Speiseplan beträchtlich erweiterten. Sie fingen sich ihr Abendessen in den Fluten, und Richard wurde von Mal zu Mal geschickter darin, ein Netz, geknüpft aus Halmen, über den sandigen Grund zu ziehen und seine

Beute zu täuschen, die willig und neugierig ihre Nase hineinsteckte und im Anschluß daran über einem kleinen Feuer gebraten wurde. Der Fluß war allerdings noch mehr, viel mehr. Er führte sie in nordwestlicher Richtung entlang seines mäandernden Bettes an die Küste und nahm ihnen die Furcht, sich in den endlosen Weiten zu verirren und niemals wieder auf einen Ort zu stoßen, an dem sie Menschen antreffen würden. Menschen, die ihnen sagen konnten, wie es weiterging.

Die Reise verlief erstaunlich problemlos. Sie trafen niemanden, und wenn die einsamen Pelzjäger des russischen Waldes sie beobachteten, so ließen sie sie in Ruhe und machten sich nicht bemerkbar. Sie wurden verschont von Wölfen, Schlangen und Bären, und nachdem ungefähr zwei, drei Wochen vergangen waren, begann sich Philipa zu fragen, ob sie möglicherweise längst tot und im Himmel oder bereits im Paradies angekommen waren. Es konnte doch wohl nicht sein, daß sie in der Wildnis nicht auf Gefahren stießen?

Natürlich sollte sie derlei Dinge nicht sagen und am besten nicht einmal denken. Denn das Schicksal ist stets geneigt, die Menschen eines Besseren zu belehren und die Vorwitzigen und Furchtlosen für ihren Übermut zu strafen.

»Heute werden wir uns ein Festmahl bereiten«, sagte Philipa zufrieden und blickte auf das kleine, unansehnliche Häufchen Pilze, das sie gesammelt hatte.

Richard betrachtete es ebenfalls, wenn auch bedeutend mißtrauischer. »Bist du sicher?«

»Du meinst ... wegen Igor?«

»Ja. Dem ist deine Pilzkost schließlich nicht besonders gut bekommen.«

Philipa begann die Pilze abzureiben, um sie von dem schwarzen Erdreich zu befreien, dem sie sie entrissen hatte. »Ob er noch lebt?« fragte sie, ohne aufzuschauen.

»Ich weiß nicht. Vermutlich schon. Mach dir keine Sorgen.« Richard hatte zwei schöne, fette Fische gefangen und nahm sie gerade aus.

»Besser er als du?«

»Im Grunde schon.« Richard ließ die Hände sinken, seine Unterarme waren mit silbrigen Schuppen übersät, die im Sonnenlicht glänzten. Sie hatten früher Rast eingelegt als sonst, nachdem Philipa mit einem kleinen Freudenschrei die Pilze entdeckt hatte. »Wenn ich wenigstens etwas getan hätte, für das eine gerechte Strafe plausibel gewesen wäre. Und wer weiß, wie lange sie mich dort hätten schmoren lassen.«

»Na gut. Rißpilze können tödlich sein, müssen es aber nicht.« Philipa beschloß, nicht weiter an Igor zu denken. »Übrigens, dies hier sind *keine* Rißpilze.«

»Freut mich zu hören.« Richard war fertig mit seiner Beute und begann ein Feuer zu entfachen.

Philipa nahm seinen Fang entgegen, stopfte Pilze in glitschige Bäuche und dazu etwas, was nach genießbaren Kräutern aussah und auch so roch. Dann nähte sie die Seiten mit einem zähen Grashalm zu und steckte die Fische auf Stöcke, um sie über dem Feuer zu garen.

»Gib mir den Schlauch, ich hole Wasser.« Richard erhob sich geschmeidig. Was immer er durch die Zeit ohne Bewegung in seinem Verlies an Kraft und Gewandtheit verloren hatte, es war durch ihre lange Wanderung zurückgekehrt. Auch Philipas Beine waren kräftiger geworden, stark und muskulös, und sie hatte keinerlei Mühe mehr damit, den ganzen Tag zu wandern. Außer heute. Sie wußten nicht, ob Sonntag war, der Tag des Herrn, an dem man ruhen sollte, doch alle paar Tage eine ausgiebige Rast einzulegen war wohl vernünftig. Der Herrgott mochte es ihnen vergeben, wenn sie die Wochentage hier in der Wildnis durcheinanderbrachten.

Die Fische waren fertig. In einträchtigem Schweigen, ohne die vielen unausgesprochenen Fragen und Ängste und Sehnsüchte, die so häufig zwischen ihnen standen, saßen sie da und verspeisten mit Genuß das saftige weiße Fleisch und die braungebrutzelten Pilze.

»Köstlich«, sagte Philipa abschließend und wischte sich mit dem Handrücken über den Mund. »Obwohl ich irgendwann einmal gegen einen kräftigen Rindereintopf nichts einzuwenden haben werde.«

Richard blickte hoch und spähte in den Wald. Die Spätnachmittagsonne stand hinter ihm und ließ sein dunkles Haar rötlich leuchten, er trug es mit einem Lederriemen zu einem Zopf gebunden, damit es ihn im Dickicht nicht störte.

»Rindereintopf oder einfach bloß Hirsebrei mit Rosinen.«

Hinter ihr knackte ein Ast.

Richard bekam einen angespannten Zug um die Mundwinkel.

»Philipa. Sitz ganz still.«

Ihr Herz begann wie verrückt zu rasen, während sie zusah, wie er sich ganz langsam zu seinem Dolch hinüberreckte, das Kurzschwert lag außerhalb seiner Reichweite.

Es raschelte. Laut. Dröhnend laut.

Und dann, ganz plötzlich und unvermittelt, während Philipas Arme noch von Gänsehaut überzogen wurden, schoß ein braunes Etwas an ihr vorbei und stürzte sich auf Richard, der sich diesem Wesen im selben Moment entgegenwarf. Der bisher so friedliche Nachmittag war mit Knurren und Brüllen erfüllt, und Philipa wußte nicht, ob es von Richard oder dem Etwas kam, bei dem ihr nicht einmal klar war, worum es sich überhaupt handelte. Für einen Wolf oder einen Bären war es eindeutig zu klein.

Allerdings schien es das nicht zu wissen, denn es wütete im Kampf, als habe es noch niemals eine Niederlage erlebt und könne sich nicht vorstellen, daß ausgerechnet dieses menschliche Wesen ihm eine zu bereiten verstehen könnte – es fletschte die Zähne und biß blindlings zu, vor Wut außer sich, als Richard einen Arm vor seine Kehle legte um es genau an diesem Biß zu hindern.

Philipa sprang auf. Am Feuer sitzen bleiben – unmöglich. Das Etwas und Richard, fest ineinander verknäult, rollten über den sandigen Waldboden in Richtung der verglimmenden Glut. Der Schwanz des Wesens fegte bereits durch die glühende Holzkohle, Funken stoben durch die Luft.

»Richard! Das Feuer!« hörte Philipa sich kreischen und sah, wie er sich mit einer gewaltigen Kraftanstrengung mit beiden Füßen abstieß und sich und seinen Angreifer herumriß, von der Feuerstelle weg in Richtung Fluß.

Philippa lief zu dem Kurzschwert, das scharf und wirkungslos im Gras lag, und ergriff es mit beiden Händen. Undenkbar, es zu benutzen. Sie konnte die beiden schließlich nicht bitten, für einen Moment innezuhalten, damit sie nicht aus Versehen den Falschen erstach. Überall war Blut, die scharfen Krallen des Viehs verletzten Richards blanke Haut, ohne sein Lederwams war er völlig schutzlos. Sein linker Arm lag noch immer vor der Kehle des Tieres, gemeinsam rollten sie herum, bis Richard endlich auf dem Rücken zu liegen kam, er holte mit der Rechten aus und stieß den Dolch dem Tier in die Brust, einmal, zweimal, dann blieb er stecken.

Im Herzen. Denn genauso abrupt, wie es vor einer halben Ewigkeit aus dem Wald gestürmt war, erschlaffte es mit einem Röcheln in Richards Armen. Sie lagen ganz still, beide. Bewegungslos. Blut floß, doch es war nicht klar zu erkennen, von wem es stammte.

Es war ganz ruhig, die Blätter über ihnen raschelten, der Fluß rauschte sanft, und irgendwo im Wald nahmen die Vögel ihren Gesang wieder auf.

»Richard?« flüsterte Philipa.

Sie schlich vorsichtig hinüber, ihre Waffe umklammert, als wäre diese imstande, ihr Schutz zu bieten, was keineswegs der Fall war, wie sie soeben hatte feststellen dürfen. Zögernd kniete sie sich neben dem Schachtfeld nieder. Das Tier war tot, daran bestand kein Zweifel, es starrte aus weit geöffneten Augen blicklos in den Himmel.

Bei näherem Hinsehen hob und senkte sich Richards Brust.

Er atmete. »Richard? Richard, wach doch auf, bitte.«

Ganz langsam lockerte sich der Griff ein wenig, mit dem er noch immer den Dolch umklammert hielt, und Richard schlug die Augen auf. »Heilige Scheiße«, sagte er. Dann zog er die Waffe aus dem leblosen Körper und schob das pelzige Ding von seiner Brust. Mühsam stemmte er sich mit beiden Händen hoch und kam auf die Füße, ein bißchen schwankend.

Philipa ließ das Schwert fallen und nahm ihm mit bebenden Fingern den Dolch ab, um ihn im Gras zu reinigen. Dann blickte sie hoch und betrachtete Richard, er stand an einen Baumstamm gelehnt da und sah aus, als habe er eine Erscheinung gehabt. »Was … was war das überhaupt?«

»Ich glaube, ein Baummarder. Halb Bär, halb Katze. Ich weiß es nicht genau, hab noch nie einen gesehen, nur davon gehört.« Richards Stimme klang rauh.

»Woher wußtest du, wo sein Herz ist? Ich meine, wohin du zielen mußtest?«

»Wußte ich ja gar nicht.«

Es war Zufall gewesen. Philipa starrte ihn an, dann begann sie so sehr zu zittern, daß ihre Zähne aufeinanderschlugen. Sie biß sie fest aufeinander, sie hatte jetzt noch keine Zeit, zusammenzubrechen. Richard bot eine wüste Erscheinung, Blut und Erde und Asche überall, die Haare hatten sich aus ihrem Band gelöst und standen wild in alle Richtungen ab wie bei einem barbarischen Krieger. Philipa setzte sich in Bewegung und begann ihn vorsichtig nach Verletzungen abzutasten.

»Mein Gott.« Ohne Vorwarnung hielt er ihre Hände fest,

dann drehte er sie um, daß sie an dem Stamm zu lehnen kam, und küßte sie, heftig und grob und halb besinnungslos vor Erleichterung und Begierde. O ja, sie verstand und öffnete unbeholfen wegen des Ansturms das Band, das ihr Kleid zusammenhielt. Doch er konnte nicht warten, heute nicht, nicht jetzt, da war keine Zeit für Zärtlichkeiten, er schob mit einer raschen Bewegung ihren Rock hoch und drang in sie ein, ungestüm, hart und wild, getrieben von dem Verlangen, dem Leben zu beweisen, daß er noch da war.

Es war sehr schnell vorbei. Philipa spürte die rauhe Baumrinde in ihrem Rücken, und Richard, der aus ihr herausglitt und sich von ihr löste.

»Es tut mir leid.«

»Schon gut«, sagte Philipa einsilbig, strich ihr Kleid ordentlich herab und fühlte sich genauso zerschunden, wie Richard aussah. Sie ging die paar Schritte zu ihrem zerstörten Lager. Da war nichts mehr zu machen, sie würden ein neues errichten müssen. Sie bückte sich und begann ihr Gepäck einzusammeln.

»Wir müssen hier weg. Die anderen Tiere riechen das Blut. Komm jetzt.«

»Dann wasch dir das verdammte Blut erst einmal ab, Himmelherrgott.«

Sie hatte recht. Richard sprang, so wie er war, in den Fluß und spülte sich hastig die Hinterlassenschaften des Kampfes vom Körper, seine Wunden zu versorgen war keine Zeit, das mußte warten.

Sie liefen, bis sie in der rasch voranschreitenden Abenddämmerung tatsächlich nichts mehr sehen konnten, dann erst hielten sie an, legten sich ins weiche Gras, ohne noch irgend etwas zu richten oder vorzubereiten. Richard schlief sofort ein, sie konnte es ihm nicht verübeln. Philipa lag reglos neben ihm und hatte Mühe, vor Angst nicht erneut zu zittern. Vielleicht gab es noch mehr von diesen Viechern? Vielleicht waren sie hinter ihnen hergeschlichen, um sich für den Tod ihres Kameraden zu rächen? Richard schlief neben ihr den bewegungslosen Schlaf des vollkommen Ausgelaugten, und es war unmöglich, ihn zu wecken, damit er mit einem Angsthasen Händchen hielt. Dennoch wäre es schön gewesen, eine kleine Beruhigung.

Es dauerte lange, bis sie einschlafen konnte, obwohl ihre Beine vor Erschöpfung schmerzten und sie wußte, daß sie morgen eine lange Strecke würde bewältigen müssen und daher alle Ruhe brauchte, die sie bekommen konnte. In der Morgendämmerung erwachte sie davon, daß Richard sich an sie preßte und sie, die noch halb im Schlaf war, sehr sanft zu streicheln und zu küssen begann. Sie schlang die Arme um seinen Hals und schmiegte sich an ihn, es war würdelos, so bedürftig zu sein, doch es ging nicht anders.

»Pst, lieg ganz still.«

Da war etwas gutzumachen, hatte Richard beschlossen. Es gab nichts, was er ihr sagen konnte, er fand die passenden Sätze nicht, aber als eine Art wortlose Entschuldigung wollte er ihr geben, was sie vorhin hatte vermissen müssen. Er vernahm die kleinen Geräusche, die sie zu machen pflegte, wenn sie beieinanderlagen, und berauschte sich daran, *das* war das Leben, und er war glücklich, daß er hier bei Philipa lag und das Monster tot am Fluß und daß es verdammt noch mal nicht umgekehrt war.

Er drehte sich auf den Rücken und zog Philipa über sich.

»Das ist bestimmt Sünde. Ist es nicht Sünde?« wisperte sie atemlos.

»Ganz bestimmt. Aber schön.«

Und das war es.

Als sich Richard am folgenden Abend zu ihr legte, versteifte sich Philipa. »Nein. Nicht.«

»Nicht?« Er war zu verblüfft, um gekränkt zu sein. Bis

jetzt hatte er eigentlich immer den Eindruck gehabt, Philipa habe es gern, wenn er sich ihr näherte. Mehr als gern, genaugenommen. Außerdem fand er, er habe sich ausreichend entschuldigt für sein Verhalten nach dem Kampf mit dem Baummarder.

»Nein. Heute nicht und die nächsten Tage auch nicht.« Philipa wurde rot.

»Ach so.« Richard dämmerte es langsam. »Aber ... es geht dir gut?«

Nein. »Ja.«

Natürlich stimmte das nicht. Der Rücken tat ihr weh, im Unterleib zog es, und in ihrem Kopf schwirrte die Sorge, Richard wäre beleidigt, wenn sie ihn zurückwies, außerdem konnte sie über so etwas mit einem Mann nicht sprechen. Zumindest nicht mit diesem.

»Sollen wir ...«, er räusperte sich, »sollen wir vielleicht einen Tag Pause einlegen?«

»Das würdest du tun? Für mich?« Sie war so erstaunt, daß sie vergaß aufzupassen, was sie sagte.

»Warum nicht«, brummelte Richard mißmutig und begann einen Stecken anzuspitzen, mit dem er morgen im seichten Uferwasser fischen wollte.

Philipa schossen die Tränen in die Augen. Das Ärgerlichste an diesen unumgänglichen Tagen war, daß man immer so dünnhäutig wurde. Sie riß sich zusammen. »Ist schon in Ordnung.«

Oh, wie schön wäre es gewesen, sich gehen zu lassen, hemmungslos zu weinen und dann ein, zwei Tage Rast zu machen und verwöhnt zu werden. Manchmal fehlte ihr Albrecht wirklich sehr. Aber eigentlich dachte sie immer weniger an ihn, und das war schlimm. Sie konnte doch nicht ernsthaft erwägen, einen so aufmerksamen und fürsorglichen Mann wie Albrecht freiwillig gegen einen ewig grummeligen und demonstrativ schweigenden anderen einzutauschen? Von dem sie nicht mal wußte, ob er sie nicht einfach hier zurückließ, wenn sie sich ihm nicht hingeben konnte? Die Tränen drängten ungeduldig hinter den Lidern und freuten sich darauf, bei der nächsten Gelegenheit hervorzuquellen.

Richard hielt das Thema wohl für erschöpft. Er schwieg. Dann warf er den Stecken fort, drehte sich um, zog sie an sich und bettete ihren Kopf an seiner Schulter. »Schlaf gut.«

»Gute Nacht«, sagte Philipa leise durch ihre verstopfte Nase. Die Tränen liefen jetzt und sickerten durch ihr Haar auf seine Brust. Vielleicht merkte er es ja nicht. Jedenfalls verlor er in dieser Nacht kein Wort mehr.

»Ich rieche das Meer.« Richard stand da und runzelte die Stirn.

»Das Meer? Bist du sicher?« Philipa schnupperte in den Wind, doch sie merkte nichts.

»Wunschdenken, meinst du?« Richard zuckte die Schultern. »Nein, ich glaube nicht. Da ist etwas Neues in der Luft, etwas anderes. Salz.«

Philipas Herz zog sich zusammen. Wunschdenken, nein, bei ihr nicht. Es war schwierig mit Richard und ihr, aber sie hatten einen Weg gefunden. Zumindest, wenn sie beieinanderlagen, verstanden sie sich. Ansonsten … Er redete immer noch nicht viel, und zärtlich war er auch nicht, zumindest dann nicht, wenn er nicht mit ihr schlief. Das fragile Gerüst ihres Zusammenlebens würde zusammenbrechen, träfen sie auf die Normalität, das war mehr als wahrscheinlich. Es gelang nur hier, allein mit sich selbst, umhüllt und geschützt von der lichten grünen Welt, die sie auf ihrem Weg umfangen hatte.

»Was … wollen wir tun, wenn wir an der Küste angekommen sind?« Irgendwann mußten sie ja darüber sprechen.

»Ein Schiff besteigen und nach Hause segeln.«

Nach Hause. Sie hatte nicht die leiseste Ahnung, was sich

für sie hinter diesem Wort verbarg. Ob es etwas war, bei dem Richard sie mit einschloß.

»Nach Hause«, wiederholte sie leise.

»Ich habe ein kleines Lehen von Guntram erhalten«, erläuterte Richard kurz. »Nichts Besonderes, eine Motte, keine Burg. Doch ich habe vor, etwas daraus zu machen.«

Ich. *Er* hatte vor, etwas daraus zu machen. Es half alles nichts, sie würde fragen müssen.

»Nimmst du mich mit?«

Richard sah sie überrascht von der Seite an. »Was hast du denn gedacht?«

Eigentlich nichts Genaues. Alles Mögliche, vornehmlich Schlimmes. Sie zuckte die Achseln.

»Tja. Annullieren geht ja jetzt wohl nicht mehr«, sagte Richard.

Philipa wurde flammend rot. Vielleicht bereute er es. Und das tat weh, überraschend weh. »Das sehe ich nicht so«, erwiderte sie schroff. »Ich war Witwe, da kann kein Mensch überprüfen, ob die Ehe vollzogen wurde oder nicht. Schließlich kann ich nicht zwei Mal entjungfert werden.«

»Ich wollte dich nicht kränken«, sagte Richard, es war schon das zweite Mal, daß er sich für etwas entschuldigte. »Und ich habe es auch nicht so gemeint, wie du es offensichtlich annimmst. Laß es mich mal anders ausdrücken: Ich habe nicht vor, diese Ehe zu annullieren, es sei denn, du bittest mich darum. Ansonsten halte ich es für das Vernünftigste, ich bringe dich auf meine Burg.«

Sie blickten sich einen Moment an. Dann zuckte Richard mit den Schultern und sagte: »Wenn wir allerdings noch lange hier stehenbleiben, erübrigen sich weitere Pläne, weil wir dann niemals die Küste erreichen werden.«

»Dann laß uns gehen.« Aber da war noch etwas. »Richard?«

»Was denn?« Er warf ihr einen seiner ungeduldigen Blicke zu. Wenn Richard loswollte, dann wollte er los.

»Können wir ... könnten wir vielleicht auf dem Rückweg auf Borgewig Station machen? Ich würde so gerne Roland wiedersehen.« Wenn schon keine Aussicht darauf bestand, in diesem Leben ein Treffen mit Gysela zu arrangieren. Philipa schluckte.

»Von mir aus.«

Der Grund unter ihren Füßen wurde sandiger, der Baumbewuchs lichter, der würzige Duft von Kiefern und Salz erfüllte die Luft. Sie verließen den Fluß, der so lange ihr Begleiter gewesen war, und schlugen sich in westlicher Richtung durch den Wald, der Küste entgegen, ihrem Ziel. Richard wollte nicht an der Mündung ankommen, an der sich zweifelsohne eine Ortschaft befand, es war besser, es langsam angehen zu lassen, vorsichtig.

Bald wurden sie von den ersten Möwen begrüßt, die ihre krächzenden Schreie ausstießen und über ihnen kreisten. Sie erklommen eine Düne, während sie von ferne schon das sanfte Rollen der müßig schwappenden Wellen vernahmen, und blickten auf das Ostmeer. Ganz unvermittelt und wie ein Schock war es, obwohl sie genau darauf hingearbeitet und sich geschunden und schon seit längerem das Prickeln der Seeluft in ihren Adern gespürt hatten.

Stumm blieben sie nebeneinander stehen, den Blick nach vorne gerichtet in die weite, graue Unendlichkeit des Wassers, das vor ihnen lag, und auf einen Horizont, der keiner war, denn das Grau des Meeres ging über in dasjenige des Himmels, der ohne Anfang und ohne Ende war.

Kein Mensch war zu sehen, niemand außer ihnen. Nur Möwen, Wasser, die zerklüftete Küstenlinie rechts und links, Steine, Gräser und Sand.

Völlig unerwartet legte Richard einen Arm um Philipas Schultern. »Da wären wir also.«

»Ja. Da wären wir.« Wie geht es jetzt weiter mit uns, Richard? Es war albern, sich vorzustellen, Richard eine derart persönliche Frage stellen zu können. Es war noch alberner, sich zu wünschen, er würde sie lieben.

»Danke.«

Sie sah ihn verblüfft von der Seite an. »Wie bitte?«

»Ja, danke. Ohne dich stünde ich jetzt nicht hier, sondern läge, wenn ich Glück gehabt hätte, halb verfault in einem Kerker. Andernfalls bereits in einem Grab.«

»Ich will nicht darüber nachdenken.«

»Nein, ich auch nicht, eigentlich. Aber die Gelegenheit schien mir vernünftig, mich bei dir dafür zu bedanken, daß ich hier stehe, diese salzige Luft einatmen und dem lieblichen Gesang der Möwen lauschen kann.«

»Wir sollten etwas mit deinen Ohren unternehmen«, sagte Philipa lächelnd. »Es scheint mir, du hörst nicht gut.«

Richard lachte und drückte ihr einen flüchtigen Kuß auf die Schläfe. »Meine Ohren funktionieren ganz ausgezeichnet. Was ist, wollen wir uns gleich auf die Suche machen nach einem Boot, oder wollen wir eine Nacht hier rasten? An den Gestaden des Ostmeeres, das wiederzusehen ich dann und wann für unwahrscheinlich gehalten hatte?«

»Eine Nacht hier bleiben.«

»Ja, das finde ich auch. Hoffentlich wird es nicht zu kalt. Ich denke, inzwischen ist wahrscheinlich fast September. Wir werden bald ein Schiff finden müssen, wenn wir dem Herbst zuvorkommen wollen.«

»Morgen. Morgen machen wir uns auf. Heute bleiben wir hier und ruhen uns aus.«

»Einverstanden. Jetzt werde ich erst einmal überprüfen, ob Fische im Meer genauso leicht zu fangen sind wie in einem Fluß, denn sonst mußt du hungern, Dame Blankhenberghe.«

Dame Blankhenberghe. O ja. Sie war geneigt, es gelegentlich zu vergessen.

»Dann streng dich an, Ritter von Blankhenberghe. Damit ich nicht noch mehr vom Fleische falle als sowieso schon.«

»Gott bewahre. Du bist richtig, wie du bist. Ein kleines bißchen mehr zu essen wäre allerdings auch nicht schlecht.« Richard zog sie für einen Moment an sich. Fast als wären sie ein Liebespaar. Er glitt mit seinen Händen über ihren Rücken und küßte sie erneut, übermütig, erleichtert, daß sie es geschafft hatten weder zu verhungern noch sich von wilden Tieren auffressen zu lassen. Oder ihr Dasein als Waldmenschen beschließen zu müssen, da sie den Weg hinaus nicht fanden.

»Errichtest du uns ein Lager in den Dünen? Gegen den Wind meine ich. Ich gehe derweil fischen, wie sich das für einen anständigen Ritter des Königs gehört. Es ist einfach zu lächerlich. Bis gleich.«

Er gab ihr einen kleinen Klaps auf ihr Hinterteil, schleuderte die Stiefel von den Füßen und stapfte zum Wasser, einem erfolgreichen Jagdzug entgegen.

Heimkehr

Herbst 1257 bis Sommer 1258

Zwei Monate und zahlreiche Anstrengungen später ritten sie langsam nebeneinander den schmalen, steil ansteigenden Zufahrtsweg zu Burg Borgewig hinauf. Die Pferde hatten sie in Lübeck gekauft, was einen Großteil ihres Vermögens verschlungen hatte, aber von Fußreisen hatten beide genug. Vor allem mit der Aussicht auf den bald hereinbrechenden Winter. Auch jetzt schon war es kalt und ungemütlich, es nieselte immer wieder, und der Wind fegte böig und schneidend über sie hinweg. Kein Wetter, um draußen zu übernachten, allein mit sich und Gott und dem Sternenhimmel.

Im Rückblick erschien Philipa die Zeit in den russischen Wäldern wie ein Traum. Ein Tag wie der andere. Nur Stille und die Laute des Waldes um sie herum, tagsüber Schweigen, o ja, viel Schweigen, zuviel manchmal. Nachts Nähe und Wärme und Zärtlichkeit. Hier, im Reich, wo sie besser nicht ohne Begleitung unterwegs waren, sondern sich einer Truppe Gleichgesinnter anschlossen, die denselben Weg hatten, waren sie nie allein. Selbst das Schweigen fehlte ihr. Gar nicht zu reden von den nächtlichen Stunden, die sie in der Hauptsache in Wirtshäusern oder in den Gasthäusern von Klöstern zubrachten, in Schlafsälen, die sie mit vielen teilten und wo sie manchmal das Gefühl hatte, mit einem völlig Fremden unterwegs zu sein.

Jetzt waren sie hier, Philipa kam es vor, als sei ihr jeder Stein des Weges vertraut. Wenigstens ein Hauch von Heimkehr. Noch eine letzte Biegung, und sie erblickten vor sich in einiger Entfernung die Mauern der Vorburg. Oben auf dem Wehrgang patrouillierte eine Wache. Der Mann blieb stehen, als er die beiden unerwarteten Reiter erblickte.

Im Hintergrund erhob sich die schroffe Felswand, an die gelehnt Burg Borgewig erbaut worden war, stolz, wehrhaft und abweisend, mit einem sicheren Schutzschild in ihrem Rücken.

»Hoffentlich ist die Gräfin zu Hause.« Die Burg wirkte unfreundlich wie immer, ganz egal, wie gut und warm Philipas Erinnerungen an die Zeit hier waren. Sofern sie diejenigen, die Gottfried und seine Leute zum Inhalt hatten, beiseite ließ.

»Und wenn nicht ... Eine Nacht werden sie uns auch so beherbergen.«

Sie ritten zwischen den beiden Türmen hindurch, die den Eingang zur Vorburg bildeten, überquerten den Graben und schließlich den Hof. Erst vor der Zugbrücke zur Hauptburg wurden sie angehalten. Ihnen entgegen eilte Dittrich, der Truchseß der Borgewigs.

Kurz vor ihnen stoppte er verblüfft. »Philipa? Kann es sein, daß Ihr Philipa seid?«

Sie lachte. »Dittrich! Beleidige mich nicht. So sehr werde ich mich in den paar Jahren wohl hoffentlich nicht verändert haben!«

»Nein. Zumindest nicht dei... Eure Stimme.« Ihm fiel ein, daß Philipa nicht alleine gekommen war, und er verbeugte sich knapp in Richtung Richard. »Ritter Blankhenberghe. Ihr werdet entschuldigen, aber ich mußte mich erst vergewissern, ob ich nicht eine Erscheinung habe. Ihr wollt Graf Lambert besuchen?«

»Ist er anwesend?«

»Ja. Die Gräfin ebenfalls. Nur die Kinder nicht, sie sind zu Besuch bei einer Tante an der Mosel.«

Richard trieb sein Pferd an und ritt an Dittrich vorbei in den Burghof, die Kinder interessierten ihn nicht.

Philipa schon. »Wie geht es ihnen denn? Sind sie groß geworden? Und am Ende sogar vernünftig?«

»Groß schon. Vernünftig, na, ich weiß nicht.« Dittrich lachte, er hatte die beiden Fräulein sehr in sein Herz geschlossen. »Jetzt kommt erst einmal. Habt Ihr eine weite Reise hinter Euch?«

»Das kann man wohl sagen.« Weiter, als sie jemals zu erzählen imstande wäre.

Dittrich ergriff die Zügel ihrer Stute, die sie nicht halb so liebte wie Bona, und führte das Tier in den Hof, der wie damals sauber und gepflegt war, wenn er auch naturgemäß unter dem tagelangen Regen gelitten hatte. Philipa sprang ab, direkt in eine Pfütze.

»Da kommt der Graf«, sagte Dittrich, und Philipa wandte sich um.

Tatsächlich, groß, blond und gutaussehend wie eh und je, kam Lambert auf sie zu. »Nein! Wen haben wir denn da? Glaube ich, was ich sehe?« Er breitete in einer für ihn gänzlich untypisch spontanen Geste die Arme aus, und Philipa warf sich ohne weitere Umstände hinein.

Richard betrachtete die Szene, ohne eine Miene zu verziehen.

Philipa bog sich ein wenig zurück, um Borgewig ins Gesicht sehen zu können. »Ach, Graf Lambert, wie schön, daß wenigstens Ihr noch so seid wie immer!«

»Willst du mich beleidigen? Ich hoffe doch, stetig weiter an der Ausformung meines vortrefflichen Charakters gearbeitet zu haben.«

»Als ob das nötig gewesen wäre!«

»Schmeichlerin.« Lambert lachte und betrachtete sie. »Oh. Ein Gebende. Sittsam. Aber schade, Euer … ich muß doch jetzt sagen: Euer? … Haar, Ihr wißt schon. Habe ich Euch damals zufällig gesagt, daß mir Euer Haar gefiel?«

»Ich meine schon, mich dunkel an so etwas zu erinnern, ja.«

Lambert sah sich um. »Ritter Blankhenberghe gehört zu diesem Gebende?«

»Ja, das tut er.«

»Wie erstaunlich. Nun, dann entlasse ich Euch besser aus meinen Armen. Richard hat etwas ausgesprochen Kriegerisches, wie er da so steht mit all seinen Schwertern, Dolchen und Kettenhemden.«

»Ja, da kann ich mit Euch allerdings nicht mithalten«, erwiderte Richard grinsend und betrachtete anzüglich Lamberts kostbaren Surkot, dessen pelzbesetzter Saum kurz davor war, im Schlamm zu schleifen.

»Ärgert mich nicht. Schließlich habt Ihr mich von einem gemütlichen Feuerchen weggeholt und nicht direkt aus einer Schlacht. Kommt herein. Ich hoffe doch, Euch ein paar Tage beherbergen zu dürfen?«

»Wenn Ihr uns so drängt …« Richard warf die Zügel seines Pferdes einem der Stallknechte zu, der gerade angekommen war.

»Wunderbar. Meine Frau wird entzückt sein.«

»Eure Frau?« Philipa blieb überrascht stehen.

»Keine Angst. Als mein armer, lieber Bruder bedauernswerterweise verschied, hielten Elisabeth und ich es für das beste, uns zusammenzutun.« Lambert lächelte süffisant.

»Nachdem ihr Euch Eurer hemmungslosen Trauer hingegeben hattet«, vermutete Philipa.

»Ganz richtig.«

»Philipa!« Das war Elisabeth, sie hatten ihren schnellen, leichten Schritt gar nicht kommen hören. »Wie schön! Ich hatte immer gehofft, ich würde eines Tages erfahren, was aus dir geworden ist.«

»Etwas Schmutziges, Nasses.« Philipa blickte an sich hinunter.

»Wir werden dir ein Bad bereiten lassen. Für Euch ebenfalls, Richard, wenn Ihr mögt.«

»Das wäre herrlich.« Dreck konnte er immer noch nicht gut vertragen.

»Ihr seht erschöpft aus. Wie wäre es, wenn wir uns erst einmal um das Bad kümmern und uns dann zu einer frühen Nachtmahlzeit zusammensetzen und über alles sprechen?«

»Gräfin, das wäre unübertrefflich«, sagte Philipa dankbar.

Welche Wohltat, sich einmal pflegen und verwöhnen zu lassen. Für nichts sorgen zu müssen, sondern verhätschelt zu werden. Philipa räkelte sich in ihrem Bottich, bis zum Rand angefüllt mit heißem Wasser und zu allem Überfluß auch noch neben einem flackernden Feuer errichtet. Obwohl es warm war in der Kammer, bildete sich Dampf über der Wasseroberfläche.

Sie hielt sich die Nase zu und tauchte unter.

Wenn Richard sie nicht auf seiner Motte wollte, könnte sie vielleicht bei Elisabeth bleiben und bei ihren Kindern. Und diese und später deren Nachkommen betreuen, bis sie selbst alt und grau und zahnlos geworden war. Jetzt, wo Gottfried nicht mehr lebte, hatte das durchaus seinen Reiz.

Das Wasser begann sich um ein Geringfügiges abzukühlen. Es klopfte. Richard? In ihrer Badstube?

»Herein.«

Die Tür öffnete sich einen Spalt, und herein schlüpfte Elisabeth. »Störe ich?«

»Aber nein.« Was war denn das für eine Frage. Gänzlich untypisch.

»Ich werde dir die Haare waschen, wenn du magst«, verkündete Elisabeth.

»Sicher. Sehr gerne.«

Elisabeth schöpfte mit einem Becher Wasser über Philipas Kopf und begann dann, ihn tüchtig mit einer nach Kamille duftenden Seife einzuschäumen. Sie blickte gedankenverloren auf ihre schmalen Schultern. »Du bist dünn geworden.«

»Hm, ja. Eine Weile gab es nicht viel zu essen, und später dann hatte ich irgendwie meinen Appetit verloren.«

»Ach, der kommt schon wieder.« Schwupp, ein Schwall Wasser. Philipa kniff die Augen zusammen. Dann schüttelte sie sich und erhob sich, um aus der Wanne zu steigen.

»Erzähl mir, wie es dir ergangen ist.«

»Ein Gespräch unter Frauen, meint Ihr?« Philipa lächelte ein bißchen.

»Sag ruhig du zu mir, wenn du magst.«

»Ja, natürlich, gerne. Danke, Elisabeth.«

Eine wegwerfende Handbewegung. »Möchtest du von meinem Rosenöl?«

»Ich weiß nicht, ob ich so viel Luxus ertragen kann.«

»Bestimmt. Laß mich dich verwöhnen, damit du mir auch genau erzählst, was passiert ist.«

Genau ging nicht. Aber so ungefähr. Philipa erging sich in dem Bestreben, eine recht harmlose Version der letzten Jahre zum Besten zu geben, und stieß auf eine konzentrierte Zuhörerin, die sich ihre Erschütterung nicht anmerken ließ. Hinter den dürren Worten und der unbeteiligten Miene Philipas schien sich eine Menge zu verbergen, über das sie nicht sprechen wollte. Jetzt blickte sie sich suchend nach ihren Sachen um und wollte das Thema ganz offensichtlich nicht weiter vertiefen.

»Deine Kleider waren derartig schmutzig, ich habe sie gleich zum Waschen gegeben. Ist es dir recht, wenn du etwas von mir trägst?« Elisabeth stand auf und griff nach einem Umhang, der achtlos über einem Stuhl gelegen hatte.

»Nein. Es ist fast so wie in alten Zeiten.« Philipa lächelte sie gerührt an.

»Aber nur fast.« Elisabeth lächelte zurück. »Leg dich ein bißchen hin. Ich lasse dich rufen, wenn die Tafel bereitet ist.«

»Ich weiß beim besten Willen nicht, wie ich dir für das alles danken soll«, sagte Philipa überwältigt.

»Ach was.« Und schon war sie verschwunden, die Gräfin. Die sehr gelöst und irgendwie glücklich wirkende Gräfin. Philipa lächelte. Sie bekam ihr gut, die Liebe. Mit Lambert hatte sie es offenbar bedeutend besser als mit ihrem ersten Mann. Philipa schüttelte sich. Dann schlich sie quer über den schmalen Flur in ihre alte Kammer, denn die hatte Elisabeth ihr wieder zuweisen lassen.

Als sie die Tür öffnete, sah sie als erstes ein gewaltiges Holzkohlebecken, das glühte und knisterte und den Raum mit einer anheimelnden Wärme erfüllte, und als zweites erblickte sie Richard, der auf dem Bett lag und ihr entgegenblickte. Auch sein Haar war noch feucht vom Bade, so wirkte es fast schwarz.

Philipa lächelte ihm unsicher zu. Es war so lange her, daß sie miteinander allein gewesen waren. Wo sollten sie da anknüpfen? Sie wandte sich dem kleinen Tisch vor dem Fenster zu und begann ihr Haar zu bürsten, das dies nicht nötig hatte.

Sie hörte, wie er sich aus den Decken wühlte und aufstand. Wortlos herantrat und sie von hinten mit den Armen umschlang, sie spürte, wie er seine Wange an ihr Haar schmiegte. Eine seltsame Anwandlung von Zärtlichkeit. Philipa hielt ganz still, um den kostbaren Moment nicht durch Unbedachtsamkeit zu zerstören.

Er streifte den Umhang von ihren Schultern und begann ihren Nacken und ihre Schultern zu liebkosen.

»Müssen wir … müssen wir nicht bald hinunter? Zum Essen, meine ich?«

»Ich habe keinen Hunger«, murmelte Richard. »Jedenfalls nicht auf Hirsebrei.« Er drehte sie in seinen Armen um. »Du riechst nach reinem Luxus und Verschwendung.«

»Ja. Nicht mehr nach Wald und Holzfeuer und Fisch.«

Er hielt inne und sah sie an. »Das hat mir auch gefallen. Als du wie ein Waldwesen geduftet hast.«

»Ja?« flüsterte sie.

»O ja.« Er ergriff ihre Hand und legte sie dorthin, wo er sie haben wollte, seit er sie in den Armen von Lambert, diesem Stenz, gesehen hatte.

Philipa schmiegte sich an ihn, und das seltene, warme Gefühl reinsten Glücks breitete sich in ihr aus, als er sie zum Bett hinüberzog.

Später saß sie an einem ungewohnten Platz an der hohen Tafel und betrachtete hin und wieder mit leisem Staunen den Ort viel weiter unten an dem langen Tisch, an dem sie vor langer Zeit bei unzähligen Mahlzeiten gesessen hatte.

Die Küche hatte sich nicht lumpen lassen. Es gab am Spieß gebratenen Fasan, Erbsbrei mit Pflaumen, köstlich scharf mit Ingwer abgeschmeckt, gekochte Rehkeule mit Minze und Möhren, dazu Kirschbrot mit Mandeln und so viel mehr, daß Philipa vom Anschauen bereits satt wurde. Bei Richard war das anders. Er langte zu, als habe er in der letzten Zeit zu wenig bekommen, was ja tatsächlich auch der Fall war.

»Erzählt mir, was los ist im Reich.« Richard schlug gutgelaunt die Zähne in den Schlegel eines knusprig gebräunten Kapauns.

»Ihr seid fort gewesen?« Lambert winkte einem Pagen, seinen Becher aufzufüllen.

So sehr Philipa sich auch umblickte, Roland war unter den jungen Männern der Halle nicht zu entdecken. Sie fragte sich, wo er wohl war. Er würde sich doch nicht schlecht benommen haben und davongejagt worden sein? Nach dem Essen mußte sie sich bei Lambert erkundigen.

»Ja. Ich bin fort gewesen. Ziemlich lange sogar.« Richard kaute munter und machte den Eindruck eines Mannes, der fand, er habe genug Auskunft zu seiner Person gegeben.

Lambert warf ihm einen Blick zu und schwieg einen Moment. Er trank. Vermutlich dachte er darüber nach, ob es sich lohnen würde, Richard aus der Reserve zu locken. Philipa verkniff sich ein Grinsen. Es wäre interessant, zu beobachten, wer bei diesem Kräftemessen als Sieger hervorgehen würde.

Aber Lambert beschloß wohl, den Kampf nicht aufzunehmen. Oder ihn zu verschieben. »Tja. Das Reich. Unruhig und geschunden ist es, wie schon seit ewigen Zeiten. Seit des seligen Kaisers Ableben. Und war es nicht vorher schon genauso?« Er schnitt sich noch eine Scheibe von der Rehkeule ab. »Wußtet Ihr schon, daß König Wilhelm von Holland die Dummheit besaß, sich auf einem Feldzug gegen seine persönlichen Feinde, die Friesen, in einen Sumpf sinken zu lassen, was bedauerlicherweise sein Ableben nach sich zog?«

»Lambert«, mahnte Elisabeth leise.

Er warf ihr eine Kußhand zu. »Keine Angst. Er ist tot und kann mir nicht zürnen. Schließlich haben wir längst einen neuen König. Und nicht nur das. Nein, wir haben sogar zwei.«

»Zwei?« fragten Philipa und Richard wie aus einem Mund.

»Ja, natürlich zwei. Man sollte meinen, einer reicht, um das Reich zu ruinieren, doch wir haben gleich zwei.«

»Lambert.« Elisabeth warf einen Blick in die Runde, aber außer ihnen konnte ihren Mann niemand hören, was bestimmt besser war.

»Es muß ganz herrlich gewesen sein.« Lambert nahm einen tiefen Schluck aus seinem Becher. »Innerhalb der Mauern Frankfurts saßen zwei der Kurfürsten, nämlich der durchlauchtigste Erzbischof von Trier und der Herzog von Sachsen, und ließen die anderen nicht hinein. Es muß zugegangen sein wie in der Kleinkindstube. Der Erzbischof von Köln und der Pfalzgraf vom Rhein standen also vor den Mauern der Stadt und machten ein dummes Gesicht. Ach so, der Mainzer Erzbischof konnte leider nicht teilnehmen, da er unglücklicherweise als Gefangener auf der Burg des Herzogs von Braunschweig festsaß, na ja, das machte nichts, da ließ er den Kölner

Konrad für sich mit abstimmen, was der bestimmt genossen hat … was wollte ich sagen? Ach ja, die beiden konnten also nicht hinein, und da haben sie einfach flugs vor den Mauern ihren König gewählt. Richard von Cornwall, einen Plantagenet aus England. Guter Mann, glaube ich. Vielleicht ein bißchen wenig Interesse für das Reich? Es sieht nicht so aus, als ob es ihn sehnsüchtigen Herzens über den Kanal zöge.«

»Das ist erst einmal *ein* König, soweit ich das mitbekommen habe«, bemerkte Richard.

»Richtig. Dann haben wir noch Alfons von Kastilien, der seine südliche Sonne nun rein gar nicht gegen das hiesige Wetter eintauschen möchte und deshalb leider noch nie hier war. Warum auch. Er will uns ja bloß regieren.«

»Und welcher von beiden tut es? Ich meine regieren?« Philipa schob ihre Brotscheibe zurück. Wenn sie jetzt noch etwas aß, würde ihr übel.

»Keiner. Besser gesagt alle.« Lambert strahlte sie liebenswürdig an. »Wie eh und je diejenigen, welche die Fäden in der Hand halten. Unser von uns allen so geschätzter Konrad von Hochstaden zum Beispiel.«

»Ist das … gut?« fragte Philipa unsicher. Sie verstand nichts von Politik.

»Kommt darauf an, wen man fragt. Ich glaube, Ihr habt Besuch.«

In einiger Entfernung vor dem Tisch stand ein junger Mann, nun ja, ein halbwüchsiger *sehr* junger Mann, und strengte sich an, nicht von einem Fuß auf den anderen zu treten. Statt dessen strich er sich die wirren dunklen Locken hinter die Ohren, so wie er es schon immer gemacht hatte, wenn er verlegen war.

»Roland!« Philipa mußte an sich halten, nicht aufzuspringen und ihn in die Arme zu schließen, so wie es früher selbstverständlich gewesen wäre, als er noch klein war.

Ihr Bruder strahlte sie wortlos an. Mehr als alles andere

wollte er sich nicht vor Lambert blamieren, indem er wie ein Kleinkind seiner verlorengegangenen Schwester um den Hals fiel. Lamberts scharfe Zunge hatte ihn schon oft genug wegen irgendwelcher Unbedachtheiten getadelt.

Der Burgherr grinste und gedachte nicht, ihn aus dem Dilemma zu erlösen.

Aber dann entdeckte Roland Richard, und mit seiner Selbstbeherrschtheit war es wieder vorbei. »Richard! Du meine Güte! Seid ihr … seid ihr zusammen hier?«

»Ja.« So mehr oder weniger jedenfalls. Philipa lächelte verlegen. »Es ist einiges geschehen in den letzten Jahren, weißt du.«

»Das scheint mir auch so.« Roland warf Ritter Blankhenberghe einen mißtrauischen Blick zu.

»Mein lieber Roland, bevor du jetzt endgültig die Haltung verlierst und beleidigend wirst, schlage ich vor, daß du und deine Schwester nach diesem Mahl Gelegenheit erhaltet, euch unter vier Augen und in aller gebotenen Deutlichkeit auszutauschen. Bis dahin erlaube ich dir, dich an deinen Platz zu begeben und etwas zu dir zu nehmen.«

Lambert wedelte auf seine unnachahmlich lässige Art mit der Hand, und Roland verbeugte sich geschmeidig, erst vor Elisabeth, dann vor Philipa, und zog sich zurück.

»Puh, ist der groß geworden«, sagte Philipa leise.

»Ja, nicht?« Die Gräfin tätschelte ihren Arm. »Meine beiden ebenfalls, es ist nicht zu glauben. Ich hoffe, du wirst sie noch sehen, in ein paar Tagen erwarte ich sie zurück.«

»Das wird wohl leider nicht möglich sein, wir reisen morgen ab.« Richard lächelte höflich in die Richtung Elisabeths, die sehr wohl registrierte, daß Philipa ihn überrascht ansah.

»Wie schade. Morgen schon?«

»Ja. Ich muß auf Burg Staynen nach dem Rechten schauen und dann schnell weiter zu Guntram.« Richard hatte keine Ahnung, ob Guntram es gutheißen würde, daß er seinen

Schützling geheiratet hatte. Er nahm einen kleinen Schluck aus seinem Becher und fuhr fort: »Bevor der Winter kommt. Mich drängt es nicht nach einem tagelangen Ritt durch Schnee und Regen.«

Das war verständlich. Der Winter war eine Reisezeit, die ein jeder lieber vermied. Aber es war schon schlimm. Philipa hätte so gerne noch etwas die warme Freundschaft genossen, die ihr hier bekundet wurde, und sie hätte auch gerne mehr Zeit mit Roland verbracht.

»Eure Frau könnte doch noch bleiben? Sie genießt hier Gastrecht, solange es ihr beliebt.« Elisabeth drückte Philipas Hand.

»Das ist sehr freundlich von Euch.« Richard sah Philipa nicht an. »Doch ich wünsche, daß meine Frau mich begleitet. Sie ist noch nie auf Staynen gewesen, und bevor sie es übernimmt, sollte ich sie meinen Leuten vorstellen und einweisen in das Dringlichste, was dort geschehen muß während meiner Abwesenheit.«

Philipa sank das Herz.

»Sicher«, sagte Elisabeth liebenswürdig, »da kann man nichts machen.«

»Richard ist ein Ekel so wie eh und je«, beschwerte sich Roland. In Abwesenheit Lamberts verlor er den zarten Schmelz der Wohlerzogenheit und wurde wieder er selbst. »Warum kann er dich nicht hier lassen? Ich meine, wir haben uns doch *Jahre* nicht gesehen!«

»Ach, er ist gar nicht so schlimm, weißt du.« Obwohl Philipa gerade im Moment geneigt war, ihrem Bruder zuzustimmen.

»Vielleicht nicht immer«, brummelte Roland, »doch mir sind seine liebenswürdigen Seiten bis jetzt verborgen geblieben.«

Zum Glück. Philipa dachte kurz an ihr Schäferstündchen

vor dem Essen und hoffte, sie wurde nicht rot. Oder ihr kleiner Bruder würde es im flackernden Feuerschein nicht bemerken. »Ärgere dich nicht«, sagte sie. »Wir haben doch so wenig Zeit. Erzähl mal, wie ist es dir ergangen?«

»Es war in Ordnung, eigentlich. Ich bin schon recht gut im Schwertkampf, jedenfalls jetzt da Lamberts Waffenmeister mich unterrichtet. Seit der alte Graf gestorben ist, weißt du, gehört der Waffenmeister natürlich ihm. Lambert ist gar kein schlechter Lehrer, er hatte nur so unregelmäßig Zeit.«

Und Interesse, vermutete Philipa. »Was ist mit Til? Ruperts Sohn? Seid ihr noch befreundet?«

»Ja. Wenn wir uns nicht gerade wegen irgend etwas hauen.« Roland grinste sie an. Oh, wie sie dieses spitzbübische Lächeln vermißt hatte.

»Kommt das denn oft vor?«

»Nein, nur dann und wann. Wenn ich ihm nicht vorsagen will bei den Lateinübungen. Graf Lambert besteht darauf, daß wir uns bilden.« Roland zog eine Grimasse.

»Ein bißchen Hirn hat noch keinem Ritter geschadet.«

»Ich weiß. So ähnlich sagt Graf Lambert das auch. Ach Philipa, hier ist es so, wie es bestimmt auf allen Burgen mehr oder weniger ähnlich ist, wenn Pagen und Knappen ausgebildet werden. Ich bin jetzt Knappe, wußtest du das? Erzähl mir mal von Gysela. Wo hast du die denn gelassen?«

»Auf Gotland. Sie hat geheiratet, weißt du.«

»Was? Gysela? Bist du dir sicher?«

»Ja, ziemlich sicher. Ich war dabei.« Philipa lachte. »Otfrid. Einen Schreiber. Er ist ein furchtbar netter Kerl, ziemlich schlau.«

»Ein Schreiber.« Roland kratzte sich am Schädel, was seltsam verfremdet an Bruno erinnerte.

»Ja. Gysela fand ihn passend. Du kennst sie ja, wenn sie sich etwas in den Kopf gesetzt hat, bekommt sie es auch.«

»Hm. Und du? Ich meine, wie ist es dir ergangen?«

»Gut.« Die weniger erfreulichen Einzelheiten würde sie erzählen, wenn sie einmal mehr Zeit füreinander hätten. Und wenn Roland ein wenig älter war.

»Ja, aber ... ich meine, was ist mit Richard?« Roland strich sich die Haare hinter die Ohren und sah sie nicht an.

»Es ist in Ordnung. Guck nicht so. Es ist nicht immer alles, wie ich es mir mal vorgestellt hatte, aber es ist in Ordnung, ehrlich. Ich finde mich schon zurecht.«

Irgendwie klang das beunruhigend. »Komm zu uns, wenn du es kannst. Der Graf und die Gräfin hätten bestimmt nichts dagegen.«

»Das glaube ich auch. Ich werde es tun, wenn es nötig ist, das verspreche ich dir. Aber es ist nicht nötig.« Philipa lächelte ihn an.

Jedenfalls im Moment war es das nicht. Wenn sie jedoch eines gelernt hatte aus der Vergangenheit, dann war es, daß sie niemals glauben durfte, die Zukunft berge eine Gewißheit in sich. »Deine Haare sind dunkler geworden.« Sie strich ihm zärtlich über die Locken.

»Ja?« Roland war noch in einem Alter, in dem das Aussehen nur eine geringe Rolle spielt. Dann grinste er plötzlich. »Graf Lambert hat gesagt, ich hätte Augen wie du.«

»Tatsächlich?« Es stimmte vielleicht. Dabei wäre es nicht das schlechteste. Roland hatte sehr hübsche, warm leuchtende haselnußbraune Augen.

»Ja, und dann hat er noch gesagt, ich solle mir nicht einbilden, daß ich deswegen irgendwelche Vorteile bei ihm herausschinden könnte.«

»Das spinnst du jetzt.«

»Nein, ehrlich. Daraufhin hat er mich mit dem Schwert nach Strich und Faden verdroschen, um es mir zu beweisen.«

»Roland!«

»Reg dich nicht auf. Er hat mich ja nicht geköpft. Außerdem muß ich lernen, mich zu wehren. Oder glaubst du, in einem Turnier oder in einer Schlacht nimmt irgendwer Rücksicht auf den zartbesaiteten Roland von Aichbergen?«

»Wohl eher nicht«, gab Philipa zögernd zu. Sie haßte die Vorstellung, ihren Bruder in einen Kampf verwickelt zu sehen. Dann fiel ihr etwas ein. »Du nennst dich jetzt Roland von Aichbergen?«

Roland zuckte die Schultern. »Ja. Schließlich heiße ich so. Auch wenn ich illegitim bin, so bin ich immerhin Vaters Sohn. Außerdem hätte er es sicher gewollt.«

Das stimmte. Philipp von Aichbergen hatte nie den geringsten Zweifel daran gelassen, daß seine Kinder von ihm waren und zudem hoch geschätzt. »Ich habe furchtbar viel Zeit damit verbracht, vor diesem Namen wegzulaufen«, sagte sie leise.

»Ja, ich weiß. Ich auch. Anfangs. Doch irgendwann habe ich mir gesagt, daß es Unsinn ist. Irgendwoher muß man ja kommen. Wenn es jemanden stört, daß ich ein Bastard bin, kann er es mir ruhig sagen.« Rolands Augen funkelten angriffslustig. »Außerdem will ich nichts von denen, da kann es ihnen gleichgültig sein, ob ich mich so nenne oder nicht.«

»Gibt es überhaupt noch männliche Aichbergens außer dir?« Philipa wußte es nicht, ihre Familie war nicht sehr groß gewesen und lebte weit verstreut im Reich.

»War da nicht noch irgendein Roderich?« Roland überlegte. Nur kurz, denn es war ihm egal. »Ist das eigentlich weit weg, diese Burg von Richard, zu der du morgen mußt?«

»Ich weiß nicht genau. Drei, vier Tage vielleicht. Keine Ahnung.«

Roland unterdrückte ein Gähnen. »Dann kannst du uns doch besuchen, wenn Richard zu Onkel Guntram abgedampft ist.«

»Mal sehen. Du gehst jetzt am besten ins Bett.«

»Liebes Schwesterherz, ich bin deiner Fürsorge entwachsen. Ich gehe ins Bett, wenn ich will.«

»Aber du willst ja.« Philipa lächelte ihn an. »Dir spritzen die Tränen aus den Augen vor Müdigkeit.«

»Die jagen einen hier vor Morgengrauen aus dem Bett!«

»Eben deswegen solltest du dich am besten vor Morgengrauen hineinlegen.«

»Ist ja schon gut. Ich bringe dich zu deinem Zimmer. Wo schläfst du denn? In der Frauenkammer?«

»Nein. Ich … wir haben meine alte Kammer bekommen, da, wo ich mit Gysela wohnte.«

Roland schüttelte den Kopf. So ganz richtig und vernünftig fand er es nicht, daß an Stelle Gyselas jetzt Richard ein Anrecht auf die Schlafstatt seiner Schwester hatte. Doch anscheinend gab es dazu nichts mehr zu sagen, wenn Philipa ein Thema abblockte, konnte sie eisern sein.

Gemeinsam gingen sie durch die nächtlichen Gänge, nur unvollständig erhellt durch die Fackel, die Roland vor sich hertrug. Vor der Tür drehte sich Philipa um, zog ihn in die Arme, viel zu kurz für ihren Geschmack, und gab ihm einen Kuß. »Laß mich das bloß jetzt tun. Denn wenn nicht jetzt, dann morgen vor versammelter Mannschaft.«

»Ist ja schon gut. Gute Nacht, Pippa.« Er wandte sich ab, seinem wohlverdienten Lager entgegen.

»Gute Nacht.«

Sie blickte ihm hinterher, bis er hinter der Biegung des schmalen Ganges verschwunden war, dann betrat sie leise ihre Kammer. Das Mondlicht schien hinein durch die schmalen Fenster, und mit ihm drang die kühle Nachtluft in den kleinen Raum. Richard war schon da und schlief, er hatte die Vorhänge des Bettes zurückgeschlagen, und sie konnte ihn sehen, wie er ruhig und friedlich auf der Seite lag und sich seinen Träumen hingegeben hatte.

Sie zog sich leise aus und schlüpfte unter die Decke. Halb

im Schlaf rückte Richard sofort an ihre Seite und drängte sich an ihren Rücken. Sie kuschelte sich an ihn und schlummerte fast augenblicklich ein.

Philipa hatte gut geschätzt. Vier Tage später ritten sie Seite an Seite in das weite Tal, das fortan ihre Heimat sein sollte. Die Bäume auf den Hügeln, die das Tal umstanden, waren bereits fast alle kahl, nur der Ahorn erglühte noch in seiner letzten Herbstpracht. Über ihnen wölbte sich hoch und kalt ein unendlicher grellgrauer Himmel, ein Bussard zog seine Kreise weit oben in der Luft. Neben jedem Weg und jedem Pfad fand sich ein Bächlein, und sei es ein noch so schmales Rinnsal, es würde schwer sein, im Winter keine nassen Füße zu bekommen, durchquerte man das Tal.

»Ist es hier sumpfig?« Philipa hatte beschlossen, mit Richard ein Gespräch zu beginnen, sie war derart nervös, daß sie das Schweigen nicht aushielt.

»Ich glaube nicht.« Richard zügelte sein Pferd und blickte sich um. »Ich kenne die Gegend selbst kaum. Im Grunde war ich bisher ein einziges Mal hier, nur ein paar Wochen, um mit meinem Verwalter das Nötigste zu besprechen. Zu mehr als einer kurzen Rundreise hat es nicht gereicht.«

»Den Verwalter, kennst du ihn gut?«

»Ja. Ich habe ihn Guntram abgeworben. Er war dort die rechte Hand des Truchseß. Auf Paul kann ich mich voll und ganz verlassen. Praktischerweise ist er verheiratet, mit Gunda, über die ich allerdings nicht besonders viel weiß, aber irgendeine Hausverwalterin brauchte ich, und da bot es sich an, die beiden zu nehmen. Tja, und sonst noch so das Übliche, ein paar Mägde und Knechte, die Paul aus den zur Burg gehörenden Dörfern angeworben hat. Hoffentlich kennt sich einer mit Pferden aus. Zu einem Stallmeister reicht es zur Zeit nicht.«

»Lohnt sich ja wohl auch kaum.«

»Richtig.« Richard warf ihr einen seiner kurzen Blicke zu. »Du wirst sehen, es ist nichts Aufregendes. Aber Guntram hat versprochen, mir nicht nur das Lehen zu übertragen, sondern auch die Möglichkeiten zu verschaffen, das Anwesen auszubauen. Ich glaube, da drüben kannst du es schon sehen.«

Sie folgten seit einiger Zeit einem Bach, den Philipa mit etwas gutem Willen schon als Flüßchen hätte bezeichnen können und der in einen kleinen See mündete. Nicht so klein, daß sie ihn ohne weiteres schwimmend hätte überqueren können, und groß genug, daß sich an seinem Nordende eine Insel befand. Auf dieser Insel erhob sich auf einem aufgeschütteten Hügel mit abgeflachter Kuppe Richards Motte. Mit einem baufälligen Palisadenzaun darum herum und einem kleinen Wehrdorf zu seinen Füßen.

»Na ja, wie gesagt, es ist nichts Besonderes«, sagte Richard unbehaglich. »Aber es liegt günstig. Die Insel ist nur durch eine schmale Landzunge mit dem Ufer verbunden und kann gut abgeriegelt werden.«

Philipa schwieg und betrachtete ihr neues Zuhause. Ein achteckiger einfacher Turm aus Holz, dessen Dach auf Pfähle aufgesetzt war und somit einen Umlauf für die Wachleute bot. Allerdings waren keine Wachleute zu sehen.

»Ich will den Holzbau mit Steinen ummanteln. Später. Erst einmal wird der Palisadenzaun durch Steinmauern ersetzt. Wir können froh sein, wenn er den Winterstürmen standhält, ganz zu schweigen von einem Angriff.«

Sie ritten näher. »Pippa, kannst du nicht vielleicht auch mal etwas sagen?« fragte Richard mit sturmumwölkter Miene, es war das erste Mal, daß er ihren Kosenamen verwendete, und zwar völlig unbewußt. Sie tat, als merke sie es nicht, aber es entzündete ein warmes Gefühl in ihrem verzagten Herzen.

»Die Insel ist doch hübsch. Natürlich, eine Motte ist nicht gerade das Sicherste oder Komfortabelste, aber wenn du die Größe nicht allzu sehr verändern willst, müßte mit einer Ummantelung allerhand gewonnen sein. Wenn du die Holzmauern stehen läßt, ist sie vielleicht wärmer, als es Burgen normalerweise sind.«

»Aber feuerempfindlich.«

»Ja, das stimmt.« Sie konnten jetzt erkennen, daß die ansteigende Uferzone mit Korbweiden und Holzapfelbäumen bestanden war, es würde sicher im Frühling und im Sommer ein bezaubernder Ort sein.

»Wir sollten einen Wachturm an der Landzunge errichten.« Richard fand, bevor sie an der Gemütlichkeit etwas taten, sollten sie die Sicherheit verstärken. »Am besten zwei. Einen auf der Insel und einen auf dem Festland. Oder mitten auf der Landzunge.«

Wir. Er hatte tatsächlich ›wir‹ gesagt. »O ja. Ein Wachturm ist eine gute Idee«, sagte Philipa leise, aber Richard hörte sie nicht.

»Da kommt Paul.«

Ein Mann kam über die Landzunge auf sie zu, groß, kräftig, mit wettergegerbtem, freundlichem Gesicht.

»Richard! Wie schön, Euch zu sehen. Wir fingen langsam an, uns Sorgen zu machen, Gunda und ich.«

»Völlig überflüssigerweise.« Richard lächelte ihn an. So überflüssig war es gar nicht gewesen, und vielleicht würde er es sogar einmal seinem Verwalter erzählen, aber jetzt war wohl kaum der richtige Moment dazu. »Ich möchte dir meine Frau vorstellen, Philipa von Aichbergen. Sie wird in Zukunft die Fäden in der Hand halten. Ich hoffe, ihr werdet gut zusammenarbeiten.«

»Bestimmt werden wir das.« Philipa lächelte so freundlich sie konnte auf Paul herab. »Allerdings nur, wenn du etwas Geduld mit mir hast und mir beibringst, was ich wissen muß.«

»Gerne. Meine Frau und ich werden alles tun, um Euch behilflich zu sein.«

»Ich danke dir, Paul.«

Der Verwalter, *ihr* Verwalter, ergriff die Zügel ihrer Stute, führte sie entlang der schmalen Landzunge, und gemeinsam betraten sie den festen Boden der Insel. Philipa konnte erkennen, daß die Motte durch hufeisenförmig an den Turm angebaute Wirtschaftsgebäude erweitert worden war. Sie bemerkte ein Küchenhaus, Ställe, einen Brunnen. Nichts von dem, was sie sah, war wirklich baufällig, doch nichts war in uneingeschränkt gutem Zustand. Sofern sie Leute zur Verfügung hatte und das Geld, Material zu kaufen, würde sie schon wissen, womit sie ihre Zeit totschlagen konnte während Richards Abwesenheit.

Das Vordringlichste war allerdings, sich erst einmal Paul und Gunda gewogen zu machen, denn ohne die beiden wäre sie völlig hilflos. »Ich freue mich, deine Frau kennenzulernen, Paul. Ich ...«

»Da kommt sie schon.«

Eine Frau trat ihr entgegen, blond und schmal und mit einem unsicheren Lächeln auf den Lippen.

»Gunda, der Herr ist zurückgekommen, und er hat seine neue Herrin mitgebracht.«

»Willkommen.« Gunda versank in einen unbeholfenen Knicks.

»Danke.« Bevor sich Paul noch dazu versteigen konnte, ihr zu helfen, stieg Philipa rasch von ihrem Pferd, zuviel Ehrerbietung war sie nicht gewöhnt. »Ich bin sehr froh, endlich angekommen zu sein, und ich dürste nach Taten. Wie wäre es, Gunda, wenn du mich als Allererstes einmal durch den Turm führst und mir alles zeigst?«

»Sehr gerne.« Gunda lächelte schüchtern.

»Gut.« Richard blickte sich nach einem Stallknecht um. »Dann bleibt uns wohl auch nichts anderes übrig, als uns gleich in die Arbeit zu stürzen, Paul, zumal ich euch bald wieder verlasse. Ich muß zu Guntram.«

»Sicher. Na, dann kommt mal mit, Herr.«

Als die Dämmerung hereinbrach, hatte Philipa eigentlich alles Wesentliche bereits gesehen. Im Erdgeschoß des Wohnturms befand sich der Speicher, der zum Glück einigermaßen gefüllt war, so wie es sich für den Winterbeginn geziemte. Den ersten Stock, über eine schmale Stiege zu erreichen, nahm die Halle ein, die wie üblich des Nachts als Schlafstätte für die Burgmannschaft diente und sich als mittelprächtig gepflegt erwies. Es fanden sich durchaus Spinnweben in den Ecken, und die Binsen auf dem Boden hatten auch schon bessere Tage gesehen, doch richtig schmutzig war es nicht.

»Ihr müßt entschuldigen, Herrin, wenn ich gewußt hätte, daß Ihr kommt, sähe es hier besser aus. Aber ich komme kaum nach mit allem, jetzt, während des Schlachtmonats, hatten wir alle Hände voll zu tun und ...«

»So wie ich das sehe, gibt es nichts, was nicht mit ein, zwei Mägden mehr leicht geregelt werden könnte. Es gibt doch Mädchen hier im Dorf, die dafür in Frage kämen?«

»O ja, sicher. Paul und ich wußten nur nicht ..., ich meine, ob es dem Herrn recht gewesen wäre.«

Philipa lächelte sie an. Sie wußte es schließlich auch nicht. Aber wenn Richard wollte, daß aus seinem Lehen etwas wurde, worauf er stolz sein konnte, dann würde er ihr freie Hand geben müssen.

Im Stockwerk über der Halle befanden sich die privaten Gemächer der Burgherren. Es war eine sehr seltsame Vorstellung, daß es jetzt ihre eigenen waren. Ein großer Raum, schmucklos und ohne den geringsten Komfort.

»Gibt es einen Webstuhl?« Sie mußte Wandbehänge herstellen, mit denen sie den Schlafbereich abtrennen würde. Dann kämen die Vorhänge dran, die das Bett abschlossen, sie waren fadenscheinig und zerschlissen, und häßlich waren sie auch. Sie würde sie hellblau machen, so wie den Frühlingshimmel. Mit grünen Blattranken, denn das würde sie an die Bäume in Rußland erinnern. Philipa schluckte.

»Ja, natürlich. Er steht unten.«

»Gut. Laß ihn nach oben bringen. Mehr Möbel gibt es wohl nicht?« In dem Raum befanden sich neben dem Bett nur noch eine einzige Truhe und ein kleiner Tisch mit zwei Stühlen. Es wirkte – kahl.

»Nein. Möbel gibt es überhaupt nicht besonders viele.«

»Haben wir einen Tischler im Dorf?«

»Nicht direkt. Aber Godart kann gut mit Hammer und Säge umgehen. Den könntet Ihr fragen.«

»Gut. Das werde ich tun. Mit deiner Hilfe. Du mußt mir die Leute vorstellen.«

»Ja, sicher, Herrin.« Gunda lächelte sie an, ein bißchen sicherer jetzt. Allzu schwierig schien die neue Herrin nicht zu sein. »Ich bin froh, daß Ihr da seid, Herrin«, platzte sie heraus.

Philipa sah sie überrascht an.

»Ich bin das Führen eines solchen Haushaltes nicht gewohnt. Ich werde alles tun, was Ihr verlangt, ich bin nicht unwillig, wirklich nicht, nur irgendwie ... wurde es mir zuviel. Ich wußte nie, was der Herr für Wünsche hat, was unbedingt notwendig ist und was nicht ...« Gunda schüttelte den Kopf. »Wenn Ihr jetzt hier seid und entscheidet, was zu tun ist, dann, na ja ...«

»Dann werden wir ein hübsches Schmuckkästchen aus dieser Motte machen«, vollendete Philipa.

Wenig später saßen sie mit Richard und Paul zusammen in der Halle und aßen einen Eintopf aus Gerste, Rüben und Schweinefleisch.

»In der kurzen Zeit habe ich leider nichts Besseres zustande bekommen«, sagte Gunda verlegen.

»Aber nein«, beruhigte Philipa sie, »es ist ganz köstlich, wirklich. Mach dir keine Sorgen. Und hör um Himmels willen auf, dich andauernd zu entschuldigen.«

In Wahrheit war der Brei ein bißchen fade, jedenfalls kam er Philipa so vor, auch wenn die anderen tüchtig zugriffen. Doch wie immer, wenn sie nervös war, war ihr Magen wie zugeschnürt, und sie bekam kaum einen Bissen hinunter, ob es schmeckte oder nicht.

»Hast du dir alles angesehen?« fragte Richard mit vollem Mund.

»Im Wohnturm, ja. Die Wirtschaftsgebäude noch nicht, und jetzt ist es zu dunkel. Das verschiebe ich auf morgen.«

»Gut. Ich dagegen werde morgen gegen Mittag abreisen. Bis dahin haben wir doch das Wesentlichste besprochen, Paul? Was meinst du?«

»Tja, Herr, wie man's nimmt.« Der Verwalter wiegte bedächtig den Kopf. »Einerseits kann ich Euch bis dahin natürlich alles erklärt haben, wie es sich so verhält mit den Dörfern und den Abgaben und den Streitigkeiten und was es sonst noch so alles gibt. Doch es wäre nicht schlecht, wenn Ihr eine Weile da wäret und selbst mit den Leuten reden könntet. Sie müssen ihren Herrn auch sehen.«

»Ja, sicher. Aber es geht nicht. Nicht jetzt. Ich muß zu Guntram, und zwar sofort. Du besprichst ab jetzt alles, was zu tun ist, mit meiner Frau und vertrittst mich weiterhin bei den Leuten. Ich komme so schnell es geht zurück.«

»Wie ich den Grafen kenne, wird das so bald nicht sein«, erwiderte Paul ruhig.

»Na, mal sehen.« Richard warf ein Stück Fett einem der Hunde zu, die durch die Halle tollten und am Tisch bettelten.

»Habe ich deine Erlaubnis, mich mit den Finanzen der Burg vertraut zu machen?« fragte Philipa.

»Wieso?« Richard sah sie an. Im Schein der Fackeln und Kerzen wirkten seine Züge noch schärfer als sonst.

»Du willst die Burg ausbauen, sicherer machen. Das kann ich wohl kaum in die Wege leiten, wenn ich kein Material bekomme. Oder hast du einen Steinbruch auf deinem Land?«

»Ich glaube nicht. Paul?«

»Einen Steinbruch nicht, nein. Am östlichen Rand liegt allerdings eine verfallene Burg aus alter Zeit, auf die niemand Anspruch erhebt und die auch nicht mehr instandzusetzen ist. Wir könnten sie abtragen und die Steine verwenden, wenn Ihr meint, daß das geht.«

»Reicht es für eine Mauer und einen Wachturm an der Landzunge?«

»Ja, das wird wohl gerade so hinhauen. Am Südende der Insel ist glatter Felsen, der braucht nicht ummauert zu werden.«

»Gut.« Richard nickte. Dann sah er Philipa in die Augen, das erste Mal, seit sie hier saßen. »Tu einfach, was du für nötig hältst. Solange du dich nicht verausgabst und dich mit Paul besprichst, bin ich mit allem einverstanden.«

Kurz nach einem kargen Mittagessen am nächsten Tag ritt Richard davon, über die Landzunge hinweg und dann weiter in südlicher Richtung, ohne sich noch ein einziges Mal umzudrehen.

Philipa sah ihm nach. Sie sah ihm nach, bis er ihren Blicken entschwunden war, mit schmerzhaft klopfendem Herzen und brennenden Augen. Er hatte nicht den leisesten Zweifel daran gelassen, daß er ihr zutraute, alles zu seiner Zufriedenheit zu regeln. Ebenso deutlich war geworden, daß er es kaum erwarten konnte, von hier wegzukommen. Sie allein zu lassen mit sich und fremden Leuten, die ihr nichts bedeuteten und denen sie nichts bedeutete, mit der Angst vor der neuen, ungewohnten Aufgabe und der Sorge, darin zu versagen. Wenigstens würde er wiederkommen, irgendwann. Wenn schon nicht zu ihr, dann doch zu seiner Burg.

Philipa wandte sich um und ging in ihre Gemächer. Ihr war übel, aber bevor sie sich hier vor aller Augen erbrach, würde sie lieber ersticken. Morgen dann würde sie ihre Aufgaben in

Angriff nehmen, und wenn Richard in ferner Zukunft wiederkam, sollte er sehen, was sie aus seiner Burg zu machen imstande war. Auf alle Fälle war es besser, zu arbeiten, als hier herumzusitzen und Trübsal zu blasen.

Sie begann zu rennen. Und schaffte es gerade noch, ihre Waschschüssel zu erreichen.

Richard kehrte erst ein Dreivierteljahr später zurück. Sein Lehnsherr Guntram von Nidbergen wurde alt, und wie viele Alte war er störrisch und schwierig geworden. Dies manifestierte sich vor allem darin, daß er, anders als eigentlich jeder im Rheinland, gegen den gewählten König Richard von Cornwallis und der Überzeugung war, Alfons von Kastilien habe den legitimeren Anspruch auf den Thron.

»Alfons ist der Enkel von Philipp von Schwaben und stammt somit in direkter Linie von Friedrich mit dem roten Bart ab«, pflegte er eigensinnig zu insistieren. »Was ist dagegen schon der Cousin von Otto dem Welfen und Schwager, *Schwager!* von Friedrichs Sohn!«

Es war ihm einfach nicht beizubringen, daß, wer nicht den mächtigen Konrad von Hochstaden, Kölns einflußreichen Erzbischof und Kurfürsten, gegen sich haben wollte, zwar eine eigene Meinung haben durfte, diese jedoch besser nicht an die große Glocke hing.

Alles in allem war es eine zähe, anstrengende Zeit gewesen, doch irgendwann hatte Richard Guntram so weit, daß er einlenkte und nur noch gereizt brummelte, wenn die Sprache auf die Reichspolitik kam, aber nicht mehr Gift und Galle spuckte und zwar egal, vor wem und wer es hörte. Als Richard seine Ungeduld kaum noch länger hatte zügeln können, ließ er ihn endlich gehen.

Nun ritt er über sein eigenes Land, und was er sah, gefiel ihm. Es gefiel ihm sogar ausgezeichnet. Die Felder waren überall ordentlich bestellt, und als er dem See und der Insel näherkam, bemerkte er auf der steil ansteigenden Uferwiese eine friedlich grasende Herde Schafe, die den Grund festtrampelte. Die Mauer, die den Palisadenzaun ersetzte, war so gut wie fertig, und der erste Wachturm, der die Landzunge zur Insel abriegelte, ebenfalls.

Ein Mann kam ihm über die Landzunge entgegen. Bei genauerem Hinsehen entpuppte er sich zu Richards Erstaunen als Bruno. Richard zügelte sein Pferd und wartete, bis er herangekommen war.

Bruno hielt sich nicht lange mit geschmeidigen Begrüßungsworten auf. »Es wurde aber auch langsam Zeit, Richard«, sagte er.

»Ach ja?« Richard zögerte kurz, stieg dann jedoch ab. Er hatte Bruno viel zu verdanken, sehr viel, vielleicht sogar sein Leben. »Wie kommst du denn überhaupt hierher?«

Bruno grinste. »Ich war seinerzeit in Rußland, müßt Ihr wissen.«

»Nein. Tatsächlich?« Richard grinste ebenfalls. Plötzlich war er froh, den riesigen Kerl wiederzusehen, der ihm damals zunächst als so lästig und überflüssig erschienen war.

»Ja. Gefährliche Gegend. Die sperren ohne Sinn und Verstand einfach die harmlosesten Leute ein. Also bin ich wieder weg und nach Gotland rüber, aber Gysela und Otfrid schwammen da im reinsten Glück, und so kam ich mir irgendwie überflüssig vor. Ist mir auf die Dauer auch zu eng, so 'ne Insel. Tja, und Gysela hatte die schlaue Idee, Philipa wäre vielleicht zu Roland gereist, und das stimmte ja auch, und so erfuhr ich, wo sie ist. Und als ich dann ankam und sah, wie es ihr ging, dachte ich mir, sie könnte Hilfe gebrauchen, und blieb einfach da.«

»Wie es ihr ging?«

»Herr! Ihr wart lange fort. Gut, daß Ihr endlich zurück seid.«

Das war Paul, der unbemerkt herangetreten war und die

Stirn in kummervolle Falten zog. Eine Mimik, die für ihn eigentlich ungewöhnlich war.

Richard sah von einem zum anderen. »Kann mir mal einer sagen, was hier los ist?«

Die beiden wechselten einen unbehaglichen Blick. Wenn auch einiges auf seiner Burg im argen zu liegen schien, der Verwalter und Bruno machten jedenfalls den Eindruck, sich prächtig zu verstehen.

»Also«, fing Paul dann an, »wir machen uns inzwischen ernsthaft Gedanken um die Herrin. Nicht, daß sie nicht alles zu Eurer Zufriedenheit geregelt hätte, ich meine, seht Euch doch nur um, sie hat uns ganz schön getriezt, wir haben auch mächtig was geschafft und …«

»Paul! Würdest du jetzt zum Wesentlichen kommen? Bitte?«

Paul brach jetzt seine etwas wirre Rede ganz ab und blickte sprachlos zwischen Richard und Bruno hin und her. Und wie Bruno es inzwischen gewöhnt war, sprang er in Krisensituationen eben ein.

»Wir machen uns wirklich Sorgen um Philipa. Seit dem Unglück ist sie irgendwie nicht mehr … sie selbst. Tja«, er kratzte sich am Schädel, »vermutlich ist's passiert, nicht lange, bevor Ihr aufgebrochen seid.«

Richard blickte von einem zum anderen und zog unheilverkündend die Brauen zusammen.

Bruno holte tief Luft. »Wir haben dann nach Gräfin Borgewig geschickt, um sie zu pflegen. Ich weiß nicht, ob es dem Herrgott gefallen hätte, Philipa bei uns zu lassen, wenn wir ihre Hilfe nicht gehabt hätten. Am besten geht ihr zu ihr und laßt es Euch von ihr erklären.«

Das war ganz bestimmt der Fall. Sowohl Bruno als auch Paul waren offenbar nicht in der Lage zu einer klaren Auskunft. »Wo ist sie jetzt?«

»Keine Ahnung. Sie … verschwindet manchmal einfach.

Vermutlich ist sie in Euren Räumen oben, aber genau weiß ich es nicht.« Da war sie meistens, in jeder freien Minute, von denen es allerdings nicht allzu viele gab, denn sie schuftete bis zum Umfallen. Wenn sie Zeit hatte, war sie in ihrem Zimmer und fast immer allein. Sie hätte niemals jemanden willentlich vor den Kopf gestoßen, doch wenn es irgend ging, zog sie sich zurück. Zur Zeit ertrug sie Geselligkeit nur schlecht.

Die drei Männer betraten gemeinsam den blitzsauberen Hof, kein Unkraut oder Abfall hätte es gewagt, ihn zu verunzieren. Aus dem Kochhaus drangen köstliche Gerüche, in einem offenen Unterstand wurde fleißig gehämmert und gesägt, ein Schwein lief grunzend quer über den Hof, und auf dem Brunnendach lag faul eine mutige Katze, ließ eine Pfote über den Rand hängen und räkelte sich.

Drinnen im Wohnturm waren die Treppenstufen gescheuert, alle Ecken ordentlich gefegt, nirgendwo hingen Spinnweben unter dem Dach, die Binsen auf dem Boden waren frisch und dufteten würzig, und selbst das Fell der allgegenwärtigen Hunde glänzte. Mit anderen Worten, kein Burgherr hätte zufriedener mit der Verwaltung seines Gutes sein können, als Richard es sein durfte.

»Ach, der Herr!« Gunda knickste, wie immer etwas unbeholfen. »Soll ich … soll ich der Herrin Bescheid sagen?«

»Sie vorwarnen, meinst du?« Richard sah sie mit gerunzelter Stirn an, und Gunda hörte auf zu lächeln, eine zarte Röte breitete sich über ihre Wangen aus.

Richard ließ sie alle stehen und stieg langsam die Treppe hoch zu dem Raum, der ihm selbst und seiner Familie vorbehalten war. Er hatte sich verändert während seiner Abwesenheit, und zwar sehr, das sah er sofort. Es war – gemütlicher geworden. Ein breites Bett stand darin, umschlossen von einem sehr hübschen blaugrünen Vorhang, eine Sitzbank war zwischen zwei Fenstern aufgestellt und mit weichen Kissen belegt worden, und zwei Armlehnstühle standen vor dem leeren

Kamin. Erst auf den zweiten Blick entdeckte er seine Frau, die ganz still und mit dem Rücken zu ihm dastand und aus dem Fenster in den leuchtendblauen Sommerhimmel starrte.

Philipa war seit Wochen und Monaten abgetaucht in das Tal des Jammers, kaum daß sie ihre Umgebung noch wirklich wahrnahm. Falls sie funktionierte, dann bestenfalls mechanisch. Das allerdings schien sie zu tun, denn wenn sie auch jedermann behandelte wie ein rohes Ei, so lief doch der Alltag auf der Burg reibungslos und ohne Komplikationen ab.

Aber sie merkte es nicht. Sie merkte gar nichts außer dem Schmerz, der in ihrem Inneren wütete, gleißend und strahlend hell ihr Selbst zerriß. Wann immer sie konnte, floh sie in ihr Zimmer, denn es war leichter, hier zu sein mit ihren Gedanken als zusammen mit all diesen Menschen, die sie ständig besorgt ansahen und immer irgend etwas von ihr wollten. Essen oder ausruhen oder Entscheidungen fällen oder lächeln. Da war sie lieber allein.

Sie war *sehr* allein. Sie vermißte Gysela. Und Elisabeth, nachdem sie zurück nach Borgewig hatte reisen müssen. Richard zu vermissen, verbot sie sich. Es war sinnlos, soviel hatte sie inzwischen begriffen.

Es war schon seltsam, daß ihr das Leben stets nahm, was ihr das Liebste war. Den Vater. Albrecht, ja, auch der hatte weiterhin einen festen Platz in ihrem Herzen. Gysela, die nun Otfrid folgte und nicht mehr an ihrer Seite war. Richard, der ihr immer nur ein kleines Stück von dem gegeben hatte, was sie brauchte, und ihr den Rest verweigerte. Und zu guter Letzt – sie konnte es nicht aussprechen, nicht einmal denken. Es war, als wäre mit dem Verlust ein Stück ihres Ichs herausgefressen worden. Es ließ sich einfach nicht ersetzen.

Sie erinnerte sich, daß hinter ihr die Tür aufgegangen war, und drehte sich halb um. Ein Mann war eingetreten. Er sah so ähnlich aus wie Richard.

Es war Richard.

»Da bist du ja«, sagte er statt einer Begrüßung. »Ich habe dich gesucht, niemand wußte so recht, wo du bist.«

»Ich war hier.« Sie hatte keine Lust oder vielmehr keine Kraft, anderes als Unsinn zu reden. Worte zu suchen, die die Leere und den Abgrund überbrücken sollten. Zwischen ihnen beiden. Zwischen ihr und dem Leben.

»Es ist nicht zu übersehen, daß dir alle hier zu Füßen liegen. Zu Recht. Ich möchte dir danken, daß du diesen Trümmerhaufen in eine so reibungslos funktionierende Burganlage verwandelt hast.«

»Ja«, sagte Philipa bitter, »ich gebe tatsächlich eine brauchbare Verwalterin ab. Sollte man gar nicht glauben.«

»Du bist mehr als eine Verwalterin.«

»Ja, ich weiß.« Plötzlich fühlte sich Philipa sehr müde. »Sie mögen mich wirklich, weißt du.«

»Ich mag dich auch.«

Philipa drehte sich wieder um und blickte hinunter auf das Pappelwäldchen, das sich am südlichen Ende der Insel vor ihr ausbreitete.

Zu ihren Füßen fiepte und winselte etwas, und Richard sah überrascht nach unten. Neben Philipa hockte ein junger Hund mit riesigen Pfoten und spitzen Ohren, von denen eins abgeknickt nach unten hing.

»Wer ist das denn?«

»Bonifaz. Ein Kind von Minni. Bruno hat ihn mitgebracht. Du hast Bruno gesehen? Er ist hier seit ... ich weiß nicht mehr.«

»Ja, ich habe Bruno schon getroffen.«

Philipa nickte desinteressiert. Sie folgte mit den Augen einem Habicht, der mit seinen weiten Schwingen hoch über den klaren Himmel dahinsegelte.

»Ich habe unser Kind verloren.«

Richards Hände ballten sich zu Fäusten. Vorsichtig öffnete

und schloß er sie ein paar Mal. Dann trat er neben seine Frau, sah sie jedoch nicht an, sondern stützte sich mit der Hand an der Wand ab und blickte ebenfalls hinaus auf das Wäldchen und den glitzernden See, der ihre Insel umschloß. »Mein Gott, Philipa«, sagte er endlich. »Das muß sehr hart für dich gewesen sein.«

Hart? Hart war irgendwie nicht das richtige Wort. »Ich wollte, es hätte mich mitgenommen.« Das hätte mehr Sinn ergeben. Sie war müde, so müde. Richard würde doch hoffentlich bald wieder gehen? Es war anstrengend, hier mit ihm zu stehen und sinnloses Zeug zu reden.

»Das hätte ich niemals gewollt.« Richard drehte sich jetzt um, lehnte sich an die rauhe Wand und blickte sie an. »Du bist noch jung. Du wirst andere Kinder haben. *Wir* werden andere Kinder haben. Auch wenn das vielleicht nicht dasselbe ist.«

Andere Kinder. Welche anderen Kinder? Und wie? Richard war schließlich nie da. Im übrigen war es ihr ohnehin egal.

»Ich habe dich vermißt«, sagte er leise.

»Natürlich. Wir haben ja *Gefallen aneinander gefunden.*« Wie albern, daß sich jetzt doch noch die Augen mit Tränen füllten. Philipa schluckte sie hinunter.

Richard schwieg. Warum auch nicht.

Aber dann: »Es ist mehr als das. Du … fehlst mir. Nicht nur in dieser Hinsicht. Auch sonst.«

Was sollte das bloß alles bedeuten? Philipa fühlte sich vollkommen erschöpft und ausgelaugt. Am besten wäre es, er ginge wieder. Jedenfalls wäre es besser als Rätselraten.

»Philipa. Ich bin lange fort gewesen. Länger, als ich wollte, aber Guntram … du kennst ihn ja. Es tut mir leid, daß ich nicht da war, als du mich gebraucht hättest.«

Seine Stimme war immer noch sehr leise. Mit etwas Mühe konnte sie so tun, als hätte sie ihn nicht gehört. Sie wollte ihn nicht hören, nicht das, was er sagte, jedenfalls. Es war zu schwierig, stellte sie vor die Frage, was davon zu halten war. Wenn sie sich zu einer Sache nicht in der Lage sah, dann war es ganz bestimmt, irgendwelche Fragen zu beantworten, die über das Alltägliche hinausgingen.

»Philipa, bitte, kannst du mich nicht wenigstens anhören?«

Nein. Genau das nicht. Sie schwieg. Der Habicht war nur noch ein weit entfernter Punkt am Himmel.

Richard fuhr dennoch fort. Vielleicht konnte er sie ja zurückholen. Oder wenigstens eine Reaktion hervorbringen. »Wenn ich gerade nicht auf Guntram einreden mußte, damit er keinen Unsinn macht, hatte ich viel Zeit zum Nachdenken.«

Nachdenken tat sie auch. Über Frauen, deren Leben ihnen zwischen den Händen zerrann, über Frauen, die keine Kinder bekommen konnten, und über Gott, der es ihnen manchmal so schwer machte und dennoch nicht erlaubte, ihm zu zürnen.

»Über mich. Und die Vergangenheit. Und über uns. Über dich, Philipa.«

Er sah sie immer noch an, mit einem eindringlichen Blick aus den grauen Augen. Sie konnte sich einfach weigern, diesen Blick zur Kenntnis zu nehmen. Wenn sie nicht zurückschaute, würde er aufgeben und gehen, das tat er bestimmt.

»Es tut mir leid, daß ich in der Vergangenheit möglicherweise nicht immer … na ja. Was geschehen ist, ist geschehen. Aber jetzt, Philipa, jetzt weiß ich es. Kannst du mich nicht doch einmal ansehen?«

Sie schüttelte den Kopf. Blickte stur aus dem Fenster. Als ob sie nicht alles, was dort zu sehen war, haargenau kennen würde.

»Du … bedeutest mir sehr viel, Philipa«, sagte Richard leise. »Ich weiß es jetzt.« Vielleicht war es zu spät.

Nun wandte sie sich ihm doch zu, und sein Herz zog sich zusammen. In Rußland war sie zwar mager gewesen, hatte aber vor Leben nur so gestrotzt. Jetzt war sie blaß und hohläugig und sah ganz einfach – unglücklich aus und erschöpft. Krank.

»Ich weiß nicht, ob ich das noch will«, sagte sie plötzlich. »Es ist lange her, war manchmal so schwierig, und ich habe mich daran gewöhnt.« Gewöhnt war vielleicht das falsche Wort, doch sie hatte sich zumindest eingerichtet in dem Gefühl.

Der junge Hund winselte. Er schien genau zu spüren, was in diesem menschlichen Wesen vorging, das für ihn so eine Art Muttterersatz geworden war.

Philipa zog das geknickte Ohr lang. »Sei still, Bonifaz«, murmelte sie.

»Gib uns eine Chance. Bitte, Philipa. Gib *mir* eine Chance.« Richard als Bittsteller. Eine sehr neue Erfahrung. Neue Erfahrungen waren anstrengend. Anstrengungen waren im Moment zu viel für sie. Philipa schwieg.

»Ich brauche nicht mehr fort.« Richard schaute sie beschwörend an, vielleicht konnte er sie zwingen, ihn anzusehen? Wenn sie das tat, würde er sie überzeugen können, da war er ganz sicher. »Guntram hat mein Lehen vergrößert und mir aufgetragen, es selbst zu verwalten. Ich muß nur noch zu besonderen Zeiten auf Anforderung bei ihm Dienst tun. Und er bittet dich, mich zu begleiten, wenn ich zu der nächsten Versammlung auf seine Burg geladen werde.«

Ich halte das nicht aus, dachte Philipa verschwommen, während sie unbestimmt den Erinnerungen an schroffe Tage und zärtliche Nächte nachspürte. Ich kann das nicht mehr.

»Philipa, sieh mich an.«

Nein, lieber nicht. Sie erinnerte sich zu gut an sein Gesicht, an jede Falte und jede Narbe und daran, wie es aussah, wenn sich seine Augenbrauen ungehalten zusammenzogen. Sie schüttelte den Kopf.

»Womöglich kann ich ja keine Kinder bekommen. Dann kannst du die Ehe doch noch annullieren. Unfruchtbarkeit ist für den Papst ein Grund für einen Dispens.«

»Ich will unsere Ehe nicht annullieren. Ich will mit dir gehen. Vielleicht bekommen wir noch Kinder, und wenn nicht, dann ist es eben so. Gott kann man nicht zwingen. Staynen ist kein Erblehen. Falls es eines wird, setzen wir deinen Bruder als Erben ein oder wen auch immer. Darauf kommt es doch jetzt überhaupt gar nicht an.«

Sie schwieg noch immer, aber der harte Zug um den eigentlich so weichen Mund verlor sich ein wenig. Glaubte er. Oder vielleicht bildete er es sich auch nur ein?

Dann wandte sie sich erneut der Aussicht aus dem Fenster zu. Alles war besser als der Blick auf den Mann neben ihr.

Es gab noch etwas Wichtiges, was er ihr sagen mußte. »Ich habe eine Nachricht für dich.« Er betrachtete ein bißchen mutlos das abweisende Profil neben ihm.

»Ich habe zur Zeit wenig Interesse an Nachrichten.« Warum auch? In der Regel wurden ihr keine guten überbracht.

»Bei dieser ist es vielleicht anders. Sollte es jedenfalls sein.« Richards Augen ließen sie nicht los, aber Philipa weigerte sich, es zur Kenntnis zu nehmen. Ein Schwarm Mauersegler glitt stumm und elegant hoch oben in der dunstigen Sommerluft vorbei, stieg und ließ sich fallen, quer durcheinander, doch ohne die geringsten Anzeichen von Unsicherheit oder Bedrängnis.

»Liutgard möchte dich sehen.« Richard wußte, daß er kein Meister des gedrechselten Wortes war, und möglicherweise drang er zu Philipa im Moment auch besser durch, wenn er sich auf sachliche, klare Sätze beschränkte.

»Ich will *sie* nicht sehen.« Philipa gestattete sich, sich an das warme, glatte Holz zu lehnen, welches ihr Fenster umschloß.

»Warum?«

Er begann ihr auf die Nerven zu gehen. »Ich habe mit ihr abgeschlossen. Es ist so lange her, daß ich von Aichbergen fortgegangen bin ...«, fortgelaufen eher, »... und ich will nicht dorthin zurück.«

»Du sollst nicht dorthin zurück, Liutgard von Aichbergen bittet dich lediglich um einen Besuch. Guntram wiederum ersucht dich, ihr den Wunsch zu erfüllen.«

»Ich habe meiner Mutter nichts zu sagen.«

Da war er, der Zeitpunkt. Jetzt oder nie. Wenn er nun nicht sprach, würde sich vielleicht keine Gelegenheit mehr ergeben. Und Philipa könnte sich zu Recht fragen, warum er geschwiegen hatte. Na gut. Die brutale Methode war so gut wie jede andere. Richard holte unauffällig tief Luft.

»Liutgard ist nicht deine Mutter.«

Philipa schwieg. Dort, wo der südliche Felsen im Wasser verschwand, hatte sich zu seiner Seite ein Meer von gelben Sumpfdotterblumen gebildet. Sie leuchteten wie die Sonne im satten Grün der Uferwiese.

»Philipa?«

»Hm?« Er war ja immer noch da. »Ich möchte mich ein bißchen ausruhen. Würdest du jetzt bitte gehen?«

»Nein. Hast du mich gehört?«

»Ja doch. Ich soll Liutgard besuchen, das will sie und Guntram und du. Aber ich nicht.«

»Kannst du mal aufhören, immer aus diesem vermaledeiten Fenster zu starren? Ich bin vielleicht nicht Adonis, und du bekommst einen Schrecken, wenn du meiner ansichtig wirst, doch würdest du mich jetzt endlich ansehen?«

Trotz der unfreundlichen Worte klang seine Stimme nicht unwirsch, so wie sonst oft. Philipa riß sich zusammen und drehte sich um.

Der teilnahmsvolle Blick aus den grauen Augen war noch schwerer zu ertragen als der kühle. Philipa sah dennoch nicht weg.

»Liutgard von Aichbergen ist nicht deine Mutter.«

Sie hörte die Worte, allerdings kamen sie nicht wirklich an. »Wie seltsam«, erwiderte sie mechanisch.

»Ja, in der Tat. Es ist wirklich seltsam. Genau wie du im Moment. Interessiert es dich denn gar nicht, wer deine Mutter ist? Und warum Liutgard so getan hat, als sei sie es?«

»Ich weiß nicht. Muß es? Laß das, Bonifaz.« Der Hund hatte begonnen, ein Kissen anzuknabbern.

Wenigstens reagierte dessen Herrin bei dieser Sache halbwegs normal. Richard versuchte es erneut. »Ja, muß es. Es ist doch nicht unerheblich, von wem man abstammt.«

»Mein Vater ist mein Vater?«

»Ja, das ist er wohl. Du siehst genauso aus wie er.«

Philipa tastete nach dem Amulett, das sie ein Leben lang um den Hals getragen hatte. Ein Zeichen, daß sie eine Aichbergen war. War sie jedoch gar nicht. Nicht richtig jedenfalls. »Ich bin ein Bastard? So wie Gysela und Roland?«

»Ja. Und du ... hast die gleiche Mutter.« Wie sie das wohl aufnehmen würde? Eine Milchmagd.

»Barbara.« Eine sanfte Stimme und ein hübsches Gesicht. Weiche, zärtliche Hände. Wie absurd, sich damals gewünscht zu haben, eine Mutter zu haben wie Gysela und Roland. »Woher willst du das wissen?«

Philipa wachte also langsam auf. Richard registrierte erleichtert den mißtrauischen Blick, der ihm sehr viel besser gefiel als der teilnahmslose zuvor. »Sie ... ist tot, wußtest du das? Ich habe sie gefunden, zusammen mit Guntram. Und ich habe bei ihr ein Muttermal entdeckt, das genauso aussieht wie das an deinem Bein. Es ist vollkommen ausgeschlossen, daß du es nicht von ihr hast.«

Es war alles ein bißchen viel. Philipa schossen erneut die Tränen in die Augen, aber wieder schluckte sie sie hinunter. »Ich bin ihre Tochter?«

»Ja, das bist du.« In einer instinktiven Bewegung streckte Richard die Hand aus, Philipa wich zurück.

»Warum? Ich meine, warum hat Liutgard behauptet, ich sei … na ja. Ich meine, es ist ja undenkbar, daß sie es nicht gewußt hat.«

»Nein. Ich habe mir das Hirn zermartert, und es gibt nur einen einzigen logischen Schluß. Wenn Liutgard keine Kinder bekommen konnte, und das ist offenbar so, dann brauchte sie einen Ersatz, um Philipp an ihrer Seite und später ihren Anspruch auf das Lehen und die Burg halten zu können. Deshalb ließ sie dich auch beobachten. Damit du nichts tust, was nicht wiedergutzumachen ist.«

Manfredus. »Manfredus hat mich beobachtet?« fragte Philipa ungläubig. »Er war jedenfalls … immer da. Ich dachte …« Sie verstummte. Wie oft hatte sie sich vor ihm gefürchtet, weil sie annahm, er trachte ihr nach dem Leben.

»Was dachtest du?« Richard fand, es sollte alles auf den Tisch kommen. Nur so konnte sie mit der Sache abschließen, so und nicht anders.

»Ich glaubte, er wollte mich umbringen.«

»Eine Weile habe ich das auch angenommen. Aber es stimmte nicht. Er sollte dich überwachen. Dennoch«, manche Dinge ließen sich nicht so leicht aussprechen wie andere, »er hat deinen ersten Mann getötet. Albrecht Rappart paßte nicht in Liutgards Pläne.«

Philipa starrte ihn an. Sie hatte Manfredus damals in der Nähe des Unfallortes gesehen, jedoch nicht glauben wollen, er habe etwas damit zu tun. Ein Unfall, ein Schicksalsschlag üblicher Art war einfacher zu verwinden gewesen.

»Er hat auch dafür gesorgt, daß ich in Nowgorod eingekerkert wurde.«

»Wegen mir?«

Richard grinste schwach. »Ja, wegen dir. Er wußte wohl nicht, was er sonst mit mir anfangen sollte.«

»Es ... tut mir leid.« Bonifaz, von ihrer Stimme alarmiert, gesellte sich an Philipas Seite und begann eifrig ihre Hand abzulecken. Sie spürte es nicht.

»Das muß es nicht. Schließlich hast du mich ja wieder rausgeholt.«

Wenn sie nicht alles täuschte, hatte sich ein zärtlicher Ton in seine Stimme geschlichen. Philipa warf ihm einen vorsichtigen Blick zu. Sie fischte einen Gedanken aus dem uferlosen Meer der vielen, die in ihrem Kopf herumirrten.

»Wie ist Barbara gestorben? Meine ... meine Mutter?«

Das war heikel. »Sie ist getötet worden«, sagte Richard ruhig. »Guntram und ich nehmen an, ebenfalls von Manfredus.«

Philipa schwieg. Endlos. So lange, daß Richard bereits fürchtete, sie habe sich wieder in die innere Emigration zurückgezogen.

»Was für ein Glück, daß ich nicht von Liutgard abstamme«, sagte sie plötzlich und fing an zu weinen.

Richard dachte nicht daran, seine Frau in Ruhe zu lassen, gleich am nächsten Morgen in der Halle erzwang er ein erneutes Gespräch. »Siehst du jetzt ein, daß du Liutgard aufsuchen solltest?«

»Ganz und gar nicht.« Philipa sah ihn störrisch an.

Richard war kein geduldiger Typ, doch er gab sich Mühe. »Es wäre die Gelegenheit, reinen Tisch zu machen.«

»Was mich betrifft, ist der Tisch so rein, wie er nur sein kann.« Philipa schaffte es mit einiger Anstrengung, den hysterischen Ton aus ihrer Stimme herauszuhalten. Oder wenigstens zu dämpfen.

»Ist was?« Bruno, wie aus dem Nichts aufgetaucht, da er witterte, daß sein Schützling Beistand benötigte.

»Er will mich zwingen, Liutgard von Aichbergen aufzusuchen.« Philipa wies anklagend auf Richard, ihren Mann.

»Ist das nicht deine Mutter?« Bruno kramte in seinem Gedächtnis. Philipa hatte nie viel über ihre Vergangenheit erzählt, aber eines Tages kurz nach ihrer Fehlgeburt, als sie mit Fieber und erschöpft dalag, hatte sie einige nebulöse Andeutungen gemacht, und er hatte sich den Rest zusammengereimt.

»Ja, das dachte ich auch mal. Aber sie ist *nicht* meine Mutter, und ich sehe nicht ein, warum ich sie aufsuchen soll.«

Das verstand, wer wollte. »Wenn du nicht willst, bleib hier.«

»Bruno, bitte.« Richard klang ärgerlich. »Du weißt doch überhaupt nicht, worum es hier geht.«

Das stimmte, und Bruno schwieg, weit davon entfernt, beleidigt zu sein

»Du solltest die Gelegenheit nutzen. Soweit ich weiß, liegt Liutgard sehr krank danieder. Vielleicht ist es die letzte Möglichkeit. Am Ende bereust du es, wenn du die verstreichen läßt.«

»Ich hab Angst«, erklärte Philipa schlicht und mit Würde, denn genau so war es.

»Du bist ja nicht allein.«

»Nicht?« Sie war seit Ewigkeiten allein.

»Ich begleite dich natürlich.« Es klang ganz selbstverständlich. Aber das war es nicht.

»Warum?«

»Ich bin dein Ehemann, schon vergessen? Damit ist es meine Aufgabe, dich zu schützen.« Richard zögerte. Mußte eigentlich dieser Dickwanst hier sein mit seinen riesigen Ohren? Ach was, auch egal. Richard holte tief Luft. »Außerdem liebe ich dich.«

»Was? Seit wann?«

»Das ist doch ganz egal.«

Bruno tat Richard den Gefallen und entfernte sich taktvoll. Er hörte nur noch, wie Richard, der ganz offensichtlich nicht zum Süßholzraspeln neigte, fortfuhr: »Bruno kommt natürlich ebenfalls mit. Mit uns beiden an deiner Seite kann dir nichts passieren.«

So ritt Philipa zwei Tage später in Richtung ihrer ehemaligen Heimat. Sie trug einen Dolch in ihrem Stiefelschaft und einen weiteren an ihrem Gürtel befestigt, da sie sich weigerte, Liutgard unbewaffnet gegenüberzutreten.

An ihrer Seite befanden sich Richard nebst seinem Schwert und Bruno, der außer seinen Körperkräften einen gefährlich wirkenden Krummsäbel in die Waagschale werfen konnte. Den hatte er im Hamburger Hafen einem Seemann abgekauft, pflegte und fettete ihn seither getreulich, und vor allem bewachte er ihn, da er schärfer war als alles, was er bisher kennengelernt hatte.

Es war keine gemütliche Reise, jedenfalls keine, die sich durch muntere Konversation der Teilnehmer auszeichnete. Richard und Bruno waren ohnehin von Natur aus wenig redselig, und Philipa hing ihren Gedanken nach. Sie fürchtete sich. Vor nichts Besonderem, im Grunde vor allem. Sie hatte Angst, ihre Heimatburg verändert vorzufinden, davor, daß niemand da sein würde, der ihr wohlgesonnen war. Am meisten Angst hatte sie natürlich vor der Begegnung mit Liutgard. Was sollte sie zu einer Frau sagen, die ihr erst die Mutter gestohlen und dann nach dem Leben getrachtet hatte, indem sie ihr den Mann raubte und damit die Existenzgrundlage? Konnte sie Liutgard fragen, warum sie das alles getan hatte? Oder war das im Grunde gar nicht wichtig?

Außerdem schlotterten ihr die Knie vor Angst, wenn sie an Manfredus dachte. Der würde doch sicher dort sein. Dies war allerdings die einzige Sorge, die sie einigermaßen erfolgreich niederkämpfen konnte. Mit Richard und Bruno an ihrer Seite fühlte sie sich mehr als nur notdürftig geschützt.

Sie warf einen flüchtigen Seitenblick auf Richard, und irritierenderweise lächelte er sie an. Es war schwer, sich an das alles zu gewöhnen.

Aichbergen lag übergossen von verschwenderischem Sonnenlicht genauso da, wie sie es in Erinnerung hatte. Es wirkte wohlhabend, wehrhaft und gepflegt wie seit jeher, und fast war es, als wäre sie gar nicht fortgewesen. Philipa kämpfte gegen ein unwillkommenes Gefühl von Wiedersehensfreude an.

Dieses erlosch von selbst, als der erste, dem sie begegnete, Manfredus war.

Sie blieb stehen und sah ihn an, eisern entschlossen, seinem Blick nicht auszuweichen. In ihrem Rücken schoben sich Richard und Bruno näher an sie heran. Ein Bollwerk. Schutz. Sicherheit. Eine Woge der Erleichterung überspülte Philipa, und diese Woge nahm alle Angst mit sich, die ihr Herz auf diesem Ritt und schon so lange hatte verzagen lassen.

»Gehen wir«, sagte sie leise und bestimmt und ließ Manfredus stehen in dem überzeugten Gefühl, ihm ihr Leben lang nie wieder begegnen zu müssen.

Sie wußte genau, wo sie hinmußte. Vor Liutgards Kemenâte blieb sie stehen. »Ich gehe allein da hinein.«

»Bist du sicher?« Bruno, brummelig und besorgt.

»Ja.« Philipa spürte selbst, wie kalt ihre Hände waren und wie schnell ihr Herz schlug. Schnell und eilig, aber nicht panisch.

»Sie schafft das schon.« Richard, der ihre Hände ergriff und ermutigend drückte, sie dann bei den Schultern packte und in Richtung Tür schob.

»Wir bleiben hier. Wenn du auch nur einen Mucks von dir gibst, kommen wir sofort rein.« Bruno klang angespannt, er ließ sie nicht gerne aus den Augen in einer solchen Situation.

»Sie wird mich schon nicht selbst um die Ecke bringen. Solange ihr Manfredus nicht hineinlaßt, kann mir überhaupt nichts passieren.« Philipas Mund war trocken.

Sie holte tief Luft und trat dann, ohne anzuklopfen, in die Kemenâte der Frau, die stets behauptet hatte, ihre Mutter zu sein.

Auch hier sah es aus wie eh und je. Luxuriös, gepflegt, mit duftenden frischen Binsen auf dem Boden und einem würzigen Duft, der von den abgeernteten Feldern durch die Fensteröffnungen drang. Ein leiser Wind fächelte in dem kleinen Raum und brachte Kühlung in die warme Luft.

Aber nichts von dem übertünchte den Geruch des Todes, der über dem Ganzen lag. Über den farbigen Kissen und den dünnen Wandbehängen, von Liutgard eigenhändig für den Sommer gewebt, weil sie auch außerhalb der kalten Wintermonate nicht auf grauen Stein blicken wollte. Über dem Webstuhl, der unbespannt und verwaist in einer Ecke stand. Selbst die Bibel auf dem Stehpult war geschlossen und machte einen endgültigen Eindruck.

Alles war still und stumm und leblos. Und Liutgard selbst?

Leise trat Philipa näher. Die Vorhänge um das prächtige Bett waren zurückgeschlagen und an den Pfosten festgebunden. Unter einer dünnen Decke, gelehnt an einen Berg von verschwenderisch bestickten Kissen lehnte Liutgard von Aichbergen, bleich, mager und ganz offensichtlich am Ende ihres Lebens.

Die Frau, vor der sie die ganzen Jahre ihrer Kindheit so große Angst gehabt hatte, vor der sie bis ans Ende der Welt geflohen war, die ihre Mutter getötet und ihr selbst das Leben so viel schwerer gemacht hatte, als es nötig oder auch nur anständig gewesen wäre, lag da und sah gänzlich unbedeutend aus.

Liutgard öffnete die Augen. Einen Moment blickte sie Philipa verschwommen an, dann dämmerte Erkenntnis darin auf. Sie bewegte die Lippen, sicher wollte sie etwas sagen, eine von Aichbergen ließ sich nicht das Recht nehmen, als erste das Wort zu ergreifen.

Doch sie schaffte es nicht.

Philipa wollte nur noch eines wissen. »Warum mußtest du meine Mutter töten? Und meinen Mann? War das alles hier es wirklich wert?«

Liutgard sah sie nur an. Nach einer Weile schloß sie die Augen. Mühsam streckte sie die Hand aus. Eine Bitte um Vergebung. Sie wurde nicht beachtet, und matt kehrte die Hand auf ihren Platz auf der Bettdecke zurück.

Philipa zögerte kurz. Schließlich nestelte sie das Amulett ihres Vaters von ihrem Hals, dem Ort, an dem es sie fast zwanzig Jahre lang begleitet und sie stets daran erinnert hatte, wohin sie vermeintlich gehörte und was ihr Vater für Pläne mit ihr gehabt hatte. Sie brauchte es nicht mehr.

Sie legte das schimmernde Amulett auf die Bettdecke der Witwe Aichbergen, gerade außerhalb der Reichweite ihrer Hände.

Dann stand sie auf und verließ leise den Raum.

Eine verschwundene Reliquie, finstere Gestalten und ein mutiger Archivar im mittelalterlichen Köln

Richard Dübell
IM SCHATTEN
DES KLOSTERS
Historischer Roman
320 Seiten
ISBN 3-404-15441-X

Köln im Jahre 1193: Bruder Ulrich, Archivar des Klosters Sankt Albo, wird mit einer heiklen Mission bertraut. Er soll die jüngst entwendete Reliquie des Klosters, den Schädel des Namenspatrons, wiederbeschaffen. In Begleitung Rinaldos, eines durchtriebenen italienischen Sängers, und Jörgs, eines unglücklichen Kreuzritters, dringt Ulrich in die für ihn Schrecken erregenden Gassen Kölns vor. Schon bald weiß er nicht mehr, was er glauben soll. Er ist sich nur in einer Sache sicher: Die geheimnisvolle junge Frau, die ihm immer wieder über den Weg läuft, will ihn töten – und er hat keine Ahnung, warum ...

Bastei Lübbe Taschenbuch

Ein spannender und farbenprächtiger Roman um eine Liebe, die nicht sein soll

Julie Harris
IM ZEICHEN
DER FEHDE
Historischer Roman
576 Seiten
ISBN 3-404-15446-0

Frankreich im 13. Jahrhundert: Adelina ist das einzige Kind des Lehnsherrn Robert de Polignac. Später soll sie Christian heiraten, einen der zwei Neffen von Robert, der als Ritter in den Kreuzzügen kämpft. Als Heranwachsende ist jedoch Geoffrey, der kleinere und zartere der beiden Brüder, nicht nur Opfer ihrer Streiche, sondern ihr bester Freund. Geoffrey und Adelina fühlen sich im Laufe der Jahre immer mehr zueinander hingezogen. Doch das Schicksal will es anders: Geoffrey soll ins Kloster, und als Christian aus dem Krieg gebrochen und seelisch verstört zurückkehrt, wird Adelina dem Sohn des Nachbarn und Erzfeindes versprochen, um eine schon lange schwelende Fehde zu beenden ...

Bastei Lübbe Taschenbuch

Zwischen Alchemie und Apokalypse

Barbara Goldstein
DIE KARDINÄLIN
Historischer Roman
928 Seiten
ISBN-13: 978-3-404-15467-8
ISBN-10: 3-404-15467-3

Florenz 1491. Caterina, illegitime Tochter von Lorenzo il Magnifico, wird in die geheime Kunst der Alchemie eingeweiht. Als der fanatische Mönch Savonarola die Apokalypse über Florenz prophezeit, flieht Caterina nach Rom. Sie stürzt sich in eine leidenschaftliche Affäre mit Cesare Borgia, dem Sohn des Papstes. Ihr roter Alchemistentalar und ihre enge Beziehung zu den Borgia machen sie in Rom als »Kardinälin« bekannt. Doch schließlich muss sie vor den Intrigen der Borgia erneut fliehen. Am Hof von Ludovico il Moro sucht sie verzweifelt nach dem al-Iksir, dem Lebenselixier der Alchemisten, um ihr eigenes Leben zu retten.Wird es ihr gelingen, das geheimnisvolle Elixir zu erschaffen und die Liebe ihres Lebens zurückzugewinnen?

Bastei Lübbe Taschenbuch